追悔年轻的时候

邵纯明 著

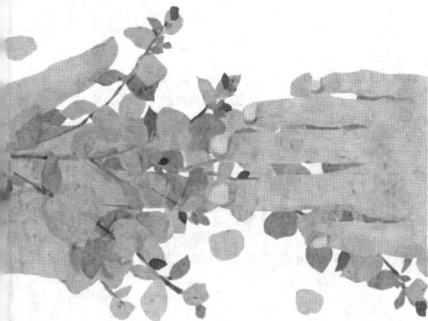

长江出版传媒 长江文艺出版社

图书在版编目（ＣＩＰ）数据

　　追悔年轻的时候 / 邵纯明著. -- 武汉：长江文艺
出版社，　2021.7
　　（湖北草根作家培养计划丛书）
　　ISBN 978-7-5702-2035-9

　　Ⅰ．①追… Ⅱ．①邵… Ⅲ．①长篇小说－中国－当代
Ⅳ．①I247.5

　　中国版本图书馆 CIP 数据核字(2021)第 043431 号

追悔年轻的时候
ZHUIHUI NIANQING DE SHIHOU

责任编辑：雷　蕾　付玉佩　　　　　　责任校对：毛　娟
封面设计：周　佳　　　　　　　　　　责任印制：邱　莉　胡丽平

出版：长江出版传媒 | 长江文艺出版社
地址：武汉市雄楚大街 268 号　　　　　邮编：430070
发行：长江文艺出版社
http://www.cjlap.com
印刷：武汉市首壹印务有限公司

开本：700 毫米×1020 毫米　　　　1/16　　印张：34.75　　　插页：1 页
版次：2021 年 7 月第 1 版　　　　　2021 年 7 月第 1 次印刷
字数：486 千字

定价：58.00 元

目录 contents

第1章 出嫁 / 001

第2章 宜昌 / 010

第3章 说媒 / 019

第4章 共大 / 029

第5章 来信 / 040

第6章 端午 / 050

第7章 相见 / 061

第8章 再见 / 071

第9章 犹豫 / 082

第10章 秋收 / 092

第11章 毛衣 / 102

第12章 推门 / 111

第13章 后悔 / 121

第14章 满月 / 129

第15章 柳树 / 137

第16章 订婚 / 145

第 17 章 约婚 / 155

第 18 章 过门 / 164

第 19 章 公园 / 172

第 20 章 照片 / 177

第 21 章 做梦 / 183

第 22 章 汇款 / 189

第 23 章 出院 / 196

第 24 章 见信 / 202

第 25 章 回队 / 208

第 26 章 嫁人 / 214

第 27 章 事件 / 220

第 28 章 斗嘴 / 225

第 29 章 分娩 / 231

第 30 章 聋哑 / 237

第 31 章 葬雪 / 243

第 32 章 正月 / 249

第 33 章 知青 / 255

第 34 章 升级 / 262

第 35 章 上街 / 268

第 36 章 打架 / 274

第 37 章　流产 / 280

第 38 章　溺水 / 286

第 39 章　丽丽 / 292

第 40 章　三英 / 298

第 41 章　相思 / 304

第 42 章　身世 / 310

第 43 章　离婚 / 316

第 44 章　再婚 / 323

第 45 章　动手 / 329

第 46 章　起心 / 335

第 47 章　劝说 / 341

第 48 章　手术 / 347

第 49 章　难舍 / 353

第 50 章　难分 / 359

第 51 章　敲诈 / 365

第 52 章　回来 / 371

第 53 章　无奈 / 376

第 54 章　牙痛 / 382

第 55 章　年关 / 388

第 56 章　瓜分 / 394

第 57 章　算命 / 400

第 58 章　受难 / 406

第 59 章　同病 / 412

第 60 章　相连 / 417

第 61 章　戴孝 / 423

第 62 章　寻亲 / 429

第 63 章　姐姐 / 435

第 64 章　上吊 / 441

第 65 章　进山 / 447

第 66 章　小妹 / 453

第 67 章　说话 / 459

第 68 章　回家 / 465

第 69 章　哭婆 / 471

第 70 章　女婿 / 478

第 71 章　送别 / 484

第 72 章　母去 / 490

第 73 章　归心 / 496

第 74 章　兴一 / 503

第 75 章　将心 / 509

第 76 章　比心 / 515

第 77 章　回家 / 521

第 78 章　治病 / 526

第 79 章　春归 / 532

第 80 章　团圆 / 539

后　记 / 549

第1章 出嫁

杨柳要发芽,左家的姑娘长大了要出嫁。三八妇女节,凤伢子要出嫁准备做一个有夫的真正妇女。左家亲人们都高兴,只有胡来魁不高兴,因为凤伢子是嫁给她的江南老表。那年代流行老表开亲,很多农村男女青年没有爱情靠亲情结合。胡来魁也差点与表妹订了婚。凤伢子要跟别人结婚,这可害了胡来魁。他与凤伢子青梅竹马,小时候他们还不知道结婚是什么玩意儿就在梦里"结婚"了。去年腊月二十九夜里凤伢子来胡来魁的房里玩都没提结婚这茬,怎么没过几天像从梦中醒来说结婚就要结婚了,害得胡来魁没一点儿承受打击的思想准备。

凤伢子也知道没有与胡来魁订婚是对不起胡来魁的,她萌生出与胡来魁怀一个小孩出嫁的想法,凤伢子早听人讲过近亲结婚很有可能生的孩子不健康。凤伢子的婚姻是双方大人做主,她胳膊拧不过大腿,但她应该早对胡来魁说明白呀。如果是凤伢子早对胡来魁讲她要结婚,胡来魁也许会带上凤伢子到外面躲一阵子,或许要与凤伢子偷偷怀一个孩子把生米煮成熟饭。昨天眼看男方家到凤伢子的家圆了礼,现在胡来魁这个民兵排长就是叫副师长也来不及了。

胡来魁曾想过在这两天出远门玩儿天,像鸡子避瘟症避开凤伢子的婚期。他左想右想总觉得对不起凤伢子。婚期临近他决定硬着头皮也要参加,并且还给凤伢子买了一条象征爱情红似火的红围巾。

1978年3月7日,这是凤伢子结婚办喜事的日子。临到这天,胡来魁跟鸡公一样醒得早,睡在被子里赶紧把与凤伢子耳鬓厮磨的那些事想了一遍。

胡来魁与凤伢子同年出生于荆州湖乡古井村(化名)二队,两家相隔不过一百米,凤伢子小时候吃过他妈的奶,断奶后也常在一起玩。他们同年读私塾,坐同一张桌子读过一二三性本善,到大队办小学他们还在同一个年级。凤伢子只读了五年书,来魁读了九年。小时候他们没记得争过嘴吵过架,他处处爱护她,顺从她。值得他想了又想的还是小时候玩"过家家",每次都是他和凤伢子扮一对新郎新娘。在那幼稚无知的儿时他们曾经有过"结婚"方面的游戏。第一次是躲迷藏在左队长家的猪屋里。第二次做这种丑事是两年以后在船舱里。一天,来魁和凤伢子撑船到湖里取花篮(放置水中的鱼篓)。凤伢子喜欢玩荷花摘莲蓬吃,不一会儿船舱里就落满花瓣像红花被絮。来魁撒尿时看周围无人,他要她睡在充满鱼腥味的舱里,凤伢子没有犹豫。这两次丑事当时没回想过,直到长大知道鱼腥味儿了他才去想,由于间隔时间长了现在也弄不清楚是小时候的梦还是真有这些事。是不是梦他对凤伢子一问就清楚了,可凤伢子从那以后就长大渐渐离他远了,再不与他单独在一起玩。现在不和凤伢子结婚,这种丑话问得出口吗?凤伢子现在要和别人结婚,这句话一辈子也别想问了。

　　胡来魁的名字说起来比较绕口,我们以后就叫他来魁。他和母亲住在小三间的瓦房里,房前还有一间用大胚子土砖做的小厨房。公路南边有杉树和用茅草泥的猪屋。他的母亲十一岁结婚,十四岁开胎生子。补锅匠的父亲去世后,他的三个姐姐按照大麦割了割小麦的顺序出了嫁。母亲现在已经到了要准备棺材的年龄,可母亲还没有给他准备媳妇儿。他是母亲老蚌生珠的幺宝儿子,是家中唯一后继有人的宝贝。他有两个哥哥已夭折,为了好养活,他的乳名是女孩的名字,叫凤儿。后来本队出了双胞胎女孩其中一个叫凤伢子,他到四五岁完全断奶后就改小名叫幺狗子。他家从胡家搬到左家台来以后,这么多年来他家一直过着布衣蔬食不忮不求的日子。

　　肯定凤伢子要准备出嫁时,来魁像吃了一只苍蝇在肚里,婚期临近时他肚里的苍蝇像生了蛆般难受了。怕凤伢子的婚期到来,这一天还是来到。他安慰自己想小时候就已经和凤伢子"结过婚",她凤伢子江南的老表即使这次结婚也算是二婚！今天他要亲自参加庆祝心上人的婚礼,好好看看打扮最美的心上人在成为别人的心上人之前是什么模样。

响过春雷的农村田野虽然能看到早开的油菜花,可春天的天空没有阳光,大地也像是中风的老大娘。没有阳光的春天,无论是从屋前还是从台后,都看不到春意盎然。胡来魁不阴不阳的样子向凤伢子家走去。并没有人注意他,可他觉得好像有很多目光投向他,把他当成了凤伢子的新郎。很多农家的大门关着,家里只有母鸡下蛋后欢天喜地的叫声。

胡来魁跟他名字一样魁梧岿巍,却有女孩一样细白的皮肤。陀螺形脸上,五官搭配得不像古文那么绕口,从上到下文从字顺的。乍眼一看他下巴上有颗痣,仔细一看是个疤。人们都习惯地认为下巴有痣的人是有福气之人。可惜我们的男主人是个疤不是痣。他下巴上要有痣,他的心上人怎么会成别人的心上人呢！他这张脸相第一眼看不怎么英俊,看顺眼了越看越觉得好看。他的眼睛根本就不小,只是跟他上嘴唇比起来显得小一点。单看他的上嘴唇根本就不算大,只是再看了他的眼睛才显得稍微大一点。那双不变的浓眉毛和经常剪剃的浓头发也是他男子汉的亮点。

凤伢子家里有很多人,胡来魁把五元钱交给记人情账的左队长。那时的人情一般都是两元的,上五元的都是至亲。左队长朝他看了一会才记账。

来魁没看见最想看的人,他看见凤伢子妹妹秀儿给他递上一杯茶说,"来魁哥喝茶"。

"好！"他笑着接过热茶。

小时候把母亲的短裤剪开当裙子穿的秀儿,摇身一变成了羽翼未丰的少女,脸上再也看不见两条鼻涕沟。她现在已经端十四岁的饭碗读初中的书本。小姑娘还在发育中,一天比一天好看。她有一对细微的双眼皮,不注意看还像是一双单皮眼。她脸相轮廓有点像她妈,水嫩水嫩的方形脸上看得见儿时的毫毛。她对来魁说话时面带微笑,牙齿白得像淘过的新糯米。她多懂事,不叫幺狗子哥,叫来魁哥,像对待她的姐夫哥一样。她有一个动作细节很明显,经常用手背的食指来回擦上嘴唇,尤其是见了生人和客人害羞时。这个习惯动作肯定与她小时候常流鼻涕有关。

来魁正要喝茶,有人走路碰撞了他,茶水泼洒到了他的衣服上。来到凤伢子的房里也没有看到凤伢子,看到熟悉的小房里就像看见了心上人。

和来魁说话的是凰伢子,队里大人们都叫她小双,她是凤伢子双胞胎妹妹。凰伢子小时候得过癫头病,于是迟姐姐一年读书,好在她没留下一点儿残迹,以后头发仍然长得像姐姐一样。她和姐姐一样不胖不瘦,不矮偏高,上下匀称,胸大腰细。她脸皮白里透红,皮肤白得像刮了皮的青蛙。她胆子大,敢看死人敢看杀猪。她的脸型和姐姐一样,到现在她家有些亲戚还没弄清谁是大双谁是小双。她们出门照相,只需要照一个人就可以共用底片。最能分清她俩的除她们的母亲以外就是胡来魁了。

凤伢子孪生妹妹小双的学名叫左开琼,来魁和她说话以掩饰内心的尴尬。他无话可说了捡起一张报纸看,其实他一字也没看清楚,他口里哼起经常唱的江苏民歌《好一朵茉莉花》。看见凤伢子进房里来,他的歌声戛然而止,像树上的黑知了看见人来骤然收音。他要让凤伢子看出他今天很是伤心,所以哼歌是不能让凤伢子听到的。

凤伢子小巧的脸上长着一双好看的细丹凤眼,细眉小嘴唇,鼻孔的两边显得很薄,在她这张脸上显得真好看。她们的相貌很像她们的父亲。她说话的声音与开琼一样娇滴滴的。听她们说话就感觉到那种声音只适合谈情说爱不适合参军打战。去年队里放一部朝鲜电影,都说她们两双胞胎长得与电影里的一个朝鲜小姑娘一模一样。今天她不大不小的眼睛有点红,一尺来长的一对辫子好似刚编出来的。她上穿绛色袄子,下穿黑裤子都不是新的,因为今天她还不算是新娘子。看见来魁在小房里,她把目光移开。她的心里清楚,胡来魁是很爱她的,她与别人结婚就是对不起胡来魁。去年冬天参加水利建设，他们有过短暂的谈话。他要她不嫁给老表怕影响后代的健康，她只说不会同意这门亲事的，如今父母定了婚期她都不知道。过年的时候她去他家玩，那时她父母还没告诉她结婚日期。

来魁站起身走近凤伢子说："来，听说你真的要出嫁，这是凤儿要我跟你买的一条围巾。"他从袄子内里拿出一条红色围巾。

凤伢子脸红心跳，她知道来魁说的凤儿就是指的来魁，她晓得来魁两三岁以前叫凤儿。"难为你。"她小声说，迟疑一下接过手里。

"祝你永远不受风寒！"来魁说这句话是有过准备的。他离凤伢子很近，他从凤伢子的眼里看见红丝，凤伢子肯定哭过。

看着凤伢子把围巾放进新箱子里，他才放心。

凤伢子的妈进房看见来魁没说话又出去。劳苦功高的母亲，虽然不学无术却能鬼斧神工地生出一模一样貌美如花的双胞胎来。画家也难画出两个一模一样的姑娘，从这点上看她妈要比画家技高一筹。

这时候小房里只有来魁与凤伢子，说话的机会是有，可到了今天这地步又还有什么话可说呢。想到在他身边一起长大的凤伢子要远嫁江南，来魁这时的心里真比凤伢子妈的心里还难过。

凤伢子上面是两个哥哥，梦婆婆抱走了一个，父母把活着的儿子溺爱得像心肝。她是大姑娘，农家喂猪做饭的小事都是她的。她爷爷有病不能做饭，每当中午放学回来，她看到自家的烟囱冒烟是特别高兴。家里的中饭很多次都是她做的。双胞胎小妹仅晚一年读书，父母就拿她当大一岁的孩子使唤。油菜花盛开时她要和大姑娘们一样挎着竹篮，赤脚挽裤到有水的油菜田薅猪秧秧，回来身上的布衣服也成了菜花的颜色。满篮子塞紧的猪菜用刀剁碎喂猪。她的左手经常被右手握的刀切伤流血，这正应了她的学名——左开红。现在她的左手的大指和食指及虎口还留有好多的伤疤。她过早地下田劳动，一双赤脚不断吸收清风甘露肥水沃土，像有根的小柳树吸收大地营养很快就长大了。她也渐渐悟出自己身上不大注意的地方新奇地突起来，身上盈嫩盈嫩的，她开始怕胡来魁，又想着胡来魁。她总觉得自己锁心的钥匙到了胡来魁手里。

开席吃饭的时候来魁和土豆坐邻角。土豆和来魁都是队里同岁同班的男青年，平时他们挺要好的。土豆比来魁长得矮小，家里条件比来魁好，队里年轻人中他最先学抽烟嗜酒。他姓左，小名叫土豆。他父亲怕他今后太土气，以后又改小名叫洋芋，希望他洋一点。如今有人叫他土豆也有人叫他洋芋，而他土不土洋不洋，充分说明土豆和洋芋本是一品种。只有来魁是经常叫他马铃薯。他的酒量大，来魁喝酒不及他。他给桌上敢拿杯子的人斟了一满杯酒。

来魁不抽烟，能喝一点酒。土豆给他斟酒时，讨价还价的表演也能平添几分热闹气氛。桌上的人在碗里盘里抢菜吃，地下很多狗子在脚腿和桌腿之间抢骨头吃。来魁对一盘土豆丝情有独钟。他经常能从土豆味里联想到少年的学生往事：初夏时节，学校要求五年级学生中午睡午觉，不让学生中午回家吃饭，早上带中饭；那时他和凤伢子在一起吃饭，每天的菜只是一碗土豆片。从小到大，来魁觉得土豆味里才有人间烟火味。

这样的酒杯来魁应该喝两杯没问题的，今天怎么刚喝一杯多就有点飘飘然。他的筷子夹菜已有点夹不住了，口里还在找土豆要酒："来，这是凤伢子的喜酒，也是我的喜酒……我也叫凤儿嘛。"

人们听他说话有些跑偏，不让他喝酒。他说："我又没醉！为了喜庆气氛我来唱首爱情的歌曲。"说完他就唱起来："星星出来太阳落，月光下面两人坐。心中的话儿怎么说……"这是在以前知识青年中流传出来的一首伤感情歌。知青小凤教来魁唱会以后，来魁又教凤伢子唱。他们年轻人平时在劳动中常唱这首好听的悲伤情歌。

这时凤伢子的父亲来了。看凤伢子的父亲脸相长得还真是很标致，他虽然到了叶老株黄的年纪,可看上去显得还是青枝绿叶的面容。

听到歌声凤伢子来到房门口,她用一双忧伤的目光看着来魁。

来魁站起来对凤伢子父亲说:"您今天打我都可以,我要说,我是爱凤伢子的。我只是家里太穷了,没资格大胆来追求她;也只怪我们农村太辛苦,我怕她跟了我要受一辈子的苦……"

凤伢子没听完来魁的话,泪水就夺眶而出。她回到房里,坐在床沿抹眼泪。她想如果今天父亲骂胡来魁,她就和父亲大吵一架。这一刻她是多么爱来魁呀!她今天才听到了来魁的内心话。其实只要来魁派人来她家提亲说媒,她还是欢心答应的。她才不怕吃苦呢,她从来没觉得劳动苦过。小时候与来魁做梦的丑事她记得清清楚楚,好像就是昨天发生的。每当想起来她就脸红心跳,她就怕来魁对别人讲这事儿。她感谢来魁为她把这秘密守口如瓶这么多年。

今天她好像不再怕来魁把那事讲出来,江南的老表不要她她就解放了。可到了今天这一步,还有什么好说的呢。这都怪她,去年秋天的一天晚上,来魁约她到公屋后柳树下见面,她没去,也没向来魁解释。在她的思想里,姑娘家不到结婚的年龄是不能与男人幽会在一起的。以后她听大人讲了怀孕的道理,她总害怕还会怀孕。当时她想过如果真怀了孕她就上吊!她既然有这种想法,她又怎么会去再冒那个险呢?那次若真去了,今天说不定已经死了,也说不定今天就是和他胡来魁结婚。她看惯了来魁的老房子,根本没嫌弃过来魁穷困的家庭。

凤伢子年轻时一个小小的约会,就改变她的婚姻,同时也将改变很多人的婚姻。直到今天想起那次约会她才觉得应该去。就在这时她萌生出一个大胆的念头:她今晚就去敲来魁的窗户,她要与来魁先"结婚",要是能怀上来魁的孩子带过去更好,以免担心与老表近亲结婚生的孩子有问题。

左开琼看姐流泪,走近说:"姐姐,你怎么了?"

凤伢子擦着泪说:"幺狗子喝醉了,你去安排他们把他送回去休息。"

左开琼来到堂屋里听来魁对父亲说:"总有一天,你会成为我好丈人的"。

凤伢子的父亲一直对来魁很喜欢,他没对来魁发火。

胡来魁是真的喝醉了,他的语言与手舞足蹈不相匹配了。很多人像看新郎官一样看着来魁。左开琼忙叫土豆把来魁搀着走出门。

来魁被土豆扶着出了凤伢子的家门。凤伢子没出来,开琼出来看着他们离去。来魁对土豆说:"是你害得我今天一个喷嚏都没打满意过。我不喜欢红尘做伴对酒当歌,我只喜欢淳朴的田园生活。"土豆见他说一些书愚子先生的话,也没搭理他。

这里办喜事有两天,头一天为"垫席"第二天为"正席"。如果不是很忙的季节,队里要放一天的假。

胡来魁回家就睡了。晚上凤伢子来敲他的窗户,来魁没听到。来魁的妈听见问是谁,凤伢子吓跑了。凤伢子的叔伯妹妹萍儿就住在来魁的东边隔壁,这夜凤伢子在萍儿的家里睡觉。这一夜凤伢子想的全是与来魁从小到大的开心往事。第二天凌晨四五点钟天没亮的时候她又来敲来魁的窗户,来魁还是没听见。凤伢子看见来魁妈的房里亮起电灯也只好离开。

1978年3月8日,这是凤伢子做新娘出嫁的日子。来魁醉梦醒来时天已大亮,他起床上完厕所就又上床睡了。他妈喊他吃饭,他说不吃。他妈被凤伢子家帮忙的人接去吃饭。

来魁是被凤伢子出嫁时的鞭声炸醒的。来魁从窗口看去,厨屋边有人,说明迎亲的队伍快到他家门口。如果他家有鞭,这时他肯定要出去。因为他家没准备鞭,所以他不想出去。更主要的是昨天喝酒失言,他怕出去让人耻笑。他就是昨天不喝醉,今天他也不会在凤伢子出嫁经过自己家门口时拿鞭放!凤伢子出嫁别人高兴才放鞭的,自己伤心的怎么好意思放。要他放鞭可以,凤伢子要嫁到他家来!

新姑娘凤伢子穿红花袄子青裤子,全身上下都是新的。刚梳理的头发下面,脸红眼湿。她在大群姑娘中间,离她身边最近的是妹妹开琼和秀儿。她们走得很慢。鞭声带着硝烟肆无忌惮地在她们身后叫嚣。到来魁的门口凤伢子站住了,她看了一下来魁的大门。她这时不是等来魁出来放鞭,她想用姑娘害羞的目光最后看一眼熟悉的门口:瘦小的老屋门口那几块铺在地面的砖是下雨时方便到厨房里走动的,这每一块砖上面踩干的泥巴,凤伢子都是多么熟悉。这个屋门口下雨是什么样,天晴是什么样,初夏是什么样,晚秋是什么样她太熟悉了。等放过两挂鞭,凤伢子还是没动脚,双胞胎妹妹把姐姐推走。开琼不想让人们更加相信来魁与凤伢子还真有感情。凤伢子在上汽车时还在人群中希望看到一张眉清目秀的面孔。

听到鞭声渐渐远去,来魁知道凤伢子已经走上从姑娘到婆娘的路上。来魁即使不出来用目光挽留凤伢子,凤伢子也还是像绵羊一样被车拉到了江南。来魁以前不但幻想和凤伢子结婚,而且还准备和她形影不离白头偕老,这下连人都看不见了。这以后只有春节和秀儿家办事才能再看得见心上的凤伢子了。

第 2 章　宜昌

下午,土豆到来魁的房里看来魁。他问来魁昨天是不是真喝醉了。来魁说不知道,他也不相信自己的酒量了。土豆走后,来魁的脑海里竟是凤伢子此时在江南活动的幻影。他幻想凤伢子到了姨妈家同时也就到了婆家。新娘下了车,那边帮忙的人赶快把汽车上随行的嫁妆搬进新房。开琼她们娘家一帮人站着等鞭放完,也是在等人们摆嫁妆。

小时候凤伢子与妈几次步行来过这大姨妈家。每次来了姨妈总要烘鸡蛋放很多的糖端给她们上桌吃。小时候她心中只认为这姨妈最亲。她儿时只习惯与来魁在一起玩耍,好像没单独与立新(今天的新郎)在一起玩耍过。她的大脑里好像还没有和立新在儿时玩耍的印象。今天最先迎接她的是姨妈,不一会儿妯娌嫂子们也来打招呼。

凤伢子害羞地叫道:"姨妈。"

一嫂子拉她进房说:"还叫姨妈呀。要改口叫妈了。"开琼跟在后面叫了一声姨妈。像她们妈的老妇女笑脸答应。秀儿和萍儿也随着进了房门。

屋外陈旧,洞房里却装点一新:四周墙壁用新报纸糊着,不高的房顶也糊上不平整的报纸。柜子上是凤伢子刚带过来的皮箱,两张桌子上也是开琼家随来的日用品。结婚最关键的床上用品全是凤伢子带过来的新嫁妆铺盖。中山服穿得崭新周正的新郎是一个很英俊帅气的小伙子。他高兴得不知道是站着好还是坐着好,走出房也不知去做什么,走进房也不知是看什么。

送新姑娘来的娘家人吃完饭准备上汽车回去,凤伢子开始抹眼泪。开琼对凤伢子说:"你的嫁妆自行车是我要伯伯跟你买的,就是为了让你回娘家方便的。经常回去,明天等你与立新回来。"

　　凤伢子对开琼说:"我出嫁了,你以后帮家里多做点事。"

　　"嗯。"开琼点点头。她又说:"你们好好生活吧。不要闹意见,朝两边的父母着想……"

　　这边哥嫂与那边的哥嫂道别以后上了汽车,凤伢子含泪目送汽车走了好远。有嫂子来拉她回房,她不回去。新郎立新也来拉她,她摆脱立新的手不动脚步。看不到汽车尾巴了,是姨妈来拉她回新房的。

　　那里的年轻小伙子以要糖要烟为借口在小小的洞房里大闹。有人竟在抢糖时故意袭击凤伢子丰满的胸部。闹得最凶的是立新家隔壁的那小子,他以酒装疯。凤伢子想出门躲起来,哪有她突围的机会。老实的立新也不好说什么,他不停地发糖发烟。洞房无大小,不闹不热闹。人们主要是整新娘,根本不要新郎的烟和糖。好多小伙子趁酒劲有出格的言行,茶桌上的新玻璃杯闹摔破后年轻人才开始有所收敛。

　　总算到了属于小两口的时候。立新关好房门,凤伢子还是不肯说话。她早想过今晚不给立新好脸色,她主要是让立新知道她永远对这段婚姻是不情愿的。如果与他生活,开始就要给他一个下马威,以免日后受他欺负。她想得最多的还是家乡的胡来魁,她出嫁时来魁没出来送她,他肯定还在伤心赌气。自己嫁到这里来,今后怎么有脸面见来魁。她一直弄不明白,怎么姑娘长大了,就要像小狗娃子给别人家。本来这里与古井大队只隔几十里,因为隔着长江好像已经隔了地老天荒。凤伢子再想见来魁还要先经过惊涛骇浪。

　　这几天上工主要是将生产队的牛粪渣和农户收集成立方体的猪粪渣用箢子挑撒到没种庄稼的田块。记工员在99人的社员记工簿上只写两字:集肥。胡来魁挑起粪不敢和凤伢子的父母走在一道。他怕年轻人笑,也不与他们走近。他头痛,整天没精打采的样子。

以前他总是难以入睡,如今倒下就睡着了;以前半夜惊醒还能睡着,现在半夜惊醒再难睡着。以前想凤伢子是晚上睡前失眠,现在凤伢子出嫁后,他改凌晨失眠了。好在他有一个治怪毛病的偏方,每当睡不着他要嗅自己的汗脚;嗅几次汗脚他眼睛开始疲劳,鼻子畅通,不一会就入睡了。凤伢子这些天都没上工肯定确确实实是嫁人了,一阵热汗从他背心里滑过。自己也该找个女人结婚了,可家里这么穷,谁肯瞎眼睛走进他的穷家里来。现在流行农村姑娘都往城里嫁。他们队里有一大姑娘叫梅仙,模样标志却嫁给城里一跛子。他如今意识到不改变家乡面貌,就很难留住农村姑娘。他以前看报纸有一山区农村学大寨学得比较好,粮食每年大丰收,农民家家户户过上了富裕的好生活。他陡然想要去那个地方看看,把那里的经验学回来,让生产队里的粮食得高产。到那时既能让队里人家家有钱,自己的家也有钱了,自己也好找媳妇。自己是个民兵排长,也应该为队里作出一点贡献。他下学以后就一直想要建设好自己的家乡,这是他青春之理想。

他找土豆说了这事,他要建设家乡的理想是土豆也想的。土豆希望来魁把家乡建设好,这对他们这些小伙子今后找老婆也容易一些。他们这里是水稻生产基地,栽秧割谷累死人,工分却不值钱。凤伢子之所以要嫁到江南,就是那里不栽秧割谷。

这天来魁找到那份报纸,到大队会计那儿开了证明,第一次穿上凤伢子送他的那双绣花鞋垫,骑上自行车到了公社。下午坐上开往宜昌地区的客车。他在读高中时就想出远门看看外面的世界。这次出门去参观山区农村的大好形势,学习那里的高产经验;更主要是看看外面的世界散散心,走出思念凤伢子的阴影。

这是他平生第一次坐长途客车,窗外后移的景象还是让这个热血青年产生激情和联想。颠簸的车厢像摇篮,有些乘客昏昏欲睡,他却浮想联翩。窗外地势从平坦到起伏，从丘陵到大山。看窗外的高山说明这里离他家乡已经很远了。在公社学校读高中时常思念家乡，如今离家这么远也不想家了。他只惦记家中的老母亲，不是老母亲他真想死在外面。

来到大城市，到处是以宜昌地名写的门牌。大街上，汽车、拖拉机、自行车跑得快。来魁孑然一身背着包，手拿地图，东张西望走得很慢。他不喜欢看城里打扮得花枝招展的姑娘，他看到那些穿棉裤、解放鞋农民模样的人感到很亲切。

他还想去看火车，以前只在银幕上看见过火车。车站里有一老母亲牵一小姑娘向别人乞讨，他走过去给了一块钱在老母亲的手中。

他来到江边大桥车站住旅社是为了看有山的长江风景。长江下游是凤伢子现在的地方，他的思念好似一泻千里的江水。

第二天来魁搭车来到报道的地方。这里山高谷深，山里的大树都被砍了，现在只在山顶上能看见几棵老古树。这里像报上说的全是梯田，向阳的山坳坐落着零星的村庄。田里种的土豆，有的田块种小麦和油菜。一大群社员在对面山顶开荒，这是来魁直接看到的农业学大寨的样子，他在家乡看的都是口号。

来魁不会走崎岖的山路，走着走着脚下不是路了。他独辟蹊径来到无水的山溪，一棵斜长的树上有一红衣女子，他赶紧走过去问路。

"同志，请问，这是白沙大队吗？"

那女人藏着脸没回答。

有一根绳子系在树干上，他察觉有点不对劲，这不是打秋千的样子。仔细一看，绳子另一头系在这女子的脖子上。不好，这女子是要上吊！只见来魁奋不顾身飞跃上树抱住那姑娘，不让她往下跳，赶快用一只手把树干上的绳子解掉。然后又把她脖子上的绳子解下来。绳子落在地上，他把姑娘从树上拽下来。

虽然现在是二月里来了，看那女子青春红润的脸上能刮下几层冰霜来。

"青春多美好，有什么想不通的。"来魁摸着自己的脸说。

那姑娘像哑巴知了一样还是不说话——也许是一个哑女。来魁又说："我深爱的人跟别人结婚后,我也想上吊,绳子系脖子挺怕痒,系腿子又怕吊不死,自己也就安慰自己不走这条路了。毕竟人生还是有很多美好的东西值得留恋的。"说完他把地上那根绳子缠成麻花扔下山沟。

姑娘看了他一眼,终于开口说话:"你是哪里人?"这女声很好听,只是有很重的山里口音。

"我……是准备回城的武汉知青。"来魁想有这身份山里人会尊重他的。

姑娘的脸上减少忧伤,但她仍然有话又不好说的样子。

来魁说:"你遇到什么事情,以至于用这种办法解脱?"

姑娘没答话。

来魁又说:"生命诚可贵呀。你如果不便于讲,就算了,我走了。请你以后多保重,珍惜自己年轻的生命。"

"你到这里干什么?"姑娘的声音提高了许多。

来魁轻松地说:"我也是来找死的。好姑娘,回家吧,父母养我们这么大不容易。死是一瞬间的邪念,过去就没事了。你在最邪念的一瞬间被那么远的人看到,说明你还有美好的未来。快回吧。今天,救了你也救了我。"他边说边走。其实他不想走,他想到应该把这姑娘送回家才对。

姑娘多愁善感的样子,眼光明显流露出对来魁的感激。

来魁停住脚步,转身答应:"走,我送你回家。我不放心你。"

"到我家去吧。到我家坐坐。"姑娘真诚地说。

翻过山梁姑娘指着眼前像一匹瘦马似的老房子说:"这就是我家。家中只有我和妈,还有一个读书的小弟。"

姑娘走进屋,来魁跟着走进去。屋内光线很暗,到处是挂着、躺着、睡着的农具和农产品。他们走出屋,他们谈了很多话题。来魁知道这姑娘叫张天珍,比胡来魁大两岁,读过九年书。她是随母亲改嫁到这里的,她还有一个同母异父的小弟在读高中。

听姑娘讲，去年她继父去世时，他们队里有一大队干部主动借给她家两百块钱，现在要他们还，他们没钱。那干部经常猥亵她，今晚就要她陪过夜。那干部要钱是借口，主要是想占有她。她已经无计可施，所以才想一死了之的。

来魁想："她该不是要我替她还那两百块钱吧，我可没带那么多的钱呀。她为了两百块钱上吊，可见是真的穷。"他对姑娘说："这干部多大年龄，结婚没有？他今晚真来吗？"

姑娘小声说："他快三十岁了。他今晚真要来的。"

来魁很气愤的样子说："你们怎么不去告他！"

"我们拿什么证据去告他。差别人的钱是事实。"

"我有办法让你们弄到真凭实据。"来魁心里有了好主意，并详细讲给姑娘听。他是很憎恨那些品德败坏的人，他此时恨不得要那个人的小命！

他们谈农村青年人的生活与理想，来魁的话让天珍茅塞顿开。他们双方都像见到了知音。来魁是想尽可能多向天珍灌输积极向上的思想，让她以后不再想做今天这种大傻事。

比来魁的妈年轻的母亲收工回来，看见家里有不认识的客人也很热情友善。母女俩做好丰盛的晚饭，来魁吃了三碗，他今天实在是饿得慌。

夜晚，来魁睡在姑娘的床上。姑娘和母亲同睡另一间房里。这里没通电，来魁吹灯睡下。他没睡着，忐忑不安，他像在做梦。

不一会儿真有一男人的声音喊开门，母亲开的门。那男人没提钱的事径直来到姑娘的床边。很快就有一只手在来魁身上乱摸。来魁怒火冲天，一拳打过去，那人"啊"了一声。然后来魁对那人左右开弓一顿猛揍。看来那男人弱不禁风，经不起劈头盖脸的打击，倒地哀号："饶命呀。"

听到叫声，天珍早吓得胆战心惊。

母亲点灯过来，指责胡来魁的行为。来魁拿起事先准备好的棒子，恶狠狠地说:"饶命可以,写纸条我手里。"来魁拿出记事本,要那人写上"我再不非礼张天珍了"。

那人慢慢坐起来,用疼痛发抖的手写完。

来魁放缓语气说:"你走吧,以后不许再来,欠你的钱会还你的。"

那人灰溜溜地走了,来魁像打了胜战一样沾沾自喜。他今天是豁出去了,他已做好以死相搏的准备。他心爱的凤伢子嫁别人,他早就想到死。今天的天珍姑娘要是选择跳河他会奋不顾身跳下去救她,把她救起自己牺牲了该多好。那样的死多光荣,又能摆脱凤伢子的远嫁带给他的伤痛。上帝偏偏安排他今天这样救人。把别人救了,自己一点儿也不显得见义勇为的光荣伟大。

翌日来魁醒来时,母女俩把饭做好,天珍倒水他洗漱。吃完饭后来魁要走,天珍送他时来魁才说出他的真实名字,并把那张出门证明给天珍看。这时的天珍也向他说出心里话。其实昨天夜里来的男人与她属于恋爱关系。那人姓罗,在大队任会计,结婚后一直没小孩,经检查是他爱人的问题,经过治疗,还是没有生育。在一次吵架后,他爱人吊死在山沟的树上。他一直没再找,一直在追求张天珍。天珍的母亲很赞同,因为年龄相差六七岁,天珍一直没同意。天珍没勇气拒绝他,也没办法摆脱他,时间长了天珍渐渐产生厌世悲观的情绪,总觉得人生的路越走越窄了。昨天发生的事情她也懒得去想,不知以后怎么面对罗会计。她和来魁计划的是吓唬他一下,没想到来魁出手打他那么重,要是罗会计有个三长两短她该怎么办。来魁说:"你尽管快乐地上工,学点幽默。有什么事情给我写信,好大的事我来承担。"

"你是个好人,我会给你写信的。"天珍小声说。

来魁站住说:"不要你送了。来,笑一个。从昨天到现在没看见你笑,你笑起来一定很美。来,笑一个!"

天珍没有笑,目光里流露出复杂的神色。她说:"谢谢你救了我。我会珍惜的。"

来魁最后对天珍说道:"人生的前面总是有路的。我昨天在山上没有路了,却看到了一位美丽的姑娘。古人说'山重水复疑无路,柳暗花明又一村。'路是自己走出来的。路不是越走越窄,是人的思想越来越窄了。多看一些积极向上的书。快回去上工去吧。如果有人问你昨天怎么没上工,你就说家里来了客人。好,再见!"

来魁最后看到天珍仍是忧心忡忡的眼神,他却把最美的笑脸留给了山里的姑娘。来魁告别天珍向梯田方向走去。来到一块谷蔸田,他下田走了一圈,好像发现了什么。这块稻田割了谷为什么没种庄稼?他向离这最近的农家走去,有一位腿脚残疾的老汉一瘸一拐地走来。他忙迎上前问:"老大爷,看这块谷蔸田没有珠行,这是怎么回事?"

老人听来魁说话不是本地人,不知道他是水葫芦还是旱西瓜,上下看着来魁,问:"你是干什么的?"

"我是知青,搞农业科技的。"来魁很文静的样子说。

山里老人的话不好听懂,老人说了几遍来魁才摸清端倪。原来这是一块每年做秧苗的田。去年秧苗长大后,因为山顶两块田整不了不能插上秧,看着季节已过,就改种玉米。这块多余秧苗田由于季节过去就没重新整栽,队长安排几个社员把多余的秧剔了出来。后来这块田的粮食产量比前年还高。

来魁把老人的话听懂后,说:"如果刚开始把谷种少撒点,以后就不用剔了。"

老人没听懂来魁说的话。

从这事来魁悟出一道理:他们家乡是以水稻为主,这秧不用移栽,跟种小麦一样撒种一定比栽秧产量还高。

左开琼骑自行车到大队经销店买日用品。大队放广播的小伙子叫朱章明,是大队书记的什么亲戚。他看到开琼骑车来,就走出广播室对开琼说:"左开琼下来玩一会。"

开琼笑脸说:"我家还等着盐炒菜呢。"

"你家刚办完事,就把盐吃完了。幸亏我没去,要是我去了,醋都没有了。你姐出嫁,我真想去喝酒,我很喜欢你姐的!"

开琼到了经销店,朱章明跟来。开琼买了几样生活用品。她买卫生纸时,脸是羞红的(那个时代没卫生巾)。她不准备买盐,看朱章明进来,最后还是买了一袋食盐。

"你姐嫁哪里呀?我以前读书时好喜欢看你姐呀。现在看到你,也跟看到你姐一样。你们双胞胎太相像了!"

开琼说:"你要看我姐,先学会游泳。我姐到江南去了。"

朱章明又说:"胡来魁回来没有?我前天看他到大队来打出门证明,我问去哪里,他说到西天取经。你说好不好笑。看他的样子好像真是出门做和尚去的。"

开琼说:"他真跟你这么说的?"

朱章明说:"嗯。现在他恐怕都上五指山找悟空去了。"

胡来魁没打招呼离家出走,生产队里的人有说他找江南的凤伢子去了,也有说他出门跳江了……他跟母亲说是去同学那儿玩的,看三天过去还不见儿子回来,做娘的从担心到伤心。土豆知道来魁不会死在外面的,他怀疑来魁还没有完全醒酒。到第四天的晚上幺狗子终于回来了,他妈只有惊喜没有责备。听说没吃晚饭,他妈就去燃灶做饭,世上真的只有娘好!

这次出远门虽然有些贸然冲动,但对胡来魁来说真像做梦一样。他把一个年轻姑娘从死神那边拉过来了。这次好像也是上帝有意安排他,算准时间和地点拯救一条鲜活的生命。救了山里的姑娘同时也救了他自己,因为他在出门时真有过轻生的念头!回家以后他想好多年以后他还能见到兴山那个叫张天珍的女人吗?天珍的出现,或多或少减轻了他失去凤伢子的伤痛。就是天珍的出现使胡来魁的人生故事有了传奇般的色彩,也有了这本小说。

第 3 章　说媒

凤伢子结婚第二天,按风俗她得与立新回一趟娘家。因为那天有小雨,他们没有出门在家玩了一天。

第三天没有降雨,队里响了铃声,凤伢子要第一次上工去。她的名字也第一次在那里的记工簿上落户了。

凤伢子所在的地方是公安县一个叫马家寨的生产大队,离长江不远。这里曾是凤伢子母亲的娘家,现在成了凤伢子的婆家。这里是棉产区,水稻不多,干活还是很轻松的。凤伢子第一天上工是麦行锄草,这种农活凤伢子还是第一次。好在她是农民出身,只要是农民的活,她一看就会的。很多社员对凤伢子也很友善,总主动与她说话。凤伢子不怎么会说无关紧要的礼貌话,她的话很少。

回到家她的话还是可以随便说的,也只是与立新在房里说说。不过现在他们的主题是同床共枕的话,凤伢子羞得不好开口。她不喜欢夫妻生活,这与她对这门婚姻不满是很有关的。小时候与幺狗子(胡来魁)做的这种丑事,现在回想起来还是有感觉的。那种感觉就像幺狗子偷来生产队的生西瓜给她吃,只隐约有点西瓜的味道。

小时候与幺狗子做了那种事就打定与他结婚,可现在与老表睡到一床了。这是对不起幺狗子的。但她也恨幺狗子!她不知道父母早给她订了婚,她当幺狗子的面没有承认过这门亲事。这期间他幺狗子就应该派人到她家说媒,并且她暗示请萍儿的爸爸做媒。幺狗子经常说要自由恋爱,不要媒人。他们没能结婚,责任完全在幺狗子身上!

凤伢子安慰自己是对得起幺狗子的,做姑娘时的第一次第二次是给了他的!

凤伢子想:如果今后她的孩子真有近亲问题,她就要来魁帮她怀一个孩子!这熟门熟路的忙,幺狗子是肯定要帮的。

水颜草姑娘家门口那棵大构树上吊着的铁抽水筒——这就是古井二队上工的铃。这地盘以前是一个碾米台,现在有了打米机,这地方就荒废了。这里原有的土地庙,后来拆除,现在还能看到旧遗址。左队长走来敲了六下抽水筒,声音挺响的。队长扛着锹来到前一排农户家门口。

胡来魁端着饭碗问:"队长,我今天干什么事?"

"你回来了!很好,很好。拿锹到苗田挖沟。"左队长笑着说。队长两个眼睛一样大,他笑起时一个大一个小了;两眼睛区别最大时,说明他笑到了最大。

"胡来魁,这几天你到哪里去了?"

十分亲切的声音在他耳边响起,他扭头朝声音方向看去吓他一跳,这不是凤伢子在对他说话吗!她不是嫁江南去了,怎么又回来——他回过神来才明白,原来是凤伢子栾生妹妹左开琼穿着她凤姐以前上工的外衣走来。

胡来魁很骄傲地说:"我去兴山王昭君的故乡玩了一趟。"

左开琼扛着锹边走边说:"看看外面世界死都值得。快吃了饭挖沟去,讲讲故事我们听。"

"好。"胡来魁好高兴的样子。

凤伢子出嫁后,她把那件劳动时的红色春装留给了妹妹左开琼。今天左开琼穿着姐姐的衣服,这使来魁忽然感到凤伢子好像没有出嫁。胡来魁和以前那样口里唱着《好一朵茉莉花》的歌,扛起锹朝很多人走的方向走去。有很多人笑着问他这几天干什么去了,他笑着回答说,"做梦去了"。

挖茅渠涧沟,每人分段十锹把长。队长给左开琼分十锹把,胡来魁要接着分段,和凤伢子妹妹在一起干活,这样他先挖完了就能帮左开琼挖。他把大双从来没叫过大名,他把小双从来没叫过小名,不知是什么意思,也许这是从小到大叫习惯了。

胡来魁把在外面看到的稀奇古怪讲给山青左开琼他们几个年轻人听,听得小青年山青也想出门玩儿天。春天的太阳多么可爱,可爱得劳动的人脱了一件衣服又要脱一件衣服,用身体皮肤以最近距离接触久违失去热度的阳光。来魁脱得只有一件单褂,他把脱掉的棉衣放在苕籽苗田里。

左开琼先脱春装再脱毛衣,上身只有秋褂,一对丰满奶随挖锹动作而跳动。一阵春风吹来,来魁能嗅到从左开琼身上散发出来的大姑娘芬芳。春天的阳光把农村的姑娘变得比过去的冬天可爱了。凤伢子今天来挖沟也肯定和开琼一样丰盈好看的。春天是有菜花和蜜蜂的季节,这是一年四季来魁最喜欢看到凤伢子的时节。

油菜花盛开时不正之春风是挡不住的,处处有春风。河边的杨柳发出嫩叶,惹得蚂蚁成群结队向上爬。燕子飞过牛背呢喃地叫,叫得牛儿不想吃嘴边的枯稻草;几头年幼的牛犊围着牛桩蹦跳,它们真想挣脱鼻绳去啃堤坡上那儿根看得见的青草。油菜田里传来一阵阵拎着竹篮找猪菜的小姑娘们的说笑声,春天的灿烂依旧。大双姑娘出嫁了,小双姑娘穿着大双姑娘的衣服,这个春天和以前一样了。

左开琼吃罢晚饭,把没有窗帘的窗户用那块麻布撑挡好,洗完澡。看月光可爱本想出去玩玩,月光下没看见年轻人,她也就回家上床睡了。她和哥嫂共一间房,当中隔道墙,不同房门。她怕以后听到哥嫂吵架说话和做那种事的响声,与姐姐到街上买嫁妆时她买了一台小无线电,每到这种情况她就把无线电打开。以前是和大双姐同睡,星期天秀儿回来就三姐妹睡。那多热闹;冬天可好,夏天热的受不了,大姐命令全部打赤膊睡觉。如果仨姑娘都是赤膊,要秀儿在床上分清哪个是大双姐哪个是小双姐,那秀儿只有喊妈了。人多睡觉时她们就能压住哥嫂那边的响声,现在是开琼一人睡觉,她就怕哥嫂那边发出声响。好在她家的哥哥也挺注意,上床休息时尽量不发出响声。小双买了收音机哥哥也不知道。只是嫂子不注意,有时竟发出声音。

如今姐姐出了嫁,妹妹去上学,左开琼觉得一人好冷清。她打开收音机,晚上能接收很多电台。陡然想到姐姐都嫁人,可自己还没对象,她这时才发现自己还从没想过这事。她的心好像还停留在小时候跳绳踢毽子跳皮筋时蹦蹦跳跳的年月。她还没想过哪个男青年,读高中时有男班长给她写纸条,当时看了脸不改色心不跳,因为她不知道是情书;以后独自看到班长她才有脸红心跳的感觉,可一个星期后就消失了。以前有帅气的男同学对她说过很多带意思的话,也好像是对水缸空里说的话没一点效应。爱她的男同学都晓得她是个不开窍的传统女生。有同学干脆跟她取了一个"不开窍"的浑名,还保留了她们左家的"开"字辈。放星期开琼有几次与来魁同伴走到公社中学,来魁帮她拿行李,她对来魁的印象还是比较好的。姐姐结婚时胡来魁对她父亲说爱姐姐的话多感人。他对她父亲说了几遍,"您总有一天会成为我好丈人的"。酒后吐真言,这话的内涵是不是他得不到姐姐了,但还可以得到小双她。今天胡来魁又帮她挖了两米多长的沟还没让别人看见。姐姐的出嫁肯定对来魁有打击的,可来魁没有悲观失望和自暴自弃。其实开始父母是准备把她嫁到江南的,小时候有过这话;因为她死活不同意,父母亲只好把听话的姐姐嫁过去了。她现在总觉得对不起姐姐,也对不起胡来魁。她觉得是自己亲手拆散了姐姐与来魁没露头角的爱情。这时她想起下学后第一天上工来魁对她说的那句充满关怀的话。

她第一次上工是在窑场挑砖,她的印象很深。每个生产队里都有一座土窑烧制青砖。古井二队家家户户的青砖都出自队里的土窑。老年人和泥扳砖,青年人上砖出砖,外地来的师傅只垒砖烧砖。左开琼第一天上工就是用夹担把窑里烧好的砖挑出来码成磴子。出窑没上窑累,出窑就是多灰。那天带班的是年轻的副队长。开始挑砖时,每人挑一样多。

看见左开琼在码砖,来魁挑着砖大步走来对她说:"开琼呀,你第一天上工不要和大姑娘男青年比呀。你们女孩正是长身体的时候,不能陡然负重的。"

她用胳膊擦了一下额上的灰,微笑地说:"这一担砖不重,挑得起。"

"不是挑不挑得起的事,你跟我们挑一样多,你的工分也还是少两成的,因为你是刚下学的都这样。"

"这没什么。"开琼转身辫子一甩又去挑砖。

来魁说这话被副队长听见了,副队长说:"你就没得小双的思想又红又专。"

来魁说:"我本身挑的就是青砖,又不是红砖。"

左开琼听见了,哈哈地笑。

开琼到现在才知道来魁平时关心她,原来是来魁在爱恋她的姐姐。以前来魁对哪个女青年都关心,她也没看出来魁与姐姐有特别出格的言行。姐姐结婚时她才看出来魁是爱姐姐的,姐姐也是爱来魁的。幸亏自己没爱上来魁,否则今天与姐姐撞车了……开琼一阵胡思乱想,最后的结论还是:她不会爱上来魁的,她再怎么也不能吃姐姐没吃完的剩饭!

每天晚上来魁还是照样想到凤伢子,每天他好像不是与开琼参加劳动而是和以前一样与凤伢子在一起。胡来魁把对凤伢子的思念渐渐转移到左开琼身上,他感觉到凤伢子好像还没有出嫁。来魁想只要自家有钱或者自己能出人头地,他去向左开琼求婚,她不会反对的。经过几夜的考虑他有了好主意,他想到要用炸米花的机器挣钱。

他在父亲手里学过补锅的手艺,可那赚不了几个钱。现在好锅都有人砸了卖铁过日子,哪还有人补破锅呢。炸米机也有锅,他是一个补锅佬好像对锅情有独钟。

这次出门他在宜昌农村看到一种炸米子的机器是怎么把一升米炸成一筐米子的。当地人把这种机器叫作"粮食扩大器",这意思是说粮食少了不够吃用机器扩大了再吃。他想出门用这种机器炸米挣钱。队长不许他这么做，一句话就像一盆冷水倒在他身上。

开琼的幺妈骑自行车来到开琼的家里。开琼上工回来吃中饭才知道幺妈是来给她说婆家的。吃饭时幺妈把小伙子的照片给开琼看，开琼看了一眼就笑。她说："我现在还没想找婆家呢，还等两年再说。"

开琼的妈说："你还小呀！再不说就要做尼姑了。你看立秋这么瓜溜的姑娘现在都没找到一个称心如意的。你要早说才能选精的选肥的。"

幺妈说："这小伙子老实肯干，家里条件也还可以，现在跟窑场开车。"

开琼说："我要找一个有知识能说笑话，有体力会干活的，身高马大，眉清目秀的。"开琼就是希望找一个像来魁这样的，要比来魁家里条件好。

父亲想到了幺狗子，但他没说出口。

凤伢子出嫁后，好多青年小伙把目光直接盯上了开琼。双胞胎的美丽早在这一带家喻户晓。她们在古井学校读书时，学校有文艺活动双胞胎是文艺队里的主角。她们双胞胎小时候不怎么好看，自从到文艺队里后脸里好像抹了艺术香水，一天比一天好看起来。她们双胞胎唱歌不怎么样，可她们的舞跳得如凤似蝶。左开红下学后，左开琼就成了校花。

在这么多说媒的人中开琼还是对大队广播员朱章明有兴趣。那电工身高体健能说会道，就是黑一点没来魁看得顺眼。那电工自己追求开琼，碰了壁又请这一带著名的屈木匠来说媒。屈木匠是开琼父亲的木匠朋友，屈木匠经常在外面接活做不了要来请开琼的父亲赶工，父亲做一天木工要抵在生产队上两天的工。关键那电工是书记的侄子，这是开琼动心的主要因素。倒霉的是开琼的父亲以前在队里任会计时，与大队的干部结下了不友好的梁子。开琼直言不讳地告诉屈木匠说她有了男朋友。屈木匠走了，父亲问开琼与谁好上了。开琼赌气地胡诌说，"本队的怎么样！"父亲听了半天没回神说话。本队的还有谁，她不敢与姓左的青年，只幺狗子是外姓。父亲木讷地坐在灶门口，好长时间喟然长叹。

没想到开琼一句赌气的话倒给自己壮了胆。心里根本还没来魁,她只是烦家里来说媒的。自己读了这么多年的书,自己找不到铁饭碗,一个打铁匠还找不到吗?要你们父母操心什么。咦,来魁不是铁匠,他是一个补锅佬,锅也是铁做的呀!

来魁听开琼说过屈木匠为她介绍电工的话。来魁这段时候的心里真是乱七八糟:开琼把这种话对他讲,是不是要来魁抢在电工之前动手呢。

其实,来魁的母亲也在跟儿子着急。一天吃饭时,妈说:"幺狗子,我看小双对你有意思,我来找她的小爹帮忙说过媒吧。"

来魁说:"你现在怎么想到这事了?以前凤伢子多好,你们怎么不吭声的。"

妈说:"大双出嫁是一梦中的事,现在悔不转来了。小双和大双是一样的,跟你说小双还好一些。"

来魁说:"我先与她谈谈,她有这个意思,我们就自由恋爱吧,不要你们操心。"

妈说:"小双不同意,你干脆就跟下雨成亲算了!"

一天下雨队里没响上工铃,开琼到萍儿家玩,看萍儿做衣服。陈大姐老公一只腿不方便,成了左家台的裁缝师傅。萍儿在他手下学过几天,现在萍儿也会做衣服,只是小孩的棉袄不会裁剪。一个队里的师傅教徒弟总要留一手的,全部交给徒弟就相当于共了米缸。开琼在萍儿手中学裁缝,现在的开琼只会缝不会裁。

来魁到萍儿的房里平时都是直接推门进去的。开琼想找几张报纸来学裁剪,她刚准备出房门,来魁正好推门进来。因为房门是朝里开的,房门正巧碰到开琼的脸上。听开琼"哎呀"一声大叫,房门反弹回来。来魁忙进房,看开琼蹲下来用手蒙着脸很痛的样子。来魁笑着说:"刚才门碰到你的脸好像是碰到了凤伢子的感觉呀。"

萍儿离开缝纫机,查看开琼的伤情。开琼站起来,脸上看出已经没有大碍了。看到开琼从痛苦到平静跟凤伢子是一样的表情,来魁好像把开琼当成了凤伢子。开琼没有责备来魁,差点痛哭起来,湿润的眼里有一种喜剧的笑脸了。来魁心中一时对凤伢子出嫁的忧伤在开琼这种笑颜中烟消云散了,他觉得对开琼的爱情之门就从开琼的脸碰房门开始了。

开琼说来魁:"你也真是来得巧!"

来魁对开琼笑脸说:"我是来喊凤伢子打牌去。"

萍儿说:"那是大双姐?"

来魁指着开琼说:"这是凤伢子呐。"

开琼没反感来魁的称呼,她像真是凤伢子回答说:"到哪里打牌?"

来魁说:"到江南打牌去。"

萍儿好笑,说明萍儿也知道来魁与凤伢子结婚时发生的那些"参考消息"。萍儿早就相信来魁与凤伢子有感情,现在凤伢子出嫁了,来魁爱凤伢子双胞胎的妹妹也在情理之中。那天夜里凤伢子在萍儿的房里睡觉,凤伢子夜里敲来魁的窗户,萍儿不知道。她知道这事肯定要对开琼讲,因为她们之间没有秘密。

来魁对萍儿视而不见,继续对开琼说:"几时与你去一趟江南吧,用你把凤伢子调换回来。你们双胞胎长得一模一样,真要是调换了,你穿凤伢子的衣服,队里的人是认不出来的,只有我跟你妈才会认出来。你与凤伢子就嘴角有微微的区别,别人看不出来。假设是真调换后,她天天跟你一样上工,没人知道的。她与下雨有说有笑,下雨也不会怀疑是凤伢子。"

开琼不高兴来魁说把她们双胞胎调换,说:"你今天起来早了,没话说了!"

来魁从床沿上站起来,摸衣服口袋,说:"我荷包里这么多话,怎么是没话说了?"

开琼对萍儿说:"姐姐走了,我好不习惯。现在才慢慢习惯了。"

萍儿说:"大双姐出嫁走了,我都有些不习惯。"

来魁说:"只有我才不习惯呢!我还是想跟小双去一趟江南。"

开琼说:"你要去跟下雨俩去。"

来魁说:"下雨找不到凤伢子的家。"

开琼将额前的头发捋到耳廓上说:"你跟萍儿去,她知道地方。"

"我要跟你去,去了不能把你们调换,把名字调换回来也行。那样,我天天就把你叫凤伢子,你在我心中也偷梁换柱地成了凤伢子。"

这时萍儿说:"大双姐出嫁了,我把小双姐有时还当成是大双姐。"

开琼明白了来魁的话意,她说:"我问你,姐姐出嫁时,你是真醉了,还是借酒装邪,害得我姐姐两天都是个木相,哪像是做新姑娘。"

来魁说:"我是真醉了,一直醉到看见张天珍上吊,我才真正吓清醒。"

开琼说:"你讲山里姑娘上吊,我始终不相信,世上哪有这么巧的事?"

来魁说:"以后山里姑娘肯定要写信来感谢我的。她如果来信了,我把信给你看。她不来信,我也要去一封信,鼓励她热爱生活。"

于是,来魁又对开琼讲述遇见天珍细节。他讲述兴山之旅就没完没了。开琼说来魁是"乡巴佬到上海,回来嘴讲歪"。

开琼下学后有一次脱离劳动的机会,校长要她去教书。开琼读书时语文和政治总是在班里领头的水平,要她教小学语文还是绰绰有余的。书记的姑娘教了几年的书要出嫁,小学校长要开琼顶替。左队长知道这消息找老师和大队干部说情让自己的姑娘顶替了。左队长的姑娘叫左开琴,小学五年她读了八年是老留级生。大队干部考虑到左继业的队长资格老,再加上他姑娘在小学读了七八年资格也算老。上午还是一双裤腿裹泥巴的左开琴,太阳偏西时就穿上飘逸的新衣飞去教书了;一直到现在坐办公室把屁股都坐大了,原本黝黑的脸皮也渐渐养得像书页一样白净了。开琼没怎么恨左队长,毕竟左队长与她父亲是叔伯弟兄。

只要有好事左队长都会想到开琼。有一天晚上左队长到开琼的家说:"小双,你到共大(共产主义劳动大学)去不去呀?我弄来一个指标。"

开琼说:"到那里干什么事?"

队长说:"以灭螺为主,也有农田劳动。你有文化人品好,到那里有前途。"

开琼说:"我考虑一下明天决定行吗?"

队长说:"好。"

这一夜开琼犹犹豫豫睡不着,她不知道是去还是不去好。她漂亮,到共大那里的年轻人多,她担心把名声弄坏。一队有一个漂亮的姑娘在灭螺队里就是坏了名声回来的。她不想去。看似她人生的一个小小的选择,其实是她人生命运的大改写。这夜开琼想到家里要急着为她说媒,她决定去共大,万一遇到烦心事就回来。她拿出日记本,把这种复杂的心情写在日记里。

第4章 共大

来魁也在写日记,这是他在小凤仙送他的日记本上写的第一篇日记。

他写道:

我失恋了并没有悲伤,因为我爱的是双胞胎;失去一个凤伢子我身边还有一个凤伢子,左开琼越来越像凤伢子了;姐妹俩一模一样没什么区别,失去的金铃找回来了。这得要感谢凤伢子的母亲啊!现在只要对凤伢子的痴迷转移到左开琼的身上就可以了,或者把左开琼直接塑造成凤伢子来想也行。这多现实,多实在!以后再想凤伢子就把开琼多看几眼,说不定还可以与开琼继凤伢子的续谈情说爱。这不是画饼充饥,而是相当于没饿就有现成的饼子吃。这段日子天天和开琼在一起劳动,好像凤伢子一点儿也没出嫁的感觉。开琼有知识会理解人,比凤伢子更可爱。把开琼弄到手了,今后与凤伢子就是姨姐关系,那样再见凤伢子的机会就多了,我可以看着凤伢子变老。那就相当于锅里有个凤伢子,碗里还有一个凤伢子!如果把这个与凤伢子一样的开琼失去了,我以后见凤伢子面的机会都没有了;即使很多年能见上一面,也不能说上一句半话。

开琼难道是为他来魁留着的?

队里的男青年都喜欢和开琼一起劳动,他们因同姓是不能恋爱结婚,队里只胡来魁是外姓——还真是留给胡来魁!

没有文化的凤伢子都没有能与胡来魁结婚,这个开琼能与胡来魁相好吗?她不会到外面与更优秀的小伙子谈情说爱吗?现在最关键是不让开琼与外面小伙子有来往!

第二天早晨开琼来到队长家,她答应去共大。队长写了一张报到条给她。

吃早饭时,妈对她说:"你到共大,一定要注意自己的名声呀。一个姑娘家,名声要比命贵呀。"

父亲说:"搞得好就在那里,搞不好就回来。我还是不希望你出去,姑娘大了在我们的身边看着,我们还是放心一些。家里的自行车你骑去,我们以后再买一辆。"

开琼说:"我不是三岁大两岁小的孩子,我大了,会照顾好自己的。"

妈说:"就是你大了我们才不放心。女行千里母担忧。"

开琼收拾衣服装进哥哥结婚的皮箱。父亲用绳子把皮箱绑在自行车上。开琼抱来叠好的被子,父亲接过被子放在皮箱上绑好。这时队里上工的铃声响起,开琼听到了心想,这熟悉的铃声对她已经不起作用了。一时间,她像有一种脱离农村的感觉。

开琼骑车从农户门口走过,她看见队里的人就在屋后挖沟。她很想和姑娘们说告别,很遗憾,没有看到姑娘们的影子。她想上次挖沟有来魁帮助,以后到了共大就想不到来魁帮她挖沟了。屋后的沟是他们这批年轻人挖出来的,今天这沟不是鸿沟,而是勾心的沟。

来魁和年轻人在屋后面的苗田挖沟,每人十锹把长。挖了一会,来魁没看到开琼,他问山青:"今天怎么没看到小双来挖沟,难道她昨天连夜偷偷地出嫁了吗?"

山青停住锹说:"小双今天要到共大去。她不去,就安排元安去。"

有人说:"到共大比生产队还是轻松得多,起码不上堤。到那里都是年轻人比生产队好玩多了。"

土豆说:"那地方像围城,有的人想进去,进去的人想出来。"

开琼刚闯进来魁的日记就去了围城那种地方,来魁的心像听到凤伢子要出嫁的消息一样难受。他把锹插在地上说："听你们说稀巴巴话，我要上厕所了。"他向自家的厕所走去。越过一条小沟时，他在地上拾起一根遗弃的旧镰刀把。他用把儿打着手，来到门口。他想去劝开琼不去共大，如果开琼不听话，他就用手里的把儿打她。

他快步来到开琼的家，"开琼，开琼。"叫了两声。

开琼的妈出来说："你找她有事吗？她刚走，到共大去了。"

来魁说："小妈，我找她没什么事。我看她今天没上工，顺便来问问。"

来魁忙回家骑自行车赶出门，上了公路也没看到开琼的影子。他停下自行车，站在那里，用手中的镰刀把狠狠地打了一下自己的小腿。看来是打得很重，回转时不能上自行车。他一瘸一拐推自行车回家。

山青看来魁从大路上漫步走来，笑他的样子。

来魁佯装说："刚才，腿子蹲麻了。这沟也跳不过，只能走大圈来。"

凤伢子以婚礼离开了来魁，这开琼又如葬礼突然来临！

开琼穿着她那件很合身的紫红色春装来到了共大。这里离古井二队走小路有八到九里的路程。这里原是公社中学的校办农场，公社政府接管后在这里扩建两排新平房。来魁和开琼在读高中时都来这里劳动过，开琼对这里太熟悉了。

她推着自行车，有人叫她："左开琼。"

开琼一看是古井五队的姑娘，与开琼是一个大队。那姑娘叫冬梅是凤姐的同学，留级后成了她的同学。

开琼向姑娘走去，说："窦冬梅，你也来共大了？"

"嗯，我去年就来了。你是来报到的？"

开琼说话脸相跟笑似的："嗯。我们古井来了几个？"

冬梅说："我们大队只有三个指标，只来了我一个。走，我带你报到去。"

这里的老队长见到开琼像早已认识似的，开琼倍感亲切。

晚上，开琼在写日记：今天我来到共大，我像出嫁的姑娘，这时好想娘家。我这贸然的决定也许将改变原本的生活轨迹,不知今后是后悔还是默许……

这所共产主义劳动大学是公社政府建办的,到那里工作都是各大队有知识的向上青年。其实就是一个灭螺队,因为名字不好听,好多青年不肯来这里,就有人给取名叫共大。青年人在那里以灭螺为主,虽然劳动没完没了,但这里有青春的汗水和爱情的力量。这里恋爱的男女百分之九十都结婚了。这里是血吸虫的区域,年轻人根本没有把小小的血吸虫放在眼里。明知道要感染血吸虫,可他们下水一点也不怕。这里的男女青年可以自由地恋爱,不像在生产队受同姓同族的约束。这里的姑娘是主题。这里的姑娘不能太多,也不能太少。一个姑娘家在是非信号里稍微不小心名声就被狐狸叼走,成了狐狸精。

漂亮的开琼来共大,父母虽然高兴,也担心。姑娘一生不怕错小路就怕错大路。

共大有两排房子,男青年一排,女青年一排。房子前面是篮球场,篮球场前面是一片菜地和鱼池。

开琼头一次上工是在田间平沟。这里有几十亩农田都是科技试验田。二十来个青年男女加上二十来岁的年龄,这是容易出事的年龄。好在这里的老队长有严格的管理制度,谁不听话,卷铺盖走人。刘队长有五十多岁,他是这里荒田开垦的元老。他老婆在这里种菜做饭躲避生产队妇女那血雨腥风的苦日子。这里的农技师是一对恩爱的中青年夫妻,早年也是在专用灭螺队劳动中擦着肩相爱的。

几天用锹平整田块,渐渐年轻人都知道对方的名字。与开琼同一间寝室的姑娘叫牛三英。开始听别人叫她牛三英名字,开琼还以为身边的姑娘叫牛"上翼"(耕田时对牛的吆喝)。开琼觉得这名字好笑,耕田时都不用使唤牛了。

后来,开琼才知道姑娘姓牛名三英。她大姐叫一英,二姐叫二英,她是老三,自然叫三英。她家里还有四英,五英两个妹妹。这么说来她们的妈才是真正英雄的母亲,姑娘全是英! 说她母亲英雄还有重要的一条就是,她们这么多姑娘没一个夭折的。那个年代的母亲不丢一个孩子不但是英雄,而且还是了不起的伟大。

微胖的牛三英上身丰满两腿修长,不管是看她局部还是看她整体都是很好看的姑娘,只是鼻子周围不该多长儿颗雀斑。她很内向从不与人主动说话,她说话的语气细得好像没吃饭的无劲无力。

开琼问牛三英:"你家没有兄弟吗?"

三英说:"我妈生六胎时才跳宝过来生了最后一个收兵的幺宝儿子。我们家六姊妹,小时候像梯子一坎坎的。"

开琼说:"我有一个哥哥,一个姐姐,一个妹妹。姐姐与我是双胞胎。"

开琼直言不讳地问:"你说婆家了吗?"

三英答道:"没有。"

"你心里有相好的吗?"

三英说:"小时候拿过八字(说婆家)。是姑舅老表,我怕丑不同意。男孩没见面,死于黄疸肝炎。"

"你读过几年的书?还知道抗婚!我也跟你一样反对包办婚姻。"

三英说:"家里穷,只读过初中没毕业。"

这以后她们的话多起来,睡的觉少起来。

来魁以前对凤伢子念想,凤伢子嫁给了别人;现在刚转念到开琼,开琼又去了共大。年轻人的心中总得有一个念想的异性对象。还是想凤伢子吧,只有凤伢子值得他想。

去年腊月二十九,凤伢子到来魁的房里来,她送了一双绣花鞋垫给来魁。他们说了很多过年的话。那天凤伢子说脚冷,要上床焐被子。来魁多想与凤伢子做那种事——他想过很多次的那种事。因为年轻没有经验表达那种意思,几次欲言又止。因为那种意思在当时还是很丑的事,想得是做不得!

小时候他们虽然有过两三次,因为那时他们还不知道是丑事。等他们知道是丑事以后，来魁约凤伢子夜里到柳树下，凤伢子没有去。从根本上来说，凤伢子还是不想做那种事的。所以，既然爱她就应该尊重她的意愿。那天凤伢子是给来魁送鞋垫的，来魁怎么好狠心侵害她。既然是送礼物就说明有爱的意思，既然有爱的意思，今后的机会就多多的……

来魁现在才知道那是最后一次机会了。现在他才醒悟那是凤伢子在爱他，他要求凤伢子，凤伢子不会反对的。如果那次与凤伢子发生了关系，现在凤伢子也许不会嫁给别人的。现在来魁才知道追悔莫及，悔不当初……

葫芦形的渊边，胡来魁和队里的年轻人要填灭一条小河。队长说休息，年轻人离开锹到苕子田里说笑打闹。这条小河是前年这个时候挖的，那时候有凤伢子有胡来魁，没有左开琼。今天参加灭河的好多年轻人前年也参加了开挖这条小河。以前这里是苗田变了河，现在又要把河变回苗田。

这葫芦渊的名字是因为水面像一个长葫芦形，也有人把这渊叫糊涂渊。前几年到这里的知青都把这渊叫"糊涂"渊，这与他们的生活有关。来魁与凤伢子这一批孩子就是喝这渊里水长大的，他们一点也不糊涂！

渊北面是一条苗田大路，路北面就是大片长满青肥红花苕子的苗田。苗田北面是高出地面的台基，台基上手拉手大小不同的树下肩并肩挤着十八户大门朝南的青砖瓦房；再北面一百米距离也这样居住着二十来户一排的人家——这就是左家台。左家台不是一左一右，而是一前一后。胡来魁家在南边和左开琼家是一排。两台中间有一条垂直的公路连接。两排房子的北面就是原来的荒湖，现在的粮田。两排房子西边是一条垂直的斗渠河，河的东边堤坡是通往公社和农田的大动脉公路。斗渠河靠近台基处有两座涵道桥，两桥间的河边有一抽水打米的旧机房。

第一座桥西边是二队机械房，原来的知识青年就住这里。它的南边是牛屋，牛屋西边就是砖窑场。

最能代表那个时代的建筑是生产队的公屋仓库，从第二座桥过来就是仓库。这是座高大的青砖青瓦的仓库。大木门两边写有"公""忠"，两大字。门框上写有伟大领袖书体的"为人民服务"。面墙左边五个大字"工业学大庆"，右边五个大字"农业学大寨"。

仓库的前后左右都有标语，现在字迹虽然褪色了在很远也能看见。步行赶集和骑车出门回来，在远处只要看到自己队里熟悉的仓库，就有终于到了家的感觉。仓库西边南边全是禾场。禾场以西是社员菜地，再西边就是西天——那时古井二队死人住的地方，那是个安静得与世无争的好地方。

仓库北面的厕所是胡来魁下学后要求队里新建的。厕所边是小片杉树林，其中有一棵自生长大的柳树。来魁约凤伢子夜里在柳树下见面就是这棵"了"字形大柳树。现在凤伢子出嫁，这棵看着他们长大的柳树也起不到什么象征性作用了。

古井二队队长叫左继业。合作社刚开始有一工作组干部叫佑继业，因为左右逢源的姓名他被提拔为大队干部。他不怕热，也不怕冷，有力气，又肯使力；他思想红，大热天他总要求队里姑娘们把头顶上的草帽取下来背在背上学公社铁姑娘的形象。他经常对小青年说"公社好似常青藤，社员都是藤上瓜"。他很会做别人的思想工作，别人跟他做工作却像骗牛一样费劲。现在他可是长了胡子的老干部。尽管他姓左，吃饭耕地又是左撇子，可前几年他也差点被打成右派分子。好在他家穷得吭当响，谁也拿他没办法。他看电影从来不看正银幕，只爱看反银幕。这与他是个左撇子可能有关。他看见银幕上的人用左手吃饭打枪，很是顺眼。可是放伟大领袖的《新闻简报》电影他就不敢从反面看了。以后佑继业名副其实打成右派，他也从大队长的位置顺水推舟跌下来在小队任队长。他当干部的时间长自然经验多，队里的好多事他能化零为整，又能化整为零。

戈戈小雨，队里没听到响铃。今天不上工，来魁骑自行车像追赶汽车似的飞到了公社。他买了一双胶鞋，一套绿色薄膜雨衣。他要去共大看开琼，这是想了又想的一件事。以前没有主动，凤伢子嫁给了别人；现在要主动，以免开琼又有了对象。

今天共大没上工，很多年轻人在打扑克。三英在床上休息，开琼坐在床上看书。她的小收音机在叠得整整齐齐的被子上唱着《洪湖水浪打浪》的歌。

有人敲门，开琼开门一看，脸上一阵惊喜，她说："你是怎么知道我房间的？"

拖泥带水的来魁见开琼说话嘴唇跟笑一样就是喜欢看。他也咧嘴说："我问一个姑娘左开琼在什么地方，那姑娘说是这个房间。我想肯定是这个左边开门的，因为你叫左开琼。今天想来看看你的笑脸，只当去江南看了凤伢子。"

开琼笑似的说："进来坐。今天队里也没上工吧？"

来魁走进姑娘的房，他说："嗯。你在这里比队里轻松吗？"

开琼拿出干毛巾给来魁说："把头发揩干。我妈他们都还好吧？"

来魁没要毛巾，他说："不用揩。你妈他们都好。我说到公社去，你妈要我跟你带一套好雨衣。我给你送来的。"

睡在床上的三英醒了，假装没醒一样。她不会说陌生人见面的礼貌话。她要听听这个男青年与左开琼是什么关系。

开琼要试雨衣。来魁说："过会儿，我走了你再试！"

开琼好奇地一笑说："这是什么意思？你就在这里吃中饭吧。"

来魁笑着说："我不假客套，行吗？就在这里吃中饭！你在这里习惯吗？队里的姑娘好舍不得你，经常在一起讲到你。你突然离去，他们把你当去世一样惋惜。"

开琼将额前的头发揩到耳廓上说："到什么山，唱什么歌，渐渐都会习惯的。"

来魁说："到象鼻山唱什么歌？"

开琼莞尔一笑。

来魁觉得离开一段时候开琼宛如绚丽多彩的鲜花好漂亮了。

食堂开饭的铃声响了。

来魁说:"你们今天还要上工吗?"

开琼说:"这是开饭的铃声。牛三英,牛三英,快起来吃饭。"

牛三英坐起来。

来魁对牛三英说:"这姑娘是哪里的呀?怎么叫牛上翼?把你的名字借我耕几天田吧,免得牛走下翼。"

开琼好笑,她开始也这么听误的。

三英红脸一笑,说:"我是王家桥的。"

来魁说:"你认识潘明琼吗?那是我看了不打瞌睡的一个女同学。"

三英说:"潘明琼是五队的。我是二队的。"

来魁说:"你们同房是一种缘分,今后就是好姐妹,多多照顾我这妹妹呀。"

"是的,相互照顾。"

俩姑娘去打饭。来魁高兴地在房里打榧子。

窦冬梅听说胡来魁来了,也端着饭碗过来。

来魁和三个姑娘在一起吃饭,他说:"这也太简单了,吃饭桌都不需要。"

窦冬梅说:"吃公家食堂饭,就是这样的,哪有低板凳高桌子摆上几个菜!"

来魁说:"我们大队只来了你们两个,还可以来人,我回去申请,也来这儿。"

冬梅说:"我们队长说了,到这里来的人要求思想红,今后可以入党。思想上有点污疤都要赶回去。"

来魁说:"谈情说爱算不算思想污疤呢?你们这里的口哨声都是爱情的歌声。"

冬梅说:"我们这里的口号是消灭血吸虫!"

三个姑娘脸上荡起笑容。

来魁吃饭后,看外面的雨小,他要回去。开琼与三英都留他还玩一会。来魁说:"我大风大雨都经过了,这点小雨,我不怕。"

开琼送到场门口。

来魁说:"反映共大的电影《决裂》你看过吗?"

开琼说:"看过。这里的年轻人都会唱电影里的插曲。"

来魁说:"对插曲我不感兴趣,我对名字感兴趣,我怕你到了共大以后会与我决裂!"来魁原准备说"与我们决裂"的,他在这里把"们"直接省了。

开琼笑道:"怎么会!你是家乡的熟人,看到你就像回家了。"

"你这话好重就像这雨落在我的脸上,我记住了。"来魁骑上自行车,倏忽不见了。

开琼回到宿舍。她先试穿胶鞋,然后试雨衣。雨衣里有一张纸条。她打开看:琼,这是我送你的,不是你妈要我带来的。如果你不要,请替凤伢子收下。感谢你妈给我复印了一个凤伢子!好好爱惜身体,保重自己。一切选择都在改变,只有爱不变。

开琼顿时感到脸红心跳耳根发烧。

她是不会答应来魁的!她想用什么办法把来魁送的雨衣和胶鞋礼貌地退给来魁。

几天了,开琼还是没有看懂纸条上的意思:来魁究竟是还爱着她的姐,还是现在又爱上了她。她想把东西给来魁还回去,那样可能会伤来魁自尊。她也想过把雨衣送给来魁,把胶鞋留下。

她想把雨衣带回去给萍儿,要萍儿给来魁。她又怕萍儿怀疑是她送雨衣给来魁的。她最终没有一个好主意。所以,她一直没有穿来魁送的东西。

送的东西这么搁置着,她的感情也搁置着:来魁对她有那种意思,这对她是有好处的。如果在共大有人向她求爱,她就会谎称自己有男朋友了,这样就保住了她纯洁的心灵。再说,她了解来魁,来魁的品行好,尤其对女性尊重爱护。万一不小心上了来魁爱的小船，也就随他撑吧。

这几天想开琼的还有土豆，他现在还没有恋爱的对象，所以只有暂时把好看的姑娘来想着。他想开琼是有理由的，因为开琼很喜欢与他说笑。他从回忆的说笑中是能足够证明开琼是喜欢他的。他们还没有开知识时，大人就告诉他们同姓的人是不能结婚的；同家族的男女也是不能结婚的。这老规矩土豆是知道的。

说土豆想开琼，不如说是土豆在回忆与开琼一起的美好时光。年轻人在一起上工劳动时间长了，怎么舍得离开，现在一下子去了双胞胎两个！

来魁在劳动中总有无穷的力量，这种力量是从开琼那里得来的，也算是爱情的力量。他不仅想开琼，他也想过宜昌的张天珍。不同的是，他爱开琼，对天珍只是回忆与担忧，还不爱天珍。他觉得现在不想她们，他的心就会从凤伢子远嫁中产生痛苦。他现在年轻，他有权利爱所有想爱的女孩。青春的美好就是可以爱自己想爱的人。多一份爱等于多一回青春，多一回青春等于多一份回忆。

不，他是用对她们的爱来检验与凤伢子的爱。他爱开琼就是为了把对凤伢子的爱进行到底。

他现在为什么这么大胆地敢对开琼说爱，他已经把开琼当成了凤伢子！

他也想怎么不栽秧，怎么搞撒直播。他们这里最辛苦的农活就是栽秧！女人的手脚在水中泡烂。所以，姑娘们都想离开这里。他们这里如果能搞撒直播，凤伢子的父母是不会把凤伢子远嫁江南去的。在天珍家乡看到直播的水稻田块，他一直在想怎么用到以水稻为主的家乡。

第 5 章　来信

远在宜昌的农村也是小雨加雾雨的天气。毛毛的春雨织成一张暖融融湿润润的银色大网笼罩村庄峰峦。远处高山之巅雾团悠忽地变幻，好像为山峰老人涮洗衣衫。从山里看到一个不认识的姑娘走来，越看越好看，这就是王昭君的故乡。

张天菊，十七八岁，她比袖珍的姐姐天琴丰腴漂亮。她们姐妹俩虽然也像复印件，可长了眼的漂亮偏在天菊这一边。也许就是她的年轻漂亮才导致她姐姐的自杀（三年以后她才知道真相）。

张天菊翻过上坡来到张天珍的家门口。今天没有上工，她在家待不住。

"天珍姐。"天菊在大门口喊。

天珍回答："来，房里玩。"天珍在房里打钩针，刚钩出像猫尾巴的东西。

天菊进房看到天珍打钩针，说："今天适合大姑娘窗下绣鸳鸯。你怎么钩鞭子，准备抽谁呀？"

天珍粲然一笑，说："我准备抽自己的前世今生。"

天菊说："你还知道前世今生？"

天珍把椅子让给天菊，自己坐到床上。开始进来房里比较暗，待一会就能看清上嘴唇下嘴唇了。天菊翕动嘴唇又说："前些天到你家来的高个子是谁呀？我一直想问你，没张口。"

天珍说："那是武汉上山知识青年。"天珍没说实话，她怕以后对胡来魁再次到来不利。

天菊说："你们是怎么认识的？"

"他是画画的，来我们山里看风景。我妈看他没地方住，留他过了一夜。他说以后还来的，我连他的名字都不知道。"

天菊问："你这钩的什么东西？"

"给一个人钩一条枕巾。"

天菊说："是心上人吗？"

"是个伤心的人！他是荆州的小伙子，比我小两岁，心上人与别人结了婚跑山里来找王昭君散心，在高阳阴差阳错认识了我。"天珍早准备这么告诉天菊。

天菊说："罗会计不许你说婆家，你这么大年纪，该名花有主了。这正好，天上跟你掉下来一个小牛郎。"

天珍说："你不知道，我妈与姓罗的是拧一股绳子。妈是不会答应我到那么远的。"

天菊："不管怎么，你要勇敢点！先给他写一封信试试看。"

天珍："我给他写了信，不知他收到没有。"

天菊："只要谈得来，宜昌至荆州又不是蛮远。织女与牛郎才是远呢。你嫌远了，跟我俩调换，我还希望嫁远一点呢。"

天珍淡然一笑。

这天江南也是阴天有小雨，在当地迷信人的眼里这是鬼出没的好天气。

凤伢子没上工在家与立新和隔壁小两口打扑克。那小媳妇要到后面上厕所，凤伢子也跟去。牌桌上只有立新一人，隔壁的流哥也回家去。

立新隔壁的年轻人是个在社会上混过的流氓，他在凤伢子结婚那天闹洞房就看上了凤伢子。

四个人再回到牌桌，和刚才一样，凤伢子与立新一对，那流哥与他媳妇一对。凤伢子在流哥的上家，她抓牌时，那流哥故意快出手接触凤伢子的手。从那流哥的眼神里已经流露出想凤伢子有些坐立不安地蠢蠢欲动了。

凤伢子说:"立新呀,明天还是下这么点小雨,跟你俩回江北娘家吧。"

流哥说:"还这么几天,就想家了。"

凤伢子说:"嗯。我只要做梦都是在家乡。"

那流哥的媳妇说:"我出嫁以后不想家。蛮想家的媳妇,肯定是娘家有老相好的。"

这话把有老相好的凤伢子说红了脸。她插好手中的牌,说:"人们常说到婆家眼泪泼洒,回娘家嘻嘻哈哈,没有姑娘不记着娘家的。"

那媳妇说:"娘家的娘死了呢?"

凤伢子说:"人活八十八都要朝娘屋爬。"

那媳妇说:"只有在婆家过得不舒心才想回娘家。娘家只是媳妇吵架以后的避风港湾。立新呀,你以后要对凤伢子好呢。你们吵架以后,凤伢子回去要过江不简单。"

凤伢子说:"他敢跟我吵,我回娘家,再来时不上渡船了,直接扎水跟头过来……过来掐死他!"这话是来魁告诉她的,她不会说这么俏皮的话来。来魁知道凤伢子与江南老表说对象以后,来魁对凤伢子说过这样一句玩笑话。

立新与那媳妇相视而笑。

共大的老队长有一副高音喇叭的嗓子。太阳还没决定出来,他就决定今天到古井大队灭螺。

开琼听到古井二字特别亲切,从床上骨碌爬起来。她对牛三英说:"牛三英,今天到我们家乡灭螺,有机会带你到我家里玩一会。"

太阳开门见山地出来了,太阳光把乌云推到天涯海角。二十多个年轻人骑着十多辆自行车,坐车的人手中拿几把铁锹,策马奔腾来到古井大队。

有一条小河,每人十米长的段面。要求沟两边的草皮铲到水中,然后投放五氯粉钠灭钉螺。

"左开琼！"有人叫。开琼看到是朱章明喊她。

朱章明走近开琼说："你到共大去了？"

开琼说："嗯。我们大队只有我和窦冬梅两个。"

朱章明很高兴的样子说："你快分段吧。"他快步骑上自行车回去。

开琼对三英说："我们俩共分二十米，不分你我，就一起干。"

三英说："好。"

队长听了开琼的话说："这大双姑娘的思想真好！都像你，我们就不用分段了，一条龙一起干。我们这里就是要有你这种思想。"队长是怎么知道开琼小名的？看来她们双胞胎在这一带是很出名的。队长肯定是误把小双当成了大双。在没有凤姐的场合有人叫她大双也算正确。怪不得来魁现在把开琼当凤伢子的，连外人也把小双当成了大双。

开琼和三英分段后，开琼快速地用锹铲草皮。朱章明拿来一把锹帮她们。开琼害羞，不要他帮忙。朱章明说："只当我跟这位姑娘（三英）帮忙了。"他跳到河对面去铲草皮。

三英有一锹由于用力过猛，带草皮的土飞到朱章明的背上。开琼没看见。三英抱歉说："对不起。"

朱章明开心一笑："没关系。"

劳动中三英经常偷看朱章明。这小伙子平头正脸身高马大浑身是劲，只是没胡来魁白净。三英很喜欢看朱章明的脸相。她认为别人越好看，自己就贬得越不好看了。

休息时，朱章明说："我今天是来学习的，我明天就到你们共大去。"

开琼说："你在大队搞电工多好。"

朱章明说："再好，没有跟你们在一起好玩。"

三英取下头顶的草帽给脸扇风，翕动红嘴唇说："你在大队当电工？"

开琼说："他还是一个广播员。"

朱章明问三英："这位姑娘,你贵姓？"

三英说："我的姓一点也不贵,姓牛,耕田的牛。你贵姓呢？"

朱章明笑道："比你的姓还贱,姓朱。"

开琼偷笑。三英当着朱章明笑起来。

他们全部铲完,别人还没有铲一半。朱章明离去时,三英对朱章明说了几遍谢谢他的话,开琼只说了一遍。

开琼把锹插在段面上,与三英骑车回二队。到来魁的门口,开琼不用红脸,来魁这时肯定不在家。她来到自己的家,一声"妈"叫得多么亲切。

她妈属于半劳动,在家看孙女。队里有好几个这种半闲人。大忙时队里安排人看管学龄前儿童了,她妈才能上工。

妈出来说："小双回来了！今天怎么有时间回来的？"

开琼说："我们今天在大队部灭螺,先干完了。这姑娘叫三英,与我同寝室。我把她带家来看看。"

妈忙说："姑娘稀客！我们家里穷,没什么好看相,快屋里坐！"

妈跟三英倒了一杯热茶。然后,妈又给儿女倒了一杯热茶。

开琼接茶时笑道："妈这么客气呀！"

妈笑道："姑娘出门,做娘的总是惦着,再回来了也像稀罕宝贝。"

开琼说："你这么说,我以后不出嫁了。"

妈昵骂道："死丫头！"

开琼把三英带小房里坐,她妈烘了两碗鸡蛋茶要她们上桌吃。一番客套过后,三英上桌一边不停地怕羞一边吃完滚烫的热鸡蛋,然后把嘴唇揩得干干净净的。开琼剩了两个鸡蛋准备给小侄女吃。

她们回转时经过来魁的门口,开琼看到来魁的妈,她下车,叫道："大妈,在忙呀。来魁上工去了吧？"

来魁的妈以为小双是带姑娘给来魁说女朋友的,也很热情地说:"来,进屋坐,喝点茶。他上工去了,差不多马上要收工的。"

开琼说:"我们在大队灭螺,过来看看家。您忙,我们要走了,下次再来。"

开琼小时候吃过来魁妈的奶,她虽然不记得了,可她妈总是要她们把来魁的妈当半个妈。她妈身体差奶水少,一下生了双胞胎,孩子大一点奶水一个都不够吃。来魁的妈身体好奶水足。上工时她们回来给孩子喂奶,来魁的妈一抱就是两个孩子。来魁的妈与开琼的妈年龄相隔过旬,她们都是阿弥陀佛的农村妇女。他妈真是菩萨心,来魁大两月,以后先开始吃饭了,无私的母亲总是先把双胞胎喂饱奶。开琼经常与凤伢子争这边的奶吃。不过,来魁的妈到现在也没分清她们双胞胎谁是大双谁是小双。以前大双吃奶走了小双又来吃奶,来魁的妈就要说:"你刚吃了又要吃呀!"以后双胞胎长大懂得母乳之恩,看见来魁的妈总要叫一声。

开琼与三英走远,来魁的妈追上来说:"慢走呀,有时间回来到我家玩呀。"

两姑娘回到工地,男青年们正在沟里打捞中毒的鱼。

晚上,朱章明与他妈来到书记的家。朱章明直截了当地说:"王书记,我要去共大。"

他妈补充说:"他个驴日的不听话,他硬是要到共大去锻炼。我看就让他去,把他的事交给他小弟。他的小弟就是想搞电工!"

朱章明说:"我今天问了共大的队长,他说我们古井还差人数去共大。我想去锻炼几天,我回来,小弟把工作不还我都可以。"

书记说:"你小弟会干吗?"

朱章明说:"他经常替我干过,他都会的。"

这天来魁吃晚饭,西边隔壁的小姑娘学生交给他一封信。看完信,他没添饭肚子就饱了。

胡来魁：

你好！

是你的出现让我重新看到了太阳，是你的教诲使我的思想得到陶冶洗礼。你走后我就开始思念你，这种思念使我对人生有了依恋。真谢谢你救了我的灵魂，不是你的到来今天的我已躺在九泉之下了。缘分安排了我们的相识，是命运安排了我们在一起相爱。有了爱生命才充满了阳光，有了爱生活才充满期待。

罗会计的身体没什么问题了，我买了些礼品去看望他，他对我们的言语依然很好。现在他再不敢在我的面前放肆了。想到这，我真该感谢你！这件事在我们这里还没被他人知道。你若回信也不要再提此事了。

你要我讲讲我们这里的风土人情，我不知从何讲起。我们每天上工要走很远的山路，一天多半时间用在走路上。我们这儿以水田为主，修水库后部分田得到引渠灌溉，还有部分田靠天上下雨。去年雨水足粮食大丰收。割的谷子在田里晒干打成捆再用背篓运到禾场打晒。我也背过百来斤的草头，只要手里拿个扶挂就不怕了，要休息的话，用扶挂撑起背篓就可以站着休息。

现在我们正在开山造田，有你在我的心中，就好像春天的阳光一样温暖着我悲凉的身心。

希望你再来我家，我会用饱满的热情好好待你的。请替我问候你年迈的妈妈，祝她老人家身体健康。也祝你劳动快乐！望我们以后经常通信。

此致
革命敬礼

张天珍

1978 年 3 月 22 日

胡来魁一口气看了几遍，他觉得张天珍的信写得很好，只是短了点。他连夜写回信，他像贫农张大爷讲革命故事一样平铺直叙。

自从天珍来信以后，来魁的天空也变了。他要把这事告诉开琼，以免开琼误会他。

傍晚，开琼与三英在房里洗澡。开琼说："你听，门口好像有脚步声。"

三英的毛巾停在胸口聆听，一会儿她说："你总是有疑心，就是怕人偷看！"

开琼说："这是女人一生的妇道。"

咚咚，有人敲门。

开琼忙起身躲在蚊帐后面，三英用背对着门问："谁呀？等会儿。"

外面没有回答声，有脚步走开是声音。三英对开琼说："还真是有脚步声。"

开琼迅速洗好，她看三英穿衣服，她才开门。

来魁从操场走来，拿出一封信给开琼。开琼以为是来魁写给她的信，她没有伸手接信，口里说："你这么晚来有什么事？吃饭了吗？"

来魁说："我吃了晚饭就赶来了。以前对你讲我去山里救了一个上吊的姑娘，为了证明我没有对你说谎，我救的姑娘来信了。来——请你领导审查。"

这时已经有年轻人向他们走近，开琼怕用手接信。来魁说："幸亏是别人的信，要是我给你的信，你这样，我多难堪。"来魁早想过，用天珍的信给开琼是传递他对开琼爱的信号。

三英想出来，开琼说："我们来看看胡来魁与山里姑娘的信。"

开琼拿过手中，要来魁房里坐。信不长，开琼很快看完。开琼把信给三英说："那个山里姑娘写得很好！"

三英接过信说："我没有水平写信，也没有水平看信。"

开琼说："你不会写信，如果以后喜欢一个人怎么向对方表达呢？"

三英羞脸看信，没有答话。

来魁对开琼说："我给天珍回了信，鼓励她热爱生活。"

开琼把话题转移："你们今天上工在做什么？"

来魁说："今天打杂，很轻松。"

开琼问："下雨水颜草她们在干什么？"

来魁看三英回答:"她们在扯麦草。"

这天,开琼和青年人在麦田扯草。这地方主要是除燕麦。刘队长带来一小伙子。冬梅对开琼说:"怎么,朱章明也来了?!"

开琼抬头一看,真是朱章明!

到中午打饭时,开琼与朱章明才靠近说话。开琼说:"你真来了?"

朱章明坚定地说:"当然说来就来!"

吃饭时,古井大队的几个人在一块。在一块的几乎都是同一个大队人。一个大队的人在大队以外要比别大队的人亲切,一个公社的人比公社以外的人亲切,以此类推,中国人在外国见到中国人要比外国人亲切,地球上的人到了外星还是地球人亲切。如果这么想,世界上就没有战争了。

朱章明整天口里亲切地唱着:"九九艳阳天,十八的姑娘坐在小河边……"他总是一副陶然自得,满脸笑容的样子看着开琼。

开琼觉得他的歌声是专门对她播放的,他原来是广播员。

晚上在食堂打饭时,开琼让朱章明先打饭;没想到朱章明让开琼,他们"让礼个让",有青年人用异样的目光看他们。开琼羞赧地打完饭菜,回房间再没与朱章明多说话。

晚上开琼在鱼池边洗衣服。朱章明也一直在找机会,他故意拿两件衣服来洗。他对开琼说:"我是为你来的,丢掉大队的工作在所不惜。这里男青年多,我怕你被别人的情歌打动。所以我来看着你,照顾你。我是一个广播员,到这里为你广播。"朱章明的话肯定是早构思好的。

开琼说:"你怎么这样!我先告诉你,我们没有希望的,我早就有对象了。"

朱章明说:"我反正像一堆闹死的鱼,你瞧得起就要,你不要,臭了不怪你。"

开琼快速洗完衣服,起身说:"我们以后尽量少单独在一起!"

开琼走了。朱章明待在鱼池边怅然看着开琼的背影,他真像一条中毒的黑鱼。

这些天生产队以挖沟平田为主。不忙的季节上工基本上叫混工。天老爷发神经下雨大一阵小一阵停一阵,社员也一阵阵地高兴。队长说不干了,收工!

来魁骑上他的自行车冒着小雨去古井一队朋友家去玩。今天一队社员也放假休息。

胡来魁的家起初在一队胡家台,据说来魁的父亲在一队有个青梅竹马的姑娘,那姑娘没出嫁在家招婿入赘,他们以后老大不小了还继续做"青梅竹马"夜雨对床的事,不小心露了马脚,被来魁的妈抓住了马尾巴,后来他们家就搬到二队左家来了。到了左家台也没让他妈省心,以后他妈又听说他爸与接生婆有一腿,他妈一气之下把他爸两腿都挠伤了。他妈熬到彻底省心,是他爸得血吸虫病完全伸腿死了。从此他妈虽然省心,却不能省事,家里大小事要他妈一肩挑起。

来魁到一队胡家台也像到了自己家,哪一家他都可以随便进出。

来魁一队的好朋友姓胡,叫来朋,和来魁同姓同辈分。把他们小名连起来,他们可算得上是"胡朋狗友"。胡来朋是文学青年,除上工以外就是扎在家里看书写作。他们从一年级一直同学到高中,虽然他们没有高尚的情谊,但他们是最好的朋友。

胡来魁到了来朋家窗口嚷道:"来朋友了。"

一个非常白胖的小伙子出门迎接来魁,他就是胡来朋。他们见了面总有说不完的话。来魁开始就把山里姑娘张天珍的信拿出来给来朋看。来朋看了后赞美那姑娘很不错。来魁把出门的经历全部讲给来朋听。来朋说这是很好的文学素材,他鼓励来魁拿起笔来从事文学创作。

这天来魁在胡来朋家吃晚饭,回来时还带了一车文学书刊。他觉得自己命运曲折感情丰富,有很多话无处表白,爱上了文学就能把这些情感用文字表达出来。他想,是啊,将来能在文学刊物上发表文章,自己也算出人头地,那时不是也有资格向左开琼求婚了吗?

就是这样他认识了文学。它使来魁把生活像小说一样度过。

第 6 章 端午

这几天来魁与队里的年轻人也在扯麦草。去年的现在田里有凤伢子开琼多么热闹。那时他总要在凤伢子身边,干什么活都不感到累。现在没有凤伢子,连像凤伢子的开琼也到共大去了,他觉得劳动没有意思。每天他带着小收音机上工,以前他那种高谈阔论的演讲没有了。他在想怎么与开琼发展关系,最重要的是要经常去共大,让那里的年轻人知道开琼有了男朋友,这样就不会再有男青年追求开琼了。如果能把开琼的名声搞坏,那是最好的,那样开琼就要回生产队了。

来魁的心思主要在开琼的身上,他很少想到山里姑娘。他与天珍的爱和与开琼的爱是不同的,他与开琼的爱和与凤伢子的爱是相同的。他认为只要山里姑娘的生活走上了正轨,他就可以对天珍姐丢盔卸甲了。

春耕牛不闲,犁尖也肥田。打开了犁耙耖,牛和男人们就没有好日子了。胡来魁被队长安排耕苗田,他一直在思考怎么把自己撒直播的想法告诉队长。

他今天用的那条菱角牯牛,就是他刚下学后头一次左队长告诉他耕地时那条学告轭的小牯牛。如今这头牛体壮角老,颈头到身后缰绳勒过的地方都没有牛毛了。来魁是看着它长大的。这条牯牛如果不生大病,还可以耕十几年的地。等到它年老时,来魁也到了壮年。牛的一生就是农民一生的缩写,这话很有道理。

胡来魁很会耕地,他左手右手都会握犁。左手是左撇子队长教的,右手是自己学的。耕田时他经常喊牛三英的名字,这样他感觉好像到了共大。牯牛的耳朵听不懂他的话,干脆用耳朵打蚊子。来魁有时唱抒情歌曲,唱到歌词有"我"字时,牛总要停下脚步。这不是牛听懂了情歌,牛以为是要它"喔"住——这一带吆喝牛停住都是用"喔"字。

听说古井一队有电影,来魁耕地更大了劲。他喜欢看电影,喜欢在电影场上回忆与凤伢子看电影的情景。他想,开琼在家多好,他要与开琼一起看电影。

晚上,来魁一人来到一队看电影。他不知道开琼他们共大的年轻人也骑自行车来看电影了。电影在那个年代是年轻人的最爱,爱得像爱人一样!

来魁随便找胡家借一条板凳来到电影场,找一个空地方坐下来。今天的电影是《刘三姐》。这电影以前看过,现在照样好看。刘三姐可爱,歌声也可爱!电影在夜里的音响声叫他回想起以前与凤伢子和开琼去芦花大队看电影的情景。

那时候他高中毕业回乡务农了,开琼放了暑假。夜里凤伢子与开琼到渊边乘凉,他偷西瓜来吃。西瓜没成熟还是个葫芦,跟渊一样的葫芦。听远处芦花大队有放电影的声音,他们寻声跑去。

那次是来魁与双胞胎第一次只三人跑到芦花大队看电影。来魁在那队里有同学,弄来一条板凳三人同坐。凤伢子坐中间,来魁只坐了一点儿。第一部影片没有看到前半部,问旁边的人,听人说是《姐妹易嫁》,已经放了一半。不知是不是有这部电影,他们也不知道。这部电影好像不关来魁的什么事,他没看懂。虽然只有半截戏,凤伢子她们俩姐妹还是看得很认真。第二部电影是《五朵金花》,爱情的喜剧片。还是半青半黄的来魁根本不懂爱情,看了爱情的片子,身边挨有两个姑娘,他也没有嗅到有什么爱情的气味。看完电影回家时,他的肚子痛,可能是吃生西瓜有关……

开琼与三英、朱章明还有冬梅也在一队看电影。开琼和三英靠着自行车,她们没有找板凳，一辆自行车轮换坐。这也是为了保持与共大同伴的距离，共大的年轻人都在一块儿。只要知道哪里有电影，共大的青年人都要跑去看的，不管路途遥远，不管是不是肯定有电影；共同一伴胆子就大了，这也算"共大"的精神。

开琼想找来魁说说话，她知道来魁肯定是来看电影的。在换片时，她四处张望，希望能看到来魁。看到刘三姐对歌时，开琼腿子站得有些痛，她靠上自行车。她不知道离她前面十米的地方，来魁一人坐着一条长板凳。

现在懂得一点爱情了，可来魁坐的板凳上没有一个姑娘。要是他大声说话，或者学刘三姐唱一段山歌，开琼听出是来魁肯定要走去与他说句话，说不定正好坐他的板凳。

开琼现在的心里不好过，以前不知道恋爱是多好，现在刚学谈恋爱，好似刚学剃头就碰到两个络腮胡！想爱胡来魁但他是姐姐的旧"情人"，想爱朱章明但又没激情。她把脑袋躺在自行车龙头上，没心思看刘三姐的爱情，心里想她的络腮胡子。

她喜欢听来魁含泥土味的幽默话，但与来魁还没有那种爱情；她不喜欢朱章明，可朱章明对她爱得痴迷。是该爱被爱的人，还是该爱原爱的人，她不知道。刘三姐主动为阿牛绣绣球唱情歌，她想自己不会那样主动的……

电影放到"奈何桥上等三年"时，老年人不等谁先走了。共大的年轻人敲着铃声也走了，他们已经过了一队禾场边的砖桥。开琼想在桥上等来魁，她把这砖桥当"奈何桥"了。但她没有站住，她随大部队走了。这时候开琼才发现自己是在想念来魁，如果不到共大来她也许就不用这么想来魁了。

他们双方都准备见面了说什么话，可惜失去了这次见面的机会。

开琼一时睡不着，她知道这是爱情的河流开凌了。来魁把山里姑娘的信给她看，这意思是要她主动一些，不然，来魁就要跟山里姑娘恋爱了。她天生是个好强的性格，她是不甘心落人之后的。

来魁回到家，屋里黢黑，他闩好门。他没打开电灯，阒寂的夜里他习惯了想一会开琼再睡觉。黑灯瞎火的深夜，多适合对心爱人的遐想。要是能与开琼到漓江山水划船听山歌，看到电影上的山水，他与开琼的爱情也能甲天下了——他在看《刘三姐》时也是这么想的——这也是那个年代电影给人带来的心灵享受。

天珍的第二封信很快随杨柳吐絮而来。天珍信里有春天和蝴蝶的描写，说明天珍开始热爱生活。信里有一只成标本的白蝴蝶，看来天珍是个有独具匠心的姑娘。死蝴蝶寄给来魁的寓意：天珍上次没吊死，以后死也要到来魁的身边。

来魁没能理会这种寓意，他在第二封回信中就开始称呼天珍姐了。这与她爱上开琼有关，他不想与天珍发生爱情。

有天珍第二封信里的一句话，来魁就可以找队长说出他一直在心中的话——水稻撒直播。他现在执着地研究水稻直播，他对成功很有信心。农民一旦不栽秧了，农民就彻底解放了！凤伢子的母亲就是怕凤伢子在农村栽秧受苦，才把凤伢子嫁到江南不栽秧的棉产区。到那时候，凤伢子回来就要后悔了……

开队委会，来魁要下雨姑娘来帮他说话。他提到了撒直播，把天珍的信给大家看。天珍的信里说山里都是撒直播的水稻（他们是用这句谎言骗这里的干部相信）。开琼不在队里，来魁的直播技术研究队委会干部好像不完全相信。最后队长只决定撒最远的两块田做实验。

散会以后，下雨与来魁来到禾场上。他们好像是脚步随意带他们朝一个方向走来的。

下雨、水颜草、开琼双胞胎都是二队年龄差不多的年轻姑娘。下雨出生时天上正在打雷下雨，她的父亲便给她取名叫下雨，没叫打雷。以后她哭起来跟打雷一样的响亮，她父亲还在后悔没跟她取一个更准确的小名。有些场合是不能随便叫她小名的，尤其是禾场打谷时。有一次队里打夜工快收工时，有人叫了她两声名字，天空陡然下起雨来，害得社员又要抢暴收禾场。来魁嘴巴下面的疤印就是那次夜里抢暴工时，下雨在匆忙中用钎担给他戳伤的。后来接生婆要下雨嫁给来魁，让钎担挑起姻缘，她听了头摆得像拨浪鼓。她瞧不起来魁穷困的家境，她不喜欢把钎担当扁担。

下雨生得微胖,有东方女孩的神韵。后来她又爱上了来魁,可来魁还是把她当成母夜叉,因为来魁心中早有了像荷花一样漂亮的凤伢子。凤伢子与下雨不友好,就是因为下雨曾经给来魁说过三天半对象。以后凤伢子再也不与下雨一起撒尿,好像下雨和她名字一样是个男的!下雨走路干活的劲头真像一个男人,有时队长安排活儿也没有把她当姑娘。她不会织毛衣,不会谈恋爱,但她很会弹棉花。

下雨先说:"凤伢子这么喜欢你,还是跟别人结婚了,她这人没意思!"

来魁说:"这不怨她,是她的妈强迫她嫁到江南的。"

下雨说:"你还卫护她说!我要是你就跟小双恋爱结婚,气死她!"

来魁说:"小双眼高,看不上我的。"

下雨说:"我与你是无缘。我反正给你留着。你结婚了,我就出嫁。"

来魁不知怎么回答,他沉默一会说:"谢谢你对我的友好!"他认为这话不够准确,一点也没有水平。

大方的下雨又说:"你跟凤伢子有过感情,你的眼光也高了,看不起我了。"

来魁忙说:"我现在的心思都在山里姑娘身上,我不是看不上你,我与你的关系就跟我与小凤仙的关系一样美好。"

天上的星星守着朦胧的月光,这样的夜色算是美好的;苗田里有热情奔放的青蛙求爱的叫声,这样的夜声也是美好的。来魁与下雨在禾场慢步,他们不用谈也不用说,有眨眼的星星和热闹的青蛙把他们带入好似恋爱的境界里。可他们像两个跳交际舞的男女,踩不到曲谱。来魁把这种幻境精细地描写,竟然发现身边下雨姑娘是开琼的感觉。

在下雨姑娘的帮助下,来魁有了两块撒直播水稻的实验田。

布谷鸟夜里的叫声,叫醒了做梦的野玫瑰,也叫醒了大忙的时节。在这肥沃的湖区田野,河边坡旁到处都是红的白的野玫瑰花开。它们用独特的芬芳告诉这里生活的人们,这是栽秧割麦的大忙季节。农忙的时节虽然很劳累,也没能阻挡年轻人爱情的思念;也正是这种爱的思念,让五月的玫瑰更加芬芳动人。来魁把爱的思念给了多少开琼,他不知道开琼又还给了他多少思念的爱。今年开秧门的季节也成了来魁与开琼打开爱情之门的季节。

来魁的撒直播,把一个老人最后的一颗牙齿给笑掉了;没齿不忘在这里又成了新的典故。

来魁给天珍的信里夹上一朵野玫瑰花,什么意思他没有解释,他让玫瑰的花开去告诉天珍。信中写道:"玫瑰是青春,玫瑰是爱,玫瑰是美好。多年以后,当时间成了玫瑰,你我就成了玫瑰上飞舞的蝴蝶。"

端午节的印象在来魁的脑海中是钓鱼、吃粽子还有吃母亲做的好菜。菜很多。油炸土豆丝,中午没吃完,到了晚饭继续吃。年年端午节,来魁的姐姐们怎么都要回来。今年的端午,他赶早来到斗渠里钓鱼。凤伢子和开琼今天肯定都要回来,来魁在这里钓鱼就是想见到她们双胞胎。

来魁回想小时候与凤伢子到湖里打芦苇叶做粽叶,水深的地方来魁把芦苇折断抱上岸给凤伢子坐在地上一叶叶刮。凤伢子带着满篮子的粽叶回家,看到标志的猪菜她用手抓来放在粽叶上。小时候挖惯了猪菜的凤伢子,长大以后只要看到标志的猪菜也要抓一把抱回家的。端午节和凤伢子一样都在来魁的脑海里有清晰的难忘的回忆。

今天的天气不算好也不算坏,是过端阳的好天气。天空刮着不正之风,东一巴掌西一扇。蜻蜓在低空上下地飞舞,有燕子飞来,它们慌乱逃跑。只要太阳不出来,喜欢流汗的庄稼人今天就不用流汗了。一声今年长大的小鸡公稚嫩的叫声,好像在宣告热天到来了。

来魁突然一甩竿,钓了一条两斤重的大鲶鱼。他拿回家,鲶鱼在他手中摇头摆尾地挣扎。有人看见他手上的大鱼惊讶,他便对人说,"这条鲶鱼是来跟我送端午的。"

开琼回来,老远她看到来魁在钓鱼。看见开琼骑车来,来魁早放下鱼竿。他在公路上不断做拥抱和捉鱼的姿势。开琼不懂,只是笑。

估计对方能听到说话的声音时来魁先说话:"我的大小姐呀,看到你骑车来,就像看到粽子里熟透的雪里银糯米。"

开琼笑着下了车。看来魁一直把头偏向左边。开琼不解,问:"你睡失枕了?"

来魁偏着头说:"不是,想你想偏了,偏左边了。谁叫你姓左的。"

开琼笑着说:"前段日子在一队放《刘三姐》,我回来,怎么没看到你呀?"

来魁惊讶地说:"那天你也来看了电影的?!"

开琼将额前的头发拢到耳廓上说:"嗯。出门在外,做梦都是家里。"

来魁说:"再做家乡的梦时,把我加上。"

"等做噩梦的时候吧。"开琼说着上车走了。

来魁大声说:"你什么时候去共大呀?我送你。你把自行车留家里,你的哥哥伯伯要骑的。"

开琼边走边说:"我没自行车怎么行,我们天天要出门灭螺的。"

这天来魁三个姐都回来了,三姐是带儿子回来的。来魁的妈这天最忙也最高兴,这是老人家忙得要流汗的一天。妈带领三个女儿包粽子做饭,来魁带领外甥学钓鱼。

原来,天珍手里天天钩的是一条很精美的花纹枕巾。端午节,她的钩线活也没放假。不见天菊来她家,她下坡来到天菊的家。

天菊的姐夫哥叫谭敦仙,他今天来送端午。天菊与他说得火热,他们不会理解父母的伤痛。天菊的姐姐天琴吊死以后,谭敦仙与过去一样逢年过节照样来玩,因为他大鱼吃了准备吃小鱼!去年冬播时,谭敦仙来她家玩,天菊睡着了,谭敦仙在她的身上动手被天琴看见,当时天琴并不知道小妹睡着了。心底狭隘的天琴以为妹妹与自己的男朋友早就有鬼了……天珍知道天琴自杀与她妹妹有关,但天珍从来没对天菊讲过。

天珍与天琴从小长大没有红过脸,她们一同读完高中,一起回乡参加生产队劳动。她们是前后邻居,也是同族亲房。去年的端午,她与天琴从昭君故里走到高阳镇。谭敦仙有一个朋友叫洪远,与天珍是高中同学。天珍的初恋就是那个洪远,可天珍不是洪远的初恋。洪远参军以后都不知道天珍的爱,后来天珍的朋友慧芳与洪远爱上了。天珍爱情的第一步就这样挫败,所以后来她也就懒得谈恋爱了。

天琴的尸骨未寒,谭敦仙与她小妹已经爱得像生了锈的螺丝拧不开。这使天珍更为天琴的死感到悲哀。

天菊要天珍姐到屋里坐,谭敦仙拿来椅子给天珍坐。

天珍对谭敦仙说:"你走来的?"

谭敦仙说:"我骑的自行车放在路口经销店里。你现在还好吗?"

天珍说:"能吃能喝,好得很。"

天菊说:"今年栽秧时,天珍姐从梯田上滑下来,没一点事,这还不好呀!我当时吓傻了,还以为会出大事的。"

谭敦仙说:"这是苍天在保护她。"

天珍想起栽秧时从五米多高的田坡上滑滚下去,没一点伤,这肯定是苍天有眼在保护她。要是苍天无眼,年春她不就吊死了。

她对谭敦仙说:"你现在在干什么呢?"

谭敦仙说:"我现在在参加架电线。今年你们这里有电过年了。"

天珍说:"我们这里有了电就好了。"

天菊说:"电是什么东西?"

谭敦仙说:"电是看不见摸不着——谁也不敢摸的好东西,以后什么事都离不开它。"

"谈情说爱也要电吗?"天菊笑着说。

天珍说:"没有电,那样的恋爱就是瞎说,没有电流。"天珍觉得自己一时灵感说了一句很有想象力的话。

谭敦仙说："爱情里就存在电流。开始的爱情是发电机，以后的爱情是变压器。"

快到中午来魁才看见一个小伙子骑着自行车带着姑娘驶来，他一眼就看出是凤伢子！虽然凤伢子穿的衣服是来魁从未看见过的，但来魁从神态上就能看出是凤伢子，这说明他对凤伢子已经到了火眼金睛的地步。只是他对凤伢子的火眼金睛也没能看穿凤伢子的心。听开琼讲，凤伢子现在的家离长江渡口有十几里，渡口离古井大队还有四十里。五六十里路怎么骑了半天？从她出嫁后这是来魁第一次看见真的凤伢子！

凤伢子看见来魁，她下了自行车想和来魁说几句话。她要立新骑车先走，她说坐累了要慢慢走回来。立新也下了车推着一伴走。她在经过来魁时红着脸不敢看那双单眼皮的小眼睛。

"凤伢子呀，回来送端午的。"来魁先开口说话。

"嗯。在钓鱼呀。"凤伢子向来魁掠视了一下，她感到有痱子在背里灼热地炸。

两种声音在对方听来还是和原声一样亲切。看来凤伢子还是对来魁很好的。来魁看着凤伢子一步步熟悉的步伐，他一阵胡思乱想。他看凤伢子的肚子像春天的鲫鱼有点鼓鼓囊囊，心里酸溜溜的。这女人在自己身边时不敢大胆地示爱，这成了别人的才知道离不开，还连累到她的妹妹。来魁想如果这时他放下手中的鱼竿直径追上去一把抱住凤伢子，要和凤伢子亲热——那世界不知会发生什么变化。好在人们在日常生活中是按一种规范的伦理准则在生活，要真乱了套，那世界就不好说了。

凤伢子真是不想坐别人的自行车被胡来魁看见。她经过来魁的门口与来魁姐说话都感到内疚。

开琼早看见姐姐回来,忙迎来寒暄。她们先进了萍儿的家,然后才回自家。

来魁终于见到原版的凤伢子,他像钓到了一条老大的鲫鱼一样知足地回家。凤伢子想找来魁说说话,到萍伢子家来玩。他们偷偷看对方,但没有机会单独说说话。看到凤伢子怀孕的身体,来魁恨她十分爱她九分。来魁想,如果现在没有开琼的弥补,他对凤伢子不知是怎样恨之入骨。

看到真的凤伢子,来魁一点也不爱开琼了,更把山里姑娘忘到雾渡河了。

在开琼的房里,凤伢子问开琼:"小双呀,你现在也该考虑自己的事了。你早结婚了,立新回来也好有一个伴玩。你这到了共大,找一个大方的。"

开琼红脸说:"我还真没想过呢。"

凤伢子说:"幺狗子对你讲过我没有?"

开琼说:"他没讲你什么坏话。"开琼出房门看立新哥与伯伯坐在外面讲话,她回房又说:"胡来魁现在与一个山里姑娘写信。"

凤伢子说:"他们是怎么认识的?"

开琼说:"你出嫁后,他跑山里玩了一趟。"

凤伢子说:"他跟下雨还有关系吗?"

开琼说:"来魁不怎么喜欢下雨,他又怕伤下雨的心。他有点喜欢我……他把我当成你了。"

凤伢子说:"你与他是不能的呀!别人要笑话的!你现在在共大,多好选精的选肥的。"

开琼问:"你看朱章明怎么样?"

凤伢子不加思索地说:"他比幺狗子强多了。"

吃过下午饭,凤伢子与立新回去了。

开琼再次回家,她小心翼翼地去来魁家玩,来魁把天珍的信大大方方地给开琼看。来魁多次说他是用爱让天珍姐热爱生活,来魁真正爱的还是她开琼。

开琼也相信来魁说的话，但开琼也相信凤姐说的话。

开琼回到共大，她并不在意凤姐对她说的话。看到有一个山里姑娘开始爱来魁，她觉得来魁更可爱了。一个人之所以可爱，是因为他也被别人爱着。爱情就像小儿玩具，一个小孩不要都不要，一个小孩要，几个小孩都争着要。

原来是天珍对来魁的爱，让来魁这个不起眼的人值得爱了。

开琼不敢与来魁恋爱，凤姐的话就挂在耳边。

第7章 相见

　　端午过后总有一场大雨，大雨过后再看见太阳就跟火球一样。中午太阳下的人影短短的，打赤脚走在地面上有热烫的感觉。这时候张天珍热烫的第三封信到了。信里有一张照片，五个青春女孩在堰潭边照的。来魁一看就能认出站在中间的就是张天珍。信里写她荆州有亲戚，要来魁 7 月 16 号到沙市长途汽车站接她，她要来他家玩！

　　来魁很想看到照片上的天珍姐，头一次相见的脸相已经想不起了。为了找到那种忧伤的脸相，来魁吃饭上厕所都看那张照片，有时他觉得天珍比开琼还要漂亮。如果来魁认为天珍漂亮，那就是上帝故意在给他的婚姻选择出难题了。

　　确定日期无误的那天来魁赶早骑车来到公社，搭上沙市的客车，到了长途汽车站。那天来魁带了一本《青春之歌》，他没有专心地看过。每一辆从宜昌方向开来的客车他都盯紧不放，总觉得这辆车上会有一位熟悉而让他紧张的姑娘走下来。

　　一直没有那个熟悉而陌生的姑娘走下来。听到从车上下来的人说山里的口音，他已经感到了亲切。那些人说话的声音和张天珍的口音一样，从那些山里人的口音里来魁嗅到了天珍的气息。

　　来魁在车站门口的阴凉处，有宜昌的客车开出站门，没有见到天珍姐看到宜昌的车牌也特别的亲切。他与天珍姐的书信封面总有宜昌两个字，不是在信封上面就是在信封下面。

　　有没有一个更亲切的人出现他心里没底。目不转睛地守在这儿就好比半道等车,越等就越不能不等!

"胡来魁!"忽然有山里的口音叫他。

他朝声音方向看去,有一大姑娘向他走来,看清秀的脸相就知道是张天珍。她上穿白花衬衣,下穿黑色裤子,提的包也是黑的。苗条而匀称的身材,两条黑黄的头发辫子夹着一张漂亮的面容。来魁愣住了,同样一张脸,欢笑的时候怎么这么好看;同样的一个姑娘脱去棉衣后会变得如此窈窕。原来从照片上走下来的天珍姐还有这么柔美韵致!

"天珍姐,你好。"来魁迎上去接过天珍手中的提包。

天珍笑着说:"你这样说话,好像是给我写信的开头。我真想说,来魁弟,你好,你的信我已收到……"

来魁笑道:"因为看到你的人好像收到你的来信一样高兴。"

"车在门口就下了,我没看到你,就往站里走,一下就看到你了。我好高兴,你真的来了!"天珍在笑,左边上牙有一颗微露的尖牙,尖牙旁是一颗凹牙,这种牙形在她脸上不是瑕疵,而是妩媚。

"我都来两三个小时了。我也高兴,你真的来了。如果你今天不来,我会等到晚上的。你写信怎么不说具体的时间?"来魁带天珍向餐馆走去。

"我又不知道什么时候的车,我怎么好告诉你时候呢"。天珍走在来魁的后面。

吃饭时很热,天珍不让来魁多点菜。一盘肉炒干豆,一盘豆腐。两个菜,两个人。感觉饿的时候,饭菜就是香!

他们搭车回到公社,来魁用自行车驮着天珍来到共大。来魁是想让开琼看看天珍的美丽,让开琼以后更瞧得起来魁。

天珍站在自行车旁边,来魁问做饭的妇女,"左开琼在干什么?"做饭的妇女告诉来魁,开琼在妇女手指的方向干活。

这时太阳已下山,西边天空留下好似加拿大地图的红云朵。空中下凉,大半年轻人在扯秧草。这是一片杂交水稻培育田,一条条父本秧高高的,一厢厢母本秧明显矮小。开琼在一厢秧中间用手抓水中的草,她打着裹腿。听到有远处的声音叫"左开琼",她直起身,看到是胡来魁站在田头。她原本流汗的脸就有些红,见到来魁在众人面前叫,她脸一下成了西天的一朵红云。

朱章明站起身看着她。她向朱章明看了一眼,还是毫不犹豫走上田埂。

"你有事吗?"

来魁小声回答说:"我来娶你的,你怎么还在扯草呀,快回去化妆!"

开琼着急地说:"什么话快说,这么多人看着多不好。"

来魁说:"我以前跟你讲的山里姑娘今天来我家,我是来请你明天一定回去到我家陪她玩。如果你明天不去我家,我不会让你在共大安逸,我一定要把你闹回队里去!"

开琼转身说:"好。你走,我要干活。"她回到干活的位置。她看到来魁的影子和一个姑娘在操场上走到一起。

冬梅问开琼:"胡来魁找你说什么呀?"

开琼故意大声说:"他说要我明天回家,也没说什么事。他是笑着脸说的,肯定是好事。"

冬梅说:"肯定是跟你说婆家的事。"

开琼忙说:"肯定不是这事。"

据说冬梅现在与一个叫梅冬的小伙子在热火朝天地谈对象,他们怎么谈,都跟他们的名字无关,跟共大有关;他们都在共大,他们把名字共起来,恋爱的胆子就大了。他们的名字虽然相反,可他们的爱情是一样的。开琼帮他们传递爱的信息,所以冬梅也很敏感开琼的爱情。

来魁找开琼的举动这使天珍有些不解,她的心中甚至升起一团疑云。她说:"刚才那个女的是你什么人呀?"

来魁骄傲地回答说:"她相当于是我的隔山姊妹。"

天珍问:"隔山是什么意思?"

"同父或者是同母的关系。她是吃我妈的奶水长大的,我与她亲如兄妹。你来了,我当然要她来陪你玩的。"

天珍没有再追究这个话题。来魁与天珍的通信中还没有提到开琼,这不怪天珍有所怀疑。

听说幺狗子山里的"媳妇儿"来了,好多乡亲都来看。土豆和山青无话找话地与张天珍说话。左开顺的媳妇出门就说幺狗子的山里媳妇好漂亮!她明说山里姑娘好看也是在暗说来魁不好看。

来魁西边隔一户邻居陈三秀也是山里姑娘,她喜欢听天珍说山里话。天珍听说陈三秀是山里人,她对陈三秀说:"你到这里有多少年,怎么没有家乡的口音呀?"

陈三秀说:"我们是巴东的,小时候就下来了。我的哥哥姐姐弟弟妹妹都搬这边来了。"

天珍说:"我老家也是巴东的,我的妈是巴东人。我对巴东不熟悉,我一次也没回过那里。你现在还想老家吗?"

陈三秀问:"现在不想,这里比山里好。你妈是巴东什么地方的?"

天珍说:"我不知道。"

陈三秀说:"明天到我家来玩呀。"

天珍感激地说:"好,有时候来吵你。"

陈三秀一家早年到这一带逃荒以要饭为生,冬播时候就住在二队的土窑里。左开顺的父亲一天在公家地里用犁耕种红薯,看有俩小姑娘把他不要的烂红薯捡回去洗净煮了吃,他看俩姑娘瓜溜得像红薯可爱,他去找她们的父母收养了一个小姑娘。到读书的时候小姑娘还是用生父取的名字,叫陈三秀。到姑娘十七八岁时,父亲才说出当年收留姑娘的想法:他是想等这姑娘长大后给左开顺的哥哥做媳妇。以后陈三秀为了报答这家的养育之恩没嫌弃左开顺哥哥的腿子有点跛,心甘情愿地与他结婚了。

吃晚饭后，天珍洗澡洗衣服，来魁到河里去洗澡。天珍洗完自己衣服又洗来魁的。这一套做完时间应该不早了，可他们都没睡意。房里只有他俩，来魁坐在藤椅上，天珍在床上坐着，他们之间隔着蚊帐。夜蛾扑打着灯光的窗玻璃好像偷听的人在开玩笑不停地敲打。

　　来魁拿出天珍的信，问一些不懂的话语要写信的人亲自当面解答。

　　谈到照片时来魁问："你没一人的近期照片吗？你们这五人照片是哪一年的？"

　　"我这次出来在高阳香溪大桥上照了两张，以后寄给你，是为你照的。"天珍说。

　　半天的时间来魁听惯了山里的声音，已经感觉到很好听。听天珍又说："这五个姑娘不是一个大队的，是我最好的姐妹。我们背后是水库。前年我们五个姐妹都参加了这个水库的建设，休息时我们在一起玩。我左边的姑娘叫李开琼，她说，'等水库修好了，我们五人手牵手跳进水库，了结人生'。当时我们都手拉手答应了。所以我们后来就在这水库边照了这张合影。去年五月李开琼一人投水库死了，不知为什么人们都不知道。她的死带走了一个永远不解的秘密。我去她家拿回了这张照片。在我右边的姑娘叫张天琴，去年11月份躲进山里上吊死了。她有男朋友，她死的前一天还和我在一起开开心心玩了一天。她的死因我知道，是与她妹妹之间的一场误会。我们五姐妹现在只剩三个了，今年早春二月如果不是你去那里可能只剩两个了……"

　　听完天珍的话，来魁对今年天珍为什么想上吊的思想轨迹更加清晰了，他惊讶地说："你们怎么这么蔑视生命呀？！"

　　天珍说："我为什么给你寄这五个人的照片，是因为照片上的五个姑娘是同时笑的。我们把花开一样的笑脸给了花开一样的年龄。"

　　来魁说："笑得多么灿烂，笑得真像花儿刚刚开放时，那是青春的绽放。可惜——"

天珍说："可惜青山没给我们花开的甜蜜。"

来魁说："好多有志年轻人与你们一样落到农村，渐渐悲观了。我是一个不甘沉默的人，我想改变家乡才跑你们那里去学经验的。"

天珍补充说："你看我们五人的辫子都一样，一条在前面一条在后面。最高的姑娘叫赵慧芳，她的辫子是最长的。"

他们讲到蚊子一大把时，来魁先说要休息。来魁说在妈的房里还有一张小床一直给家里的老鼠过夜，没有收洗。天珍明白来魁是想与她同床睡觉，天珍没有吱声。她在家与弟弟同一床睡到读高中，所以她一点也不怕来魁怎么样。

来魁最后想到与开琼的发展关系，他出去到山青家睡觉。

开琼在共大睡得也很晚，她用芭扇扇风。今晚远地大队有电影，很多青年都骑车去看。她要牛三英给她做伴，她们没有去看。实指望早点入睡的，看电影的青年回来了，她也没有睡着。她不是想来魁，她今天想的是天珍。她犹豫明天回去见不见天珍？自己与来魁在恋爱，来魁的山里姑娘来干什么的？他们是什么感情？自己对爱情冷漠只是想看准与谁能结婚就与谁恋爱，她不想像立秋谈几次的恋爱。姑娘娃谈一次恋爱就是一次的耻辱！她把第一次恋爱看成是结婚那么重要。她觉得女孩的恋爱次数越多名声就越不好听，今后就越难找到心仪的爱人。她从来不答应别人的求爱，自己一旦答应爱一个人也还是很积极的。为什么来魁会改变她的生活法则，这是与来魁分开导致的吗？如果不到共大来，她对来魁又是一种什么情感？今天又怎么看待天珍的到来？今晚她才发现自己这神圣的初恋之旅布满荆棘。她对来魁的爱是专一的，来魁对她专一吗？凤姐与天珍会左右她与来魁从恋爱到结婚吗？看来恋爱这玩意儿不只是有甜蜜，更多的是烦恼。如果从恋爱直接结婚那是多简单！

第二天早晨来魁杀鸡，救命的鸡叫声把天珍喊醒。来魁推出自行车，拿出一根长竿子。他对天珍说："走，趁早晨凉清跟我到我发明的撒直播稻田去看看。"

那年头有一辆自行车都是了不起，何况自行车后面驮个漂亮的姑娘就更是了不起。虽然自行车在布满牛脚印的路上走得咯咯地响，但来魁还是歌声不断来回连环地唱。他唱着《好一朵茉莉花》。以前只唱其中的二段，现在他要唱三段了。这首唱惯了嘴的歌他不会完整地唱，三段的歌词总是混淆地唱。这首民歌好像是为他写的，三段歌词好像是他经历的三个姑娘。

牛脚印的土路上，到处能看见牛屎。天珍看着牛屎不让脚碰到。

两块直播田的水稻明显要比移栽田长势好。天珍不信，她下田一看才不可思议地相信了。来魁把撒直播的前前后后讲给天珍听。

这里有一条南北走向的老河，河里长满野莲。盘盘荷叶上下重叠，星星点点的荷花有开有落。盈嫩的小莲蓬扬起头，傲立在荷叶中间。有弯头的莲蓬开始长莲，它们像长身体的姑娘害羞地躲在荷叶下面。来魁小时候经常和队里的左开顺他们几个男孩到这里来钓黑鱼，那时候他怎么也不会想到有一天自己会带一个山里大姑娘来这儿钓黑鱼。

他对天珍说："山里姑娘，看看我们这湖区的小伙子是怎么钓黑鱼的。"

天珍一点也不懂来魁手里的竹竿伸向荷叶里上上下下是什么意思。

不一会，听到水响，她看见来魁钓上来一条两三斤重的大黑鱼，她信口说："就这么简单钓了一条鱼呀。"

"天珍姐，没开放的荷花你喜欢吗？"来魁问。他信手摘来一朵开放的莲花送给天珍手中。

"有开的花就不喜欢没开的了。"天珍试图自己摘一朵莲花，她又怕掉进河里。

来魁又摘了一朵盛开的荷花触到天珍的嘴唇。馥郁的涩香令天珍陶醉。来魁用荷花在天珍的脸上扫动，逗得天珍灿烂地笑。荷花粉红色的花瓣一片片飘落，那一片片花瓣好像是从天珍动人的笑脸上剥下来的。

来魁给天珍摘了一个能生吃的莲蓬。天珍没吃过这玩意儿，笨手笨指好像一个小女孩。

一队社员上工来这里水稻田扯秧草,来魁和天珍回家吃早饭。

来魁摘一片大荷叶,戴在天珍的头上。天珍坐在自行车上,一手顶荷叶,一手抓住来魁的腰,她的样子比来时大方多了。看惯了崇山峻岭,走在一马平川上,天珍觉得到了世外桃源。

回到家,吃过早饭,来魁要天珍学骑自行车。天珍说会骑,只是不熟练。他带天珍到大禾场学骑车。看天珍骑自行车还只有手忙脚乱的水平。她从自行车上摔下来像小女孩天真烂漫的笑脸。

来魁时不时看看公路,他在望开琼回来。

开琼上了早工,吃过饭,请了假,骑车回家。先看到亲切的二队仓库,然后才看到来魁与一个姑娘在禾场上学自行车。

有几个妇女在门口苗田砍界边草,她们认出骑自行车的姑娘是小双。原本是这里的姑娘回来了,人们好像看到不是这里的姑娘那么的美丽。

不管妈在不在家,开琼对自己家的大门就喊:"妈,妈。"

大门关着,妈没在家。开琼这两声也没白喊,这思念的自家老房子也是养育她的妈!

她推门进去,到自己的房里找出一套连衣裙,换上。穿上连衣裙刚准备出门,她妈从菜地回来看到自行车,对自行车喊:"小双,小双。"

小双穿着漂亮的裙子,妈看到吓得一跳:"你今天怎么回来的?"

开琼说:"我们现在天热了,只一早一晚凉清时下田做一会儿的事。反正休息,我回来看看。经过来魁的家,大妈要我去吃中饭,说她家来了贵客。"

妈说:"幺狗子的山里媳妇来了。我去菜地时,他们还在稻场上学自行车。"

开琼问:"他的媳妇长得怎样?"

妈说:"队里的人讲,都说蛮漂亮。我离蛮远,没看清。"

开琼把妈带回来的豇豆拿出来折断。妈拿来筲箕装开琼择的豇豆。妈看到小双低胸可见硕大的奶,指责女儿说:"你穿这衣服不能出门,你看你的胸前……两个好丑。"

开琼红脸笑道:"到外面我不会穿的。"

妈又说:"你去么狗子家切记要注意呀!"

开琼说:"我晓得的。"

妈说:"你这套连衣裙只能给秀儿穿了。"

开琼是故意穿这套衣服给来魁看的,她是怕来魁的心思跟山里姑娘上山去。男人的心跟姑娘走了好比水牛下河拉尾巴就已经来不及了。

开琼向来魁家走去,门口扯草的妇女没认出穿白连衣裙的姑娘是小双了。

来魁和天珍回家,他目光一直瞥着门外。听妈与开琼说话,他来到门口对开琼说:"怎么,这时才来的?"

开琼说:"回来了总要与妈说说话呀。"

天珍走出房门,这是她们第一次见面。来魁先向天珍介绍说:"这就是我妈的干姑娘,她叫左开琼。"

来魁转向开琼说:"左开琼,这就是我对你讲过的天珍姐。"

开琼热情一笑,对天珍说:"你稀客!"

天珍点头微笑说:"你好。来家里坐。"

她们第一印象都看出了对方比自己的美。这说明她们爱美,也爱谦虚。

开琼认为天珍比自己漂亮,优美的身材,花瓣的脸蛋。

天珍觉得这个开琼脸相姣好,胳膊圆润而白皙,两只丰满的奶若隐若现像用薄纸关着的两只小白兔,随时都可能跑出来。

开琼说:"我听来魁说你们那里也栽秧? 我总搞不懂,山里怎么栽得好秧的?"

天珍说:"以后有机会到我们那里玩,看了就知道的。我们那里高处都是旱水田,完全是靠山体下雨流下的水。"

来魁说:"他们那里的大寨田,有的田只有耳朵大。我去了那里才发明了水稻撒直播。"

开琼将额前的头发拢到耳廓上说："你的水稻直播田现在怎样？"

天珍说："他的两块水稻撒直播田还很好的。以后如果能推广，农村妇女不栽秧，那才是彻底解放了！"

来魁对开琼说："你如果是在队里，我肯定还能多撒几块田的。"

开琼说："我妈就是怕姐栽秧苦，才把姐嫁到棉产区的。"

来魁说："我就是看你姐嫁到棉产区，我才想创造不栽秧的撒直播。"

开琼与天珍说了一会儿话，她来厨房与来魁的妈说话。她要帮忙做菜饭，来魁的妈推她出去。

来魁找来扑克，桌子搬到后屋有风的地方，他和她们打扑克玩。天珍会打争上游，那时的争上游就是以后的斗地主。这时到别家喊不到会打牌的人，会打牌的人都上工去了。于是，他们说着话，打起争上游。虽然不是一个地方的人，但玩牌的规则却相差无几。

吃中饭时萍儿收工回来，来魁叫萍儿过来吃饭。客套几句后，萍儿看小双姐也来劝，她换了衣服过来吃饭。开琼把鸡大腿用筷子拣给天珍，她好像成了女主人。来魁不时说两句笑话，饭桌上是风趣友好的气氛。来魁母亲过于热情，使姑娘们感觉到空气也是热气腾腾。

吃饭后，他们四人打升级。来魁与天珍一对，他们总是落后。有风吹来，把桌上一张牌吹落在地。开琼忙弯腰捡牌，来魁看到了开琼两个白生生的奶。他看开琼的身上像刮了皮的青蛙一样白嫩；再看天珍虽然不算黑，但不能跟开琼比。

他要开琼今天来玩，主要是不想把自己与天珍的事隐瞒；同时，他也是要让天珍看到他有这么漂亮的一个"干妹妹"。他的目的很明确，就是在向两个对方炫耀自己。

第 8 章　再见

胡来朋知道天珍的到来,他吃过午饭骑车来看天珍。这是他们第一次相见,他们客气地寒暄后再没什么话讲。来魁把扑克让给来朋打。

他们打牌中,天珍出牌犹豫时,来朋说了一句:"人生也好比出牌,有好多种不同的出法,都直接影响不同的结果。"

天珍偷窥着来朋,她从这句话认为来朋是一个很有文化底蕴的农村青年。

来魁对来朋的话补充了一句:"有时候自己出牌是要受别人出牌的影响,说明人与人之间也是相互影响的。"

下雨知道开琼回来在来魁家玩,她邀立秋和水颜草到来魁家。这是来魁家有姑娘最多的一天。她们都笑开琼穿得太扣人心弦。一大把姑娘,她们有说有笑好像在排练荆州花鼓戏。

下午四点多钟,每天这时要响上工铃,姑娘们提前走了。来朋也骑自行车回一队去上工。开琼也要走,她觉得自己穿得太露。来魁没能留住开琼,开琼与天珍话别后忙回家换上长褂长裤。

开琼骑车去共大,骑到来魁的家门口看到天珍对她微笑,她下车与天珍姐妹相称又一次礼貌地告了别。

傍晚,来魁带天珍来到渊边游泳洗澡。天珍蹲下来洗衣服,来魁从她头上飞向水中。来魁一个猛子潜到好远。他要天珍姐下水玩一会,天珍说怕。来魁洗澡时用新香皂擦背,不小心香皂太滑溜入水中。来魁在水中摸找,好几个圈圈也没有找到。

年轻人喜欢夜空,夏天的夜空也喜欢年轻人。来魁与天珍到渊边散步,他们说到牛郎织女星。天河两边的星星忽闪忽闪,萤火虫拖着光亮的尾巴在清清的夜风里忽闪忽闪,柔柔的月光泻在渊面的风浪上忽闪忽闪。

"哪是北斗星北极星啊?"天珍问。

来魁指着七颗明亮的星说:"这七颗就是北斗星,每到夏季傍晚它总是指着南方。它像是指南针,看到它就直线找到北极星了。"

"我们山里看不到。以后我若看见这七颗星了,我就会想起你的"。

来魁看着月亮说:"今天是十几呀?看月亮好像农历十三。"

天珍说:"今天是六月十三。"

来魁说:"我能凭月亮的样子判定农历的日期。"

天珍说:"你们这里的夜空好开阔呀。"

来魁说:"我爱夜空,我爱夏天的夜空。小时候与父母在夜空下乘凉我就对天上好奇。我两三岁时有一次与父亲乘凉,地上到处是草,我看月亮走着问父亲'月亮为什么跟我走?'父亲回答,'等你长大了就知道了。'以后喜欢看月亮,常想起童年。"

天珍说:"我发现你是一个很爱回忆的人。你给我的信和与你见面总有你说过去的事。爱回忆的人舍不得过去的感情是特别重感情的人。"

来魁说:"过去是今天的一盏灯。童年看星星是什么样的,青年时看星星还是什么样的,到了老年看星星还是什么样的,但我们看星星的心情不同了。年轻时爱看星星,那是星星里有过去眨的眼睛。"

天珍说:"星星真是在眨眼睛吗?"

"星星是不眨眼睛的,那是你看的眼睛在眨动。"来魁回答。

"萤火虫眨眼睛吗?"天珍问。

"萤火虫眨的是屁眼。你们那儿有萤火虫吗?"来魁随手抓到一只萤火虫。

"很少很少,不像你们这儿这么多。"天珍用芭扇拍打腿子说。

来魁对渊说："我们的童年,青春都在这葫芦渊里。"

天珍说："我在你的信里就看到了这个渊,我怕它今后成为我们的深渊。"

来魁说："你这是什么意思?"

天珍把话题扯走："早点回去休息吧,明天你还要送我回去。你们这里的蚊子好多呀。"

来魁说："还玩一天,我刚听惯了山里口音。"

天珍亲切地说："你也要上工,我也要回家上工的。"

来魁说："不知我们再见面是何时?"

天珍拉来魁的手,说："我们都知道对方的家了,以后经济条件会好些,我们会常见面的。"

散步时,穿凉鞋的脚碰到路面上的青蛙,逃跑的青蛙把尿撒到他们的脚上。回到家,他们洗了脚。

上了床以后天珍说："把灯灭了,我好把外衣脱了。"说着天珍解开衬衣的扣子脱掉上衣。来魁给天珍扇风,他说过一会到一队胡来朋那里过夜。天珍以为来魁会到她的乳沟里捞鱼摸虾,她不知道来魁这时想着穿连衣裙的开琼。

第三天来魁把饭做到一半时他妈才起来,妈肯定知道姑娘今天要走儿子才做这么早的饭。

早饭太早吃不下多少,天珍只吃了一点。来魁的妈拿出一把零钱给儿子,说这是她平时攒的钱,要给姑娘做盘缠。老人家已经把漂亮的山里姑娘视为儿媳妇,媳妇头一次过门要给打发。

来魁再回到房里看见天珍用手在枕头上抚摸。他的枕头上有一条他从未看见的黑白色枕巾。

只听天珍说："这是我上半年用钩针为你钩的枕巾,这次是专门来送你的。你枕着它就会想我的。桌上两瓶罐头是给你妈买的。"

走的时候天珍对来魁的妈说："妈，吵闹了您几天，我走的。"

妈说："姑娘，还多玩两天！"

天珍说："来魁要上工，我也要回去上工的。"

见姑娘已出门，老人家说："慢走呀，没有好招待，天下了凉再来玩。"最后告别时老母亲拉着姑娘的手，怎么看怎么瞧总是怎么也舍不得。

天珍说："妈，您保重身体，我一定会再来的。"

看着姑娘坐上了儿子的自行车，老人噙满眼泪。姑娘刚进门叫妈临走也叫妈，做妈的就把姑娘当着过门的儿媳妇一样舍不得了。

来魁托着天珍走在灰尘的公路上，在窑场上有一棵大构树上的知了对他们叫，好像是在与天珍话告别。

来魁说："天珍姐好像比来时重一点儿，我感觉到踏脚比接你那天重多了。"

天珍轻笑说："在你家生活好，吃的多了，自然也就重了些。"

来魁说："不是你身体重了，是对你感觉重了。"

来魁在语言上转移概念，这使天珍有了升华概念的灵感，她说："我与你的屋有一种吸引力，当然是来的时候轻去的时候重；来时轻轻松松，告别时心思重重，你当然感觉到我比来时重了。"

来魁赞叹道："我的一个烂屋对你还有吸引力呀？"

天珍巧妙地回答："这种吸引力等于影响力。"

天珍这些话说得多好，来魁觉得自己的语言说不过天珍姐。

来魁第一次带姑娘逛公园，太阳光烤得他们热情似火。公园的路上，走过的是青春，留下的是爱情。

出公园时来魁大胆搂着天珍说："这是我第一次带女朋友上公园，为了纪念，我们照一张合影吧？"

天珍在人多的地方很怕羞，她让开来魁，说："男女之间不结婚，能照相吗！"

天珍在阳光下一个怕光的动作，来魁看得很仔细，也记得很深。

来魁说:"如果违背了你的意志就算了。我就是想看看你现在的样子。"

天珍说:"今后我们关系走定了，多的是机会照相。我回家就把近照寄过来。"

来魁是一个爱回忆的人，照相是为了记住他们这次难得的见面。那时男女的关系不过订婚仪式是不能照相的。天珍没答应照相，来魁当时很憋气，告别的场面没有想象的那么多依依不舍的目光留给天珍姐。

来魁买车票时，他把妈给的钱偷偷放在天珍姐的包里。天珍上车时，来魁说出了妈的心意。看到天珍动情起来，她舍不得离开来魁，她要来魁跟她走。

在客车开动时，天珍在车窗上写了"再见"，来魁没有看懂。

来魁回到家乡，经过窑场，构树上的知了又一声叫起。去时自行车上有天珍姐，知了叫;转来时自行车上只有他一人，知了叫。一样的叫声，可回头再也看不到天珍姐了。这时来魁想到天珍姐，他很伤感。不知天珍姐这么时候到了什么地方……

作者在这里说明一下:来魁家这么穷是没有自行车的，两个轮子的自行车第一次走进来魁的家是来魁结婚以后第二年。由于胡来魁是主要人物，他活动量大，是作者为他配备了一辆旧飞鸽的自行车。生活中的胡来魁是有自行车骑的，那是立秋家的自行车。立秋父亲第一次中风以后，他家那辆天津产的破飞鸽自行车来魁负责维修骑一多半了。那辆自行车的铃已经锈死打不响，骑起路来哪儿都响。来魁对天珍说自己家里很穷，天珍不这么认为，因为天珍看到来魁家还有自行车!

今天队里的人像开队委会似的议论来魁与山里姑娘。都说来魁与山里姑娘情来信往，今年就要结婚了。

回到家，他在家里找天珍的影子。看到床上的新枕巾，来魁拿起来，他的眼泪哗哗地流。他怕泪水流在枕巾上，他用手背不停抹泪。这泪水是给天珍姐分手时准备的，那时怎么没有呢? 土路上看到有瓜皮，队长知道有人开始偷公家的瓜吃了，于是队长商量种瓜老汉准备分瓜。来魁再次上工是和山青挑瓜。这个活儿很好,虽然累一点,可刚开园的瓜随便吃。种瓜的老汉把瓜摘下,他们把瓜用箩筐挑到公家仓库里。他们挑的瓜有三种:烧瓜,香瓜,还有一种便瓜也就是香瓜和烧瓜的花粉杂交长出的瓜。这些瓜是来分给每家每户天热吃的,有的家里把烧瓜当菜炒着吃。

到中午很热时他们才把瓜挑完。队长在前后两排农户喊几声"分瓜",只见每家有人挑着箩筐直向公屋拥来。

公家分瓜这样的小事,不用排队,也不用抓号,谁先谁后都一样。只是最后一家分的瓜不是多就是少,这次分瓜少了下次多分点;最后多了几个瓜,大家捶开就吃。

以前凤伢子总是与开琼跟哥哥来分瓜,她们主要是看热闹。他哥哥挑一担箩筐瓜回家,姐妹俩每人手里抱一个最大的瓜跟回去。今年分瓜,来魁不但看不到凤伢子,开琼也没有了踪影,这无疑是在来魁心中失去了一道分瓜的风景。

来魁家的人最少,分的瓜也最少。他想如果是前几天分瓜,天珍还能尝尝他家乡的土特产。天珍来过这儿后,来魁觉得这儿的天气变热了。这些天,他的脑海里总是天珍的音容。

队长告诉来魁说昨天公社的干部一行来参观了他的撒直播田,没有批评也没有表扬。这是他没预料的。他原以为天珍这次来好似迎接一场早预报的大雨一样过去就没事了,没想到天珍的音容总是挥之不去。

气温一天天升高,每天热得连命都难保住还要在太阳下干活。这时候来魁收到了天珍高温般热情的来信。信中有天珍一张在高阳镇香溪大桥上的照片:她把手扶在栏杆上,像一对吃饱的鸡嗉子胸脯迎风挺立;强烈的阳光使她眉宇间有点收缩,看起来真是很美。

看到照片,来魁又想起在沙市分别时历历在目的天珍姐脸像,由于想的次数多了,天珍的脸相不能长时保留那么清晰了。

天珍信中淋漓尽致地表达了这次到平原来对来魁爱恋情愫:

来魁弟：

　　你好！

　　我为你照了两张相，只能寄一张，另一张没有照好，太阳大皱了眉。说到照片我现在才知道后悔，当时怎么不和你在沙市照一张合影的！对不起，只怪我当时的思想太保守了。年轻的时候有很多后悔的，这就是我要永远后悔的一件事了。

　　我那天回来到宜昌赶上最后一班开往兴山的客车。因为夹口修路，车走黄粮坪。路上堵车，到了夜里十点多钟才到高阳。没有地方卖吃的，我不觉得饿。我还是与你分手时吃了饭的。我想去同学家过夜，后来想到医院里我有一个干护士的女同学。那天我在她那里过夜。

　　这些天我们在队里扯秧草，早晚锄玉米草。劳动中心里有了对你的思念。你救了我，我以为还你一条枕巾我们就可以扯平的，现在才知道我们之间永远是不会扯平的。我永远欠你的！以前我不敢说爱你，现在我敢说了。你是一个正直的有修养的人，我不会在乎你的家境。我想与你发展这种关系，我的年纪偏大，不知你对我意下如何。不管我们有没有这种缘分恋爱，你才是我值得永远爱的一个人……

　　　　　　　　　　　　　　　　　　　　　　　　　　　　天珍

　　来魁看到天珍很爱他，他是高兴的。可在他心中仍然偏爱开琼，因为开琼就是凤伢子。恋爱是甜蜜的，如果两种甜蜜爱碰到一起就是痛苦了。开琼比天珍年轻两岁，开琼比天珍皮肤白皙。把她们两个做比较，来魁觉得与开琼恋爱结婚幸福的收获要多一些；这好比一块近田和一块远田的谷子产量虽然一样，可近田少了搬运的功夫。现在看谁对他的爱要真切一些，他就准备与谁结婚。

　　说到真切，很明显是天珍。如果今后天珍如狼似虎地爱来魁，来魁心软就答应与天珍结婚。想到凤伢子，来魁还是舍不得开琼。他不能把这种矛盾的想法告诉天珍，他怕天珍姐又失去生活的勇气继续干傻事。他回信写道："天珍姐，你好。给你写信是中午最热的时候。看了你的信，看到了你的照片，也看到了你像中午一样的热情。你要我也寄一张近照给你,对不起,我没有。上次在沙市与你分手我要照相,你不同意,你怎么想要我的照片?我们刚刚分手,相聚的欢笑声还停留在耳边,那种欢笑叫人回忆,那回忆叫人思念。爱情需要时间,你我已经有缘不怕时间的考验。好好生活每一天,记住这种思念,让它成为我们今后美好的回忆。"

三英在鱼池边洗衣服,水浪从她身边圆形荡开。她脚下是一块木板,一半在水下。朱章明也来洗衣服,他正好想与三英套近乎。他经常去开琼的房里遭到开琼的冷落,他想与三英走近以后,再去她们的房里有人说话也就有站处了,从而达到对开琼旁敲侧击的效果。

朱章明对三英说:"我看见你在洗衣服,给你做个伴。"

三英蹲着,她怕自己丰满的奶被站着的朱章明看到,她用湿手把单薄的衣领向上提了一下。她说:"好多男的都有女的帮忙洗衣服,你没找到洗衣机?"

朱章明说:"你跟我做洗衣机行吗?"

姑娘龇牙一笑,说:"我这台洗衣机洗不干净。"

朱章明说:"总比我洗得干净。"

朱章明从三英的背里准备跨过前面去,他脚落到木板上,上面有青苔,一溜脚坐到三英的背上。两人失去平衡,同时栽倒水中。水很深,两人沉入水中不见踪影,只有水波浪荡。

有一姑娘来洗衣服,看到这一幕,吓得大声呼叫。

开琼听到急忙大呼男青年去救人,她跑在前面。

朱章明忙救起三英。三英口里呛水不停地咳嗽。她走上坡面,头发到脚全是水流落地。

朱章明在水中找铁盆和沉下水底的衣服。他对三英说:"这下好,洗衣机变落汤鸡了。"

三英不咳嗽了,开始笑。看来她落水并没有责备朱章明,好像还挺乐意。她把衣服拧干水,端盆走了。

没过一会，开琼第一次主动找朱章明说话。开琼把朱章明叫到一边，小声说："你去给牛三英把一件小褂子摸上来。她把衣服晾起来才发现少了一件，肯定掉水底了，她对我说不好意思要了。"

朱章明一笑来了灵感，他说："这乳罩怎么能就叫我去摸呢，应该叫我去捞上来。"

开琼认为朱章明这句话像胡来魁说的幽默，她莞尔一笑走开了。

朱章明向洗衣台走去，三英心领神会跟去。他下去一猛子就摸到了三英的乳罩。三英忙从他手中夺过去，满脸羞赧。朱章明说："我还准备试穿一下的。"

三英想如果今天是洗月经带，那就出大洋相了。

得意的朱章明想到，哪天把开琼也这样故意弄到鱼池里，那样他们就有在浪花里荡起一段浪漫的回忆了。

开琼根本不给朱章明的机会，她再也不一个人单独洗衣服。

有天半夜，开琼上厕所，他叫三英做伴，三英没被叫醒，开琼只得一人去了。厕所离女寝室有五六十米。开琼是一个从小爱干净的女孩，她一向讲究这方面的卫生。她上完厕所刚出来，有一个人冲上去抱住她。她顿时拼命地喊叫，那人把她的嘴没来得及捂住，袭了一把，跑了。开琼惊魂未定，只看见那人的个头不高。她不怀疑是朱章明。

惊醒的刘队长最先出来了解情况。朱章明趿着布鞋也赶来，他指责开琼半夜上厕所怎么不叫个伴。开琼看朱章明的趿鞋，她更不相信刚才的事是他干的。她说："我哪里晓得这个地方怎么会出这种事！"

朱章明说："你晓得了，就不会出这种事了。"

有很多人赶出来，黑夜中有几个人说话，开琼赶快回寝室。这时房里亮起电灯，三英揉着惺忪的眼睛问："你上哪儿去了？"

"我的妈呀，吓死我了！"开琼坐在床上发抖。

三英说："你把门没关好，有个人进来，把我摸醒了，我还以为是你。"

开琼说:"这里太不安全,我害怕了!他们肯定是两个人,一个袭击我,一个来袭击你。"

三英:"这肯定是我们这里的人干的。"

开琼说三英:"你睡觉就跟猪一样喊不醒!你身上的瞌睡虫比你身上的肉还多!"

第二天开会,加强安全意识。刘队长说:"昨天的案子不是外面的人,这是我们内部的人干的。希望你们到我这里自首,要不然我就报告公安局。"

开琼的目光盯着一个男生。这人平时总要与开琼套近乎,劳动时总是偷看开琼。他是芦花大队的青年,都叫他长湖。他开会时,总是低着头。开琼更相信就是他。

屈长湖的长相像当时的知名电影演员,他在共大是最帅的一个小伙子。不知是怎么他鬼迷心窍地迷上了左开琼,在他心中左开琼是这里最漂亮的姑娘。可他并不知道左开琼有个诨名叫"不开窍"。他与她说话,她总是不爱搭理,但又很礼貌地回避。渐渐他看到开琼的身影心里就舒坦,一天看不到开琼这一天他不想吃饭;有时候看不到开琼,去看开琼晾晒的衣服也舒服。和长湖住一间寝室的是他的同乡,一天他们终于说出了共同的心愿,他们要亲一亲开琼和三英。夜里睡不着,他们就出来在开琼的寝室前转悠。这天终于有了机会……

又一天晚上,开琼与三英去厕所,准备早回房睡觉。两人一伴进房,三英先拉开灯,开琼闩好门。她们在床上都发现了一张纸条,看完她们才知道是长湖与同乡分别给她俩写的悔过条。开琼当时就原谅了长湖。她想起看过的一篇小说中写道:"年轻人谈恋爱也要在父母的指导下进行。"今天她才觉得这句话是很有道理的。

开琼先开口说:"三英,你怎么看待他们呢?我已经原谅了屈长湖。他知道错,他就知道要改的。"

三英说:"我怕他们再来吓我们,我想告诉队长。"

开琼将额前的头发掠到耳廓上说:"如果明天公安局来人调查,我就说是你当时跟我开的一个玩笑,行吗?我们把这纸条还是保存好,如果他们再犯,这就是证据。"

三英说:"好。他们怎么是这样的?"

开琼说:"年轻时都容易犯这种错的,这是青春的骚动。"

第三天来了一辆边三轮摩托车,公安局来了穿制服的民警。开琼与三英分开接受调查。

民警对开琼问:"讲讲详细经过。"

开琼说:"那天夜里我要解手,叫同伴三英,她没去。我在厕所刚出来,有人就抱住我,我大喊。当时就惊动刘队长。后来我回房,三英对我笑。她说刚才是她故意吓唬我的。"

三英对另一名警察也是这么说的。民警与刘队长讲了几句后,开警车走了。后来三英受到了刘队长的点名批评,老实的牛三英当时像牛样子默默无言。这阵风像鱼池浮头的鱼儿渐渐在水面上消失,共大像鱼池又恢复了平静。

但开琼和长湖的心难以平静。开琼不知用什么方法教育长湖?长湖也不知用什么办法感谢开琼?开琼觉得自己与屈长湖还是很般配的,只是没有上面的姑娘向下面嫁的(芦花大队是最偏僻的,还在古井大队的下面)。她爱来魁,也爱朱章明,对长湖也喜欢。但她不能与很多男青年来往,这是她做女人的红线。来魁可以爱她,也可以爱山里姑娘,但她只能爱一个!

她爱来魁,来魁是最开始第一人。姑娘家爱的第一人改变了,今后爱的人就很容易改变。经过山里姑娘后,她不服气,她咬定来魁。

第 9 章　犹豫

太阳太大是不能到外地灭螺的,只有阴天出门。南洋风吹得没有劲了,北风就出发了。这是个阴天,灭螺的好天气。

开琼准备把来魁送她的雨衣带上,她看别人都没带雨衣,她也只带了一把锹出门。

她与三英还是分一个段面,朱章明就分在她们的旁边。

年轻人没干多会儿,最热一口气刚喘过来,天空陡然下起豆子大的雨点。在下雨以前有人提出要回去,今天是开琼代班,她没有同意回去。老队长分完段就回去了,队长交给开琼带队。开琼为人正直,队长准备培养开琼入党。有人喊躲雨,朱章明要开琼她们到最近的一间旧的抽水机屋躲雨。有人自行车都没推,跑向救命的旧机屋。朱章明推自行车跑了两步,自行车轮子里塞了泥不愿意走了,他只得扛起自行车来到机屋。开琼最后一个走到旧机屋。

虽然这破机屋有人拉过野屎,但这时候也都顾不了,只要不踩脚里。小屋里挤满男女年轻人。姑娘们用胳膊捂住淋湿的胸。开琼和两个姑娘在最外面,身上还在淋雨。

开琼说:"你们男同志在这关键时让着女同志吧。"

长湖和几个男青年走出来,三英进去几步。开琼没有进去,只有她一个姑娘还在雨中,长湖要让开琼位置,开琼说:"你躲雨吧,我的身上反正淋湿了。"

朱章明扛自行车上了大路,戳掉自行车挡板上的稀泥,他一人冒着大雨回共大。

有男青年也想回去，因为雨大路滑一时拿不出勇气来。有人埋怨队长，有人埋怨天老爷，也有人埋怨开琼。

开始有人冒雨回去，姑娘们也有冒雨回去的。这时大家只当没下雨似的，推推拉拉拽着自行车回家。

开琼看到朱章明又骑自行车转来。

朱章明走近，他下自行车从坐架后面拿出两套雨衣。他说："开琼，三英，来穿上。我到亲戚队里只借到了这两件。"

长时间淋雨，这时身上发冷，三英赶忙穿上雨衣。开琼脸羞答答的，她不好意思穿。她对冬梅说："冬梅，你身上冷不冷？拿去穿。"

冬梅说："朱章明给你好不容易借来的，我怎么好意思穿。"

开琼说冬梅："你怪说什么呀，大家有难同当。你们哪个女的身上冷要穿，就拿去穿。"

有一个男青年说："给我穿，我这几天身上不舒服。"

青年们一阵大笑。有一个姑娘想到女孩的例假，说："给玉儿穿。"

开琼明白了，她把雨衣给后来走来的玉儿姑娘。玉儿看着开琼："你怎么不穿？"

开琼用手抓额前的湿头发到耳廓上说："你这几天身体有特殊情况不能长时间淋雨的，来穿上。"

这几天有例假的玉儿姑娘穿上了雨衣。

下午的雨不但没有收敛，反而更来劲，一个雷连一个雷就在头顶上敲打。朱章明来到开琼的房里。三英问他："你有事吗？"

朱章明说："我怕你们怕打炸雷，我是来给你们做伴的。打雷时你说，'打雷不打我，打我隔壁的朱哥哥'。你们这么说了就不怕雷声了，隔壁的哥哥来了。"

三英说："幸亏我们冒雨回来了，要不回来，这么大的雷还吓死几个的。"

开琼披散头发，说明头发还没干好。她以为朱章明爱上了三英，也就没打断他们说话。她想起凤姐最怕打雷，打雷时要用棉花塞住耳朵。她也怕打雷，但她在屋里是不怕打雷的，何况屋里还有伴。

三英看朱章明手中的书。这时又来了两个男青年，他们要开琼打升级玩。开琼要三英跟他们打扑克。他们这几个人已经成了牌友，下雨天就在一起打牌玩。开琼打牌时不与男的一对家，她的老对家是窦冬梅。

开琼在第二天没起床，脸烧得像红炭。这里距乡管所不远，三英与冬梅去给开琼拿药吃。

没看到开琼打饭，章明来到开琼的房里责怪说："昨天给你借的雨衣你讲英雄侠义给别人穿，结果自己病了。"

开琼说："当那么多人，我好意思穿吗。房里没有别人，你出去好吗？"

章明大声说："牛三英都穿了。你病了，我不能不管。我们是一个学校的，不能置之不理。"

开琼有气无力地说："你真要帮忙，你回去跟我家乡的人说个信，要我哥哥来照顾。"

朱章明："我就是你哥哥！我照顾你不行呀？"

开琼说："这多不好意思。"

朱章明终于有照顾开琼的机会了。

来魁一直想去共大看看开琼，昨天下大雨没能去，今天出太阳田地太湿不能干活，吃过早饭，他就骑自行车出门了。自行车没走多远，像要牵去宰的驴不肯走了。来魁手上拿一根棍，边走边戳泥。

平时没时间去看开琼，今天天气好又不上工，是一个雷打出来的好日子。走到大队部，他把自行车放到学校，用原始的方法走去。想到见开琼那种喜悦，他加快脚步。两腿溅起泥点，他全然不顾，嘴里唱着他的名片歌《好一朵茉莉花》。

老远看到一个骑自行车的人，走几步要停下了戳泥。朱章明在老远就看出来人是胡来魁，他一直犹豫要不要把开琼的病情告诉来魁。来魁发现是朱章明，他也在犹豫要不要告诉朱章明自己是去看开琼的。双方都做好了心理准备。

来魁先开口说话："你把铁驴子拉哪里杀去的？手里的鞭子拿小了。我刚才也骑它，它死不往前走，我把它觅在学校吃草。"

朱章明笑起来，说："它骑我骑惯了，有一点儿烂路，它就不肯走了。"

走近，来魁说："你到哪里去？干脆学我开两九零（脚灵）。"

朱章明反问："你开哪里去？"

来魁说："开琼的妈要我来看看她。"

朱章明目瞪口呆。他镇定后说："我是去给你们说信儿的，开琼病了。"

"什么病？"来魁忙追问。

"可能昨天淋了雨，感冒了。"

"你们昨天在干什么活，下雨都没收工吗？"来魁又问。

"我们昨天在外地灭螺，淋了长时间的雨。"

"她没带雨衣吗？"来魁问。

"昨天出门时天空好都没带雨衣。"

"你是继续前进，还是杀回马枪的。"

章明说："你既然来了，我就回吧。"

来魁说："你既然回，我帮你推自行车。两个大男人还把一头要死不活的驴没办法吗。"

几个姑娘在开琼的房里玩，看来魁进来，都看着来魁。她们听三英说过，这人就是左开琼的男朋友。她们想看看现场版的爱情故事片，一个个拭目以待。

睡在床上的开琼，看到来魁，她眼睛湿润了。

来魁走近开琼说："我的姨妹子呀，今天脸红得好漂亮呀。要是天天都像这么漂亮，苹果都不敢红了！"

有姑娘呵呵地笑。有人说："快买苹果来讨信。"

来魁说："感冒到了这个样子还能吃水果呀。"

开琼像来了精神，说："你是怎么这么快就知道信的？"

来魁指着床上的收音机说："你忘了，我的收音机跟你是一样的。早晨我打开收音机一个台都收不到，我就纳闷，后来收到共大电台说，'据广播员朱章明报道，昨天一场大雨左开琼今天感冒了。'我就知道你是的真病了。"

姑娘们又笑起来。来魁说："谢谢大家来陪我妹妹玩。"

有一个姑娘叫幺儿，她说："左开琼是你妹妹呀？"

来魁笑着说："第一个妹子，也算大妹子。"

还是那姑娘说："我怎么看像情歌里的阿哥阿妹。"

来魁对开琼说："阿妹，走，到乡管所卫生院看病去。"

开琼说："早晨，三英给我拿来药吃了，会好的。"

来魁说："你烧成这个样子，如果不及时看好，就会引起咳嗽咽炎的。"

叫幺儿的姑娘又说："你摸都没有摸她，你怎么知道她身上发烧的。"所有的姑娘都笑起来，连开琼也在羞笑。那姑娘又补了一句："你摸摸她的胸前，看她烧到多少度了。"又是一阵姑娘们莺歌燕舞的嬉笑。

来魁对三英说："牛三英，你帮忙把她扶着，我们到卫生院去。"

幺儿说，"你把左开琼抱去呀。"有人说，"用自行车推去。"有人说，"地上是稀泥巴，自行车推不走。"

幺儿又说："你让左开琼坐在自行车上，然后你再把自行车扛着走。"又是一阵姑娘们浪打浪的笑声。

这时来魁觉得世上最好听的声音不是歌声，也不是有旋律的琴声，而是很多姑娘在一起乱七八糟的笑声。他对幺儿说："看这姑娘很会风趣幽默。你在哪里学的，教教我吧。"

幺儿说："我们在共大学的。"

三英扶开琼出去,没走多远,开琼开始翻胃欲吐。来魁弯腰背起开琼,他要三英跟着。看开琼扑在来魁的背上,姑娘们有笑也有感动的,她们对这一幕各有理解。

乡卫生院跟这里麻脸的老医生一样很老了,病房里有一股霉气,石灰墙面麻麻点点跟老医生的脸一样。

来魁出了治疗费,开琼睡在床上输液。

来魁与三英陪同。开琼说:"三英,你回去洗衣服吧。"

三英站起来说:"好,我跟你把衣服也洗了。"

来魁说:"谢谢你呀。"

开琼说:"不麻烦你,等我回来洗。"

来魁送三英走了。

回到病房,开琼看着来魁说:"这以后我与你的关系在共大里是说不清楚了。"

来魁坐下来说:"你怕吗?"

开琼:"我有你,共大的男孩子们就不会追我。我只是怕你山里的天珍姐。"

来魁说:"有你开琼,我会正确地对待与天珍姐关系的。"

开琼想掏来魁的话,问:"你与我姐姐的关系到一种什么程度?"

来魁说:"我少年到青春的梦都是你姐姐,很多的场景现在都不知道是亲自经历还是做过的梦。我只清楚地记得,小时候我跟妈到这卫生院来看病,你姐姐有一次也跟来玩。我与你姐姐好像是猫和狗从小一起玩惯了,现在还保持原生态的样子。"

开琼没说话,这时她想起端午节姐姐对她说的那些话。

来魁说:"你姐姐自私不讲理。我跟下雨情投意合风趣幽默,你姐姐说,如果我与下雨结婚,小下雨出嫁的那天,她就跑我家来吊死。"

开琼说:"今天我才知道原来是这样!我以前总弄不清楚你与下雨这么说得

来怎么不谈婚论嫁的。"

来魁说:"你姐姐不许我跟下雨结婚,她却跟立新早结婚了。"

开琼说:"这不怪姐,妈压杠子,她也没办法。开始是说我跟老表立新,我们在两三岁就说过这话。我长大,知道近亲是不能结婚的,我甩碗反对。江南姨妈家要人了,临时才说姐姐的。姐姐也哭过好多次。她出嫁,你也不能责怪她。"

来魁今天才知道立新开始说的是开琼。他说:"原来凤伢子是替你出嫁,我要你赔我凤伢子!我喜欢凤伢子,我对女人的喜欢标准也是用凤伢子来做影本。是这样我才爱上你的,没有你我是接受不了凤伢子出嫁的事实。"

开琼说:"我父母原准备把姐留家中招女婿的,因为她算大姑娘,所以才把我说给立新。我姐是在家招女婿,我肯定就与立新结婚了。姐的婚姻是临时才决定的,因为她怕伯伯。"

来魁又说:"她为什么不对我讲呢!她跟我讲了,我是不会同意的。"

开琼说:"你现在不是把我已经当成凤伢子吗。也只怪姐姐从小长大怕伯伯打她。开始姐姐哭着不同意,后来不哭了,伯伯妈妈就以为是她同意了。"

来魁说:"我感谢你,你姐出嫁后我从你的模样里获得到她的继续存在。还要感谢你妈生了一对同模样的双胞胎。如果是你姐在家招女婿,我与你就不能这样亲密了。"

开琼说:"我总觉得与你还面临很多的阻力。朱章明看我到共大来,他电工都不当了到这里来天天看着我。我反正对他没好言语。"

这时来魁脱去鞋子,拿出一只腿给开琼看。开琼看到来魁小腿上有一块大指头的乌疤,好像是用针刺的纹身。他对开琼说:"我知道你去共大,我骑车赶到公路上没看到你。我狠狠地用手里镰刀把儿打在这里。当时痛得不能骑自行车,我是靠着自行车走回去的。过了两天这里乌青好大一块,后来就只留下这么一点儿,这一辈子有这个乌疤都好,这是我爱你的见证。"

开琼的嘴唇振动,眼里好像有泪水打转。她说:"你现在有山里姑娘,你还喜欢我吗？"

来魁说："我对天珍姐好,是为了让她热爱生活,我与她都没有朝恋爱方向发展。她也没有。上次与她分手时,我要照一张相作纪念,她没有同意。这说明她与我是不会有恋爱关系的,她今后只能是我的一个姐姐。"

开琼说："我真不想谈恋爱。"

来魁说："我发誓永远爱开琼！今后生活无论怎么玩弄我们,就是把我们反目,我在骨子里也真心爱你。"

开琼说："你是我第一个恋爱对象……"

开琼用手拃量来魁的腰围,来魁问什么意思,开琼说："我看你的肚子大我多少,就能算出你肚子里的话有多少分量。"其实开琼是想给来魁织一件好毛衣,量他的腰围。她不想先告诉来魁,以后给他一个惊喜。来魁送她的雨衣和胶靴她不打算还来魁,她想给来魁织一件毛衣。

这天来魁回家没有把开琼生病的事告诉开琼的家人。

第二天中午收工,来魁买了两瓶罐头又赶去共大看开琼。

7月1日,开琼在公社开会。开琼平时劳动积极,对女青年也是关爱有加,因此刘队长推荐她为预备党员。刘队长说："在左开琼的身上找不到一点错,人美心美,她有一个党员的气质。"

这里的南河是一条人工大河,它是这一带湖区农田的水利命脉。由于长时间下大雨河水上涨,各大队要派人去防汛。老队长带二十人坐手扶拖拉机来到南河边。来魁和土豆还有下雨、水颜草都来了,大多是年轻人。晚上,每人两个草包就坐在河堤北岸。一堆人坐在一起有蚊子有露水有说有笑。

这做梦一样的新环境,使来魁想起去年与凤伢子到这里防汛的往事。夜里,来魁要凤伢子睡,他把自己的草包套在凤伢子的腿上,一是怕凤伢子着凉,二是为凤伢子驱蚊子。来魁坐在凤伢子的身边,他一直没有睡。到半夜,凤伢子把穿着鞋子的脚伸到来魁的大腿上。那一夜是来魁离凤伢子最近的一次。那时他只知道他是十分喜爱凤伢子的,那时他还不知道爱与婚姻有没有什么关系。那一夜他没有睡着,蠢蠢欲动的手一直想对凤伢子蠢蠢欲动。

队长要来魁与土豆去偷西瓜,把来魁从回忆中叫过来。来魁说:"你们都渴了,这时要是有西瓜吃,那西瓜真像稀瓜。"

下雨没有听出来魁话里的包袱,她也笑了,说明她喜欢听来魁说话。她说:"这夜里看不见,你们这时就是偷南瓜回来也像西瓜的。"

来魁说:"南瓜的把儿不同,这我知道。"

队长说:"你们去偷,这里的人不会说你们的。如果说你们,你就说明天要倒堤,西瓜要冲跑了。"

有人说为这里的庄稼防汛,吃几个瓜不算违纪。

来魁与几个年轻小伙子起身出发,向白天看到的瓜园走去。他们小时候就练习过偷瓜,有这方面的老经验,不一会每人抱了几个西瓜回来。队长把锹在水中清洗,用锹分瓜。他要求人们把瓜皮丢在河水里流走,不让当地人明天看到瓜皮。

队长丢了瓜皮说:"幺狗子,我出一道对子你对下联:吃西瓜皮朝东丢。"

来魁想对:恋大双爱上小双。他觉得词性不对,不准备回答。他思考一会用此时此景作出下联说:"守南河面向北坐。"

左队长笑着说:"你的对子不完全对。吃西瓜皮朝东丢,读《左传》书向右翻。"

人们愁这一夜的时光很难打发,来魁不愁,他的心中有三个女人足够他这一夜想的。离开了家,他对凤伢子的思念总滑到天珍的身上。

今天来魁才觉察到离家远了,他的思念是更远的天珍姐。

开琼回家,她对妈说:"我去和萍儿俩玩的。"

妈说:"小双,我劝你少跟幺狗子来往!你不知道,他与山里媳妇生米煮成熟饭了;那山里姑娘来了,他们是在一张床上睡的。"

开琼脑子好像蜜蜂从耳孔里嗡的一声钻进去了。

妈说:"队里的人都知道。有人说他们年前就结婚的。"

开琼说:"他们睡一起不能说明就出事的,山里姑娘第一次来,不会做那种事的。"

妈说:"反正你以后离他远一点!不然把你的名声弄坏了。"

开琼说:"妈,你不要乱说来魁的话。再说,我与他没什么关系的。"

妈大声:"还没关系,俩亲姊妹都与一男人说不清楚!你不怕别人笑,我们两块老脸没裤子蒙呢!"

开琼回到共大,她不想吃晚饭。三英给她把饭打来,庄稼人的姑娘心疼粮食,夜里开琼还是把那碗饭装进肚里。半夜她想来魁与山里姑娘结婚这对她还是好事,她与姐姐的关系不会有影响,她也自由了。准确地说,来魁只能算窝窝头不是香饽饽。

风吹稻花香,香到谷子黄。其实稻花和稻谷是没有什么飘香的,只有新米饭才香,能嗅到稻花香那是庄稼人看到自己为之劳动的感觉。

来魁的水稻直播田一片金黄,他嗅到了谷香,那是他看到即将到手的喜悦。有青黄不接的人家开始吃新米饭,开琼种下的爱情从青到黄了,过去的思念像飘零的落叶。朱章明把春天九九的艳阳天,唱到秋高重阳的艳阳天,十八哥哥也还没有离开小河边。秋风阵阵吹来那是秋收大忙的季节,可爱情到了秋天不知被秋风吹去了哪儿。

第10章 秋收

共大有几十亩的常规水稻田,还有二十亩的杂交水稻种子田。稻田中央有一块禾场,禾场边有一小仓库屋。据说有很多的年轻人到这小公屋来谈恋爱,基本上就算私定终身不需要再谈情说爱了。以前共大的年轻人刚开始谈情说爱是在鱼池边,那是相当于大一的课程;能到小公屋来谈恋爱就算是上大三的毕业课程了。教授兼校长的刘队长,对学生谈恋爱口里虽然说不允许,可看见了也只像是用打枪的一只眼瞄过。他内心还是希望学生在不犯规的情况下恋爱,年轻人不恋爱就没有冲天的革命干劲。共大有机械没耕牛,田里有点小问题需要用犁耙,三个年轻小伙子就是一条壮牯牛。

开琼是女生小队长,她带领姑娘们割起谷来要比小伙子明显地快。也有个别小伙子很会割镰刀,从开始下田到收手上田都与姑娘们不掉队。小伙子挑起谷捆明显地要比姑娘们快。开琼挑担子并不逊色男青年,三英虽然胖也不及开琼。

用机械脱粒时,那个爱说笑话的幺儿姑娘说:"男的一边,女的一边不能站混淆,让别人一看就像打脱离的架势。以后脱粒杂交水稻时就可以男女混淆站了。"她这有水平的风趣话,还是有水平的人听得懂。

朱章明说幺儿:"你恐怕不是一个真姑娘,你适合做小伙子。"

赵师傅开响脱粒机,柴油机的排气声盖住了年轻人的欢笑声。柴油机的隆隆声奏起秋收大合唱的过门儿。

来魁每天与山青用板车运谷捆到禾场。来魁掌板车,山青在前面牵引拉车的牛。他们有一个多月要与稻谷打交道,每天要上早工晚工。

稻场上安有电灯,夜里稻场上七个电灯像北斗星摆着。抢收黄粮的季节,社员都像在敲锣打鼓不住地忙碌。总有人的身体挺不住的,晚工打场收草,还是有偷懒的人躲着睡觉。只有妇女们最苦,忙得手中丢了扬叉捡扫帚,回家一边做饭一边洗衣服。

来魁与下雨在一起时,下雨干活明显来劲。天珍每一封信下雨都要来魁给她看。一个无人问津的来魁,经过山里姑娘来了一回,让下雨追悔莫及。

天珍那里的谷捆不是挑的,是男人们用背篓背回禾场;一个人跟一个人迤逦而行,在远处看见像一条长长的毛毛虫。

天珍和妇女们在梯田里捆谷把,思念来魁成了她劳动中的潜动力。她在劳动中处处要照顾母亲,不让母亲干重体力活。她一直没有机会跟母亲说远嫁的事。队里的人还是知道天珍与一个荆州的小伙子有书信。那时候年轻姑娘写书信,不是爱也是情。人们背地里议论说天珍脚踏两只船,一个是大队的罗会计,一个是听说的来魁弟。来魁有一封来信被人拆开后,流言蜚语也被人拆开了。天珍不怕,她在相好的女青年面前承认了胡来魁的来信。知心的女青年还要看来魁的信,天珍没有谢绝。看过来魁书信的姑娘赞美来魁的钢笔字不错,书信也很有文化水平。不过从信还是看不到天珍与来魁恋爱结婚的迹象。有经验的姑娘说:"信都是骗人的东西!"

凤伢子那里没水稻,这时候天天戴着衣兜儿与妇女们摘棉花。立新打伤隔壁的流哥跑了,她现在每天夜里与肚子里的孩子相伴。好在公公婆婆没把她当媳妇,把她视为姑娘。凤伢子最不想看到她家隔壁的那媳妇,就像在娘家不愿意看到下雨姑娘一样。两妯娌对凤伢子很好,凤伢子对她们也很好。凤伢子在劳动中很少说话,有时上一天的工一句话也没有。她的心思用到劳动上,用在家里日常生活上。

立新隔壁住的是个在社会上混的流哥，那人经常偷看凤伢子上厕所洗澡。有一天他溜进凤伢子房里一把抱住凤伢子乱摸。凤伢子乱喊，婆婆听见进来才把他赶出去了。以后，婆婆把这事跟立新讲，开始立新就说算了。

有一天凤伢子一人在家时，那人又溜进来一把抱住凤伢子。凤伢子大喊大叫，立新是怕家里不安全赶回来听见了，他操起一把锹，当场就把那人的胳膊打断两截。然后，立新跑到大姐家中躲起来了。

以后那人要立新赔三千块钱，不然，他们就扬言要杀掉立新。

立新没有三千块钱，他去找公社领导，因为流哥犯罪的证据不足没有进行调查。立新只好躲到松滋他嫂子的哥哥那里当搬运工，常常夜里回来夜里就走了。

有时候凤伢子也后悔，她不该在流哥袭击她的时候声张，让立新闯下大祸。现在才知道这种事自己是能背地里对付的：拼命地反抗，用死吓唬他。只要平时不与他说话，厌恶他，不给他进屋的机会……

立新在新江口码头做搬运工，虽然累一点，一个月挣的钱要比在队里上半年的工。他年轻有力气，看似很重的体力活，他不觉得累。这是年轻的好处；可年轻的坏处就是夜里想老婆。

凤伢子与妇女们摘棉花，她天天与凤梅一伴。凤梅也是江北那边嫁过来的媳妇，只比凤伢子大两岁。因为名字都有一个凤字，她们好得像姐妹。凤伢子比凤梅手脚快，凤伢子在劳动上是经常帮助凤梅的。

凤梅的丈夫是副队长，很多轻松活都是安排凤梅与凤伢子干。其实那个副队长也想凤伢子，也想在凤伢子身上动手脚，他也怕凤伢子大喊大叫。他现在正向凤伢子献殷勤，希望有机会能得到凤伢子的殷勤。

有一次夜里立新带钱回来，他把窗户刮了三下。凤伢子没有听到，刮第二遍时凤伢子才开窗看到立新。

凤伢子给立新开了后门。凤伢子问立新吃饭没有，立新说在大姐那里吃了。

这时立新的父母也出来与立新说话。

凤伢子巴不得立新回来与流哥到政府那里解决，立新说外面的钱好挣，过一段时候就把凤伢子也带出去。

有一天夜里，副队长装立新敲凤伢子的窗户。凤伢子没有开门，她与立新的暗号是在后窗的玻璃上刮三下。凤伢子感觉不是立新，她掀开窗帘看到了另一张脸，她吓得躲进了被子。她看似副队长的脸，以后她只当是没有认出是谁。

凤伢子怕这里，她想娘家，自然要想来魁。她的日常生活就是劳动和思想。她以前想过，如果自己的孩子有近亲问题就要与来魁偷偷怀第二胎。现在她有时想，如果来魁不帮忙，她就与隔壁的流哥偷偷怀第二胎。这样流哥也不会再要立新赔钱，也暗地化解立新与隔壁家的矛盾。这样就怕流哥以后喝酒乱说出来，更怕生的孩子像流哥的性格做这种丑事……

凤伢子安慰自己，世上有好多近亲结婚的孩子都没有问题，自己不会有问题的。自己真不该老是担心。

可孩子有问题是最大的问题，这也是家里的大问题，这怎么不担心呢。

一天半夜，三英喊开琼："开琼，开琼，我的肚子疼的实在受不了。"

开琼听到翻身下床打开电灯。她穿着三点式来到三英的床前，只见三英满脸是豆子大的汗珠。她感到事态的严重，赶忙穿好衣服。

三英说："我的肚子疼了好一会，我以为可以熬过这夜的，实在撑不住，我才叫你。你帮忙去叫刘队长。"

开琼打开房门，让电灯照亮外面。她先叫醒隔壁房间的冬梅，然后与冬梅一起去叫刘队长。

她们转来时，朱章明与一个男青年过来。朱章明开始以为是开琼有事，才急忙赶过来的。朱章明现在是男生小队长，跟以前大不一样了。

刘队长要朱章明把三英背着去乡卫生院，像猪八戒背媳妇的事朱章明还挺乐意。队长与开琼也跟去。

背了一段路,开琼说:"来,我换你背一会儿。"

这体贴的话,感动了朱章明,他说:"哪能要你背呢。我背得起。"

刘队长说:"他姓朱,就让他背吧。猪八戒背媳妇乐在其中。"

开琼不理解一向严肃正经的刘队长怎么说出这种笑话,她想也许是自己理解的错误。

到了卫生院,老医生诊断是结石,挂上吊针。开琼要刘队长与朱章明回去睡觉,她一人看护。

他们回去了,病房只有一个睡着一个坐着的俩姑娘。开琼想到上次在厕所的经历感到背心发凉,惴惴不安。三英的呻吟,开琼更是紧张。她想着自己那次在这里输液的往事来分散紧张的情绪。医院是死人的地方,白天想起来都怕,何况半夜三更。这时有一只小老鼠跑进来,她都会吓得叫妈的。她想这时有来魁在身边该多好。

想起来魁,她又想起妈的话。这时她才入梦中就被三英叫醒:自己与来魁有情有意做朋友还是可以,要想谈婚论嫁是绝对不成的! 她与来魁结婚了,凤姐不但不会与她家来往,还要骂她。她小时候就怕姐姐,就是怕姐姐不讲道理。再说来魁与天珍姐是患难姐弟,他们结合是幸福的,自己不应该做可耻的第三者。女人一生靠名声活着,凭自己自然条件,什么好男人都能找到……但想到来魁要在她的情感上退去,她还是于心不忍。女人为名声活着,也应该为情感而活着!

开琼一直在胡思乱想。忽然有人喊开门,开琼不敢开门。老医生起床开门。朱章明走进来说:"把你们两个姑娘放在这里,我心里不踏实,回到共大,我又转来了。"

惊悸的开琼看朱章明回来,很是感动。

朱章明问开琼:"你怕不怕?"

开琼说:"老医生去睡了,她也像疼过去,我一人还是有点怕的。你想到转来,说明你还像一个男人。"

朱章明说："我想到你们把这瓶药水输完了以后怎么办呢,是回去,还是就在这里过夜? 越想越不对路,我就来了。"

开琼说："你比我们还想得周全。你平时有这么缜密的思考吗? "

朱章明说："没有,我想到你们就有了。"

开琼问三英："牛三英,你痛得好些没有? 医生说这种病不恶化,不用治疗都可能好的。"

三英像要睡的样子说："疼得一阵阵变慢了。"

朱章明说："我唱歌你听,你就好了的。"于是他小声唱起拿手的歌："九九那个艳阳天,十八岁的哥哥呀坐在小河边……"

开琼要他小声一点。开琼等朱章明唱完,笑着说："你的歌还有点好听。"

朱章明说："小时候我和你在一个文艺宣传队,你忘了。"

三英说话了："开琼唱歌也蛮好听! "

开琼说："我唱歌像鸡子没杀出血的叫声,我自己都觉得不好听。"

朱章明说："左开琼的舞跳得好,绳子跳得更好。"

凌晨有农家鸡鸣叫时,三英的肚子不怎么痛,章明又要背她回共大。三英完全可以自己走,因为她早已喜欢朱章明,借故又要朱章明背了一回。

过一天后有人拿朱章明和三英的事挖掘笑料。三英听别人讲她与朱章明的笑话,好像热天吃冰糖葫芦心里一条路舒服。开琼也笑话过三英那一夜与朱章明的事。年轻人在劳动中整出笑话来,劳动好像轻松多了。

共大最大的好处是晚上不开夜工,开琼觉得这里要比生产队好。青年小伙都喜欢与开琼说话,明知开琼有男朋友,还有不少的目光把开琼像钓鱼时的浮标盯着。

最温馨的工作就是三人一组到各地查看钉螺情况。有两男一女一组,也有两女一男一组,一般没有三男或者三女顺边的一组。本来两人一组,四人一组也可以,可老队长就是不让年轻人成双结对的,他怕成双结对的男女在荒天野地闹出啥事来。可有人说这是老队长嫉妒年轻男女在一起。老队长要这样三人一组是按男女搭配干活不累的原则。那个爱说笑话的幺儿姑娘背地里说如果闹出三角恋爱就去找老队长扯皮。不过,老队长也想到三角恋爱更会干傻事,所以每次出去的三个人都要在第二次出去时更换。

能和开琼一组,男生都高兴。如果开琼与两男生,那两男生根本不要开琼到沟边查看,只要与他们同伴就行了。

好不容易安排到朱章明与三英和开琼三人编一组,他们那天去了最远的三英家乡。

他们三人骑两辆自行车先去了三英的家,三英叫她母亲准备午饭。

他们来到一条小河边,朱章明蹲下唱起他随口改编的歌曲:"九九那个艳阳天哎哟,二十岁的小伙坐在河边寻螺,身边跟着美女有两个呀,一个叫左开琼一个叫牛三英……"

开琼与三英听了相视一笑。开琼说:"朱章明,你唱那首《地道战》插曲《太阳出来照四方》听听。"

朱章明说唱就唱,第一段和第二段没混淆。开琼觉得他比胡来魁唱得好听。

三英说:"你在大队放广播,什么歌都会唱吧?"

朱章明用唱歌的声音回答,看来今天他有两美女陪伴是最开心的一天。

三英把自行车靠着路边树干上,下河边找螺。她还没蹲下,喊妈地叫起来——她看到一条蛇。她差点被蛇咬到了脚。

开琼出生在农村,她怕绿带水蛭,她不怕蛇。她走近三英看蛇。听说三英怕蛇,朱章明跑来,他用手中折断的树枝三两下打死了土红毒蛇。

开琼说:"这也是一条生命呀。"

不一会他们汇聚一起,看谁的钉螺多。朱章明与开琼差不多,只是三英少一点。他们换一条沟查找,听到青蛙被蛇刚缠着救命地叫。

三英说:"怎么又遇到蛇,今天是蛇道日吧。"

开琼要朱章明把那只青蛙救出来。朱章明说:"我刚才打蛇,你同情蛇,怎么一会儿又要我把蛇好不容易到口的猎物解救出来。"

开琼反驳道:"你怎么见死不救呢!我这是同情弱者。"

朱章明寻声音找到蛇缠着的青蛙。那条水蛇看到朱章明,立即放开青蛙逃跑。青蛙跳起来好像是说谢谢。

朱章明说:"这是左开琼大姐救的你呀,你以后来世报答她。"

回三英家吃饭时,嫁本队的牛大英也回来了。开琼为人热情客套,三英家里人很是喜欢这姑娘。三英对妈讲那一夜肚子痛的话,她妈连声感激朱章明和开琼。离开时大英看着开琼对三英说:"这姑娘是哪里的?看她好漂亮,太完美了!她说婆家没有?"

三英说:"她是古井大队的。人家名花有主了,她娘家本队里的叫胡来魁。"

大英说:"这漂亮的姑娘,女人看了都喜欢!"

那天回去三英坐上朱章明的自行车,开琼是一人在前面骑。忽然一声炮响,开琼吓了一跳。开琼回头一看,只见他们俩下车看着轮胎,原来是朱章明的后轮爆胎了。朱章明对三英很礼貌地说:"三英,对不起,吓到你了。"

开琼半开玩笑地说:"这是你们情深意重太沉导致爆胎的。"

今天三英很开心,看她喜形于色的样子还是很美的,她有潜在的美丽!三英含笑坐上开琼的自行车,她们骑上同一辆自行车,可此时此刻她们各有各的心思。

来到补胎的地方,这小屋上写着补胎两字写得像"打胎"。朱章明要开琼认这两个字,开琼没懂意思。不管是打胎还是补胎,都与胎有关,"胎"字应该是年轻姑娘最羞于出口的字,因为年轻男女之间出了丑事才有胎。

快到共大,开琼的自行车后轮没气了。朱章明笑着说:"你们也破胎了。我先看那个补胎的老头,把补胎写得像打胎,我就知道今天还要打破胎的。"

三英笑着说:"今天是个破胎日!"

朱章明也笑着说："今天是个打胎日，不适合结婚。"

秋收大忙下小雨难得放假，来魁冒雨来共大看开琼。三英理会地出去，并关了门。来魁把门打开，表明自己与开琼说的是亮话不是瞎话。

开琼与三英去公社，她买了灰色毛线，昨天刚起针了。开琼决定给来魁织一件毛衣，这个与恋爱有关的犹豫终于动手做了。如果与来魁分手就是分手的礼物，如果与来魁继续恋爱那就是相爱的礼物。

开琼说："队里的秋收忙消停没有？"

来魁说："秋收到了尾声，劳动的人开始穿秋裤了。我开创的两块撒直播成功了，比移栽的产量还要高。今年是你不到这里来，肯定要撒种很多的田。当时没人为我说话，有你为我说话，肯定队长要把荒湖大块都撒直播。队长说，明年撒播一半的田。我今天就是来告诉你这个好消息的！"

开琼说："祝贺你成功！我妈他们还好吗？你妈也还好吗？"

来魁说："你家人都还好。抢秋大忙每人都脱了一层皮，现在都快还原了。"

"上次我回家，有人说你与山里姑娘都准备结婚了。说她第一次来就是专门与你同床共枕的……"开琼终于说出关键的字句。

"我知道你要和别人一样误会我的。天珍姐为了看我，跟我送钩针织的枕巾。我们手都没拉过。你想情理，我想跟她结婚，我还把你叫去陪她？"来魁心里不安起来。

"反正队里的人都知道你的山里媳妇，我如果再与你有瓜葛，我怕成了令人唾弃的第三者。"

来魁说："没想到你左开琼也是个凡夫俗子！"

"你还是与山里姑娘把关系搞好，她现在肯定很爱你了。我看你的山里姑娘比我漂亮多了，她对你要比我对你好。你还是好好斟酌吧。"

"我的心还没到她身上去，我一直对你深恋不移。"来魁说。

"我知道自己还是一个替代品。你爱的不是开琼，你爱的是像凤伢子的开琼。"

那个爱说笑话的幺儿姑娘带来两姑娘来到开琼的房间。有姑娘说:"幺儿,他们在谈情说爱,我们走。"

幺儿说:"我们现场学习,太好了。共大的主要课程就是怎么谈爱情,今天正好来了一个情场教授。"

来魁说:"你怎么知道我是教授?"

幺儿说:"你不是高手,你怎么能追到这么漂亮的左开琼。"

来魁说:"听说你叫幺儿,我也叫幺儿。"

幺儿说:"这好,幺一堆了。"

一姑娘说:"幺儿,我们走,不然你也与他谈上了。"

开琼笑着织毛衣,她说:"你们不要误会呢,我与他还不是男女朋友关系呢。我是他妈的干姑娘。"

幺儿姑娘把开琼话里的"他妈的"抽出来组成一句话取笑。开琼悟出来也跟着笑。

幺儿说:"他妈的,我来学经验的,你也要学习学习。"

来魁说:"恋爱就像一只跟着人的红蜻蜓,你用手捉它,它飞开;你不理它,它又歇在你面前翘尾巴。"

哪有爱情不起风波的,来魁安慰自己。

开琼是用托词想要离开来魁。

第 11 章　毛衣

第一次失恋是痛苦的,第二次失恋就不痛苦了。第一个凤伢子失去了,第二个凤伢子也要失去了。两次失恋都是一个女人这还有什么经不起打击的,应该锻炼出来了。来魁的心只有转向了天珍姐。天珍成了来魁第二次失恋后的一种慰藉的恋。

他认为自己的命不好,天珍姐也有可能要失去。

天珍和村里的年轻人都参加了今年的山里公路修建。公路就在后山,每天吃住都在家里。建设完工后,天珍的好朋友那高个子慧芳来到她家。

看到慧芳,正在门前劈柴的天珍好高兴。她说:"上建设时,我去找你,你没来呀?"

慧芳说:"我们队里没有安排我去。"她们秋收后在一起见过面,双方都很想对方,再见面好像隔了一个秋天。她们在一起什么话都可以说,尤其的隐私话。

天珍到屋里端来一把椅子要慧芳坐,她在旁边准备继续劈柴。妈到菜地去了,她们说话很方便。

慧芳没有坐,她说:"你与胡来魁的关系怎么了?我给你还信来的。我看他的信写得很好!"

天珍说:"胡来魁是一个文学青年,很会表达多层感情。"

慧芳说:"这正好,你也爱文学。我看他很尊重过去的,这说明他永远不会舍弃你的。"

天珍说:"他信中说爱我,总是以小弟的口气表达的。我们的关系与婚姻还是有些距离的。你与洪远关系发展到怎样?"

慧芳说:"我们还在保持书信。前一天他又来了信,他想回来的意思,他说在部队太苦了。"

天珍说:"他肯定是想你才要回来的。"

慧芳说:"过几天与你赶街去吧?我想把头发剪短,这辫子太长,每天编起来很麻烦的。"

天珍说:"看惯你的长辫子,我不希望你剪了,那样看到你挺陌生的。"

慧芳问:"陈香(她们同学)说婆家没有?"

天珍回答:"她上次见到我说,她家里跟她说了一个,是黄坪的,她不是很喜欢那个男的。你今天就在我家吃饭过夜,我们好好说说话。"

慧芳说:"我本来就想在你这里玩,好久不见,很想你的。"

下雨在前不久出了车祸住院了。来魁的一个女同学在荆州医院做护士,她天天护理下雨,她们认识。女护士当着下雨的面承认给来魁写过两封情书,她还记得最后一句话:我永远在回忆中想念!下雨把来魁与双胞胎的故事讲给女护士听,女护士也很想打听来魁的现状。

下雨住了四天医院回家,队里乡亲去看望她。来魁只买了两瓶罐头,他一直没去看下雨,他等开琼回来一伴去。可等来的是开琼与朱章明一伴回来。看到他们买来水果,一人一大包,来魁迎上去对他们说:"我也没去,等你们一伴去。"

朱章明说:"今天才有时间。我们抓紧把一些事做了,今年要早放年假。"

来魁说:"你们先去,我随后就来。你们买的礼品多一些,先去吧。"

来魁看着他们走了。

开琼想:如果跟朱章明一同去,来魁心里肯定不舒服;如果跟来魁同去,朱章明的心里也会不舒服的。开琼把手里的礼品给朱章明带去,说自己回家有急事,过一会再来。

开琼和胡来魁去了一趟江南探望凤伢子。回来之后开琼见到了父母,把姐姐在江南的情况告诉大人。她妈说:"他们隔壁的那个人的胳膊现在好了没有?"

开琼说:"那流子哥的胳膊没完全恢复,不能干重活,一般的小事还是能做。"

妈说:"凤伢子也是傻,既然隔壁有这种人,进房门就要闩门呀,要时时刻刻小心他!"

开琼说:"姐姐还是恨你们,她不嫁那里也没这事。"

父亲说:"嫁哪里都有这种人! 先有这事就要找政府解决。"

开琼说:"这是丑事,他们以为那人会收敛的,谁知道他继续违法。"

妈叹道:"唉,出这种事都是家屋不顺。"

父亲说:"立新过年都不能回来?"

开琼说:"他回来一般都落他大姐那里。我估计就是立新回来,那人也不会怎么,因为那人有罪在先。"

妈问:"你知道她什么时候坐月子呀?"

开琼说:"姐姐的预产期是腊月二十几,小孩子赶来过年。"

来魁去下雨那里时,开琼还没去。下雨焐在床上,胳膊上打着石膏用纱布带套在脖子上。来魁把两瓶大罐头放在房里的桌子上。小桌上有很多罐头,肯定是乡亲们买来的,来魁的两瓶最大。

来魁说:"下雨呀,你伤了没事干,明天就专门卖罐头玩,你看这比商店都多。如果卖不完,请我来帮忙吃。"

下雨说来魁:"谁叫你也买罐头的,你怎么不买花来呢。"

来魁说:"哪有花卖的?"

这时开琼进来叫下雨,下雨很热情也很感激。

来魁说:"我进来下雨无动于衷,小双进来下雨全身都活动。别人都说同性相排斥,异性相吸引,她怎么反了。这更能说明下雨有男人的特征。"

开琼嬉笑地问:"下雨,你现在的样子像英雄儿女！医生说要好长时候能恢复？"

下雨说:"现在不是很痛,要两个多月恢复。这两个多月不上工,队里都跟我记工分的。"

来魁故意说:"你胳膊好了就跟我结婚吧？"

下雨说:"你有爱人啦。"下雨不说名字,她是怕开琼尴尬。她以为来魁与开琼还继续恋着。

来魁说:"一过江爱人就保不住了,现在回过头来还是找你可靠。"

开琼知道来魁的话是说给她听的,她脸上顿时像被虾钳夹住,头恨不得像乌龟缩进去。

下雨看朱章明在场,她不敢乱说。看开琼的脸色已经很难看了,来魁也收起话题。

开琼先抢别的话题,她说:"我如果不到共大,这次出门上堤,翻车出事,今天受伤的说不定就是我。"

来魁说开琼:"你的命不好？你出车祸就要比她严重多,说不定站不起来了,要坐轮椅。"

开琼笑骂来魁:"你的妈养你怎么不会说好话！"

朱章明说:"你虽然受点痛,也没亏本,坐在家里有工分。"

下雨不怕丑地说:"幺狗子,我当时受伤时,看你抱着我,我还蛮感动的。我想,假设这回我是受了重伤不能远嫁,我要赖着嫁给你,你打不打收条的。"

来魁说:"要是风伢子在我不敢打收条,现在没有风伢子我看你可怜,睁只眼闭只眼马马虎虎收下吧。"

下雨好像想起什么对来魁说:"我在医院是你的女友护理我的。"

来魁说:"我与她早就冷了。"

105

开琼补了一句:"你这么爱回忆往事,怎么这么快就凉了?"

来魁说:"别人与我不是一路人,她早对我凉了的。"

这时下雨说:"出院时我哥把我们在荆州照的相拿回来了。"

来魁问:"跟我带回来没有?"

下雨说:"都带回来了。"

"拿我看看。"开琼以为是来魁与下雨的合影,她想急于看到。

下雨下床,拿出照片。来魁忙找到自己,他不想让开琼看他相片。开琼看了下雨的照片,要看来魁的,来魁不给她看。来魁说:"你看了我的照片,晚上要做噩梦。"

开琼与来魁要回家,下雨的父母强留他们陪朱章明吃晚饭。开琼本想与朱章明回共大,还是怕来魁知道心里不舒服。

那天开琼没去共大。她到萍儿家,与萍儿睡。

开琼敲来魁的窗棂。来魁开门出来。来魁好高兴,他以为开琼是来跟他焐脚的。

萍儿看小双姐出去,她也跟来。看小双姐进了来魁的房,她在窗前偷听。

听开琼说:"我跟你织了一件毛衣,明天晚上五点钟你去我那里拿回来。今天我怕朱章明发现就没跟你带回来。以后有人问起毛衣,你就说是你二姐给你织的。你对任何人都不能说出是我跟你织的,有一个人知道就可能都知道。我就是怕姐姐知道!你穿那件毛衣,是不能去共大的,那里的人都知道我织过那件毛衣。如果不合适,你请你姐或者要萍儿跟你改一下。你上次在乡医院陪我输液时我量过你的腰,应该是可以的。"

来魁说:"你这么小心谨慎的样子,我还以为你今晚要跟我焐脚呢。"

开琼转身说:"我明天等你。"

开琼出去,萍儿从巷子走开。开琼与萍儿在屋后相遇,萍儿撒谎说是出来小解。可开琼还是怀疑她的话到了萍儿的小耳朵里。

夜里，来魁像开琼给他焐脚一样高兴。只要开琼还在给他织毛衣，就说明他与开琼的婚姻还有希望。

第二天没有到五点钟，开琼把毛衣用袋子包好来到公路上与来魁秘密接头。

来魁拿到毛衣离开时，开琼像女特务再次警告："你我相爱一场，送你做个纪念。你千万不能让我姐姐知道！萍儿可能知道了，你要注意她。"

来魁说："你这明地是送毛衣我，暗地是要断了我来共大的路。"

开琼说："不管你怎么认为，反正这毛衣与婚姻无关。你送了雨衣我，我想跟你织一件毛衣还你，我们扯平了。你与山里姑娘的关系怎样了？"

来魁说："她现在想与我结婚，我没有明确答应。我越对天珍姐冷淡，她好像越爱我。我青春冲动时想的总是你，我无法走出与你的感情。你与山里姑娘一直是我对婚姻的选择，可我始终偏向你。我与你好像没有去江南的，还是死心塌地想与你结婚。我一直后悔不该与你去江南！"

开琼说："从凤姐那里回来，我也在犹豫。"

来魁说："我真想早与你生米煮成熟饭算了，那样就死心塌地选择你。"

开琼转身说："你快回去，我走了。"

来魁回家试穿毛衣，很合身，只是领口摆头时有点紧。他想过，就是不合适他也不会改动。他想以后给开琼买一套好衣服，作为还礼。穿起开琼送的毛衣，来魁高兴得像活陀螺快要死的时候那个样子摇摆着。

腊尽河冻，一年即将过去，春节像满载辛劳的大船慢慢破冰而至。以前流汗的田野，现在都木刻在冬天里。来魁回来经过大队部，到经销店看有自己的来信没有。现在小学的学生放年假，他的信要靠自己拿。他与天珍通信以后，差不多一个月要有一封信的。按时间算，应该有天珍姐的来信了。在众多的来信中，来魁看到来至宜昌的熟悉字体。

信很短，他在路上看完信。天珍姐先给来魁的妈拜早年，她告诉来魁这一年快结束的感慨,最后说她正月初三出门,初四到他家来玩。

老姑娘立秋腊月二十四要出嫁,二十三要开席。上午帮忙的人们捶捶打打不停手,说说笑笑不住口。来魁与立秋家最亲,他要以主角帮忙。他在剁鱼糕时,开琼来立秋家玩。有人与开琼答话。

立秋出来看见开琼很是高兴地说:"你们共大都放假了?"

开琼说:"过年我们有十二天的假,正月初四上工。"

立秋给开琼倒来热茶说:"小双,来喝茶,打扑克玩吧?"

开琼说:"你们忙,不管我的。"

来魁看到开琼做了一个打枪的眼睛动作。开琼与帮忙的人打招呼,有人说小双比以前长胖了。

来魁说:"一些人都怕到共大吃苦,其实那里比生产队轻松多了。"

一小嫂子对来魁说:"你没去过共大,你晓得?"

来魁说:"我没去过,听别人讲过。"

开琼看来魁穿着她织的毛衣,颈部用毛巾围着,肯定是怕弄脏。

来魁故意说热,把袄子脱了,他是想让开琼看看她的毛衣如何。

小嫂子看到来魁的毛衣说:"哎,这毛衣织的好!是哪个跟你织的?是不是山里媳妇?"

来魁说:"我二姐跟我织的。"

有一大嫂子看了来魁的毛衣说:"你二姐织不出这么漂亮细致的毛衣,我还不了解她,她跟我一样手粗糙。"

来魁说:"你们不相信,我不给你们看了。"说着他又穿上袄子。这时的开琼才领会刚才来魁是脱给她看的。

立秋看到萍儿从门口走过说:"萍伢子来陪你小双姐打牌,就差一个人。"

萍伢子来的时候,开琼已经进到立秋的房里看嫁妆。萍儿看到了来魁穿的新毛衣,她想今后自己有了男朋友也要送对方这样一件纪念品。立秋把小桌子搬到门口,有俩姑娘拿椅子坐到桌边,萍儿也围桌子坐下。听立秋喊小双快来。

打牌和打糕都能显示办亲事的热闹气氛。来魁看得到开琼,开琼也看得到来魁。可来魁不知道开琼的心锁已经到朱章明手中了。放假那天,开琼与朱章明话别。朱章明要过年到开琼家给她父母拜年,开琼没答应。开琼还是希望来魁的婚姻有了着落,她才进入恋爱阶段。

其实来魁与开琼到这个年底,他们都还在选择对方。要是有谁主动,他们对婚姻的选择都会改变的。

小嫂子问来魁:"听说你又准备杀回马枪找下雨呀?你山里的媳妇咋办呢?"

那小嫂子的男人叫左开顺,是大来魁两年头的好朋友。来魁对她说:"我再跟下雨,我就把山里的媳妇让给左开顺。因为山里姑娘大我两岁,左开顺也大我两岁。"

有嫂子说:"其实幺狗子与下雨配起来就跟歪灶配歪锅一样是绝配。"

小嫂子小声说:"那个人走了,他可以跟下雨了。"这小嫂子说的那个人指的是大双,因为小双在这里玩,嫂子才没说名字,听话的人都知道是这意思。

油炸丸子时,来魁拿来两个热丸子给开琼吃。开琼要用手拿着自己吃,来魁要用手喂到开琼的嘴边。开琼不张口,摆头避让。来魁从这个细节已经感到,这女人已经不属于他了。后来,他只得把丸子给开琼的手中。这将使来魁对开琼的婚姻选择又降低了一档。

下午放鞭开席,开琼的哥哥来吃喜酒。开琼对哥哥说:"你上我们家的人情,我上年轻人个人的人情。"

开琼的哥哥上了三元钱,开琼上了五元钱。记账的左开顺问开琼:"你做两家上人情呀?"

开琼说:"哥哥代表家里,我代表与立秋个人关系,我们都是同龄年轻人。"

开琼另外出人情钱,很是让立秋感动。这是左家台第一个出现一家人上两道人情钱的。当时有很多人也议论过这事。

从这以后队里有年轻人结婚，就开始有同龄年轻人另外买礼品或者出钱上人情。

第12章 推门

夜里开琼来到下雨的房里玩。她希望下雨把来魁的心夺走。开琼希望来魁早结婚,她才能恋爱;如果来魁不结婚,她是不能先结婚的,这是对来魁的尊重也是对来魁的一种爱。

开琼对下雨说:"你知道来魁与山里姑娘究竟怎样。他们的关系不好的话,我来跟你与来魁做媒,早把婚结了。"

下雨说:"来魁与山里姑娘的事,你应该很清楚的。"

开琼说:"他得跟我讲呀。"

下雨小声说:"我听老表说,你与来魁已经爱到千里之外了,比山里姑娘还远。"

开琼说:"我从小到下学到现在来魁对我都好,这是因为他跟我姐姐好,他把我当小妹了。"

下雨说:"不是你姐姐,我跟来魁早订婚了。她把来魁护着也没带江南去。"

开琼说:"你现在可以跟来魁呀。"

下雨说:"胡来魁这人长得并不怎样,怎么他到哪里,就有女人爱他?他小时候凤伢子喜欢他。他读初中就有女班长给他写信,那个女班长现在在荆州医院做护士。他在读高中时有一个女同学追着他爱。他回乡以后知识青年小凤仙又很喜欢他……"

开琼说:"说明来魁的人品好,有女孩喜欢他!"

下雨说:"他现在有山里姑娘,他的眼眶像山一样高了。我跟山里姑娘比起来还是差远了!"

开琼说:"来魁没认为你比那个女的差,对你一直都很喜欢的。"

下雨说:"他真喜欢我,凤伢子出嫁以后,他就要来追我的,而他没有。"

开琼说:"他现在对你这么好,你出车祸时还抱你。他会说笑话,你也嘴快,你们有共同的幽默语言,今后一起生活架都吵不起来。"

下雨说:"我还怕与他结婚。"

开琼看着下雨的眼睛问:"为什么?"

下雨说:"我怕你姐姐回娘家又与他梅开二度,那还气死我的。"

开琼忙说:"你胡扯什么呀,我姐怎么会呢。"

下雨说:"你姐就是这种人!你不知道以前在生产队上工时,她恨不得把幺狗子含在口里。我说你不信,你姐姐这一辈子与幺狗子的关系都不会断的。这也是我怕追求幺狗子的主要原因。可以说就是你的姐姐,胡来魁与那么多女的关系都搞不好。"

开琼说:"你这是偏见。你说姐姐与来魁以前就好,怎么没听说他们发生男女关系。姐姐对胡来魁是好,她现在结婚了,她有了她的生活。年轻时的爱恨情仇都是珍珠翡翠乱炒菜。幸福的爱情都是婚后做了正确的矫正——这都是书上说的话,我们只有走过年轻了才会理解的。"

下雨说:"你如果是真心想帮忙,我等着。我反正对他没什么意见。"

开琼说:"我来跟水颜草去来魁的家说说。"

来魁煴在床上看书,有女人喊门。来魁开门,水颜草先进来。开琼好像羞见来魁,犹豫不前。

水颜草对开琼说:"你害什么羞,又不是跟你说婆家。"

她们进房,开琼拿起来魁看过的书翻了几页。水颜草在心里打好了说话的草稿,没让来魁问话,她先说:"我们俩来跟你做媳妇的,你要谁?"

来魁知道这是水颜草的笑话,他答道:"我要你。"

水颜草说:"你为什么不要漂亮的小双呢?"

来魁说:"我这些天看她的眼神,她心里有了别人。"

开琼把书合起说:"我有谁呀?"

来魁说:"我不知道,年知道。"

开琼补充说:"你把年过了就知道的!"

水颜草说:"我们言归正传。下雨这些天生活不能自理,想要有一个男人陪伴。她要我们来找你,看你意下如何?"

来魁挠脸皮好笑,说:"开琼当媒人,你当红娘来的。"

开琼忙解释说:"现在还要什么媒人,我们只是帮忙传传话。"

来魁说:"我山里的天珍姐过年要来玩,看她有没有结婚的意思。"

开琼有话答了:"怪不得说我不知道年知道的。年过了就明白了。"

水颜草说:"幺狗子,把你山里姑娘写的信给我们看看吧。听说写得很好,让我学会了也给男孩写信。"

来魁把信拿出来。开琼要看,来魁不给她,说:"不给你看!"

开琼说:"我要看你给她的信。"

来魁说:"你傻呀,我给她的信在山里那边呀。"

开琼明白过来,加大嗓门地笑起来。

这时来魁把天珍送他的枕巾拿出来偷偷盖住开琼的头,他唱起《掀起你的盖头来》。开琼忙抓下来看。

水颜草问:"你这是在哪里买来的?"

来魁说:"这是天珍姐送我的。7月份她下来玩,就是给我送这条枕巾。"

水颜草拿在手中两面仔细地看,口里赞道:"哟,原来山里姑娘送你的就是这呀!好漂亮呀,太精美了!"

来魁对水颜草说:"跟你人差不多。"

开琼说:"不好看,别人不会从那么远专门送来。"

来魁对开琼又说:"过年天珍姐来我家,我请你来陪她玩,行吗?"

开琼一笑带点头:"好。"

这时山青的哥哥在外面叫幺狗子,要来魁明天帮他家补锅,来魁不加思考热情地答应。

来魁在每年的腊月二十几都要把屋里屋外墙上台下打扫得干干净净,连门窗上的灰尘也用抹布擦去。做这脏活,他没穿开琼送他的毛衣。他想这不是迎接新年而是迎接天珍的到来。妈跟他把床上铺盖也洗了,连灰黑的蚊帐也解下来洗。来魁把墙壁用报纸糊上,准备贴几张年画。

腊月二十六去赶集办年货回来,门口渊里有公家的船打鱼,来魁跑去看。很多大人小孩在渊边观看,开琼和几个大姑娘们也在渊边看热闹。开琼在渊边玩,这是来魁眼里的风景。看到渊里打鱼,新年就已经到了每一个人的心里。

腊月二十八公家在稻场上分鱼。来魁手挎篮子来分鱼,开琼也来分鱼。好多大人小孩来稻场上看鱼。两个队长把大草鱼挑出来,每隔一尺远摆一条。全队有四十户人家,要摆四十条鱼。摆到三十几条没大草鱼了,只有用青鱼和鲤鱼代替。队里每年都要分鱼的,队长和会记早有分鱼的好经验。差点的鱼就摆两条算一条。有了四十份以后,先定哪一头为1号另一头就是40号以此类推。然后会记写40个号子,每个号纸叠成一样,给每家分鱼的人抓。有哪家没来人就请他家至亲给带抓个号。分鱼的多少是根据每户家里的人数计算的。

有一妇女对开琼笑着说:"小双,来分鱼呀。今年有女婿来跟你伯伯拜年没有?"

开琼红脸一笑细声说:"还没得。"

那妇女说:"要找了,你与大双是一天生的,你的大双姐过年差不多都有孩子抱回来了。你大双姐到月里没有?"

开琼说："姐姐的预产期就是这两天。"

来魁好像看到凤伢子睡在床上正在痛苦地分娩。

有人说："家里分的鱼越多越划不来,分的鱼越多搭的胖头(白鲢鱼)就越多。"

土豆说："今天拈号子,拈到头九个号的鱼很大一些呢。"

来魁对开琼说："开琼,你来拈号子。拈两个,差的一个给我。我家人少,不要大鱼。"

抓一个号,会计就记一个名字。会计把葫芦瓢里的号纸递来魁抓,来魁要开琼抓。开琼一把抓了三个,她退了一个。会计一看两个号子:一个是 3 号,一个是 7 号。

3 号 7 号都是好号子,来魁要 7 号。

号子抓完开始顺着号分鱼。开琼的伯伯来了。以前队里分什么东西,凤伢子与开琼要来玩,来魁那时就觉得如果凤伢子不来玩,分了东西都没什么意思。今年看不到凤伢子,还有开琼,明年恐怕就看不到开琼了!

他想自己这么在乎开琼,他决定还是要与开琼结婚!过年时好好主动追求开琼,让她没有退路!凤伢子的话有七分是吓人的,自己真与开琼结婚了,凤伢子也会慢慢接受现实的。再说自己有了开琼,他不怕失去像开琼的凤伢子了。

凤伢子知道自己快要分娩,关于分娩的很多准备工作凤梅都告诉了她。她去大队买了几种粗纸,给小孩的衣服和尿布也准备好了。

腊月二十九的早晨,凤伢子开始感觉肚子痛。她洗口时已经很痛了。她告诉婆婆去请接生婆。她把床上的垫絮拿掉一条,垫上一张塑料布,然后垫了五张粗纸。她自己爬上床睡下,用被子盖着身体。

立新不在身边,她只有想来魁。快过年了,她最操心的事就是肚子里的孩子。

婆婆张罗几个有分娩经验的妇女过来,她们要凤伢子怎么做。这时凤伢子的肚子一点也不痛了，人们只好纷纷离去。

凤伢子起床吃了早饭，她照常拿出针线活来做。婆婆就在她的身边陪着她。

不到一个时辰，凤伢子说肚子难受起来。婆婆忙扶着凤伢子去上厕所。

凤伢子再次睡到床上不久，孩子生下来了。小孩不大，是一个姑娘。接生婆赶来，忙把小孩倒提起来，让孩子哭泣。当小女孩第一声哭啼时，那是她告诉世界自己来到了人间。

这个春节应该是来魁决定婚姻的关键之年！

随着大年的临近，来魁越发对开琼有了偏爱。婚姻只有一男一女多好，如果是有两个爱人需要选择一个，当两个爱人没有差别时，那是一种怎样的痛苦选择！这是因为选择的一个是爱人，放弃的另一个就是仇人；有时爱人比仇人可恨，有时候仇人比爱人可爱。

腊月二十九，回家的人还在路上走。朱章明想念开琼，他不怕丑骑车来到下雨家。他的目光一直在左家台搜索开琼的身影。他看到秀儿，要秀儿回家叫小姐到下雨家玩。单纯的秀儿回家没看到小姐，她来到萍儿家对开琼说："小姐，原来的电工要你去小雨姐家去玩。"

开琼听到，腊风吹红的嫩脸儿一阵发白。她向来魁家扫了一眼，来魁在家打扫堂灰。开琼对秀儿说："你跟他说，我不去！"

来魁一直偷偷地瞄着开琼，看开琼是不是真不去见朱章明。

开琼那天真没去，来魁瞄得清楚。来魁想，如果开琼去了，他要说开琼一个鸡窝还没蹲热，又跑另一个鸡窝里。其实在开琼的婚姻选择里，她也是偏向来魁的。她也不想再受选择的折磨，她想在年里把这抉择定下来。她到萍儿家来玩，其实也是想与来魁近一点。

大年三十上午，来魁出门去挖鳝鱼。他去看了与天珍姐玩的那条老河。他与天珍在这里的影像成了一幅幅木刻……

三十晚上，来魁洗澡换上干净的衣服，他准备找开琼一伴玩。他走到山青的门口看到堂屋的大堆火,他进去搓手伸脚烤了一会儿火。山青换上新衣走出房,他们商量准备去开琼的家打牌玩。

看了电灯亮光刚走出来,眼前黢黑得看不见一步。走了几步有一家大门半开着,有灯光洒出来他们才看见路。他们看到秀儿,来魁问秀儿:"你小姐呢?"秀儿说小姐还在家洗衣服。

他们来到开琼的家,开琼在堂屋火堆边洗衣服。开琼的伯伯在火边烤火,烟熏红眼。

来魁很礼貌地说:"小爹在家发财(过年烤火说是发财)呀。年三十在过去是一个打牌的好日子,您没去找牌打?"

开琼的伯伯很热情地说:"没有。你们来烤火。"

山青对开琼说:"打牌去,三差一。"

开琼说:"快了。"过年时在外面跑惯了的开琼,早想出门玩。

来魁坐下来烤火,他对开琼说:"今天不能把衣服洗太干净的,还是要留一点过去一年的尘土,明年穿起来就不会忘记过去的。我打扫堂上的灰尘都没把七八月的灰扫干净,留着以后慢慢回忆。"

开琼认为这是来魁说得最漂亮的一句话,合时合情。是啊,即将过去一年里尤其是七八月份与来魁情深意切,现在开始变淡。她知道来魁的话寓意就是要她还是和去年一样对来魁友好。

等开琼晾好衣服出门,开琼说要到后面台上水颜草家去打牌。开琼走在前面,来魁与山青走在后。来魁忽然大声说:"三十晚上月亮大,一个猴子偷西瓜,被小双听到啦,被凰伢子告诉啦,被不开窍看到啦,后来被左开琼抓住啦。"

山青一笑说:"哪有一个人又瞎又聋哑,还是一个跛子的。"

开琼笑着:"你巴不得我是那样吧?"

来魁说:"你是那样我就娶你做老婆。这个时候用轮椅推你出来玩。"

开琼说:"一个人到了那地步,活着还有什么意思。"

他们到了水颜草的家，堂屋里大堆的火把水颜草的脸照应得像一片红叶。水颜草问来魁去不去下雨那里，来魁说要他们都去下雨家打牌。山青说下雨现在受伤是"一把手"不能打牌。开琼还是同意到下雨家。

这一年的三十晚上他们在下雨家打升级。下雨没打牌，陪他们玩。打输了照样是喝冷水。山青和水颜草喝了很多水。有俩小丫头片子来看年画，山青还请俩小姑娘替他喝了一碗刺骨的冷水。

三十的年夜是没有晚的，玩到什么时候都不算晚。不知到了什么时候，有一个人说散桌，三十晚上的欢聚结束了。

他们摸黑走中心路回来。山青喝多了冷水出门要撒尿，来魁与开琼走前面。山青走来，他们都没有说话。山青到家，推门进屋。来魁想送开琼，跟在后面。

来魁小声说："毛衣小一点儿。"

开琼说："以后穿松就好了。"

来魁又说："这么时到我那里坐一会吧？"从来魁的语气里听出了非分之想。

开琼说："我怕。"

来魁说："怕什么？我们讲讲婚姻。"

开琼沉默不语。

来魁说："以前不是那么特别地想你，自从与你去江南回来很想了。要知道，你与天珍我一直很难选择。与你没有去江南凤姐家以前我的婚姻是选择的你，回来以后对你与天珍之间有了犹豫。这种选择既艰难的，又痛苦的。我不结婚，我是不会放你手的！"

开琼想把话移开，她问："小心别人听到！我怕别人看到了误会。"

来魁说："我很想与你谈谈。"

快到开琼的家，开琼不要他送。开琼对来魁说："你还等两天你的天珍姐要来了。"

来魁说:"她来了,你不去,我就选择与她结婚!"

回到家的来魁又进入了婚姻的斗争之中。他想与开琼结婚怎么怎么样,他又想与天珍姐结婚了怎么怎么的……当然,过年时他最该想的还是江南的凤伢子。凤伢子做母亲了吗?她生的孩子是儿子还是姑娘?凤伢子成了他选择婚姻的最大难题。

这时的开琼迟迟不想推自己的家门,她想到来魁的房里去。春节是婚姻选择的归宿,大姑娘的命运就跟这次抉择紧紧相关。她这次不与来魁私定终身,过年后天珍姐来了,自己的终身就由别人决定了。

开琼睡在床上,她为婚姻的选择而斗争得睡不着。她与来魁的思考是同一个问题。由此可见,婚姻不是哪一个人的事。没有零点的钟声,只有鸡公的叫声辞旧迎新。

家家户户在天亮时燃放除夕的大鞭,强烈的鞭炮轰开初一的大门。小孩子穿上新衣,大人们结集串门拜走年。

来魁与左开顺一路相邀土豆准备在山青家打戳牌。初一打牌不愁上面来人抓。

立新赶来说凤伢子生了女儿。开琼家有客人,初一她没跑门串户地玩。初二,朱章明到下雨家来玩,开琼还是被他勾去见了一面。开琼怕来魁发现,没玩多会就回来。来魁与姐夫哥打戳牌手气不好,他也管不了这么多了。

初三来魁在一队胡来朋家玩,夜晚他妈找去说山里姑娘来了。来魁赶回家,萍儿正陪天珍姐在烤火。

来魁亲切地叫了一声"天珍姐"。

天珍站起来说:"你回来啦。"

坐下来烤火,来魁问天珍是怎么早一天来的。天珍说:"我初二就出了门,在宜昌旅社过夜。今天到你们公社就不早了,我一人走来的。走了一半的路,赶上一位老大娘,我们同路说话才知道她也是到古井二队的,于是我们结伴走来。没到你们家,天就黑下来了。"

来魁说:"这老大娘是谁呀?"

萍儿说:"是潘婆。"

穿绿花袄子的天珍比去年热天穿白衬衣时的脸白皙多了,火光印在她的脸上好像比开琼的脸皮还要红润,这是山里水土的滋润。天珍吃饭时,来魁去喊开琼来玩。

开琼的妈听到不让开琼来,开琼左右为难。来魁对开琼说:"你今晚到我家来,我就选择与你结婚;你若不去,我就决定与天珍姐结婚。"

开琼看着来魁没有灯光的脸,她没答话。

夜里,开琼准备到来魁家,被她妈喊住:"你去哪?"

开琼说:"我去萍儿家。"

妈说:"今天你哪里也别去!"

开琼说:"什么事呀! 这么早也睡不着,我去玩一会就回来。"

开琼向西走了,妈没有制住,说:"小双,你听话呀!"

开琼不高兴回答:"是的!"

开琼来到萍儿家,没有看到萍儿。萍儿在天珍吃饭时走开了。

开琼到来魁的门口,从门缝里看到天珍的背影。她看堂屋里只有天珍与来魁两人说话,自己进去也是多余的。她知道进不进屋对她今后的人生是很重要的,她一直在犹豫。恋爱不认真也不行,太认真了也是一种折磨。今天山里姑娘来得正是时候,她想与来魁的关系有一个了断。

第 13 章　后悔

她一直在犹豫，最终她没有迈进来魁的屋。

她离开时，朝来魁的大门口看了一眼，她已经意识到与来魁的恋爱即将结束了。

开琼不知是怎么走回家的。她故意喊妈开门，意思是让妈知道她没有去来魁家。

妈在烤火，对开琼说，"门没有闩。"

开琼推门进屋，妈关切地说："你指头还疼不疼？"

开琼的手指烫伤了，由于心里一直想到来魁与天珍的事，她忘记了伤痛。听妈问起，这时她才感觉手指的疼痛。她回答妈说："哪有不痛的。"

妈要开琼早些休息。开琼进房就灭灯睡了。

她哪里睡得着，一方面手指连心的疼，另一方面想到与来魁无望的婚姻而心痛。她不知道是选择与来魁结婚好，还是选择与朱章明结婚好。在来魁和朱章明两个家庭比较起来，朱章明的家庭要强得多。朱章明家里有钱，他的伯父又是大队书记。论人才，朱章明与来魁差不多。朱章明有方脸的美，来魁有长脸的漂亮。朱章明黑得像包公，来魁白得像白娘子。黑白对男人是不重要的。如果要考虑长远，白的来魁还是占优势。结婚以后要是生一个姑娘像朱章明那么黑，多丑！要是生一个姑娘像朱章明的眼睛还是要比来魁的眼睛漂亮。朱章明好在没有女朋友,他虽然黑,但他是一张白纸好写姻缘。来魁虽然白,但他心里不清白,爱的爱人多。本来她是爱胡来魁要超过爱朱章明,可该死的来魁是凤姐的情人,这多尴尬。去年冬天她与来魁去凤姐家,看他们的样子比夫妻还亲密。如果以后与来魁结婚,他与凤姐旧情复燃,那时她后悔晚矣……综合上述考虑,她还是应该选择朱章明。可她偏偏要喜欢来魁一些。这说明命运与婚姻总是喜欢折磨人的!

来魁与天珍一边烤火一边说话,他们的谈话很多都是书信里的内容。来魁看开琼没有来,他对天珍的话向婚姻转移。有一只不清白的公鸡开始啼叫起来,那时候应该还没圆钟,那公鸡的生物钟可能出了故障。来魁看开琼这么晚都没有来,这说明开琼在家选择了朱章明。来魁也决定选择天珍,结束婚姻选择中的痛苦。那只提前鸣叫的公鸡好像是在提醒来魁趁早结束与开琼的来往,应该趁早决定与天珍的婚姻。

这夜来魁与天珍睡在一起,他把对开琼的渴望用到天珍姐的身上。上帝创造了自然界的男女,睡在一条被子里的大龄男女自然会做出大自然赋予他们的事,上帝也自然会原谅他们。天珍虽然同意来魁那笨巴巴的动作,可还是用手指死掐他的胳膊。第一次来这里她没有这么想,这次是为婚姻来的,迟早要走这一步。

那只不清白的公鸡不叫了,天珍明白是公鸡要他们早上床休息的。第一次与来魁睡在一起,她觉得这步棋是她输了。过河的卒儿再也回(悔)不转来了。

第二天,天珍洗床单时开始只想洗一部分,后来干脆把整条床单都洗了。她没曾想到过年才换上的床单又要清洗,这是很明显的问题——来魁的妈最清楚。

白天看到天珍,来魁赔礼地对她说:"昨晚对不起你,请你原谅,那是公鸡叫错了,我也错了。我一直在你与开琼之间选择,因为你们是同等值得爱的人,所以这种选择也是一种折磨。为了早结束这种折磨,我想死心塌地选择与你生活才与你身体接触的。我如果没有那种折磨,我会把与你的第一次留给新婚之夜的。我跟昨晚那只鸡公一样先开口了,是那只鸡公叫我早走了这一步。"

天珍看了一下来魁,她用手搔了搔头,她没有说出话来。她羞涩的表情里渗出甜蜜。

开琼大早就去下雨的家,下雨还没有起床。她说:"胡来魁的山里姑娘来了,走,跟你俩去他家玩。"她想早去来魁那里,看能否弥补昨晚的过错。她也想从侧面打听昨晚来魁与山里姑娘是否同居了。如果他们同居了,她不再幻想与来魁的婚姻。

下雨揉着惺忪的眼睛说:"把早饭吃了去吧。"

开琼说:"就是要到他家陪客人吃早饭。我今天要去共大,我没有多少时间了。昨晚,来魁要我去玩,我没有去。走,我们今天趁早去。"

下雨坐起来穿衣服,她的胳膊有绷带,开琼给下雨帮忙穿袄子。下雨看到开琼的左手大指用手绢包着,她问:"你的手怎么了?"

开琼说:"昨晚帮妈烧火,不小心热猪油烫了。"

下雨说:"我也烫过,好疼的!"

下雨的脖子上白纱布套着胳膊,她和开琼前后到了来魁的厨房门口。

下雨先说:"大妈,我们来长住沙家浜的。"

这话大人们都知道是来白吃饭的意思。来魁的妈说:"小双你们来了,稀客!瞧你说的,我们就是没好招待。"

来魁听到高兴地对下雨说:"有我胡司令,你们还敢来长住沙家浜呀。"

天珍走出大门,她以主人的身份用过年的套话要她们进屋坐。

来魁一眼就看出开琼的左手大指用手绢包着,他忙关切地问:"你的手怎么啦?"

开琼羞笑道:"昨晚帮妈炒菜,不小心被热猪油烫伤了。"

下雨一笑说:"正好,我们两个女伤病员。"

123

来魁抓住开琼的伤手看,开琼的两手指乌色,大指头尖有水泡。来魁心疼地说:"真是毛手,要痛几天的。"

开琼看天珍走来,她收回手,对天珍笑脸说:"天珍姐,稀客!"

天珍认识开琼,她笑着说:"又来了,就不算稀客了。"

下雨说:"我们两个伤病员也又来了。"

"来的都是客。"天珍怎么也用上了阿庆嫂的台词,自己都觉得好笑,初中时他们学过这段课文。

吃饭时来魁拉来萍儿,小屋里的姑娘很多。来魁给开琼夹菜,天珍给下雨夹菜。来魁说这是照顾沙家浜的伤病员。

萍儿山青和下雨陪天珍打牌。今天开琼要到共大,她玩了一会要走,来魁送出来要开琼这两天不要干活,等手早日康复。

到厨房墙角,没有来人,来魁对开琼小声说:"我昨晚与天珍过夜了,你看她洗的床单就应该明白。这也说明我对你也彻底放手了,虽然伤了你的手,可你今后自由了。好好看准一个男人,好好了解他,我希望你有很好的把握。我们在生活里不能结婚了,我们只能在小说里做夫妻了……"来魁在昨晚想了很多要对开琼说的话,这时没有说完;有些话忘记了,一时紧张想不起来。

开琼没说话,也没停步。自己的想法,在别人先行动了,她好像心里吃不消!自己与来魁有好多次机会,不是来魁装正经,就是她装清纯,这下山里姑娘还是走她前面了!自己手边这么好一个男人最后还是成了别人的,开琼失魂落魄地高一脚低一脚走回家。她的反应使她都不相信自己现在的性格是如此矛盾,这好像不是她的本性。

她后悔昨晚来了没有推门进去。

开琼在收拾行李准备到共大报到。她收起来魁送她的雨衣和长筒胶鞋时伤心地落泪。妈看出来问她怎么啦,她说:"又要离开家,心里有些舍不得。"

妈笑道:"你明儿还不出嫁了?"

开琼骑自行车经过来魁的家门口,脚停止踏车,让自行车惯行。她朝屋里瞟了一眼,看到天珍与萍儿他们在抓牌。过了来魁的屋,她的脚又开始踏动自行车。这时她还想来魁出来与她说几句安慰的话,可再没看到来魁的影子。

初六,队里开门红响起上工铃声。来魁没上工,他听天珍说肚子有点痛。来魁驮天珍去医务室。老医生说是阑尾炎,要输液治疗。

天珍睡在病床上输液,她对来魁说:"看来,这次我也要长住沙家浜了。"

来魁笑着说:"有我胡司令亲自来好好照顾你。"他对天珍说,他的别名就叫胡司令。这个别名与他现在的民兵排长很不吻合。

初七,开琼回来。天珍在大队输液,她没有看到天珍。

初八的早晨,来魁听萍儿说要到凤姐那里喝喜酒。凤伢子的女儿今天喜九。凤伢子做了母亲,这是来魁不愿接受的事实。来魁准备了二十块钱,找机会给开琼带去。

来了一辆微型货车,开琼的左家亲房都上了车。

来魁把开琼喊到厨房门口,拿出钱说:"帮我把这点意思给你姐姐,就说是我给她买补品吃的,不用记在人情账上。"

开琼接过钱,说:"你就跟我们一伴去。"

来魁笑着说:"我怕她又把我赶出来。"

开琼笑着走开。这种笑已经是与婚姻无关的笑了。

在凤伢子的房里,开琼坐在床上抱着襁褓里的小孩。她等机会把来魁的钱给姐姐。吃中饭后,客人打牌去了,房里只有小孩子们,开琼把钱给姐姐说:"这是来魁给你买吃的。"

凤伢子接过钱,说:"幺狗子没说要来呀?反正立新又不在家。"

开琼说:"他山里的媳妇来了,在他家!"

凤伢子说:"他山里的媳妇儿时来的?"

开琼说:"山里姑娘初三来的,玩了这么长时间都没说要走。他们可能要准备结婚了。"

凤伢子说:"他们结婚,你记得帮我上人情呀。"

开琼说:"下雨以前还在想跟来魁,现在都收网了。"

听到来魁快要结婚,凤伢子的心里像破了老坛子辣酱五味杂陈。记得小时候过年他们在萍儿家里玩,幺狗子对萍儿的妈说过:"没有比凤伢子好看的媳妇儿,我是不会要的;要是像凤伢子一样好看,我就要!"那一句少年的话好像又响在凤伢子的耳边……

凤伢子问开琼:"山里姑娘长得好看吗?"

开琼说:"比陈三秀大姐好看一点。"

三天的治疗天珍肚子不痛了,她还不想回去,她想和来魁一起上工去。隔壁的陈大姐买来一瓶苹果罐头看望天珍,天珍感激不尽。她们同为山里姑娘,在这么远的平原就觉得亲近。

来魁没去上工,天珍要到那条小河去玩,他们卿卿我我一路走来。

这里是他们去年7月第一次见面时钓鱼的那条老河。这里改变的是季节,不变的是他们依稀可见的情愫。老河的水快枯竭,去年的枯荷杆折断与水面成三角形。河坡上几根稀树虽然还是春苞枝梢,但天珍同样与它们似曾相识。来魁与天珍坐在河边的枯草上,天珍躺睡在来魁的腿上,来魁用双手给天珍在头发里找虱子。虽然一个虱子也没找到,但这是他们学猴子的礼节在春天里阳光下让肢体亲密地接触。

天珍说:"来魁,我明天与你一起到队里上工吧,我不想回去了。回去我妈肯定要骂我的。"

来魁说:"你不回去,你妈更着急的。"

天珍说:"我出门时天菊没在家,我去了慧芳的家,把我来你这里的事告诉了她。我说过长时间不回来,要她跟我妈说一声。慧芳就是我们五姐妹中最高的那个姑娘。她与我们不是一个生产队，相距五六里的山路。"

来魁说："你还是回去，我到三八妇女节以后去你家。去年我是 3 月 13 号去你家的，我想今年那天再去。"

天珍说："你最好先别去我家，等我们结婚有了小孩以后再去，那时候我妈就不会说你了。你不知道我的妈是怎么一个人！好多男孩来追我，她都不同意。她就要我到罗家去。姓罗的有三弟兄，开始给我说的是一个小弟，那小弟与一个姑娘偷偷地自由恋上了，后来又要我嫁给他哥。不知我妈与他们妈有一种什么样的关系？"

来魁说："你明天就在家玩，我要上工了。我想早挣钱，早把屋整新一下。"

天珍说："你不让我上工，我明天回去。如果这次月经不来，我就给你写信，我把怀孕用'有信'代替。"

来魁问："天珍姐，万一这次没怀上怎么办？"

天珍说："怀上了，上半年就结婚；没怀上，明年再结婚，我要等小弟高中毕业。"

来魁说："你就这么坚决？"

天珍说："我迈进你的家，我就决定了！我们恋爱快一年了，我看定了你。过年时慧芳不让我来，她是怕我做傻事。我没有听她的话，还是傻了一回。"

来魁在心里打好草稿，把难以启口的话说出来："我的生活虽然很简单，可我的初恋很复杂，我怕这以后会影响与你的感情。"

天珍从来魁身上离开，说："你心中还想别人，我们就算了。我回去就不给你写信了。万一我怀孕，我一个人把这孩子生下来，我保证把他（她）抚养大！"

来魁说："你不要误解我的意思。我的话就是说，万一今后是因为我的初恋影响与你的关系，请你理解原谅。"

天珍说："初恋都是无知的。可以记住初恋的幼稚，无须记住初恋的人。你的初恋是开琼吗？每次她来玩，你对她的语气都显得格外亲切，你以为我看不出来吗？"

"不是。"来魁不想把话说完。他不想自己与凤伢子的关系让天珍知道，他怕凤伢子回娘家天珍与她有纠结。他之所以对天珍姐说出这番话，就是怕今后凤伢子回来，他与凤伢子有什么难以预料的事发生。

天珍是精明人，早有察觉，她问："你去年到我那里，你说是那个出嫁的姑娘吗？"

来魁忙回答："别人都结婚有孩子了，我还想与她结婚吗？"

天珍一人向回走。来魁起身拍打裤子上的灰尘跟上天珍走。

来魁问："天珍姐，你有初恋吗？"

天珍说："我在读高中时偷偷喜欢一个男生，我一直没对他表露，他也一直不知道。我们小时候读书要走好远的山里，每天要起很早。初中与小学是一个学校，到高中才去高阳中学。在高中快毕业时，有一次星期天回来走山路下大雨，山洪冲垮一条河道，是那个男生背我走过，后来我们就敢在学校说话了。毕业后这段莫名其妙的感情就慢慢消失了。后来我到高个子慧芳那里去玩，知道他的下落，也知道他的名字叫洪远。那时候洪远当兵去了，与慧芳已经有书信，我也再没想过他。初恋在我心里还没有被思念代替时就忘了他。"

来魁打趣地说："高中的恋爱叫高恋，初中的恋爱才叫初恋。"

第 14 章　满月

牛三英今年没来共大，生产队不放人了。共大多了几张熟悉的面孔，也来了几个陌生的男女青年。开琼与冬梅住一个寝室，她们是一个大队的人，这给朱章明到这里来玩拆走了红绿灯。

他们开门红第一天是到大路旁那个禾场边灭螺，这是去年没有完工的段面。

春节舍不得离去，年轻人的身上还带着过年的味道。一辆辆旧自行车按一定的距离放一条直线，这已经是一条不成文的规定了。最后放自行车的人要把自行车推倒，大家看着一辆辆自行车像积木相继倒下，年轻人觉得很过瘾。去年有一次一个人的自行车倒下，连带很多自行车倒下，年轻人就定了这个规矩。刘队长也很合年轻人的胃口，他的自行车也要看着倒下。有几家是新自行车的人还是有些不舒服，但年轻人要这么做，也没办法。这样不愁别人偷自行车，这样也能表明大家同来同去的共大思想。

看开琼分了段，朱章明争着接段面，因为谁都愿意与开琼在一旁劳动。

开琼的段面上有一根野桑树，朱章明帮她用锹铲。开琼不要朱章明帮忙，她怕别人笑。朱章明说："你手有伤，我不帮你，你怎么办。"年轻人也看出他们的恋爱关系，都只能把嫉妒埋在心里。

公社血防卫生院的站长与女主任来到共大，他们要到共大挑两名女青年到医院工作。开琼与幺儿两个姑娘被选上。共大的年轻人都来祝贺羡慕开琼和幺儿。她俩每人拿出十元钱给年轻人买糖吃。

两个姑娘离开的那天，共大没有出门灭螺，他们都要送亲爱的两个同学。开琼在收拾行李时，她把来魁送她的雨衣和胶鞋最先装在袋子里。临走时，有人说："我们以后要经常去医院看你们。"

有人笑着说："经常去医院不是好事。你们两个要经常到我们共大来。"

开琼说："我们在那里搞不好，说不定过两天就回来了。"

刘队长买来一挂大鞭燃放。开琼感动得流下了眼泪。她真舍不得离开大伙儿。

鸟儿嘤嘤，初日瞳瞳，火红的太阳在渊东边轰轰烈烈地升起来。春天的笑脸终于回来，天珍却要悲伤地离去。这天她起得早，想看看平原美丽的晨曦，她在山里是看不到日出和日落的。看见好大的红太阳，她真不想离开这里。她生活在西边的山里，不知道太阳是这样从地平线上破土而出来的。

天珍不得不回家，来魁送天珍到车站。分别时依依不舍中深情的目光已经表明双方坚定的婚姻。

送走了天珍，来魁感到如释重负。他不用三心二意想荆州想湖光想开琼了，他一心只能想天珍。虽然开琼在他心中如泰山压弯了腰的沉重，但他现在也只能学愚公老爷爷将她慢慢移开。

恋爱时给人带来的快乐越多，失去时给人带来的痛苦就越重。

开琼准备带共大青年人到她家乡来灭螺，这个机会她现在没有了。

中午，来魁收工回家。他肩上扛着一把锹，开琼送的毛衣披在肩上。他看到门口有很多年轻人铲草皮。他走到自家门口，看到杉树下很多自行车。这时他才知道是共大的灭螺队在他们家门口灭螺。他于是在年轻人中寻找开琼的影子。在劳动的姑娘们中，他没有看到开琼的影子。

来魁看到窦冬梅，他走近问："冬梅，怎么没有看到左开琼？"

冬梅停下手中的锹，看着来魁回答："左开琼调公社血防医院当护士去了。"

来魁不信，说："是真的？"

冬梅一本正经地说："我骗你干什么。开琼和幺儿两个人昨天去医院工作了。"

来魁心事重重回到自己的家。他不知道是为开琼高兴，还是为自己悲哀。如果开琼上调了，今后开琼就看不上他了。他们之间从此打破平等了，他爱的人就成了天鹅，他还是丑小鸭。他想给开琼写一封短信，主动了结与开琼的恋爱关系。

天珍回家，她妈骂道："你怎么不死外面！一个姑娘家到别人家玩这么多天。"

天珍说："第二天生病了，阑尾炎，住了几天的院，还是人家出的钱。"

妈也再没骂她。天珍拿起扫帚扫地，她祈求妈的原谅。

开琼和幺儿住进了公社血防卫生院二楼，吃饭在对面的餐馆。这里生活很方便，但开始还是不习惯。医院要求她们各方面的知识都要学会。她们随医疗小组下乡检查血吸虫，这是医院每年都要做的大事。

大队的妇女主任通知各小队的妇女队长，要检查血吸虫。这是每年都要做的工作，庄稼人也知道用纸包一点新鲜的粪便，再用一张纸条写上自己的名字，然后交给妇女队长。妇女队长提着大串粪便包送到大队部，有人开玩笑说妇女主任送来的是一串串粽子。

开琼和幺儿穿着白大褂，都戴着口罩。开琼负责粪便的名字登记，幺儿负责把粪便打开兑水。这里本是很热闹的地方，因为臭气熏天，只有几个妇女队长敢进来。

幺儿对开琼说："这里好臭，还不如回共大灭螺。"

幺儿戴口罩说的话变了音，开琼没有完全听清楚，她只是会意地笑。口罩挡住了开琼笑的嘴巴，不过从开琼变小的眼睛也能看到她的笑脸。

一位中年女医生在显微镜下观察血吸虫，她要开琼与幺儿去学习观察。

天珍去慧芳家，她们躲在房里悄悄说话。听天珍死心塌地要与来魁结婚，慧芳说:"我看胡来魁并不怎么爱，以后结婚了他肯定不喜欢你的。我劝你好自为之，早收网。"

"我看胡来魁的人品还是不错的。我不与他结婚要后悔一辈子，我与他结婚不怕后悔。"

慧芳说:"你们的爱情是你在主动，他在翘尾巴，所以你越爱他，他就越值得你爱;要是他在主动，你也就没有这么爱他了。在爱情上总有一个是主动，一个是被动的。一般都是女方被动，男方主动。你偏偏相反。"

天珍说:"不是我主动，是因为他身边还有恋人。他在考验两个女人。我不主动怎么能战胜对方。我要是同时被两个男人爱着，他肯定就积极主动了。"

慧芳笑:"你本来就同时被两个人爱着，一个是罗会计，一个是胡来魁。"

天珍说:"这不一样。胡来魁知道我只爱他，我不爱姓罗的。"

慧芳说:"爱情像弹簧，你落他就强;你强他就落，他落你更强。"

天珍想来也是这个道理:她爱来魁，来魁对她没有强烈的爱，说明来魁看不上她，她低来魁一等，她配不上来魁。越是来魁这样对她，她越是爱来魁。回来的这段日子里，她的心一直想着来魁，她的心早嫁到平原了。

每个月农历十九，天珍的月事要来陪她玩耍五天。这次直到二十一月事都没来，她像第一次身上来月经一样紧张。她赶紧给来魁去了信，她知道是有了身孕。她想与来魁在高阳见面，不想让来魁到她家里来，怕多出事端。她给来魁的信中写道:"来魁，这次有信了，我很高兴。望你3月1号中午到高阳大桥上来，我们商量怎么办。"天珍的信里已经有了与来魁恩爱夫妻生活的构想。

来魁收到信紧张害怕，他去找大姐商量。大姐希望他们就在三月暖春不热不冷的日子里结婚，三个姐姐共同筹钱。带木匠打家具，联系漆匠，这是二姐夫哥的事。

来魁去请二姐夫哥说:"我准备结婚，请你给我们的爱情做口棺材!"

二姐听了骂来魁太不会说话："祸从口出，你怎么这样无头脑的！"

来魁说："结婚是爱情的坟墓，打结婚的家具也可以说打爱情的棺材。"（以后来魁的婚姻出了问题，二姐说是他这句话不该说）

土豆结婚，开琼正好放假回家帮忙。来魁也在土豆家"帮忙吃饭"——这是帮忙的客套话。有机会与来魁说话时，开琼告诉来魁她到血防卫生院实习了。来魁祝贺她，要她好好工作永远脱离农村不稼不穑。现在来魁有了天珍，开琼也有了朱章明，到这个时候，他们看到对方心里还是有一种以往的紧张和激动。他们在各自的忙碌中，还是与以前一样经常要偷看对方一眼。

恋爱是一根针，失去恋爱以后针弯成了钩子。钩子钩住对方，难得分开。

土豆的媳妇是芦花大队的姑娘，是下雨的父亲与媒婆跑腿做的媒。来魁与开琼和下雨都参加去芦花大队娶亲，他们都认识土豆的新媳妇。年轻人参加别人的婚礼，其实也是自己在学习结婚的实际经验。

看到新娘有口红描眉，来魁很反感。来魁一向喜欢看朴实的农村姑娘，他不喜欢看到打扮得花枝招展的模样。出门在外他只对白皙丰满的姑娘比较青睐，这种对女人的性格是来魁与凤伢子一起长大形成的。他不喜欢看城市里的姑娘，他最喜欢看油菜地里的野花姑娘。

晚上，来魁终于看到开琼一人回家，他追去。这是与开琼偷偷说话的好机会。开琼看来魁快步赶来，她放慢了脚步。

来魁走近说："看到你离去，我的心里好舍不得！只怪你在天珍姐来的那天晚上没有去我家。"

开琼说："那天晚上我去了，你把大门没有关好，我从门缝看到你托起天珍的脚烤火。看到你们亲热的样子，我只好走了。"

来魁说："我故意把门开一点儿，是希望你进来的。"

开琼说："算了吧，你们好好地构想幸福生活吧。"

来魁无言，看对面有人走来，他开始快步走在开琼的前面。回想刚才与开琼的说话,他想到一句很好的话没有对开琼说出来。当时听开琼说去了他家没有进屋时,他应该这样回答:"我如果知道你来了,哪怕你不进我的屋,我也应该选择与你结婚的。"来魁后悔没有把这么好一句台词说出来,他想等以后再与开琼有说话的机会时,再对开琼说。

现在的开琼也知道自己与来魁的婚姻是没有什么希望了。她知道天珍在来魁家玩了这么多天,他们肯定是早就同床了。如果来魁与天珍同了床,她与来魁是不可能结婚的!

凤伢子满月,哥哥去接她出窝回娘家。

在来魁的门口凤伢子没看见来魁的人,她看着熟悉的门口好像思念的人随时都会走出来。野蜜蜂在来魁厨房土墙上飞落,大门口还有下雨天来魁走过的脚印。厨房门口一棵构树开始萌芽,这棵自生的树长的不是地方也还是长大了……凤伢子对这大门口是多么熟悉。她坐在哥哥的自行车上,一直看着那个门,她好像把来魁的家门口当成是来魁的照片。

凤伢子的妈看大姑娘回来满脸喜悦,忙接过小孩子,看着小脸儿问凤伢子:"她叫什么名字?"

凤伢子说:"她是腊月尾生的,立新给她取名腊香。"

妈又问:"立新回来没有?"

凤伢子说:"他回来看过孩子,他夜里回来夜里就走了。管他回不回来,他在外面比生产队要挣钱多。他出门搞了半年要比在生产队上两年的工。"

妈说:"两个人老这样分开不是长久之事。"

晚上,凤伢子听妈商量伯伯:"我们在门口做一间小房,不是做饭的,是我们俩老住的。秀儿大了要一间房,这大双回来也要住很长时间,她也要房。我们要是有房,大双也不会出嫁,大姑娘应该在家招女婿的。"

伯伯说:"没有石灰,要有石灰我早就做起来了。"

妈说:"不用石灰以后拆屋时砖还可以再用。"

伯伯说："我明天看萍伢子家还有多少陈石灰,借来以后还新的。"

凤伢子到萍伢子家来玩的目的,也是让来魁知道她回来了。凤伢子心里直勾着想与来魁见面说话,她早准备了好多的话。

牛三英经过细心的打扮,脸上少了雀斑。她来共大看朱章明,朱章明和共大的年轻人到古井大队灭螺去了。她与刘队长的老婆说着话,等朱章明回来。她从刘队长的老婆那里知道开琼和幺儿去医院工作了。

中午,年轻人一个个像野狼似的骑车回共大。三英看到朱章明,她微笑着迎上去准备说话,她尽量让自己以最美的模样展现在朱章明面前。

朱章明开始没有认出是牛三英,他认为是共大来了一个比左开琼还美丽的姑娘。走近时认出是原共大的牛三英,他心中的美丽打了折扣。他对三英说："你今天怎么来这里?"

三英微笑地回答："专门来找左开琼玩的。"她知道左开琼调走,故意这么说。

有一个是三英他们大队的姑娘走来说："牛三英,是你呀! 真是你呀,漂亮得认不出来了。就在这里吃饭,我来给你打饭去。"

三英对女青年说："不吃饭,我走的。"

朱章明说："你一定要吃饭! 我来跟你打饭。"

朱章明用食堂的碗筷给三英端来了饭菜,三英红起羞涩的脸接过碗筷。冬梅和两个去年在共大的姑娘也过来与三英热情地说话。过去的几个男青年在水泥乒乓桌上吃饭,他们也把笑脸送给认识的三英。三英觉得在这里劳动过的人今后相见是多么的亲切。

三英是来找朱章明说话的,因为人们把她当客人,她没有机会与朱章明单独说话。她离开时以为朱章明来送他的,没有想到共大的老同学都来送她。最终,她还是没有与朱章明悄悄说话的机会。

最后,三英对同学们说："以后,你们到王家桥灭螺时,就去我家玩。"她深情地望着朱章明补充了一句:"朱章明,你们有时间到我家玩去。"

朱章明高兴地回答:"一定,一定!"

三英今天来的目的就是看朱章明一眼,要朱章明去她家玩。看到了朱章明,这句话说出了口,她的目的也算达到。只是人多,她把要朱章明一人去她家玩,说成"你们有时间到我家玩"。姑娘的意思没有变,但朱章明会理解吗?

第 15 章　柳树

看到凤伢子,来魁觉得她比开琼好看！这可能是距离产生的美丽,也可能是春天带来的美。哺乳期的凤伢子比怀孕时好看得多。他们在萍儿家门口说话,别人不会在意。萍儿家是凤伢子经常去的地方,隔壁的来魁与凤伢子说话是很正常的。来魁告诉凤伢子他马上就要与山里姑娘结婚。凤伢子高兴的是来魁终于放了她的小妹。

看见凤伢子的伯伯到萍伢子这边挑石灰,来魁问凤伢子才知道要做厨房。

来魁主动去帮了一天忙。晚上来魁回家,凤伢子赶来,要来魁到公屋后面的柳树下等她。

来魁很紧张也很激动地来到那棵蛇腰柳树下。他抱来一捆稻草坐下等凤伢子。上次没能实现的青春约会在他脑海萦绕。

不一会有脚步声,他知道是凤伢子来了。他小声说:"你来了。"

凤伢子没说话,来到来魁的身边坐下。

来魁说:"在这里,我爱了你二十年！"

凤伢子骂来魁说:"你个狗日的,害得老子跟别人过不好。我天天想你。"

来魁说:"你怎么不给我写信的？"

凤伢子说:"我不会写信。"

来魁说:"我真没想到你会跟别人结婚的。你结婚时,我没有喝多少酒,怎么就醉了,我都不知道。"

"那天晚上我去敲你的窗户，你妈发现，我就走了。我就在萍儿家睡。"

来魁的声音："以前我约你来这里，你要是来了，我肯定要与你结婚的。"

凤伢子说："看你家老不请媒人到我家说么。去年腊月二十九，我到你房里，你不缠我，这就不怪我了。我也是没有办法才结婚的，是伯伯压的杠子。"

"你不跟别人结婚，我也不会窜到老山洞里去。还好，你有一个双胞胎妹妹，我把她当成你来弥补伤痛。"

"你跟小双有关系吗？"

来魁忙回答："她是你的亲妹妹，我怎么敢。去年的冬天，就是她要我去你家的。如果你同意，我还是想跟你妹妹结婚。和你妹妹在一起生活，就好像是与你生活了。"

他们的话多，这是他们难得有这样说话的机会。他们好像要把前前后后的话讲完，谁都没有想那种事。来魁不主动要凤伢子，说明他还是想与开琼结婚。凤伢子不主动，说明她怀疑来魁已经缠了小双。

这柳树下的相约是他们青春的夙愿，今天终于到这里，哪怕没有做男女之事，他们好像都知足了。来魁用手摸凤伢子的脸，凤伢子说他的手太冷。来魁本想主动亲一下凤伢子，被凤伢子这句无知的话打掉情趣。

不远处有人唱起夜歌，凤伢子有些怕别人发现，她要来魁离开。来魁扑倒地上，这样他更接地气了。

听周围没有动静，来魁起身抱住凤伢子。凤伢子没有什么反应。那个唱歌的声音在近处再次响起，凤伢子要来魁不说话。她要来魁不说话，是怕别人听到，她没有想到自己说话别人也是容易听到的。

这棵柳树是自生的，他们这段感情是原生的。他们怎么做也无须再记录了……

凤伢子在家玩不住，她替母亲上工。看到凤伢子劳动的身影，来魁觉得又回到凤伢子没有结婚的青春岁月。这是来魁最喜欢看凤伢子的春季，凤伢子永远像那不变的油菜花。可惜来魁不能与凤伢子一起天天劳动。

这几天队里的妇女们主要是挑农家肥到附近的农田。母亲在家为凤伢子带孩子,有时孩子要吃奶,母亲就把孩子抱去喂奶。

朱章明问幺儿,他知道了开琼每逢星期四要回家。开琼是每个星期五休假。到星期四的晚上,朱章明来医院接开琼回家。他又不能直接说明,他只是问开琼:"今天回去吗?"

开琼说:"看天气不好,我怕下雨,兴许不回家,明天再回去。"

朱章明说:"我带有雨衣,万一有雨也不怕。我反正要回去的,与你一伴回去吧。"

一向考虑谨慎的开琼没有犹豫,她说:"好。跟我做伴回去。"

开琼上楼收了衣服就下楼来,她到自行车库里打开车锁,推出了自行车。朱章明看开琼骑车走了,他也骑上车跟来。

他们一前一后走到无人的路段才开始说话。朱章明先说:"你如果是一个物体,我跟胡来魁俩肯定要把你一刀劈开,然后一人一半。可惜你是一个人。"

开琼说的话与朱章明的话无关:"你今天到街上来做什么的?"

朱章明说:"我没有做什么。知道今天是你回家的日子,想接你回家。"

开琼很感动,她不知说什么好。

朱章明说:"去年看你去了共大,我放弃电工跟你到共大,也没有感动你;你现在到公社,我也想到街上找一份工作。我只为跟着你。"

开琼注意骑自行车,她没有思考怎么回答朱章明的话。她知道朱章明找她说的话,一定是在心里早有草稿的。

朱章明说:"我有一个小爹在公社当干部,我想要他帮我也来公社找一门工作。这样我就能天天看到你。"

这时开琼说话了:"我不是看你放弃电工跟我来共大,我才不会理你的。"这应该是回答朱章明上一句话的。他们之间说话有时差,这可能跟骑自行车有一定距离有关吧。

朱章明听开琼的话没有歹意，他高兴地说："你要是有一个双胞胎妹妹就好，胡来魁娶一个，我娶一个。呀，你是有一个双胞胎姐妹——可惜她结婚了。看来像你这么招人喜爱的姑娘要是三胞胎就好了。"

开琼看朱章明说了一句："你真的这么看重我吗？我哪里值得你这么喜欢的？"

朱章明羞起脸来说："你漂亮文静，说不说话都是一副笑脸。去年腊月，家里要给我说媒，还没有看到那姑娘是什么样，我就不同意。"

朱章明说话的声音很大，因为自行车在砖渣路上行驶起来有响声，说话声小了开琼听不到。再说有自行车行驶的响声做掩护，朱章明什么话也敢说出口。对面来人骑自行车，他们没有说话。骑到无人的路段，朱章明又像高音喇叭的公知了响起说话声。

经过路边那个禾场，朱章明把自行车骑进去转了一圈又回到公路上。他这一个动作表明今天他多高兴。去年冬天他与开琼还有幺儿在这个禾场边找过钉螺，这个动作与他几次来这个熟悉的禾场都有开琼也是有关的。

天上忽然下起雨点。朱章明要开琼回转到桥边的一个经销店躲躲雨。开琼看雨不大，她说快回去。朱章明看开琼没有要躲雨，他也跟上了开琼。朱章明把雨衣给开琼穿上，他自己说不怕雨水。

这场雨好像是考验他们爱情的，只下了十几分钟就停了。

朱章明看开琼快到家，他才说回四队的老家。今天与开琼的同行，与他构想的一样，他很是高兴与满足。

开琼回家，她在灶门口吃饭，只有她妈在旁边。妈对她说："你工作还顺利吗？"

开琼口里有饭，用点头表示回答顺利。

妈又说："你自己的婚姻大事也要考虑了。你伯伯说大双是压杠子，她现在没有好日子，你的婚姻你自己说了算，我们大人再不干涉你。"

开琼说:"我不是跟幺狗子,就是跟四队的朱章明——就是去年冬天来我们家吃饭的那个小伙子。"

妈高兴地说:"那个电工比幺狗子强一点,我看好那个电工小伙子。"

开琼嚼完口里的饭,说:"我反正都没有答应他们,是他们在求我。"

妈忙说:"你切莫不要脚踏两只船!幺狗子是有媳妇儿,你还要跟他呀?"

开琼不高兴:"没有!"

天珍收工以后对妈说不在家吃晚饭,她去了慧芳的家。那夜她找慧芳商量与来魁结婚的事。她与来魁的事只对慧芳没有隐瞒,她与来魁的书信都放在慧芳这里。天珍的意思上半年要结婚,不想让家里知道。慧芳的意思是想劝说天珍的妈,把天珍热热闹闹地嫁出去。

天珍说:"其实我什么嫁妆都不要家里的,只是希望妈能同意。我上次对妈说出嫁,我妈说,'你嫁荆州那么远就不回来了,我一辈子都不去你那里!我一生就是嫁远了受的苦,我死都不会同意你到那么远的!'所以我结婚,我不想让妈知道,我想偷偷地去来魁的家。"

慧芳说:"你打算出嫁时不让你家人知道?"

天珍说:"嗯。我怕他们知道强加阻拦。"

慧芳说:"你这样到别人家,我怕今后别人瞧不起你的娘家。"

天珍说:"胡来魁不是那种人,他很好的。"

慧芳说:"3月1号我来与你一同见胡来魁,我来与他商量怎么办。"

天珍说:"我就是担心来魁在3月1号以前不知收不收得到我写的信?"

来魁去宜昌,他到血防卫生院看开琼。来到公社血防卫生院,问医生得知开琼在检验室。他把开琼叫出来,他把给开琼的信交给开琼就走了。他觉得那句很好的台词对开琼再说已经没有意义了,他没有说出来。也许是再没有说那句话的环境氛围了。看开琼把信藏进衣袋,他转身走开。

开琼下班后急于看信:

琼，我要与天珍姐结婚了。因为初三的晚上你没有来，我与天珍姐同居了。我现在决定了婚姻，可我心不甘。我的选择与放弃是交替的，望你先放弃再选择。我的选择是对的，但不是最好的，最好的女人是你。我与你姐不算恋爱，要说我与她的爱是从小练出来的，只能算是练爱。我与天珍姐没有恋爱，只是念爱，我是用念爱的方式让她留念生活。我第一个真正以婚姻为目的恋爱就是你。现在要离开你，我怎么心甘情愿！你的美丽我舍不得，你的性格是我最喜欢的；我只要死皮赖脸地主动你也会答应的，但我们都选择了尊重对方。所以说我这与别人结婚不是我甩了你，而是你甩了我的结果。在我结婚前请相信我对你的誓言：永远爱你，一生只守着与你那段恋爱——我从此不再与别人恋爱。

人们都说婚姻是爱情的坟墓，我怕与你的爱情变成荒草的坟墓；我没有选择与你结婚，就是想把你永远当天堂。愿你放下我，今后好好生活。相互放弃那才是最值得珍藏的爱情！如果以后我们各自都有后悔时，我们幻想岁月的重返，让爱穿越到现在，我们重新选择对方吧……

来魁在信的后面写着：看后毁掉！

开琼看完没有毁掉，她小心地放在日记里。她想过些天再看一遍了好好藏起来。

看了这封短信，开琼感到情绪低落全身无力，连想象力也没有了；如果要她去长湖挑堤，恐怕连一担空筐子也挑不起了。没想到来魁几句话的短信能给她带来这么大的生理反应，这在她的人生经历中还是第一次。

香溪大桥上，天珍与慧芳在等来魁。宜昌至兴山的客车在山里堵车，来魁到高阳已经过了 12 点。

慧芳怕胡来魁不来了，骂来魁第一次就不诚实。天珍说："不是意外原因，他怎么都会来的。也许他没有收到我的信。"

她们正茫然时，有人叫天珍姐。慧芳从照片上看过来魁，她看来魁走近，她说："恭喜你要做爸爸了。"

天珍说："你才到呀？她就是慧芳。我们在这里等你半天了。"

来魁说："我认识，照片上见过的长辫子姑娘。"

他们来到一家餐馆坐下。来魁对天珍说："为什么不到你家去呢？"

天珍说："我妈还在反对中。等我们结婚生了孩子以后，我妈就会慢慢接受我们的。"

来魁说："我想去跪求你妈，用真诚说服你妈，要你妈心甘情愿把女儿嫁给我。"

慧芳说："你不用对她妈跪求了，我要你对天珍跪着发誓，你今后一定要对她好。她背叛家里与你成婚，你如果对她不好，我们山里的人就对你不客气！"

来魁准备对天珍跪着发誓，天珍忙起身阻拦。

天珍说："我相信你。我准备下年让小弟高中毕业了再结婚的，现在不行了，这个孩子提前来了。我要你来就是商量怎么办婚事。"

来魁说："三八妇女节是来不及了。安排3月15至16号，正好是农历二月十七十八，你们看怎样？"来魁早思考好了具体的安排。

慧芳说："天珍这边哪天都可以，她家不请客，走的时候还不能让家里知道。"

天珍说："来魁对不起，我没有一件嫁妆带你家。因为家里穷，没钱办事。"天珍的两眼噙满眼泪。

来魁忙说："如果你要在家里办事，我就过钱来。我不过钱，你也不带嫁妆过去。这么远带嫁妆不方便。以后我们那里人说到你的嫁妆，我就说你带钱过去我办的。其实你人来就够了，以后我们辛勤地劳动，会把家建好的。"

天珍说："我想在你结婚以前就到你们的家里去。"

慧芳说："这样不好，怕他们当地人看不起你，你还是当婆亲的那天到他家。我来邀几个姐妹那天热热闹闹送你去。"慧芳转向来魁说："你们家16号下午来沙市长途车站婆亲。我们15号到宜昌过夜，16号坐早班车到沙市长途车

143

站等你们。"

他们把方方面面的话都说到了。吃饭时，天珍有了妊娠反应。饭后，慧芳回家。

在县医院天珍有一个女同学叫燕萍，天珍想与她话别。那天他们在医院过夜，天珍没有告诉同学自己的婚期，她只是告诉同学自己要远嫁到平原去。

第 16 章　订婚

开琼今天很高兴,他们卫生院开始试验用血液检查血吸虫。如果能用血液检查血吸虫就不再用粪便了。她到了检验室学习,青年男医生告诉她怎么做。她现在要学的是如何扎针抽静脉血液。

幺儿做了护士,她比开琼先学会扎针。那天男医生请她们上餐馆吃饭,在饭桌上明显看出男医生对开琼的热情。

朱章明每隔两天要来看开琼,朱章明很多次是给开琼带熟菜来的。开琼每次都要幺儿接过朱章明的菜。怕羞的开琼与朱章明话不多,幺儿替开琼与朱章明说笑。

来魁从宜昌回来,最先到了大姐家。他与大姐商量结婚事宜,大姐说主要还是听他的。这时的来魁才知道有父亲多好。他的脑海里又出现父亲得血吸虫病死的样子……

与天珍约定的结婚日期是不能变的,是亲戚来魁就可以说信了。

二姐夫哥带领三个木匠师傅在来魁的家捶捶打打做家具。队里的人在一天的时间就都知道来魁 3 月 15 号、16 号结婚。

那个时候只要双方愿意,要不要结婚证没关系。那个年代的农民法律意识还很淡薄,不懂得结婚拿证就跟杀猪要税票是一个道理。他们宁愿拿杀猪的税票也不愿拿结婚证,因为办结婚证有很多条件是难拿来的。比如来魁与天珍去办结婚证,办证的人肯定要说男方的年龄小了。虽然天珍年龄大也不能补给来魁算平均年龄。肯定拿不到,就肯定不去拿。在当地人认为拿结婚证的都是一方同意一方不同意怕今后反悔才去办证，只要双方都同意结婚是不需要拿证的。来魁和天珍他们都没想到要拿一个结婚证。在那个年代，当地的干部也没有过问户口与结婚证。

3月8日是农历二月初十，凤伢子回来快十天了。他们的小说故事是从去年的3月7日开始，足够一年了。去年的来魁喝醉酒睡了两天，他是在醉生梦死中度过凤伢子的婚期。这一天应该是阴沉沉的才合乎来魁的心情，因为那是来魁的心上人成为别人床上人的日子。可今年的这一天天上没有云朵，是最好的一天。来魁早与凤伢子约定，他们今晚到来魁的房里约会。本来约好在公屋后面的柳树下见面的，因为凤伢子怕走夜路，她要求就到来魁的房里来。

夜里，来魁把后门没有闩，等凤伢子进来。

凤伢子没有落萍儿那里，她直接从巷子里走到来魁的后门。她的脚下绊倒一块砖头，凤伢子一个趔趄发出"哎呀"一声。来魁的妈听到，开房门出来看情况。正好是凤伢子进来魁房门的时候。来魁的妈看到一个姑娘进了来魁的房。老人家就躲在来魁的房门口偷听。

凤伢子对来魁的房门比自己的房里都熟悉，她赶忙拉灭了电灯。她上了来魁的床，来魁睡在被子里，他把热乎的地方让给了凤伢子睡下。

凤伢子根本没有在意今天是她结婚的纪念日，即使她的婚姻是美满的她也不会想到纪念，她没有这种知识涵养。她在娘家，只要是来魁开口要她来，她不会犹豫的。她只想把原来欠来魁的补偿给来魁。

来魁的妈准备敲门，听到是凤伢子的声音，老人家犹豫了。她是看着这两个伢子长大的，他们没能结婚，现在这么偷情，这是危险的。来魁的妈不知道怎么做既冲散他们又不让他们知道。善良的老人没有制止年轻人的行为，她想以后再说他们。她想到自己的老头子，说明儿子与老子是一丘之貉。

朱章明买了两张电影票，他要请开琼看电影。这是他早构想的办法。现在不把开琼早追到手，开琼到街上被别人抢走了，那他再没有办法唤回开琼的。

他把电影票给开琼,开琼接过了票! 开琼没有迟疑,很高兴也很爽快问:"什么电影？"

朱章明没有说出电影名字,他担心开琼看过这部电影,晚上不去了。他说:"我忘了名字,我听别人说很好看的。"

夜是慢吞吞地黑下来的,朱章明按照思念开琼时构想的具体做法,他买了大袋花生和一包红枣在大礼堂门口等开琼。如果开琼今天不来,说明他追开琼还要一段艰难旅程;如果开琼是与幺儿来的,说明他已经快追到开琼了;如果开琼是一个来的,说明他与开琼的爱情可以转向婚姻了。

开琼来了! 她的身边没有看到熟人。

他们走进礼堂,来到自己的座位。由于旁边的人都坐满了,开琼要朱章明不说话。

电影开始,没一个人说话。朱章明不好说话,他把花生和红枣给开琼吃。开琼想到这是做新姑娘吃的东西,她没有多吃。朱章明平时想开琼,他幻想与开琼一起看电影,他对开琼怎样动手动脚。可真在一起看电影,原来那些构想怎么也无法用上。

他完全没有看电影,甚至是什么电影他都没有注意看。他完全看的是开琼的侧影。开始,他故意把手放在开琼的大腿上,被开琼推开。放第三次时,开琼没有推开。但十分钟以后,开琼还是推开了他的手。就这十分钟的电流也是很感人的。

眼看电影快结束,他壮起胆子抓住开琼的手。开琼吓了一跳,赶忙收回手。朱章明要开琼吃花生来掩饰刚才的尴尬。

电影完了,人们站起来走动。朱章明拉开琼的手说:"坐下来,等别人都走了,我们最后走。"

开琼说:"你今天到哪里过夜的？"

"我街上有亲戚,也有同学,还怕没有一个地方过夜。"朱章明回答。

开琼说:"幺儿今天回家了,我要早回医院。"

朱章明顺着说道:"正好幺儿回去了,我到你那里过夜。"

开琼不高兴地说:"你说什么话呀!"

来魁家与邻居萍儿家的巷子不宽,这里只能赶过一头猪,不能牵过一条牛。这个小小的巷子是来魁与凤伢子小时候经常玩耍的地方。他们对坐在地上抛抓五颗棋子,玩得废寝忘食。屁股在地上粘满灰土,要相互拍打才能拍干净。那是他们最接地气的时候,所以巷子是看不到一根草的。冬天这里风冷,他们在这里玩的时候少,这里便成了他们撒尿、捉迷藏的地方。在巷子两边的青砖上记载了他们青梅竹马成长的岁月。在来魁家的墙壁青砖上,有来魁小时候用粉笔画的手枪大刀,还有一个没有爆炸的大地雷。他这个地雷是看《地雷战》后照样子画的。那时候凤伢子喜欢在学校拾很多老师不用了的粉笔头回来。凤伢子喜欢在墙壁上画姑娘。现在这巷子里还能看到很多凤伢子小时候画的鬼姑娘。在巷子中段有来魁写的阿拉伯数字,还有"毛主席万岁"的几个字。有一句"7月7号放暑假"的字体写得很好,说明是来魁读高中以后写的。这巷子的北段有凤伢子写的"胡来魁大王八"六个大字。来魁喜欢凤伢子骂他,可能是从小时候就形成的。这里像黑板报,也像是日记本,每一块青砖上都承载了他们的成长史。凤伢子出嫁以后,来魁怕到这里来看到历史;现在凤伢子又回到他的身边,他又经常来这巷子寻找与凤伢子儿时的影子。如今的巷子里布满了去年的枯草,但他们小时候的影子依然在来魁眼前晃动。

在来魁家的后门口也有很多他们往事的印记。两块后门上还保存着凤伢子用毛笔画的吓死人的姑娘,门框上也有来魁用毛笔写的东倒西歪的字迹……如今后门上的砖墙已经有很宽的裂缝,后门的下半部开始腐烂。现在凤伢子回来,他们都是成年人了,来魁不能把凤伢子拉来这里共同回忆往事。但只要来魁与凤伢子在一起无话可说时,来魁就要提到小时候的记忆。

秀儿家门口的新厨房做起来了,伯伯妈妈把那根老式雕花床搬进去。原来老人的房间成了凤伢子与秀儿的房。秀儿星期天回来与大姐睡。凤伢子晚上把小孩子交给妈,她就自由了,夜里只需要给孩子两次奶。她知道来魁的婚期,立新好不容易来接她回去,她说还要玩儿天。

立新不知道凤伢子心里的小珠算盘,他一个人怏怏地回去了。

凤伢子不懂法,她认为喜欢来魁,来魁也喜欢她,只要不被人知道,鬼知道他们偷偷在一起做了什么。她要来魁不关后门,她晚上只要有机会就偷偷进去。有一次后门闩住了,第二天,她把来魁骂了一顿。来魁在吃饭,他解释说是母亲闩了后门。凤伢子还是要骂来魁。来魁把凤伢子的骂声和菜饭一起吃进肚里,消化了。

来魁想到自己一旦结婚就与凤伢子再没机会,所以他也没有制止凤伢子经常来他房里。可来魁的妈终于骂来魁了,来魁反倒把妈吼了一顿。凤伢子只要到来魁的房里打雷扯闪她都不怕了,她就是要让人知道她与来魁的关系,事闹大了她就与来魁在一起生活。有一次她没注意把奶水流到来魁的床单上,来魁怕妈发现,连夜洗了那一小块地方,夜里用热被子焐干。

凤伢子爱来魁不顾道德与法律,这只能说明她还是小时候那种原生态的爱。她对来魁说:"我在家守活寡都好像是跟你守的,我好像不希望立新回来。"

来魁说:"这是真的吗?"

凤伢子说:"不是你,我肯定答应他们隔壁那个流哥了。有两次那个流哥偷偷对我说,只有我答应他一次,立新就可以回来。我怕你以后不跟我,我没有同意。"

来魁说:"他那种没有修养的人,你一旦答应一次了今后就会多次要挟你的。你跟了他,他以后还会伤害你的娘家人!"

凤伢子说:"你放心,有你在,我是不会答应那个人的。"

来魁说:"为了你,我放弃了与你妹妹的婚姻。开琼与山里姑娘相比,我更喜欢开琼。可我现在要与不喜欢的山里姑娘结婚了。"

凤伢子问来魁:"你结婚我跟你买什么送你呢?"

来魁说:"我喜欢钓鱼,你跟我买一套钓鱼的钩线吧。以后钓不到鱼,就直接钓你。"

凤伢子说:"说正经话,我买什么好呢?给钱你,没意义。"

来魁想了一会说:"你跟我买一条皮带把我捆住,买一双手套不让我对别人动手,还买一双皮鞋不许我跟别人走了。"

凤伢子说:"买这么多东西呀!"

来魁说:"多买一点恐怕今后还能与你结婚,那些东西还是算你的嫁妆。"

凤伢子用脚狠狠地踢了来魁两脚。她走的时候开玩笑说:"你结婚那天晚上也不许关后门,我来,我们三人一起睡的。"

凤伢子走了,来魁不觉得自己是在玩情人,他感到自己是在玩火了。想到远在宜昌的天珍姐,他觉得自己太对不起准备与他结婚的人了。

结婚的家具上漆以后,来魁请萍儿换了前后的窗帘布。他请土豆帮了一天忙把婚房拉楼顶。先拉上铁丝,盖上芦席,然后糊上新报纸。家具剩余的漆刷到婚房前后的小窗户上。新旧不协调,看时间长了自然顺了眼。

3月10号,来魁去给亲戚和同学说自己结婚的信儿。来到公社血防卫生院,他走进检验室,看到了亲切的面孔。现在看到开琼,他觉得开琼高他一等了。

开琼穿着白大褂,看门口走来的是来魁,她高兴地说:"你今天怎么有时间来玩的?"

来魁站门口没向里走,他说:"找你有事。"

开琼起身跟来魁走到大门口。来魁说:"告诉你一个好消息,3月15号、16号这两天我要彻底告别你了,与天珍结婚。望你回去给我娶亲。"

开琼说:"好。"

来魁问:"你这些天在干什么?"

开琼说:"查血。"

来魁问："你会扎针抽血吗？"

开琼说："还不会。"

来魁说："来，我的筋脉粗，好扎针。今天我给你学习学习。"

开琼高兴地同意了。

来魁先去挂号，他要检查一下自己有没有血吸虫。他拿着条进了检验室。同室的男青年和女医生到开琼的身边，指教开琼怎么扎针。开琼还没有扎过针，开始手有些发抖。来魁说："你开始从手一直像栽树向胳膊上扎来，大胆一点，不用怕，只当我是死人。我不怕痛的，以前住血防天天要扎针的，麻木了。"

女医生告诉开琼的手势和角度。开琼扎下去，针在来魁的胳膊里抽动几次还是不见回血。来魁笑着说："怎么杀人不见血呀。"

开琼抽出针头。来魁要她向胳膊上移动一点地方擦了棉球继续扎。

这次扎下去，开琼看到筋没有滚动，针管回了一点血。女医生要开琼将针头退一点，见回血正常，两个医生都说成功了。来魁却命令开琼抽出针头，他要开琼再向前换个位置继续扎。开琼抽出针头，看到有血液流出，她忙用棉球按住。来魁用另一只手掐紧胳膊让筋暴露出来。

开琼在第三次扎针时，一针见血。来魁还是要开琼抽针。开琼没有抽，她吸取了应有的血量才抽针。两个医生看着来魁，再看开琼的脸色，他们已经看出开琼与这个年轻人的关系不是铁打的就是铜打的！

来魁离开时对开琼说："化验结果你以后回家给我。"

来魁走后，女医生先问开琼："他是谁呀？对你这么好。"

开琼很自然地回答说："他是我家乡的隔壁哥哥。"

青年男医生说："是阿哥吧。"

开琼没懂意思，她回答说："他是胡哥。"

来魁到百货商场买结婚用品时，开琼来陪他买。开琼那天才知道天珍家不请客办事，天珍姐是背着家偷跑来的，自然也不会有什么嫁妆。来魁对开琼说：

"我是跟你结婚,嫁妆就不需要我买了。"

开琼没答话,她用自己的钱给来魁买了一口皮箱。她想到皮箱都是姑娘家买的,既然天珍姐没有嫁妆,自己替天珍姐买一口结婚的皮箱。来魁要给钱开琼,开琼说:"只当你结婚是我送的礼品。"

来魁说:"那样我就欠你一笔大人情了。你送的毛衣就是很好的礼品。我每年只穿腊月正月两个月,我要让它穿很多年。"

开琼说:"这两样东西不要让别人知道是我送你的,你就不欠我什么人情了。"

3月12日是来魁去年离家出门的日子,来魁进入了回忆状态。3月13日,来魁全天候都在回忆中。去年的今天,他到山里,救了一个姑娘的命,也改变了自己的命运。如果他不去山里,今天他不知又是一种什么日子……以后每年的这天,他都要回忆的。他是一个特别爱回忆的人,尤其是青春时期的重要事件。

按照左家的习惯,办喜事前家里要请裁缝师傅上门做新衣。来魁家人少,不够裁缝做一天,他妈拿了几段布送到陈大姐家。来魁量了身材,妈说给天珍做的衣服就用陈大姐的身材量。

来魁家不请裁缝,可弹匠师傅还是要请的,因为天珍家没有被絮陪嫁过来。请下雨父女那天,来魁准备请凤伢子到街上帮忙买结婚的日用品。下雨的胳膊在去年受伤还没有完全恢复,她只是帮父亲拉线。吃饭时,凤伢子来了,她说吃了饭。来魁说:"你是结过婚的人,知道要买些什么,我才请你帮忙的。"

凤伢子说:"我也准备今天上街给孩子买点小东西。"其实,凤伢子上街是准备给来魁买结婚的礼品。

下雨问来魁:"山里姑娘嫁过来,她没有嫁妆吗?"

因为天珍是偷跑来结婚的什么也没有,但来魁会给天珍买面子,他说:"因为天珍姐家远,带嫁妆来不方便,她家给了两百块钱,要我们替她买嫁妆的。"

来魁与凤伢子骑车去公社,这是他们多么熟悉的一条砖渣公路。刚走出古井大队的地盘,凤伢子看两边路上没来人,下车就在路边的树下小解。来魁没有下车,他慢骑等凤伢子。等凤伢子赶上来,他们又同速度骑车。

来魁说:"要是把时间向前挪一年,今天上街买嫁妆就是我跟你结婚了。"

凤伢子说:"只怪我去年还是太年轻无知了,只晓得跟你好,还没有想到结婚的事。"

来魁说:"要是那次约你到柳树下,你来了,我们也许结婚了。"

凤伢子忙回答:"还是怪你的妈太不理事的,我经常在你家出进,你妈都没有跟我们请一个媒人。"

来魁说:"我如果跟你结婚了,我现在的日子多么幸福。我的生活里根本不会有山里姑娘的情节,也不会画饼充饥爱上开琼。"

凤伢子说:"我一辈子都要后悔没有与你结婚的!我们不结婚,也要像结了婚的。你们结婚以后如果离婚了,我就跟你再结婚。"

来魁说:"你以为结婚是儿戏,唱一遍后,过几天了又重唱一遍。"

他们到大街上,凤伢子跟来魁买了皮鞋和一根牛皮带,还买了两双手套。他们到结婚用品的商店买嫁妆,别人都把他们当结婚的小夫妻。很多用品都是凤伢子按照自己喜欢的来买,她幻想这些东西今后也许会由她来使用。

两辆自行车上绑上了大纸箱,他们满载而归。回家的路上凤伢子还真不拿来魁当外人,她奶子胀得痛时,就在来魁的面前挤。来魁说她是浪费小孩的粮食,凤伢子说:"你再说,我把奶挤到你口里。"

随着3月16号一天天逼近,天珍的心情变得异样复杂,多愁善感的性格在这个时候也凸显出来。14号天珍还在队里上工,她在土豆地里扯草。这些天她对乡亲们的语气显得特别友善,她知道自己即将与他们无声地告别。她与平时不说话的人也是主动找话说,只为今后突然离开他们,给他们留下一个好印象。

晚上吃饭后,她从头到脚洗了一遍大澡。然后穿上最好的内衣,外面的衣服还是平时劳动的衣服。看妈的房里没有亮灯,她拿出笔纸想给弟弟写几句话。刚写小弟两字,她的眼泪就控制不住一点一点冒出来。她准备把纸条写好放在自己的枕头下。她小弟每星期天要回来,还过两天是星期六,小弟就回来了。小弟回来一般是睡她的床,她与妈睡。纸条的话语不多,写完她又检查了一遍:

小弟:

　　请原谅我,没让你高中毕业就离你而去。3月16日,你和妈全然不知时我将与荆州胡来魁举办婚礼。以后望你与妈好好过日子,我会给家里写信的。哪一天妈原谅我了,我就回来见亲人。那时候我肯定是有孩子的妈妈了。请原谅我不辞而别,我有我的无奈。我无论走多远,你和妈都是我最亲的人。你如果想姐就到我那里去玩,我会在来信中告诉你详细地址。

　　　　　　　　　　　　　　　　　　　　　　　　　　　再见

　　无情的姐姐从最后的落款想起去年这个时节给小弟写的遗书,因为被来魁发现又被阎王爷赶回来,那封遗书后来她烧了。今天虽然只写了短短的几句话,总觉得跟永别一样伤感。

第 17 章　约婚

15 号早晨,天珍做早饭。她与妈吃早饭时,她对妈说:"妈,我一好同学今天和明天结婚,我去玩的。"

妈今天也好像很心疼女儿,说:"明天回不回来?"

天珍心头酸起,眼泪在眼圈里转,她说:"可能——不回来。"

妈说:"尽量早回来。后天生产队要挑我们家的灰肥,你算算立方。"

天珍说:"我们家的立方与天菊家差不多的。"

妈上工走了,天珍装好自己像样的几件衣服,她带了一张妈和小弟的照片,对神堂磕三头,走出门。她用以前的样子关好门。走了几步,她回头向自己生活了二十年的老房子看了最后一眼。潸潸眼泪洒落在家乡的土地上,她扯起一根小李子树苗。她小心翼翼地把树苗的根部泥土用布包裹好。看到熟悉的家乡,她不明白去年准备上吊时都没今天这样伤感。

走了一段路,她想起去年到来魁家时那一件衬衣没带上,她想转回去,犹豫一下,怕时间不允许,她没转去。她想等结婚后再回来把那件衬衣带走。

早约定 10 点钟在高阳大桥上见面的几个人都来了。有赵慧芳、张天菊和谭敦仙三人。天菊昨天就出来约上男朋友谭敦仙。

天珍是最后来到的。慧芳看天珍姗姗来迟,迎上去说:"你怎么这时才来?"

天珍的脸上泛起惆怅,说:"要离开故乡总是有些难舍难分的。想到今后家里只有妈一个人出进还挺舍不得的。"

谭敦仙说天珍:"我还以为你今天不来了。"

天珍道:"我不来,胡来魁家在办喜事,就白办了,这不是大笑话!"

天菊对天珍说:"天珍姐,你没新衣服呀? 看到你要走,我心里好舍不得!"

天珍说:"新衣服在包里。走,我们到车站去。"

天珍买了去宜昌的车票,又买了几斤水果。

上了开往宜昌的班车,可车迟迟不肯开动,客车也好像知道有一个姑娘要远嫁舍不得离开。

客车开动时,天珍的心情十分复杂。天珍在车上一直看着窗外,一晃而过的山景就像她一晃而过的时光。人生只有一次结婚的机会,这一次却是如此凄凉。以后要是幸福的婚姻还值得,以后要是不幸婚姻,那是用多少泪水都无法弥补今天的悲哀。姑娘不出嫁多好,可姑娘永远是别人家的人! 如果她是家里大张旗鼓地嫁出去,她的心里可能又好受一些。她把离别的悲伤与来魁相见的喜悦兑换,悲喜和冷暖伴随她走进婚姻。

下午三点多钟,车到宜昌。天菊有一个小叔在宜昌,天珍不想去那儿,她怕节外生枝。她要住旅社,同伴的人都不愿让天珍多花钱。谭敦仙有一个舅妈在宜昌,他与天菊到舅妈家。慧芳在宜昌也有亲戚,她与天珍去了亲戚家。分手时,他们约好第二天见面的时间地点。

第二天早晨,四人在约定好的大公桥车站见面。天珍为他们买早点,慧芳争着出了钱。在车站等沙市方向的客车时,天珍想到家,她泪流满面。慧芳劝她不要哭,天菊劝她回去。过去的新姑娘都是用泪水洗的脸,这话在天珍的面前印证了。

上了开往沙市的客车,天珍的心情十分复杂。客车渐渐驶向平坦公路,天珍的心情也渐渐平静下来。她想到了来魁家热热闹闹办事的场面。她也开始准备做新娘的喜悦。

谁知半路出了拦路鬼。客车在318国道上堵了好远,这可急坏了天珍。

来魁家昨天就开席了,亲戚和好同学都来祝贺他的新婚。昨天准备陪十弟兄,因为开琼没回来,所以来魁挨到十六号正期。陪十弟兄是指嫡亲的同辈兄弟在一起陪结婚的新郎吃一顿饭。来魁想打破这种风俗,办一次新样的陪十弟兄。他想安排左家和胡家同辈同龄的九个青年男女与他同吃一顿饭,在饭桌上的酒杯里让一起长大的同龄人相互回忆从小长大的历程。

来魁陈旧的小房里经过修修补补装点得也有新婚洞房的样子,原来内壁上有不少的破洞也被报纸糊上了。到第二天虽然有小孩把墙壁上刚糊上的报纸撕了几个新洞,也仍然还有那时期农村新婚洞房的气息。房门口有老先生送来的对子,写的是传统的婚联。来的客人里学生少,小孩多,小孩子的哭闹声也平添了热闹的喜庆气氛。

开琼是与朱章明一伴同来,他们一人骑一辆自行车。开琼的到来一时成了年轻人的亮点,都知道她现在到卫生院工作了。开琼还是原来的样子,只是着装新一点与新姑娘差不多。她像新姑娘高兴地笑着与很多人点头说话。在人多的场面,她说话的样子就是平时笑的样子。

陪十弟兄时,来魁与左开顺、土豆坐上席,下席是凤伢子、水颜草和开琼,胡来朋坐筛酒的位置。还有三个是一队的同龄青年。凤伢子与下雨坐邻角,她俩争一个男人,最终被山里的天珍争走,她们鹬蚌之间的恩怨也该画上句号了。

来魁要女青年也喝一口酒,下雨带头。这是开琼平生第一次喝白酒,就一口也够她脸里红半天的。酒席上来魁多次提到小时候的故事。凤伢子还怕他喝多了,把她与来魁那点老底揭开。她劝来魁:"你少喝一点,喝醉了马上娶亲认不到媳妇儿了!"

胆大的凤伢子昨晚都还要来魁到柳树下去,来魁没去,她骂来魁。有一次夜里凤伢子到来魁的房里来,来魁的妈敲喊来魁的房门,凤伢子现在又换到老地方。

来魁说:"哪这么容易醉呢。你结婚时,我是装醉的。"

凤伢子脸里的火红色是来魁这句话点燃的,她用白眼珠斜视来魁。来魁说凤伢子:"你怎么一会儿脸成了左开红。"

开琼看姐羞涩的脸相好像是捉到他们偷情的现场。来魁的酒肯定是喝多了,他竟对开琼说:"我今天要到车站娶亲,如果娶不到,小双与下雨你们两个要做好当新娘的准备!"

因为是到车站娶亲,这是很不靠谱的事,所以来魁家人一直提心担忧。

一队队长说拖拉机来了,要来魁少喝酒,准备娶亲。

同学们一窝蜂上了拖拉机,二姐与开琼也上了拖拉机。于是拖拉机也像喝醉了酒似地在路上左右摇摆跑起来。

车快快慢慢到了长途车站,来魁下车到候车室满地找新娘。全是热闹的乘客,哪是来魁要娶的新娘?

有一个小伙子一直盯着来魁,看他着装仪表,便跟上他。看来魁在候车室找人,小伙子上前问:"你是胡来魁吗?"

来魁说:"我是,你怎么认识我的?"

"看过照片。你是来找张天珍的吧?"

来魁说:"是呀。"

小伙子笑着说:"她不来了!"

来魁的脸一沉:"你是谁?"

小伙子继续笑着说:"她们去买东西去了,要我在这里等候你们。"

来魁问:"你是与她们一伴来的吗?"

"正是。"

小伙子是谭敦仙,一句玩笑话使他们一见如故。

他俩说着话,向门口走出来。

天菊商量慧芳给天珍的新婚买什么礼品。慧芳看天珍可怜,她俩给天珍买了一套做新娘的春装,还有一条黄色的大浴巾。天珍试衣后,慧芳要她不脱了。

三个姑娘走来时，开琼最先认出天珍姐。

二姐和开琼迎上前，开琼先开口："天珍姐，我们来娶亲的，你是今天的新娘。"

天珍不好意思说："你们什么时候到的，我们怎么没找到你们呀？"

开琼说："你们没约时间呀？我们刚来不久。"

慧芳补充说："我们堵了好长时间的车，以为来迟了。"

这时来魁跑过来对天珍喊："新娘子拿糖来吃。"看他的样子好像帮别人娶亲的。

他这句玩笑激起同学们一窝蜂找天珍要糖吃。好在天珍有所准备，每人象征性地发了三四颗。得到单数糖的人还要再给"好事逢双"。

同学们闹腾一阵，上了车。不用放鞭，拖拉机的排气声像鞭炮声压倒了同学们的阵阵吵闹声。

来魁的妈今天穿着一套裁缝师傅刚做的新青色衣服，嘴上的笑脸一直没有闭幕。老人家虽然只是躲在灶门口吃了一点饭，可她还是很有精神地与客人打招呼。听说娶媳妇的拖拉机回来了，老人家忙交代大姑娘怎么做不犯吉利。但老人家也担心拖拉机可能没有接来新姑娘。

男男女女下了车，有人直接向来魁的家走。一队的队长忙出面阻止，不让一个人直接走进来魁的家，要从后面人家门口经过中心公路走大圈转来。锣鼓和鞭炮声响彻行云，而天珍好像走在睡梦里。她做新姑娘本该热闹的场面总算在平原弥补了一点。

来魁问天珍知不知道进房要洗手，还要给钱。天珍说不知道。来魁给了十块钱到天珍手中，告诉她谁给她端洗脸水，这钱就给谁。

新姑娘被大姐和三姐拉进了新房。三姐的儿子用新盆新毛巾端来洗手水。小儿子喊了一声"舅妈"，来魁要天珍给钱。开琼一直看得仔细，她想要是自己与来魁结婚，这时候就是她接过洗脸水，然后掏钱。

吃饭时,来魁与开琼、朱章明和天珍一伴坐一桌。天珍山里的客人也同在一张桌上。朱章明硬是要开琼陪喝酒,开琼盛情难却只得喝了两口。天珍很高兴,她没有吃什么菜,因为她已经有了妊娠反应。谭敦仙的酒量还不及来魁,可都尽量了。

饭后开琼急忙要回公社,她与来魁和天珍道别。朱章明偷偷把开琼的自行车后轮的气门芯松了。今天,他有他的打算! 他要用手段得到开琼,不能再看到开琼飞了。他早准备了缜密的计划,一切正按照计划进行。

来魁出来送走了开琼和朱章明。

闹洞房时,来魁抓起下雨的手和凤伢子的手,让她俩握手言和的意思。下雨说:"我们早几天就说话了。"下雨把凤伢子当开琼说话,回来才知道是凤伢子。不管怎样,这也算是她们说话了。

山里的慧芳很会说,她没让平原上的小伙子占上风。唇枪舌箭在乡俗不同中是闹不起劲来的。山里的少数口音最后战胜平原的多数口音,洞房渐渐人去音息。来魁拉窗帘像卸下闹洞房的帷幕。

看到来魁终于跟别人结婚,开琼的心也一时难以平静。自己最爱的是胡来魁,经过这么长时间的胡来鬼斗,最终他与别人结婚了。这也意味着自己不能与最爱的一个人结婚了。

与开琼走在夜路上,这可是到了朱章明的一亩八分地里。今天看情敌终于结婚了,他也算是多年的媳妇熬成了婆。朱章明高兴地说话,开琼没搭理。一切都按着朱章明构想的那样进行。

天色渐渐黑下来,开琼的自行车骑得很快。后来她发现自行车的感觉不同,下车一摸轮胎,没气了。

朱章明说:"你肯定是破胎了! 快把自行车推到有人家的地方寄下来,我用车送你。明天我再来跟你把自行车补胎充气以后骑回去。"

朱章明下车与开琼一同推着自行车。开琼说:"你干脆把你的自行车给我骑回去,你明天来与我换自行车。"

朱章明说:"我就是为了送你。天黑了,你一个人骑车,我不放心!"

开琼说:"来,把你自行车给我,不要紧的。"

朱章明说:"你少犯浑!一个姑娘家万一出事了就悔不转来了。要知道,这胡来魁终于结婚了,你就是我的人了,我要严加保护你。"

开琼说:"我不喜欢听这么直白的话!"

朱章明说:"你看,只有你和我,多好谈恋爱。等会儿十八的月亮出来时,我们有多浪漫。"

终于到了有人家的路段,朱章明推开琼的自行车去寄存。开琼说:"你看是不是胎破了。你看人家有没有打气筒。"

公路经过的村子在河对面有一排人家,人家中段有一座砖桥,桥边有一个经销店。朱章明把开琼的自行车存放在经销店里。他不断地为自己打气:过了这个村,再没有这个店了。

朱章明寄存好自行车走来对开琼说:"你可能破胎了,明天我来跟你补。"他骑上自行车要开琼坐上来。他开始紧张起来,他的身体有些发抖。开琼上车以后,他故意扭动自行车龙头,开琼怕翻车用手抓紧朱章明。他开始说一些星星知我心的话。

自行车虽然骑得稳,开琼总觉得很恍惚。

到生产队的禾场边,朱章明故意说要解手。开琼站在自行车边等,清纯的开琼没有看出朱章明的阴谋。

来魁近处的同学和亲戚回家了,远处的安排休息。来魁安排谭敦仙与他同学睡在西边邻居家临时地铺上。

天珍看到慧芳和天菊睡下才回洞房。

洞房里现在只有天珍与来魁,这一天经过热热闹闹的场面好像还在眼前。

来魁说:"用什么记录今天的场面,等我们老了好回放。"

天珍说话:"用心脑。"

来魁说:"你也来帮我记录吧。"

"怎么有两个左开琼的?"天珍有话说。

来魁说:"还有一个是左开红。她们是双胞胎,陌生人是分不清楚她俩的。"

天珍说:"真像两朵一样的花,太神奇! 那个就是你的真正旧情人吧?"

来魁说:"是的。我以前看着她成了别人的人,今后我让她看着我成了你的人。所以,世上很多事都是有回应的。如果我与开琼结婚,开琼肯定要提防我与你有鬼;现在我与你结婚,你也会提防我与开琼有鬼的……其实,我与左开红一点关系也没有。"来魁这话说得不错,他与左开红是一点关系也没有,可他与凤伢子的关系说出来不得了。现在天珍还不知道左开红的小名就是凤伢子,所以来魁这么说的。

天珍说:"以前我不管你们怎样的,现在你结婚了,要注意了!"

来魁说:"你放心吧,我们没有什么事的。"

天珍问:"开琼有男朋友吗?"

来魁答:"不清楚,应该还没确定吧。反正她今天是与一个男的同来同回的。"

天珍说:"她与你的关系不一般。你对我讲的旧情,就是双胞胎吧。"

"哪有一个人同时爱双胞胎的?她们可是亲同胞姐妹呀。我的旧情其实就是一种爱的信念。"来魁到后门看门闩,他怕凤伢子真的又进来。

这时朱章明抱着开琼,用手触到她敏感地带。开琼是竭力阻止。朱章明说:"开琼,我们也结婚吧! 胡来魁结婚了,你也该有归宿了。我今天陪你,是怕你今晚有失落感烦躁不安。你们科室男医生对你的目光都特别异样,我怕你再被别人夺去。"

开琼说:"别人有女朋友。他女朋友好苗条。"

朱章明说:"你只有结婚了,别的男人对你就没幻想了。这样,你才能在医院里安稳地工作。"

开琼说:"你能尊重我与来魁纯洁的友谊,我同意嫁给你。"

朱章明说:"对你与来魁的事,我尊重你。去年我为你到共大,来魁每次到你这里玩,我都没什么情绪。他来了我就不去影响你们说话,心想你与他的关系毕竟要胜过你与我的关系。今后只要你尊重我们的婚姻,我就会尊重你们的感情。今天来魁与别人欢度新婚之夜,你的心里一定忐忑不安,我想多陪陪你,让明月从你的黑夜走过。"这话里的明月指的就是朱章明。

这时,十八的明月已经升起在树梢。这句话说得真好!这句话打动了开琼,此时此刻她觉得朱章明的身上也有来魁对女人的气质。

朱章明又说:"过两天我跟你到沙市买两套衣服,跟你买块好手表。下次星期五你休息就去我家过门。过门那天我们就把婚期定下来。"

开琼挣脱朱章明说:"走,我们快回去。"

朱章明又一次抱住开琼说:"此时此刻,胡来魁正在欢度新婚之夜。我们也拿天当房,地当床进洞房吧。"

开琼猛力挣脱,向自行车快步走去。朱章明追来继续央求开琼。开琼果断地说:"你如果今天有强求的动作,我宁愿死也不跟你结婚了!"这话让朱章明梦想的阴谋彻底破灭!

第 18 章 过门

第二天来魁借队里的手扶拖拉机送慧芳他们去公社车站。

在沙市便河广场,慧芳与来魁和天珍照了一张三人合影。天珍坐花砖上在中间,他们三人看着同一盏路灯。这是来魁结婚时唯一的一张照片,很多年以后由于世态异变,这张照片弥足珍贵。

那天谭敦仙与天菊也照了一张合影,这次送天珍姐到平原结婚,他们也确定了婚姻之旅。来魁请他们上馆吃饭,然后跟他们买了去宜昌的车票。

天珍给二十块钱慧芳,要他们回家做盘缠,慧芳说什么也没要。上车以后天珍把钱从窗口扔进去,慧芳又扔出来。客车没开动时,天珍就站在那里抹眼泪。一伴来,不能伴回去,慧芳也在抹眼泪。天菊看到哭泣的天珍姐,她的眼泪夺眶而出。

车开动时,天珍挥手。来魁帮天珍揩眼泪,这使慧芳相信天珍跟着这个男人会幸福的。

这天回家,天珍从自己的包里拿出那棵小李树。她看到树根部的泥土感到是那么的亲切。她拿锹在后面的厕所西边栽下了小李树。来魁看天珍不会挖这里的铁锹,他懂得天珍的意思,他过来帮忙。新婚的小夫妻共同栽下这棵山里的小树苗。愿他们的爱情之树早日开花结果。

第三天吃早饭后,天珍要去上工,来魁和婆婆不让。天珍说:"在家没伴玩,出门上工,早与大家认识还好玩些。"

来魁的家只有一把锹,今天挖沟,天珍硬是要去,来魁找别人家借来一把铁锹。天珍什么农活都会干,唯独不会使用这儿的铁锹。看山里的新姑娘挖锹的样子好多社员们善意地说笑。陈大姐来到天珍的身边,手把手教她。

来魁与天珍分一个段面,也是想一人干两人的活,只是要天珍在身边陪他玩。

慧芳回到家乡,先到了天珍的妈那里。她故意跟天珍的妈开玩笑问:"大妈,天珍呢?"

天珍的妈出来看见慧芳说:"慧儿,你来了。珍珍去同学家吃酒去了,今天也该回来的。你没去呀?"

慧芳问:"今天是星期六,小弟还没回来?"

"没有。"天珍妈引慧芳进屋坐下。

慧芳说:"天珍说她不回来了,她去跟别人结婚了。"

天珍妈脸色变暗,问慧芳:"这是真的?"

慧芳说:"天珍说家里穷没钱跟她办婚事,她想不请客;再说她怕您不同意他们,又怕与你闹意见,所以她选择偷偷出嫁。"

妈开始骂天珍:"这个死婆子太不听话,老子晓得她是跟那个人的。她太怄老子的气了,等她死远远的也好。妈的,到那么远,老子是不得进她家门的!老子以后死了,等她回来都臭了。老子一生就是吃了远的亏。"

慧芳心平气和地说:"大妈,你知道李开琼和张天琴是怎么死的吗?我们这几人都是有死亡之约的。去年的这几天天珍在后山准备上吊,绳子已经系在脖子上,只要她从树上跳下来就没命了,当时是荆州那个小伙子看见救了她。他们以后在书信中渐渐相爱,后来天珍才决定跟那个人。他们既然那么有缘,就让他们在一起吧。您不就是嫌两地远吗,今后交通发达,通讯方便就很近了。您看东北人嫁海南那才是远呢。你就原谅她不孝吧,她说以后会孝敬您的。"

妈问:"你是怎么知道的?你怎么不早跟我说呢!"

慧芳说:"我早告诉您,您不让她走,那边家操办喜事娶不到人怎么办? 他们是二月十八结婚,我们是十七送她到宜昌的。我和你们前面的菊儿送她去的。那地方要比我们这儿好,那小伙子也很通情达理的。你以后与小儿子好好过日子吧。他们好过了就回来看你们。"

"我不要她看我,你跟她说,只当我死了!"妈的气还没消。

"我回来时天珍要我跟您讲一声,替她向您说声对不起。她有她的难处,我看她可能是怀孕了。您以后有什么话对她说,您告诉我,我来写信转告她。"慧芳起身准备走。

妈留慧芳吃晚饭,慧芳婉言谢绝。

傍晚小弟回来,妈没有告诉儿子说姐偷偷出嫁的事。年少的小伙子在床上看到了纸条,哭着跑出门,对夜色大喊两声:"姐姐,姐姐——"

这时的母亲开始流泪。

开琼商量父母,她答应了朱章明的求婚。伯伯说:"你们还是要请一个媒人的,有媒人什么话都可以传达。要他们还是请屈木匠来做媒。"

母亲说:"这是你自己愿意的,以后不要怪我们了。我还是希望你在街上找一个家,以后多方便。"

开琼说:"我是农村人,在街上找人家,我怕别人今后对我不好。"

这几天凤伢子也像老鼠躲在家不敢在来魁的家门口晃悠,她虽然结婚生子,但她看到来魁娶了妻子,她心里还是有点不舒服。他希望能听到来魁与新媳妇吵架,她的心里就舒服了。不能和来魁说话,她准备要哥哥送她回江南。

开琼回来说要到朱章明家过门,父母大人都很高兴。

凤伢子要等小双过门以后再回去。她真不想回去,她要在这里把来魁的婚姻搞破! 她总觉得与来魁的关系不会自生自灭。现在自己是已婚,来魁也成了已婚人,他俩都扯平了。她现在有资格再向来魁求婚了,她不能让来魁把小日子过顺利。

过门那天开琼穿的是朱章明跟她买的新春装。那个时代的衣服都是扯布裁缝的,买衣服穿还是很奢侈的事。现在开琼是街上搞工作的人,与别人不一样了,穿买的衣服也合乎她的高傲身份。

开琼抱着姐姐的孩子,姐姐与嫂子走在后面。朱章明和屈木匠推着自行车走在最前面。

能说上这一方漂亮有名的小双姑娘,朱章明的父母高兴得眼睛变小嘴巴变大了。朱章明出嫁的么么一家回来玩,主要亲戚早都回来了。两家亲房族也来他家帮忙,其中就有书记一家。他家还有一弟一么妹,妹妹还是未成年。他小弟很调皮,一看就知道是个不怕阎王老子的小老虎样。

这天开琼没打牌,主要抱小孩。凤伢子与嫂子打扑克玩。屈木匠回家干活,只是来吃饭喝酒,酒使得他说很多重复的话。

饭后开琼要急于回去,嫂子与朱章明的妈商量,嫂子表达的是开琼母亲的意思:男方哪时候要人,女方家就给人,只是不能影响姑娘在街上的工作。

回到左家,开琼把朱章明家送的布料分给姐姐和嫂子——这是姐姐们的过门礼。

那天晚上,朱章明在上次那个禾场的草垛旁赖着脸强摘了开琼的禁果。完事后开琼生气不理他,朱章明说是定心丸。然后,朱章明同样死皮赖脸送开琼回到公社血防医院。

天珍的母亲要罗会计到她家有事要说。

天没黑,罗会计来到门口叫"天珍"。

天珍妈迎出来说:"你再也不用指望她了,她偷偷跟别人跑了,死在外面!"

罗会计说:"这是真的?!"

妈说:"她不知是跟去年来我家的那个武汉知青走了,还是跟荆州一个男的走了,反正不会回来了。你回去对你妈讲一声,就说我对不起她。"

罗会计不说话。妈又说:"她去年还寻死上吊,她这人到你家也保不住的。以后你也只当她死了,我也不想她再回来。"

罗会计说："这不怪您，也不怪她。你们为我也闹得母女反目，我也对不起你们。您以后有什么困难，我还是要帮忙的。"

妈说："我只希望今后悔死她。妈的，不听老人言！"

"您以后多保重，我回去了。"罗会计像上次死老婆一样垂头丧气地走了。

上篇小说里，罗会计是与天珍结婚的；在这篇小说里，他只能与其他姑娘结婚了。天珍婚姻的改变，也影响了罗会计的婚姻改变；与罗会计结婚的那个女子也要改变原来的婚姻……以此类推，一个人改变了婚姻，很多人也要改变婚姻的。正如有一对夫妻离婚，就会有另一对夫妻分手。所以，马克思主义说过，世间万物是相互联系的。

两天后，朱章明去医院喊开琼，开琼还在生气不肯理睬。

同室的男医生姓李名财，他早看出左开琼与这青年是恋爱关系。他读书时学过素描，他用笔速画开琼生气落泪的侧面样子。

下午，朱章明走了，李财把速写给开琼看。开琼看到一个小姑娘落下的泪滴像气球那么大，她开心的笑了。这迷人的笑，够李财神魂颠倒。开琼再看那画的姑娘像凤姐，她明白李医生肯定画的是她。

快下班时，李财华丽着装的未婚妻来叫李财到她家吃晚饭，李财说不去了。开琼听他们的对话好像在闹矛盾后，是姑娘主动来找和解的。

星期四快下班时，李医生递一张化验单到开琼的面前说："左医生，你看我有血吸虫没有？"

开琼接过单子一看："你在我的肝肠里，不是血吸虫，是钉螺一样的爱。"

开琼的脸里尴尬难当，她把纸条还给李财，没说话。每天这时是病人最少的时候，可开琼还是怕有病人进来，她走出检验室。

开琼放假回家，她要送姐姐回江南。朱章明知道这回事，他也来到开琼的家。妈很高兴，开琼却很害羞的样子。朱章明爱抽烟，今天到丈老头子家买来特别好的香烟敬给伯伯和哥哥。

开始凤伢子坐在开琼的自行车上,朱章明的自行车上驮着袋子。走出古井大队,凤伢子坐上朱章明的自行车。

一路上,开琼不与朱章明说话,凤伢子也没有话与朱章明说。自行车在砖渣路上行驶的响声伴随凤伢子一步步离开有胡来魁的地方。

到江边等渡船时,凤伢子说:"再回来,肯定是你们结婚。"

朱章明说:"免得今后给你把信,前天屈木匠到你家说的日子,我看就定那天——4月15号、16号,与胡来魁结婚的公历相同。"

凤伢子说:"你们如果改了时候就来给我说信,到4月15号你们都没来说信,那天我就过来。"

朱章明说:"肯定是那天。"

开琼说:"姐姐,我一人把你送到家,他就在这里等我。我不在你家吃饭就回转。"

凤伢子说:"都到我家吃中饭再走。朱章明还是头一次来,不吃饭怎么像样子。"

开琼说:"下次吧,这次我们不吃饭。"开琼不要朱章明同去是怕姨妈说她又换一个伴来,大姑娘换同伴怎么像换渡船似的。

每天生产队里再忙,天珍也把床上收得整整齐齐。被子叠成豆腐块,被子上盖两枕头,枕头上是去年她给来魁送来的那条黑色枕巾。慧芳送她的那条浴巾,天珍盖在床边。有人坐在床上,有浴巾也不脏床单。

天珍每天做梦都是家乡的事。夜里静悄悄的时候,她想到母亲一人在老屋里出出进进,那是多么的孤单;小弟回来看不到姐姐,他多么心酸……想到山里的家,一阵心酸涌上心头。不过到了白天,她的心情就好了。

天珍今天与妇女们挑禾场上的谷渣到田里。空担回转时,小嫂子走在天珍前面。小嫂子问天珍:"天珍,听说你比幺狗子大两岁?男大不听唤,女大抱金砖。"

天珍说:"我是56年的,他是58年的。"

小嫂子说:"我是 58 年,左开顺是 56 年,我们跟你们正好相反的。你是几月的?"

天珍说:"我是六月的。我妈都不知道是阴历六月,还是阳历 6 月。"

有一妇女说:"过去父母大人记小孩子的生辰八字都是记的阴历。"

小嫂子问天珍说:"你是六月哪一天的。"

天珍不好意思说:"我不清楚,大概是六月二十。"

小嫂子说:"左开顺是六月十二的。我明天问幺狗子是哪月的?"

天珍说:"他是七月十九的。"

小嫂子说:"我的妈呀,真巧,我也是七月十九的!"

陈三秀说:"世上巧合的事多得是。"

小嫂子说:"以后干脆跟你调换算了,你跟左开顺,我来跟幺狗子。这正好两个都是同年同月同日出生的老庚。"

听到这话的妇女们笑起来,笑得天珍不好意思。她想这里的小媳妇说话怎么这样直爽。

这个说话泼辣的小嫂子就是左开顺的爱人。她是最爱与来魁说笑话的小嫂子。人们都叫她三线(不知是大名还是小名,应该是小名)。她是父亲去参加国家三线建设时出生的,所以用了三线这个名字。

三线说:"我比你小两岁,我都生了孩子,你还没怀孩子。"

天珍说:"年纪小了怎么拿结婚证?"

有人说:"我们这里的人结婚都不够年龄,所以都没有拿结婚证。"

有一妇女说:"你晓得天珍还没怀孩子。"

心直口快的三线对天珍说:"天珍,你去年热天头一次到幺狗子家来玩,你们两天在一起睡,他捞你没有?"

有些妇女笑起来。天珍现在是结过婚的人也不怕丑,她说:"两夜他睡得像死猪,他不敢来捞我。"

三线说："你们还是幸福的两口子,没结婚就同床了!"

来魁今天在苗田挖沟,收工早。每天他先收工,看妇女们还没收工,他都要去接天珍。到了天珍的身边,把天珍的担子接过来,把锹给天珍拿着。

三线看到,说:"幺狗子,你跟我还是老庚呢。你的天珍姐与左开顺也是老庚,我们两个干脆调换算了吧?"

有妇女说:"你家里男的哪有幺狗子对他媳妇好。幺狗子只要先收工就要来接他媳妇。"

来魁对三线说:"你不会有天珍姐对我好,我们姐弟的故事。"

下午医院没有什么病人,开琼离开化验室,她来到住院房间。这里有一个古井六队的老头在治疗血吸虫,她与老人亲切地说话。她问老人身体情况,问老人需不需要什么帮助。一个平民老汉听说开琼是古井二队的小双姑娘,老人很是感动。开琼在医院里,只要是古井大队的病人,她都特别照顾。

晚上,来魁与天珍坐在床上,天珍说:"我怎么做梦总是在山里?"

来魁说:"想家了?给小弟写封信回去,要他好好读书。他考上了大学,我们来供他把大学读完。"

天珍说:"我想家,家不见得想我了。等还过一段时候,给家里写信。小弟读书还可以,他如果碰机会考上了大学我们就帮助他把书读完。"

来魁说:"反正不供你小弟读书,我们就要准备做新房子。我看你在我这老房子里出进,内心也不好受。你看后门都要垮台了。"

"小弟从小就很知事理,我们对他的好,他以后会对我们更好的。"天珍好像想起了小弟,有些感伤。

苦命的姑娘在新婚蜜月里应有的那点快乐被思乡的惆怅剥夺了。

第 19 章　公园

　　下雨的伤情已完全恢复，她参加劳动第二天就知道开琼要出嫁的准确日子。她不是爱传谣的人，话从她口里出来基本上是肯定的。她的消息来自男方家里，因为朱章明的母亲是她亲姑妈。她也希望朱章明快结婚，因为她听姑妈说过，如果朱章明找不到称心如意的媳妇，就把她嫁给朱章明。在他们小时候就听大人们说过这种话，那时候老表开亲结婚是普遍现象。

　　来魁听到这个消息，他的心和去年忽然听到凤伢子结婚的消息一样不好受，吃饭时总觉得原来的菜薹失去了原来的味道。他想在开琼结婚前与她到沙市玩一趟，作为告别之旅——这种想法早就萌生了，只是细节上还没有考虑周全。

　　这天，来魁说要到沙市取照片，他没上工，去了公社。他直奔血防卫生院，走进检验室。

　　开琼见到他，他便出来。看到漂亮的开琼，他有一种莫名其妙的激动。

　　开琼随后走出来说："你今天找我有事吗？"

　　来魁说："我有血吸虫没有？"

　　开琼说："有没有，血吸虫疫区的人都可以普治的。把秧栽完了，你就来我这里治疗。"

　　来魁看无人听他们说话，他把话题转到中心思想说："你不久要成为别人的人了，我在心里舍不得你，我想在你还是自由的时候与你到沙市走一趟，今后都收心过自己的日子。"

开琼为难地说："这样不好吧。"

来魁说："只怪我天生是个浪漫主义的人,爱回忆爱幻想。我求你了!"

开琼说："今天要上班,你星期五过来,我与你去。"

来魁说："我休息一天也不容易,最好你能请个假。"

开琼说："我来与李医生商量看看。"开琼说着回到化验室。不一会她高兴地走出来说："我跟李医生用星期五调换一天,他高兴答应了。你到车站等我,我吃了中饭就来找你。"

来魁说："我今天专门与你出门玩,就是想请你吃一顿饭。"

开琼说："不必要你破费。"

来魁说："今天与你吃一顿像样的告别饭。"

为了遮人眼目开琼先上客车,来魁在前面不远后上客车。他们没有坐一起,是开琼买了两人车票。

车到沙市红门路停下,来魁先下车。他站在那里等开琼走下车。

他们走在不认识的人群中,来魁说："开琼,在家乡看到你与城市里看到你就不同了。"来魁用手拽着开琼的胳膊说："到这里看到你好像——"

开琼动胳膊避让说："小心有认识我们的人看到!"

看到江汉电影院有新片《天仙配》,看这片名就很吸引年轻人。电影12点钟开映。他们应该有足够的时间。来魁邀请开琼看电影,开琼还在犹豫,来魁去买了票。开琼没有阻拦,说明也默许了。

《天仙配》是一部人仙悲剧,但年轻人是把它当喜剧的爱情来看,因为戏里有一首《夫妻双双把家还》的歌让人看了增加爱的欢乐。

看到广场边有餐馆,来魁用手拽开琼进去。他问开琼最想吃什么菜,开琼说随便一点。来魁说："今天我就是要好好请你吃一顿饭。我带有钱,我要你今天吃上与一个男人以前没有过,今后也不会超过的一顿丰盛的饭。"

开琼说:"你疯了！上工挣一点钱容易吗。"

来魁说:"你不管。一辈子也许只有今天一次请你的机会,要你难忘,我要点最好的菜成为你以后最好的记忆。"

来魁来到前台对服务员说:"你们这里什么菜最贵？"

女服务员说:"甲鱼。"

来魁说:"好,来个甲鱼。一盘纯瘦肉丝,一盘回锅肉炒豆腐,一只鸡……"

开琼说:"要这么多,吃不完。"

来魁很大方地说:"你不管！"

吃饭的时候,来魁不断地给开琼夹菜。他们两人喝了一瓶啤酒,开琼很开心没有拒绝。来魁说:"这肯定是这一辈子与你单独吃的最后一次饭,也是唯一的一顿饭。"

开琼说:"听你这话,我们好像都活不长了。"

来魁说:"以后都有自己的家了,我们再想继续男女纯洁的友谊,没人会相信的。"

开琼说:"与你分手后,我一直把你磨在心里,从三十连着初一,不知何时才能把你淡忘。"

来魁说:"我也是一样。不过今后都有了自己的家,我们慢慢都会淡忘对方的。万一不能淡忘,我们就用仇恨来代替爱。"

吃饭时,来魁把甲鱼肉用筷子捡给开琼的饭碗里说:"这甲鱼还蛮好吃,今后为了纪念这顿饭我要学用枪打甲鱼的！"

开琼看了一眼来魁的眼神。来魁的目光没有走神。

他们来到电影院,电影已经开始了。在满场的人堆里找自己的位置,这也是一种看电影的享受过程。

这是他们第一次在礼堂一起看电影。电影里天上人间的爱情还是激起他们咫尺的爱情。但电影里悲剧的收场也在给他们的爱情敲响了哀钟。来魁看到七仙女上了天,他叹道:"他们和我们一样再不能在一起了!"这话虽然合情合理,可开琼没有作答。来魁想拉开琼的手,他怕开琼说他刚结婚就有野心。其实在黑暗里什么动作都不过分,很多阳光的事都是从黑暗开始的。

出场时两人怕分伴,走近了一些,见到阳光他们又分开了距离。来魁失去了对开琼亲昵的表现,他尽量在开琼面前表现正人君子的一面。他们以前在一起希望阳光,现在他们在一起怕阳光了!

开琼总是偷偷看周围,她就怕有人看见他们。

城市里的春光没有乡村的明媚,那是因为城里没有菜花麦草。城里池塘里青蛙的叫声也没有农村的青蛙叫得豪迈,农村的青蛙更像是雄赳赳气昂昂的田鸡。农村的年轻人没有看惯城市里的春天,总觉得城市里没有多少春天。春天是来自农村的,春天是以农村包围城市的。

他们走着走着,进了公园。

公园不是随便能进的地方,除需要买票以外,还要看是什么人,什么关系。只要男女双双走进公园的,不是情人就是有人情的。走在公园里,即使不谈恋爱方面的话,成双结对的环境就是在述说爱情的故事。

他们在公园池塘边的长椅上坐下,来魁说:"以后每当来到公园,我都会来这里坐一会,在回忆中找你!"

开琼说:"你说相爱的两个人如果因为某种原因没有结婚,以后怎么忘记对方的感情?"

来魁说:"慢慢地忘记不可能的忘记。我的青春之所以美好,就是因为有这段感情存在。青春一去不回来,这种感情一去也是不能回来的。"

来魁的话开琼一点也没有听懂,她说:"与别人结婚了还继续以前的爱,那多累多危险。相爱的目的是为了婚姻,失去了婚姻相爱的人都成了敌人。"

来魁说:"你我现在是敌人吗?爱情是男女两个人同样喜欢对方,那才是爱情。单相思虽然要超过爱的力量,但那不是爱情,爱情是男女两个人的感情之总和。只要爱情是纯洁的就可以与婚姻无关。纯洁的爱情是你心里有我我心里有你,相互尊重对方没有邪念。只有纯洁的爱情是可以在婚姻以后继续保持的,像我与你就是这样纯洁的。"

开琼说:"我虽然不是你生活的敌人,可我是你婚姻的敌人。爱情只是为了婚姻,保持与婚姻无关的爱情那是戏,那是悲剧结尾的戏。"

来魁说:"恋爱的人结婚了是生活,不能结婚的是小说。有的是微型小说,有的是短篇,有的是长篇。我与你的爱情不是短暂的,不是微型小说,可以写成长篇了。"

他们今天到公园里来是讨论爱情与分手的。公园里是谈爱情的地方,也是埋葬爱情的地方。

第 20 章　照片

胡来魁与左开琼准备出公园时,胡来魁说:"我们来唱几首歌吧。"说完他唱起《刘三姐》里的歌曲。

开琼说:"《刘三姐》的歌我之所以喜欢听,是因为我在读高中时,一天中午听一个女同学突然唱起刘三姐的歌,那以后我渐渐就喜欢听了。同学一句不经意的歌声,她使我越听越想听《刘三姐》。"说完她唱起:"山中只见藤缠树,世上哪见树缠藤……"

听开琼唱完,来魁说:"听你唱歌,我好像回到了农村,看见青青河边草被春风吹动的样子。"说完,他也唱起:"多谢了,多谢四方众乡亲……"后来他把多谢开琼今天陪他来沙市玩也用歌声唱出来。

开琼用手将额前的头发拢到耳廓上说:"今天跟你出门了,好长时候都不会忘记的。"

来魁说:"我们一生一世有今天也知足了,虽然我们没有亲密接触,我也高兴。今天你有什么要求只管提出来,我一定满足你。想要我给你买什么,都可以说出来。"

开琼离开来魁,说:"我去上厕所。"

来魁开玩笑地说:"我们不想分离,我也跟你去。"

对于这种低俗的笑话,开琼没有回答,她向公厕走去。

来魁也去厕所,他们不能走进同一个家门,却能走进同一个厕所。这是离公园大门最近的一个公共厕所,厕所只有一个门,门里再分男女两个小门。

开琼上厕所回来,她回答来魁先前的话,这是她上厕所时想到的:"我什么都不要你买,我想的是谁也无法做到的,我想看到与你结婚的场面。下辈子或者这辈子,你我都是第一次——你能做到吗?"

来魁笑道:"人是没有下辈子的。到下辈子,你不是你,我也不是我了。你说不定是一头狮子,我说不定是一头野牛;你想吃了我,我想踩死你。你的这个要求,下辈子和这辈子都是不可能了,但小说还是可以做到。生活不能重返原点,小说可以回到原点,小说能让我们重新开始一个新版本的生活。我决定与天珍结婚以后,就开始写一部关于你的小说,与你结婚的小说。"

开琼说:"我们能看到另一个版本的生活那还是蛮有意思的。这一种生活我们爱得死去活来,另一种生活我们说不定恨得死去活来。"

来魁说:"我结婚的那天并不是那么高兴,尤其是看你与朱章明走了。也许是后悔,也许是惋惜没能与你结婚。我想以后写一部关于你的小说,把我的幻想写成现实。写小说也能弥补没有与你结婚的现实。"

开琼说:"生活好像小说。"

来魁说:"你如果与我结婚,我也会后悔没有与天珍姐结婚的。看不见的婚姻都是美好的。正如我们买一件东西,一样的东西有几个品牌,功能各有不同,买来这个以后,总是后悔没有选择买来那个。"

开琼说:"没有后悔就没有生活,我们都是生活在后悔之中。即使多么美好的人生,总是后悔没有过上更美好的人生。"

来魁说:"要知道,在你与天珍姐比较起来,我的爱偏向你。没有与你结婚我是后悔的。"

开琼叹道:"我也是偏向你的,你我在关键时的选择都错了。是我的错影响你,你也选择错了。没有与你结婚,我也是后悔的。你结婚后,我的情绪很低落,让朱章明钻了空子。他强迫了我,我错到不能再错,现在只能嫁给他了!"

来魁说:"你现在就一心与他构想好好生活吧。你以后的幸福就是我的安逸。"

开琼说:"几个人的爱情纠结,其实在一个人结婚以后都要结束的。"

来魁说:"我与天珍姐的爱情结束了,与你爱情不会结束。就是怕与你的爱情结束,我才没有选择与你结婚,这就是婚姻与爱情的逻辑。"

开琼说:"今后你与天珍生活,我与朱章明生活,我们以后看着对方变老的样子其实就是我们在一起生活变老的样子。"

来魁用手指头触到开琼左手油烫的伤疤说:"你在我的心里就像这个手指,永远有一个疤。"

来魁看到树上有两只小鸟,有一只鸟飞了,还有一只迟迟不肯飞。来魁想起刚看过的电影《天仙配》,他指着小鸟说:"你飞呀,你飞呀!"

开琼好笑,很好笑。她觉得只有与来魁在一起才会有这种生活方面的乐趣。

这天下午朱章明到医院找开琼。他中午回家吃饭,妈炒了珍贵的菜——蒲草芯。他没舍得吃,给开琼送来。检验室李医生告诉他说开琼是跟一个男青年出去的,朱章明知道是胡来魁。朱章明一气之下把菜甩到大街上。他今天要找人好好教训一下胡来魁!

来魁与开琼走便河,看到有人照相,来魁说:"开琼,我们照两张分手相吧?"

要与开琼照一张相片是他梦寐以求的想法,今天主要就是为这事来的。他原本构想今天与开琼看电影逛公园吃饭,这都实现了,就是照相还没有成现实。他与凤伢子还没有想到照相,凤伢子嫁人了。去年7月他要与天珍照相,天珍没有同意。现在与天珍结婚了,再与天珍照恋爱的相片没有意义。现在只有开琼还没有结婚,赶在开琼结婚以前与她照一张分手的相片,那就是一辈子永恒的纪念。

开琼不理解说:"我与朱章明都没照相。我还是怕照相!"

来魁说:"开琼,为了纪念我们的青春,照一张相,等我们老了看看。照一张相片,等我们老了,追悔年轻时少一分遗憾。我求你,只当你是替凤姐与我弥补了一张相。以后万一被人发现,我就说是与你姐照的。"

来魁的话说得好,开琼无言以对。他们来到照相亭,来魁看到有快速取照的。来魁去问快速取照要多少时间,多少钱。

他回来问开琼:"是照有底片的相,还是照不留底片的相呢?"

开琼说:"随你。"

来魁说:"鉴于我们之间这种没有底的关系适合照没有底片的照片。不留底片,也意味着像梦一样不留痕迹。"

开琼佩服来魁这句话很有水平。

来魁来到供照相的摩托车边,开琼也跟来。来魁先骑上摩托车,他要开琼坐上摩托车的后面。摄影师跟他们照了一张小角度的照片,又给他们照了一大角度的侧面照片。

他们去便河走了一转回来,他们看到了自己照片。

相片的清晰度很高,照片的背面是黑色的。这也意味着他们的照片今后是不能见阳光的。第一张照片开琼在摩托车后面离来魁很开,一只手抓住来魁的衣服,她脸上是羞涩的表情。第二张照片开琼与来魁坐得很近,脸相与身体方向有很大的角度;他们都在笑,开琼笑得嫣然;来魁是装笑,笑得像小偷。

来魁看到照片上的自己,他这时笑得很自然。开琼拿起照片看,她这时好像是小偷的样子。

来魁说:"这是两张相片成了秘密的图纸,你要一张收藏吗?一面是你我,一面是黑色,这黑色也许就是我们的结果。"

开琼本不想要照片,听来魁这么说,她不好拒绝,她说:"给一张我保管吧。"

开琼要了第一张相片。她想把照片放家里怕不安全,放江南的姐姐那里虽然安全,又怕姐姐吃醋,后来她想到了女同学杨明琼,她说:"走,与你到医院去。我想把这张照片放在我最好的女同学家,要她帮忙保存。"

来魁说："我怎么会把照片给一张你呢。我是看你怎么看待我们的照片。两张照片我都要，只恨照片少了。我以后会把它像命一样保护的！"说话间，他在开琼的手中夺过照片。

他们向医院走去，来魁不想见开琼的女同学。他们到医院后，来魁在门口等开琼。

开琼在读高中时最要好的一个女同学就是杨明琼。她们不仅名字里有一个琼，更主要的是杨明琼也是双胞胎中的妹妹。杨明琼高中毕业后直接在医院进修学习，因为她医院里有关系。来魁与开琼亲密地在一起早被杨明琼看到，杨明琼以为不是左开琼才没有主动迎上前。开琼主动地向杨明琼走来，确认了对方，俩同学好高兴。

杨明琼说："我刚才看到你跟一个男的，他怎么没有进来？"

开琼说："那个不是男朋友。"

杨明琼不解地回答："那是什么人？"

开琼说实话："我不知是中邪还是入魔了，自己都要结婚了还对以前的恋人难以割舍。今天来与他大胆地玩了一天，吃了一顿分手饭。"

开琼说："不彻底分手，就会磨死人的。"

开琼说："慢慢来吧。"

杨明琼问："你与他发生过那种关系吗？"

开琼说："要是我与他发生过那种关系就好了，我也许丢得下他；就是没与他有那种关系，所以我对他总是耿耿于怀。我怎么对他好，他都尊重我，不与我发生那种关系。这就是他最可爱的一面！"

杨明琼说："你与他如果发生那种关系后恐怕更难以割舍了。你这是很危险的，这对你今后的幸福生活不利！"

开琼说："这我知道，可我没有办法彻底离开他。"

杨明琼说："为了你的幸福，我劝你慢慢忘记他。我劝你现实一点，男女之间只有婚姻与误会，没有什么纯洁与友谊。放不下过去的感情就是不会过今后的日子。"

开琼问："夫妻的恩情不也是来自过去的恋爱感情吗？两口子那么容易放下过去的感情，哪还有一路走过的恩情？这话就是他说的。"

杨明琼说："一辈子后悔的不是仇恨，而是爱。爱情虽然是美好的东西，不需要了也还是要舍得丢弃的。我们说爱情是美好的，其实是在说美好的青春；把青春过去了，再美好的爱情也算不上美好了。"

开琼说："这种事搁在别人的身上，我也会劝别人；怎么搁在自己的身上，就听不进别人的劝了。"

杨明琼一本正经地说："你完了，你完了。"

第 21 章　做梦

朱章明早来到车站。他看来魁先下车,开琼后下车。来魁与开琼没有走一起,他们有相互偷视的动作。如果他们之间没有鬼怎么不走一伴?朱章明真想上去揍他们!

忽然从大街上冲出几个年轻的小伙子对胡来魁前后一阵猛揍,有两个人手中的棒子打在来魁身上像擂鼓。开琼发现忙跑过去阻拦,她吼道:"你们为什么要打人?!"

见来魁倒在地上,朱章明的小弟出面要年轻人住手。开琼看到朱章明小弟,她怀疑这一切是朱章明安排的。那班年轻人扬长而去,来魁躺在地上哎呀呻吟,围观的人越来越多。

这天朱章明在街上碰到小弟,要小弟找几个人教训一下胡来魁。他准备在那班年轻人动手时以保护来魁的身份出现,看开琼在护着来魁,他已经来不及了。没想到那班小子出手这么快,眼看来魁倒在地上。朱章明好像旁观者迎上去,然后他热心地将来魁扶到血防医院。

在上篇小说里,胡来魁与开琼准备结婚时,他知道开琼与朱章明去沙市,他虽然心存疑虑,但他一直没有把这话说出来。他知道自己没有与开琼结婚,他也要与开琼去一趟沙市的。他正用了这种换位的思考,所以他原谅了开琼和朱章明。对别人的善举也能使自己获得心灵的宁静。

在这篇小说里正好印证了来魁换位思考的现实:现在开琼正准备与朱章明

结婚时,开琼与来魁去了沙市。朱章明没有学会换位思考,结果他叫人痛打一顿胡来魁。如果来魁死亡或者身体留下残疾,朱章明就要接受法律的惩罚;同时,他也会失去开琼。就是来魁以后没有一点问题,开琼也不会轻饶朱章明的。在爱情上遇到三角情结,放过对方也是对自己的救赎。

把来魁在病房里安置好,开琼上楼来。幺儿洗完澡才开门。朱章明上来没进门就与开琼在门口争起来。

朱章明吼道:"你们今天去干了什么的?"

开琼:"我去给杨明琼说了出嫁的信,顺便看有没有药理方面的书。胡来魁今天到沙市取照片,我们正好一伴。"

朱章明:"明明是他来医院约你出去的,你怕我不知道。"

开琼:"他到沙市有事,我也有事,就一同去了。"

朱章明:"没做别的事呀?"

开琼:"什么事!"

朱章明:"你原来与他来往,我不能管你们,你现在是我的准媳妇,我有权利管你!"

开琼:"今天打他的人是你安排的吧?"

朱章明:"是,怎么样!我只叫小弟找几个人用语言警告他,没想到他们大打出手的。"

开琼:"卑鄙!"

开琼关上门,对外面说:"你回去吧,我与你没关系,你去给亲戚说我不会嫁你这样的小人,我们的婚姻取消!"

幺儿进门问开琼:"你们怎么了?"

开琼说:"我今天要去沙市,胡来魁也去沙市。回来时我与胡来魁坐一辆客车,他叫来小弟几个人把来魁打得住在病房里。如果胡来魁有个三长两短,看他怎么办。"

幺儿说:"这朱章明办事怎么是这样的!"

天珍每天上厕所出来都要看看自己栽的小树。今天终于看到小树的萌芽,她好高兴。看来魁吃晚饭还没回来,她的高兴劲也随来魁不见了。

她要出门找来魁,婆婆说:"你到哪里找? 他会回来的。去年,他出去几天还是回来了。"

天珍知道婆婆说去年来魁出门几天,那是说来魁到她家乡山沟里的那一次。

睡觉时来魁还没回来,天珍也睡不着,她索性给家里写信:"小弟,你与妈还好吗? 我在平原异乡很想家。不知妈对我的气消一点没有,希望你劝好妈。我知道都是我的错,希望妈能原谅我。

你的姐夫哥叫胡来魁,他是个很风趣的人,小我两岁。我与他商量:你如果考上大学,我们夫妻供你把大学读完。所以,希望你好好学习。

我结婚时收了一百元的鸡蛋钱,准备给你寄来,请注意查收。如果慧芳姐与天菊姐结婚,替我每家上二十元人情钱。见到队里的陈香、天英、玉儿、凤儿等代我问她们好,并告诉她们说姐在他乡很想她们。你以后回信不要写我的名字收,写你姐夫哥的名字……"

半夜,来魁醒来,没有输液。开琼坐在他的床头。他感动地说:"你怎么没上楼休息的? 快去睡! 明天要上班。"

开琼看了来魁一眼没答话。她一直是这样忧伤的样子。

来魁说:"你怎么啦? 白天在公园的长椅上唱歌时,你有多么开心。"

开琼的嘴好像粘连,仍然无语。长时间不说话,嘴唇干枯容易粘连。她感到口里有些苦涩,是不是眼泪暗流到了口里?

来魁又风趣地说:"俗话说,穷人唱歌,必有灾祸。我们白天多开心,晚上就乐极生悲了。"

"你知道吗,这是朱章明指示他的小弟干的。"开琼终于说话。停顿一下她又说:"我反正告诉他,我不准备与他结婚了!"

来魁说:"我也怀疑是他干的。这次我要给点颜色他看看,不然,他们还会这样对我的!"

开琼说:"我劝你不要与他小弟硬来,他小弟是不要命的人。"

来魁说:"我不会找他,自有人找他。"来魁想到要报警。

开琼说:"还是息事宁人为好。我不与他结婚,我也不希望你们闹矛盾。"

来魁说:"你现在在公社血防医院,也算是完全脱离了农村,他还在农村,你们今后生活上也不方便。你如果与他结了婚,我以后与你形同陌路!"这是来魁的气话。

开琼:"你饿吗?我给你买点吃的。"

来魁没有吃晚饭,他这时还不觉得饿。他说:"中午与你吃饱了,我不饿。"

来魁拿出与开琼的照片看一会,又抬头看看开琼。他感慨地说:"从此与你不知是近了还是远了!你如果不结婚,我也不会过上好日子的。看来,我们黑色的背影开始了!"

来魁要上厕所,他腿子站不起来了,他要开琼扶他去。

开琼看夜里没有人知道,她搀扶来魁进了男厕。这是她第一次到有烟头的男厕所这边来,如果有人看见,她现在是护士也是很正常的。

来魁大便时,他要开琼离开。开琼没有离开来魁,来魁倒拉不出来。开琼天天与大便打交道,她不怕脏。

如果他们知道在以后的小说里第一次亲吻是在厕所,这时的来魁肯定要亲吻开琼的。

来魁到这时还不忘说笑话:"我要是残疾了,天天都要你这样照顾。看来今天没白受伤。等来世你哪一天把屎拉裤子里了,我来跟你洗。"

开琼没有说话,脸上羞赧。

出厕所时,来魁见开琼不注意,他亲了一下开琼的嘴唇。开琼避让,她晃过神来才知道来魁的动作。来魁与开琼的动作好像都是下意识的,都没有来得及记住感觉。他只知道开琼的嘴唇很冷,像一盘凉菜。他亲吻的动作明明是快镜头,怎么回味起来就成了慢镜头。

这次飞吻太快,以后谁也没有当成是亲吻。开琼只当是来魁一个玩笑动作。

来魁说:"我要报复朱章明,是他给了我的动作。"这句话可能是为刚才亲吻开琼找理由。

开琼没有理解到,她说:"你怎么报复他? 冤冤相报何时了。"

来魁说:"你如果与他结婚,我就占他的老婆! 我本不想这么做的,是他逼我的,我不想和他打架,我要缠他的老婆来报复他! "

开琼没说什么。

她看来魁睡着了,她上楼休息。

这夜开琼做了一个很清晰的梦,醒来时还有身临其境的感觉。她梦见二月十八与胡来魁结婚了,婚礼办得很热闹。洞房花烛夜里,她和来魁还有天珍睡在一起……

开琼真是做了这样一个梦,在上篇小说里她真是和来魁结婚的,洞房花烛夜真是他们三人共同度过的。生活就这么巧么? 人们做的梦境难道就是另一种生活版本的呈现么? 谁也不能解释这种客观存在的现象。

第二天,天珍到陈大姐的家。陈大姐问天珍:"幺狗子昨天回来没有? "

天珍说:"没回来。我准备来借你们的自行车去找他。"

陈大姐说:"你吃早饭后,骑我们的自行车到公社,到血防医院找小双问问。小双应该是知道他的下落。"

天珍问:"他们以前就是这样好吗? "

陈大姐说:"看不出来。年轻人的秘密我们怎么知道呢。"

天珍说:"我不吃早饭,把自行车借我,这么时候我就去的! "

开琼手提着早点走进病房。开琼问来魁:"今天身体好一点没有? "

来魁说:"谢谢你的照料,今天不像昨天那么痛了。"

开琼说:"我今天上午很忙的,加上昨晚没睡好,我没时间来看你。中午,我再给你送饭来。你自己能下来上厕所吗?"

来魁到了这地步还是爱说笑话:"我行了,再也不想你和我上厕所了。"

开琼说:"你到了这步还说怪话!"

来魁说:"你忙你的,不要管我。我自己能照顾自己,慢慢来。我就担心天珍姐在家不知怎么过,她肯定不得安逸的。"

开琼说:"如果我看见古井的人,我要他们带个话回去告诉天珍姐。"

护士来给来魁打点滴,天珍也进来。来魁看见惊讶地叫道:"天珍姐!你是怎么来的?"

天珍忙问:"你是怎么啦?"

开琼看到病房里的天珍,她过来打招呼。她昨晚梦见了天珍,今天就见到天珍,这说明梦幻有时候也是一种预兆。她来到病房对天珍说:"天珍姐,你这么早来了。来魁昨天被几个人打了。"

天珍走进来魁问:"还蛮严重呀?"

来魁说:"没你害怕的那么严重。"

天珍说:"你昨天没回去,我一夜都在担心。"

开琼说:"天珍姐,还没过早吧?我来买早点去。"

天珍拦住开琼说:"我吃了早饭来的,不用麻烦你。"

她们没说多少话,开琼上班去。

来魁要天珍去治安大队报警。天珍说:"如果伤得不重只当狗子咬了,不要惊动警察,把事闹大了。"

来魁执意要她报警,天珍只得去报警。

不一会有两警察骑边三轮摩托来到血防医院,他们向来魁仔细了解情况。

第 22 章　汇款

天珍进邮局给家里发信，汇钱，她时不时瞄一眼外面的自行车。她怕自行车被别人拐走，因为这车是借来的。办完事，她出门推着自行车走在街上。看到卖早点铺面，她买了两个半冷不热的馒头，边推自行车边啃。这时空中有大飞机经过，街上的人都好奇地望天空看，她已无心看飞机。

天珍来到病房，她对来魁说："我给家里写了一封信。我把一百钱用汇款单给家里寄去了。"

来魁说："你给家里的信说到汇钱没有？"

天珍说："说了。"

来魁说："现在的信要用挂号方式寄，怕家里人收不到。"

天珍说："我写小弟的名字。"

来魁把慧芳他们的相片拿出来给天珍看。第一张就是他与开琼的照片，他吓出一身冷汗。他忙把照片收回衣袋里。

天珍似乎看到照片，说："把照片给我看看。"

来魁在衣袋里留下他与开琼的照片，拿出来先看了一遍，不见他与开琼的照片，他这才把照片递给天珍。

那天总共照了三张相，天珍一一过目。天珍看了照片说她与来魁的照片要比三人的合影照得好。刚才来魁的动作都没被天珍看出问题，说明天珍在来魁面前没有机灵与敏感。

天珍说:"看到慧芳,我好像看到了山,看到了家乡!我给小弟寄一点钱回去,就是怕慧芳结婚我不能回去还礼,要小弟替我送人情。还有张天菊的人情也是要还的。"

来魁对天珍说:"天珍姐,你回家去,我自己能照顾好自己。过两天我就回来。我没回去,我妈要担心我;你这又出来,我妈更会担惊受怕的。你买点水果零食回去,你这怀孕要多吃一点的。有人问我,你就说我与别人自行车相撞受了轻伤。"

天珍听来魁说要她回去,她以为是来魁要她回山里去,当她听懂是回古井时,她这才意识到自己的家已不在高山而是在平原。

家,现在是多么亲切的一个字眼!

天珍说:"你没有什么大问题,我赶回去上工去。需要帮忙开琼会帮你的。"

朱章明的小弟被抓到治安大队,其余三名参与打架的年轻人也抓起来了。朱章明买来水果看来魁,他是要来魁原谅他小弟。来魁对朱章明说:"看你老实,你怎么这么狡猾多端的!你有什么话不能与我直谈,要上演这么一场戏。如果你小弟交出是你唆使的,你也要住班房。"

朱章明说:"我只想要他们威胁你一下,没想到他们会这样的。你也知道我小弟从小好打架,你就原谅他这一次吧。"

来魁说:"你们把我住院费结清,给一点误工费算了。"

朱章明找开琼,开琼对他说:"你还找我干什么,我与你没任何关系了。我都把结婚的信退了!"

朱章明吼道:"你的心里还向着胡来魁吗?"

开琼没止步,上楼。她冷冷地说:"你管我心里有谁。"

朱章明与开琼在医院里吵起来,幺儿过来调解。幺儿把开琼拉进房间小声说:"我听李医生讲过,以前有个年轻的女医生就是因为三角恋爱的关系天天吵得医院不得安宁,被医院开除了。你们要吵到大街上去吵!"

开琼说："他老这样纠缠，就是要我回共大。"

幺儿说："他还是说你跟胡老幺的事吧？"

开琼说："我要是与他恋爱以后跟胡来魁来往这不应该，你看我在与他之前就与胡来魁是这样的，他为什么总是耿耿于怀呢。我也对他讲过，胡来魁与我姐才有关系，我与胡来魁什么也没有，他就是不信！"

幺儿问："你的姐呢？"

开琼说："春上就结婚，嫁到江南。"

幺儿说："怪不得来魁喜欢你的，他肯定是把你当成你的姐了。"

开琼说："是的。"

朱章明对开琼好说歹说像跟屁虫说了不少话，开琼仍没有回心转意。眼看婚期一天天逼近，他想找胡来魁的媳妇，要天珍劝说开琼。

朱章明到来魁的家与天珍谈话时，来魁的妈躲在房门口偷听。天珍要朱章明坐，朱章明没坐下，他站着。天珍看他站着，她也站着。

听朱章明说："外面的人都说开琼现在还与胡来魁偷偷来往。我小弟听到不服气，那天他看到他们去沙市玩了回来，他叫了两个朋友教训了一下，实指望他们有所收心的，没想到现在开琼不答应与我结婚了。她要跟胡来魁在一起。他们变本加厉，天天在一起。本来胡来魁可以出院了，可他就是不出院！"

天珍说："你这话是冤枉了他们！他们这种想法还是没有的。"

朱章明说："你还蒙在鼓里，开琼是胡来魁的旧情人，他们是老相好。开琼的旧情复发牯牛都拉不转来的。那天他们到沙市玩了一天，他们没有鬼会玩那么长时间吗?！"

天珍还是很冷静地说："这种事不能捕风捉影，他们之间的正常来往我们还是要尊重的。"

"我希望你还是要管紧胡来魁，真到了木已成舟一切就晚了。你想，他胡来魁家里还有新婚蜜月的妻子又与旧情人约会，这是正常来往吗？我们的婚期一

191

天天逼近,开琼不与我结婚,这可怎么办？我希望你劝劝开琼。"

天珍说:"我们都来劝开琼。"

朱章明说:"如果开琼不肯跟我结婚,你就不会有安稳的婚姻。"

这段时候山里的罗会计不好过,他本来有喜欢的候补姑娘,可他最爱的还是张天珍。天珍的忽然消失,对他来说好像忽然黑了天。凭他家在这一带的威望,找一个女人是不难的。黑了东方有西方,不信没有好姑娘。本来就有一个寡妇一直缠着他,他就是不同意与她结婚。他虽然是过婚男,可他把自己当年轻的小伙子。追求寡妇不是他的目的,姑娘家才是他的目标。

这段时候天珍妈也不好过,每天出门一把锁,进门一把火。只有儿子回来这个家里才有说话的声音。母亲恨女儿也很想女儿。家猫家狗一旦失去都是难舍的,更何况是一手带大的姑娘。姑娘的过错是没有听母亲的话,母亲的过错是没有把姑娘热热闹闹嫁出去。母女的过错相抵消,现在谁也不欠谁了。

这段时候最不好过的是朱章明。他白天要带共大的年轻人灭螺,晚上要到公社亲戚家过夜。他到亲戚家过夜的目的就是夜里监视开琼与胡来魁的行动轨迹,看有没有出轨的现象！他趴在医院的窗口观察胡来魁的一举一动。他好像希望看到开琼来与胡来魁亲密,他又好像不希望看到他们的亲密。希望看到的是终于抓到了他们的证据;不希望看到的是心里平静。

他不能长时间趴在窗口看,他怕有人发现他。于是他又到街上走一圈回来。他灵机一动计上心来:他要无中生有地给来魁与开琼闹出误会,把他们的名声搞臭！

父母把他的婚礼定在五一劳动节,他巴不得早与开琼结婚,他硬是把日期提前了半个月。现在眼看婚期一天天逼近,他家还是一个乱摊子。结婚证没办,开琼翻了桩。家里正在给他打造结婚的家具,房间还没有装修。他本来可以要小弟在家帮忙的,可小弟现在被关起来了,等来魁出院以后,小弟才有可能释放出来。他与开琼结婚的新衣服还没有做,新被子也没有弹。当然,这些不用他操心,这是该父母操心的事。他操心的是开琼现在变卦了怎么办?如果一切都办好了,万一开琼不同意嫁给他,那不是天大的笑话!

娶到漂亮的老婆是顺了心,但在娶之前总是不顺心。

有一天来魁在窗口发现了朱章明,他知道是姓朱的在监视他与开琼的举动。他把这事对开琼讲,开琼无动于衷。所以,他和开琼在病房里时,他特别注意。

明天来魁就要出院了,开琼还是想与来魁发生关系;现在没有,以后结婚了打死她也不能有了。现在她不算闺女,加上天天与来魁在一起,她还是想来魁。来魁请她吃饭花了那么多钱,自己本身就爱他,与他发生一次也不算大错。即使这是错,也是年轻的错。把这个错留给老了以后追悔也无所谓。她想怪不得很多女人为这种事葬送一生的,自己是一个清纯的女子都希望这种事。

清白的人最容易做这种糊涂的事。

来魁吃了晚饭,开琼来给他收碗。她说:"明天你就要出院了,今晚好好洗一个澡。这么长时间没有洗澡,你把医院的床铺都糊脏了。就到我的房里洗澡,我给你准备好热水。"

来魁说:"一心回家洗,不麻烦你了。"

开琼心想安排来魁到她房里洗澡,可能来魁对她有所心动,没有想到来魁这么回答的。她也临时找话说:"你的衣服好脏,让我洗一回吧,以后再没有机会给你洗衣服了。"

这一句临时的话已经说得再明白不过了,看他这么回答;他再不明白就是猪了!

来魁说:"我总觉得有一双朱章明的眼睛时刻在盯着我们,所以,我们还是注意一点好。"

从来魁的话里也能知道来魁明白了她的意思,她说:"我不怕他,我还没有决定跟他结婚。"

到了晚上,开琼要来魁到她那里洗澡,说热水准备好了。

来魁来到二楼,他环视周围没有熟人的眼睛盯着他。他走进了开琼的房间。这是他第一次来这里。房间挺大,房间里的气味跟开琼身上的气味一样好闻。小床上的被子叠得四方整齐,雪白的床单上没有一丝皱纹。大桌子上擦得干干净净,几本厚书靠墙平放着。红色小镜子擦得滑亮,像小姑娘害羞的脸蛋。晚上房间的光线不是很好,要是大白天这里一定更漂亮。

开琼从床后来拿出两条毛巾,她告诉来魁哪一条毛巾洗上身,哪一条毛巾洗下身。她把下身说得很重。她没有打开电灯,她是给来魁动手的机会。

年轻气盛的来魁已经蠢蠢欲动,他背对开琼,不让开琼看到他的前面。

开琼把来魁换洗的衣服放在床上,他们都没有说话,因为这时的气氛好像很浓重了。

来魁迟迟不好脱衣服,开琼只得出去。她把房门锁好。她推了推隔壁幺儿的房间,幺儿不在房里。她不肯定,喊了两声,没有幺儿应声。这时她大胆地推她的房门,她知道这时进去都不用说什么了。可房间的门推不开了。

来魁洗澡时根本忘了哪条毛巾洗上身,哪条毛巾洗下身,他一条毛巾从头到脚。后来他想到怕开琼看出他只用了一条毛巾,就把另一条毛巾只在盆里浸湿。他洗澡像给鱼去鳞片一样快。等皮肤稍微干一点,他换上干净的衣服。他看看小镜子,然后做了一个卑鄙的动作:他抱住开琼香喷喷的被子亲了一会。他知道今后很难再走进这个房间了。

来魁走出房间,他没有看到开琼。他走下楼,发现开琼与幺儿在走廊里说话。

开琼看到来魁,她离开幺儿上楼。她给来魁倒了洗澡水,接着给来魁洗衣服。

再次看到开琼时,来魁说:"你跟我把洗澡水留着!"

开琼说："倒了。"

来魁说："我准备明天带回去肥田的。"

开琼弯腰一笑，说："水脏，是要肥几亩地了。"

来魁说："这么好的有机肥浪费了！"

第 23 章 出院

夜里,开琼要与来魁出去走走。这正合来魁的想法。

朱章明天天都在监视这对男女,刚刚他们今天有行动,朱章明没有来监视了。这也真是端枪不遇鸟,遇鸟不端枪。

他们来到南桥上。这座老桥是该镇的名胜古迹。

河口老镇就是以这条大岑河命名的。大河里以前行船时河水很清澈,现在镇上的人多河水越来越脏。虽然是乌臭水,可还是有顽强的几只青蛙鸣叫。河上有三座大桥贯穿河两边的街道,其中这座南桥居中最大。这是一座老桥,桥上铺满大小异样的青石块。据说没有一个人把这桥上的石块数清,建桥的人也没有数清过。民国年间有人用一个草帽盖住一块石头,他用这种数草帽的办法数石头,等到他盖最后几块石头时,一阵旋涡风把草帽卷进河里。后来有一个老头用箩筐挑来小卵石,一块石头上放置一块卵石,最后他收集卵石再数。回家他数清了卵石,知道桥上有多少石块,可当天夜里那个老头就中风死了。于是在这一带人们把数这桥上的石块当成了不吉利的行为。

来魁对开琼说:"你说人们为什么说这桥上的石头是数不清的?"

开琼说:"这都是迷信传说,现代高科技还把它数不清。"

来魁说:"我个人认为,这是告诫人们不要把什么东西都要说得完全清楚,尤其是男女关系。好比我与你的关系。"

开琼过了好一会才作答:"很多人越是不该弄清楚的事,他越是要想弄清

196

楚。"

来魁说："弄清楚,对你有什么好处?我与你的关系,朱章明就是要弄清楚。"

开琼说："我不想与朱章明结婚,可我又不知道怎么办,你有好办法吗?"

来魁说："朱章明的人不坏,他对我这样也是因为他太爱你。你到共大,他放弃电工的工作追你到共大,说明他真是很爱你。跟一个特别爱自己的人结婚,这也是一种善举。我要是没有结婚,我可以找你,现在不可能了。你自己的大事,你自己做主。"

开琼说："我们的婚期一天天临近,我真想跳进这河里一走了之。"

来魁忙说："这可使不得! 这河水是乌水,跳下去就不清白了。"

开琼叹道："要是我不到共大来,在农村上工,过平静的日子该多好。"她说这话的目的也是在向来魁示爱,因为她在农村肯定是与来魁恋爱结婚的。

来魁说："人的一生是有很多选择的分水岭。我如果是参军去了,我的生活全改变。"

她接着说："多想再回到来共大以前。我要是不来共大,今天不知是一种什么样子?"

来魁有话了："你之所以后悔过去,就是因为你的青春太美好了,你要把青春选在最好的地方度过。我也和你一样热爱青春。我希望你再来一次青春生活,因为你的青春里有我,你再来一次,我也跟你沾光再青春一回。"

他们在桥上说了很多话。来魁陡然大方地摸开琼的手,这动作虽然卑鄙,可他的话说得好："你的手凉了,回去吧,小心感冒。"

来魁说完向医院方向走去。

开琼不肯走,看来魁走远,她才挪动步子。她后悔刚才来魁摸她手时,她没有用手握住来魁的手。

来魁进病房睡下,开琼也回楼上休息。

今天是个好机会,以后再没有这样的机会。开琼始终睡不着,她想大胆地下去要来魁上来睡。就是来魁不上来,起码让来魁知道她的爱。她始终没有这种勇气下来,她恨自己无能。是啊,女人再急,也不能树缠藤呀。世间的男女,把不是机会时当成了机会,结果东窗事发;是机会时,他们把好机会错过了。

来魁不是猪,他是不敢对开琼下手,凤伢子的眼睛一直盯着他。再说他怕朱章明在暗处拿着棒子。他不想与开琼一次的快乐失去与凤伢子无数次的机会。

来魁出院,开琼与幺儿每人买来一点水果。来魁的破自行车丢在医院里,座垫上绑的青布都脱落了;看见自行车都可怜,谁还想要它。看来魁推自行车出来,幺儿不敢相信这么破烂的自行车还能骑。

看着来魁走了,开琼也像重感冒康复后的轻松。她望着来魁的背影,内心对来魁更加难以割舍!

来魁回到家,他好像是从长梦中醒来。这几天与开琼相伴,他相信以前名正言顺地提出要与开琼结婚,开琼肯定是高兴答应的。他贻误的婚姻永远失去了。以前要是名正言顺地向凤伢子求婚,凤伢子也是同意的。只是那时候太年轻,不太懂事,以致两个好姑娘就这样失去了。这次虽然受伤,但他与开琼的情感达到最深层次。这种情感,是婚姻不可能拥有的。男女之间拥有这种情感,还要婚姻干什么?

来魁现在感悟一个道理:爱情是你遇到我,我遇到你;青春是你不能没有我,我不能没有你;生活是你影响我,我影响你。

一次感悟说明是一次成熟,也是一次变老。来魁是一个爱总结生活经验的人,这表明他热爱生活。

来魁见到队里的人都说是骑自行车发生了交通事故——天珍回来也是这么说的。不过来魁在写日记时还是有真实的记载。

天珍开始对来魁有怀疑,以前从不看来魁的日记,现在她开始偷偷看来魁的日记。日记里有这样一段文字:"这是我与她吃最丰盛的一顿饭,远远胜过天珍姐。公园长椅上的歌声,好像在蝴蝶泉边回荡。我与她最近的距离好像两张照片永远定格在那辆摩托车上,只望那样永远留住我们美好的青春……"

天珍相信了朱章明对她讲的话,她当时恨得能吃下来魁身上的人肉!好在日记中有一句话安慰了她:"好在我与开琼鱼没游虾没跳,一切还是那么平静如水。"

天珍找来魁和开琼一起的照片,没有翻到。她恨不得把来魁的肠子心肝都翻出来!

天珍本想第二天就去公社找开琼谈谈。到第二天她照样上工,她把羞于出口的话还没想周全,这种难以启齿的话要圆满地说出来还需要构思酝酿。她想到写一封信给开琼,规劝开琼放手来魁,早日与朱章明结婚。她想到结婚以前来魁说过他复杂的恋爱和难忘的旧情人,现在天珍终于悟懂来魁这话的意思。天珍到这时才隐约地感到开琼就是他们幸福生活的隐患。

天珍到血防医院的检验室没看到开琼,问那男医生:"请问左开琼今天上班吗?"

李医生说:"她今天下乡检查去了。你找她有什么事?"

天珍忙说:"没什么事。"天珍走出医院。

她好像怕见到开琼,她不好意思把信交给开琼的手中。她想到邮递。

她去邮局,想把手中的信用邮递的方式送到开琼的手中。后来觉得这么近花八分钱的邮票是不必要的。于是她买了一张信封,装上信,用糨糊封口。她来到血防医院把信交给男医生,说:"麻烦你将这封信交给左开琼,千万不要传到别人手中!"

天珍神秘的言行让李医生更加好奇,他看信封上只写着:血防医院左开琼收。

李财是血防医院最年轻的男医生,他现在还没有结婚,不过他有了漂亮的女朋友。现在他与女朋友正在闹矛盾,是因为他的女朋友个性太强,他受不了。

他早就看上了同工作室的开琼。他从幺儿那里得知开琼与男朋友翻脸的消息，他爱情的风帆已经转向了开琼。

经过两小时的思想斗争，李财终于小心地拆开了信封。

开琼妹：

你好。

听说你不想与朱章明结婚，我很担心你。一个姑娘经历的恋爱越多，越是一种折磨。我与来魁结婚不容易，希望你同情与尊重。在我们新婚蜜月的日子里，你们却如新婚燕尔到公园游玩。但我原谅你们，因为我理解他很爱你。只求你们今后好自为之，把旧情慢慢放弃。一个人没有道德与良心的约束是很危险的。我不怕你影响我平静的生活，我怕你影响你光辉的一生。因为你如果没有好归宿，来魁就不会安心和我生活。你现在正是蒸蒸日上的好时候，望你好好对待感情问题。只要你能放他一马，我一定来日感恩报答……

天珍

李财看完信，这正是他希望看到的内容。他要乘虚而入，把开琼追到手。他开始深思熟虑周密计划。

星期五，开琼要与李财调班没有休息。下午病人少的时候，没上班的李财来到检验室。他对毫无戒备的开琼说："今晚礼堂放电影《黑三角》，我请你看电影，晚上八点钟我在礼堂门口等你。"

开琼果断地回答："我不去，我怕你爱人看到。"

李财说："我们已经闹翻天了。我现在喜欢的是你！"

开琼说："我不来！"

李财说："我手上有你与一个女人丈夫的秘密。你想要，晚上就来。"

李财生怕听到开琼说出他不愿意听到的话，急忙走开。

开琼愣在显微镜前，脸色凝重。她不相信与来魁的照片到了李财的手中，这里面一定有陷害。她照相时就已经做好预防：如果以后有人要用她与来魁的照片要挟她,她就会说照相的是她凤姐;那张照片是凤姐与来魁照的,一模一样的双胞胎谁会不相信呢。

晚上幺儿邀开琼去看电影《黑三角》,开琼不愿与幺儿分开也就去了。她经过礼堂门口时不敢看李财。李财可是一直看着开琼与幺儿买票然后进电影院,开琼好像根本没把他放在眼里!

开琼与幺儿坐在电影院里。电影开始,满礼堂的人竟没一个人说话。开琼以为《黑三角》是反映黑色的三角恋爱,像她与来魁那张黑色照片的恋爱。她想学点现在急需要学的东西,看了一会才知道是反特故事片。她无心看反特影片,她本来就不喜欢看伪装的角色。她觉得现在自己成了来魁与天珍爱情的特务分子。

开琼想起自己的烦心事来:如果跟姓朱的结婚了,她在医院,他在农村,今后两地分居,小心眼的朱章明对她要产生更多的误会,那种日子也是过得如煎熬的中药不是味!现在只有横下心来与李财恋爱结婚才是最明智的选择。她与李财是一个单位一个科室,加上李财一直强烈地在追求她。这里面的问题是她不希望李财以前的女朋友面临失恋的痛苦,再加上她与朱章明稀里糊涂地做了说不出口的事对李财也是理亏的。她要等李财一段时候,等李财与那女朋友彻底分手以后再说。可她与朱章明拟定的婚期一天天靠近,她早想等这次月经期过了就回家退除与朱章明的婚宴。现在刚送走来魁,自己不知有什么把柄落到李财的手中? 如果受到要挟,她就不在医院工作了!

第24章 见信

第二天,李财的未婚妻跑医院里对李财骂得口连涎水浪翻花:"你对老子变心,老子就让你在这里干不成。你是哪个狐狸精吃了你的心,说对老子翻脸就不认人。昨天不跟老子看电影,还跟别人买票!"

李财对她发火:"这是医院,不是家里,你滚!"

开琼看有医生来劝李财的未婚妻,开琼也来劝:"这位姐姐,误会不能再加深,等他下班后去他家好好谈谈。"

那女人还在骂:"不知好歹的东西,你是靠什么来医院的,不是老子的关系,你能来呀。昨天看电影,老子就看出你的野心。"

有女医生说:"这是误会,静下心来说明白就好了。"

看李财的未婚妻这么凶悍,开琼已知不是她的对手,她对与李财的婚姻还没构想就土崩瓦解了。

开琼是最怕做令人唾弃的第三者。她并没有影响李财与他未婚妻的恋爱关系,是李财的未婚妻太多疑了。其实,那个女人怀疑的就是左开琼。

早晨,朱章明到食堂打了两个包子。共大早晨没有饭,只有包子和稀粥。他现在琢磨出对付开琼的新办法,他每天时时刻刻都考虑怎么实施。他要制造流言蜚语把开琼名声搞坏,让开琼在医院待不下去。他故意让开琼与来魁在一起,然后逼开琼诬告来魁是强奸……这样不但能得到开琼,还能报复胡来魁。

赵师傅是管农业生产的,他今天要几个人帮他整田。他来找朱章明商量,因为朱章明暂时在带队。朱章明说今天不灭螺,全体年轻人都参加农田的事。赵师傅临时安排年轻人干一天的活。共大的年轻人不愿出门灭螺,他们喜欢在农田干活。

开琼虽然一丝不苟地工作,她的心里还是一筹莫展。每次都是这两天来例假,明天还不来,说明是有问题来了! 想到怀孕,她好紧张。

几天的时间过去,开琼已经确定自己怀孕了。新生命的开始也是她最苦恼的开始。

这几天幺儿总是唱着"边疆的泉水清又纯"上班。这首歌很适合她的嗓音,她唱得特别好听,只是没有完全记住歌词。她欢快的歌声怎么也不能让开琼欢快起来。幺儿天天唱这首歌,这首歌给她在医院的青春增添美丽色彩。以后她再听到这首歌,那一定有她在医院工作的美好回忆。

听说共大的老队长中风住院,开琼为老队长的健康担忧起来。老队长中风住进沙市三医院,经检查属于轻微中风。开琼商量幺儿去医院看望老队长,幺儿没有时间,她给了十元钱要开琼带去。

老队长还能碎步走动,手不能拿空碗。他在医院里已经有很长的时间了,由于信息闭塞,很多人不知道消息,也就没有多少人来医院看望他。

开琼的到来,加上嘘寒问暖,这使老队长感激不尽。开琼离开时,老队长对她说:"开琼,你在医院工作还顺利吗? "

开琼悒悒不乐地说:"队长,我可能在医院干不长久,一是吃饭不方便,二是医院的气味我不喜欢。我可能还是要回共大的。"她没有说出真正的原因。

队长说:"你可以要院长跟你换工作。开始是有点不方便,以后慢慢都会改善的。"

开琼说:"我还是想念共大,想回共大。"

队长语重心长地说:"你万一搞不好,回到共大,我就让你当新队长。我现在中风,什么事也办不好,也该退下来了。"

开琼说:"我一个姑娘家,我怕挑不起这个担子。"

老队长说:"不要紧,你有朱章明和赵师傅帮忙指点,你会干好的。"

开琼说:"希望您早日恢复健康,重新回到原来的工作岗位。"

老队长说:"开琼,你是个好孩子,听我的话,你还是在医院工作吧。"

李财没有追问开琼看电影的事,开琼也没有追问李财什么秘密把柄的事。开琼认为那是李财想要她看电影使用的伎俩。

幺儿对家里说过的男朋友一直不热乎,她的心中又有了一个新选择。那是保险公司的一个小伙子,今天还主动邀她出去吃晚饭。她对开琼说:"我们今天出去一起吃晚饭好吧?"

开琼说:"我已定饭,就在医院里吃。"

幺儿说:"有一个小伙子坚决要请我们吃饭。"

开琼问:"他是谁呀?"

幺儿回答:"对面保险公司的。"

开琼说:"就是经常来医院玩的那个司机吧?"开琼马上领悟到刚才说话最后两个字音连接有问题,她顿时脸红嘴颤,生怕幺儿听出不对的地方。她以前在学校时有过这种尴尬的口误,那时她就发誓要避免这两个字音相连。没想到今天又犯了这种低级的错误!好在只有两个人,不是在大庭广众面前。她在这里已经有两次这样的口误了,想起来都觉得羞死人!

幺儿暗笑地回答:"他很喜欢你,曾经向我打听你。我说'几个男人为争她快打破脑壳,你脑壳如果生得比较坚牢就可以找她'。他说他的脑壳已经成了损罐子。看来他在爱情上已经碰过很多次墙壁了。"

开琼直言不讳地问:"你喜欢他吗?恐怕他是一个花心萝卜。"

幺儿说:"我认为他不坏。"

开琼说:"我来帮你们促成关系。保险公司的人,爱情也保险。"

幺儿说:"他的一张嘴太会说了,我怕他是一个油腔滑调的人。"

开琼说："干保险的人就是要会说。"

幺儿说："我还是想跟他发展关系,担心不保险。"

开琼说："他是保险公司的都还不保险呀!"

幺儿说："我们今天去不去呢?"

开琼说："考验他,今天不去。他追你,你跑,他就更追的;他追你,你不跑,他就不会追你了。"

幺儿说："怪不得你对别人越冷淡别人越热乎你的。"

李财本想把天珍给开琼的信隐瞒算了,他怕天珍以后问起信来找他,要怪罪他,他决定怎么也要把信交到开琼的手中。一天他看邮递员给医院送报纸,灵机一动有了好主意。他出去从邮递员手中接过报纸,悄悄把开琼的信夹在报纸里,然后上楼给女主任送去。他想等开琼发现拆过的信以为是别人打开的。回到检验室,看到开琼要给很多的病人抽血,他过去帮忙。

不一会,女主任进来给了一封信开琼面前。开琼看了信封,把信关进抽屉。上午开琼是最忙的,等病人都走了,开琼才把放在抽屉里的信拿出来看。

李财一直偷看着开琼每一个举动。他见开琼看到被拆过的信,仔细观看封口。这时李财才意识到,他对这事做得不太体面。如果换个信封仿照原信封上写几个字,再用糨糊封上口就没事了。

他看开琼看完信脸色多云转阴,没说话走出去。

晚上开琼对幺儿讲："我可能不能给你做伴了,我想回共大。"

幺儿睁大眼睛不解地问："你这是什么意思?"

迟疑一会开琼说："来魁的媳妇子给我写来信,说我跟她争胡来魁。这真是无稽之谈!我想与她争来魁,我就不会让来魁结婚。"

幺儿说："本来胡来魁结婚了,你就应该与他划清界限,缠缠绵绵迟早有灾祸。"

开琼说："现在我才知道胡来魁的可恨!我与他的事,他都对他媳妇子全盘讲了,是他出卖了我。"

幺儿说:"你认识到这一点,以后你就好了。只要你以后与朱章明不再吵架,医院里没人背后议论你的。"幺儿已经相信开琼与胡来魁上床了。

开琼说:"你不知道,他媳妇子写给我的信是主任转给我的。信到我手中被拆开过,说明主任她看过。这信李财也许看过,可能还有照片在他手中。只要医院里有一个人看了信就等于都看了。"

幺儿问:"你们还照过相?"

开琼说:"肯定是胡来魁的媳妇子看到我凤姐与胡来魁的照片误认为是我。"

"你姐与胡来魁也好过吗?"

开琼说:"来魁与我姐是青梅竹马,他一直爱着我的姐。我姐出嫁后,他把我当成了姐。不是因为我姐与胡来魁的关系,我与他什么事都做了,今天也不会出这么多的麻烦。我怕医院里开除我,所以我不如自己先请求回去体面。我的事在医院里肯定都会知道的,我没脸在这里工作,与你相处的缘分也到此为止。"

幺儿说:"你先别急,等我偷偷打听医院里的消息再说。"

开琼与李财没说话,他们的关系一天天紧张。

开琼决定回共大一心与朱章明结婚生活。她来到女主任的办公室,直截了当地说:"主任,我请求回共大劳动。"

主任疑惑地问:"你这是为什么?"

开琼说:"一是我每天吃饭不习惯,二是我不适应医院的气味,三就是我个人生活方面不尽如人意。"

主任说:"你工作好好的,与医生的关系也好,怎么有这种想法呢?你是想离开才说不适应医院的气味吧?你们吃饭在食堂里,有什么不习惯的?时间长了自然就习惯了。你是为个人生活问题才想到要离开的吧?"

开琼看主任好像还不知道她最近与两个男人的关系,难道主任没看信?可

206

那信又是谁拆开的呢？开琼答了一个字："嗯。"

主任说："个人的生活作风与道德在医院里是很重要的。有几个异性追求你，你无法拒绝，是吗？"

开琼说："我怕他们误解我，也怕医院误解我，所以我决定还是回共大。"

主任说："只要不影响工作，没有人误解你。"

开琼说："反正我已经决定回共大，你们再找人吧。"

主任说："既然你已经决定，我们也劝说不好了。反正我们医院方面还是希望你留下好好工作。"

开琼把与主任的对话讲给幺儿听，幺儿说："主任肯定没看你的信。我问几个医生，他们只知道你与两个男人来往，对你没有歹意。他们说姑娘长得漂亮，有几个男人追捧是很正常的。"

开琼说："我的丑事迟早要在医院里家喻户晓的，我不如主动离开。既然我把这话说出了口，我就得回共大，这是我的性格。我已经做好了今后要后悔的准备。"

幺儿说："你的父母知道要骂你的，骂你不听话。"

开琼说："我在学校读高二时，我是学习委员，有一男生说了一句玩笑话，我说不当学习委员就不当了，以后老师怎么劝说，我都没答应。"

幺儿说："你还有这样赌气的个性呀！怪不得你的脸皮这么薄的。骄气大的姑娘往往要吃亏的。"

第 25 章 回队

共大的赵师傅和朱章明开拖拉机把刘队长接回来;刘队长发病住医院也是他们开拖拉机送去的,这也算包接包送。共大的人看到老队长回来都去高兴地打招呼,没有去医院看望刘队长的人还是有些面羞。

刘队长的到来好比走失的牯牛又回来了,共大又恢复到原来的样子。

这是开琼在医院最后的一天,她起得很早。写了日记,看外面大亮她才出去洗漱。收拾自己行李时,她照样最先把来魁送她的那件绿色雨衣和黑色靴鞋装在袋子里。然后她与幺儿到大街上过早,两人都争着出钱。幺儿的语气流露出伤感,开琼为了不让幺儿看出她有后悔的意思,她和往常一样泰然处之。

开琼想在医生上班之前离开医院,朱章明的到来,这使开琼感到一丝温暖。他今天来医院是准备与开琼吵架后把一些脏水泼在开琼身上的,看到开琼的自行车上有被子、袋子,问:"你这是干什么去?"

开琼没有理朱章明,幺儿过来对朱章明说:"她要回共大去,我也没有劝住。"

朱章明一阵暗喜。他本来是准备攻击开琼的,结果开琼倒给他带来温暖。

值班的一个医生走过来问开琼什么情况,开琼很爽快地说:"回共大去,回到自由的地方。"

那医生说:"我不相信,你是换行李吗?"

开琼坦然地说:"和你们一起工作很高兴,因为我不习惯医院的味道,我还是回共大。"

那医生说："你跟医院的领导说没有？"

开琼微笑地说："我跟主任打了招呼的。"

朱章明帮开琼拿脸盆,开琼不放,朱章明把脸盆夺去,和其他用品绑在自行车上。朱章明高兴地想:开琼回共大了,他们的婚姻有救了！

朱章明跟着开琼上楼,开琼还是没有理他。开琼看没有什么遗忘的东西,只有几个衣架。她想留给幺儿用,自己回共大再买几个。

朱章明虽然不完全明白开琼离开的真实原因,但他是真希望开琼回到共大,回到他的身边。

刘队长看开琼自行车上的行李,拄拐棍一瘸一拐迎上来问:"孩子,你真的回来了？"

骑自行车运动过的开琼,脸色红润,她泰然答道:"这也是革命精神,说回来劳动就回来劳动。"

朱章明说："她是革命的好同志。"

看年轻人先后围上来,开琼面带微笑地说:"我想大家,又回来了。"

刘队长走近问："医院还没这里好吗？"

开琼说:"医院是病人的地方,哪有这里充满活力。"

冬梅说:"你回来与朱章明结婚的吧。"

开琼说:"目前还不肯定。"

刘队长说:"冬梅,你与开琼还是住一个房间。今后他们结婚了,就跟他们小两口安排一个房间。"

两天以后,幺儿来到共大把开琼叫一边,不让朱章明听到,她说:"我替李财转告你,天珍的信是他拆开的。他并没有你们的照片,他是根据信中一句话谎称有照片来吓唬你的。我也问过女主任,女主任没有看你的信。"

开琼说:"你回去告诉他,我感谢他在我走了以后说出实话。你好好工作吧,我会怀念与你一起在医院里的这段日子。"

幺儿说:"你没一点后悔吗?"

开琼笑道:"到哪里都是吃饭,我不悔!"

那天开琼回家,没等父母骂她,她先哭了。她答应父母嫁给朱章明,今后不再与胡来魁来往。她现在恨死胡来魁了,是胡来魁坏了她的名节。

来魁知道开琼离开血防医院,当天下午他便去医院了解原因。他找到幺儿问:"你知道开琼为什么离开医院吗?"

幺儿说:"你回去问你老婆吧。"

来魁说:"我老婆来闹过吗?"

幺儿说:"你老婆给开琼写了一封信没亲自交给开琼,被医院的人先看了,信里的内容有你与开琼的隐情,开琼无脸再在医院工作,她只得回共大。"

晚上来魁质问天珍:"你给开琼写信没有?"

天珍坐在床上答非所问:"你下午是去开琼那里了吗?"

来魁大声说:"你知道现在开琼在什么地方吗?"

天珍已经做好吵架的气势,她提高嗓门说:"你怎么就是放不下开琼开琼的!"

来魁说:"上午我听萍儿说开琼没有在医院工作了,下午我去了血防医院,经过打听得知是你写了一封信揭露开琼与我的事。信没到开琼手中,医院里的人知道了,开琼无脸见人,她只好离开医院回到共大。"

天珍这时像做错事的孩子,脸红起来,说话的声音也小了:"我又没写她什么丑事。我明天去医院找那个男医生,质问他为什么要看别人的信件。"

来魁提高嗓门说:"你为什么要写信呢,什么话不能找她面谈。"

天珍说:"我本来是先写了信,那天我没看到开琼,要是看到她,我说不定还是与她面谈的。"

来魁说:"你亲自毁了一个姑娘的大好前程!"

天珍说:"我这是捍卫我的婚姻、我的家庭！我也没有什么大不了的错。"

来魁发火说:"你事先为什么不与我商量。天珍姐的形象在我心里从此一落千丈,你也将为你这种贸然的行为接受惩罚。"

天珍也火了:"你们做了错事在前,还要惩罚我？"

来魁说:"你记好,这是我们第一次吵架,为的是什么。以后开琼要是生活不好,她回来我就与她生活。到那时你不要说我对你无情,因为你把无情做前面了。"

那晚,天珍哭了。她出嫁那天都没有眼泪,蜜月快结束她哭了。想到妈妈一个人,想到读书的弟弟,她越哭眼泪越多,好像山中的泉水无休无止。她最亲的人本来就不多,只有母亲和小弟。她对不起家里,对不起两个少得可怜的亲人。她开始后悔不该为了自己的婚姻抛弃家里。她更后悔不该偷看来魁的日记,她知道那些秘密对她的婚姻没有什么好处。今后她再也不会与来魁吵架的,别人吵了架还可以跑娘家玩几天,她有娘家跟没有娘家一样,消气的地方都没有一个。

来魁从这天以后再没叫天珍姐,他直接叫天珍就是在这次争吵以后。

在血防医院的医生们还在议论开琼突然离开的话题,都说开琼是个好姑娘,都对开琼的离开感到惋惜。院长是最后知道开琼离开的事,他对女主任说:"你没劝左开琼留下呀？"

女主任说:"我劝过她。她可能是为两个男的追求,她怕医院的人误认为她的生活作风有问题,所以她是执意要走。"

院长说:"一个女孩子长得漂亮,有几个小伙子追求这是很正常的。过几天,我们再下去把她接回来！她的工作得到病人和医生的赞扬,没一个人说过她的不是,医院里不要这样的人要什么样的人！"

开琼从医院回到共大,这是很多人不会理解的。不能理解的事,人们自然会瞎找原因。有人怀疑开琼与医院的男医生有鬼,也有人揣测是不是开琼与胡来魁东窗事发……反正都是对开琼不利的坏话。

开琼在共大当上了女队长,有什么事她还是要与刘队长商量。有一件事她没有商量刘队长——她与朱章明的婚事。

她虽然答应与朱章明结婚,但不同意办结婚证。

一天朱章明在开琼家吃饭,他故意当着岳父大人说起这事。他说:"我要小爹已经把民政室的人说好,就这两天把结婚证办了。"

伯伯说:"是要办一个结婚证。你们有人际关系,这个结婚证应该是好办的。"

朱章明对伯伯说:"开琼不想办结婚证。"

伯伯对开琼说:"你是党员,又是干部,你结婚怎么不办证呀。要拿一个结婚证!"

开琼没有说话。

两天以后,他们去拿结婚证。朱章明要两人骑一辆自行车去,开琼要一人骑一辆自行车。

朱章明犟不过开琼,他们只得一人骑一辆自行车。

开琼只想早结婚,以后早生小孩,别人不会怀疑他们未婚先孕。那个时候未婚先孕是很丑的事。开琼不想拿结婚证,她就是要朱章明摇头摆尾跟着她,她随时都可以用分手来恐吓朱章明。她一旦办了结婚证,她就不能在朱章明面前发号施令了。不拿结婚证,他们随时可以分道扬镳。拿了结婚证,她就失去了自由。这里的姑娘是不能离婚的,离婚的姑娘一辈子都不能抬头做人了。

朱章明就是要办结婚证,只要有那个红本本,他再不愁开琼远走高飞离他而去了。结婚证在他心目中就是一个关住妻子的笼子。他早要书记疏通了关系。书记要朱章明的父亲摸了两只乌龟带去送礼。民政室的中年女干部答应只要男女两个人来一下就行了。

朱章明与开琼第一次走进民政室。女干部已经把结婚证写好了,只问他们是不是结婚证上的名字。朱章明说："是的。"

开琼看结婚证上写朱章明是 22 岁,左开琼是 21 岁。这明显不符合实际,朱章明还不满 21 岁。开琼不知道朱章明家送了两只乌龟,结婚证早就填写好了。

两只乌龟换一个红本本,这还是很划算的。因为荒湖里多的是乌龟!

医院的老院长骑车来到共大,他们直接要开琼回医院。

开琼很感动地说："你亲自下来接我,我真是感谢。可我不想回医院了!"

老院长说："你是我的姑娘我要给你一巴掌的。"

开琼说："你今天来了,要比我在医院工作还荣幸。对不起,我让你失望了。"

老院长说："你以后要后悔的。"

老队长也劝开琼："开琼,你还是去医院工作吧,那里有前途。"

开琼始终没有答应回医院。她回去怎么与李财在一起工作? 她还怕李财的未婚妻找来指桑骂槐地骂她。如果今天是那个女主任和李财来接她,她可能会动心的。

老院长走的时候要开琼到医院结账,医院会把这一个月的工资都补给她。

第 26 章 嫁人

    吕(也姓屈)长湖得知开琼与朱章明订婚,他离开了共大回到家乡上工。他不愿看到心仪的人与别人在一起生活。

    两天以后他偷偷来共大看过开琼,并且得知开琼结婚的日期。他原准备参加开琼的婚礼,后来他决定在开琼出嫁时到南方找熟人闯荡新天地。他不愿意听到开琼结婚的鞭炮声,他不愿意看到新娘的开琼走在鞭炮响过的红纸屑土路上,他不愿意看到开琼成为别人的新娘入洞房……

    他最后一次到共大来玩,他与开琼面面相觑都没有说话。他在共大的日子里,每天都想过开琼。他舍不得共大,舍不得开琼,舍不得装满思念的共大生活。美好的思念在劳动中,让劳动也变得美好。开琼对他是友好的,虽然他们没有悄悄地躲在一起说有关爱情的话,可每次与开琼相视一笑,叫人回味。他后悔不该用流氓的手段追求开琼,那他不仅是亵渎了与开琼的爱情,也亵渎了自己的青春。他要远离开琼,接受亵渎的惩罚!

    美丽的姑娘都会在一个小伙子青春的心理留下最美丽的一页。

    来魁知道开琼要与朱章明结婚,他有一种莫名其妙的心烦。凤伢子结婚时,他也是这样心烦意乱。他想等开琼回来,把开琼骗到渊边,让爱进入深渊——用这来报复朱章明。他后悔在医院疗伤时没有对开琼下手。他不愿意看到开琼满心欢喜地嫁给朱章明,他不愿意看到朱章明满心欢喜地娶走开琼。但他又不愿意看到开琼一个人没有一个男人在她身边保护她。来魁一直处在矛盾的心理中,这种矛盾与开琼的爱和朱章明的恨有直接关系。

4月13号,开琼回家准备做新娘。父母已经为她做好嫁衣,她再没有退路。

这天牛三英来到共大,她今天打扮得特别绚丽。原来牛三英对朱章明的思念不能自拔已达到爱入膏肓。昨天没睡好觉,她今天像做梦似地来到共大,只想看朱章明一眼。没有吃早饭,她也不知道饿。在她看来:左开琼与屈长湖结婚,她与朱章明结婚,那是多么完美的安排。她是来看看朱章明与她有说话的机会没有,晚上想好要说的话到了大白天总是张不开口了。

有一个是他们大队的女青年张梅迎上去与她说话,问她来干什么的。

牛三英回答:"我今天不上工,来这里玩的。"

张梅说:"就在这里玩,到中午就在我这里吃饭呀。"

她问:"朱章明左开琼他们今天在干什么?"她只是为朱章明而来的,但她不能只说朱章明。

张梅说:"左开琼现在当共大的队长了。"

她说:"左开琼今天在干什么?"

"她回家和朱章明结婚去了,他们三进三出最后还是结婚了。"

牛三英像遭到五雷轰顶,她什么话都没有说了。她好不容易耽误一天的工分到共大来,结果是这个消息!

一个姑娘只知道爱别人,不知道怎么向别人表达爱,这就是爱情的悲哀。

门口苗田翻耕后青肥发出沤臭——这是春耕的味道。牛哞水响田鸡在歌唱,每年的春耕季节开始了。这里的春耕就是把苗秧的水田整好,等过了谷雨就一批批下秧。男人们没事就安排耕田,队长说犁尖也肥田。老柴油机隆隆声,它把河里的水抽到水渠里,渠道里的水沿着涧沟流进苗田。有几个小男孩在涧沟里捉小鱼,不时传来大一声小一声的欢笑。苗田里有十几条的牛在耕田,来来回回听从后面握犁的人吆喝。有一个耕田的老汉把裤子卷起老高,他走在牛的后面,唱着伤鼓歌。这里的老人在劳动中都爱唱这种民间曲调的伤鼓歌。伤鼓歌是死了人唱的,他们离死不远了,他们爱听这种歌声。上了年龄的人唱抒情歌曲不适合了,他们都要学唱这种民间歌调的。

中午,来魁看开琼与朱章明骑车从他门口经过。他内心还是舍不得开琼,他走上前硬着头皮对开琼说:"开琼,回来了。"

开琼头没转向,也没回答,好像聋哑一样。开琼向后看了一眼,就是没有看胡来魁。

来魁的话开琼应该是能听到的,可开琼没有理会。来魁以为开琼的后面跟着朱章明,开琼才如此恝置的。来魁当时无地自容,一种无名的怒火冲向左开琼。

恋过爱的男女之间只有夫妻和敌人两条路,希望把这两条路当作一条路走,那是走不通的!来魁对开琼说过,开琼如果与朱章明结婚,他们之间形同陌路!这时来魁觉得他与开琼已经到了形同陌路的进步。

说来也巧,以前听说开琼结婚来魁的心惴惴不安,现在他开始恨开琼,到了开琼结婚的那天他心底舒展多了。对婚姻无望的恋爱男女只有用仇恨分手,那样才分得干净彻底。仇恨用到这种时候是多好的良药!如果来魁现在不恨开琼,今后当看到开琼嫁给别人,他肯定像参加凤伢子婚礼时一样感到刺骨的心痛。男女之间不做夫妻看来还是彻底断了好,说什么发展纯洁友谊那是上吊断绳子死不死活不活地磨人。

是天珍的信把来魁与开琼彻底地分开了,这是天珍希望的结局。

来魁找到下雨,他给了十元钱要下雨帮他送朱章明的人情。朱章明结婚,他去了令双方脸面上尴尬,他只有请下雨带还人情。

开琼结婚那天,来魁与天珍还在上工。这天下午队里收工早,人们要喝小双的喜酒。听到小双家放了鞭炮,队长就喊收工了。

来魁换上那套黑灯芯绒春装,裤子是一条灰色咔叽。这是他出门时穿的一套衣服,他自认为是最好的着装。这身着意的打扮一是给开琼看的,二是给凤伢子看的。今天开琼结婚,凤伢子肯定是来了。

天珍看来魁换了新衣服,她好像有点吃醋,她懒得换衣服。

来魁说:"换衣服是对别人家的尊重。你穿泥巴衣服去吃酒,多不像样子。"

天珍说:"我穿泥巴衣服吃酒,别人把我赶出来了?我没有洗,不想换衣服。"

来魁说:"你不换衣服,你一人去,我不去了。"

天珍心里不舒服,她知道来魁换衣服是要见旧情人(开琼)。

来魁说:"我穿新衣服,你穿泥巴衣服,我们走在一起也不协调呀。快去换衣服!"

天珍换了新衣服,来魁才与她向开琼家走去。来魁的感觉像是到女方家过门看人的;天珍的感觉像是给别人家做媒的。

来魁与天珍到了开琼的家,他先在人群中找凤伢子。堂屋里三桌满客正在不失客套地各吃各的,高兴得说话声也带出酒菜的味道。饿着肚子的人闻到这种饭菜味是特别的香。土豆在端菜盘,开琼的小爹记人情账。

开琼站着看共大的四个姑娘在打牌。她看到来魁,马上收起脸好像生怕来魁看到她。

开琼把脸藏起来的举动被来魁看在眼里,凭这无情的动作,他知道他们之间的关系被彻底埋葬!开琼与朱章明的婚礼,也是他与开琼的葬礼。

来魁本该恨开琼与姓朱的结婚而对开琼不屑一顾,没想到开琼先对他不屑一顾!来魁在窘迫中只有去看原本的那张像开琼的脸——凤伢子。

凤伢子在哪里呢?

萍儿倒两杯热茶走来,她先给天珍姐,然后给来魁。

凤伢子在巷子里端小女孩撒尿,看见来魁正要大声说"稀客",她看到天珍,于是小声说:"你们来了,屋里坐!"

来魁走近凤伢子,他看凤伢子穿的紫色春装,这套新装来魁还是第一次看到。他对凤伢子说:"你是一个人来的,还是与立新来的?"

凤伢子说:"我与孩子来的。立新一直没回来。"

来魁问:"小孩子这么小,你是怎么把她带来的?"

凤伢子说:"绑在我的身上,骑自行车来的。"

医院的幺儿看到来魁,亲切地走近说话,她问来魁:"哪个是你老婆?"

来魁用嘴指向天珍说:"就是她。"

幺儿上下打量天珍,天珍没发现。来魁说:"开琼回共大,你现在没伴了吧?"

幺儿真诚地说:"她走了,我好不习惯。她的骄气真大!我们医院里的职工都还很留恋她的。院长跟她账都没结,还准备找她回医院的。"

来魁说:"牛三英来没来?"

幺儿说:"没有看到她。还有一天时间,明天才是正期。"

幺儿走开,凤伢子走近小声对来魁说:"我今天晚上到萍儿家过夜的。"

来魁没有回答,他不知怎么回答。凤伢子的话很明显是要他夜里安排机会。

天珍不清楚来魁与凤伢子现在的关系,看他们亲切地说话也没在意。她今天本不想来,是来魁要她来的。她主要是怕看到开琼的目光。因为开琼从医院回共大,都是她的那封信造成的,她亏欠开琼。她也想过与开琼好好谈谈,但不好开口。开琼现在连来魁都不理睬,对她更不会理睬。这也正是她要的效果——只有这样,他们的关系才不会藕断丝连!

天珍去交人情钱。她掏出二十五元,给开琼的小爹。来魁在家与天珍商量过这笔人情钱。她对开琼的小爹说:"五块钱是我家的人情,二十块是来魁还开琼的人情。"

开琼自从看到来魁与天珍后,她像受芒刺一般,好一会她是不敢抬起头。现在队里的人还不知道她与来魁的是非关系,更不知道她从医院回共大是天珍的信引起的。队里的人都认为是开琼要当队长,才从医院回共大的。开琼想到来魁没在天珍面前保密他们的关系,她恨死来魁!她更恨的还是天珍的小心眼。她早想过,自己结婚这天是不会与来魁说话的,他即使先开口,她也不答话!

到来魁坐下吃饭,土豆与他又坐邻角。凤伢子结婚时他们这样坐,开琼结婚时他们也这样坐,这更加显示开琼与凤伢子是一样的双胞胎。土豆要与他拼酒,天珍不许来魁拼酒。来魁怕像凤伢子出嫁时喝酒出事,最后土豆只给来魁倒了半杯酒。他在喝酒时,凤伢子走来在他身后用手扯了一下衣服。来魁扭头看见凤伢子,他知道凤伢子的意思要他少喝酒。

天珍把自己的那份糕和丸子没吃,用报纸包好,这是给婆婆带回去的。天珍与婆婆的关系很好,她对婆婆像对自己"失去"的母亲。

酒足饭饱后的来魁不想回,他想看开琼与凤伢子陪十姊妹的酒席。天珍怕来魁与开琼旧情复燃,她要来魁回家。

来魁怕夜里凤伢子敲他窗户,他一直提心吊胆。终究没有人敲窗户,看来他是没有理解凤伢子的意思;也许凤伢子来敲过窗户,他睡着了没有听到。

第 27 章　事件

　　第二天,开琼的好同学杨明琼与三个女同学坐面包车来,这是她家门口唯一的四轮汽车。那时候走亲戚用的步行,有自行车都是了不得,更何况是冒烟的汽车。

　　开琼经过梳妆打扮后成了新娘,全新的衣服是在告诉她要与过去姑娘娃告别了。朱章明家来娶亲的队伍带着开琼从中心公路走后排人家经过,避开了来魁的家门口。大人们安排新姑娘这么走,是不是考虑了来魁的感受?

　　来魁在门口耕苗田,他看开琼出嫁的队伍在鞭炮硝烟中走来,他拉住牛停下,然后走到公路上。他暂时对开琼有恨,但在骨子里还是有爱的。他随娶亲送亲的队伍慢步走着,他眼前出现开琼从小时候长大的画面。眼前的开琼渐渐成了凤伢子,他好像在送凤伢子出嫁。今天送开琼也是在弥补去年送凤伢子出嫁。他想以后开琼如果用这话嘲笑他,他就说是送凤伢子的。如果送亲的队伍中没有凤伢子,他也许不会来送。他看凤伢子与秀儿走在开琼的身边,今天的凤伢子也跟做新娘时一样。凤伢子出嫁时,她们三姐妹肯定也是这样走一伴的。

　　开琼看来魁赤脚卷裤,腿上和脸里还有泥巴来送她,她心里对来魁的恨立即云消雾散。刚才她看妈哭过,她此时的感情本身已经很脆弱。这么长时间自己都没理来魁,他还是没有记仇。开琼心里隐约对来魁有一种说不出的好感。她想今晚不与朱章明做新郎新娘,用这种方式来表达对来魁最后的情谊。

　　迈进朱章明的家,开琼知道她与来魁爱恨情仇都已空。人们看出开琼在洞房里的怨气不肯配合，人们没有大闹洞房。很多人在心里都知道开琼是不满意嫁给朱章明的。四队的小伙子们都羡慕朱章明娶了一个很漂亮的媳妇。客人们走了，房里只有朱章明和开琼。

朱章明忙关窗户，开琼说："不关，等烟子散尽，我闻不得烟子。我警告你以后不许在睡觉房里抽烟，我现在已经有了身孕。"

朱章明顺口开玩笑地说："这么快就怀上了，是胡来魁帮了大忙的吧！"

开琼发火说："你放你妈的屁！老子与胡来魁手都没拉过。"

朱章明没发火，他挖苦道："你们在电影院双双看电影，早出晚归没拉手谁信？"

开琼也懒得辨别，她索性说："好，好，我肚子里的孩子是胡来魁的。我人都是胡来魁的！"

这话刺激了朱章明敏感的神经，他拍桌子说："你以为我不知道，这孩子有一多半是胡来魁的！直到今天你没有对我真心好过。你与我确定恋爱关系还在送毛衣他，你以为我不知道。你送过我什么了？"

开琼顺手抓起床头桌上的茶杯向地上砸去，杯子在泥巴地面竟没破。开琼吼道："老子前几个月就开始跟他织起。老子没跟他，跟他织了一件毛衣，你就眼气！"

朱章明的妈听儿子媳妇在房里自己闹洞房，忙在门外叫朱章明的小名。朱章明对门外的妈说："没事，我们争完了就没事的。"

开琼没再发火，她意识到今天要注意影响，这也是今后自己的形象。

天珍理解来魁的心思，这夜她主动地温柔。这天是开琼蜜月的开始，也是天珍与来魁蜜月的结束。她对来魁说："今天看开琼出嫁好热闹，我这一辈子都没有。"年轻的来魁没能安慰天珍，但他能理解这话里的悲伤。

来魁说："她结婚我们就好过了。"

天珍说："她们的漂亮也许会成为我的悲剧。"

来魁说:"你这话是什么意思?"

天珍用伤感的语气说:"我没有开琼漂亮,如果我对你不好,你就会想开琼的。"

来魁说:"你还算漂亮的,只是没开琼白净。你放心我会爱你一辈子的,哪怕与你有吵有闹,我永远都是爱你的。她这次出嫁,我与她话都没说一句。她恨我,我也恨她,这种恨时间长了就反目成仇恨了。"

天珍说:"你们的仇恨与我是有关系的。"

来魁宽慰天珍说:"我们的仇恨主要来自朱章明。老子把这么好的姑娘让给他,他不该叫他小弟打我。"

凤伢子回江南的时候,来魁已经上工去了,他们没有话别的机会。在来魁的门口,凤伢子是推着自行车走过的,只为好好看看来魁的大门口。

开琼与朱章明结婚第三天回到共大,有年轻人要吃他们的喜糖。他们最先给糖老队长吃。老队长这次没能到他们家喝喜酒,男女两家都带去人情钱。

这时候共大的农田要人帮忙,赵师傅找开琼要两人帮忙。开琼说:"就安排二六和二九。"

赵师傅开玩笑地说:"他们俩好,都有一个二。"

朱章明说:"不能安排他们两个一起吧。"

朱章明说这话是有道理的:二六这小子是去年留下来的老队员,他对今年刚来的姑娘二九一见倾情,可二九姑娘对二六根本没有好感。二六对二九爱不释手穷追不舍。二九对二六时好时歹时冷时热。朱章明听到二九很烦二六的话,所以他认为安排他们在一起劳动不合适。

开琼也知道二六追二九,二九没有同意。她今天是故意安排他们在一起培养感情的。如果是老队长是不会这样安排年轻人的,现在是新队长,是年轻的开琼。

开琼安排好年轻人的劳动以后,她去公社血防站开会。

公社血防站与血防医院是一个单位,所以开琼很紧张。她不用打扮,因为她现在还是新姑娘的着装。她准备了喜糖,也准备了与曾经的同事们打招呼的客套话。

到了熟悉的血防医院,开琼与医院的同事打招呼,在有人要糖吃时,她把喜糖发给大家。她把糖给同事们的手中,只是给李财时,她把糖放在李财的桌边。

好多同事都要开琼再来医院工作,开琼怕有人说好马不吃回头草,她说:"我还是就在共大劳动!我十分感激大家对我的关心和支持。只要今后不会有人说我是被开除的,我就知足了。"

老院长走来喊开琼的名字。开琼给老院长的糖多一点。老院长要开琼来医院工作,开琼还是说不来的话。

老院长说:"你要是我的姑娘,我要给你一巴掌的。你把这么好的工作放弃,灭螺就这么好。"

开琼说:"我主要是把话说出口了,不好意思收回来。我不是贪图享乐的人,有时候劳动也是一种享受。在哪里积极干工作都一样有快乐。我刚结婚,与朱章明分开也不好。谢谢你们,我永远记着你们对我的好意。"

老院长说:"这一个月没有完,完了你来结工资。"

开琼转身要走,老院长又对开琼说:"你万一不来,你给我在你们共大再找一个姑娘。要求是高中生,生活作风好的。你回去给我物色一下。"

开琼说:"好,我一定帮你做到。"

开会就在隔壁的血防办公室。医院的女主任也来了,开琼与女主任友好地招呼。女主任劝开琼来医院工作,开琼还是婉言谢绝的话。开琼已经想到要张梅代替她来血防医院工作。

这次开会有几个公社的灭螺队长参加,还有很多乡的灭螺队长参加。主持会议的是站长,会上讲话的是县血防办的领导。这是大灭螺的季节,会议的中心是一定要打好今年的灭螺战争。

开琼晚上回共大，共大出了大事：二六用鸟枪把二九打伤，二九到沙市医院抢救去了。

上午，两个年轻人帮赵师傅耕苗田。二九在前面过草，二六帮赵师傅把握拖拉机。下午，他们两个挖了一段沟，很早就收工了。二六到赵师傅的房里玩，他看到门背后有一把鸟枪。喜欢要棍弄枪的二六端起鸟枪对门口的二九说："不许动！举起手来！"话音刚落，"呼"的一声枪响了。二九应声倒地。二六吓呆了。他哪里知道鸟枪平时放置时都是上了膛药的。赵师傅听到枪响，他赶来看见倒在血泊中的二九，他忙喊人帮忙。共大只有跛腿的刘队长，再没有什么可以帮忙的人。老队长的老婆只能喳喳哇哇帮不到需要的忙。赵师傅赶快用拖拉机把二九送到沙市医院。二九是死是活还没有音讯。

有时生活中的突发事件是可以避免，有时避免了也是无法知道的。譬如在上篇小说里共大的枪击事件就没有发生。那时候也有二九和二六谈恋爱的故事，可没有闹出这么大的事故。

夜里，朱章明责怪开琼说："我说安排他俩在一起干活不合适。"

开琼说："是祸阴差阳错跑不脱。我不安排他们今天在一起，他们有恋爱关系，迟早也有可能。"

朱章明说："是我安排的人，他们今天的灾祸就能避免。"

开琼心里乱，她不想说话。看得见她的后悔。她刚当队长就出了这么大的事！

朱章明的话也是有一定道理的。在上篇小说里是朱章明当队长，二九和二六也在灭螺队里谈恋爱，怎么就没有发生这种突发事件呢？

人间的灾祸真是阴差阳错！

第二天，开琼派朱章明赶去沙市医院看望二九姑娘……

第 28 章　斗嘴

因为张梅是高中生,形象气质好,她被招去血防医院工作。

张梅也知道这是开琼的安排,她是代替开琼去医院工作的。她十分感激开琼,对开琼的恩惠她一辈子都不会忘记。

开琼本该安排冬梅去医院,因为冬梅文化水平低,又怕血,她才安排张梅去的。张梅爱打扮,干活时文不文武不武,她有做护士的天赋。在共大众人的眼里,开琼是第一漂亮的,第二漂亮的就是张梅。所以冬梅对开琼也没有什么不愉快的看法。

开琼送张梅走出共大的门,这时的开琼才开始后悔。明知道自己这种骄气的性格不好,可坏性格难以改变!

一天下雨,队里没有响上工的铃声。左开顺与土豆到来魁家要玩牌,他们仨是牌友。下午,天珍准备做饭,来魁要天珍把左开顺和土豆的老婆都叫来吃饭。

天珍把两个媳妇叫来,她到厨房做饭。来魁的妈在一边帮忙。

饭还没有熟,三个男人开始喝酒,他们三人的酒量难分高低。他们平时就爱争论,喝酒后更加爱争辩。三个女人不喝酒,她们还在天珍的房里看照片。

土豆叹息他们这一代年轻人的命运。

左开顺说今后他们要经常举行这样的酒会。三个家庭不定期来回转,今天在胡来魁家,下次到他家,以后轮到土豆家。三个女人出来也同意左开顺的这种观点。

来魁说:"我去兴山时只对土豆说过。你们还记得我为什么去兴山吗?"

土豆说:"我知道,你是看到一份报纸说兴山一个生产队搞得很好,你去参观学习的。"

来魁说:"我们三人要是把生产队搞好,让家家户户都富起来,那才有价值。"

左开顺说:"我知道胡来魁是一个有理想的年轻人。可惜怀才不遇。"

土豆说:"开始下学时,胡老幺有多大的抱负。你还记得在礼堂里,你对我讲的那些雄心勃勃的话吗?"

来魁没有回答,他在夹菜。

左开顺说:"三中全会以后,农村是在慢慢地变化。"

来魁说:"在二队青年中只有我们几个读书多一点。现在最好的是小双,她在共大当队长。我们几个都没一点出息,左开顺出门当兵也没有闹出名堂来。"来魁的话里已经有酒味了。

左开顺说:"你的撒直播搞好了也算是对我们农民的贡献。"

左开顺在前不久找书记想在大队搞点工作。他是当过兵的人,那时候当兵有优待。书记要他去公社找领导,他没有去,他不想去,因为他不是真正按时间复原的军人,他应该算是逃兵。他结婚早,刚结婚就入伍了。他思念爱人,一心想回家。得知他的老婆生了孩子,他更想回家。加上他有血吸虫病和慢性肠胃病,不到退伍的时候就回来了。当然,他对别人不会这么讲。他对别人说是遇上了裁军。不过他有退伍证,部队考虑他的实际情况,提前安排他退伍了。

五四青年节,开琼让共大的年轻人放假休息。去年老队长没有放这一天的假;今年是年轻的开琼当队长了,她就得满足年轻人的要求。每天劳动惯了的年轻人突然休息,他们不知做什么好。有人提议去河里捞鱼,有人提议就在校园里打篮球。女青年上大街玩去了,她们去了幺儿和张梅那里。

青年节这天,来魁没有休息。去年的今天几个年轻人闹,队长放了一天假,今年再闹也无济于事了。他与天珍和队里的年轻人在麦田除草。年轻人的话是从青年节开始东扯西拉的。

来魁叹道："过儿童节，我们还不懂事；等懂事了，我们永远告别了儿童节。以前我们还可以放五四青年节的假，现在也想不到了，今后更加想不到了。"

山青说："我没有结婚也想不到过青年节了。"

来魁说："今天应该是放你们年轻人休息的，主要是我们的队长太老了，思想僵化。"

土豆说："只有以前过五四青年节好热闹！那时还有知识青年，这一天放假，年轻人在一起打篮球，姑娘们打乒乓球，好好玩。"

来魁说："办《青年园地》还是我提议，大家一呼百应，队长才同意办。可知识青年一走，茶也凉了。"

天珍说："我们那里生产队不过这个节，这个节只在学校里过。"

有人说："是青年人就应该享受这个节日！

天上有布谷鸟叫，天珍说她的家乡到这时节也能听到。每一个季节天珍都会想到家乡，她这种心理与她偷偷远嫁是有关系的。

萍儿的小弟从学校带回一封信交给来魁。来魁看信来自宜昌，他把信交给天珍。天珍看到小弟的来信，还没有来得及拆信，她的眼泪刷脸地流出来。这是她最亲的人对她说的话，字字句句是那样的亲切。小弟告诉她，她妈一时还难原谅她。小弟幼稚的话很感人："我不能读大学，我就准备回家发家致富。等有钱了，我就来看姐，我要把姐接回来，为姐做新屋……"

天珍看到家中亲人的书信，她觉得小弟就在眼前。她想等自己的孩子生下来，到那时也许对家又是一种新的概念。

在禾场的西南边是集体分给每家每户的菜园地。这菜地以前是按照猪分给农户，现在是按照人口分给农户。

天珍结婚后,她从婆婆手中接管了菜地。上午她要做工,只有中午她才有时间忙菜地。看到玉米有苞了,她好喜悦,就像自己肚子里有孩子一样喜悦。她蹲下去给胡椒扯草,由于肚子大,蹲下去有些不方便了。随着家务事的增加,她渐渐少想娘家了。她也弄懂了,姑娘家迟早要到婆家的,这是社会生活的法则。

她看远处有一位老大娘在菜地锄草,她仔细一看是潘婆。她想与老人家说说话。今年正月初三,是这位老大娘把她带到来魁家的。那晚一次同行,她一辈子也不会忘记。哪一天潘大娘死了,她想到今年的初三,她会为潘大娘落泪的。

"潘婆,您也在忙菜园子呀。"天珍大声对老人说话。

潘大娘在菜地锄草,没有听见天珍的话。

天珍又大声叫道:"潘婆!"

大娘还是继续锄草,没有朝天珍这边看。

天珍想,也许是潘婆锄草的声音超过了她的叫声;也许是老人家的耳朵很聋了。初三那天与老人走来时,她就发现老人的耳朵有点聋。

是啊,人都要老的。等自己老的那一天,自己肯定就像潘婆这个样子了。

天珍听人讲过:潘婆是一个好人,在生产队里每次总是先上工慢收工,队里的脏活累活她总是抢着干;她热爱劳动的事迹还上过广播。就是上了广播,她加快了劳动的步伐,也加快了衰老的步伐。好人容易老,老得快的都是好人。天珍想:潘婆也是外地嫁过来的媳妇,她也有美丽的青春,可惜现在老得听不清了。

自己也是外地嫁过来的媳妇,现在到这平原落户了,自己现在正青春,以后也要老成潘婆这个样子……今后要给这里的人们也留一个好名声。今年的 7 月 11 日,来魁第一次听到知了的叫声,感到特别亲切。他告诉天珍,天珍无动于衷。那只知了叫了一阵后,来魁留心它叫第二声,可再也没有听到。那只知了可能是没有听到同类的叫声,它认为自己出土太早,一只知了的叫声没有谁听,它也懒得叫了。

7 月 17 日,去年的今日是天珍在来魁家玩的日子。这是天珍在来魁家第一次纪念这一天。这一天,来魁不用写信给天珍与她回忆去年的见面,他们现在是在一起生活了。中午,来魁带天珍到那条老河去钓鱼。晚上,他带天珍到渊边洗澡。在这特别的日子里,他们没有影响上工的时间。

傍晚,大概在去年的这个时候,天珍蹲在去年洗衣服的渊边洗衣服。

来魁说:"我来到渊里摸去年掉下去的那块肥皂。"

天珍说:"那肥皂早就化完了。"

来魁说:"那是新肥皂,肯定没有化完。"

天珍洗衣服有水响声,她说:"你能把去年的肥皂摸上来,我就能回到去年的这个时刻。"

来魁下水,他用脚在水下探索。他说:"失去的肥皂,哪怕是新的,失去了就永远失去了。失去的青春哪怕是美好的,失去了就永远失去了!"

天珍听来魁这句话,她认为来魁很会说适合现场情景的话。

这两天他们是在回忆中度过的。这两天也增加了他们的恩爱。来魁的很多话都是去年说过的话,这让天珍觉得去年就在昨天。

开琼与朱章明住在共大最外边的一间寝室。他们的房间离院门近,离厨房和茅房是最远的。他们西边相邻的寝室原来住着俩姑娘,由于开琼与朱章明经常争嘴,开琼把那俩姑娘安排走了,隔壁房间成了公家堆杂物的地方。这样他们再争嘴也不怕影响别人了。

开琼听凤姐讲新婚之夜给了立新一个下马威,立新以后再不敢在凤姐面前趾高气扬;她新婚之夜也给了朱章明一个下马威,可没有镇住朱章明。所以她与朱章明斗嘴是经常发生。

这天开琼带一批人出门查螺,朱章明带一批人出门查螺,他们不同方向。年轻人个个高高兴兴地出了共大的门。查螺是共大最轻松的活,就像在学校读书时盼到了文体课。

到了地方,开琼分组。她与两个男青年一伴,其中一个叫梅冬。

这地方是梅冬的家乡。梅冬要开琼把自行车放他家里。

晚上回家,开琼要记工作。她的办公桌就在她的床边。

房里的烟味刺鼻,开琼把后窗打开。这时朱章明进来,他手里有燃烧的烟头。开琼大声道:"我要你不在房里抽烟,就怎么记不住。"

朱章明大声来了一句:"我要抽!"

只要对方敢顶嘴,开琼就知道对方是准备吵架了。平时朱章明只要在房里抽烟,开琼一声咳起,朱章明自觉地要出去。他今天不但不出去,还顶嘴。

她先发火:"你跟老子滚出去没有!"

朱章明大声地说:"你们今天怎么这么晚才回来?"

开琼知道朱章明在房里抽烟是有缘由的,原来就是今天她跟梅冬和另一个男青年出门中午都没有回来吃饭。他们中午在梅冬家吃饭。不许在农户家吃饭,这是老队长的规定。可开琼当队长以后没有继续这个老规定,所以她今天到男青年家里吃了饭。她不是要吃那顿饭,主要是梅冬的家里人太热情,她实在无法拒绝。同伴的男青年拉着她去梅冬家吃饭,梅冬的妹妹拉着她的自行车不让走。她是盛情难却。她后悔不该把自行车放在梅冬家,让梅冬的父母准备了丰盛的午饭。

第 29 章　分娩

开琼知道朱章明是多疑的人,她也大声地说:"大白天,我又挺着大肚子,我还跟别人出轨了?"

朱章明说:"我们回四队自己的家,我妈留你吃饭,你都拒绝,你到别人家就这么随便呀!"

开琼说:"你把梅冬喊来问情况。你真不怕别人笑你!"

朱章明把他的音量调小说:"我一再提醒你不要出门,你就是不听。我不要你出门,你就在家里。你每次都不听! 天天跟别人一样出门劳动。"

开琼说:"我不带头,大家怎么看待我。"

朱章明说:"出门可以,要跟我一伴。"

开琼说:"幸亏我没有在医院里工作,我要是在那里工作,你不得跟李财的老婆一样,天天要怀疑我呀。"

这次朱章明没有说过开琼,他默默地走出房间。

开琼知道朱章明这样对她也是一种爱的方式。

他们之间有时候连吃饭穿衣这样的小事都要争两句的,不过只要不遇上哪一个人有烦心的事,这种争吵是不会升级的。由于他们的生活习性不同,争嘴已是家常便饭。一旦习惯了这种家常便饭,争不争嘴都是一样的。争不争嘴不影响夫妻的恩爱,有些恩爱的夫妻还离不开这种争嘴。不是夫妻关系的男女敢这么争嘴吗？不是朝夕相处的男女敢这么争嘴吗？争嘴是夫妻关系的明显标志。只有争嘴时才能体验对方是属于自己的。这种感受是在恋爱时期无法体验的。

开琼在共大与年轻人同甘共苦，她的肚子一天天变大。共大一词的意思又变了一成。朱章明对她的爱一如既往，他们新婚的激情还没有在劳动中退却。很多时候朱章明带队到野外灭螺，他要开琼就在共大养胎。开琼不听，她要与同志们一起上前线。欢快的劳动比闷在医院的工作自由多了。开琼没有想过医院的工作，她只想把共大的事办好。爱劳动的人，劳动里就有无穷的快乐。

心里没有胡来魁了，开琼才知道好好爱朱章明。以前她没有与朱章明好好地恋爱，现在他们在婚姻里把恋爱继续下去。

恋爱结束了，婚姻也就失去了光泽。

关于共大的枪击事件还是要给大家说一下：这本来是构成刑事的案件，因为这里面有爱情成分，只能算是民事案件了。二九姑娘在死神门前逃了回来，她肚子里的散弹全部取干净，只是心脏边还留有一颗无法取出。因为心脏这个地方遗留铁弹，姑娘只有铁了心地决定嫁给二六；不铁心也不行，因为心脏上还有铁弹，这对今后的生命是多么危险。既然姑娘铁了心，整个事件就很好解决了。二六家出了全部医药费，共大和赵师傅也出了一点钱慰问，很大的一件事化小为零。有人要开除二九和二六，开琼没有同意。她给了两个年轻人的自由选择。二九希望留在共大，二六也希望留在二九的身边。"呼"的一声改变了这两个年轻人一生的命运，他们这一辈子也会清楚地记得"呼"的一声。

开琼每当想起枪击事件时，她的心怦怦直跳。以前屈长湖那么追求她，她也没有答应，屈长湖怎么没有用枪击的办法追求她，而是用流氓手段来追求她？她在共大虽然没有受到枪击，可她的心同样受了伤。朱章明伤了她，胡来魁伤了她，胡来魁伤得更重。

放牛看唱本，日子过得快。最劳累的秋收在快牛扬鞭中过去了。经过最劳累的八月，天珍把爱情也累忘记了。

232

天珍没有与来魁结婚前是多么想念来魁,多么期盼与来魁共同生活;她幻想与来魁在一起谈人生谈命运,谈山区谈平原,谈来魁第一次去她家里,谈她第一次来他家……现在与来魁在一起生活他们什么也没有谈了。她也不用再思念来魁,也不再说爱来魁了。这不知是婚姻带来的改变,还是开琼给他们的影响。婚姻就是过日子,过平平淡淡的日子。每天早晨起来上完厕所后洗口洗脸,然后吃饭;上工铃响起出门上工,到中午回来吃饭,下午又去上工;晚上吃了饭洗澡,然后关门上床睡觉,一天就结束了。天天都是这样,不同的是上工的田间不同,干的活不同。恋爱时写在书信里的思念和幻想与实际一点也不一样了;想起书信里那幼稚的誓言还觉得好笑——那时候毕竟比现在年轻。

胡来朋结婚,来魁与天珍都去帮忙。天珍挺着大肚子与来朋的嫂子做饭,两个勤劳的女人争先恐后。来朋的嫂子带一小儿子在厨房里玩,天珍对这小儿子特别喜欢。快做母亲的人特别喜欢孩子。

来朋的嫂子很感激天珍对她孩子的喜欢。

人们把来朋的嫂子叫连英,很多人都不知她是什么姓。她是外县(监利)人,声音有点歪。她长得美,身材好;不胖不瘦,丰乳肥臀。她的脸相特别好看,只是黑了一点,像黑牡丹。这样好看的女人如果生得白清那还了得!她是白清也就不会嫁这么远的农村了。俗话说一白遮十丑,因为她全身哪儿都美,就不用一白还遮挡了。她是十美抵一黑。

天珍也是外地媳妇,两个外地媳妇在厨房家长里短讲了很多话,后来各讲自己的苦命。一天的工夫她们就亲如姐妹。晚上吃饭时,天珍起身添饭,连英要给天珍添饭,天珍不让连英添饭,两个人争一个碗,结果把一个瓷碗夺破了。

后来人们笑她俩是破碗之交。

开琼不会像上篇小说里那样参加胡来朋的婚礼,她连回娘家都怕。她怕经过胡来魁的家门口,碰到天珍或者是胡来魁都无地自容。那种由爱而转变成仇恨的目光相碰,那像是一种高压点击。就是因为开琼怕这种高压的点击,她很少回娘家。端午节他们走小路,从公家的仓库走后面一排人家再走中心公路,然后到娘家。她没有到萍儿家送端午,她把礼品留在娘家,要秀儿以后送过去。

婚姻不成,也不至于像这样怕见面呀!

当然,时间会摆平一切障碍的。

真到快要分娩,天珍有些害怕。愉快的孕育过去了,痛苦的分娩开始了。她不是怕死,因为来魁到长江挑堤去了,她临盆时身边没有来魁心里还是发虚。好在有陈大姐和婆婆在生育方面有老经验,时时关心她。她到大队买来几张粗纸,准备在自己的床上生产。婆婆早把小孩的衣服和尿布准备好。来魁的三姐二姐把小孩用过的还很新的旧衣服和絮片子也带回来。

天珍与队里的妇女们用锄头除油菜草,忽然她说肚子痛得厉害。老接生婆过来看看说要动胎了,于是陈大姐和萍儿的妈把天珍搀回家。

下午天珍的肚子不怎么痛,她扛锄头又去上工。婆婆拉着她,不让媳妇去上工。天珍说:"没生孩子,耽误半天的工分划不来。"妇女主任说天珍到了这样子还在挣工分。有的妇女说天珍把工分看得也像肚子里的孩子一样重要。

晚饭过后,有妇女说天珍是生头胎,兴许她的孩子是明天的生辰八字。陈大姐从来魁家里出来大声说:"天珍生了,生了一个姑娘,一个小山里姑娘!"

老接生婆倒提着小婴儿,说:"这人呀真没意思,好像是昨天我接幺狗子出生的,今天又接幺狗子的伢子。时光哇哇地太快,我们怎么不该老死!"

天珍一直很清醒,她在最痛苦时想到自己上吊的那个时刻就不怕疼痛了。听到小孩的啼哭,她欣慰地笑了。从接生婆的话中,她知道自己生的是个姑娘。分娩是痛苦的,但这种痛苦过后随即就会换来最大的幸福。她欣慰地看着孩子,她想此时此刻来魁不知在干什么。

来魁的妈一向对接生婆不热乎。今天她没想老一辈的事,她给接生婆和陈三秀煮了热气腾腾的滚溜鸡蛋,希望老接生婆吃了早滚蛋。陈三秀想学接生,老接生婆正准备把这不赚钱还担风险的手艺教给陈三秀。

来魁的妈忙找来剪刀放在媳妇的床上,据说这是吓唬梦婆婆的。看媳妇能坐立,婆婆用梳子给天珍梳头。

来魁在江堤上听到跑运输的机师傅说,"幺狗子做大人了,你得了个千金小姐。"

来魁高兴地去买烟,准备给大家抽。他走在路上哭了。他在心里对天珍说:"天珍姐,我对不起你,在你最需要看到我时,我没在你的身边。"

他出门上堤时,天珍挺着大肚子来送他,土豆对天珍开玩笑地说:"天珍,你把小孩多怀几天,等胡老幺上堤回来才能生产呀!"天珍当时也笑着回答:"我没你的媳妇有本事,知道你们要上堤,提前把孩子生出来了。"

分别的时刻好像就在刚才,转眼他已做了爸爸。来魁真想飞回去看看自己的小女儿。

来魁虽然没有看到女儿,他已经给孩子想好了名字。

两天后来魁随跑运输的手扶拖拉机回到家。乡亲们看到来魁都迎面笑着祝贺他。初为人父的来魁有些不会说客气话,他只能用笑回答。他跑进自己的房里,用最亲切的语气叫天珍。

天珍高兴地坐起来说:"你回来了!来看你的宝贝!"

来魁到床面前弯腰看没睁眼的小孩子,他用手摸了一下小孩的小脸,然后用手抚摸天珍说:"辛苦你了。我天天都在想念你们母女,我想给小孩就叫念念。"

天珍欣慰地说:"我也想念你,想念家乡,也是两个念,就叫她念念吧。"

来魁坐在床上问:"我回来准备给小孩办喜酒的,把这消息告不告诉你的娘家呢?"

天珍说:"不用告诉娘家,等小孩满月后,我来给家里写信。"

来魁说:"我怕喜酒那天有客人问你的娘家人。"

天珍有些伤感地说："我是怎么来你家，人们都知道了，不会有人问这话的。别人如果问起，我们就说山遥路远没告诉娘家人。"

来魁说："我就是怕丈母娘以后责怪我。"

天珍说："我妈还在生我的气，加上他们手中又没钱，还是以后告诉他们吧。"

来魁的小孩出生第九天办喜酒，上堤的人没能赶上。一队的连英来喝喜酒，天珍十分感激。

开琼挺着大肚子从共大回四队婆家准备生产，她已经听到别人说胡来魁做了大人。在农村年轻人结婚都不算是大人，生了孩子才算做了大人。她问别人胡来魁的小孩子是男孩还是女孩，没有人肯定回答。她想回娘家，婆婆说临时临月是不能回娘家的。果然晚上她的肚子开始痛，朱章明去大队叫来女医生。一家人折腾了一夜，第二天卯时，朱章明终于听到小孩的哭声。

年轻的朱章明开始做大人，他开始也避免不了受一些老大人的趣笑。

朱章明的妈妈喜欢女孩，果真生了一个女孩！开琼在月里，整个朱家台都弥漫在欢喜的气氛之中。

第30章　聋哑

凤伢子是一个人回来的，此行一举两得。一是到朱章明家贺喜，二是为给孩子断奶。她在到来魁家门口时，自行车骑得很慢。她希望来魁发现她，她也希望看到来魁。寒风吹过她的脸是那么红润，一对短辫子和原来一样。她还是穿着那件黄色棉袄，脖子上围着那条红围巾。那条红色围巾是她结婚时来魁送她的，只要是冬天回娘家，她一定要戴上的。她去年回来也是一个模样，这是她给我们的冬日印象。这也是我们区别她们双胞胎在冬天里的不一样。她看到来魁家门开着，没有看到一个人。她踏车走去了。

娘家人都知道了她的姑娘是个聋哑孩子，这成了她父母亲一辈子的后悔。

来魁知道后，对凤伢子的同情油然而生。他知道凤伢子再回来一定是要找他说事的。

凤伢子听说天珍做了妈妈，她想这是缠来魁的好机会。她来到萍儿家，她大胆地约上了来魁。她现在急需要与来魁怀一个孩子，如果不能怀上，再与立新怀上就完了！

冬天的月亮特别明亮，这适合天珍坐月子，也适合来魁与凤伢子幽会。他们来到那棵柳树下，来魁怕别人看到，他们来到禾场上的草垛边。由于手冷，他们只能隔山隔水地给对方示爱。

由于现在他们幽会的机会少了，他们在一起更懂得怜香惜玉。虽然那是男女之间最简单的无师自通的事，他们总觉得那一课从小到大还没有学好。他们每经过一次总觉得还是在学习过程中。这种不满足的心理与他们不能成夫妻是有关的。他们把小时的性游戏算起也有十三四次了,总觉得像做了十几次的梦。这种事有时一次就被别人发现,他们这么多次也没有被外人发现。这是经验,这是成熟的表现;这是他们的世界,外人走不进来。从而也能看出他们超越年龄的沉稳与自信。

凤伢子想来魁时就掐指头算与来魁发生了几次。她有时算出十四次,有时算出十三次。就是在来魁的房里有几次,她算不准了。反正不是十三就是十四,也可以简化成不三不四。

来魁想凤伢子也要计算与凤伢子发生关系的次数。他也记不准了,这种事过去了就跟梦一样。他觉得与凤伢子在一起发生时都没有什么意思,过后回味才有意思。不过在发生之前的期盼过程还是很有意思的,值得回味的也正是那个过程。

来魁现在与凤伢子在一起后,他再没有想开琼了。他用对开琼的恨抵消了对开琼的爱,他不想再见到开琼。不想开琼的日子,那是多么轻松的日子啊!现在有真实的凤伢子,他不用再借开琼来代替凤伢子了。凤伢子如长在他身体里的一个物件,他的生命里是不能没有凤伢子的。

完事后,凤伢子说:"我担心孩子有近亲问题,结果真有了问题。这怪你,没与我怀个孩子带过去。我以后第二胎就指望你了。明天晚上你还要来!"

来魁说:"月亮太大,我有些怕。"

凤伢子说:"小时候跟你偷公家猪菜,也是这么大的月亮,你怎么就不怕呢?"凤伢子喜欢月亮大,没有月亮,她就怕走夜路了。

来魁说:"现在你有家,我也有家,一旦发现一切都完了。"

凤伢子说:"我不怕,发现了我们就结婚。"

来魁说:"你想得太简单!"

来魁回到家,他怕看到天珍的眼睛。天珍问他去哪里,他说:"我到萍儿家玩了一会。听他们讲,开琼也生了个女儿。"

天珍说:"你现在还惦记开琼呀!"

来魁说:"割谷时期,开琼一人回来,我在斗渠里捞鱼,只有我和她,她也没与我说话,我也没对她讲话。我们早反目了,我还惦记她什么。"

天珍说:"你总认为开琼很正经的,她怎么没结婚十个月就生了孩子的,原来她也是一个浪荡女!"

来魁说:"你这话里有话,好像我与她也不正经的。也有孩子不到十个月就生产的。你是提前怀孕,她也肯定是提前怀的孕。开琼是不是真做母亲了,我也不肯定。"

天珍忙说:"我的话也没别的意思呀。"

凤伢子先到了柳树下,好久看来魁走来,她埋怨来魁像阴死的黑鱼。她不会与来魁一斟一酌地谈情说爱,她只会拿民间的脏话骂来魁。

不过来魁也喜欢听凤伢子骂,他早已把凤伢子的骂声当甜言蜜语了。如果他们结婚后,他们肯定会把吵架当恩情的饭吃,可想而知,那样的夫妻生活是多么的情深意重。

想到凤伢子说过她一旦生的孩子有问题,她要回来找来魁,这使来魁第二天夜里有些怕到柳树下。年轻的那点错还是驱使他向公家仓库走去。想到天珍在坐月子是不会出来找他的,他的胆子大起来。他已经看到凤伢子站在柳树下等他……

来魁在回家的路上,他后悔这种事做得对不起天珍。这种事去的时候不后悔,转来时就后悔了;这是上帝捉弄人的事,它让你不去也后悔,去了也后悔。

凤伢子觉得与来魁在一起只要不被外人知道,那就是天老爷在同情她照顾她。所以,她还要主动地找来魁约会,直到怀上他的孩子。

来魁看到萍儿家准备到开琼那里喝喜酒,他这才相信开琼是真的做妈妈了。

看凤伢子她们一路去四队,不一会儿从四队传来鞭炮的响声,来魁更相信这一切都是真的。一向在他心中正直高尚的左开琼还真是未婚先孕!这是来魁更加对左开琼的轻视。以前还想看看开琼的影子,现在他一点也不想看到像凤伢子的另一个女人了!

凤伢子和娘家人来到开琼的房里,开琼像回到家一样高兴。凤伢子抱起襁褓里的小孩子问:"叫什么名呀?"

开琼说:"现在流行就一个字的,我跟她取名叫'梅梅'。这几年运气不好,处处倒霉,就叫她梅梅吧。"

凤伢子说:"你比我的运气还是好多了,我生了一个姑娘还是一个聋子呢。我们带腊香到三医院检查,医生确定地说,这孩子是近亲结婚引起的先天残疾。我真后悔,当初真不该听伯伯的话。"

凤伢子嫂子说:"只怪你们这一代人流行老表结婚。我娘屋隔壁的一家两兄妹老表调换亲,结果两个孩子都有问题,一个是痴呆,一个是傻子。"

开琼说:"姐姐,腊香真是那样吗?没有治好的希望吗?"

凤伢子大大咧咧地说:"还怎么治呀,没办法想了!只哑都好,还是聋子,一个孩子两个残疾。一辈子想不到她叫我一声妈了。"她不知道聋哑是一种病。

开琼伤感地说:"这不是你的错,这是父母的错,这是愚昧的错,这是那个年代的错!"

凤伢子懊恼的样子说:"当初我也是实在没办法。我只知道,女儿就该听父母大人的话。"

开琼说:"你这次怎么没把腊香带来玩的?"

凤伢子说:"这么冷,我没带她。下月还要准备跟她过一周岁的生。"

开琼说:"定日子没有?"

凤伢子说:"没定日子,大概在你满月以后。"

嫂子说:"这一发真怪,全是生的女孩。土豆刚生了一个姑娘,幺狗子又生的是姑娘,小双又是个姑娘。你们这里不怎么重男轻女,这一点还蛮好。我生了姑娘,你妈对我还是一样好。"

听到有关来魁的话,开琼与凤伢子无言。萍儿说了一句:"都生姑娘,以后上江堤都是姑娘们上阵了!"

古井二队老实巴交的手扶拖拉机把队里主要劳力从江堤上驮回来,这也意味着一年一度最辛苦的水利劳动结束。轻松一些的庄稼人随后口中可以有过年的话题了。

腊尽春归,开琼满月回娘家。她走进亲切的家乡,也进入烦恼的雷区。

今冬明春是嫁姑娘的季节,水颜草的婚期到了。这个土里土气的农村姑娘找了一个长头发的洋气小伙子,一家人随之喜气洋洋。水颜草的男朋友是来魁的同学,开琼也认识。

水颜草出嫁那天开琼到她家来玩,来魁也在那里玩,他们几次擦肩而过都没说话。他们好像已经习惯不说话了。在众人面前不说话还是可以,只是单独俩人不能在一起。人们没注意他俩,只有他俩像曾经恩爱的夫妻脱离以后相见的感觉。下雨对他们说了半句玩笑话,开琼忙用脚踩了下雨,下雨也就再没说他们的笑话。

他们有两次轻松的接触,不过还是没有说话。下雨与三个姑娘打牌,开琼看下雨打牌,来魁也看下雨打牌。来魁以为开琼看到他会生气走开,开琼没有走。看他们好像没有翻脸的样子,好像他们还有和好的希望。

水颜草出嫁那天,开琼说邀同龄人送水颜草。开琼说同龄人,也是在说来魁。因为队里同龄人前面一排只有双胞胎和来魁,后面一排只有水颜草、下雨和土豆。现在凤伢子出嫁了,同龄人只有五个。

送走水颜草转来,开琼和下雨一伴走在前面,来魁和土豆一伴走在后面。来魁小声对土豆说:"水颜草出嫁了,你的心里一定是难舍的。你们的关系我清楚。"

这话说得太直白,土豆回答说:"来说是非者,必是是非人! 你怎么知道我难舍的？"

来魁抽象地说:"青梅竹马,理解万岁。"

土豆故意把话岔开,他对面前的开琼说:"小双,你们共大用枪打的两个人现在怎么样了？"

开琼没有转身直接回答:"前不久,他们结婚了。他们结婚以后再没有来共大了。"

土豆说:"以前肯定有人追你,你怎么就没有吃一枪呢？"

开琼不高兴的声音回答:"你怎么这么不好说话的！"

土豆说:"要是我在共大,我要对你开枪的。"

下雨骂土豆开玩笑不看对象。土豆与开琼应该是同族关系,怎么能开这种玩笑？

这时来魁说了一句:"你还用开枪？ 你直接左开炮！"

开琼听到来魁的话,她的脸笑起来。队里的人都知道土豆有一个响亮的别名叫左开炮。她不会让来魁看到她的笑脸,因为这是来魁对她说的笑话。

来魁没有看到开琼的笑脸,他相信开琼有笑的反应。来魁就是会说这种应场的话。这是他们记仇以来拐弯抹角的第一次说话。

这一年对大多数人来说没什么区别,而对开琼和来魁来说,这是特别的一年,一生的路在这一年定型。

第 31 章　葬雪

天空中飞过下雪时才能听到的一种鸟叫,坐在家烤火的老人们知道天上有雪要下了。下雪的时节,在平原和山区都能听到这种黑鸟的叫声。

天珍的小弟叫张天明,成了社会青年看起来还是一个很帅气的小伙子。他高考落榜后,没去复读,回乡参加生产队的劳动。他整天想着怎么充分利用山里的资源发家致富。他想到最多的是把屋后的荒山栽上核桃树。没有树苗,他在研究怎么用果核培育出苗。后来他才知道自己的想法得不到干部的支持是行不通的。他几次找书记讲明自己宏大的理想,书记看他有抱负精神,答应帮他把后山整理栽上核桃树苗。他有时间就跑后山碎石,然后把碎石填到洼地。休息时,他又把姐姐的信拿出来看:

小弟:

你好。

知道你不读书,我很难过。我不离家出走,你也许还要读书的。姐对不起你。现在你与妈都还好吗? 慧芳姐与罗叶梅都结婚没有? 我很想你们也想她们。

告诉你一个好消息:你有外甥女了。12 月 3 号晚八点钟我的小姑娘顺利降生。因为我太想家,给她取名叫念念。现在快要满月,她一天比一天有劲。看来今年过年我不能回来,明年过年我们要回来的,那时不管妈是否接受我们。我给妈写了一段话,请给妈看:妈,今天我也做妈了才知道这个称呼的意义。您从小把我拉扯大是不容易的,我辜负了您。我到胡来魁的身边也是身不由己,请您能原谅。我们一直生活得很温暖融洽。我难过的是想到您想到家。无论我走到哪里，你们才是我的亲人我的家。我没跟您商量，偷偷离您而去，这是女儿的过错。以后只要您需要我还是回到您的身边，我会好好照顾您的。我一定在这辈子报答您的养育之恩！

小弟，我多想回来看你们，看熟悉的大山，乞求你们的原谅。每逢佳节倍思亲，马上就要过春节，那将是我最挂念你们的日子。

张天珍

1980 年 12 月 20 日

这时候天珍收到了慧芳的来信，慧芳告诉天珍：老罗早结婚了，慧芳年前要出嫁。慧芳没有告诉天珍具体的日期，说明慧芳不想收取天珍的人情钱。慧芳的信不长，天珍看到是那么的亲切。信的开头问候和结尾的祝愿看了是那么的温暖，就像慧芳在身旁拉着她的手说的话。慧芳的意思是要天珍方便时就回家，慧芳想帮助斡旋化解天珍与母亲的矛盾。

没过两天，天珍又收到小弟来信，与慧芳的来信一样写着胡来魁收。小弟告诉她：老罗结婚是在两个月以前，慧芳腊月二十四要出嫁。看到家乡的来信，这时候的天珍才感到自己离家是远了一点。如果是在家乡结婚，她怎么都要去参加慧芳的婚礼。她可能也要参加老罗的婚礼，老罗对她家的恩情还是有的。现在看来只能信告小弟替她去还慧芳人情了。

腊月二十九，久违的大雪铺天盖地飞落大地。江汉平原好几年没有看到这么大的雪了。

开琼想看雪，婆婆不让她出门。一家人为小孩子洗尿布烤尿布。堂中的树蔸火也是为小孩子燃起，朱章明到外面捏几把雪用罐子在火边煮热水。开琼烤火，她时不时张望门外看下雪。一双木屐就在大门口，她真想穿上木屐到雪地里走一圈，寻找青少年的朋友。只有洁白轻柔的雪花是开琼打小长大从未红过脸的好朋友。明亮的雪光照在堂屋里开琼的脸上，使刚开始做人母的开琼脸色比做姑娘还红润。这当然与婆婆为她端来的好吃好喝的有关。虽然那些鸡鸭鱼肉吃腻了,可鸡蛋还是一天要吃十几个。她吃鸡蛋的本领超过凤伢子。双胞胎没有妊娠反应,坐月子都爱吃鸡蛋,她们的生活习性是一样的。

为了小孩子烤尿布,来魁的家一天到晚要生起一堆大火,家里晾衣服的绳子上全是小儿的尿布,各种颜色像很多国家在这里开会的旗帜。天珍这天也像抱鸡母从床上下了窝,她婆婆忙要她烤火。她下床主要是想看门外下雪的样子,漫天的飞雪使她想到远在兴山的娘家。

来魁也是一个热爱大自然的人,看到大雪,他的思想也在不停地活动。他内心虽然恨开琼,可在年三十还是想开琼的。他知道开琼有爱雪的生活习性。想念一个人和恨一个人是同样的。他幻想——如果与开琼结婚,今天下雪团年又是一种什么样的情景?以前想凤伢子,如今凤伢子回来每次主动要他,现在他不怎么想凤伢子了。他想开琼就不想凤伢子,想凤伢子就不想开琼。但在这种有雪有年的特殊时候,他都要想一阵的。他恨开琼是因为爱开琼,爱与恨原来这么奇妙古怪!他怕见到开琼好像又盼望与她冤家路窄尴尬地碰个正着。他知道对左开琼的爱与恨还需要一段时间的洗刷才能消失。

爱一个人不可怕,恨一个人也不可怕,怕就怕爱和恨是同一个人。

年三十中午,来魁拿一把铁锹出门。一是想看雪景,二是想打野兔子。来到仓库门口,看到屋角有回风的地方积很厚的雪,他扑了一个雪人印。这还不过瘾,他又用手堆起一个雪人。捏雪人时他想到开琼,开琼是最喜欢雪的,就把这雪人当开琼吧。他在雪人的脸上雕塑出开琼的脸部特征。他先把眼睛改小,然后把鼻子两边挖薄……

天珍把念念摇睡着,跟婆婆说了一声也出来看雪景。她看来魁做雪人,走来说:"我们小时候恨谁就用雪做个谁,对它骂,对它打。"

来魁说:"你怎么出来了?孩子呢?"

天珍说:"念念睡着了,我要妈听着,我出来看看。看到雪,就像看到小时候,看到山里,看到天真烂漫。你们平原的雪景好像要比山里的好看,在特殊的时刻这雪里好像隐藏着很多想要说的话。"

来魁说:"你想说什么,对这个雪人说。"

天珍走近雪人,看了一会说:"它是谁呀?"

来魁问:"你说它是谁?"

天珍说:"你恨谁它就是谁。"

来魁脱口而出:"我恨左开琼!"

天珍说:"你恨她什么?"

来魁看到仓库的墙上有标语:"向某某某开炮!"他对天珍说:"我马上就向左开琼开炮!"

天珍用手护住来魁塑造的雪人,她说:"开琼有什么错,她现在不理你是正确的。都有了家,你们还想卿卿我我呀。"

来魁说:"在共大,她把我的名声扫到粪堆里了。"他拿起棍子边打边骂左开琼。

天珍看来魁的样子好笑,她说:"别人听到还以为你疯了。"

来魁看天珍护着雪人,他对雪人撒了一泡尿,说是给左开琼过年喝的。

天珍说:"你如果是与开琼结婚,今天此时你们俩说不定也来这里恩爱嬉戏的。"

来魁在雪人的旁边挖了一个坑,然后他小心翼翼地把雪人抱起来放在坑里,然后用锹埋好。最后用雪做了一个坟墓形,在坟墓上题写:左开琼。

爱死这个人又恨死这个人,怎么把她在心中铲除?只有埋葬,彻底地埋葬!

天珍看到来魁奇怪的样子,她能看到来魁爱恨情仇的内心。

"埋葬"了开琼,来魁走到仓库的后面。他用手抚摸那根蛇腰柳树,他能在柳树皮上听到凤伢子的声音。这种声音天珍是听不到的,只有他能听到。

再向林里走了两步，来魁发现了兔子的脚印。没跟踪几步，他看到野蔷薇丛中有一只兔子正盯着他。他后退，要天珍做好捕猎准备。他绕到兔子后面。天珍也看到毛茸茸的东西，两人逐渐靠近了。来魁用铁锹猛力打去，正好打到准备起步的兔子后腿。天珍扑上去，兔子翻身倒地。来魁对失去方向跳起来的兔子也扑过去。在这一年的最后一天，小兔子再难逃幺狗子的手掌。这是夫妻的团队合作，这也是天珍第一次捕猎。

夫妻俩走回家，放鞭炮的小孩子直愣愣地看着来魁手中的野兔。

来魁回家到厨房拿刀，他对妈说："你跟我没白取幺狗子这个名字，今天我赶到了一只兔子。我们又多了一盘团年菜。"

天珍觉得来魁话很好笑。看婆婆笑了，她进屋时看了孩子，回想来魁对妈说的话，她又一次笑起来。

这时候的开琼在朱章明家堂屋里火堆边烤火，婆婆在一边抱着小孩。开琼的公公是一个不做事就不自在的老农民，他以前抽烟伤了身体，后来戒烟就寻事做，后来做事就有瘾了。这个少言的老人一年做到头，这最后的时刻还在外面雪地里锯树枝。开琼看公公不在身边，她解开衣扣喂孩子。由于奶头小，小孩咬了几次才咬住。

开琼对朱章明说："等会要妈看孩子，我们回二队玩一会再回来吧。"

她婆婆说："你们去吧，这孩子我有办法的。"

朱章明以为开琼是想着二队的来魁，他不想去，说："你幸亏嫁这么近，要是嫁山里这时怎么得了。"

说到山里，他们都想到了胡来魁的媳妇，但他们都没说这话题。这是他们最忌讳的话题，尤其是在这个最在乎忌讳话的时刻——过年。

朱章明说："你想到二队怎么玩，我来模拟满足你。"

开琼没好语气说："我想水颜草和下雨在一起玩，你能模拟吗？"

朱章明说："没下雨，今天下的是雪。今天无法满足你了。再说，水颜草都出嫁了,你到她婆家去过年呀。"

　　开琼醒悟过来笑道:"我像不相信水颜草出嫁了,好像她还在二队的娘家。"

　　婆婆说:"去喊几个媳妇来陪小双打牌。"

　　开琼说:"平时我没在这里生活,我与她们不熟悉,在一起都不随便。"

第32章 正月

三十团年饭以后,陈大姐来与天珍说话。陈大姐每天都要过来抱抱念念,今天是个特别的日子,她怕天珍想家难过。他们在火堆边烤火,陈大姐问来魁:"今年是头一年天珍到你家过年,你跟她做了几件新衣服?"

来魁说:"她不让我给她请裁缝做衣服。"

陈大姐的丈夫就是裁缝师傅,来魁要请家里来做衣服,天珍没同意。

陈大姐转向天珍问:"你真这么傻呀? 你以后拿布料到我家,我要他跟你做两件。"

天珍说:"我不想新衣服,我只攒点钱做新屋。我小弟要来这里,我怕小弟看到这老旧的房子和我娘家一样。几时我们做了新屋,我就做新衣服。"

陈大姐说天珍:"你也真是太顾家了! 做不做屋是男人的事。幺狗子不抽烟喝酒,你们做两年就可以做新屋了。"

天珍说:"我家也很穷。他如果是与下雨或者开琼结婚,有丈老头子家帮助,一年他就能做新屋。"

"幺幺狗子是有新屋,他兴许跟大双结婚了。"陈大姐说快话时,往往要把第一个字说重复。她嘴快,只顾嘴好说,她不知道这话在天珍的心中会兴起多大的波浪。

天珍故意说:"我只知道他与小双有关系,我还不相信他与大双是怎样?"

来魁忙对天珍解释道:"你不听陈大姐闭着眼睛说的瞎话,她到现在都没弄清哪个是大双哪个是小双。"

陈大姐想对天珍说:"你把屋做好了,小心大双回来在你们屋里做窝呐。"她看来魁与天珍的脸色都有变化,她没敢把这话说出来。她改口说:"嫁四队的姑娘是大双还是小双? 她现在回来怎么与你们话都不说了? 上次她小孩满月出窝回来走到你们的门口,我看她的头都没朝你们家看。不过,她碰到你妈还是说话。"

来魁说:"我现在与开琼在大路上单独撞见也不会说话了。"

陈大姐说:"哪个是开琼呀? "

天珍想把话引开,问陈大姐:"听说你小时候是讨米来这里的? "

陈大姐说:"我家小时候穷得很,没吃的才讨米下来。我在这里讨米时才只有十岁。我们一家住你们队里的窑里,你们队里种的红薯就是我们的口粮。你们队里人把大红薯挖走了,我们姊妹就去捡不要的小红薯根子,猪都不吃的,我们捡回去洗了吃……想起小时候要坐在家里哭三天都哭不完! "

来魁说:"你的几姊妹现在都在荆州吗? "

陈大姐说:"他们都下来了,他们现在都比我过得好。"

天珍把絮片给来魁,要来魁在火上烤。

来魁问陈大姐说:"继达叔(左开顺的父亲)当时收养你时,他对你说过长大跟金宝哥(左开顺的哥哥)做媳妇吗? "

陈大姐说:"没有。金宝他也不知道。后来我们都十八岁了老头子怕我在外面谈朋友才说这话。"

来魁说:"他们收留你就是怕他们儿子长大了找不到媳妇。"

陈大姐点头回答:"这是的。"

天珍在火边烤布片,她问陈大姐说:"你们有几姊妹呀? "

陈大姐看了一眼怀里的婴儿,说:"我不知道,现在只有两个哥哥,一个姐姐,一个妹妹。父亲死得早,跟林彪一个时候死的。我妈死时说过我们有九姊妹,死了一男一女。我脚下还有两个妹妹,一个送人了,一个丢了。我妈临死的时候没有说蛮清楚。我只记得有一个妹妹半岁就丢了,送给别人的那个妹妹我不知道。那两个小妹如果还活着,现在肯定还在老家巴东。"

天珍动情地说:"我妈也是巴东的,如果我是你妹妹就好。我到这里来举目无亲,你对我真像亲姐姐。如果我现在回娘家,我最舍不得的就是你,你对我太好了! "

来魁说:"你们本来就很相像,说不定真是亲姐妹的。"

天珍莞尔一笑说:"我的命也苦,我怎么会有这么好一个姐姐。"

陈大姐说:"是不是亲姐妹没关系,只要我们以后像亲姐妹就行。"

瑞雪兆丰年,梅花应新春。正月初二,开琼回娘家拜年。她就怕不吉利地碰到天珍与来魁。这一年只因怕走来魁的门口他们甚至不想回二队。开琼与朱章明是走小路回娘家拜年的。他们到萍伢子家拜年都像是大白天偷东西不敢大声说话。

虽然来时开琼与来魁没碰面,回去时差点碰个正着,双方都像避免了一场可怕的交通事故一样心有余悸。

朱章明去共大,开琼在家奶孩子。共大的事都由朱章明代管,开琼偶尔也去共大看看。渐渐孩子吃奶的间隔时间长了,开琼回共大领导工作。因为孩子很白清,不像朱章明那么黑,这使朱章明怀疑孩子是胡来魁的,所以他们之间的小打小闹没间隔很长的时间。有时候为抽烟,有时候为吃饭,也有为工作的。朱章明从心平气和说话到大声吼叫,开琼已经听习惯,每次只要开琼不顶上去就没有战争。开琼在外面心慈言和,在家却和凤伢子一样凶得长尾巴,好多次战争一触即发。

又是三八的日子,妇女放假休息,男人上工。春天有阳光的地方就能见到灿烂,有姑娘们聚集在一起更是灿烂。姑娘们在一起笑得灿烂。天珍抱着孩子向灿烂走去。

湖里上工的全是男人们，好像世界上没有女人了。如果这个世界真没有女人，这些男人也不用上工了；他们不需要劳动，甚至不需要穿衣服了。

　　天气好得中午已经很热，来魁扛着锹回家。他看到天珍没穿袄子在门口晾小孩子的片子。看到天珍的脸，来魁感到那么的亲切。从那张脸上还能看到天珍第一次来沙市，他们分别那天，天珍怕阳光时眉目间的样子。那时候这张脸与他隔山隔水，现在这张脸就在自己的家里了。这一张照片上的脸，那是自己思念过的脸，现在成了自己的，还是那么的美！

　　天珍远看来魁披着毛衣扛着锹朝她走来，好像是别人的男人；当来魁向她走来，天珍盯着来魁的脸，这是自己以前思念的男人，他现在属于自己的，天珍顿时觉得是那么的幸福。这种幸福是随女儿的降生而来的。自己生活在这个家里，生活在这个男人的身边。有婆婆，有女儿，有男人——这就是女人的幸福。

　　这种诗情画意经常出现在来魁与天珍的回忆和幻想中。有时陡然看到对方那张写进书信的脸，他们好像回到以前盼望来信的时候。夫妻间天天在一起早已习以为常，可只要他们一天不在一起，他们就觉得不习惯。来魁代表民兵出门搞了几天训练，天珍都觉得与来魁又隔着高山到平原。

　　由于他们恋爱时只凭书信没有相处了解，结婚后出现很多不能让对方接受的生活习性。来魁想到与凤伢子的错是对不起天珍的，于是他对天珍某些不习惯的言行是顺从忍让的。既然来魁先忍让了天珍，天珍也学会接受来魁不好的生活习惯。他们之间的忍让与接受都跟凤伢子的存在有关。所以夫妻间的关系靠内因，也要依靠外因。只要来魁与凤伢子的关系不东窗事发，天珍与来魁就是一对幸福的夫妻。现在来魁与凤伢子的关系用开琼做了挡箭牌，天珍是很难发现来魁与凤伢子还有关系的。凭天珍对来魁的爱，也许多年以后她即使发现了这一点，她也会原谅来魁的。因为来魁与凤伢子的关系是在与天珍关系之前；也就是来魁与凤伢子的关系，来魁才窜到山里救天珍的。也因为来魁与凤伢子存在那种关系，结婚以后的来魁对别的女人已经无动于衷。这次来魁出门搞民兵训练,以前那个姑娘对他有意思,现在对他更有意思,可来魁对她再不敢有意思。这说明凤伢子无时不影响着来魁。现在凤伢子的孩子有了近亲问题,凤伢子对来魁有言在先,可见来魁身上的担子更重了。当然,要挑起这份担子还是要先练就胆子的。

来魁的母亲对媳妇比对自己的姑娘还好,她对媳妇真是无微不至地关怀。老人家这是在替儿子向媳妇赎罪。儿子与凤伢子那见不得人的丑事,对不起山里姑娘!

天珍看到来魁那些不理解的言行也不计较,她对来魁有不舒服的感觉时,她就想到与来魁书信里的恋爱。只要她不高兴时,她就想到与来魁写信的日子。有那些保存完好的书信,他们是不会凶相吵架的。她把现在的来魁放在信里一样爱着。保存在箱底厚厚的书信成了拴住婚姻的邮戳印章,白纸黑字尘封了隔山隔水的思念。如果他们吵架就对不起那么多的印章与思念。有时候她觉得与来魁还是不断地在恋爱。以前是与来魁用书信恋爱,现在改成用言语恋爱了。只要她违背了书信里的话,她就觉得对不起那些热情洋溢的词语。

当然,他们不可能总是像书信里写的那么美好,他们也有不愉快的时候。不过那是短暂的。夫妻是艰难地生活,不是写信那么简单。生活是靠热情的,时好时坏都是受热情的影响。虽然是激情燃烧的岁月,也有冰天雪地的时候。生活的步伐就像柴油机的活塞,只有经过了上止点和下止点才能运转。

这天队长安排来魁和山青给泥瓦匠做小工。来魁拿着长江牌收音机出门。他们到中心河参加涵闸建设。来魁在搬砖,一边的收音机唱起黄梅戏《天仙配》。来魁没有想起开琼。不一会,灭螺大军到这里来灭螺。来魁没有看到开琼的影子,他只看到了朱章明。

看到共大的灭螺队,又没有看到开琼,这时来魁的思想上开始想开琼。这时候他再来听《天仙配》的感觉就完全不同了。《天仙配》是他与开琼在沙市偷看的一部电影,从熟悉的歌声中他还能找到与开琼坐在江汉电影院的感觉。共大、灭螺队、《天仙配》这都是开琼的代名词,今天一股脑都来到来魁的面前,这使来魁对开琼的思念如闸水打开……

以前想开琼是不能控制的,现在他有了控制的办法:赶快去想开琼可恨的一面,这样渐渐就不想开琼了。如果还是不能控制,只有赶快去想凤伢子,让凤伢子来代替开琼——这是来魁的爱情还原法。

凤伢子的姑娘真是聋哑孩子,这使她今后的日子将更加艰难。她骂来魁没有与她怀一个孩子再出嫁……来魁就喜欢听凤伢子用这话骂他。今后凤伢子要他帮忙怀一个孩子,凤伢子肯定会对他更好的。可凤伢子不在他的身边,凤伢子回来也不容易,他要让凤伢子怀孕也是一件不容易的事。俗话说,有心栽花花不开,无心插柳柳成荫。凤伢子回到这里来,这里有天珍,他们在一起是不方便的。本来不用怕立新,但天珍是可怕的。他现在要迫切思考怎么为凤伢子创造合理的好机会……

第33章 知青

在劳动中有思考,半天的时间很快就不知不觉过去了。来魁收工回家吃中饭,他看灭螺队还没有收工。

来魁的妈准备抱孩子找天珍吃奶,她看来魁收工回来,她要来魁去换天珍。

天珍和妇女们在苗田挑肥,来魁跑来换她。

天珍刚把扁担交给来魁,队长喊妇女们收工。

来魁和天珍向自己家走去。来魁问天珍:"今天是几号?"

天珍不听收音机,她是不知道日期的。她回答不知道。

来魁说:"今天是3月13号。"

3月13日,这是天珍忌讳日。与来魁过日子,她不大在意过去特别的日子。来魁是一个爱回忆的人,他特别在意过去有纪念意义的日子。

快到自己家门口,来魁说:"前年的今天,我这时候在你们家里。这一天改变了你的命运,也改变了我的一生。"

天珍没有理来魁的话,她对大门喊:"念念……"

婆婆把孩子抱出来说:"妈妈回来了,妈妈回来了。"

天珍先到茅房解手,再到厨房洗手,手在腰间擦干后抱起女儿喂奶。孩子吃奶时,她才想起来魁的话。经过短暂的感叹后,她又想起做新屋的计划——现在她整天都在考虑这件大事。

这天夜里,三队放电影《小字辈》。来魁与天珍去看电影,天珍喜欢的是故事,来魁喜欢的是音乐。这部电影的音乐全是插曲的主题旋律。由于来魁是喜欢音乐的,他从电影里的旋律中学会了《青春多美好》这首歌曲。

来魁听天珍的话,要队长到窑场分了砖。每天收工早,他们小两口用公家牛和板车把青砖运回家。十五以后的晚上没月亮,天是黑的,天珍在前面牵牛,来魁在后面掌板车。来魁的口里不断唱着《青春多美好》的歌曲。到家门口,天珍解下牛轭把牛系到杉树上,然后与来魁一块搬砖……

睡觉前,天珍在电灯下缝补手套,来魁看到很辛酸地说:"你跟了我,这手套都丢不起吗?一双手套还值得缝补呀!你不怕戴上别人看到了会说你是吝啬,说你是悭死鬼!"

天珍说:"勤俭节约是劳动人民的本色,不是吝啬。"

来魁说:"我宁愿赤手也不戴补丁手套,我怕丢人。"

天珍说:"你这是打肿脸充胖子,只要胖不怕痛。"

来魁说:"我们以后到一队拖瓦时就用一队的手扶拖拉机拉回来。"

天珍说:"不为难一队的队长,我还是和你用板车慢慢地拖回来。"

来魁在床上坐好,说:"我做屋想请二姐夫哥掌墨,他会木工也会瓦工。"

天珍说:"我们隔壁就有瓦匠师傅,你请二哥,你不怕萍儿的爸爸有意见呀?"

来魁没话,天珍又说:"我到你家只与开琼家有点意见,这做屋还是要请她伯伯和小爹的。或许他们对我们的意见也会化解,不然意见越来越深的。屋做好了,我们再跟他们结账,一分钱也不能少他们的。"

来魁说:"听你这话,你还是一个大度的人,一点也不像悭死鬼。"

天珍说:"两口子过日子,钱当用不能小气,不当用就不能大气。"

一天中午,来魁领着萍儿的爸爸看屋。萍儿的爸爸说:"后墙向后扩两米多,两边的山尖墙可以不动,当中两个八字木不要,重新下脚做两面墙上尖;面墙可拆可不拆,两扇窗子是要换大的……"

对于瓦匠师傅的构想来魁很是赞同,只要不动山墙,他与凤伢子在巷子里遗留的"名胜古迹"就保住了。

共大没有什么大事发生,有年轻漂亮的开琼当队长,年轻人的劳动有意思多了。只要劳动有了意义,劳动就有了价值。年轻人的青春是有限的,年轻人的汗水是无穷无尽的。开琼因为在哺乳期,她很少出门劳动。开琼特别注重年轻人的伙食与业余生活,她尽量满足年轻人的胃口。年轻人好玩,她就让年轻人玩;年轻人玩好了,再干起活来就有了无穷的力量。

开琼得知河口大礼堂放新电影《小花》。她要大家快灭一段螺了去街上看电影。年轻人听说有看电影,半天的任务,半天的半天就完成了。开琼之所以要组织年轻人去看这部电影,她是听说这部电影里有在荆州拍摄的镜头。

年轻人骑车像一匹匹野马来到公社大礼堂。朱章明买到了电影票!那时候能买到那么多的电影票是很庆幸的事。由于电影还没有开始,他们来到血防医院看望过去的同伴。

开琼见到幺儿,兴高采烈的样子将她们又带回做姑娘的年代。她们平时也有见面的时候,现在开琼是把共大的年轻人都带来了,相当于开琼把共大也带来了,她们当然像回到了年轻的共大。

幺儿和张梅看到共大的年轻人都来了,她们像看到自己家的亲人。幺儿问开琼现在有几个人是今年来共大的,原来走了哪些人。张梅与冬梅、玉梅、春梅拉手说话。她们原本有梅寒五友,一个叫腊梅的回家去了。

幺儿与张梅请每一个人吃了一碗面。

年轻人把自行车放在医院,他们走去看电影。

幺儿与张梅商量怎么安排共大的年轻人吃晚饭的事。

那天共大的年轻人没有在街上吃饭,他们回共大吃晚饭。

没有一个人说《小花》的电影好看,都说两首插曲好听。一时间,"妹妹找哥泪花流……"的歌声随共大的年轻人走到哪里唱到哪里。男女都唱,有恋爱对象的也唱;没有恋爱对象的姑娘更应该唱。他们把妹妹找哥都当成是找对象谈朋友的意思了。不过他们都没有把这首歌唱完整,多半只是唱头两句。

开琼还是怕回娘家,她怕经过来魁的家门口。她与来魁的关系一天不正常,她就一天难过这一坎。

知青们坐面包车到来魁家,他们是来寻找蹉跎岁月的。小凤仙也来了,是她要到来魁家里去的。她在来魁的房里看来魁结婚的照片,她看到不认识的天珍,她想:如果是自己与来魁结婚,这个家现在就是自己的,来魁身边的这个姑娘就一定是自己。

来魁听说原来的知青们来到他家,他立即回家,他知道小凤仙肯定也来了。快到家,他用手理自己的头发,不知理得好不好他也看不到。看到门口的面包车,他开始紧张。来魁与知青们寒暄后,然后向知青介绍他的婚姻。知青们要来魁带他们出去走走,来魁准备带知青向渊边走去。有的知青说还是先应该与老队长打招呼。

知青们见到了老队长。老队长要安排知青们的生活,知青说他们自己带来菜,准备和以前一样自己做饭。队长还是要来魁安排知青们的生活。

碰到队里的人,知青们主动热情地打招呼。他们先到原知青住的那个机械房看了一转,他们一个个在那里寻找自己青春的影子。来魁跑到妇女们跟前要天珍回去做饭,安排知青们吃中饭。天珍不能随便离开劳动,来魁又向大家给天珍请假。大家听说是队长安排的,都同意天珍快收工。

知青们第二站是渊边。

渊还是原来的渊。

在渊边,小高感慨地说:"我们的汗水先流到田里,再流进了这渊里。"

有知青说:"这就是我们原来诉苦的地方!"

小凤仙说:"我和胡来魁差点掉进了这渊里。"这是一句双关语,来魁是能听懂的。如果来魁的家景好，小凤仙肯定与来魁结婚了。那时候小凤仙是多么爱来魁；因为来魁有凤伢子他不敢接受小凤仙的爱，这更使小凤仙如火如荼地追求来魁。

小张不断地给知青照相。他们的背景都是渊。渊的水面很好看，他们轮换给对方照相。

小凤仙要与来魁照一张相，这是弥补青春的。来魁很高兴，他要以左家台为背景。

知青们回到来魁家中，来魁看到了知青手中以前的老照片。从那些老照片中，来魁看到自己与凤伢子残缺的影像。

小张要给来魁家照一张合影。

母亲不好意思，天珍劝母亲与他们合影。于是，母亲换了一件青袄面子的新衣服。来魁与天珍坐在母亲的两边。天珍抱着念念。他们的背景就是天天出出进进的大门口。母亲一生没有照过相，对着镜头好像是面临枪口一样紧张。

知青们寻找青春的举动，这给来魁很大的触动，他也是舍不得青春的人。他在吃饭时说出了很多对青春感慨的话。

这一年到了冬天，老姑娘下雨不得不出嫁，她再不嫁人就嫁不动了。下雨会说会讲还会弹棉花，她就是不会含情脉脉谈恋爱，这是因为她有女孩的身材却是男孩的性格。跛脚媒婆为她说了几个都没成姻缘，最后还是老媒婆亲自出马为她挖地三尺找了一个婆家。那小伙子也小她年岁，虽然像来自阴间没有多少阳刚之气，可配下雨正好他俩歪打正着。下雨有阳刚之气是不能再找一个阳刚之气的人，两个阳刚在一起那还了得。他们像装反了正负极的电池，不过只要灯泡能亮也没有什么问题。

下雨是来魁说过的第一个媳妇。她结婚时来魁要来她家玩。来魁知道开琼是要来吃酒的，他希望与开琼的关系有所恢复。如果开琼对他不好，他就把开琼

259

痛痛快快骂一顿。看到开琼还没有来,来魁要与几个人打牌,办喜事的家里应该有一桌牌才热闹。下雨热情地安排来魁他们打牌。来魁说自己与下雨的笑话,下雨不生气还是一副笑脸。

来魁与土豆的媳妇一对,山青与左开顺的媳妇一对打扑克升级。开琼与朱章明骑一辆自行车来了,他们没带小孩子。下雨上前与开琼热情地说话:"你们怎么不把梅梅带来玩的?"

开琼说:"她现在开始学走路,真吵人,身上不能穿干净的衣服。"

下雨说:"梅梅都蛮会走路了!"

开琼说:"她不会走,她要走,滚在地上像灰狗子。"

下雨看朱章明走远,她小声对开琼说:"她滚在地上是像灰狗子还是像幺狗子。"

开琼骤然变红脸,抬手要打下雨的姿势。因为这话没人听到,开琼也就没怎么在意。她小声对下雨说:"以后这种玩笑不能开了!她爸爸本身就怀疑。"

开琼进房,土豆的媳妇对开琼说:"左开琼,你来了稀客。来来,打牌,我给你打。我要去帮忙了。"

开琼看到嫂子对家是来魁,忙推辞说:"你打,你打,我不打,我不打。"

平时爱说笑话的来魁看朱章明没来牌桌旁,他小声地说:"你给她打了,她回家就要打起来;不是打得人仰马翻,就是打得马仰人翻!"

开琼用斜斜眼扫视来魁。

左开顺的快嘴媳妇说:"小双敢打牌,我把她叫一声大妈。"因为她也听说过幺狗子与小双空穴来风的那点风言风语。

开琼红脸笑道:"你喊我一声大奶奶,我都不打!"

土豆的媳妇把牌塞到开琼的手中,开琼还是推托说不打。

快嘴的媳妇说:"你还真要我喊你大奶奶呀!"

开琼说:"我是真的不打!"

土豆的媳妇说:"你替我打一盘,我去上厕所。"

盛情难却,于是开琼只得接过牌坐下来。山青出了牌,该开琼出牌,开琼不知道,问:"该谁出牌?"

快嘴媳妇说:"该大奶奶出牌。"她的话引起满桌的笑声。

这时开琼才知道人们也是想用这细节来证明,看她与来魁是不是真有鬼。

第 34 章 升级

朱章明在这期间准备偷偷观察开琼与来魁的一举一动。他进房看到开琼与来魁一对家打牌,他撒腿就走开。他不能让他们发现他在窥视。

来魁说:"打输了就不许走啊!"他这话是告诉朱章明,开琼是在替别人"挑土"。

人们以为来魁这话是对开琼说的。山青不知道来魁与小双一年多没说话,他说:"我手中还有五分准备给小双姐,小双姐当一回大奶奶不容易。"

这一局开琼与来魁输了。山青洗牌时,开琼望门外等土豆的媳妇来。

这时土豆的媳妇已经在厨房帮忙去了。

来魁看开琼尴尬的样子,找不到合适的笑话来打破僵局。小嫂子出牌调主,来魁用副七,山青没管住,开琼主色无分,她用主七管来魁,为的是红 K。来魁看开琼管住他,他与开琼第一次说话:"我的冤家大奶奶,你管我的牌干什么的,难道你们是三个打我一个吗?"小嫂子与山青笑了,开琼红脸就是不露出笑的样子,她知道自己笑了就等于与来魁说话了。

来魁与开琼打了几盘没升一级,开琼不好意思再打下去。土豆的媳妇来看牌,她让牌归原主。

以前来魁准备在这次下雨结婚时见了开琼对她直言不讳或者含沙射影地骂一顿,当真看到可爱的开琼他没了勇气。他反倒想找个闲人免进的地方直截了当地与她谈谈,解除他们之间那些牛头不对马嘴的误会。当看到朱章明时不时走来好像偷窥他与开琼,他担心朱章明怒起火来。为了做到小心火烛,他对开琼没说什么话,也没用什么眼色。

开琼与下雨到后面上厕所,下雨对开琼说:"你与幺狗子还没说话呀?"

开琼说:"他说过我与朱章明结婚就不与我说话的。"

下雨说:"你们反目了?"

开琼说:"我们不但反目,还成仇了。这样也好。以前我们都担心难以割舍对方,现在好,彻底不说话,各过各的日子多好。"

下雨说:"他这是一时的气话,你还当真呀。这次我结婚是你们说话的好机会,我来故意安排你们今天晚上说话吧,曾经的好友老这样翻脸别人要捕风捉影的。你们不说话,你们回来要经过他家门口碰见多不好。"

开琼说:"我们每次回来经过他家门口恨不得把脸用裤子装起来。"

下雨看了一下周围,说:"有人说你与幺狗子怀了孩子才肯嫁给朱章明?所以人们怀疑梅梅是幺狗子的孩子。"

开琼说:"你也这样认为吗?"

下雨说:"你打死我,我也不会相信。因为你凤姐与幺狗子有关系,你是不会再与幺狗子做那种事的。"

开琼说:"现在都各有各的家了,过去的话再不能乱说的!"

下雨说:"其实你与幺狗子俩人都知书达理,来魁对女人的性格好,你们能结合也是幸福的。可惜,有凤伢子,你们是不能走到一起的。不是凤伢子,我也许与幺狗子走到一起了。你看现在,幺狗子对天珍姐有多好,他们说话还像是弹琴一样。幺狗子什么都不怕,他就是怕女人。你我都错了一步!当然,最错的是凤伢子,她不拉屎占着茅厕。我与凤伢子吵过后她从来不跟我一同上厕所,好像我是一个男人。"

开琼说:"你本来就是男人性格!我姐读书少,她把什么事看得很简单。"

她们解完手站在茅厕边继续说话。

下雨问开琼："你从血防医院回来是为了幺狗子吗？"

开琼说："是来魁引起的，这也是我恨来魁的主要原因。"

下雨说："好了，恨别人其实在害自己。今天我安排机会你与幺狗子说句话算了。你们之间肯定还是有误会的。"

开琼说："他不先对我说话，我才不会与他先说话呢。"

下雨说："你们都有错，都让着点。我们都是一路长大的同龄人，和睦相处有说有笑多好，都和小时候一样。小时候我们在湖里拣莲子割猪菜那是多么的友好呀！今天我们都应该珍惜往日的情谊！我这是最后一个出嫁了，我们这一路年轻人就像五马分尸地散了，今后见面就难了。"

晚上，来魁回家。下雨赶来与他说话，开琼看见偷偷跟来。只听下雨说："今天我找小双谈过，她不恨你，只要你先开口与她说话，她会理你的。"

来魁趁酒劲说："凭什么我要先开口，我没有什么对不起她的。"

下雨说："你是男子汉，她是姑娘家，是她的错也该你先找她说话。"

来魁说："我先找她，她家男人还真相信我与她有鬼呢。我听在共大的同学讲，说我想强奸她，她还准备把我送牢里去。"

下雨说："这是哪跟哪！这是以讹传讹！你们之间有那事也不叫强奸呀。你们之间如果不说话，误会就越来越深的。"

这时开琼实在藏不住，走出来说："胡来魁，你这话是听谁说的？"

来魁见开琼吼道："说话不算话的人不是个好东西！你自己到共大去问吧。"

开琼怒道："我不是好东西，你是好东西！"

来魁说："我不是好东西，我是男的。我不是看你姐的面子，老子早就要揍你的人！"

开琼冲到来魁的面前："胡来魁，你来揍，你不揍不是人！"

看开琼恨不得与来魁拼命的样子，来魁也怔住了。

下雨怕事态闹大,忙把开琼拉回去。

来魁快步走回家,他总觉得自己刚才对开琼的话说得太重。他喝酒后总是有些失态,怪不得喝酒以后容易出车祸的。如果当时下雨不把开琼拉走,他们今天肯定有一恶仗。他后悔自己刚才对开琼是过火了。睡觉时,他脱毛衣,想到这毛衣是开琼一针一线织给他的,他觉得今天太对不起开琼了。今天对开琼的气终于出了,他今后就可以主动对开琼友好,像一个男人的样子。

开琼与朱章明在房里吵起来,原因是下雨结婚时来魁与开琼一对打牌了。朱章明用火柴点燃香烟。每次与开琼吵架他觉得烟是那么香。怪不得人们把烟叫香烟的。每次房里有了香烟味,这是刺激开琼发火的味道。开琼把烟味视为导火索燃烧的烟味,怒火中烧。朱章明点燃的不只是香烟,他点燃了开琼的怒火。对朱章明的怒,对胡来魁的恨,都涌上了开琼心头,她一气之下把桌上的东西摔到地上。

朱章明:"我不去,你跟他打牌都没有问题,你们是故意给我看的。"

开琼:"是王德梅要我帮她挑土,她要去上厕所。"

朱章明:"我去看王德梅,她去厨房干活去了。那么多人,她为什么只要你挑土? 说明你们的关系她知道。"

开琼:"放你妈的屁!"

朱章明:"我看到你跟姓胡的在一起,我就受不了。"

开琼:"我跟他的谣言是你传出去的吧?"

朱章明:"什么谣言?"他真不知道什么谣言。

这时外面有人在唱"妹妹找哥泪花流……"

朱章明看到开琼的脸上泪花流,他出去了。

开琼找共大与来魁是同学的年轻人追问"强奸"的话。话出有因:已经回王家桥大队的一个女青年听牛三英讲过,说胡来魁与左开琼的丑事被朱章明抓到,左开琼告胡来魁强奸。谣言更邪乎地说胡来魁犯强奸罪判刑三年,监外执行;是朱章明的善举,胡来魁才没有去坐牢;也有人说是开琼的双胞胎凤伢子姐冒以开琼的身份出面做假证,才保了来魁没有坐牢……不问不知道,一问吓一跳!

开琼将心比心地想,她原谅了来魁。

腊月二十八,来魁帮西边老人补锅。老人看着来魁补锅,与来魁说话。老人说一年太快,自己七十年光阴眨眼间就过去了。听老人感叹时光,来魁说老人今天感叹的话等到来魁七十岁那年回忆起来也就像是刚才听老人说的。老人要来魁帮忙写一副七十岁过年的对联,来魁答应了。

年三十,来魁把对联给老人送过去。上联是"一二三四五六七",下联是"1234567",横批是"岁月如歌"。

老人看了好笑,来魁解释说:"您一生爱唱伤鼓歌,您是在歌声中变老的。上联说明七十年时光快,下联应该读'朵来米发所拉西'。这对联的想象空间是很丰富的。"老人听了解释,笑着说对联好。

来魁给老人的对联,笑倒很多人。有人说过年哪有说"拉西"的。老人家说自己一生都有便秘的病,能拉稀是很好的事,说明吃了好东西才拉稀。

天珍没有笑,她说这样的对联不适合春节,只适合办七十大寿贴。她知道来魁是一个幽默的人,他做出的事总是好笑的。

这一年的春节开琼像翻山越岭吃力地度过。年食在孩子们的新衣口袋里没完全吃完时,开琼去王家桥大队找牛三英。

她见门开着,没进屋,在门口叫:"牛三英,三英。"

从后面走来三英的妈回答:"谁呀?"

"大妈,三英在家吗?"

"你是哪位姑娘?"

"我是左开琼,以前与牛三英在共大时住一起的姑娘。我来找三英说说话的。"

三英的妈忽然眼泪涌出来,说:"我姑娘从共大回来,上了半年的工都蛮好的,结石住院回来就是整天在床上睡觉。每天只吃一碗饭,上一次厕所。结石动了手术以后,三英就很少起床了。她父亲不知带她看过多少次病了。她这种怪病到大医院也没有查出是什么原因。我看姑娘实在可怜,好不容易借了一点钱,她父亲带她到武汉看病去了。"

开琼同情地说:"她的言语正常吗?"

妈说:"好姑娘,进来坐。"

开琼进屋,没有坐。

老人家继续说:"她开始说过胡话,后来什么话都不说了。到底是什么病,医生都没见过。"

开琼问:"她身体有变化没有?"

妈说:"她身体没什么变化,就是站不稳,一倒下就睡着了。"

开琼问:"到她治疗结石的医院看过没有?"

妈说:"她住的院多,到哪里都去过。我的几个姑娘都好,只她这一个太疼手了!"

开琼想自己与来魁的乌龙事件肯定是牛三英胡说出来,然后成了以讹传讹的谣言。看牛三英到了这步田地,她也原谅了三英。她离开时给了十元钱到大妈的手中,表示只当看望了过去的朋友。因为这是年节下,她没有带礼品,才拿出十元钱的。她原本是来与三英吵架的,看到三英遭如此下场,她又对三英同情起来。

回家的路上她想自己与来魁有这种误会也好,两个家里也就省去了新的误会。

在以前有过恋爱关系的男女们要记住,婚后的误会好比是非之地,为了安全生产,还是要时刻小心火烛为好。

第 35 章　上街

1981 年的春天，来魁拆了旧屋。拆屋前来魁把旧屋的前前后后看得仔细，他好像舍不得拆掉。那是他童年和少年的日志。帮忙的人下瓦时，他才知道旧屋的珍贵。几只跑出的老鼠，来魁也觉得它们是过去的朋友。屋里很多小时候用过的旧东西都能勾起来魁的回忆。灰尘扬起，来魁与三个姐姐的历史也随之拆去。但与凤伢子有关的物件，来魁还是要着重保留的。

记得这段时候来魁最喜欢唱《青春多美好》这首歌。这是去年与天珍看的一部电影《小字辈》里的插曲。来魁开始准备做屋就学唱这首歌，他经常把两段歌词混淆地唱，直到把屋做起他也没完全唱会。估计他这一辈子也很难把这首歌完整地唱会了，因为他混淆地唱惯了。许多年以后，他听到这首歌就像回到与天珍做屋的这个时候。这首歌唱出了他对青春的回忆，对生活的向往。

做屋的这几天，来魁到一队来朋家过夜。天珍与婆婆带小孩天天就在厨房里睡，婆媳之间如母女的亲切关系也从此加深。新屋上梁那天下雨，来魁把小床搬到新屋守梁。新屋无门无瓦，像外面，天珍要给来魁做伴。他们把床上放很厚的稻草遮雨，他们两口子在床下睡了一夜。这件往事，他们一辈子也不会忘记的。

天珍的新屋做好后，她整天思考家里的大事小情。漏雨的土厨房，以后有钱了也要准备修葺。来魁操心的也是天珍操心的，他们的心操在一起。小两口因为做房子共同操心受累，他们用同甘共苦换来恩恩爱爱。虽然生产队的大忙季节是血雨腥风的日子,但这是天珍过得最幸福的一段年轻时光。一个女人有男人有孩子又有新房子,这是做女人最大的幸福——这种幸福背后虽然欠点债也是值得的。

因为缺钱,半年过后他们家门窗还没刷新漆。可心力交瘁的天珍每天脸上与新房一样欣喜,她给家里写信也有了一种自豪底气。她要小弟到她家来玩,看看已经会走步的念念……

天珍结婚时带来的那棵李子树两年长到一米高了。每当看到小树天珍就想到山里。有时她想家,她就来看看小树。李子树好像会说话,只有她听得懂。

树越长越大,天珍越来越想家了。

7月间全公社分田到户,舍不得集体的人再也保不住生产队了。

来魁家算两劳力四人口,共分十二亩零八分地。他家与秀儿家阴差阳错偏偏分得一条耕牛。他家喂两天,秀儿家田多要喂三天。每次牛过来,来魁的妈就顶着念念去放牛,有时天珍也主动要替婆婆放牛。幺狗子什么事都爱做,他就是不肯放牛。他对天珍说:"父母给我只取了一个狗子的名字,没有取牛娃子的名字,我不放牛天经地义。"

来魁的妈骂来魁:"你生下来就是放牛娃,你不放牛,你该天诛地灭。"

天珍有时间就去自家的责任田干活。她不让稻田里有一根草。稻田的草扯完了就去薅棉田的草。棉田只有几分地,她比在水田里用的工都多。她像在棉田绣花,天天扎进棉田里。有尿也要憋到棉田撒,她把尿当着尿素肥。

开琼的父亲喜欢放牛,牵出去就要游半天的。放牛可以看着时光从牛背上流走,这是消磨时光的最好办法。

来魁懒得放牛,他好像是怕看到时光流走。他想:要是开琼的父亲是自己的丈老头子那该有多好——这句笑话他对天珍也说过。

这时候凤伢子与姑娘腊香骑车回来,开琼知道也回来玩。

凤伢子带着腊香,开琼牵着会走路的梅梅来萍儿家玩。念念看到来了小朋友迎上去，由于走快了扑倒地上。开琼要凤伢子去拉念念，凤伢子知道是天珍的孩子，她没去。开琼这时顾不得脸面，她跑去抱起念念，给念念拍打身上的灰。她看念念穿的连衣裙与梅梅是一样的颜色；念念高矮胖瘦与她的梅梅差不多，并且脸相与肤色也差不多。怪不得有人怀疑梅梅是来魁的孩子！她抱着念念向梅梅走来，她希望自己的孩子与冤家来魁的孩子从小不要继续上辈的仇恨。

今天是天珍第一次到来魁家来玩的纪念日，下午来魁与她去了那条钓鱼的老河。来魁回家时摘了两朵莲花，准备给念念哭闹时玩。天珍看开琼抱着念念，她怕开琼看到不尴不尬，为了不让开琼看到她，她快步溜进了自己的房里。

来魁听念念的声音在萍儿家门口，他拿两朵莲花来到萍儿家门口。开琼和凤伢子正亲切地与来魁的妈说着话。来魁第一次近距离看到"疑似"自己孩子的梅梅，小姑娘的眼睛要比念念好看。他把两朵莲花给腊香和梅梅。腊香和梅梅两个小姑娘一时好高兴，小孩子的高兴在脸上很明显，一点儿不掺假。

念念也要花。来魁的妈可能也知道儿子与这两个姑娘之间的糊涂账，她用身体挡住念念，不让念念看到莲花。她对念念说："你天天都有玩的，让姐姐和妹妹玩。"

开琼把莲花从梅梅手中拿过来想给念念，看梅梅是什么表情。梅梅没要，梅梅望着来魁"吧吧"说着话。凤伢子忙解释梅梅的话意说："她是要你还给她拿一朵来。"其实不用凤伢子解释，大人都知道梅梅的话意。开琼的脸顿时羞红，她以为是梅梅叫来魁"爸爸"。

凤伢子怕梅梅哭起来忙把腊香姑娘手中的莲花给梅梅。这时萍儿走出来抱可怜的腊香。来魁从念念的莲花上剥下几片花瓣给到腊香的手中，腊香跟得到莲花一样高兴起来。

小孩子们的喜乐哀怒也没引起大人的搭讪，开琼也没因来魁给了莲花梅梅而对来魁有好感。萍儿的妈端出两条板凳出来要大双小双坐。来魁的妈要把念念抱走，念念闹着不走。念念溜到地下，走到梅梅身边玩。萍儿的妈与大双小双说着话。来魁的妈问大双婆家分田到户的事。分田单干成了这个时候老百姓寝食不安的话题。

来魁穿着短裤,开琼无意中看到来魁左小腿上那个指头大的乌疤,她的心里猛的一阵灼热。这个小乌疤是她去共大,来魁没追上她,他打自己留下的。今天这块乌疤依然可见。今天他们之间的仇视也成了抹不去的乌疤!

凤伢子说要看看来魁的新屋,她来到来魁的大门口。来魁看凤伢子的眼神知道有话,他迎上来。凤伢子果然小声说:"我们明天中午到公社去玩,我在大队部等你来!"

这是命令的语气,来魁点了一下头。其实凤伢子要来萍儿这边玩,她就是要对来魁说这话。

开琼与来魁有鬼,她对姐姐与来魁的鬼动作看得清楚。她真佩服姐姐的胆子大,姐姐对来魁说话时,天珍就在厨房。

来魁的胆子也大,当天珍的面抱起腊香。腊香在来魁的怀里没挣扎,这是来魁第一次抱凤伢子的孩子。这个聋哑的孩子不管来魁怎么抱也没人怀疑这是他与凤伢子"撒直播"的种。

这一夜,来魁在巷子里乘凉,他对双胞胎像构思小说一样胡想:凤伢子与别人结婚,这使来魁如火如荼地爱上了开琼;天珍到来魁家过了门,来魁在这两个姑娘中徘徊。现在来魁与天珍结婚,他假设今天自己与开琼生活又是一种什么样的?与凤伢子生活又会是什么样的?他搞过文学,有很强的形象思维,他有时甚至想象到与她们在一起生活的细节。他心里虽然恨开琼,但他还是后悔没与开琼结婚。今天看到开琼,他真想写一部与开琼结婚生活的小说。

上午,来魁拿着鱼竿出门。这鱼竿是一种幌子。他到了窑场,把鱼竿藏在河边,骑车去大队。今天他要与凤伢子赶街。

凤伢子在公路边大树下等来魁。换上新衣服的凤伢子跟开琼没有两样。知了叫起，南洋风吹动树枝，她看见隐藏的知了。看来魁骑自行车赶来，她骑车在前面先走。

他们到无人的路段才渐渐靠近说话。

公路上灰多，南风大，来了一辆汽车后面是浓浓灰尘。来魁与凤伢子骑车逆行到公路南边，汽车走过，这一对红尘男女身上还是扬起很多灰尘做伴。

来魁边骑车边问凤伢子："你要到公社有什么事？"

凤伢子说："我要你陪我去看病，上次与你这么多次怎么没有怀上的。"

来魁说："你的胆子真大！"

凤伢子说："我的胆子要是真大就好了，我今天也不会有一聋哑的姑娘。都怪你，给你那么多的机会，你都不缠我。"

来魁真有些哭笑不得，他懒得狡辩。过一会，他说："你现在与立新在一起没有？我怕你们又怀上。"

凤伢子说："立新很少回来。如果我与他又怀上了，我就去引产！"

来魁说："不过，水颜草的幺幺嫁给老表，他们第一胎是个哑巴，第二胎生的孩子现在还是正常的。"

凤伢子说："我再不敢赌了，我怕再有问题。我做伢子时就听大人们说过，第一个孩子有问题，第二个孩子就要做手脚了。"在合作社与妇女们劳动时，凤伢子经常听到大人们讲这种话。有人说要找人帮忙，还是要找相好的。凤伢子把大人们的话早就装心里了。

来魁问："什么叫做手脚？"

凤伢子看看后面说："就是第二胎偷偷找别人怀上的。"

来魁说："你从哪里听来的屁话！"

凤伢子说："不管是不是屁话，老子第二胎的孩子一定要你的！你他妈的真无用，一个姑娘小时候就跟你，你把她的肚子没本事搞大起来！"

虽然这是凤伢子完全不切实际的诳言，但来魁也喜欢听，话里毕竟流露出青梅竹马的放荡和荒爱。来魁只觉得小时候土里土气的凤伢子现在怎么变这样了，这也更加说明凤伢子一直把他还是当着能求助的男人！

来魁说："你要找我帮忙，以后不能让天珍知道！"

凤伢子说："我经常做梦与你在一起都没有人发现，你肯定跟我帮忙别人不会发现。"

他们到医院，来魁生怕有人认出他们。医生告诉凤伢子在两次月经中间的几天就能怀孕。

上餐馆吃饭，凤伢子只要了两个小菜。来魁多要了一盘青椒肉丝。来魁要出钱，凤伢子不让来魁出钱。凤伢子早出了钱。

凤伢子说："你没有结婚时，我以为跟你在一起就能怀孩子，我天天跑你家。现在我才知道孩子吃奶时是不能怀孩子的。"

来魁说："帮你怀孩子可以，以后我不负担的。"

凤伢子不高兴说："老子以后穷得讨米都不找你负担！"

来魁说："你发什么火呢。"

凤伢子说："我不跟你，我还能跟谁？我也想过跟他们隔壁的流哥。我想以后万一生的孩子像那个流哥，这不气死我了。"

来魁说："你真想孩子，我可以把念念给你做姑娘，现在天珍又怀上了。"

凤伢子不高兴："老子不要你们的孩子！老子又不是不能生孩子！老子开始嫁给立新时就想要跟你生孩子！"

幺儿到街上买西瓜，她看到胡来魁与开琼在餐馆里吃饭。她想走近说话，犹豫再三还是退去。她真佩服开琼与来魁的地下情在朱章明白色恐怖下还能保持到现在——原来是幺儿把凤伢子当开琼了。

第 36 章 打架

　　幺儿看错来魁与凤伢子在一起没什么问题,可朱章明的小弟看错就有大问题了。他小弟现在调公社变电站工作,这都是沾他哥的光。他把凤伢子当成是他的嫂子,他恨不得把哥哥找来"捉活的"。他忍气吞声一直偷偷地看到他们卿卿我我地去了理发店。当时没照相机,要是有相机拿证据,他肯定要上去揍胡来魁。

　　来魁与凤伢子回去时怕熟人看见,他们走小路。这小路是他们小时候去乡供销社常走的路。星期天和寒暑假,他们要往乡管所跑,一路上都留下他们儿时的记忆。在小路上,他们没有骑车,推着车,小声说话。

　　来魁说:"这是我们小时候走过的路,现在跟你在一起的感觉像是在读小说。"

　　凤伢子好奇地问:"小说是么事?"

　　来魁说:"小说就是与你小声说话的意思。"

　　凤伢子说:"那么大声说话就是大说吗?"凤伢子一点也不懂文学。

　　来魁说:"我们再回到小时候重新开始吧。如果有再来一次,我是怎么都不会让你嫁别人的!"

　　来到一棵大柳树下,凤伢子要歇一会,她先停下自行车。她看着周围无人影,她就蹲在来魁的身边撒尿。她对来魁说,以后要做那种事就说是要"补锅"了。

来魁看到阳光下凤伢子那雪白雪白的屁股,他也激动起来。他看凤伢子没有系裤带的意思,他做了一个排山倒海的滑稽动作。凤伢子开始先脱衣服,他也开始了……炎热的午后到处无人影,他们把太阳当着月亮,白天做了夜晚的事。

不知道利害关系的凤伢子以为与来魁做这种事就跟她在来魁面前撒一泡尿一样无关紧要。

这都是她年轻的错;要是她上了一把年纪,他们就不会这样说开始就开始了。

来魁现在最怕的是天珍,好在天珍还不完全知道他与凤伢子这股老账;要是知道了,天珍会好好与他新账旧账一起算的!

来魁在回家的路上想:如果没有与凤伢子这种年轻时爱犯的错误,他还会对天珍那么好吗?

来魁的旱田在渊边。队长把渊交给来魁照看,这让他偷鱼更方便。

他在渊边割荷叶喂鱼,陡然天上下起大雨。他把草帽取下来用大荷叶包好,草帽淋了雨就无用了。这场雨是来魁一生中见到最大的雨,雨水像瀑布落在渊里。他索性跳进渊水里,他用荷叶做了一顶帽子。渊里水温要比雨水暖和,人到水里多大的雨也不怕了。他看到很多人从责任田里跑回家。

有人说这场大雨是天上管雷雨的老神仙把盛洗脚水的盆子踩翻了。好在没有打震天的炸雷,只有一声闷雷,天上的雨点就变小了。

陡雨陡停,天空出现白云,有树上的知了又继续响起。有的知了好像被雨水淋湿了嗓子,叫声有点嘶哑。

来魁上岸看到公路上一个女人推着自行车,车上还有一个小女孩。他开始以为是凤伢子,仔细一看,他看出是开琼与小姑娘回娘家的。看到开琼的自行车行走困难,他想去帮一下。平时看到有人困难时他都要伸出援手的,何况这个女人是他的前女友。虽然现在还是在仇恨中,但助人为乐是他本性。他快步溜溜滑滑走过去,他想好怎么说——这是他与开琼能说上话的好机会。

看到开琼母女头发衣服全是湿得流水,来魁说:"凤伢子,你回来了。你快把小孩子抱回家换衣服,我来跟你把自行车扛回去放到萍儿家门口。"

好久没与来魁说话,开琼不好意思,她也只当是凤伢子回答说:"没想到雨这么大的!"她今天回来就是看凤姐回去没有。她知道来魁是故意把她当凤姐的,她的孩子比凤姐的孩子小一岁,一看就能明白。这是来魁为自己的脸面假装糊涂的,也可能是来魁用幽默的方式先开始对她说话。

来魁走近自行车,开琼抱起小姑娘。来魁说:"你们快回家换衣服,小心感冒!"

开琼抱孩子前面走了,来魁用棍子戳自行车轮胎上的泥巴。他觉得这场是专门为他与开琼下的,大雨的邂逅为他们今后能见面说话开了门。来魁没有把自行车马上扛起来,他不能与开琼同行,如果被天珍看见,尴尬的不只是他还有开琼。

开琼看到来魁在洗自行车,她的心里感到很温暖,全身湿透的她多需要有温暖。要是看到天珍姐,能吓出汗来,恐怕就不会生感冒了。

分田到户以后,共大的年轻人要回家种自己家的责任田。开琼把共大的农田承包到附近的村民。共大只留有三十多亩地,三家平分。开琼与朱章明分得十亩,赵师傅家分了十几亩,刘队长的儿子媳妇也来分了十几亩。刘队长与老婆子养鱼,他们属于不稼不穑的老农民了。

开琼主要还是要抓灭螺工作。现在不用铲草皮,只用喷雾器施药。公社把铲草皮的灭螺任务以水利任务的形式加到农民头上。开琼工资与医院里的职工一样,他们全年工资比种十亩地要高得多。赵师傅想多要田,开琼把自家的地又分给两亩赵师傅家。

共大没有了往日的热闹喧哗,开琼与朱章明开始了平静的夫妻生活。朱章明在隔壁的房间垒砌土灶,开琼天天就在那个土灶前做菜饭。碗柜是原来的一口箱子,水缸是公家的桶子,砧板还是洗衣板的反面……一切是那么就简陋,但那是新生活的开始。开琼每天很喜欢进屋做饭,这种劳作更能体现做女人的甜蜜。能吃上开琼做的饭,朱章明这时才有与开琼过日子的感觉。

早晨吃饭时朱章明说:"我再回四队就把碗柜搬来。"

开琼说:"我们只两个人吃饭,不要碗柜,家里那么多人没有碗柜怎么行。你再到街上买一个砧板和几个菜盘。"

朱章明说:"现在分单干,只苦了你。不过,现在年轻人走了,这时好像才有你的存在感了。"

开琼叹道:"我总觉得他们没有走,过后儿他们一大队要赶回来吃饭的。所以,我每次做饭都觉得饭少了。"

朱章明说:"你今天扯秧草,我去街上。"

开琼说:"我想回四队看看梅梅。没有菜了,我想带点菜和米来。"

朱章明说:"你回去吧,早回共大来。"

早饭后,开琼看天空没有太阳,她想这是下地干活的好日子。她快去责任田里扯秧草。

朱章明与开琼平静的日子在一天的晚上随一阵砸锅响声给打破。

开琼做好晚饭,自己先吃。天热蚊子多,早吃早洗,这是庄稼人的生活习惯。朱章明从古井四队回来,看开琼一人吃饭没等他,他抓起开琼手中的饭碗向地下砸去。

朱章明吼道:"你现在又跟胡来魁好上了!"

开琼惊讶地骂道:"你疯了!"开琼以为那天下大雨和胡来魁的接触被别人告诉了朱章明。就这么点小事,朱章明大打出手也太过分了。

只见朱章明冲到隔壁房间把灶上的锅端出来,走到外面用猛力砸下去。锅底破开,白花花的米饭飞溅一地。刘队长家的鸡子高兴地跑来啄饭,它们根本不顾及这家主人的感受,它们只觉得热饭太烫,经过舌头烫得难以咽下。

看朱章明的样子是疯了,开琼也就没再说什么。她想跑出来,被朱章明一把抓住头发。这时的开琼也像发疯似的在朱章明的脸上手上用力乱抓。朱章明给开琼正反两巴掌,然后对开琼肚子一阵猛揍。开琼只得抓起菜碗向朱章明的头部砸去……

赵师傅听到乱七八糟的声音走过来,他看到两人打得烟飞雾起。他一把抱住朱章明。这时的开琼也打红了眼,用破碗刺向朱章明手上。很快朱章明的手鲜血涔涔地直流。

赵师傅用手按住朱章明的伤口,问他们为什么事。朱章明说:"她现在还经常与姓胡的约会,前几天又到街上鬼混,被我小弟亲眼看到。"

开琼说:"老子没与别人去过什么街上。"

朱章明说:"老子小弟不会说谎。老子凭上次下雨出嫁,你与他一对打牌就能说明你们还在暗度陈仓。"

这时的开琼才感觉肚子痛,看裤子已发现有血了。她哭起说:"老子被你害死了。"

赵师傅把朱章明拽出门,刘队长的儿媳赶回来。赵师傅开响拖拉机把开琼和朱章明同时送到公社卫生院。

朱章明只是皮外伤,包扎好就没事。可开琼不但肚子里两个月的孩子没了,她子宫的损坏也许今后再不能怀孕。这一场突如其来没一点征兆的战争,开琼成了永远的输家。

天热的早晨露气凉爽,庄稼人好干活。来魁和天珍在渊边的棉花田锄草。

共大的赵师傅骑自行车看到胡来魁,他把来魁喊上公路,小声说:"你去告诉左开琼的娘家,他们两口子昨晚打架住在公社卫生院里。"

来魁惊讶道:"打得很厉害吗?"

赵师傅说:"都受伤,两人都住医院里了。"

听到开琼受伤住院,来魁一时对开琼所有的恨一点也没有了。他虽然希望他们吵架,这一架终于来了,他又同情开琼起来。他问:"他们为什么打架,你知道吗?"

赵师傅有点难色地说:"你最近与左开琼出门没有?可能还是与你有关。"

胡来魁大声道:"放屁,老子两年多与她反目成仇话都没说了。"

赵师傅小声说:"你小点声!这是你老婆吧?"

来魁说:"我老婆都知道。"

赵师傅调转自行车走了。来魁想:是不是自己那天下大雨帮开琼扛自行车被朱章明知道了。扛一回自行车也不至于大打出手呀?他们肯定是误会什么事了。

来魁回到天珍的田边说:"回去吃饭,吃饭了我要去公社。开琼与朱章明打伤住院了,可能是因为我。我去了要好好揍朱章明一顿!"来魁说完,扛锄头回家。

天珍也跟回家。来魁那天去公社理发回来,他告诉天珍在街上碰到了凤伢子。天珍怀疑开琼这次与朱章明的打架,一定与来魁在街上遇到凤伢子的事有关。到今天为止天珍只怀疑来魁与开琼有事,她压根儿还不知道来魁与凤伢子有"排山倒海"的大事。

来魁跟萍儿讲了这话,萍儿快去秀儿家。来魁到后排人家,他找左开顺借了二十元钱。

第 37 章　流产

来魁借二十元钱是准备到医院看开琼的。

天珍一直在慎重地考虑这件突发的事件。吃饭时,她对来魁说:"等我去,我一直想与开琼说说话,向她赔个礼,这也是个机会。你去了,可能会再出事端。"

来魁的妈问:"你要去哪里？"

来魁对妈吼道:"不用你管!"他像自己的亲妹妹受别人欺负一样,他心里好像有一团火。

天珍心平气和地对婆婆说:"开琼他们两口子打架住进了医院。"

吃饭后,天珍把婆婆叫到灶门口小声说:"他们两口子打架,恐怕是因为来魁,他才对您发火的,您不管这事。我去看开琼,我会说清的。"

来魁的妈说:"这个傻丫头怎么与男人硬打的,你把男的打得赢吗。只求菩萨保佑小双姑娘没有大事!"来魁的妈说话明显是站在开琼这一边的。

天珍到萍儿家不一会,秀儿与妈也来了。

天珍坐萍儿的自行车,秀儿的自行车驮着妈,四人两车急速向公社驶去。

快到小镇,天公不作美下起阵雨。四人挤在电房屋檐下躲雨。

天珍对开琼的妈说:"早晨听共大的人说,开琼他们这次打架其实是一场莫须有的误会。朱章明听别人说开琼和来魁前几天去公社,他们就打起来了。来魁从开琼结婚后就没与她说话了,他们怎么可能到公社玩呢。来魁今天硬要来揍朱章明,我怕节外生枝没让他来"。

开琼的妈说:"年轻时的事过去就过去了,老拿伤指头捏有什么意思。"

萍儿说:"这朱章明也太小心眼了!"

开琼的妈说:"他们打过几次架了,小双也不怕死,每次要闹赢的。"

天珍从开琼母亲的口中才知道,开琼他们两口子已经打过几次架了。

萍儿说:"小双姐把朱章明打得赢呀?"

雨住风起,她们又上土路。这一会儿的阵雨虽然对干旱的庄稼是成事不足,但对赶路的人来说还是败事有余。自行车在土路上不能骑了,她们推着也很费力。

开琼在病床上跟生了孩子一样睡着不动。医生刚来查过房,她说话的力气都没有了。秀儿像梦中出现在她房门口时,她的眼神打起精神来。当看到天珍提着水果和罐头走进来,她才如梦初醒,一脸讪色。她不是先开口对妈说话,而是先对天珍说:"天珍姐,你来了!"这么多年的反目,她们又一次开口说话。

天珍看开琼头发蓬乱,嘴角有伤,她的目光也很快从羞愧变得怜恤。她说:"开琼,好些了吗?"

开琼说:"痛得比昨天好一点。你们是怎么知道信的?"

天珍说:"今天早晨是你们共大的人来对胡来魁说的信。"

妈说:"你们是怎么搞的?什么事说不好呢,只有用武力解决呀。你也是傻,你打他打得赢呀?"

护士进来打点滴。天珍问开琼:"你要不要上厕所,我来扶你去。"

开琼说:"护士等一下,我上厕所。"

萍儿与天珍挽起开琼,然后扶着她去厕所。妈问护士:"医生,我姑娘的问题大吗?"

护士说:"子宫伤得很,要住几天。"

开琼对萍儿说:"你去把我包里的卫生纸拿来。"

萍儿去了,开琼对天珍说:"我怀的两个月孩子没了,医生说我子宫受伤严重,今后可能难有孩子。医生说我的子宫是很脆弱的。"

天珍说:"伤治好了,以后还会怀孕的。来魁听说你们打架是因为他,他要来揍死朱章明,我不让他来,我这才替他来的。"

护士打好针。妈问开琼:"你想不想吃点东西? 我来到街上端来。"

开琼没说话,摆了摆头。

妈问:"他住哪个房里? "

开琼说:"就在隔壁。"

萍儿来到隔壁看到有两床病人,窗口睡的是朱章明。妈走进来说:"你们这好,一人住一个病房。你们怎么不住一个病房的,治好了继续打! "

萍儿走来说:"你听谁说小双姐前几天与胡哥来了公社的? "

朱章明说:"我小弟看到的还有错呀! "

萍儿说:"胡哥与小双姐两年翻脸没说话,你不知道呀。你小弟肯定的看错了,可能是大双姐上街,被你小弟看到了。"

妈说:"大双前些天回来是上过街,莫非是跟幺狗子俩去的。"

萍儿忙说:"他们可能是在街上无意碰到走一起的。"

这时的朱章明才恍然大悟,这次与开琼鏖战可能真是一场误会!

天珍用手理开琼的头发。开琼说:"我包里有梳子。"天珍在包里找到梳子,她坐上床捡起开琼的头,给开琼梳理。

天珍对秀儿说:"秀儿,你出去一下,我与你小姐说说话。"

秀儿起身出去。

天珍说:"我一直想与你说说话,都没机会,两年了,我一直想对你说声对不起。我是看来魁的日记中有一句类似梦话说与你去沙市公园照相,当时我也是怕失去与他刚建立的家才想找你谈谈。那天你不在医院,我就临时写了一封短信封好了交给你同室的男医生,没想那个缺德的医生会拆开看的,也没想到给你带来灭顶之灾。这是我一生都对不起你的。你可能还不知道,我是从家中偷跑出来与来魁结婚的。你看,我生小孩,小孩过周岁,我的娘家都没来一个人。我与来魁结婚也是不容易呀!"

今天开琼才知道天珍是背着家里偷偷与来魁结婚的,她很快就原谅了天珍姐。她说:"天珍姐,这事我真的没怪你。我只求你相信我与来魁什么事都没做。你想,我倘若与他能发生关系,我们肯定就结婚了。我从血防医院回来也不完全怪你,你给信的那个男医生正在追求我,我也是为了他好好地工作,我才毅然回到共大的。没过几天医院的领导又到共大接我回医院工作,我没回去。"

天珍说:"你从医院回共大以后,来魁与我大吵一顿。从那次吵架后,他再没叫我一声天珍姐。"

她们的话没有讲完,开琼的妈和萍儿进来。天珍马上转话题:"姓朱的昨晚没来你房里做伴,你晚上不怕吗?"

开琼说:"我睡着了,我知道他来了,我没理他。我一直在流泪水。"

天珍开玩笑地说:"婚后的泪水都是结婚时脑子进的一些水,流完了就好了。"

开琼住医院的事很快被幺儿知道。幺儿与张梅到医院看开琼。开琼是怕幺儿她们知道才没有住血防医院,结果还是让她们俩知道了。幺儿也知道了那天在街上看到的是开琼的姐姐。

开琼出院后直接回娘家,但她还不习惯与来魁说话;不过到来魁的门口,她再不像以前怕见来魁了。

开琼死不回婆家,先是屈木匠与朱章明的父母来秀儿家赔礼,开琼说得很强硬:"我反正不与他过了,我在娘家养好伤就回共大,不许他找我!"

第二次是朱章明来开琼家道歉,开琼房门都没开。来魁在门口看到朱章明,迎上去给了一拳,天珍忙跑去拉走来魁。天珍当朱章明的面骂来魁,朱章明一脸羞愧走了。来魁说:"我这是替左家台人出的气!"

开琼听说来魁揍了朱章明,她感动得恨不得扑在来魁的怀里哭一会,她感到她心中原来的来魁又回来了。这些天她真后悔没有与来魁结婚,要是那次天珍过年来玩时,头一天夜里她推门进去,今天肯定就是与来魁结婚生活了。

第三次是朱章明与女儿梅梅来的。开琼看到朱章明脸上青一块,肯定是来魁打的。这时的梅梅会清晰叫"妈妈"了。小女儿拉妈妈的手,开琼摸女儿的脸。开琼的父母也劝开琼朝孩子看,跟朱章明回去。开琼说她已经死心了。

开琼的妈只有请天珍来劝开琼。

天珍与念念来到秀儿的家。念念手中有两朵荷花,这是来魁要念念给梅梅的。这段时候在来魁对开琼的言语里,天珍已经感到来魁对开琼还有一种缠绵悱恻的爱。

开琼睡在大屋前新修的房间里,她已经把这里当归宿地了。朱章明与梅梅在开琼睡的床边玩。天珍要念念给一朵荷花到梅梅手中。念念不识数,她把两朵都给梅梅。朱章明给天珍端来一把椅子,本来天珍旁边有一把空椅子。

天珍没说开琼也没说朱章明,她只说梅梅是多么的乖巧,要梅梅叫爸爸妈妈。梅梅对荷花叫"爸爸",她叫"妈妈"时看着开琼。

朱章明看两个小孩兴致勃勃地玩荷花,他仔细观察后觉得这两个孩子一点也不相像。

天珍问开琼:"这时候共大没什么工作吧?"

开琼说:"我们灭螺主要是在春秋不冷不热的季节。"

天珍说:"你是领导,过几天还是要回去看看的。"

天珍对朱章明说:"夫妻间的很多战争其实在争吵中就可以停止。我与来魁有时候顶起嘴来,看他话硬,我就让;我有时候话硬,他也让。要大吵大闹除非不想过了不想活了,要不然过后总要后悔的。朝小孩子看,这次吸取教训,以后都让着点。"

开琼说:"就说这次我是与胡来魁去了公社,胡来魁的家里也会相安无事,我们家却是锅底朝天。这就是一个生活观点与态度的问题。"

朱章明说:"这次完全是我的错,我已经向你认过错了,你还要我怎样?"

开琼说:"今天趁天珍姐在这里,我给你一个机会。你去把你摔破的那口锅背来,你要亲自找胡来魁跟你补。他跟你补好了,我跟你回去;他不跟你补,或者补不好了,我们拉倒!"

天珍露出尖牙一笑:"他补锅的工具做屋搬家都不知弄到什么地方去了。"

开琼说:"我就是要他向胡来魁认错,学胡来魁怎么对老婆,怎么掌家。这以后他就再不会再拿胡来魁与我说事。"其实,开琼就是要给朱章明难堪。不过,她主要还是希望朱章明与来魁和好,今后不要仇视。

第38章 溺水

朱章明回到共大，找到那口锅一看，完全不能补了。他把锅用袋子包裹，绑在自行车上。他到公社买了一口同样大小的新锅。旧锅砸铁卖了。然后他走村串户用新锅换同样大小的旧锅。开始有人以为他是疯子，听他说明事理才笑他。同样大小的旧锅是找到了，问题是怎么弄破？破洞大了不能补，破口小了又不像是摔破的；锅不能是破洞，只能是破缝。这还真是一件意想不到的难办事！那个村里的人都跟他想办法。有人把家里的破锅拿出来做实验，后来发现用木棒打能破缝。

朱章明用木棒砸了两下看见锅破了，他好高兴。可要他把破锅拿到胡来魁家，他又面临了更大的难题。他想天珍在胡来魁的面前肯定已经打了圆场，他是不会很为难的。

朱章明与萍儿到了来魁的家。朱章明端着锅，萍儿偷笑。天珍早就要来魁准备好工具，她出来说："你把锅放这里，等他回来看看。他去钓鱼了。"

来魁回来看到破锅说："这锅不像是摔破的，好像是砸破的。"

天珍笑脸说："你管它怎么破的，快跟他好点补。"

来魁看了一下认为很好补，胸有成竹地说："哎呀，大的出门小的苦，打破锅了还得该大的补。"

天珍说："你们这里吵架还摔锅呀？"

来魁说："一般吵恶架就摔锅。现在摔锅的少了，所以我也快没生意了。"

286

"你什么艺不好学,怎么学补锅的？"天珍看来魁补锅。

来魁说:"因为我的父亲喜欢摔锅。他是摔了补,补了又摔。"

一天后,萍儿到秀儿家,对开琼说:"小双姐,胡哥跟你们把锅补好了,放我家。"

这时的开琼脸上才看出一丝得意。

来魁单独找到萍儿说:"我很想与开琼打破坚冰,消除仇恨。特请你来跟我也补一回锅。"

萍儿笑呵呵地说:"小双姐对你没有仇恨。"

来魁开玩笑地说:"我想与开琼第二次握手,不奢望拥抱。"

萍儿红脸笑。她说:"你们之间的隔阂都是误会引起的,说开了就没事了。我会把你的话转告给小双姐的。"

天珍给家里写信,她不知家里分田没有？信写好,她骑车去大队邮寄。

很快天珍就收到了小弟回信。小弟说家里分了四亩多地,他把屋后荒山包下来种上了板栗和核桃树,等明年他就在树下散养鸡。大队干部极力支持他,为他无息贷款……

来魁看了天明的信也很受鼓舞,他想在门口承包的渊边建甲鱼池。养甲鱼是来魁对开琼的预言——那次他们吃分手饭说的话。天珍很赞同来魁的想法,两口子一拍即合。他们找队长签了长久合同。那时的队长已经是左开顺。分田到户以后,大队和小队的干部变换了,小队的干部只有一个人。

田野的稻谷开始低头变黄,到了秋老虎咬人不松口的时节。开琼从共大回到四队婆家看女儿梅梅。朱章明的父母一家很是高兴,更高兴的还是手舞足蹈的梅梅。弟妹前些天在开琼的房里睡过觉,留有一本《大众电影》的杂志。开琼与梅梅玩了一会儿,便专心看起杂志里的一篇文章。不一会儿就听到婆婆大哭的声音。开琼跑出去,婆婆抱着水淋淋的梅梅哭喊。开琼疯跑上去抱住梅梅,刚才还叫她妈妈的女儿已经没了生息。

有人听说梅梅落水,快步跑去找大队的医生。医生跑来,对着鼓鼓的肚子打了强心针后,医生用摆手表示无力回天。开琼已经哭成了泪人。小女孩的湿衣服湿了开琼大面积衣服。开琼用手摸女儿鼓鼓囊囊的肚子。四队的乡亲们都赶来,有的流泪,有的问前因后果。婆婆用哭声讲出这场悲剧的经过:"我以为梅梅的妈妈看着她,哪知她的妈妈以为我在看着她。我到后面菜地弄菜回来,我的小乖乖浮在鱼池角落,我抱起来就阴阳两隔了。我的小乖乖是找她的奶奶才落水的呀……"

队长和两个中年男人强行将开琼怀里梅梅的遗体抢走。开琼追赶,有妇女抱着了开琼。梅梅的婶娘找来一套梅梅的干净衣服,要拿锹的人给梅梅入土时穿上。开琼一直哭着,她透过泪水看到队长三人将她的女儿埋在土窑的旁边。虽然她女儿的确已经死去,可她的眼泪里一直是女儿活动的样子。去土窑的路上那根被风吹动像梅梅那么高的野蒿草被开琼看成梅梅摇动的孤影。她的小女儿一个人在那里,孤孤单单……

有好心的人去二队告诉开琼的娘家人。来魁和天珍在萍儿家后门口纳凉扯闲话,萍儿的父亲回来说:"小双的梅梅掉水里淹死了!"

来魁听到这话,眼泪一下就喷出来。他用右手抹鼻涕时,眼泪已经落到手上。萍儿还没缓过神来,她看胡哥满脸的鼻涕眼泪。萍儿的妈也溺水过孩子,已经用哭腔说话了。这时的天珍看见别人的泪水,她也开始流泪。萍儿毕竟还是姑娘家,她还不知道失去孩子的悲痛。

只听开琼的母亲哭喊着向四队走去。来魁的妈也哭起来赶上开琼的妈,伤过心的老人知道怎么安慰伤心的人。开琼的妈被几个泪流满面的老人劝住,没有去四队。

天珍开始看来魁流泪,她多心地想:难道开琼的梅梅真是来魁的孩子?!后来她看婆婆也哭,她这才知道来魁一家与开琼家不是一般的关系。

就是这天,来魁对开琼所有的仇恨雪融冰消,那骨子里对开琼的爱又涌到脑海。刻骨地仇恨瞬间变成同情,就在一个夏天快结束时完全改变,好像三尺的冰冻在最后的炎热瞬间终于消退了。命运就这样又一次把开琼与他扭在一起了。

从这件事以后,来魁想写一部开琼的小说,因为开琼的命运太曲折!他知道开琼现在是挖心剜肝地难过,他不知怎么去安慰她。在他的眼里总是梅梅那天找他要荷花的影像。他去找萍儿,要萍儿和秀儿把小双姐接回来打牌;分散开琼的心思,才能减轻开琼的痛苦。

萍儿和秀儿走到四队,朱章明的妈给她们热情倒茶。朱章明坐在房里抽闷烟,开琼睡在床上,她没反对朱章明的烟味。她甚至想抽烟!

萍儿与秀儿走进来,开琼从床上坐起。

秀儿喊了一声:"小姐。"

朱章明对姐妹二人说:"你们来了。"

开琼红肿的眼睛,声音嘶哑问:"妈知道吗?"

秀儿说:"妈要你跟我俩到大姐(凤伢子)那里玩几天。"

开琼说:"我不想去。"

萍儿说:"我们来接你回二队玩几天的。"

开琼说:"我哪里都不想去!"

朱章明说:"你们就在我家陪她玩几天。"

萍儿说:"你老这样憋在家会把你的身体憋坏的。走,跟我们回去,到我家玩几天。"

开琼对朱章明说:"你反正闷在家,你去江南告知姐姐,她迟早要知道的。等姐姐来了,我要她陪我到梅梅那儿哭一场心里才好受一些。"

萍儿看小双姐的眼泪扑簌簌地流出来,安慰说:"姐姐别这样,走,回二队去。"

朱章明说："趁早,我去一下江南。"

开琼对朱章明说:"你干脆和姐姐一同回来。姐姐如果不能回来你就告诉她,姐姐可以回来你就不要过早告诉她,怕她受不了,骑自行车不安全。"

朱章明骑车走了,开琼与萍儿她们回到二队。在路上萍儿才说出是胡哥要她们来接开琼回二队打牌的。

到来魁的门口,开琼的眼泪已流成两条河。来魁走出来叫了一声:"开琼。"三年多了,开琼再一次听到久违熟悉的声音,她真恨不得扑倒在来魁的怀里大哭一场。

来魁的妈出来,哭着抓住开琼的手说:"乖乖,你要自劝自解的。那孩子不是你的儿,她是化神子,你哭也只能伤你自己。你千万要保全好身体呀,留有青山在不怕没柴烧。我年轻时丢了四个儿女,都是自劝自解挺过来的。"

天珍走来,她抱着念念。开琼看到念念,目光直愣。念念的花裙子与梅梅穿的是一样,念念与梅梅一样大小,开琼的目光不肯离开念念。

萍儿的妈走来用眼泪劝小双少伤心。很多老妇女知道小双回来,都来宽慰她。好在老祖宗留下来很多专门用于小孩溺水后安慰大人的好语言。这个地方属于湖区水乡,小孩溺水的事比失火还普遍。

开琼在萍儿家,天珍把念念给开琼抱,让开琼感到女儿的存在。来魁什么话都没说,他要萍儿陪开琼打扑克。开琼开始怎么也不打牌。后来打牌时才知道心里的痛苦减轻多了。

凤伢子回来才知道噩耗,双胞胎在妈的房里凄然泪下。开琼已经没有泪水,她的泪水早就流尽了。有老迷信思想的大妈不让她们在娘家哭泣。

第二天她们要去掩埋梅梅的地方哭一场,有迷信思想的老人不许去。两双胞胎执意要去,天珍答应一路同去。天珍要求她们在那里不许超过十分钟的停留时间,开琼答应了。

来魁看双胞胎向四队的窑场走去,他跑渊边想摘一朵没开的荷花给孩子带去。他来到渊边没看到花骨朵,这时节已难得有荷花了。他沿渊边快步看了一圈,只有水中央有一朵迟开的荷花。他没脱衣,下水摘来,赶上开琼她们三人。

开琼看着来魁穿着水淋淋的湿衣赶来,不知是什么意思。当看到来魁手中捧着荷花时,开琼这才知道来魁的意思。天珍也懂了来魁的意思,她回转来接过来魁手中的荷花。

来魁说:"我的脑海里总是小孩找我要荷花的样子,你跟梅梅带去吧,用土掩埋好。"

天珍说:"我知道怎么处理的。"

来魁站在那里,他对天珍又说:"不让她们长停留那里,快拉她们回来!"

双胞胎在掩埋孩子地方是催人泪下的场面,这里就省了吧。

这次痛哭以后,开琼的心才好了一些,她天天在萍儿家打牌。来魁没要天珍下地干活,日夜陪着开琼。天珍带念念与开琼同睡过两天,她对开琼无微不至地关怀,让开琼渐渐远离伤心的阴影。

第 39 章　丽丽

　　来年春暖花开时,萍儿出嫁。1983 年三八妇女节,这是很多姑娘娃走进妇女队伍的日子。就这一天古井大队就有四个姑娘要出嫁。萍儿的婆家在相邻的三队。她在西边一块责任田比娘家还近,在田角喊得应婆婆。她应该是在家坐堂招夫的,所以她的出嫁左家老人很多不理解。萍儿说婆家近,她跟在自己家一样。

　　天珍这时已经挺着大肚子,她与左邻右舍的媳妇一样给萍儿家帮忙。萍儿的妈安排天珍与开琼的嫂子在来魁家的厨房里做饭。这是天珍与开琼娘家的人最亲密地一次接触。

　　开琼与凤伢子一直伴萍儿从娘家到婆家,萍儿最亲的两个姐姐就是这一对双胞胎。看到萍儿结婚的场面,双胞胎感觉好像是自己结婚的场面。

　　到这时候开琼还是没有走出失去女儿的悲痛,从她少言寡语中能看出。女人结婚做新姑娘就是为了生孩子,没有孩子什么时候都抬不起头!

　　来魁想对开琼说些开心的话,他怕朱章明发火,所以他与开琼在一起时好像背后写着"棉花重地,小心火烛"。

　　萍儿与天珍姐做邻居,她们没有红过脸。萍儿出嫁临走时,天珍看萍儿的妈流泪,天珍也在抹眼泪。天珍把萍儿一直当着娘家的张天菊,她们亲如姐妹。萍儿看到天珍姐流泪,她十分感动。

　　有人劝萍儿的妈:"姑娘没有嫁蛮远,跟身边一样。"这句话使天珍现在才知道母亲为什么不让她远嫁。她做了母亲,她现在懂得了母亲。

九九加一九，耕牛遍地走。农民的闲心结束了，开始干起活来。这时候的日子比以前走得快一些。早晨放牛，时间就跟雾一样从牛背上走过。

天珍割了一天小麦就生产了，她又生了一个姑娘。那是新接生婆陈三秀接的生。来魁在天珍的床边，他看着小姑娘出生。

他给姑娘想了两个名字，一直没有决定用哪一个名字。暂时叫小妹。就叫小妹也可以，妹与梅同音，意思是比梅梅小的妹妹。

来魁知道今年天珍不能栽秧，他把公屋后面一块秧田做了撒直播。

凤伢子回娘家栽秧，这次回来听说来魁的老婆坐月子，她决定不与来魁怀一个孩子决不收手。她帮嫂子家的麦子割完，看来魁一人割麦子，她跑去给来魁家割麦子。

凤伢子对来魁偷偷地说："晚上补锅！"她用嘴指公屋后面的柳树。以前她用嘴指那个地方，来魁就明白她的意思。

来魁点头回答说："这是个好机会，刚好天珍姐在坐月子。这等于你帮了我，我也帮了你。"

凤伢子说："这回是一个好机会，一定要怀上的！"

夜里，来魁早到公屋后面的柳树下等凤伢子。他把树下几根草扯掉，围着树走了几转。这个动作是怕附近有蛇，把蛇驱走的。他虽然是来好色的，但这里不能有蛇。如果被蛇咬了屁股那比被别人看到了屁股还糟糕！这是可以光着屁股的季节，没有夜蚊子，天气也不是太热；虽然是最忙的季节，但他年轻气盛，充满欲望。

凤伢子吃晚饭后没有洗澡，她想与来魁约会以后回来洗。她去妈妈的房里偷偷点燃一根檀香。她手拿着燃香出了门。

凤伢子初中没有读完就辍学了，从此她再没有学文化知识，她开始从大人们口中学社会知识。她学得了家庭知识男女知识，也学得了民间迷信知识。她知道天下万物都是菩萨主管的。菩萨住在天上，看着人间。天上过一天，地下人间就过一年。最大的菩萨是玉皇大帝,所有各路的菩萨都归他管。他们可以不吃饭,他们是永远不得病永远不死的神仙。有些菩萨下放在人间的每一个地方,这相当于"工作组"。灶里住的是司命菩萨,土里住的是土地菩萨,人家里住的是观音菩萨。人们敬得最多的是观音菩萨,因为观音菩萨是专门管人间男女的。

凤伢子今天要敬一下观音菩萨,她要求观音菩萨保佑她怀一个孩子。

她来到柳树下,要来魁观察周围。她向南方跪下,把手中的燃香插在地上。她知道观音菩萨在南方。她在心里祈祷与来魁能怀上孩子,不能再与立新怀上孩子。

来魁笑凤伢子说:"你是怕别人发现我们才敬菩萨的? 要菩萨保佑安全!"

凤伢子过了一会站起来说:"我要观音菩萨保佑我跟你有一个孩子。我就怕与立新再怀上。"

来魁说:"你这是迷信。只要按医生告诉你的时间,我保证你怀上孩子。"

凤伢子说:"这几天,你要天天到这里来!"

来魁说:"看你样子也真可怜。你放心,我一定帮你这个忙!"

凤伢子说:"这就是我的苦命!"

来魁安慰地说:"你看我们约会的这根柳树为什么是弯的,这就说明我与你的人生道理是曲折的。我们要先经过磨难才有幸福。"

来魁说着一把抱住凤伢子,凤伢子退到背靠着柳树。凤伢子先脱衣服,她是想用衣服垫在地上。来魁想站着完成任务,他跟凤伢子的想法不一样……

秀儿家脱粒那天,开琼和朱章明回来帮忙。来魁也去帮忙。伯伯看人多,跟来魁家的麦子也脱了粒。这样来魁家的事自然与秀儿家联盟起来,只是各在自家吃饭。

给秀儿栽秧的那天,来魁在秀儿家吃饭。朱章明与开琼坐一边,凤伢子与来魁坐一边,谁也没在意。这时候,来魁与开琼的关系慢慢开始恢复了。

给来魁家栽秧那天,没用一天时间全部栽完。扯苗田的秧栽苗田时,凤伢子像女主人，一马当先。朱章明与开琼又一次在来魁家吃饭。来魁说："哪知道今年栽秧这么容易，我就不该撒直播。"

朱章明共大的秧田也没用上一天的时间就栽完。哥嫂、秀儿和凤伢子还有来魁都去了，下午跟他们把小麦脱了粒。

吃饭时，来魁笑着对朱章明说："你今天不来把锅摔了。"

朱章明笑着说："你是个补锅的怕什么。"

开琼看他们说笑，她的心里美滋滋的。开琼这辈子不奢望什么，她的人生中只要朱章明与胡来魁和睦共处就是她的知足。吃饭时，她看到来魁卷起裤子露出的那个遗留在小腿上的小乌疤，她的眼前浮现来魁赶到公路上没看到她去共大，来魁用棒子痛打自己的样子。

栽秧过后凤伢子还不想回去。来魁看凤伢子可怜，在可能怀孕的那几天，他们天天晚上准时幽会在老地方。这么长时间没有一个人察觉，这是苍天给他们安排的好机会。而凤伢子说这是她烧香的结果。来魁说是观音菩萨跟他们偷情时在当保安。凤伢子说如果不怀上，立新回来，她就装病不与立新同床，等下一个月再找来魁返工。

凤伢子回去时给了来魁二十块钱，那是来魁给小姑娘办满月酒的人情钱。天珍的小姑娘没有办喜酒，因为那季节太忙，等小姑娘出生第二十九天办满月。

朱章明与开琼来祝贺满月，天珍很是感激。来魁又看到了开琼的笑脸。

下一次凤伢子回来，老远看来魁偷笑，来魁就知道凤伢子怀孕了。凤伢子好像并不感谢来魁，她感谢的是观音菩萨。她什么说话都不灵，只有燃香最灵。这使她更加相信菩萨。敬菩萨就要学菩萨的心肠。当凤伢子学菩萨心肠时，来魁再也别想缠到她了。

来魁偷偷找到凤伢子要与她"补锅"，凤伢子好像从来没有与来魁做过那种事的，她吓得拔腿就走。来魁真后悔不该让凤伢子这么早就怀上。过河拆桥的比喻也可以用到这种事上。

凤伢子是怀孕了,可开琼的肚子一直没怀孕的动向。

这是个多事的秋天,早晨的雾大,天珍放牛。

来魁什么事都喜欢做,他就是不喜欢放牛。小时候他跟爷爷放牛,有一次骑牛从牛背上摔下来以后,他就再不喜欢放牛了。

那天早晨队长左开顺也在放牛,他家是一条年轻的牯牛。今天起得太早,那牯牛不肯吃草,听到天珍家的母牛叫,躁跑到天珍家的母牛身边。左开顺追来,牯牛已经跑到母牛的背上去了。左开顺看周围无人,一把抱住天珍动手不动脚。天珍为牯牛的求爱感到惊恐未定时,她又为队长的求爱惊恐万分。她丢下牛绳用双手猛推左开顺。

左开顺说:"天珍,我想你好长的时候了。"

天珍红起脸羞赧地说:"你怎么是这样的人!"

左开顺说:"今天我放了你,以后有机会,你要顺从我呀。"

天珍看了一下周围说:"你死心吧,我不会答应你的。你再这样,我就喊人!"

左开顺笑着说:"你第二次到幺狗子家来,我就喜欢你。这么多年,没机会,我只能想你。这种事就是要安全,不能盲来。这也说明我在尊重你。"

天珍抓起牛绳想把牛赶走,她没理队长。

队长笑着说:"按我们这里的规矩,我家的牯牛给你家的牛配了种,你还要给配种的烟钱。我不要你的配种烟,我要和你配一次对,我们扯平不行吗?"

天珍红脸笑,她把笑脸藏着没让队长看到。

以后,左开顺看天珍与他的老婆还是与以前一样有说有笑,他对天珍的胆子更大了。有一次夜里看电影,他一直瞄着天珍。天珍回家看孩子,他追上抱住天珍朝屋后拉扯。天珍把上衣纽扣扯掉跑了。好在这事没有被婆婆察觉。这以后天珍对左开顺有了戒备,她很少一个人单独在房里。她家与左开顺家的责任田有一块相邻,有一次她一人在田里锄麦草,看到左开顺来麦田打药水,她赶快回家了。

来年的 3 月 15 日,凤伢子生了一个姑娘,叫丽丽。开琼娘家人和凤伢子婆家人都担心又是一个残疾姑娘。

春去暑来,秋天接着冬天,一年不带孩子日子过得像吃肉喝汤一样快。只有凤伢子每天觉得日子过得太慢,她巴不得小孩子像菜地葱蒜一样长得快。公公婆婆担心她的二胎又有问题,只有凤伢子胸有成竹一点儿也不用担心。

立新也怕与凤伢子再怀一个有近亲问题的孩子,他在外面也做了手脚。他做的是大手脚——他跟一个姓王的姑娘有了一个儿子!他原准备把那孩子抱回来的,可那个王姑娘连他都不让回来了。他只得与王姑娘同居生活。他等时机与王姑娘大吵大闹后回到凤伢子身边。

立新回来看到丽丽伶俐乖巧,他有点怀疑丽丽是隔壁流哥的孩子。

第 40 章　三英

现在最想孩子的是开琼,她不是没有孩子的女人,她有两个,可手下看不到一个! 这是她心里永远的痛。因为女人把孩子视为生命,这个世界才有生命。她偷偷到医院找同学杨明琼为她检查。杨医生说她的生育系统只有一边卵巢是好的,其他部分都不适合孕育生命了。

开琼说:"我与姐姐是双胞胎, 她的生育功能怎么这么好的? 我却是这样的? "

杨医生回答:"你不是先天的,你是以后创伤的。你姐姐受到外部的创伤也跟你一样的脆弱。只能说你的生育系统更脆弱一点,像一张纸薄。"

开琼说:"这么说我肯定没有生育了? "

杨医生说:"我们医学正在研究试管婴儿,如果能成功,你还是有希望的。"

开琼说:"我有时想到孩子,我的心像被石头压住了。"

杨明琼说:"你可以要你姐姐的孩子,要他们再给你生一个。双胞胎的孩子与你自己没什么区别。"

开琼说:"你不知道我姐姐是老表开亲呀? 他们头一个姑娘是哑巴,第二个姑娘还小,我总担心以后长大了有什么问题。"

杨明琼说:"我不知道这事。不过,近亲的孩子也有正常的。你可以抱养一个孩子。"

开琼红脸说:"我没有这么想。"

杨明琼说："按老风俗你可以要朱章明与你姐姐怀一个孩子给你。"

开琼说："这不行！这以后我与姐，朱章明与姐夫哥怎么来往。"

穷三年不富富三年不穷，来魁家穷了三十年，天珍到他家来三年就富起来。二队有十家买了电视机，来魁家也赶在这十户人家之中。来魁家还是第一个购买小三洋录音机的。那小洋玩意儿听人唱一遍土里土气的歌后，它马上就能照样土里土气跟着一遍又一遍地唱。天珍与来魁开始勤劳持家时小两口像铁贴得紧，现在手里有钱了，好像都忽略了对方。天珍只爱电视，来魁爱听录音机，他们的爱都从家人转移到了家电。天珍不与来魁主动过夫妻生活，还不给来魁行夫妻之礼的氛围，这是因为她还是怀疑来魁与开琼有越轨行为。再加上她比来魁年龄大，过夫妻生活她是不好意思主动的。来魁有凤伢子作候补，他也习惯了天珍的冷淡。

生产队时期小夫妻不在一块儿劳动，他们之间还是有距离，这种距离使夫妻之间还有吸引力；现在是单干，小两口天天每每在自己家的责任田里，近得能看穿对方，他们之间也就失去了吸引力。以前女人不会做的事现在女人也学会了；以前男人不会做的事现在男人也学会了。男女之间完全平等了。不过家里有男人的，女人还是不用学耕田。以前爱吵架的夫妻，现在他们不吵架了。吵架时旁边没人劝架，吵打起来了会影响地里的活。他们一家比着一家，都希望自己家的庄稼比别人的好。来魁与天珍天天在一起下地劳动，他们很少说话，好像他们之间的话在以前的书信中已经说完了。他们俩在地里劳动就像两台不同型号的机器。有熟练的默契，他们是不需要说话的。一个眼神一个动作都能代表不同的语言。再加上说话影响口干，要一个劲地喝水。水喝多了尿也多，撒尿也是要耽误干活的。不过尿也是一种有机肥料，只是女人家在田里有些不太方便。好在尿和话一样都是可以憋住的。他们不是不说话，主要是懒得说话。没有必要说的话，他们是不需要说的。说话是根据心情来的；做累了不想说话，有思想情绪时也不想说话。由于他们性格和思想不同，他们在劳动中很少想的一样；一个要这么做，一个要那么做。是谁说的有理呢？旁边没有第三人来评价，他们都说自己有理。这是他们经常争嘴的原因。来魁干活快当敏捷，天珍干活稳重扎实，这也是一种矛盾。有时候争急了，火起冲天时也能增加劳动的力量。值得借鉴的是他们争嘴不会升级，过一会总有一方会让步的。分单干只是增加了夫妻间分开以后的感情，并没有增加在一起的感情。农村夫妻之间平平淡淡过日子就是最基本的生活方式。年轻的时光在没有熬过去之前总觉得那么的漫长，一旦过去了又觉得如瞬间快当。来魁与天珍这对靠书信恋爱的男女他们刚学会了恋爱就结婚，现在他们刚学会在生产队劳动就分成单干。这对年年轻轻的他们也是一种思想负担。虽然单干快一年，他们好像还没有学到真正种田的经验。他们太年轻，他们还是希望在生产队里劳动。虽然生产队的劳动是极其艰苦的，但年轻人有的是力量。

恋爱与婚姻其实是两个不同的课程，恋爱这一课最简单，婚姻这一课就很难了。恋爱是大学生学小学课程，婚姻是小学生学大学课程。恋爱好比新轮胎不会破裂，婚姻好比轮胎老了要经常修补，否则就会影响行驶。

今年的秋收时节，凤伢子和开琼都回来帮忙。萍儿家在稻场打谷，双胞胎都来帮忙收场。萍儿家与来魁家共稻场，来魁有很多机会与凤伢子说悄悄话。来魁看萍儿家腾出了稻场，他决定开场打谷。

他偷偷要凤伢子在天黑时来与他幽会，凤伢子点头同意。凤伢子对来魁还是存在小时候的脾气，她就是要来魁天天跟在她的后面求她；她口里说不同意，心里却是美滋滋的。如果来魁硬是要缠她，她是没有退路的。眼看又要回江南，她还是要与来魁有一次脱裤子的事。

凤伢子回家吃了饭，给小孩喂了奶就出了门。她怕夜里露气冷，她找到开琼的一件旧春装穿在身上。她在稻场上碰见了水颜草的妈，她们讲到水颜草的话题，老人家扯起葫芦根长，口里的话儿说不完。

凤伢子走不开。

凤伢子虽然穿着开琼的衣服,来魁还是认得是凤伢子。来魁看到凤伢子与人说话,急死他了。他在稻场守拖拉机打谷,过会儿天珍就要来换他回去吃晚饭。他是眼看着与凤伢子约会的最安全时间段在一分一秒地流逝……

好一会凤伢子来到稻场,他们在草垛边赶紧做双方熟练的动作。忽然听到天珍叫来魁,这可把他们吓得不轻。来魁赶忙走出来。他要凤伢子别动,他去把天珍引走。

看到来魁紧张的样子,天珍看到蹊跷,她要弄明白。她硬是要到草垛背后看清楚,来魁拉住了她。可后来天珍在稻场上还是看到了凤伢子。大白天她都很难分清双胞胎,更何况是在晚上不亮的电灯下。天珍看到一个人影快速走了,她以为是开琼。因为凤伢子穿着开琼的衣服。天珍没有当来魁的面直问这话,夜里看不清的事也是同样说不清的。

她不会怀疑是凤伢子,因为凤伢子在天珍眼里是一个土里土气的老实人。凤伢子与来魁在一起话都不会说,怎么会与来魁做那种丑事。那个时间段开琼是没有理由出现在稻场上的,所以天珍肯定来魁与开琼有鬼了。

从那以后天珍就开始怀疑来魁与开琼还在暗度陈仓。可以后见到开琼,开琼还是那样很亲切地对她,她不想追究这件事了。

这已是 1984 年的阳春,开琼与朱章明开始用药水灭螺。一天他们来到王家桥大队,开琼想去看看牛三英的家。以前几次来这里灭螺因为时间紧迫,没去打听三英的消息。

开琼和朱章明到了牛三英的家门口,她对开着的大门喊:"大妈在家吗?"没有回音。她走近又喊:"大妈。"

牛三英的母亲从后屋走来说:"你们是?"

开琼抢嘴说:"我们是原共大的,今天来这里灭螺,前几次想来打听一下三英的消息,因为很忙没能来,今天有时间想来问问她现在的情况。"

老人家的脸很快阴沉下来,说:"唉,她真是个苦命的姑娘!一天只起床上厕

301

所,每天只吃一点饭。我们带她到武汉都没看好。她这样睡了两三年! 唉,我们也没办法,家里也没钱给她看这无头无脑的病。"

朱章明问了一句:"这样不是她还没结婚? "

老人家说:"结黄昏(婚)。她这个样子怎么能结婚,婆家都说不了。"

开琼问:"她睡在哪儿? "

老人家说:"我带你们来看。不知她还认不认识你们? "

开琼挠头发,她好像听什么人说一个姑娘一年到头睡在家里的话;由于当时没有留心,她也想不起来了。人们讲的那个姑娘可能就是牛三英。

开琼与朱章明随老人家进了房间,房里像傍晚一样暗淡。老人家拉开电灯,对床上说:"三儿,你共大的姑娘来看你了。"

床上没动静。老人家用手拉扯睡着的三英。好一会儿,三英才有反应。她的脸相没什么变化,只是脸颊没以前丰满,这样好像比在共大显得好看一些。她第一眼看到开琼没什么反应,当看到开琼后面的朱章明,她的眼光明显地亮起来。她没说话,眼睛直愣愣看着朱章明。

开琼侧坐到床头抓起三英热乎的手说:"三英,你还认识我吗? 我是与你同房间的左开琼。"

三英目光呆滞,还是没说话。

开琼又说:"四年了,我们四年没见了! "

三英动嘴巴,没有出声。

朱章明说:"你还认得我吗? 我是朱章明。"

三英的眼珠子上下转动一下忽然慢慢说话:"你们结婚有孩子了吗? "

开琼没正面回答,她说:"你怎么了? "

在一边的三英妈惊喜地说:"咦,她今天怎么说话了! 我们几年没听她说话了。"

三英把目光转向朱章明,她羞涩起来,眼圈周围有泪水沁出。她再没说话。

开琼用手去抹三英的眼泪——还真是热泪。

开琼问老人家:"医生说她得的是什么病呀?"

老人家说:"没一个医生说出她有什么病,都没见过她这种病。有一个女医生说过,她的病不在身上。"

这时朱章明对三英说:"生命在于运动,下来,我们一伴出去走走。"

只见三英特别激动的样子,好像有很多的泪水哗哗地流。

三英妈说:"她今天是怎么的,她从来不哭不笑的,今天怎么有了表情?"

开琼说:"她有日记书本吗?"

老人家说:"她什么也没有。"

第41章 相思

开琼看到柜上有一个熟悉的木箱,那是三英到共大带去用过的。她把木箱拿下来,打开。里面叠得整整齐齐的衣服全是三英在共大时穿的。开琼看到那熟悉的衣服颜色,她好像眼前出现三英在共大时活动影像。她在衣服中看到一本杂志,用手拿起翻阅。那是一本1980年第二期的《湖北青年》。杂志的扉页是三英写的朱章明三个东倒西歪的字。开琼看三英写过字,那是她的字体。翻了两页又看到左开琼三个快要分家的三个字。开琼每一页翻看,后面有两个朱章明的名字,还有一句话是"十八岁的哥哥坐在河边"。最后一页写的是电影歌曲名《妹妹找哥泪花流》。开琼在箱子里再没发现什么书本报纸。她的心中灵机一动,她好像知道三英的病因了。她在血防医院工作时看到过心理医学方面的书籍,她对三英的病看出九八不离十——这是相思病。

果真他们要走时,三英下床没说话。三英的妈看女儿今天明显不同,为了感谢开琼他们,说什么也要留他们吃晚饭。老人家把在外面打牌的大姑娘大女婿叫回来抬锣打鼓地做饭。姐夫哥和大姐听说三英的病好转了,也奇怪地高兴。

吃饭后,开琼他们离开时,三英破天荒地走下床送了几步。听说三英的病好转了,左邻右舍的乡亲们都来看三英。

回到家,开琼忽然有话对朱章明说:"朱章明,我们忽略了一件事!我们应该对牛三英唱《九九艳阳天》的歌曲,她听了一定会有反应。"

朱章明说:"我好像以前听说有一个姑娘睡在床几年,我不知道就是牛三英。"

开琼说："我也听说过,还真是她! 这种病真少见! 看她怪可怜的,我们应该帮助她。"

朱章明："你真像是当过医生的,一看就明白。"朱章明还不明白牛三英到底得了什么病。

开琼分析可能是牛三英爱朱章明得了这种病的,没想到其貌不扬的朱章明还能让一个姑娘爱到这一步。从而说明朱章明还是有魅力的。想到这里,开琼觉得对朱章明爱太少了。

开琼说："章明——我喊你两个字的名字,总觉得不顺口。你还算是一个人物,起码有人被你影响。"

来魁与天珍准备这个春节回兴山老家玩。春节担心不好搭车,正月十六准备出发,因为变天,他们放弃了。到了二月,他们终于决定去兴山。按当地的风俗,拜年拜到麦子出,二月拜年一点也不迟。这个时候也正是来魁头一次去山里的时候。

在一天春光明媚的日子,来魁骑自行车前后带着天珍和一双女儿出门了。现在分了单干好,如果还是生产队,他们就没有时间回娘家了。

他们终于踏上了开往宜昌的客车。客车上一个大人抱一个孩子,来魁抱的是小妹。车快到宜昌,两个孩子都睡着了。天珍看到窗外的大山说："看到大山就有一种亲切的感觉。"

来魁说："你还记得家乡大山的形状吗? "

天珍伤感地点着头,来魁能理解天珍此时此刻的心情。天珍低头看着念念说："孩子们这还是第一次走姥姥家。"

天珍的心里一直忐忑不安,回娘家对她来说是多么艰难的道路。从过年时就准备了,可迟迟不敢出发。这是迟来的回家,这个家迟早是要回一次的。一路上,她的心思有谁能理解。这次回去母亲会不会把他们买去的礼品扔到外面?她叫妈妈,母亲会不会反过来打她?母亲要打她,她就让母亲打。母亲那么大的年纪也不会把她打成很严重。她要不要先给母亲下跪?母亲现在不知道老成什么样子了?如果见到乡亲们她怎么说话?乡亲们会怎么看待她当年偷偷跟别人结婚的事?看到老罗还是要好好与他讲话的。小弟在信中说的都是实话吗?会不会家里不像小弟信中说的那样?

当天夜里他们一家到了高阳,客车丢下他们一家人不管了。他们来到饭馆吃饭。

夜很深了,一家人住旅社。两个孩子没瞌睡像白天在家一样玩得开心。她们的父母心里总在构想明天如何面对母亲和小弟。

第二天他们坐车经过王昭君故里时,天珍感慨地说:"我终于到家了!"

来魁说:"还过几天你回到我们大队,你肯定也要这么感慨地说。"

客车抛下他们一家四口头也不回地走了。来魁抱着小妹,天珍把念念放在地下,念念好高兴快步跟上父亲。山很大,跑步的念念显得很渺小。

走在不同的路段,远近的山貌还是以前那样细腻的容颜,梦中的山峦和村庄在记忆中一点也没改变。扑脸一阵脆柔的山风吹来是那样浸心温暖,离开时的小树早已长变了模样,它们好像还能认出她这里的姑娘。她终于又踏上了如数家珍的地方,她一时不清楚是高兴还是伤感。从这里悄悄离开是一个姑娘,今天悄悄回来是两个孩子的娘。在这里生活了十几年也像离开了十几年;虽然离开只有五年,这五年的魂牵梦绕也像经过了童年和青少年。无数次在心中回家的幻想和幻想的回家,在第一眼看到家乡的熟人说话后才成了现实。

天珍还是那么会走山路,来魁还是那么不习惯走山路。于是天珍抱起小妹,来魁牵着念念。他们走了一段路程,这时天珍已开口叫妈。叫第三声时,来魁看到老房里走出一位有印象的老人。

只见老人不热不冷地说:"你回来了!"

天珍要念念叫："姥姥。"

念念怯生生地叫了一声："姥姥。"

老人家没答应，问："这是个大姑娘吧？"

天珍说："嗯。她叫念念，五岁了。小姑娘叫小妹，快两岁。"

来魁走近老人亲切地叫了一声："妈。"

妈还是没回答来魁的叫声，妈冷冷地说了一句："你们都回来了。"

天珍问："天明（小弟）没在家呀？"

妈手指后山，说："他天天都在山上。"

天珍很自然地走进老屋，一切还是原来的样子。以前幻想回家时要哭的她，此时没一点要哭的感觉。与妈困难地见面跟想象的一点也不一样。她过了妈这一关就好了。

妈走到屋后山上喊天明的小名。天珍忙收拾屋里。

在山间小棚里看书的张天明听到妈的喊声，跑出来大声回答："有什么事呀？"

"你的姐姐他们回来了。"

天明听到是姐姐回来，他把书摔下，飞一样下山。看到屋后出现的姐姐，他没看脚下道路，一个跟头栽倒在地，滚动了几转。

看到小弟摔倒，天珍眼泪一下冒出来。她不停地抹泪，尽量在见到小弟时抹干所有的泪水。看小弟还能爬起来走步，她要念念叫"舅舅"。

念念第一次听说舅舅，她不知道舅舅是什么。她没有叫出声，只是在心里叫。

小弟对天珍气咻咻地叫"姐姐"，再叫来魁"哥哥"。

来魁对小弟说："你天天都在山上当鸡司令呀？"

小弟喘气说："嗯。你们昨天就到来高阳吧？"

天珍说："如果没俩小孩子，我们昨晚就走回来了。"

寒暄的话既亲切又热情。小弟去买烟打酒,给俩小外甥女买棒棒糖。妈把天珍买来的礼品糕点拆开给外孙女吃。原本两个人的小家一下子变成六个亲人,小屋热闹起来。最闹腾的还是小孩子的欢笑声和母鸡下蛋的叫声。小弟与来魁很礼貌地交谈,天珍帮妈做饭。

天珍想,无论与妈讲什么话都会引向她偷偷离家跟来魁成婚的话题上,所以她干脆直奔这个俩母女尴尬的话题。

妈不想听天珍结婚那段伤心话,妈说:"慧芳生第一个孩子都蛮顺利的,生第二个孩子难产大出血死了。"

天珍听到一个死字,眼泪很敏感地流出来。她沉思片刻伤感地说:"她的丈夫还是那个同学吗?"

妈说:"还是叫洪远的那个。"

"他们第一个孩子是男是女?"

妈说:"儿子。"

妈告诉天珍,天琴的妹妹天菊前年出嫁,现在生了双胞胎的姑娘。慧芳的丈夫现在还领着一个四岁的小儿子过着光棍的日子。

天珍那张五姐妹的照片上又少了一个人。她们照相的五姐妹中,最后一位叫罗叶梅,也就是站天珍后面的那个姑娘;她是罗会计的同族妹妹,现在跟一个军人结婚去了东北。她们这五姐妹虽然没一起手拉手跳水库永别,可现在三死两分也永远别想见面了!

晚上俩小孩睡着了,天珍与妈讲了很多话,那都是母女积累了五年的话!

天珍对妈说:"其实我与来魁春节时就私定了终身,我看家里穷,没钱跟我买嫁妆办婚事,我才偷偷地离家。我知道您不会同意我们的,我又不能拖累来魁,这才跟慧芳商量,是她跟我出的主意。"

妈说:"我就是说你们远了! 你看,这么多年,你才好不容易回来一次。你的两个小孩子从出生到过周岁我们娘家人都不知道,没去。你就是不去小胡那里,他今天也要找到姑娘成家。亲人离远就不亲了！"

天珍撒娇地说："这点距离怎么算远，罗叶梅嫁东北那才是远呢。"

妈说："我这一辈子就是离家远了落下的苦。你走了，每逢年节，我的心里不好受得很。你是听我的话，我再穷也要把你热热闹闹地嫁出去。"

天珍说："以后交通和信息发达了，我们就不远了。您放心，我一定要孝敬您到百年归山的。"

来魁与小弟到山里鸡棚里睡觉，他们的交谈都是发家致富的主题。来魁知道小弟有了女朋友，那姑娘经常来跟小弟帮忙。鸡棚里有小弟女朋友的照片，那是一个脸上能看到山花烂漫的姑娘。

到家的第二天，天珍把来魁引到水库玩了一趟。第三天，天珍要到慧芳的婆家看小男孩，来魁陪她去。天珍从有人家的小路走，她是有意要与家乡熟人打招呼。

天珍到了男同学洪远的家。果真没有慧芳的出现，她直言指责洪远没把慧芳送医院分娩。看到慧芳与儿子合影的照片，天珍眼泪不断线。她要洪远带她来到慧芳的坟头。

慧芳的大墓上没长几根草，说明她没有死多久。天珍好像是看到了自己的坟墓。她瘫倒在地哭泣，来魁与洪远不停地劝慰。

洪远的父母热心地挽留天珍他们在家吃饭。

洪远的妹妹胸如山眼如水，是一个热心肠的漂亮姑娘。来魁要天珍回婆家给这姑娘说个婆家，姑娘说远了不同意。来魁觉得这山里姑娘要比他家乡的姑娘美丽。这也许是大山的恩赐，怪不得王昭君是这里的人。

第 42 章 身世

这天下午,念念在门口玩耍不小心掉下山坡。念念在平原跑惯了,她不知道这儿是没有多少平地,跑快几步便翻倒在山坡边的树干上哭喊。天珍的妈奋不顾身扑下去救孙女,一老一少一同滚下山沟里。念念安然无恙,老人家却要人抬回家。

来魁与天珍要送妈去医院,小弟没有找到车。

第二天赶头班客车,他们把母亲送到县医院。经过医生检查,老人有少量脑出血,要是能及时送医院就没有问题了。医生用针管把溢血抽出,老人渐渐好起来。

天珍的母亲能吃饭以后,医生建议回家疗养。来魁带念念回荆州,天珍留下照顾母亲,因为母亲的生活不能自理。

来魁现在天天在家写小说,他写的是开琼另一种生活的小说。小说的名字叫《红尘有爱》。这个时候的他多么希望凤伢子回来,每天夜里他不想天珍,他只想凤伢子。三个女人一个都不在身边了,他只有靠小说与他做伴。小说的女主人是开琼,他把现实的开琼当小说创造的人物一样去爱。可爱的开琼成了他创造的人物;谁不爱自己写的小说,谁不爱自己创造出的人物? 他把小说里的开琼写得跟照片上的开琼一样呼之欲出。小说里有开琼,也有他自己;他写开琼的年轻,也是想让自己重返青春。

他把与开琼的两张照片找出来放在枕头边,天珍不在家,他想看就拿出来看看。这两张可怜得不能出世的照片差点被他烧了。去年与开琼吵架后,他真想把开琼火化,要不是照片上还有自己,他肯定火葬了。当时想到把照片上的开琼当凤伢子才保留下来了。看到照片里的开琼是那么青春漂亮,他想不管以后与开琼怎么仇恨都不能再有烧照片的想法了。照片上的开琼呀,我在看你的时候,你也在看我,你要比实际的开琼更好看! 看到你,我就想再回到年轻……

牛三英的妈看到女儿还能说话,过些天又不能说话,一家人商量,决定要大姐来共大请开琼与朱章明又去他们家陪三英玩。大姐给开琼买了好多的礼品,开琼倒不好意思。她对大姐承诺:"我们一定会帮助三英好起来的。"

那天他们一路又去了王家桥。牛三英看到开琼和朱章明,她明显有了精神。朱章明唱歌,三英有了羞涩的笑脸。朱章明唱十八岁的哥哥坐在河边时,三英的脸上明显有共大时的激情。歌声好像把三英的魂魄唱回来了,三英的姐妹们都为她高兴。

开琼很明显看到三英对朱章明的爱念,她不责备三英。三英是个好人,她这么爱朱章明都没与开琼反目争夺。三英为爱做到了如此地步是没有错的,开琼不会见死不救。开琼没想到自己家的破男人还有如此魅力,让一个姑娘爱入膏肓。

看到三英的病情在她与朱章明的陪同下一天天好起来,开琼更相信三英的病因。她骄傲自己虽然只当了一个月的医生却看好了一个连省城大医院的医生都没看好的病人。

几天后,开琼要抓普治血吸虫工作,朱章明只得一个人去三英的家陪三英玩。朱章明坐在三英的床头唱《九九艳阳天》,三英含泪扑倒在朱章明的背上。朱章明怕有人进房看见,她要三英与他出去走走。

他们来到以前三人查螺的地方。三英站住说:"我做梦在这里找螺看到一条蛇,是你来打死的。"

朱章明说："不是梦,是真的。那天看到两条蛇,一条是三英,一条是开琼。"朱章明把概念转换,三英没懂意思,她毕竟还是一个病人。

三英说："你把哪一条打死了? 我怎么没死?"

朱章明说："左开琼早看出你的心思,她没在意。难得你对我有这份痴迷,这是我的骄傲。"

这天他们回家,朱章明像入室盗窃十分迅速地与三英发生了关系。

以后的日子,朱章明经常来三英家,有时还瞒着开琼说是回古井老家。开琼天天要到各大队与医生开展血防工作,她也没有时间管朱章明到底去了哪里。

有一天他们吃早饭时,开琼对朱章明说："三英如果能下地行走,她就会慢慢好起来的。她这是对你的爱得不到释放,长期压抑在心中形成的疾病,一旦表露就会好起来的。你要她妈尽快跟她说个婆家,她有了婆家就会完全恢复的。"

朱章明说："她病到这一步不是一两天这么快就能恢复的。她现在只是能行走,还不能正常思维。我有时间还是应该去陪陪她。过些天,我想把她带共大来玩,这样有利她的恢复。我们应该让她能过正常的生活了,才能离开她,这是革命的人道主义。"

开琼挖苦道："没想到其貌不扬的朱章明还能让一个姑娘爱到卧床中邪,你能拯救她也算是胜过七级浮屠。你真了不起,你妈没白养你。"

朱章明也骄傲地说："没想到我是一个你丢掉不要,还有一个姑娘捡到笑的烂苹果。"

因为牛三英的原因,开琼现在是最爱朱章明的时候。是牛三英一下子抬高了朱章明的形象。

他们把牛三英接到共大玩了一天。就这一天改变了开琼的命运。这天三英像回到年轻,她向朱章明主动示爱。朱章明也接受了她的爱。他们背着开琼拥抱亲吻……

看到三英一天天好起来,朱章明也渐渐爱上这个痴情的姑娘。他想,虽然三

312

英在外表是有点逊色开琼,但三英毕竟还是纯洁的姑娘。他与三英发生男女关系后也幼稚地想过:现在开琼不能生孩子,要是三英能怀上孩子,今后生一个孩子给朱章明,这样开琼夫妇也没白救三英。朱章明只是还不知道开琼对此意下如何。

牛三英渐渐回到原样,她像是从冬眠中醒来了。时光过了五年,她暂停了五年。她重新找回了以前的记忆,也获得了以前的感情。她经历了生命的传奇,她体验了重返青春的感觉。1979年的4月,她去共大看朱章明,得知朱章明与开琼结婚的消息,她回家就一睡不起。那时候她是清醒的。痛苦之后她站起来了,到队里上工。思想上总是朱章明的影子,后来她就开始说胡话。她做了一个梦,梦见看到来魁与开琼发生关系,她告诉了朱章明……她把那个梦讲给共大的一个人听。后来她治疗肾结石精神好了一点,回去又在生产队上了一段时间的工。到肾结石动手术以后,她就再不说话了,从此一睡不起。那时候她已经不省人事了,父亲说带她到过武汉,她都不知道。她在床上整整睡了三年。

原来爱情还有这么大的力量,它能让一个活人昏过去三年,它也能让一个昏过去三年的人醒过来。

一月以后,来魁收到天珍的来信。两口子结婚后还有书信,这样的书信使来魁好像感到他们根本没有结婚的。天珍告诉他母亲的身体有所好转,但不能下地行走,她还要过一段时间才回来。现在收到天珍的书信与以前收到手感似乎有些不同,以前是恋人现在是妻子。夫妻用书信说话,看来相距是很远的;要是离得很近,妻子肯定回来一趟。

天珍的妈开始扶着一把椅子移动,天珍每天轻松了一些。

天明的女朋友来玩了几天。天珍很喜欢这个弟妹,姐妹二人很是谈得来。

天明送女朋友回家,那天他没有回来。

等小姑娘睡着,天珍听母亲说:"我为什么在乎你远离我,因为你并不是我亲生的。你是我在山庙的路上捡来的,当时你只有四五个月的样子,还有癞头病……"天珍以为妈是在跟她开玩笑,就像小时候要妈讲童话故事一样。

母亲是经过无数次的思想斗争后才说出埋在心底二十几年的秘密。母亲经过这次命悬一线,老人家感到生命危在旦夕,决定告诉女儿的身世。从母亲不流畅的话里,天珍知道了她的身世——原来母亲是巴东县吴家湾人,父亲是国民党地方干部兼特务。她的姊妹很多,她是最小的一个。1949 年,她父亲带着哥哥姐姐去台湾时,她因为当时得伤寒,父亲以为看不好,便寄在姨妈家中,那年她只有十六岁。后来大病不死与一个猎人结婚,她的头胎女儿得痢疾死了,她才把捡来的孩子当自己的孩子养着。猎人不要捡来的病孩子,经常打她。罗会计的母亲也是那儿的人,她看天珍的妈带着捡来的孩子整天受猎人的气,偷偷把她带到兴山与一个有病的光棍生活。罗会计的母亲也一直为天珍的妈隐瞒身世。天珍的妈答应以后将天珍给罗家做儿媳;本来指望把天珍嫁给罗会计的小弟,那小弟自己找了一个,后来才想把天珍说给罗会计。

后来母亲对天珍说:"我一生就是离亲生人太远了,我才不想让你远离亲人。我要不是罗会计的妈咬紧牙关跟我隐瞒身世,上面知道我是国民党特务的子女,你也活不了。所以我们要感谢他们家才对。"

天珍听母亲讲自己是捡来的,她想起来魁家乡的陈大姐,她对妈说:"来魁那里有一个大姐也是巴东的姑娘,人们都说我与她长得相像,今天听您讲我是捡来的,说不定我与那陈大姐还真是亲姐妹呢。您还记得,我当时还有什么特征吗?"

母亲说:"捡你时是三月,也是这个时候。你用大人的衣服包裹着,在那件男人的衣袋里有你出来的日期,没有地址。"

天珍问:"那张纸条还在吗?"

母亲说:"我到这里来就再没看到那张纸条了。"

天珍说:"天地有缘,我肯定是陈大姐的妹妹!"

母亲说："哪有这么巧的事。"

天珍说："我回去问陈大姐就知道了。我的癞子是怎么治好的？"

母亲说："请民间郎中用土方医好的。我妈妈临走留给我的一只大耳环都是给你用了。我那时也不知道一只耳环值多少钱，给你把癞头治好了，人家要钱，我就把环子给人家了。后来我才知道妈妈的耳环是很值钱的。我妈妈在慌乱离开时拉下耳环给我，是准备今后我们母女相认的信物。失去了那个信物，我也永远失去了与妈妈相见的机会……"

天珍感动地说："妈，我现在也做妈了，我知道生命的得来不容易，我知道感恩的。我以后哪怕离你再远，只要你需要照顾，我就是抛弃家庭也要回到您的身边来报答养育之恩！"

母亲心疼女儿说："你出嫁到生两个孩子，妈对不起你。你不欠我的什么恩，我们之间扯平了。"

天珍说："以后您打听过台湾那边的亲人消息吗？"

母亲说："我到了这里就再没回去过，我那姨妈也不知道我的下落。我父母肯定早去世了，哥哥姐姐肯定以为我得病死了。"

天珍说："过些年以后，我陪您去老家找那个老姨妈。"

妈说："我到这里来，姨妈就六十岁了，现在早不在了。"

天珍说："她还有子女呀。"

妈说："不知姨妈的孩子们记不记得我。"

这一夜，天珍没有合眼。她哭过母亲，她也哭过自己。

第43章 离婚

朱章明对牛三英一次亲昵动作被三英的父亲看到,牛三英的父亲对朱章明有了冷眼。几天后,三英骑车又来到了共大。开琼与朱章明出门灭螺,三英就在共大等他们回来。

开琼累了一天回来,看到三英的到来,她很热情地招待了三英。

饭后天色渐晚,开琼留三英过夜,三英要朱章明送她回去。这时开琼隐约发现他们之间有秘密了。开琼没让三英回去,她把以前与三英同住的房间收拾好,要三英过夜。哪知三英与朱章明的胆子真大,就在开琼上厕所的工夫,他们就在房里偷情。开琼回来看出他们紧张的脸色没声张,她主要是怕令三英难堪。

从此开琼不许朱章明去牛三英的家。可朱章明总是以各种借口出门,然后快速去约三英出去玩。其实这个时候,三英的家人也并不欢迎朱章明的到来。父母要知道女儿是为一个别人的丈夫睡在床上这么多年, 他们大不该跟她看好,父母总觉得抬不起头,愧对开琼姑娘。

而这时的牛三英已经怀孕,她把这话对母亲讲了。每次朱章明来到三英家,三英故意装原来嗜睡的样子,朱章明就会对她温柔地动手脚,那是三英最开心的时候。

三英的父母也看出这样下去怕有新的问题出现,他们正紧锣密鼓地为三英说婆家。好不容易说个小伙子到三英家,三英却不让那人进她的房。老人家看出姑娘是看上了有妇之夫朱章明。父亲发火说:"要说家里该败,就是出一个败家的人！"

朱章明把三英怀孕的话也对开琼讲了："我想救好她，只想让她生一个孩子给我们。"

开琼发火道："你这是在为你拈花惹草找借口！你让人家怀孕了，人家会轻易放你呀。"

朱章明小声地说："我只想还你一个孩子。你放心，我再怎么都还是爱你的。"

开琼苦笑道："到了这一步，我怎么放心。要是我与别人怀了孩子，你还放心吗？"

这以后朱章明与三英不能在家见面，他们经常到公社和沙市去玩。有一次他们去沙市江边，在无人的码头，三英就在朱章明的眼皮底下解裤子撒尿。朱章明也敢拉开三英的领口，看下面一对紧挨着的丰奶。朱章明觉得现在才叫热恋，这是与开琼从未有过的举动。到现在如果与开琼到这江边来，他要拉开琼的手，开琼也会拒绝的。

三英说："我们私奔到南方结婚吧，凭我们两个人的劳动还怕把一个孩子养不活吗。"

朱章明说："我就是要跟开琼离婚，她也不会大闹的。她这人爱面子，这种事她会悄然答应的。"

三英："你们这事该到摊牌的时候了，她有什么好，连孩子都不会生！我不能老这样拖下去，我的父母开始骂我了。你如果不跟我，我就到你家喝农药！"

朱章明说："我再怎么都不会离开你的，我感激你对我的爱；你的爱，永远是我的骄傲。如果以前我知道你是这么爱我，我肯定就与你结婚了。"

三英说："我经常想在共大与你的往事，那天洗衣服落水的情景一直让我想你想得喘不过气来。想起共大的日子，我精神焕发。"

朱章明说："我今天回去就与开琼谈离婚的事。"

晚上睡觉，开琼问朱章明："你今天又见三英了吗？"

朱章明说："我看她的样子已经不能离开我了，如果离开我，她不是糊涂地病倒床上就是清白地喝农药。"

开琼心平气和地说："现在要你在我和她之间做出选择，你是要她还是要我？如果你选择很困难的话，我就成全你们结婚。我只希望我们漂漂亮亮地离婚，不让别人说是你不要我，也不是我不要你，因为要救牛三英的生命。离婚我不怕，我想好了，只要是握着手离婚就没什么可怕的。"

朱章明感激地说："你以后咋办呢？"

开琼说："我们离了，也不用你操心我的以后。你以后就把牛三英娶进四队的家里来，这共大的一切都是我的。我们有六百元的存款，每人分三百。明天我们就去办离婚手续。"

5月5号，朱章明与开琼终于领到了离婚证书。朱章明像当年拿到结婚证一样坦然踏实。当年的结婚证是用两个乌龟换取的，今天的离婚证就不需要用两个乌龟换了。

他们的离婚双方的家人都不知道。对于朱章明的家应该是高兴的，因为开琼不能生孩子，现在有一个姑娘已经怀了他们家的骨肉。

当开琼的家知道开琼离婚的消息，左家的父辈们愤愤不平，开着手扶拖拉机到四队拖回开琼的嫁妆。

那天由左开顺队长带队，土豆也去了。来魁不知死活也跑去，如果天珍在家是不会让他去的。他就是想去揍一顿朱章明。开琼的小爹把朱章明婚房的窗玻璃打破，开琼的哥哥把房门砸成两块。朱章明的父母跪着说好话，事态总算没有恶化。朱家台的老人也知道理亏，出面都拣好话说。

那天开琼在共大，朱章明在三英家，他们如果在家不会有这些不愉快的事发生。

天珍要么不回去，要么回去就是两个多月。夜里，来魁睡不着。是年轻的那种躁动不让他安分地睡觉。他想明天去找开琼解决这种躁动。他在构想见到开琼怎么说,怎么做……

年轻的躁动驱使来魁贼脚贼手地来到共大。他不知道昔日的共大哪个是开琼现在的房间。所有的房门都是关着的,只有一个不是房门的仓库门开着。他犹豫地站在那里。夜里的想法是大胆的,到白天见到阳光那种想法变得胆怯了。他想到自己今天来是一种错误,这是年轻的错;要是上了年纪,他就不会有这种错了。

开琼在前面秧苗田里扯稗草。她已经看到来魁。她走回来。

来魁回走,他想回去。没走多远,他转身朝那个开着的门大胆走去。

原来那个老队长在仓库里补竹篮,来魁问:"请问老队长,你有没有看到开琼?"

老队长中风以后,身体状况比以前严重了,他迟钝地看了一会儿来魁,说:"她没有在家就到田里去了。"他说话的声音都变了。

来魁不知道开琼的责任田,他朝农田那一方走去。

这时开琼已经蹲在鱼池边洗手。她站起来时与来魁近在咫尺,双方都吓了一跳。从仇恨以来一直怕见到的那张熟悉的面孔一下子这么近,还真是不好意思。

来魁先说话:"我去公社,路过这里,想来看看你。"他想今天还是他们见面的好机会,因为共大没有别人。

开琼说:"我妈说今天来的,怎么还没有来?"

来魁说:"没有看到你妈。"原以为看到开琼一人是好机会,听到这话,他凉了半截腰。

开琼向房间走去。来魁踌躇不前,开琼不邀请他,他怎么好跟开琼走去。开琼回头看来魁还立在那里,她说:"到我门口坐坐。"

来魁本来构思好的对话,可开琼不朝他的思路走,他也不好怎么说。开琼没有说要他到房里坐,只是到门口坐,说明肯定今天是白来了。

开琼打开了那个房门,她把椅子拿出来放在门口,要来魁坐。来魁没有坐下,开琼端一杯凉茶给来魁。来魁一接手,感到是凉水,他有话了:"这茶好凉呀。"这无疑是说开琼的态度。

开琼避开来魁的话,问:"你今天到公社有什么事呀?"

来魁不是去公社,他是直奔这里来的。他临时找话回答:"买镰刀准备割麦子。"

开琼问:"你有多少田的麦子?"

来魁反问:"你有多少田的麦子?"

开琼回答:"五亩。"

来魁向正题说话:"你现在打算就这么过吗?要知道一个人是多么的艰难。"

开琼泰然处之地回答:"有什么艰难的,我不怕。"

来魁不离正题:"我来这么走一走,只是不让别的男人打你的主意,让他们看到你不孤单,有娘家人护着你。"

开琼不好意思说:"你来,我也怕别人看到说我刚离婚就有人来了。"

来魁说:"你这么理解是不对的。你一个在这里,我不放心。现在趁天珍不在家,我才有机会来看你;今后她回来,我就不能来看你了。"

开琼看着来魁问:"天珍姐回娘屋还没有回来?"

话已经说到点上,他说:"三个多月了。她为了省车费,她一次把几年的娘屋都走了。"

来魁故意把天珍出门的天数说多,他是让开琼懂得他今天来的主要意思。话说到这里,开琼还是没有表现,说明他开口要求,开琼也会拒绝的。

开琼到房里自己喝水,她把来魁撂一边。

孤孤单单一男一女在一起没有话说,气氛是很紧张的。来魁如坐针毡,开琼忐忑不安。来魁站起身走进房间,他不知道说什么话,因为他的心在跳手在抖。

开琼不是凤伢子。如果是凤伢子,她肯定这时出门看看两边有没有人,如果没有人,她就会把房门一关,要来魁的动作快一点……

开琼就是开琼,她看来魁走进房间,她走出房间。来魁不知道,她是知道的:他们的房门前不远就是麦田,赵师傅一家刘队长儿子一家都在田里干活,他们看得见这里。即使他们不看这里,开琼也会感到他们的目光。

来魁把手中的茶杯放在开琼的桌子上,他不得不走出这个房间。

在离开时,来魁大胆地说:"我是来找你的,看你胆小的样子,以后只能是夜晚来了。"

开琼说:"寡妇门前是非多,你不知道吗?"

来魁直接说:"我不会看着你一人生活!一个家庭离婚,它能导致另一个家庭的离婚。"

开琼之所以对来魁不能热情,她就是怕来魁的家里也闹离婚;听到来魁的话,她陷入极端的痛苦之中。

来魁走了,他回头对开琼说:"我不会不管你的!有机会,我晚上再来。"

开琼没有作答,也没有挽留来魁。她看着来魁骑上自行车,走出院大门。

天珍回来时,来魁一人割麦子去了。她看床上像猪窝,叠了被子。她挪开枕头,枕头下有两张来魁与开琼前几年的照片。

她终于看到这两张照片!

她想把照片撕得粉碎,但她还是怕来魁。她把照片放回原处。

她把小妹交给婆婆,换上劳动的衣服拿镰刀出门。

婆婆要天珍吃了饭再去,天珍说:"晚上回来吃。"其实她今天还是上午在公社吃了一碗面条,这时的肚子已经感觉到饿了。

来魁在田中间低头割麦,天珍下田割麦他没看到。

婆婆做好中午饭,带着俩孩子给媳妇送饭到田头。婆婆知道天珍出门舍不得花钱吃饭,一定是饿着肚子。来魁看到小妹,跑来看孩子与天珍说话。天珍吃

321

饭,婆婆拿去镰刀割麦。一家人在一起好高兴。念念也要割,来魁怕她伤手,他在念念手中夺过镰刀。

天珍吃完饭要婆婆带孩子们回去,她怕强烈的阳光烤得孩子们受不了。

来魁与天珍一起割麦。天珍问两个多月来家里的情况,来魁也问山里老家的情况。年轻的小两口分别的重聚还是有那么多温馨甜蜜的话。天珍没有因为那两张照片对来魁失去久别的热情;因为那照片再也没有出现就处理过了,现在还说什么呢。当天珍知道左开琼离婚的消息,她有一种不祥的预感:她与来魁这个温馨的小家,也许会因开琼的离婚而改变。看来那两张照片可能要派上用场了。

第 44 章 再婚

来魁想到枕头下的照片,他赶回来把照片收藏好。他原准备今天夜里摸到共大找开琼发生关系的,这个计划落空了。

晚上天珍急于见了陈大姐。陈大姐看到天珍回来既惊讶又高兴,忙端椅子给天珍坐。天珍开门见山地说:"你们老家是吴家湾的吗? 我妈是巴东吴家湾的人。你不对外人讲,我不是妈亲生的,我是妈在庙门口拣回家的。"

陈大姐说:"我也不知道我们是巴东什么地方的,我大哥知道。"

天珍说:"你原来说你妈在老家丢过一姑娘,当时小姑娘有几个月,身上有什么特征?"

这时来魁也进门来对天珍说:"我知道你跑这边来了。"

陈大姐说:"我只听妈死之前说过在老家丢过一个小姑娘,有什么特征我大姐知道。"

天珍说:"我既然不是妈亲生的,很有可能是你妈丢弃的姑娘。"

陈大姐笑着说:"哪有这么巧的事! 我们是不是亲姐妹不要紧,只要我们像亲姐妹就行了。"

天珍说:"我跑到这里来,见到你,我没白来! 我不到这里来结婚,在妈身边结婚,妈对这个秘密肯定一辈子绝口不提了。"

陈大姐说:"你妈跟你说出这个秘密的意思是要你今后对她好吗?"

天珍说:"我妈对我讲这个秘密的意思,一是她以为活不到多久了;二是我既然嫁这么远了就不要母女关系了。我妈也是在为她这么些年没来看我找推托。"

陈大姐说:"再过年我的哥哥姐姐都要相聚的,我来问问他们,如果他们说的跟你妈说的是一样,你肯定就是我们的妹妹,那我们姊妹就团圆了。那就热闹,六七个家庭几十口人。"

朱章明请屈木匠把房门整好,窗户也安上新玻璃。房里缺什么,三英来看了,她会买来的。队里的人都知道朱章明与牛三英的故事,他们没有指责谁,只是对开琼惋惜。爱情与婚姻来得太快时连家里的狗子也没及时转过弯来,最后一次开琼来这家,小花狗还是摆尾巴;当三英第三次来这家,小花狗仍然狂叫不停。

听到队里人们的议论,朱章明的父亲决定给儿子结二道婚不办酒席;娶亲那天主要亲戚到场吃一顿饭,不收亲戚的人情钱,亲戚要给鸡蛋钱也该新媳妇接受。

牛三英的父母虽然为自己的姑娘从一个无可救药的病人到健健康康嫁出去高兴,但更多的是对开琼姑娘愧疚。三英的母亲恨不得给开琼下跪心里才好受一点。开琼姑娘来她家救好了自己的女儿,是自己的女儿倒过来毁了开琼的家。这话不管拿到什么地方讲都是难以启口的。带着这种罪过的心理,母亲为三英出嫁办事也很草率。

开琼的妈走到共大帮开琼割麦子,晚上妈和女儿同睡。妈说:"小双,你真是傻,人家今后有儿有女有家庭,你今后什么都没有。"

开琼说:"我不爱。我以后当怎么孝敬你们,我还是一样孝敬。"

妈伤感的样子说:"像你这样,不知还有生育没有,以后找一个也难得过好。"

开琼坦然地说:"干脆就不找了呢。"

妈说:"年年轻轻的姑娘,一个人怎么过。就是你可以过,大人为你不放心呐。"

开琼笑着说:"我一个人生活好自在,少去好多的烦恼,你们有什么不放心的。"

妈叹道:"两个双胞胎的姑娘,一样的命!"

割完麦子开秧门,家家户户忙得没说闲话的时候。这时候不说人,连牛都没有撒尿的时候。

来魁今年总觉得干活很吃力,他怀疑自己又得了血吸虫。每天晚上来魁要喝几口小酒,有时天珍也陪他喝两口。

栽完秧洗了犁耙,晚饭多喝一口酒好早早睡觉。这天却偏偏睡不着,来魁对天珍说:"麦子卖了,我去医院查下血吸虫。不要你们去照顾,我自己照顾自己。"

天珍说:"你要老华幺儿照顾一下。"

来魁说:"要是开琼不回来就好。"

天珍问:"我一直没弄明白,开琼他们是怎么这么快就离婚的?"

来魁说:"开琼到共大与一个叫牛三英的姑娘住一起,后来那个姑娘爱朱章明得相思病在床上睡了几年。开琼知道了,就把朱章明送给那个姑娘了。开琼救了那姑娘的命,还救了那姑娘的人生。开琼自我牺牲的价值要远远超过那姑娘所收获的价值!这不知是她的伟大,还是她的傻。"

天珍说:"这开琼也太不值得了!她现在一个人生活,有些人的心里还是不舒服的。"

来魁说:"你在说我吗?"

天珍说:"我发现你现在爱喝酒都是她离婚引起的。"

小妹睡在他们中间,她一时看看爸爸,一时看看妈妈。

来魁说:"你还是少多心肝吧。我想过,你去把慧芳的丈夫给开琼说来。开琼不能生孩子,慧芳正好有一个小儿子。"

天珍说:"我看你现在写开琼小说,你还真会安排故事情节呢。"

来魁说:"如果按我的构思,我就把你写回去跟慧芳引小孩。这样你妈就再不会恨你远嫁了,你又回到家乡亲人的身边。"

天珍忙接话说:"老子晓得你要这么说的,我走了你好与开琼结婚。"

来魁听天珍的话里的火药味,他再没说话。天珍又说:"老子这么长时间不在家,你天天在家里想开琼写开琼的小说,你怕老子不知道。"

来魁翻身用背对天珍。

天珍用手拉来魁,要来魁说话。来魁像哑巴知了一声不响,连屁也没有。天珍打了一下来魁又说:"一夜夫妻百日恩,百夜夫妻没有恩,这就是你的座右铭吧。"

来魁今天看到天珍的厉害,他有些怕天珍了,也开始厌天珍了。

秀儿开始谈男朋友。妈从共大回来后,要秀儿去共大陪开琼灭螺。秀儿头一天与开琼出门用药水灭螺,她说小姐的工作还是很辛苦的。她要带男朋友来帮小姐灭螺,开琼没答应。

好几天,秀儿都在开琼这里过夜。一天晚上开琼对秀儿问起来魁,秀儿说:"前几天我放牛交给大妈时,听大妈说来魁哥在血防医院治血吸虫。"

开琼说:"你明天替我去医院看看他吧?"

那时候只要是在医院治血吸虫,亲戚都要去看望的。

秀儿是知道姐姐们与来魁哥的那些陈芝麻烂谷子的事,她说:"我去有什么意义,你去不是很好吗?"

开琼说:"明天你陪我去行吗?"

秀儿说:"我空手去不好,买东西也不合适,你还是自己去吧。"

开琼说:"我是搞血防工作的,听到我们队里有人得血吸虫,我感到脸上无光。不说是来魁,只要是我们队里的人有血吸虫,我都要看望的。"开琼这么说是想在妹妹面前掩盖自己与来魁的那些关系,她不知道萍儿把那些事早对秀儿说过。

秀儿说："小姐，你以前怎么不和来魁哥恋爱结婚的？我听萍姐说来魁哥对你好喜欢。你是与来魁哥结婚，现在也不会落到这步田地。来魁哥对天珍姐多好！他真是一个好人！"

开琼不想对亲妹妹讲出大姐与来魁的关系，她说："我与他只是一般来往，没朝恋爱方面着想。你看天珍姐为人怎样？"

秀儿说："天珍姐也蛮好，队里的人没一人说她不是的。天珍为人善良勤劳吃苦，她就是蛮小气，舍不得吃穿。听萍姐讲，大妈（来魁的妈）炒菜把油放多了，天珍姐都要说大妈的。"

开琼说："我看天珍不小气。我打架住院，她可以不去，可她去看我买了那么多东西。她小气只是对家里而言，这说明她会当家。你看两年的时间他们就把新屋做起来了。"

两天后开琼去医院看来魁，她到了医院门口又怕见到来魁。

来魁睡在病床上输液，他天天幻想开琼出现在病房门口，当开琼真的穿着整洁的衣服进来，他以为还是幻想。

开琼只要到这医院来，总是要穿得衣冠楚楚，这与她曾经在这里工作还是有关系的。

"来魁，你来住几天了？"开琼的话是那么的亲切。

来魁说："这是第六天，明天就不用打护肝的药了。"

"你天天住在医院吗？"开琼问。

来魁说："天珍要我住，我看没必要，隔一天还是回家过夜。你是怎么知道我在医院治血吸虫的？"

"秀儿在我那里，我听她说的。"

来魁说："你今天好像又变了一个人。"

幺儿穿着白大褂进来看到了开琼，惊讶道："左开琼，你来了。好久不见！"

开琼笑着对幺儿说："你现在还好吧？每次来街上都想来看你，还是怕见到医院里的同事。"

幺儿说:"好得很,吃得喝得,睡不得! 你今天就在我这里吃中饭,现在医院给职工分了房。"

来魁说:"你们今天都跟我吃饭,我请客。这正好,开琼怕跟我单独吃饭。"

开琼与幺儿来到医院的同事面前打招呼,她没进检验室,她不想看到姓李的医生。她去门诊与老医生说话。过去的同事对她多么友好,这使她很感激的。

院长看到开琼,把开琼叫到楼上办公室。老院长热忱地说:"开琼呀,你想来医院工作吗? 只要你想来,我来跟你想办法安排工作。"

开琼沉思片刻,说:"院长,谢谢您的信任,我不能到这工作的。现在我刚离婚,没有一个好家庭,也不能好好地工作。"

院长说:"怎么……你离婚了?"

"离了。"

院长说:"你年轻漂亮,以后好建立新的家庭。"

开琼想出去,她说:"你有事,我告辞了。"

院长说:"马上灭螺也要改革的,你肩上的担子可能要轻松一点。本区域准备建两个灭螺站,大修沉螺池,可能要在你们古井重新修建一个灭螺站。不久要开会的,那时你就知道了。我还是希望你来工作,有什么问题,我来向上面解释。"

开琼不好久待,她出去说:"我还是干我熟悉的工作吧。我一个寡妇现在什么也不想。"她觉得自己的机遇还是有,就是命不好。

第 45 章 动手

　　来魁在饭馆请开琼和幺儿吃饭。他请张梅,张梅不好意思来。幺儿问起朱章明,开琼把牛三英的事对幺儿讲了。幺儿这时才知道开琼离婚,她对开琼说:"这正好你与来魁旧情重缘。"

　　来魁笑着说:"以前她都没同意,现在好意思做第三者。牛三英做第三者,是因为她的名字就是老三。"

　　开琼问幺儿:"你的老公对你怎么?"

　　幺儿说:"没来魁好。"

　　来魁说:"你没与我过,你怎么知道我的好坏?"

　　幺儿说:"上辈子与你在一起过了,你忘了。"

　　来魁说:"下辈子还跟你,就是这当中活生生的一辈子不在一起过。"

　　幺儿问开琼:"院长叫你说什么?"

　　开琼说:"院长要我来医院工作,我没答应。我现在一个孀妇如果高升了背后的闲言碎语就会有一大堆,我背不起呀。"

　　幺儿说:"孀妇是指丈夫死了吧?"

　　开琼说:"朱章明在我的心中就是死了一样!"

　　来魁对开琼开玩笑地说:"你再来医院工作,我就与你结婚,我就不怕别人说你。"

　　来魁把开琼的脸说得像炭烧红,幺儿在一边看到说:"你们这么好,当初是怎么不结婚的？你们的内心看得到还是有秘密的,你们不结婚一定是有某种原因。"

下午,开琼与来魁来到南桥。来魁站住,开琼也站住了。四年前他们在这里说过的话又响起在耳边。

来魁说:"来到这里,想起过去,好像我们上辈子是夫妻。你在医院工作,我在农村种田。我们一辈子相爱……"

开琼说:"幺儿说,上辈子你是跟她俩是夫妻。"

来魁说:"幺儿说这话有原因的,她的学名叫张天珍。我与张天珍这辈子是夫妻。"

开琼看到桥上来人,她说:"我还是怕与你站在这里,我们回去吧。"

来魁说:"你怕什么,上辈子我们真是夫妻。你在医院工作,我经常来医院,我们经常来到这座桥上。"

开琼离来魁远一点站住。她看到来魁歇斯底里的样子,好像菩萨下马了。

来魁走近开琼说:"我们上辈子是夫妻,我们的孩子叫胡一同,你想起来了吗?"

开琼不高兴,她走了。她说:"你今天肯定是发烧了,烧到四十四度,烧糊涂了。"

来魁追上开琼说:"我记起来了,我们是夫妻……"

来魁没有发烧,他是在讲小说里的话。他写开琼的小说里,他与开琼结婚了,他们的儿子叫胡一同。

7月17日,天珍一个人在渊边割鱼草。这渊她家承包了十年,每年交队里五百斤鱼。这是左开顺当队长给她家的好处,那是左开顺最喜欢她的时候。

左开顺在渊边放牛,看天珍割鱼草。来魁在门口看到渊背上的天珍与左开顺。

330

左开顺说："天珍,全身都湿了?"

天珍身上正面的衣服被露水草打湿,她不假思考地回答:"这时节露水干了天也就热了。"

左开顺说:"今天幺狗子去住院,我就来你们的渊里钓鱼。"

天珍说:"你来钓可以。"

左开顺说:"我要钓你身上的鳊鱼。"

天珍不高兴说:"少说这种话!"

以前来魁总在这天要与天珍到那条老河寻找往事,今天来魁却对天珍没有提往事纪念日。他上午去了公社,下午回来睡觉。他在治疗血吸虫,什么事都不能做,好像连往事也不能回忆。

晚上看来魁在喝酒,天珍头发梢都是火,她边骂边抓起杯子摔在地上。来魁趁酒劲把菜碗摔到地上,准备上笼的鸡跑来抢着吃。一向素静的天珍对来魁狗血淋头地骂。念念看到,跑去告诉奶奶。

来魁的妈进来骂来魁:"你个狗日的玩了这么多天有力气了! 天珍,你明天也不做事,要他一个做。"

天珍骂来魁也等于骂来魁的妈,看婆婆无站处,天珍的泼妇样子也渐渐打烊了。这是天珍第一次到这里来玩的纪念日,来魁对天珍没有用爱回忆,反而引天珍风高火起。来魁发火与早晨看到天珍在渊边和左开顺说了很长时候的话还有点关系的。

天珍对婆婆说:"他要死了! 刚治完血吸虫不能喝酒,他就是不听。"

然后天珍把脸转向来魁说:"你心里有什么苦闷说出来,你要怎样,我都答应你,我不会赖着你。"第一次来这里的纪念日成了他们动手的记恨日子,她觉得这日子真不是她能接受的日子。

天珍抱起小姑娘关起房门哭起来。婆婆要进房劝媳妇,可门怎么也叫不开。

萍儿的妈听到动静,去叫陈三秀。陈大姐下地干活,左大哥跛着腿来劝来魁。来魁自觉理亏,他一言不发。天珍听左大哥的声音打开房门,在房里骂骂咧咧。

来魁最近就是烦天珍爱唠叨,不说好事,尽说坏事。如果来魁做错什么事或者说错什么话,天珍就拿他的错像炼猪油在口里念叨。做过撒直播的水田稗草多,天珍天天要去扯草。来魁说他治完血吸虫就去帮天珍扯,可天珍就是要在嘴上说。来魁本想在左大哥面前说天珍叨唠的不是,他什么也没说。原来他吵架的方式就是不说话,有理懒得说出口。

从来不打架的来魁与天珍今天干起仗来,这也算是二队头条新闻。陈大姐听到,直奔来魁家质问来魁:"你你们为什么争呀?"

来魁知道陈大姐激动时要把头一个字说两个,他露出半边笑脸说:"为什么争,为天争(珍)。"

陈大姐知道来魁说笑话,她接道:"这好哇,别人种田为地争,你们种田为天争。你们还知道天和地呀!"

来魁一边脸笑,说:"我们只争了几句,不是很严重。"

陈大姐问来魁:"都动手了还不严重,要动脚才算严重呀。"

来魁说:"不是动手,是失手。"

陈大姐用亲切的语调说:"你与她吵架,她就有想法的。她偷跑到你这里来结婚,娘屋里没亲人来往,你与她较真,她心里好过吗?"

来魁说:"她回家玩了几个月回来,现在好唠叨,说话也是气急的声音。我说话有一句错误的,她整天揪住那句错话说事,越听越烦心。"

天珍从房里冒出来对来魁气急地说:"我是在娘家玩几个月呀?我唠叨了什么?"

来魁看天珍气急败坏,他又成了哑巴知了——这是来魁吵架以后最明显的特点。

陈大姐说:"不不管怎样,她到你家来不容易,你就要忍让。"

这时来魁的妈进来说："今天是他个狗日的不对，天珍没一点错。你以后再像这样小心老子敲死你！"

天珍说："他现在喜欢喝酒，就是因为开琼离婚了，他的心里不舒服。"

婆婆相信天珍的话，顿时不知说什么好。来魁也的确是在想开琼，不过他喝酒不是完全为开琼。

这时来魁顶了一句："人家离婚了关我什么事。你们看她说话有没有道理。"这是他苍白的狡辩。

陈大姐还是相信天珍的话，但她口里说："这是哪跟哪的事。以后你们再吵架，你们就不要叫我大姐了。"

第二天大早，天珍去放牛，今天牛轮到她家了。婆婆忙找去要替天珍放牛，她是心疼媳妇昨天刚吵了架。天珍没有把牛绳给婆婆，她坚持要自己放牛。

五天里来魁没喝酒，他终于把开琼的小说写完。他写小说爱喝酒，这是为找灵感。把小说看了一遍，他偷偷给开琼送去。

来魁把小说给开琼说："你一个人没事，看看我写的小说打发时光。"

开琼没有接小说。来魁把手稿放到桌上。

开琼怕来魁来共大，她怕别人讲到天珍的耳朵里。她一生最害怕的就是充当第三者的角色。来魁对开琼说："我看到你一个人孤孤单单，心里总是不舒服。我想要念念来陪你玩，行吗？"

开琼说："等我忙完了，没什么事就带念念来玩。你以后还是不来！"

来魁说："我要来，我要让别人看到你这里有我这个男人出出进进，这样对你有动机不纯的男人就有些胆怯。"

开琼说："你胡说些什么，我们这里的男人只有赵师傅和小刘，人家都有老婆看着，再说别人都是正经人。"

来魁说："外面也有男人呀。"

开琼说："你不要乱想，我会好好的。今天不留你吃饭，我失去了婚姻，我不想再失去天珍姐，你快回去吧。"

来魁离开时说："反正你没好着落，我就一天不得好过！"

天珍关在房里把她与来魁以前的信又看了一遍，她在早期的通信中看出来魁对她的爱不是很真切。她想肯定在她之前来魁就爱上了开琼，所以才在信中称呼她为"姐"的。既然来魁想与她恋爱结婚就不会用姐的称呼。从那些信里只能看出来魁的爱，是希望她热爱生活。从她第一次到来魁家来玩，她就看出来魁与开琼的关系不一般。她第二次到来魁家，她与来魁去老河边玩，来魁提到旧情的话，这都表明是自己与来魁生米煮成熟饭才结婚的。来魁其实爱的是开琼。现在开琼离婚，自己与来魁就很难好好地生活。开琼的下场也是自己给她的信造成的，自己对不起开琼也对不起来魁。自己现在不如让他们在一起，他们不会有孩子，让他们来跟她带孩子；让他们用婚姻来消灭爱情。等他们没有爱的激情了自己再回来……她想了很多，她想让来魁和开琼做一段临时夫妻。以前开琼有婚姻的约束都与来魁那么大胆，现在开琼离婚了他们会变本加厉的。她不走，她要每天留心来魁与开琼的动向，那样的生活是多么心累。她走了也就眼不见心不烦了。

第 46 章　起心

五天里天珍没与来魁说,她再开口说话是在一个灭灯的晚上,话是那么瘆人:"我想好了,我们还是离吧。我想把谷收了就走。我是王昭君故乡的人,我不会做丢脸的事。王昭君为了平息纷争才出塞的;我今天为了平息争吵,把你还给开琼,你还是跟旧情人一起生活吧。她不能生育了,我只求你们对我的孩子好。我准备把小妹带走,把念念留下。因为念念与开琼的梅梅是一样大的,她会把念念当梅梅心疼的。念念不许出嫁,这屋是我跟她做的。开琼是因为我的过错才从医院回到共大的,我这样做也算是对她的弥补。我主要是回去照顾我的妈。我看到妈用手走路的样子,我的心真不好受……"

来魁说:"我没有想与你离婚后再与开琼结婚,夫妻间的吵架是正常的。你这样想是不是惦记你的初恋?你想跟慧芳的小儿子做晚妈,是吗?"

天珍说:"你不管我的,是我想离婚。我们怎么离都好,就是孩子们长大了要恨父母。我保证小妹不但有母爱,也有父亲一样的爱。念念交给你们我也放心,开琼会给她母爱的。我们的爱情成了坟墓,我也不想让孩子们在坟墓里成长。"

来魁随口说:"婚姻是爱情的坟墓,但坟墓也有宝,要知道还有盗墓的。"

天珍说:"谁在盗墓你心里清楚,我也清楚。"

这以后来魁又在开琼和天珍的抉择之间徘徊。总之,他的重心还是偏向没能得到的开琼身上。这个时候他爱开琼有两个原因:一是他与凤伢子的婚外情怕东窗事发,他与开琼结合以后凤伢子会收敛一些。二是他很爱开琼,他把小说里的开琼写得比生活里的开琼更可爱。他太爱自己创造的小说里活灵活现的开琼形象(谁都会像爱自己的孩子一样爱自己的小说)。他像作家爱自己的小说一样爱开琼。

到准备磨镰刀割谷时，天珍才把话对婆婆讲明："妈，来魁跟你讲没有，把谷收了，我们就离的。我把小妹带走，念念留下。"

婆婆以为是割谷了脱粒，得知是天珍要与来魁离婚，老人心情激动地说："你这样说都没有头脑！你们为了好大的事就要离婚。你走了这个家就完了的！我是怎么都不会让你走的。你们年轻，都是一些糊涂虫！"

天珍说："妈，您不要激动，我既然把这话说出口，我也是想了好久的。我走了，您有一个比我还好的媳妇进来，那媳妇就是您的小双姑娘。她跟来魁就是因为我才没能结婚的，现在她一个人生活，来魁就不得安分地跟我生活。他们也挺好的，就成全他们吧。开琼不能生孩子，她今后对念念也肯定像自己的孩子一样。万一他们今后还有孩子，我要他们把念念搁家里。"

婆婆说："你们这是演的哪一出戏呀，你们想换换胃口呀？今后孩子们长大了没爹没妈的怎么抬头走路。老话说得好，弄一千个娶一万个不如最头一个，你们结发夫妻不好，要二手的好呀。"

天珍说："妈，您放心，孩子会健康长大的。我离家太远，我也想家想妈。我妈不到我这里来，她也是一直反对我们的婚姻。"

妈语重心长地说："伢子，你们不要走错路呀，你们今后要后悔的！女人的命是家，家的命是孩子，孩子的命就是你们的命。"

天珍说："我们都会想的，您放心。"

妈又说："天珍呀，听我的话，这一步千万走不得的。你如果走这一步，要后悔一辈子的。你以后为孩子们眼泪要哭成河的，你要悔死！"

天珍说："妈，您放心，我会把控好自己的。"

妈说："天珍呀，我是怎么都不让你走的。"

天珍为自己留了一条退路话:"我走了,我的户口不能走,等我的妈去世了,我再回来,这屋永远是我的。"

割谷时节,开琼回娘家帮忙。她经过四队,她没朝朱章明的家看一眼。经过公路对面土窑时,她望着埋葬女儿的那个地方。她的心又到了梅梅的身上,她还记得梅梅最后穿的那套衣服。在离梅梅最近的地方,她停下自行车站住。她想大声喊一句梅梅。她想今天梅梅的那套花衣服一定只包裹着梅梅小小的白骨。从梅梅埋在那里以后,她每次走公路经过这里,她的心里都想到女儿,一辈子想到女儿——这就是母亲。

离婚后开琼这是第三次回娘家,虽然左家人不会小看她,她自己总觉得脸上无光。以前经过来魁的门口总怕看到他家人,今天她想看到他家的人。在经过来魁的屋时,她没看到大人,只看到念念。

当她看到念念那一刻,她好像看到自己的女儿活了!

念念在厨房门口玩耍,看到开琼看她,她叫道:"小妈。"她以前就这么叫过。这突如其来的叫声,开琼下车就把念念抱起。念念吓住了,在开琼的怀里念念做出要下地走开的动作。开琼不放,她像抱着梅梅。是呀,如果梅梅活着今天就是这个样子。

来魁的妈听到念念的叫声,抱着小妹出来,看到小双陡然像看到自己没过门的媳妇。没等老人说话,开琼放下念念说:"大妈在家看孩子,天珍姐他们忙收谷去了吧?"

老人家用手理了一下花白的头发说:"伢子,你今天回来了。他们今天在收谷,准备开场。"

开琼说:"我回来帮哥哥他们的。跟他们帮几天忙了,他们好跟我收谷。"

老人家迎上来说:"这好,这好。"

开琼骑上车与刚醒瞌睡的小妹说:"再见。"

秀儿家萍儿家与来魁家共一个大禾场。这稻场还是合作社时期的样子。开琼头两天在田里割谷捆谷,没到禾场上来。来魁两天都在禾场打谷收谷用大锨扬谷。他不知道开琼回来。念念不会对他讲这话,他妈也生怕来魁与小双眉来眼去。

开琼下田收工都是走后面台上的公路,她怕天珍怀疑她对来魁勾旧情。

秀儿家开场打谷,来魁用板车拉谷捆到禾场。开琼用木杈在禾场翻草,他们看到了对方,距离比较远,没说话。来魁很想与开琼说话,问她看了小说是什么感想。

到晚上,来魁家没事,他拿起木杈到禾场帮秀儿家起场。天珍也拿着杈子走来帮秀儿家起场。禾场上的电灯要迎面才看得清人脸相。来魁叉草,秀儿先看见说:"把来魁哥吃亏。"

秀儿家有手扶拖拉机,哥哥在给别人家打谷。秀儿的伯伯走来与来魁说套话。秀儿的妈没来,夜晚在家哄孩子。开琼没理来魁。天珍来叉草,开琼才说话:"天珍姐,谢谢你。你也是一天累到晚,这时还来帮忙。"

天珍不知道开琼回来,她们白天见面一定都不好意思,这晚上都看不到对方的眼神,也不用难为情了。天珍热情的语气说:"怕下雨,我也来凑热闹。"

开琼对天珍说:"你们打了几场谷了?"

天珍说:"还只打了一场。"

天珍与开琼断断续续说着劳动中的话。来魁看只有开琼的伯伯一个人捆草,他放下木杈,找到草要子也来捆草。他想起写的小说里有描述开琼坐轮椅看来魁收谷的场景,现在的开琼却是健健康康在叉草,他仔细一想这就是生活与小说的区别。

人多力量大,很快谷草叉完,开琼也用要子捆草。很快场上没有几根稻草,全是草渣和厚厚的谷。开琼要天珍回去洗了休息,秀儿也叫来魁哥回家。来魁总要说笑话:"你们都回去,等我和天珍姐来收谷。"禾场里一阵笑声。

这夜来魁没与开琼说多少话,天珍也没发现他们有异样。天珍想把自己准备回家的想法告诉开琼,总觉得没有开口的机会。想起去年这个时节她抓住来魁与"开琼"疑似偷情的场面,她又不想说了。

总算有一天开琼一人在稻场等拖拉机轧谷。她看来魁一人赶牛拉来一板车谷捆,她去帮他下车。来魁小声说:"看小说没有?"

开琼小声:"我看了两遍,反正没事。"

来魁问:"看后怎么想。"

开琼说:"你把小说里的开琼写得太好了。我看坐轮椅的女主人死了,我都哭过好长时候。第二遍看到女主人的死,我还是跟着书中的男主人一样哭。看了你的小说,我想再给别人做妻子没有意思了。小说的故事性很好,如果把人物的名字换掉,我认为就是一部好小说。我喜欢那个来魁,也喜欢那个开琼。"

来魁说:"这小说是为你写的。我把对你的幻想写进了小说。"

开琼继续说她的话:"人只有今生无来世,看了你的小说中的开琼,我好像看到了我的今生和来世。"

来魁看萍儿的父亲走来,他们没说话了。来魁下完谷捆,赶着牛走了。

这是他们最亲密地一次讲话,再没机会。

来魁打第二场谷,开琼和秀儿来帮忙。来魁与开琼只有平常的对话,谁也看不出他们像小说里的男女主人。

后来开琼回共大收谷,来魁没去,天珍坐秀儿哥哥的拖拉机去帮忙。天珍看到开琼一个人生活的环境,她从心底里为开琼叹惋。一个光辉灿烂的姑娘现在过着小锅小灶的独居生活。

按情理天珍是不应该给开琼割谷的,所以天珍回家时,开琼给了十元钱秀儿手里,要秀儿给天珍姐两个小孩买粑粑。

第二天,秀儿提着一网兜粑粑给念念。天珍中午回家婆婆才告诉她说:"小双给你两个孩子买了十块钱的粑粑。"

天珍说:"我给她做两天的事都值不到十块钱,这倒让她破费了。"

婆婆说:"她明天打谷,你们都去跟她帮帮忙就扯平了。"

开琼打谷那天,天珍又去帮忙。开琼很是感激天珍姐。天珍想:我马上要把孩子和来魁给你,你会更感谢我的。

禾场边一条土路是每天牛拉板车拖谷的必经之路,土路已经被牛蹄走起厚厚的灰尘,灰尘盖住路边的牛粪。这段日子勤劳的人们总是从田里到禾场,又从禾场到田里不住手脚地忙碌。从公路上一条条 S 形的牛尿就能知道,赶急的人没给牛站住撒尿的时候。

变天下雨了,虽然对田里晒干的谷穗是一场灾难,可对劳累的庄稼人却是休息的好日子。来魁去河里赶鱼,天珍在家收拾自己与小妹的衣物。

天珍准备把谷卖完就回家,她没准备把这话对陈大姐说,可陈大姐已经听婆婆说了。婆婆的意思也是要陈大姐来劝天珍。陈大姐也一直在心里琢磨用什么样的话劝说。这天正好天珍没事去陈大姐家串门,她们说起了这荏话。

第 47 章　劝说

陈大姐在睡觉,听到天珍的说话声,她要天珍到她的房里来。天珍进来说:
"开忠(陈大姐的丈夫)哥呢?"

"赶鱼去了。"

天珍想说:"他还能赶鱼?"因为开忠的腿子小时候打针出了问题有些行动
不便,天珍没说出口。

陈大姐问:"昨天你跟小双帮了忙的?"

"嗯。看到她一个人孤孤单单生活在那里,心里总不是味。我把谷卖了,我回
山里的。我希望来魁多去照顾她。"

陈大姐骨碌坐起来说:"天、天珍呀,你千万不能这么做的。你婆婆对我讲
了,她要我好好劝劝你。"

天珍说:"我把这话已经说出了口,我肯定是要回去的! 我妈是为了救我的
孩子摔伤了,我不能不回家照顾她老人家。"

陈大姐说:"你到他家来勤扒苦做,没吃过好的没穿过好的,你这么走划不
来。他家以前好穷,你来了才富起来。你舍得两个孩子? 这么漂亮的新房子一砖
一瓦都是经过你的手,你丢下舍得吗?"

天珍说:"大姐,我到他家来一件嫁妆也没带来,只带来了与来魁的几封信,
勤扒苦做也是应该的。你们的想法跟我不一样。我拼命地做屋,就是想让娘家的
人来看看,一直到现在没一个娘家的人来。现在我才知道母亲的心愿。我如果到

341

这里生活,我的母亲就等于不认我这个女儿了。我回去,我妈才会把我当女儿的。"

陈大姐说:"你妈是老不清白!这样的妈不用孝敬她。世上有好多姑娘嫁到远远的,开始妈反对,以后做妈的就渐渐接受了。"

天珍自己坐下,说:"问题是我偷出来结婚的,我妈又不是我的亲妈。我妈的命比我还苦!她是因为我才没有找一个好家庭。她在最艰苦的日子含辛茹苦养我长大,供我把书读完;我现在如果不认她,我就不是人了。我也是做了妈的人,我今天不能不认这个妈。她是我的亲妈,她这样无情地对我,我也可以这样无情地对她。但她不是我的亲妈,她是没有责任抚养我的,但她抚养了我,我怎么不该报答她呢。我妈把我捡回来,为了我不是癫子,把她妈离开时送她的一只大耳环都卖了。那耳环是我妈见她母亲的唯一信物,多么重要;失去了那只耳环,也就等于失去了她们母女见面的机会。我的亲生父母家里肯定很穷,怕我是癫子看不好才丢弃我的……"天珍说到这里已经有了眼泪,她用手抹鼻涕擦眼泪。

陈大姐:"你是真打算离了回去呀?"

天珍说:"我们结婚没办手续,这分手也很简单。孩子一人一个,我把大的给他,因为你们这里大姑娘是要在家招女婿的。我这房子等于是跟自己的姑娘做的。我想等妈妈去世了再回来。我妈现在行动困难,不能走路,只能靠手爬动;她说不定没有几天就要告别人世的。我走了,说不定马上就回来的。我走了,望你把念念也像自己的姑娘看待。我有姑娘在这里,有你在这里,这条路我是不会断的。"

陈大姐小声说:"你是希望小双来做念念的后妈吗?"

天珍说:"有这个想法。谁愿意舍弃家庭,谁愿意舍弃子女。想到自己与妈妈小弟没有血缘关系却艰难地生活了这么多年,我总觉得与他们比这里的家庭还亲一些。"

天珍走出屋外看看没有旁人,她进来小声说:"来魁爱小双超过爱我一千倍,这种爱在我们没结婚就逐渐形成。他有这种爱,我还能站住脚吗?小双对来魁的爱也超过我对来魁的,我想还是成全他们算了。小双落到这一步,跟我的一封信也是有关的。"

陈大姐说:"我怎么没看出这种关系。你这是傻想的!"

天珍说:"你千万不要在外面讲这话! 这是他们的秘密。你看小双为什么一直不肯再找人。我也不忍心看她老是这个样子。"

陈大姐说:"你们读书人的想法我们弄不懂。反正你要离婚回家这是错误的,你以后要后悔死的。"

天珍说:"总的说来,还是我娘屋没人,要是这一带有很多亲人,他来魁也不敢这样对我。"

陈大姐说:"我以前也受他的气,我大哥来揍了他一顿,现在他对我好多了。"

天珍说:"所以我妈就算想到一点,她始终不会接受我到这么远来。等我妈死了,我就回来,说不定我妈明年就去世的。"

陈大姐说:"你把家给小双了,你以后回来还怎么过?"

天珍还是和风细雨的样子说:"开琼把家不还我,没有男人我也过得好。开琼把她的家都给别人了,她以后也会把家还我的。开琼是一个很伟大的女性,我早就敬佩她。以后他们没有孩子,来魁不会不顾我的;就是他们以后有孩子,来魁也不会不管我的。来魁这个人我知道,如果他是跟小双结婚,他爱我也会超过小双一千倍的。"

陈大姐说:"你的意思是要长时间出远门,请一女人来跟你看家,对吧?这还是世上没有的事呢!"

天珍说:"开琼的为人我清楚,她离婚就是为了成全一个她的姐妹。她不会明地占领这个家,她会暗地好好保全这个家的。男女之间的激情过了就冷了,等他们之间冷了,我再回来。"

343

陈大姐说:"像你们这样的人还真是少见!"

那年头卖粮难,最后一板车粮食是天珍与来魁赶着牛去卖的。天没亮赶去排队,卖粮的车已经摆了一里多路。下午,好不容易轮到来魁的名下,验质员说来魁的粮食水分大了一点,不收。他们用蛇皮袋装的满车粮食不能进也不能出。两口子饿得慌,天珍去买了几个粑粑与来魁很快啃完。到晚上卖粮的人还是很多,天珍给验质员说好话,要换几个袋子查水分,结果水分很小。听说够收,天珍拼命地高兴。两口子一车粮食整整卖了一天到晚!

回到家,天很黑,天珍去放牛。

左开顺看这么晚天珍还去放牛,他想再去碰碰运气。自从他第一眼看到天珍,他就产生了爱慕,这么多年来,他都暗恋着天珍。在合作社时期,有一次队长安排干活,那次他就对天珍吐露了相思。当时天珍就已经严肃地回绝了。后来在一次上夜工打谷,左开顺看有机会,他一把抱住天珍,吓得天珍大声喊叫,左开顺只好放手跑了。从此天珍时时提防左开顺,他们好长时候没说话。分单干以后,因为天珍与陈大姐家的亲密来往,左开顺是陈大姐的小叔子,这样在共同的帮互关系中他们才渐渐又说上话。好在这种事还没有被乡亲们发现蛛丝马迹,也就不算丑了。左开顺看现在的天珍对他言语又温和起来,他对天珍又升起了希望。

左开顺迎上去就抱着天珍,这次天珍没有喊叫,她用力推开。左开顺央求地说:"天珍,我想你五年,我都要疯了,你就答应我一次好吗?"

天珍赶快把牛调头用力拉,可牛好像不愿意回去,大口大口地啃草。左开顺用力抱住天珍,天珍用绳梢打左开顺说:"你怎么是这种人呀!"

左开顺说:"你救救我吧,我快想死你了。请你不要逼我犯罪!"

天珍放开牛跑走,说:"我死都不会做这种事的!"

天珍快步跑到斗渠上,看到婆婆,她得救了。

婆婆是来接应天珍的。婆婆没看见牛,问天珍:"牛呢?"

天珍慌慌张张地说:"躁跑了。"

婆婆说:"这夜里跑了到哪里找的,你快回去拿手电筒。"

左开顺听到了婆媳的对话,他把牛向她们的方向赶去,他从田里高一脚低一脚跑回家。

等天珍回去拿来电筒,婆婆已经把牛找到了。

看左开顺的样子也很可怜,天珍没有记恨左开顺,这毕竟是年轻的错。她只是怕左开顺把她的名声搞坏。不过她不愁,因为她马上就要离开这里,再不会让左开顺心神不宁了。她走了,左开顺就会好好地过本分生活。

秋收终于挂镰,秀儿帮开琼用药水灭螺。她们到芦花八队,秀儿把开琼带同学家喝水休息。开琼与王德秀坐轮椅的妈妈说话。听说坐轮椅的妈妈很早就失去了丈夫,开琼为一个残疾的母亲而感动。

来魁打听到开琼灭螺是在芦花大队,他骑车找去。他看到了开琼与秀儿的身影,他麻着胆子走过去。开琼背上的药水没有喷完,他要帮开琼喷,开琼谢绝。他们来到河边的大树下,来魁要开琼放下药箱休息一会。

开琼说:"你来我这儿,要是天珍姐知道多不好。"

来魁理直气壮地说:"我不怕她。再说你是与秀儿在一起,天珍也不会非议的。"

开琼说:"我们刚才去了你同学王德明的家里。秀儿跟他妹妹也是同学。你在写给我的小说里有王德明坐轮椅的母亲,我去看了那个母亲。我去与他母亲说了一会儿话,好像是在看你的小说。"

来魁说:"因为爱你才写了一本你的小说,因为有你的小说,我现在更爱你。我想跟你把生活向小说发展。"

开琼说:"这不可能!你现在有家有孩子,我不会做出破坏你们家庭的事。"

来魁说:"现在我又陷入了痛苦的选择中。你和天珍,结婚以前让我痛苦地选择过,现在又要让我痛苦一回。"

开琼说:"你不要因为我把好好的家拆散了!我喜欢看你的小说,是因为看到我的青春又回来了。"

来魁说:"我是用小说在向你求爱,你不知道吗?你即使不同意,小说会让我们留住青春的。"

开琼说:"你在结婚前没有选择我,那个机会永远是没有了。"

来魁说:"我不是喜新厌旧,我如果跟你结婚,我不会想到离婚的。我现在跟天珍结婚,由于以前我与她是靠书信恋爱,现在在一起生活,她有些生活性格我厌倦了。"

开琼想到以前来魁那么爱天珍,现在看来魁对天珍的态度,说明来魁的性格里还是存在喜新厌旧。开琼说:"为了你们的孩子,你们还是要在一起生活的。"

这时开琼看到秀儿的药水喷完,开琼喊秀儿过来一起休息。来魁知道开琼的心里现在还没有他。

来魁说:"明天我来跟你喷药。我们早来趁有露水可以用重药少水量高浓度施药。"

秀儿没有来休息,她自己上药水,她是想让开琼与来魁哥多说说话。

开琼要来魁回去,来魁只有离开。

下午,开琼的肚子开始疼痛,她坚持打了两箱药水。后来实在不能坚持,秀儿赶回家要哥哥开拖拉机把开琼送到医院。医生诊断说是阑尾炎要动手术,哥哥同意签字了。哥哥回去,开琼多想带信要来魁明天赶来守候她动手术。开琼知道,只要来魁知道她要动手术的消息,来魁会在天珍面前用计谋到医院来的。

第二天开琼要动手术,只有秀儿与妈守在她的身边。推进手术室之前,开琼向走廊回看了一眼,她多希望看到来魁赶来。

第 48 章　手术

手术在短时间成功结束。开琼在麻药散去后肚子还是痛,只是刀口的痛超过了原来的肚子痛。同病房还住着一位阑尾炎的中年妇女,那妇女没动手术正在用药水保守治疗。为了减轻疼痛,她与那妇女找话说。只有同住一个病房的病人,那才是共同战胜病魔的战友。

两天后,开琼的肚子不痛了,刀口也不疼了。秀儿伴在开琼的病床前,她对走进病房的一个人说:"来魁哥,你来了!"

开琼抬头看到来魁提着大袋水果走来,她高兴地说:"你怎么知道的?"

来魁说:"今天早晨我听萍儿的妈对潘婆讲话中知道的消息。动手术了吗?"

开琼说:"动了。我现在都可以在床上活动了。"

来魁放下水果,高兴地说:"还痛吗?"

开琼害羞起来,说:"一阵阵的,身体动才痛。"

看秀儿走了,来魁对开琼笑着说:"我来看你的,让我看看吧。"

开琼不理解,说:"你进来就看到了。"

来魁说:"我想看你的阑尾。"

开琼说:"听主刀医生说拿去钓鱼去了。"

来魁说:"你还不懂呀? 我要看你被子里的刀口。"

开琼不会给肚皮来魁看,她羞红脸笑,没有说话。

秀儿在窗外看他们神采奕奕地说话。

来魁说:"你算是又挺过了一道人生的坎坷。我要是早知道,我也许不会让你吃这么一刀,阑尾炎开始是可以用保守治疗的。天珍姐得了阑尾炎就是用药水治好的。"

开琼说:"斩草除根了也好,以免日后再痛。"

来魁说:"身上保存与生俱来的原样还是好一些。"

开琼问:"你来这里,天珍姐知道吗?"

来魁说:"我对她说开琼动了手术,我去看看。今天不是牛在我家,她也要来的。天珍得了阑尾炎这使我与她确定了婚姻关系。今天你也得了阑尾炎,我也要确定与你的关系。"

开琼说:"你胡说些什么呀!人生的选择机会过了是悔不转来的。"

来魁说:"小说可以让人生回到原点重新开始选择。"

开琼微笑,没有说话,她说话时刀口有点痛。

来魁问开琼:"你在动手术时害怕吗?"

开琼说:"我不怕,手术前我想到上吊的天珍姐,我一点也不怕。"

几天以后,开琼出院了。她的病根虽然没有找到,反正肚子是不痛了。

天珍在家休息了一天,收好了自己与小妹的衣服用蛇皮带装紧。陈大姐看到了把衣服拿出来说:"你真走呀?我不会让你走!"

这话让天珍多少有点感动,她说:"我的心早回家了。"

陈大姐说:"这才是你的家。妹子,听话,过日子是这样的,哪有过日子像画的一样好。"

天珍说:"我回去看看,过两天还回来的。我走几天,看来魁究竟是个什么样子。"

来魁知道天珍要走,想到开琼他是高兴的,想到天珍他是伤心的。

来魁把念念用自行车驮到共大,他把孩子交给开琼说:"让念念陪你玩儿天。天珍可能要回山里了,她说去了就不再回来。她希望你与我生活。"

开琼抱起念念,她与念念说话,她没有回答来魁的话。

来魁走的时候,念念与开琼在房里没有出来。过一会,她带念念去经销店买粑粑。

念念很高兴和开琼在一起,她把开琼叫"小妈"。

开琼把念念当自己的女儿,给她做饭吃。她看着念念吃饭,好像是梅梅吃饭的样子。念念吃完了,她给念念盛饭。

她给念念洗脸的时候问念念:"你是喜欢爸爸,还是喜欢妈妈?"

念念说:"我喜欢奶奶。"

开琼问念念:"你爸爸小名叫什么?"

念念回答:"幺狗子。"

"你爸爸的学名叫什么?"

"胡来魁。"

念念什么都知道。要是她的梅梅姑娘还活着,现在也知道爸爸妈妈的名字。

开琼讲故事念念听,念念陡然睡着了。说睡就能睡着,这是小孩子的幸福。开琼摸着念念的头,她想起自己女儿的临终画面,泪水流在脸颊上。

到了半夜,念念懵懵懂懂哭着叫奶奶。开琼吓坏了,她忙搂着念念哄。

念念又睡了,开琼始终睡不着。她虽然爱来魁,但她不能影响天珍的家庭。如果天珍回去了,世人都要说是她勾引来魁的。她背不起第三者的黑锅!她的内心很矛盾很纠结。她想趁早给自己找一个男人,不让天珍离开来魁。她准备从明天起开始给自己找一个男人回家。

第二天起床,开琼给念念梳头。她问念念:"你想妈妈吗?"

念念回答:"想。"

开琼又问:"你想山里的姥姥吗?"

念念也是回答:"想。"这样的小女孩,只要是她认识的人,你问她,她都会回答想的。因为她这个年龄还根本不知道想是个什么东西。

开琼吃了早饭,她驮着念念出了共大的门。她一路上告诉念念唱《小燕子》的歌曲。

她是出门给自己找男人的——这话说出去笑死别人,羞死自己。

这个男人她不是为自己找的,她好像是为天珍找的;只要她有了这个男人,天珍就不会离开来魁回去了。

按照夜里想到的计划,她来到周边的大队。她问路边栽油菜的妇女:"请问,你们这个大队有没有死了老婆的光棍呀?"

开琼不能找未婚的男人,她只能找结过婚的。这样的人很特殊,一个大队的人都应该知道的。

妇女站起来回答:"你问这种人干什么?"

开琼说:"我有一个女同学结婚后没有孩子,离婚了,她想再婚。她托我帮她找一个在三十岁左右的光棍;结过婚的,有孩子的更好。"

妇女想了一会说:"有一个,他老婆得病死了,就是他的年纪快四十了。"

开琼说:"年纪太大了不行。"

这几天来魁与天珍睡觉前总在讨论分手的事。他们在准备分手之前,没有拉过手;虽然他们已经有两个孩子,可我们从来没有看到他们拉过手。

来魁说:"你要走可以,你要与我打一架,在我恨你时,我才会让你走。"天珍是真要回家,来魁是真舍不得的。一直想与开琼生活的来魁,当梦想快要实现时,他这才知道舍不得让天珍走。他爱回忆,天珍与他生活的几年有那么多的往事还是值得回忆的。今天到了风口浪尖他才意识到自己与开琼值得回忆的往事不如天珍多了。

天珍说:"我走,不怨你。我走了以后如果现实与理想有很大的距离,我再回来,这里还是我的家。"

来魁说:"我反正不会同意你走! 你要走,把队长和乡亲们代表叫来说清楚再走。你不声不响走了,乡亲们要骂我的。"

天珍纳闷地说:"你是舍不得我走,还是不让我走?"

来魁说:"肯定是舍不得你走! 你最好是偷偷地走,我怎么也不会看着你走的。"

天珍感动地说:"我是偷偷来的,现在又偷偷地走呀。"

来魁心中虽然很想与开琼生活,可与他风雨同舟的天珍姐真要离开,他打心里难舍了,这也许就是他对待女人的性格。他说:"就是因为你是偷偷来的,我不忍心看着你从这里离开。你吵架以后再走,我拦不住。你收衣服,把那套结婚的春装不许带走;今后我开挂衣柜,看到你那套衣服就会感到你还在我的身边。"

天珍说:"我就那么一套衣服最好,怎么不带回去? 这么说来,你还是舍不得我走呀?"

来魁说:"你就是我的一件衣服,这么长时间也有感情了,你舍得走呀?"

天珍说:"我舍得走!"

来魁说:"那你走呀!"

天珍说:"没钱。"

来魁拿出四百块钱给天珍,说:"你都拿去吧。"

天珍数完钱,说:"这是家里的全部收入,我知道,你给我了,你们怎么生活。我们一人一半,我只要两百。"天珍给了来魁两百。

来魁没要钱,他说:"你诚心想走,就把钱都带上,我以后有钱我还会给你偷偷寄去的。你我夫妻一场,我亏欠你的。"

天珍说:"我回去看看妈妈,看看慧芳的孩子,过两天就回来。"

这时来魁说:"你是想跟慧芳的孩子做晚妈吧? 因为洪远是你的初恋。"

天珍出人意料地回答:"有这方面的想法。"

天珍哪有这方面的想法,她想用这个借口回家。

来魁想:既然天珍是为旧情回去,她还有什么值得留住的。来魁是一个尊重旧情的人,他对尊重旧情的人也很尊重。

天珍对婆婆说回娘家看妈,要来魁带念念送她到车站。婆婆不知道天珍是与来魁分手的,也没有挽留天珍,老人对媳妇说:"现在田里不忙了,在娘家多玩两天。这么远回去一趟不容易。"

念念坐在自行车前面,天珍在最后看到来魁家的大门,她眼里已经噙满泪水。因为有婆婆和陈大姐送行,她不敢让她们发现。上了公路,天珍一直望着来魁的房子。来魁在前面骑自行车,没有注意天珍的眼泪。

到了河口镇的南桥上,来魁停下自行车。他指着桥上铺满大小异样的青石块对天珍说:"这桥上的石块是数不清的,建桥的人也没有数清过。有一个老头用一个草帽盖住一块石头,他用这种数草帽的办法数石头;等到他盖最后几块石头时,一阵旋涡风把草帽卷进河里。后来这个老头不死心非要把这里的石头数清,他用箩筐挑来小卵石,一块石头上放置一块卵石,最后他收集卵石再数。回到家他数清了卵石,知道桥上有多少石块,可当天夜里那个老头就中风死了。于是在这一带人们把数这桥上的石块当成了不吉利事情。"

天珍不耐烦地说:"走呢,你这话在我第一次来的时候就讲了!"

第 49 章 难舍

　　他们一家人在公社照相馆照了一张四人合影。天珍抱念念照了一张相,来魁抱小妹照了一张相。天珍想与来魁照一张分手的合影,她想到照片多了要钱多,她不想照了。

　　来魁当时还说了一句笑话:"还真像离婚的。"

　　他带孩子们来,其实也是想让天珍看在孩子的分上,不会真与他分手。

　　分手对来魁是不怕的,因为他们分手了,他就可以向开琼招手。

　　到了车站,来魁说:"我还是劝你回家,哪有两口子过日子不吵架的。这个车站是我来娶你的地方,往事就在眼前。朝往事想,我们回去吧。"他还是怕天珍以回家为借口与他离婚。

　　看天珍不说话,有打退堂鼓的表情,他又说:"我以后就是跟开琼生活,也还是要吵架的。你从那么远跑来与我生活,我对不起你,我希望你留下来。人生最幸福的时刻就是把小孩子带大的时候。我们拥有那段时光,我劝你留下……"

　　天珍是一个浪漫主义姑娘,她与来魁在恋爱的情书中把婚姻描写得太美好,所以现在有了吵架感觉不理想了,她就觉得婚姻没有了意义。现在与来魁生活只有不到六年的时光,今后日子还长,日子越长他们的争吵一定会越多。她就是担心他们的关系将来发展到实在过不下去的那一步!趁现在还是难舍难分,给对方一个留念吧。她心底还是爱来魁的,她不想与来魁违背情书里对爱情的向往和誓言。她认为自己走了,他们也许会又回到以前写情书时的激情。她爱来魁,明知来魁现在偏向与开琼生活,她何必不主动一点让他们如愿以偿呢。她与来魁写情书时最多的一句话是:"只要你以后幸福,姐到最困苦的日子,我也为你高兴的,因为我的生命是你的。"今天真要到这一步,她左右为难。

天珍毕竟是有孩子的母亲,她毕竟不想离开来魁,她说:"念你还有这份感情,我还是帮你完成了冬播再回去。现在不能回去,我来给家里写一封信回去。"

天珍归根结底是不想回娘家的,她这么做也是为吓唬来魁,希望来魁以后对她好到像写情书的时候。

来魁带天珍和孩子们下午又回到古井二队的家。婆婆高兴地问:"怎么没有回去?"

天珍像从娘家回来一样高兴地对婆婆说:"出门走了一趟好像回去了。"

这年的冬播还没结束,一年一度的水利任务降临下来。今年的水利建设是在芦花大队与外县交界的荒湖挑鱼池。来魁家与左开顺的两兄弟联合,因为这三家的土方差不多。准确的说来魁与左开顺就是想照顾左开顺的嫂子陈大姐,因为左开顺的小哥腿子有点不方便。这也算到了左开顺的一亩八,因为他与天珍时时擦肩在一起。再加上左开顺的老婆喜欢与来魁爱说笑话,他们在一起两个一亩八等于三亩六了。

来魁与左开顺长时间挑土,天珍和陈大姐还有三线她们三个女人经常调换,只有陈大姐的丈夫整天用锹上土。来魁与三线经常说笑,别人看来好像他俩是两口子。左开顺与天珍不说话,他们的心思没别人知道。

人们天天看着天珍挑担子,谁也没想到她已经准备回山里去。天珍的娘家弟弟回信说她妈还要人照顾,这更增加了她决定回家的想法。她知道妈妈的大脑这么长时间没康复,说明不会回到以前的原样了。

天珍的思想斗争是六分要回去,四分不想回去。这种沉重的思想斗争伴随着她沉重的劳动。1984 年的冬天,那是最劳累的一个冬天。

秀儿家与萍儿的父母联合挑鱼池。秀儿天天来挑土,沉重的土方劳动,最能锻炼小姑娘的肩膀。开琼没有土方任务,她为家里卖了二十个土方标工。她去挑了一天的土,回家就吐了,她的身体已经不能负重了。

这段时候开琼也很忙,上面开会要建沉螺池。她想把这福利用在自己的家乡。古井二队的斗渠与主要灌渠的涵道口在公路边,她想把沉螺池就修在这里。斗渠的公路西边是左家新建台基,已经有六户分家的弟兄在这里用推土机建鱼池填台基。有人叫这里是左家三台。她已经决定把灭螺站建在沉螺池的旁边,这样她就能与父母在一起了。有父母和哥嫂还有来魁,到那时她一个人生活也不愁什么了。

水利任务的结束象征全年的劳动结束了。冬天的庄稼人在没有太阳的日子要找火烤,他们把火当太阳。哪一家有火,屋里全是人。婆婆们不与媳妇在一起烤火,因为媳妇要打起锣地讲婆婆;婆婆们在一起烤火也要打起鼓地讲媳妇,婆媳之间的话题是经不起火烤的。队里有四家烤火的,前台有两家,后台也有两家。烤火是庄稼人最高兴的事,妇女们烤火爱织毛衣做布鞋。

陈大姐家有一堆火,家里很多人,她没椅子坐,她拿一把锹到门口挖藕。天珍出来看到陈大姐在挖藕,她走来看。门口要填禾场,藕池马上要填起来,藕都是要挖出来的。

天珍听陈大姐说挖很多的藕准备做藕粉,她也想把自己家藕池的藕全挖出来做藕粉,过年回家带一些回去。

她想做一件什么事恨不得一爪子做完,她是说起粑粑就磨面的性格。

她忙回家换衣服换靴鞋,拿一把锹到她家藕池挖藕。她是山里姑娘,不会挖藕。挖了一会,挖的两根藕全是遍体鳞伤。她想找来魁回来,两个人一起挖。

她在土豆家找到来魁。来魁在烤火,与几个小嫂子有说有笑。土豆在打花牌,现在队里正流行玩一种"上大人"的纸牌。天珍要来魁回去挖藕,来魁说今天是庆祝冬季水利工程结束的休息日。天珍说陈大姐都在门口挖藕,要他快回去。

来魁说:"我们队里有几个陈大姐? 有几个山里媳妇? 你们两个与本地媳妇

就是不同！"

这平常的一句话却激怒了天珍,她开始骂来魁是狗日的。天珍要比来魁的年龄大,她爱脸面,所以她最忌讳来魁在众人面前给她弄得没面子。来魁的话引起哄然大笑,天珍羞红脸骂来魁。

来魁说:"大媳妇就是与小媳妇不一样！"

这话是天珍最忌讳的话,这句话严重地伤害了天珍的尊严,她大声道:"我是大媳妇,我又没有把年龄藏起来跟你的。我知道你现在想小媳妇！"

这天下午,来魁回家,天珍与他大吵了一顿。双方都骂了爹娘,这是天珍第二次骂来魁的死爹活娘。来魁没与天珍对骂,他们都一样死了爹,只有一个活着老娘。天珍骂了几句,陈大姐把天珍拉到自家去。

天珍说:"我回娘家,等他找一个小媳妇。我明天就走,我不走就死他家里！"

来魁这一句"小媳妇",已经在天珍的口里说过多少遍了,不知道还要说多少遍。

陈大姐劝道:"哪有两口子不吵架的,不能吵架就说要回去的话。"

天珍说:"这回我是怎么都要回去的！以前是吓唬他,这次是真的要回去！他已经要找小媳妇,不过了。"

陈大姐说:"少说这种话！"

天珍收好衣服用大蛇皮袋子装得紧紧的,她想连夜赶回去。以前他们闹别扭时天珍从来不先与来魁说话,她总认为自己年龄大不能放下尊严。她与来魁过最后一夜,他们无声无息。

第二天早晨天珍对镜子梳头时,她把细长的辫子剪了,头上留的短发搭在肩上。天珍把剪下的两缕头发编成一尺来长的辫子。来魁进房看到天珍的短发好像变了脸相,他挖苦说了一句:"是你把我们的过去剪掉了！"

来魁喜欢天珍的长发,每当从天珍背后看到长发,他就想到凤伢子。凤伢子的辫子比开琼长,天珍的辫子比凤伢子长。

天珍开口说话,一语惊人:"我来走的,我把剪掉的头发留给你。我回去过一段时候,我在娘家过不好,春节过后再回来。你今天带两个孩子送我上车!"

来魁说:"我是不会让你走的!吵架是两个人的错,再说也没为多大的事。"

天珍对来魁说:"我既然剪了头发,这表示我下了决心,错了也就错了吧。等你好快一点找小媳妇!"

来魁看天珍阴沉的脸,他懒得与她再说温柔的话。来魁也想让天珍尝试一下回娘家的生活,她以后自然要再回来的。来魁如果与开琼生活不如天珍,他可以去山里接天珍回来。他们双方都给自己留足了退路。

萍儿的妈在洗衣服,天珍临走时过来打招呼:"小妈,感谢您对我们隔壁左右的照顾,我回去的。"

萍儿的妈忙站起来说:"回去多玩两天,现在田里没有事了。"

天珍说:"嗯。"

老人家看到天珍剪了头发,有一种莫名其妙的感觉。

萍儿的妈站起来看着天珍的短发说:"看你剪了头发好像变了一个人似的。想家了,现在田里没什么事就多玩几天。"老人家只有重复地说安慰的话。

天珍说:"好。您慢点忙。"

这时候的天珍才知道自己太冲动。别人冲动知道悔改,她冲动是明知道后悔也不改的人。这是天珍的脾气,也是她可悲的性格。

婆婆和陈大姐不让天珍走,天珍说回家看看病中的妈妈,过几天就回来。

来魁要带上念念,天珍怕念念影响她回去的决心,她没有要念念跟来。送天珍到了沙市长途车站。来魁半开玩笑地说:"你还没有要后悔呀?我们又转去吧!"

天珍看到长途车站,她像看到人生的分水岭。这时回娘家也是回家,回婆家也是回家,她不知道该回哪个家。在婆家时想过好多次回娘家的理由,都没有被不回娘家的理由战胜，这时怎么两个理由旗鼓相当打起了平手。想到有过那么长的思想斗争，她还是决定回到桑梓地。胡来魁和平原的情书她舍得，只是念念和婆婆她舍不得。上次准备回去，因为有两个孩子舍不得走，今天是不能再打退堂鼓了。天珍怕踟蹰不前心里受折磨，她干脆直接对来魁说："我可能不会回来，我给开琼写了一封信，信在你与她那张坐摩托车照片的信封里。这封信等过年以后我不回来了你就给她看。你找到小媳妇了就给我写信。"

来魁有些激动地说："你偷看了我们的照片，这对你有好处吗？这就是你一生的悲剧！你怎么就是要把我的隐私翻得底朝天，你知道了对你有什么好处？我现在就只肚子里的肠子没被你翻出来看了。我怎么就不过问你的隐私。你对我讲你曾经的恋爱史，我一点也不感兴趣。我知道你以前上吊不仅是为恨，还是为了爱，我从来不问你。我与开琼这么点事，你就耿耿于怀。"

天珍说："我早就看到了你肚子里的花花肠子。你跟我结婚时，你就不是纯洁的，你已经跟了开琼。"

来魁反驳："你放烧煳了的屁！"

天珍："我不姓胡，没有煳屁。你跟她没有那种男女关系，前几年反目成仇以后就不会再好上。哪个像你们这么阴魂不散！"

来魁："今天我告诉你，我爱的是她双胞胎的姐，是她姐出嫁后我痛不欲生才窜到你那儿。以后我看开琼与她姐一模一样才把她当姐爱着。她也知道我与她姐是青梅竹马，她还会与我再发生关系吗？"

天珍："这么说你同时在爱我又在爱双胞胎，你说你的肠子花到了哪里。"

来魁说："你决意要回去，肯定与你旧情有关。你今天走了就说明你的绝情，我以后也要对你绝情！"

第 50 章　难分

　　天珍接着说了一句出轨的话,来魁听了非常惊讶。他缓过神来才正确地理解天珍的话。如果天珍是真的出轨了,她是不会说主动出口的;既然主动说出来,可能是天珍胡诌。天珍出轨的男人只有两个,不是左开顺,就是土豆。因为左开顺发酒疯时说过换老婆玩的笑话。来魁没问那人是谁,他脸上尽量表现镇静的样子。他始终不会相信天珍这句话是真的,他只相信天珍是用这么一句话作为彻底分手的武器。

　　天珍上车后就开始哭泣,她一直看着不懂事的小妹。在这一刻她就开始恨自己与生俱来的脾气。

　　这时来魁对天珍好言说:"回去玩两天就回来,我是一个离不开爱人的人。"

　　最后天珍不想再说来魁找小媳妇的话,她说:"刚才我怕你不让我走,我才谎称自己出轨的。"

　　来魁含泪地说:"天珍姐,我最后劝你,跟我回去!"

　　听到久违的称呼,天珍像看到来魁的书信,她哭了。她没有说话,客车开动时,她没有退路了。她最后看了来魁一眼,她在车窗上写下:别了。

　　来魁以为天珍写的是:再见。别了与再见好像是一个意思,其实一点也不同。再见是写给今后的见面,别了是说今后不用再见了。但别了要比永别还是要好一点。

　　天珍走了。她带着喜悦来的,带着心酸走的。她是带着泪水来的,也是带着泪水走的。她后悔不该硬是要看到来魁与开琼的越轨行为，如果她现在还是蒙在鼓里该多好，那她没有必要非要离开。背叛婚姻的行为是错，求证背叛行为的也是错。婚姻的伤痛来自对婚姻过分地保护，不让婚姻有一点瑕疵也是一种错。

来魁回家时，看到挂衣柜里没有天珍结婚时穿的那套春装，他就意识到天珍这次是下决心与他离婚的。天珍把念念的照片都带走了，她是真的不想再回来了。

他想看看天珍给开琼写的信。在拿出信之前他还有点怕看，他不想把天珍的内心看得明明白白。他把信放在枕头下，他准备晚上看。他换上劳动的衣服，拿一把锹到屋后面挖坑。

秀儿与男朋友第一次到萍儿家来吃晚饭。她到后面上完厕所，走近对来魁说："来魁哥，你在挖什么，是不是挖鳝鱼？"

来魁停住锹对秀儿说："以前做屋时还有些石灰没用完，现在门口统一填稻场，我来挖一个坑把前面的石灰转过来。你在这边干什么？"

秀儿羞答答地说："我和男朋友到小爹家吃饭的。"

秀儿说话时，她的男朋友也走来。那小伙子认识来魁，他掏出香烟递给来魁。

来魁礼貌地说："谢谢，我不会抽烟。"

秀儿说："我们过几天去大姐那里去的。大姐快一年没回来，我妈要我们去的。"

来魁说："这好，这好。"

这时萍儿的妈走来说："幺狗子回来了，正好来帮我们陪陪客。天珍和两个孩子都回去的？"

来魁回答说："她和小妹回去的。"

萍儿的妈说："天珍走时来跟我打招呼，我什么都没送点孩子，心里还有些过意不去。"

晚上来魁在萍儿家喝了不少的酒，回家时念念与奶奶已经睡了。他洗完脸脚上床睡下。

到半夜来魁醒了，他发现身边没有妻子，这时他才想起天珍给开琼的信。他打开电灯仔细看信。

开琼：

你好！

我第一次到这里来，听到你的名字，我就深感亲切。我有一个好姐妹叫李开琼，在我家玩了一天回去就跳水库自杀了，我觉得多么对不起她。是我的疏忽没能劝解她，好多年我一直觉得亏欠她。当又一个开琼出现在我面前，我感觉你就是她。当得知你与来魁不是一般的关系，我一点都没在意。没想到我后来给你的一封信，把你害到今天这步田地。我对不起你，请你原谅。经过很长的思想斗争，我今天终于决定把念念给你做姑娘，我把家也给你。我想用这种做法来弥补我对你的伤害。

今年春天我们一家人回老家，我母亲为了救念念摔至轻微中风，我一直照顾到割麦才回来。回家我发现两张你与来魁在摩托车上的相片，桌上是他写你的同名小说，我没有过问他。以前他总是在劳动中有说有笑有歌唱，我回来再没听到。后来才知道是你离婚了。他是天天喝酒，开始我没把这事与你离婚联系起来，当他给了我一巴掌，我这才清醒。我与他生活了五年生育两个孩子都不如你与他两张照片的感情深。看到你们的照片，不让你们在一起体验婚姻，我觉得对不起他。

我想了好久，我才决定离开，让你们幸福地一起生活。念念与你失去的孩子一样大，所以我把念念留给你。有念念在你身边，你就永远感觉自己的孩子还在你身边。小姑娘我带回去。不管你们以后还有没有孩子，我希望你把念念不要嫁出去。你每隔一两年给念念照一张相，我以后来了看看她的成长。

我比来魁大，他既然爱你超过爱我，我就应该像一个大姐成全他。他救过我，与我生活也对我好，我是真的很爱他。我没把他当一个丈夫，我一直把他当一个救我的弟弟。我现在已经无法让他幸福，我希望你代替我给他带来幸福。为了爱他，我做什么傻事都不怕。如果来魁与你尝试夫妻的生活以后，他还是那么爱你，我也不悔；他如果对你冷淡，他就要给我写信的。他救了我的生命，我还给他的幸福。

　　我回去重要的原因是因为我的妈。我不是妈亲生的，我原本是别人丢弃的一个有病的孩子，是我妈把我抱回了家。妈也是因为我才没有找到一个幸福的家庭。我的小弟出生以后，继父就不能上工劳动，是我妈一人在合作社挣钱养活全家。我读高中时，继父倒床，母亲没让我与小弟辍学。我母亲在床边照料继父三年后，继父去世。我是今年回家母亲才告诉我，我不是她亲生的姑娘。我早知道我不是妈的亲生女，我就不会上吊，更不会偷偷跑到你们这里来结婚。我现在只想带着小女与妈一起生活，直到我妈去世。如果我是妈亲生的，我是决不会这么做的。她不该抚养我而抚养了我，我就应该抛家孝敬她。我回去可能一两年就回来，也可能到二十几年才回来，反正我妈去世以后我就回来。我离去的时候希望你帮我照顾这个家，我回来以后希望你把家再还我。你若同意，你们现在就可以在一起过临时夫妻了。

　　我年轻时做了很多错事对不起家里，我不该抛弃母亲与小弟偷偷与来魁结婚。小弟没有考上大学肯定与我不辞而别是有关系的。我太对不起他们，现在我要把对不起的弥补回来。我可能再也不会到平原来生活了，我想把家托管给你。

　　我走了，念念需要妈妈，我婆婆也需要媳妇。如果你们也吵架过不好，你写信告诉我，我就回来。我两次去共大给你帮忙，看到你一个孤单的生活样子，我的心也是寒的。我们也是好姐妹，我也希望你幸福，哪怕你的幸福来自我的幸福。我感谢你对念念给以的母爱，感谢你维持这个家。来魁要我把结婚时的衣服留下，我偷偷穿在身上带走了，我一点东西都没留，是为了让你有一个全新的家。

　　婆婆去世和念念结婚我是要来的，那时候我们姐妹再见面吧。

　　握住他是夫妻爱，放开他是姐弟情，我为这种爱情做出这样的选择。

　　祝你们幸福。

天珍

1984 年 9 月

来魁看到了这信才完全相信天珍不会回来,他哭了。他看到信的写作时间应该是开琼阑尾炎动手术的那段时间。

　　天没亮,他把这事对妈讲。母子的讲话声,念念躲在被子里偷听。

　　一家只有三人吃早饭,婆婆想媳妇,问念念:“念念,你想妈妈吗？”

　　念念用手背擦小嘴说:“想。”

　　来魁的妈一下子流出泪来,老人家有一套边哭边说的本领。来魁不许妈哭,可妈越哭越伤心。隔壁萍儿的妈跑过来听老人家是哭媳妇,萍儿的妈以为的天珍出意外死了。听来魁说是天珍离家走了不再回来,萍儿的妈也开始流眼泪,她对来魁的妈说:“我是说天珍回家怎么还跟我打招呼,原来是走了再不回来的。”

　　婆婆哭着说:“我以为她真是回去玩几天的,我要是知道她不回来,我是怎么都不会让她走的。我的媳妇到我家里来没吃过好的没穿过好的,什么事都做,我与幺狗子争吵媳妇总是为我说话。再到哪里找这么好的媳妇！”

　　萍儿的妈对来魁说:“你快去赶到她家,要她快回来。”

　　来魁说:“她不会回来的。她是为照顾她妈回去的。”

　　萍儿的妈说:“你就说你妈要死了,她肯定要回来的。她回来就不让她再走了。”

　　来魁对妈说:“你不哭了,过几天我去劝她回来。她不回来,我就说你要死了。”

　　念念看着奶奶哭,小姑娘的脸上也能看见要哭的样子。

　　来魁每天上床休息有十二个多小时,看电视有两个多小时,睡眠只有六七个小时,剩下的时间他要考虑家里的事。暂时与天珍分开一段时候也可以,如果与开琼过不好,他就去接天珍回来。想要与开琼生活还有一道火焰山要过,那芭蕉扇在凤伢子手中。现在不抓紧与开琼生活,凤伢子知道了再没有机会了。凤伢子的胆子越来越大,她好像不顾一切了。他现在就是要想方设法与凤伢子保持距离,与开琼在一起,自然就摆脱了凤伢子。凤伢子毕竟是有夫之妇,这在道德与法理上都是不应该。他胆小，他怕立新知道了哪一天来报复他。以前听凤伢子的话没有与开琼结婚，现在生活把他和开琼逼在一起生活了，这也算是尊重了凤伢子。凤伢子开始知道了肯定要生气，以后时间长了也就会理解的。

朱章明到共大，他想看看开琼现在的生活。与开琼离婚以后，他有三次去看开琼。第一次去共大，开琼到公社去了，没有见到人。第二次去共大，人是看到了，老远就看到原丈母娘，他转身就溜走了。今天是第三次看开琼。这次机会好，开琼在门口洗衣服。

看到朱章明，开琼像看到以前与胡来魁仇恨的时候看到胡来魁的样子。看朱章明走来，她把洗衣水冲到朱章明自行车的前轮。

朱章明先说话："我是来看你的，我还是放心不下你现在的生活。你只要不再婚，我还是要来关心你的。只要你不结婚，你要什么，我会给你什么。你想复婚，我还是来跟你一起过日子。"

开琼进屋把房门关得很响，她还是不说话。

朱章明来到房门口，说："我本来有错，你也是有错的。我们离婚你没有反对，现在你没有结婚，我们说说话还是可以的。"

开琼在房里叠衣服，她还是仔细听着朱章明的话。

朱章明说："一日夫妻百日恩，我们夫妻生活也有四五年了。既然心甘情愿地分手，分手以后就不能这样仇视对方。我们应该见面了友好地打个招呼。你可以到我家去玩，你与三英毕竟也是好朋友。我们以后的孩子也是你的孩子，我们都会对你好的。"

开琼终于说了一句话："你不让我看到你，这就是你对我的好！"

朱章明说："我与三英结婚也是无奈，希望你原谅我。我也希望你不要再婚，你有什么困难，我还是要照顾你的。"

开琼说："你希望我原谅你，你就走吧。"

第51章　敲诈

两天后,念念哭着要妈妈,来魁说带她去见妈妈。他带着天珍的信,把念念带到开琼那里。来魁告诉开琼说:"天珍回去了,她肯定不会回来的。"

开琼问:"你没有留她,说明你太无情了。"

来魁辩白:"她说现在家里没事,她回去是照顾她妈的,我就送她走了。她真走了我肯定是舍不得她的。我的心中如果没有你,我是怎么都不会让她收衣服走人的。我主要心里还是想与你生活。不管怎么说,她是我最值得回忆的人!当初与她共同的语言是对社会生活的不满,如今不满的生活成了我们的共识。"

开琼看信,没有搭话。她从信里看到天珍姐对知遇之恩的来魁做出来莫大的牺牲,这是一个平凡女性最伟大的举动。

开琼看了信说:"我与你生活是不可能的,我不想破坏你们原有的一家。"

来魁不高兴说:"你这是让我鸡飞蛋打呀!跟你说,过几天你就去我家!有天珍给你的信,她就不会回来。"

开琼说:"我不去!"

来魁要念念留下来与开琼玩几天,念念答应了。来魁一个人回家,他希望念念与开琼早日建立母女感情。有念念在开琼身边,开琼会改变观点的。

第二天开琼带念念到大街上玩,她跟念念买了一套好衣服。乖巧的念念说:"我把这衣服留到过年拿出来穿,穿给妈妈看。"

开琼问念念:"你妈过年不回来,你把衣服穿给谁看呢。"

念念说："妈妈不回来,我就跟你过年。"

开琼一把将念念抱起。念念在开琼的眼里永远就是梅梅的影子。

又过了两天来魁与开琼带念念到沙市公园里玩,他们给念念照了相。来魁要照三人的合影,开琼不同意。他们来到当年坐的那条长椅,不约而同地坐下。

来魁说："哎呀,又坐上了这条长椅。坐上它就想唱《我们的生活充满阳光》。"

开琼说："你媳妇刚走,你就又跟一个女人在一起玩,当然是充满阳光。"

来魁说："我的心里没有你,我死都不会让她走的。她回去照顾母亲是借口,主要是为初恋回去的。她初恋男友的老婆死了,她想与男友旧情重缘。"

"她也有旧情?"

来魁说："我是十分尊重旧情的人,对于在乎旧情的人我是很理解的。夫妻之间的婚外情如果是旧情,这应该值得原谅;对喜新厌旧的新感情还是要受谴责的。旧情只有百分之二十的错,新情就是百分之八十的错。像朱章明与牛三英不算新情也不算旧情,他有百分之五十的错。一个家庭的离婚,真要让另一个家庭瓦解。"

开琼说："我是怕影响你们的婚姻,我为自己找过几次婚姻,结果没有成功。"

来魁不懂："你自己找婚姻是什么意思?"

开琼解释："我在你们挑鱼池的时候出来打听过适合与我组建家庭的男人。我还跟念念一伴出去过,都没有合适的。我真怕影响你们的婚姻。"

来魁说："我不跟你在一起我就要想她,因为那种想念是煎熬的痛苦,像鞭子一样抽打着我。这不怨我,是天珍姐要我们早在一起的。我们还是早在一起吧!我怕夜长梦多。"

开琼说："你跟我在一起,你会更想她的。"

来魁说："我是有感情的人,她跟我这么长时候,我怎么不想她?只有与你早在一起生活,时间长了,渐渐我就少想她了。"

开琼说:"她要我们早在一起,你就打算我们真的早在一起吗? 男人就这么没意思,你说我还找男人有什么意思。你开始叫天珍姐,后来叫天珍,现在又叫天珍姐了。我是一直都叫天珍姐的。我跟你在一起生活,我觉得还是对不起她。"

来魁说:"你不知道我是多么爱你吗! 是你那一句话打动我,你说,'小说给我的震撼就是我也想做你永远的妻子! 以后我也要学那个开琼,爱不到你就不结婚了'。有你这句话,如果不能与你结婚,我这一辈子都是遗憾。"

开琼说:"我不看你的小说,我是不会想到与你结婚的。我想你对坐轮椅的开琼都那么爱,我是健康的开琼,你会更爱的。不过,因为我想到你们分开,我与你生活也没有意思。天珍姐给我的信我看了两遍,她要回去只是一种无奈。信是她早在9月份写的,那只能代表她开始有这种想法的心理,现在她肯定没有这种想法了。她是真心要走,写信的时候就走了。"

来魁说:"我与天珍的婚姻早在生小妹时就有了现实的危机。她与我的生活不像我们恋爱情书里那么美好,她想回山里找初恋情人。我们的书信里都是幻想的美好生活,真正在一起生活,现实与书信的差距太大。她结婚时那个高个子姑娘的丈夫就是她的初恋,现在那个姑娘生孩子死了,她就是想回去与那个初恋情人生活。我爱天珍姐,我还是要尊重她的选择。她走了正好,你要寻补锅的,我要寻锅补。"

来魁拿出以前与开琼的照片。他今天是有备而来的。

开琼看到那两张照片,她看了很久很久,直到泪水模糊双眼。相片像打开往事的闸板,上次与来魁在这里的影子跟照片一样出现。

来魁知道这两张照片就是登上开琼感情之舰的船票。

来魁想用手捋开琼额前的头发到耳廓上,开琼以为来魁动手亲热,她怕念念看到,避开了。开琼自己用手摸额前的头发到耳廓上说:"念念以后回家会不会在队里大人面前讲我们今天的事?"

来魁说:"她这么小,懂个啥。我今天就想跟你补锅!我不怕,怕个毛。走,我们看有毛的动物去。"

他们来到动物园,念念用手拉着开琼。这时候,来魁偷看开琼的眼神,开琼有怕见光的羞涩了。

他们到医院找杨明琼。开琼高兴地告诉同学说她离婚了。杨明琼要留他们过夜,开琼同意过夜。杨明琼的男朋友那天去广州出差不在家,老同学想好好说说心里话。

杨明琼听到开琼的现状,她要开琼早与来魁结婚,说不定还可以回血防医院工作。

开琼说:"这么快与来魁在一起生活,我做不到,我怕别人笑。"

杨明琼说:"既然天珍有书信给你,我劝你们早在一起,不然夜长梦多。"

开琼说:"我还是要给天珍去信的,她如果想回来,我让她。"

杨明琼说:"你们现在可以朝婚姻的家园大胆地构想了。"

来魁说:"不用恋爱,我们有现成的恋情保存到了今天。"来魁把五年前与开琼的照片给杨明琼看。

那夜,来魁在杨明琼的家对面旅社开了一间房与念念睡。他要开琼去与他同睡,开琼说:"以后在一起生活时再说。"来魁执意要住旅社,他就是要在今晚得到开琼。

夜里杨明琼要开琼陪来魁说说话,她说:"胡来魁今天要住旅社就是想与你那样,你还是去吧。你们在一起发生过几次了?"

开琼说:"我们还从来没有过!"

杨明琼说:"那次我们遇到同学,你说心中有人,他是谁呀?"

开琼说:"当时你没听班长说我如果没人,他就要离婚,我只好随便说有了人。"

杨明琼说:"现在你们可以在一起了。他的老婆把他交给你,你就要抓紧在一起生活;怕他老婆反悔,那你就不能反悔了。"

开琼不好意思说:"着什么急,再怎么也要过年以后。我想把年过了,看不到天珍姐的后悔,我就去来魁的家。"

杨明琼说:"今晚你不能让来魁失望,你去跟他实现第一次,我在家等你来睡。不要让小孩子看到。走,我送你过去。"

有人敲房门,来魁下床开门。看到是开琼,他笑道:"我知道是你!"只见来魁把开琼拉进房,拴好门,一把抱起开琼。

来魁不违大节的主动使开琼感到胆战心惊的温柔。

开琼用手推来魁说:"念念睡着没有?"

来魁说:"她睡着一会儿了。"

只见开琼蓦地用双手抱住来魁。几年的流言蜚语这一刻要成为现实时,言语已是多余的。他们恋爱时一个个心心不异,如今是两个心心印心。这毕竟是开琼与来魁破题儿第一遭,他们的动作难免笨手笨脚。可就在这时,有人敲门。

原来这家旅社里的男老板与一个社会混混合谋敲诈旅客。那混混外号叫瘪三,他带有一漂亮的女朋友,他们常常用美人计让旅客上当受骗。他们看到开琼与来魁进了同一房,他们使出了老练的伎俩。瘪三敲门把来魁叫到一个空房间,他拿出一张假公安局的证明在来魁的面前晃了一下,他不敢给来魁细看。他然后问来魁与同房的女子是什么关系。因为那个年代旅社是不许男女同住的,来魁只有胡诌说是夫妻。瘪三问来魁何时结婚,何时生孩子,孩子叫什么名……然后,瘪三又到开琼的房里,对开琼问同样的话。怕出事的开琼都如实地回答。看到开琼与来魁不是真夫妻,瘪三先要来魁写检讨。

来魁以为写了检讨就没事了,他写了检讨。

没想到瘪三把来魁的检讨书当着证据,他的语气开始强硬起来。他们要来魁给两百块钱就不把来魁与开琼送到公安局。

开琼怕丑,她更怕自己有不好的名声,她要到杨明琼那里借钱给瘪三。

来魁在与瘪三斗智斗勇中发现他不像公安局的人,来魁的态度也开始强硬起来。这是因为来魁不怕把事闹大,他与开琼同房的事闹出去,这倒促进了他与开琼早一步走到一起。形势把他们逼到一起结为夫妻,这样以后天珍与凤伢子也减少了对他们的责骂。看到来魁的强硬,瘪三只有软下来了。

最后,来魁只给了二十块钱,瘪三拿去买烟抽。

敲诈了二十元的瘪三灰溜溜的样子走了。心有余悸的开琼要出去找杨明琼过夜,来魁怕开琼出去不安全,他把开琼留住。

激情燃烧的时候虽然被假公安局扑灭了,由于他们正处在激情燃烧的岁月,他们终于实现了夙愿。来魁看到赤裸的开琼跟凤伢子是一样的,只是开琼的肚皮上有动手术的刀疤。怕羞的开琼始终不敢看来魁,她的脸特别红,像燃烧的灰烬。

翌日,杨明琼带四人一起出去过早。来魁抢着结账。来魁今天看开琼好像不是昨天的开琼了,对她的想法也和原来的不一样了。男女之间一旦有了亲肤之后,双方的观念都将改变。

老同学分手时称呼对方都叫"小双"。来魁这才想起来开琼以前对他讲过,杨明琼也是双胞胎的妹妹,她的姐姐也叫凤伢子。来魁对杨明琼说:"你们这双胞胎还真是巧,名字都有同一个字。"

分手后,开琼对来魁说:"她说她的孩子在乡下的奶奶家。我想给点钱她的孩子,她的孩子不在家,我没这么做,总觉得不好意思的。以后想起来也是要后悔的。"

来魁说:"人家是城里人,不在乎你的这一套。"

第52章　回来

　　这天他们在共大一起吃晚饭。来魁要留下来过夜，开琼说什么也不同意："我们过早地在一起，我觉得对不起天珍姐。还是要等一段时候，看天珍姐有什么信来没有。她没有后悔，我到你家过年。"

　　来魁说："我希望你跟我回家，有天珍给你写的信，你还怕她吗？"

　　开琼说："她给我的信是九月份写的，说明那是她原来的一时冲动的想法，并不能说明她现在还有这种想法。"

　　来魁说："你回娘家，每天到我家与念念玩，队里的人自然就知道我们的关系了。你反正要早到我家里来，这样我们的关系就确定了，反正昨晚我跟你把锅补了。"

　　开琼红脸说："还是等天珍姐来信了再说。她没有后悔，我与你过年。如果我过早到你家，队里的人肯定要说天珍姐就是我把她挤走的。我怕队里的人说是我破坏了你们的婚姻。还等一段时候，如果天珍姐真不回来，我就与你一起生活。我们开始到外面过几年，以后再回到家乡。为了你，我不要共大的工作了。"

　　来魁说："这么说，今年过年我就可以到你家拜年了。到那一天我要对你爸说，'您终于成了我的好丈人'。过几天我家杀年猪，来接你到我家过门玩。"

　　开琼说："你现在家里闹出这种事，我怕回家。等人们接受天珍姐走了的事实，我再回家不迟。"

　　来魁说："我这一生最后悔的是跟天珍结婚，没跟你结婚。下辈子我是再不会找年龄大的女人做老婆的。她年龄大,爱脸面,平时我也很注意她这点。可她与我过夫妻生活,她也怕羞,爱脸面。这么多年,她从来没有主动过,她总是不给我积极的气氛。我真后悔与她结婚!"

开琼蛮想说自己也不喜欢频繁的夫妻生活,她没有说出口。她相信来魁的话是发自内心的。她也隐约知道来魁是一个离不开女人的男人。她想起一个女同学的话说:"爱情是羡,婚姻的厌。不经历婚姻不知道厌,不经历爱情不知道羡。"

来魁带念念回家,他告诉念念不要对别人讲在沙市玩的话。哪知念念回家与奶奶睡觉把什么话都对奶奶讲了。来魁的妈骂来魁,并要来魁去宜昌接天珍回来。老人家说了,天珍回来才能杀年猪!

陈大姐知道天珍再不想回来的话,也是一把鼻涕一把泪要来魁接天珍回来。来魁的妈见人就哭着想天珍媳妇。队里的妇女们都说天珍是个好姑娘,要来魁去接天珍回来。左家的前辈也来劝说来魁接天珍回来。一队连英姐和几个前辈来到来魁家,要来魁把天珍劝回来过年。有一个前辈发火说:"你不把天珍姑娘接回来,老子揍死你!"

看来,来魁的麻烦来了。

来魁的名字以前用过这个"奎"字,以后才用这个"魁",看字面都是鬼斗的意思。

来魁只得答应他们过几天去接天珍回来。他想出门玩几天再回来,骗乡亲们说天珍不想回来了。

来魁带念念看开琼,他要开琼与他回去生活,哪知开琼还是那句话:"还等一段时候,恐怕天珍姐还回来。"

来魁说:"她既然给你写了那封信,她就不会回来;有那封信,她回来你也不怕了。"

开琼说:"如果天珍姐过年都不回来,我回去到你家过年。"

来魁说:"这么冷的天, 我一个人睡觉要一个焐脚的人, 你还是跟我回家吧。"

开琼还是那句话："还等一段时候再说。"

来魁要把念念留在开琼的身边，这为他来这里有理由。走的时候，来魁想与开琼发生关系，开琼直言反对。来魁只得悻悻而回。

头九一场雪，九九像六月。今年的老冬天感觉不到大寒小寒，每天早晨只有大霜小霜。来魁每天早晨洗脸后要唱一遍《小字辈》插曲，他习惯把两段歌词唱混淆。他觉得那歌词第一段适合对凤伢子唱，第二段适合对开琼唱。他把一二段唱混淆，也表明他对双胞胎爱混淆了。

这时候家家都在放门口的树，准备填新稻场。新左家台的稻场在后面的鱼池边，每家的台基是一样大小。山青到新台基第一家填了台基和稻场。这里要发生翻天覆地的变化了。

来魁把胡来朋叫来帮忙锯倒门口的大杉树。他家的树倒在公路上，来了一个骑自行车的姑娘前面带一个小女孩，她下车推过。这女人穿着黄袄子，脖子上一条红围巾。她不停地看来魁，来魁没有看到她。

过了一会，胡来朋对来魁说："左开红回来了。"

来魁说："哪个是的？"

胡来朋说："我刚才看她带着孩子，自行车后面还有一个大袋子。"

来魁扭头只看到秀儿和她男朋友，他就相信凤伢子回来了，因为秀儿前些天说过去江南的话。

晚上，来魁给秀儿家送牛过去。有一个刚刚学步的小姑娘与秀儿在家门口玩耍。秀儿的伯伯来接牛，来魁要借小锯子。这时凤伢子走出来，看到来魁，那种眼神有惊喜与无奈，好像有好多的话要说。

父亲拿来锯子，接过牛拉走。

来魁拿着锯子没走。凤伢子看伯伯牵牛走远，她来到来魁面前小声说："我明天到你家有话说。"

来魁回家就感到他的大麻烦随大寒的节气来了。凤伢子一定是知道他与开琼现在的关系,明天肯定是来警告他不许与开琼来往的。

凤伢子回来第二天,她牵着小姑娘丽丽玩玩闹闹来到萍儿家。她与萍儿的妈说了一会儿话。萍儿的妈讲天珍回家的话,她昨天就听妈讲了还是装着第一次听到地惊讶。她故意大声与丽丽说话,让来魁听到。没见来魁过来,她把丽丽放地下,让小孩子乱走。小孩朝来魁家走她就不阻止,小孩朝别处走她就阻止。

丽丽终于来到胡来魁的门口,奶奶看到走出厨房对凤伢子说:"大双回来了,这是你小姑娘呀?嗨,几天不见都会走了。"

凤伢子说:"嗯。您在忙呀。"

奶奶进屋拿来两个粑粑给丽丽拿着。

来魁在房里给天珍写信,听到凤伢子声音,他走出来对凤伢子说:"你怎么现在才回来的?"

凤伢子说:"有两个孩子现在不方便回来了。"

来魁的妈故意把话说给凤伢子听:"你打算几时去接她们,还过几天都四九天了。"

来魁说:"我跟她写了信。她收到信想回来就会回来的,她不想回来,我去也白搭。"

凤伢子看来魁的妈进厨房,她抱起孩子进来魁的房里。

只听凤伢子说:"立新在外面又结婚了,他们的男孩比丽丽还大。我不看到照片还不相信呢。我这与他离了回来的,我带回你的伢子。她这回去正好,不许你把她接回来。你去接她回来,我就住在你们家不走了!"

来魁先是害怕,待镇定下来,他小声发火说:"你怎么是这种人,你那时跟别人结婚,我就没这样威胁你呀。"

来魁的枕头边有他与开琼的两张照片,这要是被凤伢子看到,这可是要出大灾大难的。他挡住凤伢子,不让凤伢子走近床边。

凤伢子把立新的信给来魁说："你看，这是立新与我离婚的信。"

来魁草率地看信。

凤伢子又说："你就是把她接回来，我也要把她逼走！我原来之所以要与你怀丽丽，我就是怕有一天跟立新过不好要回来找你的，我要跟你一起过日子！"

老人家看凤伢子出来，她把丽丽抱了一会。她看丽丽很像小双小时候的脸相，一点也不像腊香姑娘。

凤伢子说丽丽的手在地下摸过灰，她进来魁家的厨房倒水给丽丽洗手。这时她好像把来魁妈天天围着运转的灶台当着自己今后的岗位。

来魁想到自己麻烦来了：一边是开琼等着与他过日子，一边是凤伢子不等了要与他过日子。她们又是双胞胎，这怎么办？如果天珍回来了，那是更难办的事了！

天珍回到娘家已经有一些时候了。与来魁分别时，来魁叫的一声"天珍姐"一直魂牵梦绕。一句久违的叫声，又把她带回了五年前。这亲切的叫声，伴随着她心酸地回家。说来也怪，与来魁在一起没有把来魁当一回事，甚至不爱来魁；一旦与来魁分开，还是那么爱来魁，想来魁。开始几天她恨不得立即赶回家，与来魁在一起。她后悔自己的行为，她给来魁写信，要来魁不把她给开琼的信给了开琼；她说等小弟结婚了，她就回婆家。好在她现在习惯了娘家的生活，这是因为她有上半年长时间在娘家生活的经历。她每天要做两顿饭，上午和下午还要到后山帮小弟看果园下的鸡场。一早一晚，她必须搀母亲锻炼走步。母亲解手太困难，上一次厕所相当于上一次刑场。她要帮母亲，母亲不要她帮这个忙。她从不要母亲看护小姑娘，她一直与小姑娘在一起。小弟特别喜欢她的小姑娘，有时候小弟要与她的小姑娘玩耍。她想把慧芳的儿子带过来玩几天，给小姑娘做伴。她去慧芳的婆家，洪远出事了：洪远因为赌博，他把别人家的耕牛偷去卖了；公安局抓他，他逃亡天涯了。她还是回来晚了一步，要是不挑鱼池就回来，洪远就不会犯法了。看到慧芳可怜的孩子，她把孩子带来与小姑娘一起玩了几天。现在她只盼天明快点结婚。等小弟结婚了，她就可以带小姑娘回到来魁的身边。

第53章　无奈

晚上,凤伢子到来魁的家,她说不走了。听来魁发火的声音没有底气,她一点也不怕;因为她的孩子是来魁,有这张狠牌,她不怕来魁不听她的话。

凤伢子说:"老子几岁就跟你了,以后你不到我家提亲,这也怪我呀。你要是提亲,我没答应,你就可以怪我。"

来魁说:"我要你来柳树下,你没来,我怎么好提亲。"

凤伢子说:"老子那时候懂事了,晓得不结婚是不能做那样的事。你是提了亲,就是不结婚,我都敢与你做那事的。"

来魁说:"你没想到,你跟别人结婚,你害了好多的人!"

凤伢子说:"老子不管,过几天你就去我家,把我们母女接过来。要不然,我就把你的丽丽给你,我不要了。"

来魁的妈知道他们有话说,在窗口边偷听。

来魁知道凤伢子说不要孩子是吓唬他的,他说:"你到我家来,要对我妈比天珍对我妈还要好,你做得到吗?"

凤伢子说:"我是吃你妈的奶水长大的,你妈跟我妈有什么区别,这话不要你说。你早把我接过来!"

来魁说:"以后天珍来看孩子,你不能给脸色她看,行吗?"

凤伢子说:"她跟我做了这么大的房子,我感谢她,我会把她当亲姐姐的。"现在只要来魁肯要她,她什么乖话都可以说。

来魁说:"你要对念念像自己的姑娘对待;我保证对腊香也像自己的姑娘。"

凤伢子说:"我对念念不好,队里的人都要骂我的。"

来魁说:"还有重要的一条,就是不能跟开琼多心肝。我保证与她没关系。我们以后要照顾她,直到她再结婚。"

凤伢子不高兴说:"你这是在跟我谈条件呀。老子以前是对不起你,以后会补给你的。从今天起,你晚上不闩后门不关房门,我一有机会就来。"

来魁的妈喊念念是故意打断凤伢子与来魁的说话,因为念念根本不在家。老人家是怕凤伢子给来魁灌迷魂药。老人家终于知道天珍的离家出走原来是凤伢子逼的来魁。

凤伢子与来魁怜香惜玉后,她满意地走了。

来魁去共大把念念接回来,他什么话都没有对开琼说。他本想把双胞胎一肩挑起的,没想到压得他喘不过气来。

大双的妈看到来魁的妈带孙子走过来,既热情又有些好奇。平时老大姐送牛过来就走,很少与她拉家常。她们有时候见面也只是讲一些春种秋收和天气季节方面的话,看样子今天一定是有重要的话。

她们先拉家常后,来魁的妈转入正题说:"我今天看大双在萍儿家玩,她一个人带孩子回来呀?"

大双的妈停了一会,叹气道:"老大也跟小的一样命苦。立新打了隔壁的人跑到外面躲了几年,又跟一个姑娘偷偷结婚了,生的孩子比大双的丽丽还大一岁。大双这回来再不回江南了。老大姐,你看我该怎么办,那个离婚了一个人过着,这个又带一孩子回来。别人知道怎么不笑她们。你看这是我的姑娘有错吗?"

来魁的妈说:"她们年轻漂亮,以后会找到更好的。唉,孩子揪心呀。你看我们的一个不成器的东西,把这么好一个媳妇逼走了。念念天天找我要妈,我的眼泪都流尽。"

两个爱流泪的老姐妹都是菩萨心,她们没说几句都湿了眼圈。她们用那双

377

勤苦的手抹一下泪水找安慰对方的话说。

开琼的妈说："你还是要幺狗子把山里姑娘接回来。只要幺狗子去了,山里姑娘朝孩子看,肯定是要回来的。"

来魁的妈说："我就是舍不得山里的媳妇,要是舍得,我都不想的。昨天凤伢子到我那里玩,我留她吃饭,她真套。看到她们母女也可怜的。"

开琼的妈说："她在萍儿家里都不肯吃饭,她怎么好到你们家吃饭。"

来魁的妈说："凤伢子跟婆家闹翻,你们以后的亲戚关系都不好了。"

开琼的妈叹道："唉,伢子们年轻了,不懂事,大人们跟着心急。"

晚上念念睡着了,来魁的妈到来魁房里来问话。

来魁说："我现在没有办法。还是要听大双的话,因为丽丽是我的孩子。"

妈说："你肯定那孩子是你的?"

来魁说："天珍生小姑娘坐月子时,大双回来栽秧,我们一个月都在一起。"

妈说："天珍是大双要你把她逼走的吧?"

来魁："这不关大双的事。"

妈说："你快去把天珍接回来,不理大双的!"

来魁说："我不怕天珍,我怕大双。"

妈说："我就是同意你跟小双也不会同意你跟大双的。你跟小双她对你的孩子要好些;大双有一个哑巴姑娘,今后是一个大麻烦。"

来魁："我跟大双有孩子,只有跟大双了。您不要管这事,我保证大双也像天珍一样对您孝敬的。"

妈说："你们没做好事,孩子们长大要恨死你们的。听我的话,最好的办法就是接天珍回来。"

夜里,凤伢子的妈与凤伢子说话。妈要凤伢子少到来魁的家,凤伢子对妈讲了实话："我怕与立新再怀一个哑巴孩子,这个丽丽姑娘是我与幺狗子怀的孩子。现在他的山里姑娘走,我正好要与他过日子!"

妈惊讶道："这是真的！丽丽真是幺狗子的？"

凤伢子说："我怕跟立新又怀一个哑巴，我才找幺狗子的。"

妈说："这事不能让别人知道的！"

凤伢子说："幺狗子的妈知道，小双可能知道。我现在正好与幺狗子过日子，我不怕他山里姑娘。"

妈不高兴地说："他的媳妇刚走，你去他家，别人要在背后骂你的。"

凤伢子说："又不是我把他媳妇赶走的！"

凤伢子的妈说："如果他的山里媳妇不回来了，你去他家还是可以的。"

凤伢子说："我明天就去，哪个敢笑我！我跟他的孩子都这么大了，我哪个都不怕。"

妈问："丽丽姑娘真是你跟幺狗子怀的？"做妈的还是不相信。

凤伢子说："他山里姑娘坐月子时，我回来栽秧，那一个月就怀上了。不是他的孩子，现在肯定又是一个哑巴。"

做妈的没有过多地谴责女儿，谴责女儿等于在谴责自己。

来魁写给天珍的信里先是劝天珍回来，后来把这段文字划去，又写与开琼结婚了，后来把这段文字也划去。虽然划去，可字句还是能看清的。他这样写来划去就是让天珍还能看到这句话。有这话，天珍是不好回的。他不会让天珍知道他已经准备与凤伢子在一起生活。他想幸亏天珍回去了，要是凤伢子离婚回来，她不会让他过安逸的。说不定凤伢子还要与天珍吵架，拿她们两个人的脾气都有可能上吊！天珍是与开琼友好才让位的，天珍知道是不讲道理的凤伢子到这家里来，天珍说不定要回来阻止。那样的话麻烦就像天空要下大雪没办法挡了。

正当他准备把信发出去时，他收到天珍的来信。天珍要他不把开琼的信给开琼了，她想回来。她说等小弟结婚了，她就要回来……

来魁把给天珍写好的信里又加了一张信纸。他告诉天珍，给开琼写的信他早给开琼了；他已经与旧情生活，希望天珍也与旧情生活。他没有在信中说与凤伢子生活，他说的是旧情，因为凤伢子才是他真正的旧情。天珍是不知道的，天珍只知道他的旧情是开琼。如果告诉天珍说他与凤伢子生活，天珍可能要找回来；如果让天珍知道他已经与开琼生活，天珍就不会回来了。因为这是天珍给开琼的信中希望的结果。

冬天不下雪，荆州的冬天就不算冬天。如果荆州没有雪，早晨的大霜也像一场雪。看到这样的景象，春节的脚步先来到古老的左家台。孩子们不上学了，老人们知道年关已到。

本来开琼与凤伢子现在比起来，开琼年轻时尚有文化知识，但来魁还是喜欢凤伢子的乡土气息。他爱凤伢子好像主要是爱凤伢子的这个名字，这是他从小就烙印在心中的小名。他虽然简单而坚定地答应了凤伢子，可他还是想到开琼那边怎么办？他不敢想，这时候他才觉得自己是世上最痛苦的男人！他在日记里写到：男人一生只与一个女人相爱，那是幸福的男人。

一天晚上凤伢子来到来魁的房里，她跑上床，要来魁去闩门。

来魁说："你这么大的胆子还怕谁？"

凤伢子说："我怕天珍回来。"

来魁说："偷人的婆娘心思多。"

凤伢子说："你再说，老子明天就把丽丽带你家来不走了！"

来魁闩好门回来。凤伢子已经躲在被子里不见头发。他上床问："你来，丽丽呢？"

凤伢子在被子里发出声音："丽丽睡着了，我对秀儿说到你这里来的。"

来魁故意说："你到我这里来干啥的？"

凤伢子不怕羞地说："我生丽丽后，立新很少回来，我也就没上环，我来是跟你怀儿子的。"

来魁想起凤伢子与立新结婚心里不舒服，他也想拿天珍说话刺激凤伢子。

他说："天珍对我妈讲过没跟我家生儿子,有些对不起我家。"

凤伢子从被子里冒出头来,说："从此不许你说天珍,我也不说立新。我跟立新没过几次夫妻,还没有与你偷偷摸摸的次数多。你不嫌我麻,我不嫌你瞎,我们像小时候洗了破牌重新开始。"

来魁怕凤伢子,他显得无可奈何。

凤伢子与他怜香惜玉以后,他要凤伢子回去了。

第54章 牙痛

来魁看到开琼的妈在家,他知道开琼一个人在共大,他带念念趁机来到开琼这里。

开琼要做晚饭,来魁没有客套,来魁想把凤伢子回来的事告诉开琼。开琼在切菜,砧板上有响声,来魁欲言又止。

等开琼煮饭时,来魁开口说:"我第一次以婚姻而恋爱时是跟你谈恋爱,我与你凤姐是无知地恋爱。可与你去了江南回来,改变了我恋爱的选择。去江南以前是选择与你结婚的,去江南回来在你和天珍之间选择了。过年天珍来玩的那天晚上我约你见面,你如果来了,我肯定与你结婚。因为那晚你没来,我选择了天珍。与她共度良宵以后,我再无法选择,只能跟她结婚了。应该说,我们结婚的选择权一直握在你手中。"

开琼听来魁的长篇大论说:"你的话像写小说的,看来你还是打了草稿的。"

来魁继续说:"第一次想与你结婚是你错过了,现在我与你准备第二次结婚,你又错过了。前些日子我要你早回去与我过日子,你要等天珍来信;这下好,凤伢子与立新离婚回来,看来与你过日子又没有戏了。"

"我姐离婚回来了?"开琼见锅里冒蒸汽,她本应该拿锅铲子,结果她拿瓢子在锅里铲。她意识到拿错铲子,放下瓢子,找到锅铲子。

来魁说:"立新早就在外面有了老婆,他们生的儿子比丽丽还大。他们写信回来,信是立新和老婆俩写的,信里还有他们一家的照片。立新现在的老婆是松滋人,姓王,好像是王家桥的。"

"这是真的?"开琼已经相信,她还是问了一句。去年过年,她就听凤姐的话里怀疑立新外面有人。

来魁说:"凤伢子说回来再不走了,并且她要到我家来过日子。"

开琼迟疑一会说:"幸亏我没到你家,否则与姐不好下台。"

来魁说:"你姐的性格是开始说得蛮吓人,你真的做了,她也不会咋样。你以前与我结婚了,她也不会与你咋样。前一段时候你到我家里,现在她也没有办法了。她对我讲,如果我与你结婚,她现在离婚了也不会回娘家生活的。"

开琼问:"你以后打算怎么对待天珍和凤姐的?"

来魁说:"我今天是来问你,你如果想与我生活,我与你就不顾一切走到一起,她们的事我就不管了。你如果不想与我生活,我马上就与凤伢子在一起。"

说来魁深爱女人不如说他了解女人。他知道开琼的回答是希望凤姐与他生活,如果开琼不会这么回答,他就不会这么问。其实他在心里早选择与凤伢子生活,他今天是来故意征求开琼的意见。这是他对开琼的尊重,也是对开琼的爱。

开琼不会拐弯抹角说话,她直说:"你有凤姐,你还是与她生活吧。我以后一个人生活得好。"

来魁说:"希望你以后早有一个新家。你日子过不好,也等于我的日子不好过。"他的话虽然要开琼再找男人,可他内心还是不希望开琼有男人。

第二天凤伢子来到共大,开琼与几个领导在谈事。开琼看姐来了,与姐打过招呼,要姐到她房里玩,她说上级干部来有事情。

上面要建沉螺池,血防站与共大分开。上面要把共大承包出去,开琼没有意见。开琼表示把新血防站建在古井二队的公路边,沉螺池也建在古井二队。现在下面的血防工作由她说了算,她是古井二队人,她也应该为古井二队着想。

血防办的干部走了,开琼才回房与姐说话。凤伢子讲立新与别人结婚了,她准备回娘家落户。开琼劝姐说:"回家不得饿死,我把田给你种,我们来帮你。"

凤伢子说:"我找过幺狗子,他不敢不帮我。我早就知道与立新过不长久,所以那年你与他去江南,我才极力反对你们在一起的。那时候我就对幺狗子说过,如果我的孩子有近亲问题,我第二胎就要请他帮忙。丽丽姑娘就是我与他偷偷怀上的,那段时间山里姑娘正在坐月子。这事你知道吗?"

开琼听到凤姐的话,她没有感到惊讶。她以前听凤姐说过借种的话,可能就是在暗示凤姐要找来魁帮这个忙。她说:"我只是有点怀疑丽丽是他的姑娘。"

凤伢子说:"是幺狗子听我的话,我们早就结婚了。"

"你这回来是个机会,他的老婆正好走了。"开琼讨好地说。

凤伢子说:"她不走我也要把她逼走的!我要与幺狗子怀孩子就是想有这么一天。"

两双胞胎模样一样连命运也一样。开琼准备与来魁开锅火过日子的希望破灭了。她后悔自己小心谨慎准备与来魁过夫妻的机会又一次误过了。想到凤姐是自己嫡亲的同胞姐姐,她也没什么嫉妒的。她没有了生育,对重组家庭也没了激情。她凤姐有生育,也许今后还可以生个孩子给她抱养。

凤伢子又说:"我的胆子要是大一些,我早就跟了幺狗子,不会有一个哑巴姑娘。"

开琼说:"你的不幸都是父母老思想造成的。只要天珍不回来,你以后会有好日子的。"

凤伢子说:"去年过年时我就想要幺狗子把山里的媳妇赶回去,我想回来。"

开琼说:"你这样做是不应该的。"

凤伢子说:"我又没有逼他们。"

开琼看了一下手表说:"我来做饭。"

凤伢子说:"我今天不回去,不用烧这么早的火。"

开琼与凤伢子去菜地,凤伢子说:"我当初为什么反对你们结婚,因为我很小就跟幺狗子好上了。我准备与他结婚,伯伯看你不愿意嫁给立新,他们才逼着我嫁给立新的。"

凤伢子要把小时候的话都告诉开琼,不让开琼今后与来魁再有什么来往。

这天凤伢子与开琼在共大过夜,她们的话不是很投机,因为她们同爱着一个男人,生怕把话说到这个上面。

来魁的牙痛病又犯了。他没有什么其他疾病,他就是经常牙痛,并且每次是头痛引起的。现在凤伢子的出现,这足够让他头痛的。牙疼不是病,疼起来要人命。他不得不去街上找牙医。

河口医院以前有牙专科,因为外面的个体门诊多了,医院里已无人问津。来魁每次都是找南桥旁边一家个体的女牙医。他认为女医生温柔一些,对他的牙齿下手不会太狠心。

他躺在牙椅上,看女医生手里拿着铁家伙,他开始害怕。戴着口罩的女医生说话他没有听明白。不一会儿,在外面也能听到他一阵阵惨叫声。

善良的男人没有女人不会痛苦,女人多了才会痛苦。来魁现在有三个女人,这不是幸福,这是一种痛苦。这种痛苦比牙痛还难受,他不知道究竟该爱谁。他主要是怕爱一个,还有两个会受苦受难。按信念他应该爱凤伢子,按道德他应该爱天珍,按审美他应该爱开琼。三个女人中,开琼是最漂亮的,可凤伢子又是他最爱的。她们是双胞胎,怎么能由他挑来选去的,以后她们亲姊妹怎么相处? 现在,他的母亲要天珍,念念姑娘要开琼,他要凤伢子——他遇到这种现状,他的头不疼才怪呢? 这正印了他的名字,胡来鬼斗!

开琼到血防站结完账出来,她在牙科门诊看到一辆自行车,她认出是胡来魁的。她走进门诊。女医生与她原来熟悉,她们点头表示打了招呼。她来到来魁的身后。

来魁惨叫时,开琼说:"这就比生孩子都痛一些吗?"

来魁扭头看到开琼,他说:"是你呀! 我没有生过孩子,我怎么知道哪一个痛一些。"

385

自从来魁知道开琼站在他的后面，再没有听到他的惨叫声。手术结束，他对开琼说："再来看牙齿，把你带来就不痛了。"

开琼说："我来站里结账的，看到你的自行车，我才进来看是不是你。"

来魁说："昨晚牙齿痛了一夜，挺不过了才来。"

来魁出了钱，他们走出门诊。

来到南桥上，他们站住了。来魁对开琼有话说，开琼对来魁也有话说。

来魁说："我发现这次牙痛是你们引起的。我现在的头痛，引起了牙痛。"

开琼说："我想好了，你就跟凤姐在一起吧。天珍姐要是在9月份走了，我肯定还是跟你在一起生活的；即使凤姐回来，她也不会影响我们的。既然天珍姐9月份想走而没有走，说明我与你终究没有缘分。以后，我保证听天珍姐的话，跟她把念念带大。我不会再建立家庭，我与念念组成一家，我会把念念当梅梅养大的。我们共大的农田准备承包给别人养鱼，我回二队建沉螺池以后，我就在沉螺池边做一个小血防站。这样我与新左家台只隔一个沉螺池。与你们在一起，我也不怕受别人的侵害了。我种两三亩的口粮田，有你和哥哥帮忙，我也不用求别人……"

听开琼说这么多话，说明开琼这些天也在考虑这种事情。来魁说："不是我不爱你，你比凤姐年轻漂亮，又有文化；主要你们是亲姐妹，我是不能选来选去的。我怕影响你们姐妹今后的关系。"

开琼抢过话说："你还是与凤姐过吧，因为你们有丽丽这个孩子。我不会与凤姐来争你的，那样会影响我们姐妹今后的相处。"

来魁问："你怎么知道丽丽是我们的孩子？"

开琼说："凤姐都告诉我了，她说你们很小就在一起了……"

来魁说："我为什么爱她最深，就是小时候我们就跨过了男女关系。"

开琼说："你就与她过日子吧。今后天珍姐如果回来闹纷争，我来帮你们调解。"

队里的人这么长时间都没有看到天珍，人们才议论开来。左开顺知道了还以为是自己的行为把天珍吓跑的。他后悔没有得到山里姑娘。从陈三秀的口里得知天珍把家已经给小双,天珍再不回来了。凤伢子听到这种消息,她坐立不安。她必须天天在来魁家出出进进,让人们早接受她要与来魁过日子的事实。

夜里,凤伢子来敲来魁的窗户。来魁在房里看电视,没有听到。凤伢子等电视没有声音再敲。终于听到来魁说了一句:"谁呀?"

凤伢子没有作声,她在心里回答:"还有谁呀!开门!"

来魁打开窗户看到是凤伢子,他忙出来给凤伢子开门。

进到来魁的房里,凤伢子跳上床,把一只布鞋带翻。来魁关好房门,他给凤伢子把一双布鞋摆好。

凤伢子说:"我把丽丽交给秀儿了,我对她说今晚不回去了。"

来魁不敢上床,他说:"你不怕她回来?我还是怕她回来的。"

因为凤伢子不喜欢听天珍的名字,来魁只有用"她"来代替天珍。凤伢子没有说话,他继续说:"她说小弟结婚以后就回来,她又不说明小弟结婚的时间,这就是要让我时刻提防她回来。"

凤伢子听不下去,她话:"你赶快跟我做一个屋!就到新台子那里,屋不大都可以。我还有几百块钱,你拿去用。有了屋,她回来,我们就不怕了。"

来魁说:"我正在考虑喂甲鱼,就在甲鱼池边做一个屋。如果她回来,那个屋就是你的。"

凤伢子说:"有了屋,我就跟丽丽住在那里。她回来了,你也要在我那里,气死她。把她气一段时候,她就乖乖地回去了。"

来魁说:"你这么想要跟我在一起,你怎么还嫁别人的?"

凤伢子听到她出嫁的话就要与来魁吵架的,说的话还是原来与来魁争论的那一套话。

来魁的妈知道大双又进了儿子的房里,她听房里有吵架声音,她咳嗽了一声。一声咳嗽相当于说了很多的话——那是不知怎么开口说的话。

第 55 章　年关

开琼的妈经常要到共大那里玩几天,给姑娘做饭洗衣。母亲主要是到这里来给姑娘做伴。老人家在这里没什么事,歇下来时到床边与姑娘说话。

开琼准备给念念织一条毛线裤子,她已经打了两天。她焐在床头织毛衣,这是她最轻松舒适的时刻。

妈说:"我听三秀说幺狗子的山里媳妇把她的家给了你?"

开琼说:"天珍姐没有说把家给我,她只是说把念念给我照顾。她说念念跟梅梅一样,要我把念念当自己的女儿。"

妈说:"山里媳妇真的不回来了?"

开琼说:"我怎么知道? 有可能近几年不回来了,她要等她的妈去世了再回来。"

妈说:"这么好的两口子,怎么成了这样? 为照顾妈,就不要家了? 现在幺狗子再找也不好,不找也不好。现在大双想与他过,我不同意!"

开琼说:"天珍走的时候是要来魁再找一个媳妇。凤姐现在也离婚了,如果他们想在一起,就让他们暂时在一起过吧。不是你们大人干涉,他们早就在一起了。"

妈说:"这成何体统!"

开琼说:"凤姐与来魁他们原来就有感情,现在就让他们在一起过吧。他们过得好,以后自然就永远在一起了。如果他们过不好,他们也不用后悔没有在一起。以后天珍姐知道了,天珍姐也会再找家的。"

妈说:"我要幺狗子做我的女婿,我就要你跟他过。你现在一个人,没有孩子了,今后不好找家;大双能生孩子,她还可以再找一个新家。"

开琼说:"妈,你们原来把他们分开,现在就让他们在一起吧。我的事不要你管。我马上要在二队修建新灭螺站,我就把你们俩老接到我那里住。我一个人能生活的。我有工资,我还种一点口粮田,有哥哥和来魁帮忙,我会过得好好的。今后念念就做我的姑娘,我也就知足了。"

妈说:"他们会把念念给你?"

开琼说:"这已经说好了,念念给我做姑娘!"

来魁与妈在吃早饭,妈问来魁:"你打算不接天珍的?"

来魁不高兴:"你还提她干什么,她都舍得这个家了,你还舍不得她。哪个为了孝敬母亲把自己的家都不要的?你又不知道她究竟是怎么想的?她走了就走了,我明天就杀猪!"

妈说:"你打算跟大双过日子的?"

来魁回答:"是的。我跟大双被你们以前耽误了婚姻,现在正好结缘。你少管我们的事,你越管就越是在添乱!"

妈说:"哪有像你们这些糊涂鬼! 好好的一个家弄得缺头缺脑。"

来魁现在急于想的是怎么喂甲鱼,怎么在甲鱼池边给凤伢子做一个房子。决定喂甲鱼是因为不能跟开琼生活了;喂甲鱼这一说法是跟开琼那年在沙市吃分手饭说的一句话。他喂甲鱼,他有先天的好条件。他承包了渊,渊里有甲鱼,也有甲鱼的食料。渊边上是他的旱田,还有凤伢子伯伯家的旱田。田少了可以找别人家要,那时的旱田都没有人家要。有了那一块地带,万一天珍回来,他把渊和甲鱼池顺给凤伢子,凤伢子就永远在他身边……这些天他日夜在考虑甲鱼池怎么修,房子怎么建。他要把渊边那一方土地都要过来搞建设。

开琼的妈从共大回来就想找凤伢子说话,因为白天怕别人听到,只有到夜里才好开口。妈来到秀儿与凤伢子的房里,说:"凤伢子,你不能与幺狗子鬼混呀!"做妈的还是希望幺狗子与小双过日子。

凤伢子不高兴:"你们把我要逼死的!我落到这一步了,你们还要逼我?我以前就跟他好,你们硬要把我嫁到江南去!"

妈说:"你真要与他过日子,要等小双成家以后再说!"

凤伢子说:"我明天就跟他过!"

妈说:"你不把我怄死了。"

秀儿对妈说:"妈,你不管她们的。你们把她害到这一步,现在等她自己做主。"

凤伢子说:"我准备推一个新台基,找别人要几亩田,有了屋有了田就不用你们操心了。"

妈说:"你把明年的三八过了再说。"

凤伢子问:"这是什么意思?"

妈说:"我是怕立新还回来。"

凤伢子说:"他回来我也不理他了!"

妈说:"只要立新回来,你还是要与他过日子的。你们是老亲开亲,亲得很!"

凤伢子埋怨地说:"你们开始要我嫁给他,我就听小双说孩子可能会有问题的,你们就是不听!"

妈不高兴地说:"那时流行老亲开亲,好多老表结婚的孩子都没有问题,我们怎么会相信这说法。我们是相信有这种怪事,也不会把你许配给立新的。"

凤伢子说:"这么,你还要我跟立新过日子。"

妈说:"现在要朝伢子们看了。"

来魁家与陈三秀家共杀一头年猪,一家一半猪肉。家家杀年猪,这是当地的传统,再穷的日子是不能穷过年的。

杀猪那天凤伢子带丽丽来帮忙。她天天带丽丽朝来魁家跑,队里敏感的媳妇已经心里有数。她要来魁的妈看好念念和丽丽,她来烧水烘猪血。陈大姐也过来帮忙,准备烧饭屠夫吃。陈大姐对大双开玩笑地说:"你这回来正好,天珍喂猪你吃肉。"

陈大姐的意思是说天珍把屋做好了,凤伢子回来住。凤伢子哪懂这样的双关语,她不高兴地说:"天珍喂了几天的猪,还不是大妈喂一多半。今天你们吃肉,我只喝汤。"

凤伢子在来魁家吃饭,队里的人已经知道来魁家有新媳妇了;也有人说凤伢子不算新媳妇,他们才是破镜重圆。

春节在孩子们口里数着数着走近,开琼回娘家过年。很多焦头烂额的事只要把年一过就夷为平地了。

传统的年景因为有了电视改变了,腊月二十四了还听不到小孩子放鞭炮的声音。念念看别人家吃豆饼,她要奶奶做。奶奶看念念的亲妈走了可怜,找别人家借来绿豆准备磨浆做豆饼。念念不喜欢大妈(大双),她喜欢小妈(小双),她经常跑去跟开琼玩。听说是为念念做豆饼,双胞胎都热忱地过来帮忙。

来魁在秀儿家推磨,他妈舀浆回家摊豆饼。开始是凤伢子在喂磨,丽丽哭闹,开琼换凤伢子喂磨。来魁对开琼说:"你还蛮会喂磨眼呀。"

开琼想起来魁给她写的小说中坐轮椅的开琼给来魁喂磨的对话,她扑嗤一笑说:"是坐轮椅的开琼告诉我喂的。"

来魁也想起给开琼写的小说,他说:"生活与小说就这么神奇。同样的人同样的事同样的地点同样地发生了,可两个人的生活状况却迥然不同。"

开琼说:"人是不同了,可年还是同样来了。"

来魁说:"现在的年没有以前好玩了,现在的小孩子跟我们小的时候玩的不一样了。"

开琼说:"我们那时候在这几天总要跑湖里找莲子。"

来魁说："下午,我来去湖里找莲子的。"

开琼说："还有湖吗?"

来魁说："我自己带湖(胡)去。"

凤伢子把丽丽交给秀儿,她说去来魁家换大妈摊豆饼。不一会儿,来魁的妈用筲箕端来二十多个热豆饼给秀儿的妈。现在秀儿家的人在队里算最多的,每人两个豆饼也要二十个。

凤伢子摊豆饼好比到她一亩三分地里干活那样上手,只是这灶台目前还不算是她的。她脸皮有些糖色,这是油烟熏出来的。

这时念念在灶门口加稻草烧火,小脸儿被火烤得通红。自己动了手,吃起豆饼也分外香口。

山里的柴多,冬天的火也多,烤火的人火气也多。天珍与妈在烤火,小妹已经在天珍的怀里睡着。妈问天珍:"你回来玩了这么长时候,快过年了,你还不打算回家的?"

天珍说:"我不回去了,我跟他吵了架,我想与你们过年。我已经离婚了!"

妈上火说:"我要你不到那么远讨死,没有好下场的! 我年轻时也是吵了跑出来瞎的眼。你们吵架,他打你没有?"

天珍说:"他从来不打我,就是这次吵架才动手的。不过,他打了我一巴掌,我还了他两巴掌。"

妈说:"如果小胡对你真好,你还是回去吧,朝两个孩子看。我也把你没整了,过了年,我就去你家,你不能就这么离婚的。离了婚对谁都没有好处。"

天珍这时也上火了:"你到今天会说这话了! 我还回去干什么,他都与以前的老相好过日子了。"

妈低下头说:"这么简单离婚了?"

天珍说:"我们结婚都那么简单,离婚肯定也简单。"

妈叹道:"你一生也跟我一样没有好日子的!"

腊月二十八来魁收到天珍的回信。信的开头有这样的话:"来魁,想你想念念想婆婆。知道你已经与开琼生活,我祝福你们。麻烦的是我这两月的例假没有来,可能怀孕。你们这里计划生育抓得紧是不能生三胎的,我想把这个孩子生下来养到一岁就回来跟小孩子上户口。你们不要在我的家里生活,我随时可能要回来的……"

来魁看了信,他对天珍更加思念。

冬去腊去,年归春归,天珍一去无归。左家的媳妇们在一起都说天珍的傻,当然这话要避着凤伢子家人说。家家户户都在准备过年,来魁这个年怎么过呢?好好一个丰收的年底变成了年关。

大年三十,凤伢子带丽丽到来魁家帮大妈做团年饭。老人家想起年年这时都是天珍帮忙的,心里多想念那个媳妇。下午,凤伢子以女主人的身份在来魁家团年。来魁燃放团年的鞭炮声音也好像是在向左家宣告:在除旧迎新的时候他家要换新女主人了!

来魁的小名叫狗子,所以他家没必要再养一条狗子了。来魁的家成了西边隔壁老黑狗子的地盘,年节里有好吃的,那黑狗子天天都要来到他家饭桌下。当来魁家来外人,老黑狗也要叫几声的,这算是它的管辖地盘。老黑狗每次看到开琼不叫,看到凤伢子要认真地叫好长时候,说明它也跟来魁一样能清楚地认识双胞胎。每次开琼过来鸡犬不惊,而凤伢子过来总是鸡犬不宁。每次朝凤伢子叫的老黑狗子在吃年饭时看到凤伢子成了这家女主人还有几分面红耳赤难为情,生怕看到凤伢子的眼神。来魁的家虽然瓜剖豆分,可团年时一个人不多也一个人不少,完全与去年的人数一样,只是人员不同。凤伢子代替了天珍,丽丽代替了小妹。

第 56 章　瓜分

除夕的鞭炮响过,凤伢子对来魁的妈称呼把"大妈"改"妈"。来魁要念念对凤伢子把"大妈"也改"妈",等式两边同时都去掉一个大字。念念也许是对亲妈的爱不舍,她一直没把凤伢子叫"妈"。

如鳏夫的来魁与活寡妇的开琼实指望能实现流言蜚语的,没想到祸起萧墙让凤伢子横刀出马先占了鳌头。这并没影响正月初一来魁以女婿身份去开琼的娘家拜年。来魁对开琼的父亲一声"伯伯"叫起,伯伯终于成了来魁的好丈人。遗憾的是开琼以前把立新应该叫哥她没有叫,现在把来魁也应该叫哥她也不会叫。来魁与凤伢子是一对,开琼把凤伢子还是叫姐姐或者凤姐。

经过三十连着初一,终于到了新的一年,来魁家与开琼家也终于结成两姓之好。来魁终于成了凤伢子的男人,这终于满足了凤伢子少女时代对婚姻家庭半生不熟的凤愿。她不认为自己是过婚,她认为小时候就算嫁给了胡来魁,他们是发小夫妻。

天珍回家与来魁婚姻破裂的消息不胫而走,但谁也不知道天珍是为疯还是为傻走的。来魁把自己的责任都推给了天珍,只有陈三秀一人为天珍心怀不平。开始人们不敢讲,时间长了看凤伢子与丽丽已经长住来魁的家里,这时再讲他们的故事好像没有多少新闻价值了。人们只相信:天珍就是凤伢子逼走的,凤伢子是鸠占鹊巢。

过年时张天菊回来,她与天珍相见是那么的亲切。她生了一对双胞胎姑娘,俩孩子已经会走步了。她现在与丈夫在变电站工作,她的日子混好了。

天珍高兴地说:"好久不见,看到你,我好像在结婚的感觉。"

天菊说:"看你这么多年都没回来么,快六年了。"

天珍说:"这以后就好了,我不到那里去了,我这与来魁离婚回来的,我再不走了。"

天菊惊讶的样子说:"是真的呀?"

天珍说:"我以前实指望生了孩子妈妈会原谅我的, 哪知她总是不原谅我,我不想与她老人家一辈子结仇,就毅然回来了。"

天菊问:"你们以后咋办呢?"

天珍高兴地说:"我结婚时那天来娶亲的漂亮姑娘就是来魁的老情人,她现在离了婚,她没有孩子,我连大姑娘和丈夫还有家一股脑都甩给她了。"

"这还是小胡哥的不对! 他没有留你?"

天珍说:"我回来时,胡哥哭着不让我回来,这不怪他。只怪我们的婚姻堡垒经不起旧情的风雨。"

天菊说:"他有旧情这是不该的!"

天珍说:"我跟你好像讲过我的初恋? 我是回来准备照顾慧芳的孩子。"

"据说慧芳姐的丈夫坐牢了。"

天珍说:"他没坐牢,跑了。他的案子最多判五年,五年后追诉时效过了他就可以回来。我等他。"

天菊说:"你真傻! 他在外面有了家呢?"

天珍很有把握地说:"他有孩子,有父母,他怎么都要回来的。"

天菊问:"你是想初恋才回来的?"

天珍回答:"我是为了来魁和开琼有个好归宿,我才回来的。为了让他们好好地生活,我才谎称是因为初恋。其实,我早忘了什么初恋。"

"我不懂。"

正月初六,开琼收到一封天珍的来信:

开琼:

你好。

信在年前就寄出了,你在年前收到信那是我给你辞年,信在年后收到就算是我给你拜年了。过年时我一定很想你们的,因为没有到过年我都特别想你们了。念念和婆婆还好吗? 念念听话吗? 请你把念念就当成你的姑娘吧。念念是你的姑娘,家也是你的。来魁是我弟弟,从他有缘来救我时,我就下决心今后报答他。他喜欢你,我就应该让他跟他喜欢的女人生活。这也算是我给他的回报吧。感谢你挑起了这个家的重担。希望你们过得很好。

你如果与来魁已经生活,祝你们幸福;如果你还没有与来魁在一起,来魁肯接受我,我还是想回来。回来以后,我愿把念念送你作为对你的补偿。

我很想家,只求你今后允许我回来看看。我爱婆婆,我爱念念⋯⋯

天珍

看完天珍的信,开琼看出天珍想回家与来魁生活的意思。信里暗示天珍宁愿把女儿念念给开琼做姑娘,只要开琼答应把家还给天珍。这说明天珍多想回家。不知怎么给天珍回信,她想还是要与来魁商量。要是自己现在与来魁生活,天珍姐要回来,她会让步;可现在是凤伢子与来魁生活,她有什么办法?

来魁怕天珍回来,他决定建甲鱼池做鱼棚,万一天珍从天而降,凤伢子也有一个安身之处。后来他想到要为凤伢子建农庄,他要在渊边大做文章。他找开琼借钱,开琼很支持他。

凤伢子的父母希望来魁与凤伢子办个婚姻仪式——请最亲的人吃一顿饭。凤伢子与来魁这样不明不白地过日子,做大人的脸上无光。来魁怕天珍回来,他迟迟不提这茬。他的心思用在甲鱼池的建设中。

妇女节那天,来魁要凤伢子多做了几个菜,他们在家把凤伢子的父母和萍儿的父母接过来吃了一顿饭。开琼知道这就算是凤姐与来魁正式在一起生活了。

"三八"那天的晚上,凤伢子与来魁焐在床上,来魁趁酒劲说:"老婆子,我们小时候见过几次鬼呀?"

凤伢子懂来魁的话,她说:"我经常想到在渊边跟你的糊涂事。"

来魁问:"有一夜与你偷公家的油菜,我们在渊边真发生过那种事吗?"

凤伢子说:"那一次我记得最清楚。"

来魁说:"我总以为在渊边的一次是一场春梦。"

凤伢子说:"与你在渊边是第三次了。想起小时候我们好没头脑,羞死人!"

来魁说:"小时候我家穷,我一直是与父母同睡到初中,很小我看到过父母做那种事。我以后做春梦也跟你在一起。"

凤伢子说:"我长大以后总以为第四次就要怀孕,所以那天你要我到柳树下去,正好是第四次,我才怕去的。"

来魁说:"那次你要是去了,我们肯定就结婚了,今天的日子多么简单,也不会有天珍和开琼那么多节外生枝的故事。你对我一生最大的影响就是控制了我与别人的恋爱。如果没有你,我今天也许跟下雨平平淡淡生活着。"

只要来魁说到婚姻,凤伢子就感到内疚,这是她一生永远都说不赢的话!

这一年,开琼很忙。她一方面要与血防医院配合各大队的普治工作(家家人人要吃血防药),她还有准备修建新灭螺站。她准备把灭螺站建在古井二队沉螺池旁边。那块地是她伯伯家的,这里正好在公路边,从芦花到公社的客车在这里建了站台。

东方红推土机填屋基时期,来魁在渊边推了两个大面积的鱼池。一个是大甲鱼池,一个是小甲鱼池(也是渊里育苗池)。他决定大搞甲鱼养殖。

来魁把渊边的土地全部要过来,那方土地高不能种旱作物低不能栽秧,有三家都不要了。他想以后在这里建一个农庄,渊里有鱼有景,靠这种自然资源赚城里人的钱。

开琼的新灭螺站已建好，是四间相同的平房，红砖红瓦。房子向南开门，西边山墙下写着"一定要消灭血吸虫"。她建沉螺池是为古井二队左家着想，她建新灭螺站是为她自己着想。她住这里可以与家相互照应，妈也可以与她住一起。

哥哥开拖拉机到共大给她搬家，来魁也去帮忙。她最先收拾的还是来魁当年送她的雨衣和靴鞋。她看着雨衣，又看来魁。来魁正在与哥哥将家具搬上拖拉机。

回来经过四队，朱章明的家门口有鞭炮声，开琼早知道牛三英给朱家生了一个儿子要办满月。

她骑自行车经过四队土窑时，望着梅梅掩埋地方，她眼泪在眼眶里转动。她这一辈子都不会忘记这个地方。

回家她去找到念念，她把念念带到自己的新家。这天念念在开琼的新家吃饭，晚上也没回去。

凤伢子到来魁家生活，丽丽也成了来魁家的姑娘。凤伢子已经又怀孕，按照当时紧抓的计划生育，她是不能再生孩子。凤伢子想到把念念给小妹做姑娘，她就可以再生孩子。来魁不敢不答应。来魁想要是天珍知道他不是与开琼结合，又把念念送出门，天珍一定不会与他善罢甘休。他把这些消息是怎么也不会透露到天珍那里的。

开琼正式接受念念为自己女儿的那天，她准备好酒菜，要来魁叫来一队的几个前辈，左家也来了两个前辈。老人们也从情理上理解了大双小双和幺狗子的特殊关系。

那一天，来魁的妈在家哭念念。其实老人家不只是哭念念永远离开了这个家，她是哭远在山里的天珍姑娘。念念成了别人家的姑娘，天珍在这个家的辛劳就没一点基根了。

双胞胎把天珍的家彻底瓜分了。

开琼给念念的学名从"胡均念"改为"左念梅"。这一点只是来魁的妈心里不舒服，不过丽丽改姓胡也算退一还一。念念叫开琼"妈妈"，叫凤伢子还是"大妈"不是"姨妈"。念念对开琼娘家人同以前的梅梅一样称呼。念念叫来魁的妈还是"奶奶"，叫来魁还是"爸爸"。凤伢子不同意。开琼心疼念念和尊重天珍姐执意要念念和原来一样叫来魁爸爸，双胞胎为此红脸起争执。凤伢子的意思很明显，念念叫来魁爸爸，又叫开琼妈妈，这以后怎么相处。凤伢子的意思要念念叫她"大妈"，就应该叫来魁为"大伯"——自古以来送人的孩子都是这么改口的。开琼不好对姐姐讲，天珍是准备把家给她的话，她只说要尊重念念和天珍姐。后来开琼的妈一锤定音说："等小双再找了男的念念就不能再叫幺狗子'爸爸'，一个姑娘家不能有两个爸爸叫。"

开琼看姐姐一点也不领她的情，她想要念念一辈子叫来魁"爸爸"。她背地里对来魁说："我要念念永远只叫你爸爸，我决定不再婚了！"

一时感动的来魁说："只有你不再婚，我就老守在老房里一个人睡。以后我为凤姐再建一个家，在你的面前我与你凤姐不能完全算夫妻。"就这一句嘴痒的话使来魁以后与凤伢子分居多年。

有时候话到嘴边只顾说了痛快，根本没有想到说出口以后将会带来无尽的痛苦。开琼要为这句话后悔一辈子，来魁也要为这句话坚守一辈子。

后来与老人们的言语中来魁知道自己与天珍还是夫妻，现在虽然与凤伢子在一起生活也应该在众人眼里像夫妻才好。其实凤伢子的父母始终不希望凤伢子与来魁这样半挂半拖地生活，他们要有结婚证那才算是真夫妻。

凤伢子要打结婚证，来魁用各种话搪塞。

第57章 算命

门口来了一个瞎子是算命的先生。凤伢子忙走来把瞎子牵到自己家里。她喜欢算命,在江南时,她算了两次命,算命先生说的都是一样的。她相信算命,看今天这位先生怎么说。

她要算命先生坐下来。她报上自己的生辰八字。这时萍儿的妈也进来了。

先生听了凤伢子的生辰,说凤伢子年轻时不顺利,到了将来还是能升官发财。这句话和以前算命时是一样的。先生又说她的婚姻有波折,要她与最开始的人过日子要好一些,劝她不要再找新的婆家。

凤伢子心想:这后面的一句话还是很准的。

先生拿出签盒出来,要凤伢子抽一张签。

凤伢子认真挑选以后,抽出一张签。

先生摸着签的右下角,打开签。签上画着一个人挑一担水桶,掉了一只桶。

凤伢子说:"鬼耶,又抽到这个签了。"她在江南抽签时也是抽的这张签。她更相信这就是她的命!

萍儿的妈安慰凤伢子,说先生是会给她圆话的。

先生提醒凤伢子以后要注意几方面事项,她认真地记下来了。

凤伢子要留先生吃饭,先生说不吃。她问先生要多少钱。先生说要五块,萍儿的妈说钱要得太多了。凤伢子说不多,她给得心服口服。

在来魁与天珍结婚的纪念日,来魁收到天珍的信。信中天珍先问候念念和婆婆,问来魁与开琼生活的情况。天珍有很多回忆婚姻与恋爱的话,字里行间有想家的无奈。她要来魁跟她户口保留,她说迟早要回来的。天珍很想念念,她希望开琼带念念和陈大姐到她山里去玩。天珍告诉来魁,她的妈现在可以扶椅子慢慢移动了。

天珍在来信中说在一次与小弟劈山中她的三胎孩子流产了。她写道:"对不起,我没有给你家生个儿子,我希望你与开琼有个儿子。你我以前书信里把感情描绘得太美好,我太想过着那种对你思念的日子,所以我喜欢思念的你,不喜欢枕边的你。你如果没有与开琼生活,我们的书信还是和以前一样。希望你在信中不提与开琼生活的话,这样,我们好似原来那样过着两地书信的情感生活。"

来魁这时才回信告诉天珍:他不是与开琼生活,而是与凤伢子生活。他告诉天珍现在计划生育抓得紧,如果天珍回来,他就会因涉嫌重婚要坐牢。

来魁给天珍的信中写道:"你如果不离开,凤伢子离婚回来她不会让我过安逸的。她天天会缠着我的。那样我们会有对不起你的行为,因为我与她小时候就没有男女的秘密。我真正的旧情是她,并不是开琼。我就是与开琼结婚了,凤伢子回来,我也不会不管凤伢子的。念念现在与开琼是一家。开琼没有想给念念找后爸,念念还是叫我爸爸……我希望你再找一个家好好生活,你不用等我了。"

天珍的回信也很坚定:"我不会再结婚的,你就是我的家!我母亲去世后,我要回来,希望你到那时好好安排我。你如果是与开琼生活,我就不想与你再结合,你现在是与凤伢子生活违背了我的愿望,我一定要回来!"

天珍知道来魁不是与开琼生活,而是与凤伢子生活,她很想回家看看;几次准备回荆州,都因为怕来魁坐牢而放弃。

天珍一直想回来,结果一直没有回来。

念念在开琼的家没几天就跟小狗娃一样"喂家"了,她把开琼妈前妈后地叫;每天开琼出去灭螺,念念与开琼的妈在家里玩。

来魁的妈想念念就带着丽丽走到前面来玩。

一天晚上念念与开琼睡觉,念念想要看电视,开琼说:"明天我就要你爸爸跟你买一台电视回来。"

念念高兴得睡不着,对开琼说:"妈妈,我是不是有两个妈妈呀?"

开琼说:"你是怎么想说这话的?"

念念说:"我的小妹和妈妈回来,我就有两个妈妈了。"

开琼说:"你那个妈妈回来,你就叫她珍(真)妈。"

念念说:"我那个妈叫张天珍是吗?"

开琼说:"我问你,如果只许你要一个妈妈,你是要天珍还是要我?"

念念迟迟不回答。开琼知道念念心里还是要天珍的。

念念过了很长时候说:"我妈妈为什么回去就要玩那么长的时间?"

开琼说:"这个问题你长大了就知道了。你快快长大吧。"

第二天,开琼给钱要来魁去买了一台 14 英寸的黑白电视机。红砖红瓦的新房子上从此升起一根高高的天线架。

来魁不希望开琼改嫁,他就应该寻找机会分一点爱给开琼。虽然凤姐白色恐怖的眼睛盯得很紧,但机会还是有的,来魁去参加基干民兵实弹军训,他有理由可以不回来过夜。开琼在这时要参加血防工作会议,他们想到以前受骗的那个旅社过一夜。

开琼把念念交给妈妈,准备晚上不回来。可到了会议结束,她与来魁见面后执意要回来。开琼这几天因为拒绝血防组一个干部的示爱,她心里一时难以平静。这不是她美丽的错,这是她寡妇的错。她怕凤姐,以前来魁还不是凤姐的男人她就怕,现在她更怕。她知道这事一旦东窗事发,凤姐不但要她的命,凤姐有可能还要自己的命。

来魁要开琼过夜,开琼执意要回去。

开琼在日杂店买了一把扫帚一把锅铲出来,来魁对她说:"今天是个好机会,以后难得有这么安全的机会。"

开琼说:"我们还是回去吧。这不是小事,一旦发现一辈子都难以清除的。"开琼把手中买来两样日用品提高让来魁看。她的意思是说扫帚与铲子都是铲除的意思。

来魁已经劝了开琼很长的时间,他也失去了耐心,他提高嗓门说:"你不答应我可以,你以后不许跟别的男人!"

开琼看了一下周围,说:"这,我做得到!"

来魁窝火地说:"你如果跟了别的男人,我就不让你好过!"

开琼说:"你只要不缠我,我保证不找别的男人。"

来魁说:"说话算话呀!"

开琼补了一句:"我说了,我就照办!"

秀儿结婚,来魁与开琼紧张的气氛得到恢复。

凤伢子一直假装怀孕,她主要是怕来魁不要她了。她真正怀孕是在建设甲鱼池的那段日子里。

来魁大力养殖甲鱼的事迹被省报报道,一时他成了那个时代的新闻人物,县级领导很是重视并给予大量的支持。他成了省里新长征突击手,他的名字从湖北传到湖南。省里的干部两次来参观他的甲鱼池。

他这里热闹起来。他用政府支持的钱大修农庄。

来魁办农庄靠钓鱼吃农家饭赚城里人的钱,这在当时很受干部们的赞赏。市里组织部有一个姓刘的年轻人很想与来魁结交,来魁办证拿照都是那个人办的。因为来魁不是一个爱拍马屁的人,他没有与姓刘的深交。那时的来魁要是拍干部的马屁,可以上调当领导。有一个干部要来魁离开农村去发展,来魁说离不开家乡与凤伢子。

农庄生意很好时开琼就过来帮忙,农庄的院墙与开琼住的灭螺站连墙,开琼走后门过来很方便。夏季农庄以钓鱼吃农家饭划船采莲为主。上学读书的念念放假到农庄帮忙,来魁也没少给开琼母女的工钱。

很多有钱的人知道开琼是单身要带开琼走,开琼毫不客气地回绝。有电站的站长知道开琼是单身要带开琼走,开琼以自己的工作为由回绝了。可那站长还是横田直界一如既往地追求开琼。

农庄以凤伢子的学名命名,叫开红农庄。她好像忘记的学名在这里被派上了用场。凤伢子虽然是老板娘,可她什么也不管,整天在厨房。开琼招待客人跑堂结账,客人以为她是老板娘。来魁一个月跟她结账,她相当于在开红农庄上班。

人们把开红农庄说成是双胞胎农庄,因为双胞胎的美丽,双胞胎和农庄一样出名。

这农庄还是上篇小说里那样的农庄;双胞胎还是原来的双胞胎,不同的是女主人换了。上篇小说里开琼是老板娘,现在凤伢子是老板娘。上篇小说里凤伢子每天做什么事,开琼做什么事,现在的分工和原来一样。以前是开琼要防避来魁与凤伢子有鬼,现在轮到凤伢子要防避来魁与开琼有鬼了。这乃谓三十年河东,三十年河西。凤伢子相信小双是不会主动缠幺狗子的,所以她只用把来魁盯紧就行了。立新知道凤伢子有了新家,他再没有来找凤伢子。其实立新还是希望与凤伢子生活,他给凤伢子写离婚的信是被逼无奈。

立新彻底失去了凤伢子,他对松滋的小媳妇更好了,他渐渐学会了忍让。那个王姑娘是一个苦命的孩子,如果是狗子知道了她的身世都要感动得流泪的。也正是王姑娘的不幸命运,这使立新特别爱护她。立新与王姑娘都犯过错,那都是年轻的错。他们因为错而错在一起的,两个错加在一起就正确了。

开琼把念念领养到自己的身边也是想今后与来魁走到一起,看凤姐对来魁一如既往地好,她知道与来魁生活的希望渺茫了。她想把对来魁那种爱深深埋在心里一辈子,让那种爱印证恋爱誓言以后珍贵收藏。可每天在农庄与他们吃一锅饭,她的心又无法平静。以前她与来魁有爱无须责备,现在来魁是她姐夫

（虽然是个冒牌的姐夫），她与来魁再有爱就是乱情了。好多朋友和好人都劝她再找一个男人生活，她已对别人说过坚决不找了，现在不好出尔反尔。有时候她清晰地觉得为来魁与念念老这样生活在凤姐的身边不值得。她很矛盾，可见她与来魁的关系还是很复杂、很尴尬的。她开始恨来魁，这些恨里也有对来魁的爱。她知道来魁也是一如既往地爱她，她只是不敢爱来魁。她一如既往地不找男人，又一如既往地拒绝与来魁偷情。这正应了爱有多深恨有多深的话。她经常想在心中彻底删除与来魁的爱；可爱是无法删除的，过几天那些残留的碎片又能一朝还原。爱是恨的种子，恨是爱的良药。为了与来魁相安无事的生活，她必须用恨来控制与来魁理不清理还乱的爱。

在农庄有时开琼为一点小事与来魁过激言语后几天不再说话，渐渐她与来魁的爱恨矛盾成了家常便饭。他们的矛盾使凤伢子根本不会怀疑他们之间有鬼了。

来魁与凤伢子白天不像是夫妻，到了夜里才像是两口子。他们总觉得对方不能算是自己的另一半，都很珍惜对方。他们只有三分之二是夫妻，还有三分之一是儿时的游戏。他们没有夫妻间的习以为常，夫妻间的同床共枕好像还是偷偷摸摸的，这样倒使他们的爱每天都是新的。

这是算命先生要凤伢子与丈夫"床头夫妻床尾客，出了房门不认得"。

第58章 受难

　　凤伢子与来魁生了一个儿子取名叫胡三万，是因为他们的儿子属于超生罚了三万块钱。凤伢子的意思是要儿子长大以后还清两位老人三万块钱。在外人眼里来魁与凤伢子好像没有过夫妻生活的样子，可他们确实生了一个幺宝儿子。

　　凤伢子坐月子是老冬天。为了婆婆好照顾，她住进了来魁的老屋。

　　这天左家台有老人过世，很多人晚上去听丧鼓歌。在经过开琼血防站的后门，来魁想到开琼。他想开琼的机会终于来了。

　　来魁看机会好，夜里以看念念为借口进了开琼的房。

　　来魁抱紧开琼，开琼拼命地反抗。

　　看开琼始终不答应，来魁说："我只求你这一次行吗？"

　　开琼果断地回答："不行！你与我做这事是伤风败俗，我以后无脸做人。我这几年对你怎么说的，也是怎么做的。我说话是算话的。"

　　来魁说："我与你又不是没有过，你怎么老这样！今天我既然来了，要死也死在你的床上！"

　　开琼说："你是与别人结婚，我会答应你的，因为我爱你。你现在是与我的亲姐生活，我不能跟你的！"

　　来魁说："我与天珍生活，你会跟我吗？"

　　开琼说："你现在是跟天珍生活，我肯定还是偷偷答应你的。"

　　来魁说："我与你姐不算真正的夫妻，我与天珍才是真正的夫妻。"

开琼说:"你与我姐现在算情人关系,我也不能再做你的情人了。"

来魁说:"你这不是逻辑,你这是无情!是你变了,是你离我远去了。"

开琼说:"我们天天都在一起,离你好远了?"

来魁苦脸的声音说:"你我已经离得不听清了。"

开琼说:"你是不懂得,不是不听清。"

来魁没有回答,开琼犹豫一会松口说:"你答应以后再不找我,我今天还是答应你。"

来魁说:"以后有很好的机会,我肯定还是要找你的。"来魁真不会下台阶说话。

开琼说:"不行,你快出去!"

来魁无奈,他又说:"我是真爱你的!我真想把你们双胞胎一担挑起。如果能挑起你们,你和她一样重。"来魁为这句早构思过的话感到好笑,双胞胎本身就是一样沉。

开琼说:"你爱我,你就体贴我呀。你不是女人,你不会知道。女人一心不想这种事,就没有了激情的;如果偶尔有了这种事,就很难守住底线了。"

来魁抓着开琼不想走,见开琼没有喊叫。来魁凭男人的力量,强迫了开琼。在开琼没有受到威胁的情况下,开琼能让来魁得逞,说明她感到今天还是很安全的。

来魁想到对开琼用强攻的办法还是有效的,他也为第三次找机会。

凤伢子的儿子办喜酒是在农庄,这里房多场大好办事。

凤伢子以后与父母住在农庄。伯伯给凤伢子照看甲鱼池,母亲照看双胞胎的孩子。凤伢子住进农庄,来魁却从农庄搬回到老屋。

一天下小雨,来魁到农庄看了儿子。说看儿子不如说来魁想与凤伢子过夫妻生活。完事以后来魁要离开,凤伢子说:"外面下雨,你今天就在这里过夜。"

来魁说:"雨不算大,我还是回老屋睡。我好像怕你的父母知道我夜里摸到你这里来的。"

凤伢子说:"你这是在说鬼话!我们现在是一家人,应该住在一起的。"

来魁说："我等天珍再嫁人了，我们就开始住一起生活——"

凤伢子说："不许你提她！你把她装心里好不好！"

来魁说："没有她的今天，也就没有你的今天。你不与老表结婚，我与你是结发夫妻现在多好！"

凤伢子说："你只会捏这个疼指头！老子跟别人结婚之前就跟了你，这跟结发夫妻有什么两样！"

来魁没有说话，轻轻开门走了。

来魁不与凤伢子同床共枕主要是做给开琼看的。他一个人睡惯了，这有利于他怀念天珍，有利于他想开琼。来魁复杂的心理，只有他床边的枕头知道。想到天珍姐，他就把天珍的那把头发放在枕头下。天珍早就原谅了来魁，因为她爱来魁；来魁的幸福就是她的知足。她不恨凤伢子，凤伢子能给来魁幸福，这是她做不到的。没有凤伢子也就没有了天珍的今天。她还是感谢凤伢子为那个家操心劳苦。她知道开琼还没有再结婚，她想以后回来与开琼做个寡伴。

来魁一个人在老屋过夜，这有利他看天珍的来信和回信。天珍的来信很多是由开琼转给来魁手中的，也有胡来朋转来的，也有直接写给来魁收的。

来魁把自己有了儿子的事告诉了天珍姐。天珍回信写道：

来魁弟：

你好！

你寄来的钱我收到，以后再不要寄了，你现在也很困难。我只希望你多来信，看到你的来信，就是我最高兴的时刻，好像又回到了青春。我很想念念和婆婆，她们还好吗？看到你有了儿子我很高兴。你妈就是想儿子。我也是想为你家生儿子才想到回来的，没想到我第三胎没能成功。感谢凤伢子为你家保住了香火！

"与你分开后，我才特别珍惜与你在一起的岁月。想起我们在一起是幸福的，我很后悔没有好好珍惜。我只是珍惜了我们的恋爱岁月。为了让我能回到我们的恋爱岁月，我想还是与你保持这种书信来往的姐弟关系。世间男女最值得

408

珍惜的关系是夫妻和姐弟关系,我与你同时拥有这两种关系,我是知足的。我只想怎么做一个好姐姐不辜负上帝给我们相识的安排……

天珍

天珍与来魁不能见面,只有书信让他们见字如面。

凤伢子又狠,不让来魁与天珍见面,但她允许他们靠书信见面。对凤伢子来说,信跟放屁一样,不值得相信。

冬去春来,田埂上又见低头觅草的耕牛。有牛的地方都有一个人,有人牵着牛,有人骑着牛。骑牛看唱本,日子翻得很快。

天珍放牛时总要把小姑娘带上,她经常要小姑娘骑在牛背上。小姑娘骑牛比坐摇摇车还要高兴。

有一天,小姑娘骑在牛背上,那牛驱赶身上的牛虻时,把小姑娘从牛背上摔下来。看姑娘半天没有哭出声来,天珍知道孩子摔得不轻。看到孩子的额头摔破,流血不止。她把牛拴在树上,抱孩子跑回家。

她与小弟赶紧把孩子送到大队医务室。

医生给孩子简单地清理后,要他们到公社医院缝针。他们马不停蹄地赶到公社医院。

天珍吓坏了,要是来魁知道,来魁一定要责怪她的。

孩子缝了三针,没有生命危险。当天就回家了。

从此,小姑娘看到牛都怕了。额头上的伤疤将是孩子一辈子的印记。

念念腹泻一天,开琼去大队医务室给念念拿药。念念喝了一天也没有很大的变化。

念念与小妹是同时受难,她们是不知道的。

两天后,念念已经不想吃东西。开琼这时才告诉来魁,她要来魁把她们送医院。

经过血防站,来魁要念念就在血防医院治疗,开琼怕幺儿和张梅破费,她要来魁送她们到公社卫生院。开琼现在的日子不如幺儿和张梅,所以她尽量不想

409

见到他们。

到公社卫生院的门诊已经下班,他们到住院部没有看到医生,护士告诉他们明天来。来魁与开琼这时才返到血防医院。

来魁找到幺儿,说:"张天珍的孩子得痢疾已经有三天了,很危险;我们到卫生院已经下班,只有来这里找你们。"

幺儿的学名叫张天珍,她没有听懂。她说:"你再说一遍,我没有听懂。我的孩子好好的。"

来魁又说:"我的女儿已经得痢疾脱水了,我来找你们帮忙看病的。"幺儿下楼看到开琼抱着孩子,她用手摸了一下孩子的额头,说:"不烧么。我来去叫张梅医生。"

在张梅与幺儿热心地安置下,念念很快住进了病房。看张梅给念念输液配药时,开琼看到了穿心莲这种药品。

孩子扎针时已经没有哭喊的劲了。张梅指责开琼给孩子看病拖延了时间。

孩子安静下来,开琼看着念念,她想:如果念念有个三长两短,她怎么向天珍姐交代。

这时外面的天已经黑下来,开琼要来魁回家。幺儿对来魁说:"你回去吧,这里有我和张梅,你就放心吧。"

来魁说:"什么地方有熟人都好办事,医院里也不例外。我先就要到你们这里来给孩子治疗,开琼怕麻烦你们;我们到卫生院去医生下班了,结果还是要来吵你们。"

幺儿说:"这不是麻烦,这是我们该做的事。"

来魁说:"我走了。"

幺儿说:"你家里忙,你就不用来这里,我们会跟你照顾好孩子的。"

来魁在夜里骑自行车回去。一路上,他想到要买一辆摩托车。

张梅给开琼送饭来,幺儿回自己的楼房。

幺儿吃饭后,来病房与开琼说话。

幺儿知道开琼离婚,不知道开琼现在的具体情况。开琼对幺儿讲述自己不幸命运。

当幺儿知道这孩子不是开琼的,来魁与开琼又不是夫妻,她说:"你打算就与这个孩子生活的?"

开琼说:"我现在不能生育,我还找一个家有什么意义。我今后只能依靠这个孩子了。"

幺儿说:"我要你不从这里离开,你不听,这就是你离开这里的后果!"

开琼说:"我从这里回共大,这我不悔,我只悔不该来共大。来了共大就有朱章明,有牛三英。"

幺儿说:"你不来共大,我也不会与你认识——他们现在怎样?"

开琼说:"听下雨说,他们现在到渔场喂鱼去了。我一直没有看到过他们了。"

幺儿说:"真没想到牛三英那么爱着朱章明的!"

开琼说:"我离婚,我并不责怪他们。我有时还很同情三英的。她那么爱朱章明,知道我与朱章明恋爱,她没有来搅和,她只有偷偷躲一边。她如果是让我知道她那么爱朱章明,我会当时就把朱章明让给她的。"

幺儿说:"你把朱章明让给牛三英,朱章明同不同意呢?"

开琼说:"我会劝朱章明的。"

来魁这几天总想借念念住院的机会与开琼好上一次;可医院里有幺儿和张梅,他觉得开琼是不会给他机会的。这时他才后悔不该让念念住进血防医院。

幺儿与张梅给念念买来水果和一个布娃娃玩具。开琼很是感激。张梅说得好:"我们都是沾你的光才来这里工作的,你到我们这里是难得的,只怪我们照料不周。"

开琼说:"分单干以后,我曾经想离开灭螺队;我还是想你们,才没有回去。我只要在灭螺队,我就能经常来站里见到你们。"这是她讨好的话,其实她不愿意见到她们。

第59章 同病

　　土豆的学名叫左开军,他还有一个别名叫左开炮。以前他家屋门口有"向孔老二开炮"的标语,因为孔老二没有打着,他的头上长出一个大包,有人叫他左开炮。这个形象的名字传到学校,他在学校也一炮走红。据说他现在对三线开了炮,人们茶余饭后都要偷偷议论炮声过后爆炸的新闻。胡来魁的农庄是一号新闻,土豆的炮打三线是二号新闻。人们有了二号新闻,对来魁与双胞胎的言传再没有新闻的价值了。

　　左家大台从老一辈就有男女风流轶事,现在土豆继承了这一辈的传统。发现土豆出轨是他的老婆王德梅。他们家孩子过周岁时有亲戚送给她家一段红格子布,后来这段布不见了。后来在三线的身上出现了——三线的衬衣就是这种布料。王德梅凭观察土豆与三线在一起的言语,她断定他们是有鬼了。怪不得有一次脱粒的夜晚,土豆与三线很晚才回家。怪不得三线开始学骑自行车是土豆手把手教会的,说明左开顺没有复员时他们就有鬼了。目前虽然没有抓到他们出轨的确凿证据,王德梅与土豆吵架中,王德梅已经把这话骂出来了!

　　凤伢子对来魁的偷偷摸摸也是很主动,很多夜晚是凤伢子摸到来魁的老屋里去。他们总觉得偷偷摸摸要比大大方方在一起有味道有情调。他们是不完全的夫妻却过着完美的夫妻生活,这样的夫妻是没有架吵的。不过他们有说有笑时不像夫妻,凤伢子骂来魁时才能看出他们像夫妻。有时候凤伢子不高兴,她要来魁像小时候猜中指;来魁猜中了凤伢子心甘情愿给来魁;来魁如果猜不中,他

412

也心甘情愿地回老屋。

凤伢子会生孩子,也会做鞋子,更会过日子。她特别珍惜与来魁这段喧宾夺主的婚姻生活。他们没有吵过架,虽然凤伢子先嫁别人生了哑巴,来魁也有结发妻子和两个女娃;但她不提他瞎他不说她麻,他们的日子过得冬天像干柴的火夏天像甜透的瓜。他们偶尔发生牙齿与舌头不愉快的摩擦,凤伢子也只当是被蚂蚁咬了一口,过会儿就没事了。来魁最大的优点就是喜欢凤伢子骂他。生活中连骂都不怕,还怕欢欢喜喜吗?来魁会整笑话,随便来一句够凤伢子笑得眯起眼睛露出牙。凤伢子有声音是嬉笑,无声音是微笑,无论凤伢子的脸皮是什么样的笑,那是来魁从小看惯了的笑脸。凤伢子时刻怕天珍回来跟她把来魁夺走,她恨不得把来魁拴在裤腰带上。她即使骂来魁也是小时候形成的一种爱。她对来魁的骂相当于他们爱情的甜言蜜语。

朱章明怕见开琼,牛三英也怕见开琼,他们到渔场养鱼去了。鱼棚里每天有他们出出进进的身影,也有他们磕磕绊绊的声音。听他们吵架,没有看到他们打架。朱章明心里还是有开琼,现在开琼还没有再婚,他更想开琼。他心里有开琼,他一直想与开琼复婚。只要开琼不嫁人就是他的莫大安慰。已经不是他的女人,他还这么在乎,这就是曾经的夫妻之情。他爱开琼,只要想到对开琼的爱,他好像又回到青春时代。他像回忆青春一样回忆开琼,他像回忆开琼一样回忆青春。

在一起不会珍惜,不在一起懂得了珍惜。只有上了年纪的人才懂得珍惜,这也算是年轻的错。我们活到老,学到老。

从来不生病的凤伢子突然肚子痛得受不了,她住进了卫生院。医生说是阑尾炎——双胞胎连病都一样。

凤伢子的学名叫左开红,这名字用于做生意还可以,用于动手术就不行了。

凤伢子是迷信思想,她担心自己的名字开刀不吉利。

来魁知道凤伢子怕开刀,他申请医生用药物治疗。

那时秀儿在坐月子,开琼的妈到了秀儿家。来魁认为与开琼怜香惜玉的机会到了,他要凤伢子的妈替他照顾一夜凤伢子。他说农庄有事,回了家。

夜里来魁看电视到十一点钟,他悄悄来到开琼的血防站窗口小声喊开琼。夜里很冷,他全身哆嗦;这不是寒冷引起的,可能是他与开琼颤抖的男女关系引起的。来魁不能像喊渡船大声地喊,他怕对面山青家里的狗子听到,也怕山青家的人听到。来魁用手指挠开琼房里的窗户毛玻璃,声音要比来魁的喊声响。可就是不见开琼起床,给他开后门。无奈,他只好回到农庄自己的房里。

他睡不着,时刻想再度敲门。他知道开琼是听到了他的声音,是开琼不想给他开门,开琼不给他强攻的机会了。

来魁这一夜没睡好,开琼这一夜也没睡好。

其实来魁喊第一声开琼就听到是来魁的声音,她与来魁的爱情要她下去开门,伦理与道德又拉着她不许开门。上次凤姐坐月子时,来魁偷偷跟她说了几次好话,她让来魁进屋,来魁强攻了她以后;以后她怕看到凤姐,梳头时看到镜子里的自己也害怕……最终道德战胜爱情,她把与来魁这扇门永远关闭了。

第二天,开琼做好早饭,要念念叫爸爸来吃饭。念念来农庄叫爸爸吃饭,来魁说不吃。念念不知道原因,开琼是知道原因的。

来魁还在生开琼的气,他不想到开琼家吃饭。他去了凤伢子的医院。他想:昨晚没有成功,今晚还有机会!

来魁一直想与开琼发生关系,可开琼不再给他机会。只要他的胆子大,他就有机会。开琼是不会答应他的,他只有强迫。无论他怎么强迫,开琼也不会告发他。他在开琼的身上已经犯了两次"强奸"案,他一点也不愁获强奸的罪行。只有他敢在开琼身上以身试法。强奸是重罪,只有他能成功地躲过刑罚。

凤伢子惦记农庄锅碗瓢盆,她肚子稍微不痛了就要回家。

年前,左家台出了头条新闻:小嫂子三线与土豆飞蛾扑火的危情关系终于曝光了。三线原本对来魁早有意思,只是因为来魁怕凤伢子的紧箍咒有心无胆。后来三线只有跟了土豆,因为土豆一直狗赶兔一样追着三线。他们两家共一条耕牛,这是他们有来往的机会。一天,三线送牛到土豆的牛屋,土豆等在牛屋里,他们当场偷情。在他们方兴未艾时,被土豆的老婆当场抓住了。就在当场两个女人打起来,土豆无法收场……

王德梅有收场的办法:她找到左开顺,她说有机会,他们也要偷偷在一起,这是要报复!

男女这种事在左家每朝每代都留有可信的话柄,这是人世间永远存在的话柄;没有这种话柄,也就没有了人间世界。这虽然是年轻时的错误,但上了年纪后却成了美丽的回忆——那段美丽的年轻再也不会回来了!

在左家传统的观念里,只要讲别人丑事的人都会受到鄙视;尤其是男女关系这种事是不能在他人面前讲起的,这种事一般都是两口子在床上讲的话。

天珍来信说小妹要读书,天珍在老家又跟小妹上了户口。天珍的信好像一把把无情的长剑,经常要插在来魁与凤伢子的面前。

腊香姑娘要到凤伢子的身边,来魁把腊香送沙市聋哑学校去了。来魁对腊香和对丽丽是一样疼爱,这是凤伢子最大欣慰的。

凤伢子把一桶潲水提到渊里喂鱼,来魁看到忙赶去,他恶狠狠地夺过凤伢子手中的桶子,把凤伢子吓了一跳。

来魁说:"这么重的水桶你提得起呀?我要你不做这么重的活!"

凤伢子站住没有说话,她脸里表现出儿时被来魁关怀的感动。

开琼倒垃圾看到来魁体贴凤姐这一幕,她不羡慕,因为平时来魁也是这么体贴她的,只不过来魁对她的关照体贴尽量要避开凤伢子的视线。

来魁在渊边学会了用甲鱼枪打甲鱼。为了方便到外地打甲鱼,他买到一辆梦寐以求的 50 型红色嘉陵摩托车。从此他告别了自行车,那辆从合作社走过来的自行车已经走到了终点。他不会把自行车当破烂卖掉,因为那是他与天珍姐结婚头一年买的自行车。只要有天珍姐影子的物件,他都要保存的。

现在农庄要经常到街上进货,来魁总是骑着那辆饱经风霜的摩托车。开琼从来不肯坐来魁的摩托车,她怕人们取笑。但很多次她又不得不坐上来魁的摩托车。在有熟人的地方,他们之间可以放一个花篮;到无熟人的地方,他们还是靠得很近的。凤伢子很少出门,开琼坐来魁的摩托车有很多次了,凤伢子还没有坐一回。

来魁一直在老屋过夜,只有雪雨天他才在农庄的凤伢子那里过夜。凤伢子不怕丑,经常到来魁家主动与来魁过夫妻生活。农庄与来魁的老房子不过半里路,这条近不近远不远的夜路记载着他们半路夫妻的恩情。来魁对凤伢子说:"我与你在农庄过夜,好像怕你父母听到。"凤伢子与来魁毕竟不是结发夫妻,她能理解来魁这话里的意思。

乡亲们问来魁为什么不在农庄与凤伢子同床共枕,来魁回答要照顾老母亲,因为他的母亲死也不愿到农庄居住。

可狡猾的来魁对开琼是这么说的:"我之所以不到农庄与你姐过夜,主要是尊重你,保留了与你的一份爱。"

来魁在给天珍的信里却写道:"我没有忘记你,我一人一直住在老家。这是我们的家,我在这里有身临其境想你的空间。我的枕头边还有一个枕头,枕头下是你剪下的那把头发,我好像还能感到有你温柔地存在。"

来魁对女人用狡猾的手段,没有让女人识破。所以天珍现在有家不能回,她也并不责怪来魁。对女人耍手段也正是来魁对女人的善良。女人喜欢男人这种善良的手段。

天珍已经接受了现实,她渐渐平复了心态。她很忙,每天要帮弟弟照管鸡场。他们的土鸡在果树下散养,有六个简易的油布棚供鸡过夜避雨。下雨时如果鸡的绒毛粘泥容易感冒生病,一旦下雨要及时将鸡赶到棚子里。鸡场还喂养了几只白鹅,它们是鸡的卫士保安。

天珍与来魁和以前一样保持书信来往,她像没有结婚时一样的心态生活着。无事时她就想怎么给来魁写信,信寄出去一段时候就开始盼望来魁的回信。

第 60 章　相连

每过六天耕牛照样要轮到天明家,放牛照样是天珍的事。天明不懂得农活怎么做,田里的事都是天珍一手劳作经管。

下午,天还很热,天珍把牛拉到山上。牛怕热不爱吃草,总是找树荫站着。她想起在婆家放牛的往事,她的脑海里还能清晰地记得来魁家的牛是什么样。如果来魁家的牛跑到山里来,她还能认识。

牛纳凉,她也要纳凉。她拿出昨天收到来魁的信又一次看:"天珍姐,你好!小妹与妈还好吗?因为大忙很长时候没有来信,请原谅。从割麦到栽秧,我与开琼家就联合了。开琼主要照顾农庄的生意,凤伢子下田劳动。脱粒时她的哥哥家过来帮忙,我们三家经常合作。陈大姐家请了一个四川的大龄小伙子做长工,我们有时也请他来干活。年年大忙时有松滋那边的姑娘下来打工,我们请她们割麦栽秧。我们现在不怕栽秧割谷大忙了。"

"开琼一直没有再找男人,她是为了念念的成长。有一个电站的站长死了老婆一直在追求她,可她一直没有答应。那个站长对开琼不知有多好,逢年过节总要买很多的礼品来看开琼。开琼对那人只有友谊没有爱情。现在的开琼好像没有爱情的细胞了。她是一个很正派的女人,我很敬佩她。她的门前没有是非话,她一直过着安居乐业的寡居生活。"

"我跟凤伢子说好,你可以回家来看看。望你回来,我现在知道对不起你……"

天珍把信看完,牛已经跑到水田边。她赶忙跑过去拉走牛。她家的牛特别爱吃嫩秧苗。

天珍把牛拉到自家的稻田边放牧,看到稗草,她下田扯来给牛吃。

现在天珍对来魁如当初的爱念使来魁常常想起天珍而愧疚。每到他们结婚纪念日,来魁要煽情地想天珍。天珍临走之前剪下的那把头发,他一直就放在睡的枕边。这使他每天都感到天珍还与他在一起同床共枕。他们在一起生活时对结婚纪念日没有特别在意,他们最在意的日子是 3 月 13 日,那是他们相见的日子。这一天来魁要想到头一次去山里见到天珍的情景,他把 3 月 13 日当成了他们的纪念日。他经常用迷信的话说 313 是伤要伤的意思,不吉利的 3 让他们两人都伤着了。

天珍给来魁留下的那把头发,现在对来魁来说就是天珍的本人。开始每年来魁只在 7 月 17 日拿出来看一看,摸一摸;现在他每年要看很多次了。3 月 13 日是他们认识的日子,他要看一遍;3 月 16 日是他们结婚的日子,他要看一遍;7 月 17 日,是他们相见的日子,他要看一遍。有时过春节,他也要看一遍的。他经常闻天珍的头发,头发上还有天珍身上的生物味道。看他这种闻,好像就是那种亲爱的吻。

他们从书信走到了婚姻,现在又从婚姻回到了书信。来魁在书信里对天珍以姐相称的语气与以前一样亲切,这是天珍感到如当初一样的亲切。他们现在虽然从夫妻又回到了姐弟,天珍觉得他们的姐弟关系胜过夫妻。他们夫妻里有争吵,那是要分开的日子;他们姐弟里是思念,那是想见面的日子。他们觉得只有两地书信才是最合适的选择。

天珍的人在来魁的身边他不会珍惜,天珍走了,他连天珍的遗物都那么珍惜。人与人之间在一起与不在一起的区别就这么大? 年轻的时候总是有很多的错不会知道,等自己不再年轻了就知道错了。追悔年轻的时候就是在追悔年轻的那些错。

葫芦渊里,来魁站船头撑船,凤伢子坐在船艄。来魁对凤伢子说:"你还记得小时候吗?"

凤伢子的脸羞起来,她以为来魁说的是他们小时候在湖里行船的丑事。

来魁提示说:"小时候在这渊里踩藕,你差点没有了。"

凤伢子听到来魁的提示,她想起小时候在这里踩藕,不小心走进别人挖藕的坑里。那次她差点被淹死,幸亏来魁就在她的前面,见她在水中挣扎,急忙救起她。那次是她人生中生命最危险的一次,她这辈子不会忘记。她对来魁说:"我那次假设死了,我现在的骨头都没了。"

来魁说:"我真不敢想,你死了我今天是什么样的?"

凤伢子说:"你与山里姑娘就不会分开了。"凤伢子从来没有叫天珍的名字,她和这里的老人一样把天珍叫山里姑娘。这好像是她把甲鱼从来都是跟老人们一样叫团鱼的。

来魁说:"你死了也不会有山里姑娘了。"

凤伢子说:"你还记得香谷吗?"

来魁说:"记得。香谷还活着,她今天不知是什么样的?"

来魁口中说的香谷是他西边邻居的一个姑娘,与他同岁。香谷小时候是与来魁一起长大的伙伴,十岁那年在这渊里淹死了。凤伢子现在都还记得香谷的样子,她经常梦见十岁模样的香谷。

这渊边的故事是来魁与凤伢子儿时的主要部分,很多来魁小时候的记忆也是凤伢子小时候的记忆。凤伢子对来魁不知羞耻地喜欢是不是与那次来魁救了她有关,来魁现在也不知道。奇怪的是来魁对小时候的开琼好像忽略不计,他对开琼的印象好像是在凤伢子出嫁后才开始的。

开琼的母亲因胃出血到公社卫生院治疗,是来魁与哥哥用手扶拖拉机送去的。双胞胎姑娘在医院里轮番照顾了两三天。见母亲身体好转,开琼要凤姐回家。

开琼把自己那件红春装要凤姐带回去洗,要凤姐明天再来带几件换洗的衣服来。

凤伢子不希望开琼回去,农庄里他们孤男寡女的,她不放心。

听说凤伢子要回去,妈要凤伢子在血防站睡,老人家怕站里的小鸡被黄鼠狼叼走。

凤伢子快到古井天开始发黑,有夜风吹了,还是很冷的。快到家,她把开琼那件红春装穿在身上。

来魁把农庄收拾好正准备回老屋看母亲,他看到血防站亮着灯,他以为是开琼回来了。他想今天一定要强奸开琼!

凤伢子回来,她没有先到农庄,她在血防站看母亲喂养的那一窝小鸡仔。

来魁到血防站时,凤伢子在开琼的衣柜里找明天要带去的衣服。在电灯下来魁看到开琼的红春装,他以为凤伢子是开琼,问:"妈在医院里好些了吗?"

凤伢子声音不大说:"好了一些,我才能回来。还有晚饭没有?我还没有吃饭。"

来魁没有听出是凤伢子的声音,他回答:"还有一点饭,在冰箱里。你看看,如果不够,你就下一点面条。我来跟我妈送饭去的。今天有客人,收工迟了一些。"他说完就走了。

凤伢子到农庄,她到厨房看冰箱里的饭不多,她想就这点饭炒一个鸡蛋对付肚子算了。她打了一个鸡蛋放少许盐,煤气灶点燃才洗锅。

饭炒好,用鸡蛋碗盛饭。吃饭时她来到后面的甲鱼棚看父亲。胡三万与姥爷在看电视。

老人看凤伢子进来,问:"你妈好些没有?"

凤伢子说:"好了一些。我明天还去的。"

胡三万喊:"姨妈。"

凤伢子对孩子说:"你还只隔了两天就不认妈了。"

这时伯伯才知道是大双,老人家开始也以为是小双。

来魁等妈吃了饭,他到后面井边洗碗。他想回农庄睡觉,今晚对开琼实施强迫,这是一个好机会。他七上八下犹豫不定,决定今天还是要试试运气。开琼越不肯缠他,他越是想缠开琼。

他悄悄来到农庄时,凤伢子在开琼的床上已经睡下了。来魁到凤伢子的床上睡了一会,看后面伯伯的棚子里没有了亮光,他小步来到开琼的后门喊:"开门。"

喊第二声,凤伢子醒了,她给来魁开了门。

来魁进屋把后门上闩。来到房里,他一把就抱住凤伢子说:"你今天怎么这么好的?"

凤伢子把电灯拉灭了,她已经知道来魁是把她误认是开琼了,她想装开琼,看他们平时是怎么背着她的。她用手推来魁,听来魁说:"我们在一起真正难,给一次机会我吧,就这一次。"

他们完事以后,来魁要回农庄睡。在凤伢子的肚皮上,他开始怀疑是凤伢子,因为开琼的肚皮上是有刀疤的。黑灯瞎火的,他用手摸不准确,他很疑惑。

凤伢子说:"你就在这里睡吧。"

来魁听出是凤伢子的声音,他故意说:"你这次怎么对我这么好?上次我强迫,你都不肯呢。"

这时凤伢子再也忍不住了:"我是凤伢子!"

来魁高兴地说:"你怎么学会用这话吓唬我了?"

凤伢子一骨碌爬起来,打开电灯:"你看看,我到底是谁。"

来魁会处理突发事件,他故意说:"你我过了几十年的夫妻,我还不知道你!你以为我把你当开琼?我是故意跟你开的玩笑。你们双胞胎烧成两堆灰了,我都能分清谁是大双谁是小双。"

因为来魁平时喜欢用滑稽的言行,凤伢子也把他狡辩不赢。凤伢子问:"你老实回答,你跟小双有几次?"

来魁不慌不忙地说:"没有一次。其实我们可以有一次的,她太正直了。我对她说,'我与你姐姐又不是结发夫妻只是临时夫妻,本来天珍走的时候是把家给你的,是你姐姐不讲理。天珍回来,你姐姐就站一边了。所以你以后有机会还是要跟我有一两次的。'可小双就是死脑筋不开窍。"

凤伢子一顿狗咬强盗地骂来魁,农民骂人的常用成语在凤伢子口里像乘法口诀熟悉。

来魁故意模棱两可地说:"坏了,坏了,你们双胞胎越来越像是双胞胎了!"

这以后来魁以为与凤伢子的日子要竖起来过,没想到还是平平淡淡的。除了平平淡淡他还得受气,凤伢子时不时给他脸色,他也要半嚼半吞地接受。好在他与双胞胎的乌龙事件只有这一次,好在来魁曾预防过这种事。他也没让凤伢子看出什么破绽。

第 61 章　戴孝

　　来魁的母亲眼睛模糊后没有拖过年,在腊月二十八终于走完人生最后一段路程。老人家在最后的日子是多想再见天珍一面,哪怕不能看清,婆媳坐在一起说说话也好。老人家想以前的媳妇又不能说出口,怕现在的媳妇不舒服。凤伢子虽然对婆婆也孝顺,但她也知道婆婆心里总挂着山里姑娘。老人家临死没有说话,只是流泪,谁也不懂老人家离世时有多痛苦。

　　来魁的妈赶在腊月二十八去世,人们都说年近日子不好。近年的日子是家人从外面走进来,不是家里人走出去的。只有凤伢子认为这是最好的日子,因为过年天珍是赶不来的。要是来魁的妈撑到年后去世,天珍来了,她与天珍怎么面对?

　　来魁的母亲死得还算比较顺利,只是道士先生来写孝名单不顺利。孝名单不但活人要看,以后还要烧了给阎王爷看。像来魁这样有两个活着的老婆怎么写,这不得不搁笔讨论。旧社会有一个人几个老婆,阎王爷看惯了,可现在没有这事该怎么办? 考虑到年节下天珍不能及时赶来,由双胞胎在场还有陈三秀和萍儿的妈在一起开了一个无遮大会,七人合议庭最后决定还是要写天珍的名字。作为前媳妇的天珍写在孝名单最后"关单",因为"关单"的位置也是很重要的人物。念念的妈妈可以说是天珍,也可以说是开琼。说天珍与婆婆的关系亲如母女也可以,有哺乳之恩的开琼与来魁的妈亲如母女也可以。尽管道士先生把死人活人都考虑到了,后来陈大姐还是说左家对天珍没持平之论。

开琼充当天珍为婆婆披麻戴孝。

有亲戚问起天珍，来魁说："我们天各一方了，她心去难留，我心去难受！"

来魁给天珍发去电报，大年三十天珍才收到婆婆去世的噩耗，由于在特殊时间段天珍误过了看婆婆最后一眼。

天珍用书信把哭婆婆的话给来魁寄来，其中有这样一句："有一天我在棉田锄草，来魁在抽水，忽然天下大雨，您没给儿子送雨衣，给我送来雨衣，您的身上全湿透。我要把雨衣给您穿，您说我在怀生不能淋雨。我坐了两个月子，您对我是无微不至地照料。我回娘家一直与妈生活，好多人要给我再说婆家，我说，我有一好婆婆，我不想再找一婆婆，我一生只要您这个婆婆……"

天珍在信中恨来魁没有在婆婆病危之前告知她。她要来魁带上火纸和那一封信到妈的坟头烧掉。

我们这一带给人做生日都是提前一年，那是算虚岁，这是加上了母亲肚子里的一年。开琼给念念过十岁的生日没有事先告诉天珍，办完事以后写信说过这事。天珍责怪来魁与开琼这件事没办好，它让亲生母女的距离拉远了。

母亲永远记得孩子的生日。天珍实在想念念，她在念念足十岁时，她来到二姐家。天珍要二姐通知来魁，要来魁与念念偷偷过来见面。

天珍碍于面子，她不想回自己的家给来魁和凤伢子难堪。

这段时候开琼的哥哥在做楼房，来魁天天要去帮忙。来魁听说二姐回来找他有事，他回家听说天珍到二姐家来了，他对二姐说："你快回，好好招待她，我与念念马上就赶来。"

二姐说："天珍说她梦见你从屋上摔下来了，她怕你有什么不好，来看你的。你这几天给他们做屋帮忙要多注意呀！"

来魁说："她也变得这么迷信了？"

二姐说："你晚上到我家去，别让凤伢子知道了！"

晚上来魁没有在开琼的哥哥家吃饭，他和念念骑摩托车来到二姐家。傍晚的光线不明，来魁看见天珍的样子和离别时一样。他们好像就是昨天离开的。

天珍早站在门口，看到来魁父女。看到长大的念念姑娘，她迎上前说："来魁，你来了。这就是念念姑娘！这么大了。"

来魁停稳车，两人都看着念念。来魁问念念："念念，她是谁呀？"

念念看着天珍害羞地说："是妈……妈？"

天珍想抱住念念，看念念已经这么高，她怕念念不好意思，她走近拉起念念的手说："姑娘，你爸爸跟你怎么取一个念念的名字，就是要我们分开吗？"她本想好好看看思念的女儿，可眼睛渐渐模糊。

二姐牵着一个七八岁的姑娘走来对念念笑着说："哪是你妈妈？这是小妹的妈妈。"

天珍要二姐手中的姑娘叫来魁爸爸，那小姑娘看了一眼来魁，怯生生地低下了头。有邻居过来看他们，他们想回避。天珍看到她的两个姑娘在一起羞羞答答不说话，真想哭。因为有外人，她止住了眼泪的流露。等两个妇女走开了，天珍的眼泪也回去了。

来魁与念念没吃晚饭，二姐给他们端饭上桌。二姐怕来魁父女的饭不够，她出门找邻居家借来热剩饭。凤伢子也来过二姐家，二姐家的邻居都听说过来魁离婚换妻的事。天珍带小姑娘来见丈夫和大姑娘，做大人的都能理解。二姐与邻居在门口说话，天珍与小妹看来魁父女吃饭。相互的问候，使刚懂事的念念意识到他们这才是一家。

天珍埋怨来魁与开琼给念念过十岁没有提前告诉她。来魁说："告诉你了，你来也不好，不来也不好。你来了凤伢子心里不舒服；不来，你心里不舒服。"

天珍说："这都是你做的好事！你把我们逼得好苦！"

来魁不高兴："你怎么一口两舌头的，是你自己要走的，我又没逼你走。到了今天你又这么说。"

天珍诉苦的样子说:"我们在一起恩恩爱爱难舍难分我会走吗?看你对我不热不冷,我只有走呢。"

来魁说:"两口子过日子不是写情书,天天哪有那么多美好的词语盛在饭碗里吃。"

天珍抽泣地说:"我看到她们两姊妹这么陌生,我的心难过。婆婆死之前你们也不通知我与她老人家见最后一面。"

来魁说:"你决定走,我们的日子就决定了这样。"

天珍说:"我当时不走,我还待得下去吗?"

来魁说:"世上不能说有第三者就要散家的。你当时是为我着想,这点我还是感激你的。我与你恋爱时就向你提示了我的旧情很复杂,是你当时想得太简单。"

天珍说:"我现在也没有说完全怪你呀。"

来魁放下筷子说:"好了,我们不要吵了,相见是那么困难,你来了,我们都高兴地说说话。"

天珍无语。来魁又说:"你也知道我们家里的鬼(凤伢子),她比谁都心眼小,她知道你来了,也是要刮我胡子的。要是我与开琼生活,你们母女可以回到我们家。"

天珍说:"开琼现在怎么样?脸相变没有?"

来魁说:"她还是那么年少的样子。"

天珍问:"凤伢子比她老一点吧?"

来魁说:"凤伢子好苦呀,当然要显得老一点。你明天还是跟我回家看看吧,有我在,凤伢子不会把你怎样的。"

天珍说:"我不去了,我怕凤伢子受不了。我不是怕她难堪,我早回去看家了。再说现在婆婆去世了,我不挂念什么了。今天看到我的念念,我不想回你们那个家了。"

来魁问山里的情况，天珍说跟信里说的一样。

二姐留来魁过夜，她知道天珍与来魁还有很多的话说。

念念与天珍睡，来魁与小妹睡。孩子们睡着后，天珍要来魁出去说话，她怕凤伢子找来。虽然凤伢子是不敢来的，可天珍总想着凤伢子来了她用什么话对付。

听来魁说："天珍姐，我对不起你。我与你生活时心里没有你，现在离开了你，你在我的心里占了最大的位置。只怪凤伢子读书少没出门，她只记住了少女时的那段感情，现在为了追求那段感情不顾伦理与法律了。不是她离婚回来，我怎么都要把你接回来重新过日子的。"

听天珍说："我不怪你，我们这样很好的。我们在一起生活时不觉得有时间存在的意义，现在离开了才知道时间的意义。我们相处六年，分手时还是难舍难分；如果我们相处时间更长，恐怕积怨已久反目成仇了。我们不适合做夫妻，只适合做姐弟，只适合相隔两地写书信。我也怕长期和你生活会仇恨越来越深，那样我们过去那些真情的书信就失去了意义。你如果没有双胞胎，你与我也会好好生活的；你是一个守旧情的人，我知道你与她在一起会牵挂我的。只有我们相互牵挂就比相处有意义了，我们那些书信永远有了意义。我如果不知道你与开琼的秘密，我们也不会走到这一步。"

来魁说："我天生爱回忆往事，总对过去的感情耿耿于怀。这是我的悲剧，也造成了你的悲剧。凤伢子跟别人结婚了，她就是我最不值得爱的人，可她又是我最舍不得的人。是她促成了我与你结婚，也是她促成了我与你分开。"

天珍说："现在你们好好生活吧，等我的妈死了，我还是要回来的。"

来魁说："我真对不起你的妈，这么多年我没有去看望她老人家。你回去替我多关照你妈，只当是你替我在丈母娘面前尽孝了。我放你回去，也是想让你替我孝敬老人。"

第二天很早二姐就听来魁与天珍在争嘴，听来魁说："你叫天珍，你就是要天天跟我俩争的。"

他们为什么要争,二姐没听到。

来魁要把小妹留下玩过年,天珍说小姑娘是她唯一的安慰,天珍不同意把小姑娘留下来。天珍说怕来魁把小妹又送别人做姑娘——是这话激怒了来魁的。来魁骂天珍把他看成没有人情味的人。

一时间,他们都埋怨是对方有错在先——两个人争吵时什么恶话都说出来了。

二姐做早饭时,来魁带念念要回家。看来魁的脸色不是很高兴,二姐也不好强留。来魁说要赶回去给舅舅帮忙,天珍更不高兴。

冬天的早晨有霜,骑摩托车是很冷的,来魁坚持要走,他是有理由和难处的。天珍一直看着来魁走到看不见。

回到家,来魁又觉得自己对不起天珍,不到中午,他与念念骑车又来到二姐家。听说天珍带小妹已经走了,他的眼泪夺眶而出。

唉,他与天珍也真是,在一起是争,不在一起也是珍!

多年以后来魁在想念天珍时总把这次秘密见面当作是一场思念的梦见。

说是秘密见面,以后还是被凤伢子闻到风声。陈三秀有一个姐姐居住在来魁的二姐那里,这话传出去可能是她嘴尖透的风。凤伢子没有与来魁动干戈,她只是像牙疼过了几天就好了。她知道自己没有理由与来魁为这事吵架,这说明她知道是愧对天珍的。天珍到这里来也没有到古井的老家,可见天珍的善良。她今后还有什么理由为难天珍呢?

第 62 章　寻亲

这以后天珍与来魁的书信渐渐稀少,来魁终于到农庄与凤伢子欢欢喜喜住一起了。原来凤伢子住三号房,来魁住进四号房。这样分开住是给开琼看的。表明上他们没有住在一起,其实他们天天不三不四在一起。

山青笑来魁到农庄来住,来魁回答:"我妈去世了,现在凤伢子的父母老了要照顾。"

这话开琼听了心里也舒服,凤伢子的父母也是她的父母。

每逢大忙的时候捞到水牛当马骑,日子过得快了一些。时间很快到了两千年,一九开头的日子永远过去了。可天珍好像还生活在一九开头的日子里,因为她给来魁写信落款时间还是习惯地写一九开头。

来魁把妻子赶走,捞到青梅竹马当妻子的故事在民间也有议论:有说天珍不对的,也有说凤伢子不对的,更多的说来魁的不对。关于天珍的离去,人们编出几个版本的故事。很多人还是怀疑凤伢子与来魁以前偷情被天珍抓到了,天珍才气回家的。他们的婚姻故事不是奇得出鬼,而是鬼得出奇。这种自由的婚姻与当地的风俗是有关的,另外一个原因是年轻人结婚很少办证的。于是,他们的婚姻像恋爱一样自由。

只有陈大姐知道天珍是回家孝敬不是自己母亲的妈妈,天珍迟早要回来的;天珍是觉得亏欠开琼想把家给开琼,没有想到被凤伢子捡到渔利。人们如果知道真实的原因,应该都会谅解他们的。

在山里人的眼光中他们同情天珍，他们知道天珍从婆家回来一去不复返，一定有不光彩隐情，出于情面都没有挖根求源地问。

母亲在天珍尽心地照顾下，慢慢能自己走动。天珍要母亲天天自己锻炼身体，母亲不想继续走了。老人家是看到自己人生的路已经不长久，才不想再向前走了。

眼看母亲快要走完坎坷的一生，天珍想去母亲的老家看看，希望还能否找得到半个亲人。她从母亲的口里记住了几个地名和人名，她坐上了开往巴东的轮船。

壮丽的山峡重峦叠嶂，天珍心如江水汹涌澎湃。

到了巴东，天珍坐车来到小镇。夜里在镇上吃住，白天进山打听。她母亲的姨妈七十年代初就已经去世，那姨妈孩子们的孩子们现在也各奔前程成了家。姨妈最小的一个儿子对天珍的说话还是有点音儿，但对天珍没几两热情。这条线没连上，天珍打听到猎人养父。天珍在当地小卖部买了很出手的礼品，谒见曾经的父亲。老父亲与老伴过着隐士的生活。听了天珍的话，老人家热情地留天珍吃中饭。老人家因病虽然说话有一点齉鼻，但还能看到他年轻时留下的英雄本色。老人家对天珍讲的话与天珍的母亲说的话基本相同。从老人口里能听出天珍的母亲当时捡回有一头癞子的小姑娘，开始他反对，后来就没有反对了。天珍母亲姨妈的二儿子以后给这老猎人送来一封来自台湾的书信，由于老猎人与以后的儿子过不好，搬了几次家，那封书信再也没有找到。

天珍离开时还是叫老人家"爸爸"，老人也眨着羞愧的老眼感动不已。

离开巴东时天珍伤感万千，这里是她的出生地也是她母亲的桑梓之地。今生今世她再不会到这里来了，母亲今世今生也再不会回来了！十月怀胎生她的真真母亲今天不知在哪里？她流着眼泪对大山叫了两声"妈妈"。愿她的呼唤永远在这里回荡，直到她的亲生母亲听到……

愿她寻亲的足迹永不湮没。

去巴东的路很远,回家的路很近,天珍觉得巴东离高阳并不很远。

回到家看到母亲,天珍一个劲地哭。她哭母亲为了女儿丢了娘家,她哭自己为了母亲丢了婆家。母亲的思维已经不清楚了,但从老人家的脸上还能看到无尽的悲哀。

原来的生产队现在改为组,老农民还是亲切地叫队;大队和小队是他们年轻时人生的大步和小步。农村合作社是他们青春的主要部分,他们会一辈子把组叫着队。

古井二队第二次分田,开琼分了三个劳力的田。这个地方土地资源多,田可多分也可少分。开琼与念念是一个户头,凤伢子与来魁和三个孩子是一个户头,来魁与天珍的户头也没有变。那时候户籍管理很落后,很多农民不愿要户口,因为有户口就要负担每年的水利建设和江堤加固工程。天珍与小妹的户口来魁一直跟她们保留着,这是他心里一直没有忘记天珍。天珍与小妹有田,来魁只要了小妹的田,因为那时种田不景气,谷贱伤农。开琼考虑到念念今后结婚,她想跟未来的女婿分得田,于是她把天珍户口的田分到手。别人怕田多是怕负担冬季水利建设任务,开琼不怕田多,她每年的水利任务是灭螺组给她免除了。

开琼在左家新居民点分到一个屋基,她准备起两层小洋楼,这是专门为念念结婚修建的。

因为天珍与开琼的信中说过以后要回来与开琼做伴,开琼分到天珍的田没让来魁知道。开琼有十八多亩水田,有来魁帮她耕耘也不误农时,她一直没答应找一个男人。她虽然没有耽误农田的季节,但她耽误了青春季节。她安慰自己,寡妇只要名声好就算古井无波秋竹有节了。在古井二队没有左家的男人对她动眉动心的,她觉得自己在娘家另起炉灶过得很好。有来魁有哥哥有父母有念念,她觉得自己不是无根无蒂过着孤家寡人的生活。这当然与凤伢子对她的顾及也是有关系的,只要凤伢子怀疑她与来魁,她就不能四平八稳地过日子了。

值得一提的是开琼不想来魁,来魁也不敢念开琼。开琼是爱来魁的,她是一个正经女人,她藏得住这种爱。来魁爱开琼,有时实在想开琼,他把灯灭了就把凤伢子幻想成开琼了。其实有凤伢子这只鸟在手,林中的开琼也没有太大的吸引力。如果来魁与开琼其中有一个动了邪念,他们都不得安逸。来魁只是怕开琼有找男人的念头,他才着手强迫开琼的。开琼是来魁唯一敢强迫的女人。这是来魁的错,这是来魁年轻的错。强迫事件发生后,开琼想到自己与凤伢子是亲姊妹,她还是恨来魁的。

一个恨能抵挡一千个爱,爱到极致就是恨。恨的时间长了就有爱,有了爱就觉得青春常在。

来魁与凤伢子很会过日子,有时候他们打情骂俏都是根据小时候样子学的。小时候他们对爱情就开始操练,他们的恋爱练了好长的时候。凤伢子把斗嘴当作是夫妻的一种练爱,天珍把斗嘴当仇恨的种子。来魁的爱当然要偏向凤伢子。

凤伢子珍惜每天的夫妻关系,因为她知道一个雷打不动的事实:天珍一旦要回来,他们的家就会遭大到暴雨引发泥石流甚至土崩瓦解。这也是她经常主动夜里到来魁房里去的原因。

来魁与凤伢子如果闹起别扭,他就把凤伢子看成是开琼了,于是他对凤伢子的别扭很快就消失殆尽。他们夫妻最大的特点就是吵架不翻脸,不多会再见面时总有一个人要笑;很多时候是凤伢子先笑的;凤伢子不笑,他就装怪脸。这种小孩子的二皮脸与他们小时候就形成的二皮脸是很有关系的。

凤伢子要来魁买一台电饭煲回来,因为有时候客人多锅灶饭不够。来魁到电器商店看电视里播放《刘三姐》,他看了一会。他在购买电饭煲时《刘三姐》又从头开始播放,他问这是什么电视。别人告诉他现在 CD 机有图像了,叫 VCD 碟机。

他商量凤伢子想买一台碟机,凤伢子嫌贵了。来魁给凤伢子做思想工作,说农庄需要一台碟机。后来凤伢子与来魁用小时候决定胜败的方法——猜中指来解决。结果来魁赢了，凤伢子输了。

第二天来魁用一千多块买了一台 VCD 碟机。他要别人把《刘三姐》的光盘送他，别人要他自己到卖光盘的地方去买。由于当时还没有光盘专卖店，来魁要卖碟机的商店送了几本光盘，其中就有《刘三姐》。回家的路上他幻想几时买一本《五朵金花》的电影光盘，他和开琼凤伢子一起看。他得意地想，那时刻他们肯定都像回到了少男少女的年代。

下午来魁回家，他心急火燎地试放碟机。有图像，没声音，他看说明书。凤伢子进来对他急，因为这时是农庄最忙的时候：渊里的鱼要割草，渊里捕鱼的龙网捞小鱼虾喂甲鱼，鱼虾不够还有把准备的螺蚌破壳喂甲鱼。

来魁放下说明书，戴上草帽拿镰刀出门。

晚上，吃血的蚊子多。来魁边看碟机的说明书，一边吃饭。大客厅里的大电视上有刘三姐唱歌就是唱不出声音，歌仙刘三姐成了哑巴姑娘。凤伢子的姑娘是哑巴，这多忌讳！小孩子们端来椅子坐在前面一本正经地看，开琼的父母坐在后面的沙发上。

来魁把后来的音频插头换了一个孔，刘三姐突然有声音，孩子们好高兴。

开琼穿着裙子进来，在靠近大门口坐下来看。看到刘三几姐唱"多想了……"她在心里跟着唱。顿时，她好像回到与刘三姐一样的青春时期。

来魁灭了电灯，尽量体现以前夜里看电影的感觉。他不敢与开琼坐在一起看，他在后门口等凤伢子来。

凤伢子忙完，没洗澡便坐下观看，她不想耽误看电影，来魁说还可以重播，她哪里相信。

刘三姐把莫管家赶走后，山青与他的媳妇走进来。开琼忙站起来让座，她去客房端来两条凳子。山青坐下说："我们在公路上乘凉，听你们电视机放《刘三姐》，我们回家怎么也没收出来。"

来魁说："我们是用碟机放的光盘。"

山青说："在夜里听到声音,好像小时候放电影的感觉。"

开琼说："我在报上看到,以后碟机家家都要普及的。"

山青的媳妇说："这以后就没有人看银幕上的电影了。"

山青的媳妇是胡家台的姑娘,她勤劳朴实。她原小名叫元秀,来魁给她改名水秀,这是与山青相组词。她喜欢听山清水秀,她喜欢唱《阿里山的姑娘》,她不喜欢小她年纪的人叫她水秀这个名字。她虽然对本故事没有起什么作用,但她是开琼的新邻居,她与双胞胎是经常在一起说说话的。她给双胞胎做了伴,同时双胞胎也在给她做伴。她怕鬼,凤伢子更怕鬼,两个怕鬼的姑娘在一起鬼就怕她们了。

来魁看着开琼想,以后买了《甜蜜的事业》的光盘,他就坐在开琼的身边看。想起老电影,他自己也好像回到半青半黄的时代。

以后的日子里来魁总想买到《甜蜜的事业》和《五朵金花》的电影光盘。

第 63 章　姐姐

　　来魁在渊边种了几棵桃树,每年二月里桃花不但引来野蜜蜂,也引来观花饮酒的野男女情人。两个甲鱼池边种满四季花卉,也招来很多采野花的客人。渊浅水边种有香莲,这是女客们的青睐。这里可以划船看水面风景,也有水产花草的观赏,是乡村赏心悦目的好地方。

　　胡来魁的农庄一直平平稳稳,这与开琼平平稳稳是很有关的。

　　开始几年凤伢子总是拿眼角偷窥来魁与开琼的一笑一颦,后来看到开琼带着念念生活也不容易,她对开琼就睁一只眼闭一只眼了。对开琼的正派,她是最了解的。自己与来魁也不能算铁板夫妻,自己哪有那么大的权力。她也一直希望开琼再找一个男人,开琼总说没有值得她心仪的男人,招来了怕后患无穷。

　　开琼家很多重体力活都是来魁去做的,时间长了,凤伢子也放松了警惕。她怕失去来魁的家,万一与开琼闹矛盾,说不定来魁要卫护开琼的。她很清楚天珍是把家给开琼的,自己的幸福生活就是开琼送给她的。所以有时候怀疑他们偷情她也不着力去想,设身处地换位思考什么心术都没有了。假如要是来魁与开琼生活,自己与来魁说不定也暗度陈仓。她与来魁毕竟不是结发夫妻,她相当于是捡开琼的旧衣服穿着过日子。

　　尽管凤伢子有这么多理由对开琼网开一面,可每次来魁到开琼家耕地,在开琼家喝酒很晚才回来,她的肚子里还是有一股股的气。

　　好在开琼对来魁从来没有用团鱼望滩的目光,她跟秀儿对来魁的眼神是一样的。

开琼得知有试管婴儿技术后,她也想再婚有一个自己的孩子。她为这事专门找过杨明琼医生。老同学告诉她,她的卵巢还能产卵,是子宫无法孕育。她的子宫膜好像是用薄冰做的,无法着床。她想请秀儿或者凤姐代孕,可谁是孩子的爸爸呢? 幻想到自己的孩子是甜蜜温馨的,可这种温馨最后还是流产了,因为她目前是一个寡妇没有合适的孩子父亲。她想借朱章明做孩子的父亲,又怕牛三英反对。在血防战线上有一个男同事爱开琼到了神魂颠倒的地步(这里不说出他的姓名),开琼也想用他做父亲;因为怕这事以后穿帮,株连很多人,她很快就放弃了。最好是借来魁做父亲,因为来魁也是她的情人,凤姐是没有多大控制权力的。来魁是父亲,凤姐顶替开琼接受移植胚胎后代孕,这才是最合情合理的。后来她放弃了,她怕念念知道不同意,又怕天珍知道不高兴,又怕违反相关政策。尽管她没有请凤姐代孕,可她还是经常在脑海里幻想那个孩子,这种幻想的本身已经有了一种温暖。

开琼在农庄主要记账收钱,凤伢子下厨。念念放暑假回来也到农庄帮忙,开琼对念念是体贴入微地照顾。念念知道开琼不是她真妈,但她从来不想山里妈妈。妈的概念对念念来说就是与开琼在一起的感觉,天珍给念念的感觉只是过年的感觉。开琼给念念的感觉就是过生活的感觉。

来农庄玩的都是有钱有势的人,多数是开小车来的。有客人想与寡妇开玩笑,他们有时不能肯定分清谁是寡妇谁是女主人而欲言又止。有一个离婚的科长对开琼横田直界追了好长的时候;有两个有妇之夫也为开琼伤透过脑筋,他们最后知道开琼"不开窍"的诨名,个个临难而退。但只要与寡妇说话是开心的,这就是出门"钓"鱼的目的。双胞胎农庄的生意好,与开琼这个漂亮的寡妇是有关系的。她在那些男客人的眼里就是一条不肯咬钩的大鱼。

下雨的幺弟结婚,来魁与开琼到下雨的娘家去玩。朱章明见了来魁,他们只是点头打招呼,没说话。开琼不想见朱章明,连他的背影也不想见到。朱章明是故意要与开琼在一起,他想对开琼说复婚的话。开琼看到朱章明来身边,她立马走开。牛三英与朱章明结婚以后,三英一次也没来过左家台下雨的娘家,因为三英怕见到开琼。

下雨把开琼叫到后面的厕所解手,说:"小双,朱章明想与你复婚,你想不想。"

开琼说:"我就是想,三英怎么想呢?我死都不会同意的!"

下雨说:"朱章明说,你同意与他复婚,他就与三英离婚,儿子留下给你做儿子。"

开琼说:"我一生就毁在他手里,我感谢他没把我害死。我怎么也不会再瞎眼睛的。"

下雨说:"你年轻美丽,老这样把漂亮白白浪费掉吗?"

开琼和颜悦色地对下雨说:"我一个人生活蛮好的。耕田的事有哥哥和姐夫哥帮忙,我带着念念生活得很好。"

下雨开玩笑地问:"你想过念念的爸爸没有?"

开琼严肃地回答:"他现在是我的姐夫哥,我真不想。再说,我姐的小心眼你还不清楚吗。我如果想来魁,来魁肯定要想我,那么我们就无法这样风平浪静地相处了。"

下雨说:"幺狗子还是肯定蛮想你的。"

开琼说:"我们之间有一个想对方,我们都不得安逸了。他有什么好想我的,我姐与我一样,我有什么值得他想的。他在姐的面前屁都不敢放,他好怕我姐。他们夫妻恩爱甜蜜,来魁与我玩笑话都不说了。我跟来魁结婚肯定还没有他们恩爱,因为我不喜欢男女之事。下雨,哪个狗日的对你说谎,我从来不想那种事!"

下雨说:"这是你的思想高尚了,把那事看得下贱了。"

开琼说:"古人说看破红尘,不知是不是我这种眼光?"

来魁与凤伢子这对特殊夫妻之间最不愉快的事就是天珍的存在,这使得凤伢子经常要查问来魁手中的钱数。来魁可以不管念念,但小妹他要负担的,所以来魁手里要有钱。天珍给来魁的信中也有这方面的暗示。钱是夫妻之间最大矛盾的隐患,这对来魁与凤伢子来说也不例外。

天珍每过一段时候要来信,来魁看到天珍熟悉的字体,他好像看到了天珍姐。现在的书信虽然不是情书了,可来魁还是有年轻时收到天珍情书的感觉。来魁对每一封来信必回复。他把看信时对天珍姐的愧疚与思念写在回信前面,信后面对天珍讲述念念的情况。他在字里行间总是怀念与天珍的夫妻生活。他看信写信都没让凤伢子知道,那都是在老屋秘密进行的。

凤伢子不会在意天珍的来信,他们相隔这么远,不愁他们勾勾搭搭在一起的。

凤伢子要负担与立新的孩子也要负担与来魁的孩子,所以凤伢子把钱管得老紧。来魁不抽烟喝酒,凤伢子不许来魁口袋里压很多的钱。来魁谎称要还政府的贷款利息,在几年的还款中,他为天珍偷偷地存了一万多块钱。这钱也有他平时节衣缩食省下的。他家每年的收入大,来魁要藏私房钱还是很容易的,完全不会影响与凤伢子的夫妻感情。来魁除农田收入以外,他有农庄的收入,还有甲鱼和渊里的渔业收入。凤伢子不会算账,她管不了这么多。

有一次来魁到沙市航空路卖甲鱼,一次藏钱就是两千多。这几年的辛勤劳动他们也积攒了不少的钱,因为他们各自的孩子多,这笔钱谁也不敢乱花。

来魁现在特别爱回忆少年的往事。他觉得一个人回忆没有什么意思,他要和凤伢子一同回忆。他讲过去的事,他要凤伢子听——这是他觉得最幸福的时刻。他们一同回忆往事多数时候是在晚上。当然,在发生往事的地方他们也要提起的。现在是小时候摸鱼踩藕的时节,他每天都要讲过去的事给凤伢子听。凤伢子也要插几句过去的经历给来魁听。他原来跟天珍在一起劳动没有什么话题,他与不会说话的凤伢子在一起劳动总是有很多的话。

农庄的生意有季节,到了冬季农庄的生意也随天气变冷了。来魁出门上水利建设,开琼主管农庄。来魁上建设回来,一年要结束,也该给开琼结账了。每次结账,来魁总是要偏向开琼说话,这是凤伢子很恼火的。

来魁说:"开琼在农庄工作的工资按照栽秧工算,十天只算八天。念念帮忙的工资就不算了。"

凤伢子说:"你和哥哥跟小双灭螺的天数应该扣除,那几天她在农庄就应该不算工资的。"

来魁说凤伢子:"你是一个大的,这话都说得出来呀!她一个寡妇,我们帮她这点忙都不应该吗?你年年都要为这事跟我闹别扭。没有她,农庄还有这么好的生意吗?"

凤伢子的声音盖过来魁说:"我不是不许你跟她帮忙,我是眼气你卫护她。我与她要比你与她亲,我都没有这样卫护她,你处处为她说话到底是什么意思?"

来魁马上蔫下来说:"我只是公平办事,我没有偏向她。"

凤伢子抢嘴说:"她跟你引一个孩子,我跟你生了两个孩子!"

来魁无奈地说:"你总是有道理,我不跟你说了。你是不讲道理的人,我把你说赢了也是输了。告诉你,我最恨的一个人就是她!"

凤伢子是不敢为这事与来魁吵架的,她爱来魁也爱这个来之不易的家。渊里有两条一模一样的木船,她害怕来魁随时都会上另一条船。

土豆赌博赢了几千块钱,他与来魁骑摩托车到国道边的餐馆喝酒。土豆要年轻的服务小姐陪酒,来魁还不理解土豆的意思。饭后,土豆与那小姐上楼。这时来魁才相信如今男人们偷偷议论有鬼小姐的话。

有一个小姐过来与来魁缠绵,开始来魁有些害怕。怕什么他也不知道。土豆下楼怂恿那小姐要拉来魁上楼。酒后的来魁人牵不走,被鬼牵走了。

来魁很同情现实的小姐,完事后,他多给了三十元钱。来魁心想这下总算对开琼出了一口气,他认为自己今天的堕落行为是开琼的无情激发的。要是开琼在一年中有一两次主动跟他,他是绝不会这么做的。

第二次土豆邀来魁再去那种地方,来魁坚定不去了。他想到有两个女人为他守寡,他再不能做那种活见鬼的事了。那是对不起家里的事。

说到家里,他不知道现在哪一个才是他真正的家。说到家,他只有苦笑。

来魁对开琼的恨,想写一部小说表达;恨的时候就构思情节,可一直没有动笔。他爱用构思小说打发时光,这与他学过形象思维有关。他想改变以前写开琼的小说:开琼到长湖上水利建设回来以后,她听凤姐的话没有选择与来魁结婚,她选择了朱章明。来魁还是一如既往地与天珍结婚。他们同一天办婚事,来魁同样去开琼家吃喜酒。当开琼做新娘经过来魁家门口时,做新娘的天珍也来到来魁的家门口。后来开琼对来魁的绝情,他们的仇恨越来越深。在一次夜里,来魁把开琼当凤伢子强迫了。结果来魁获刑三年。凤伢子与在外面的立新离婚以后,她出面要开琼到农村求情,来魁才提前释放。后来,凤伢子与来魁结婚生活。来魁与开琼恨了一辈子……

第 64 章 上吊

一天中午,村干部到来魁的农庄吃饭。附近三个村子的干部只要开会都要来双胞胎农庄吃饭的。只不过他们都是赊账。到年底来魁可以凭欠条为别人抵提留,别人再把钱给来魁。当然,有很多时候干部们吃饭还是有现钱的。所以来魁是很欢迎干部们来开会的。这几年农村的税渐渐少了,会一点没有减少。这也是双胞胎农庄每年的一笔大收入。

来魁与村干部接见以后,他准备找开琼来农庄帮忙。开琼这几天出了事,他现在很想与开琼说说话,今天是安慰开琼的机会。

他来到开琼的后门,他一边推门,一边叫开琼的名字。房里没有开琼的声音。后门是用椅子抵着,他要用力推开。他正准备返身离开的,开琼的房里有响动声。

来魁走进房里一看,开琼正准备上吊的。有一根绳子系在檩上,开琼站在四方凳子上。

开琼把前后门都抵好,没想到后门被来魁给推开的。在来魁喊她时,她准备把绳子从脖子上解开。由于系得很紧,一时着急,解开绳子慢了,被来魁发现。

来魁马上意识到大事不好!他一把抱住开琼,发火道:"你疯了!有多大的委屈,还要用命来换。"

前天开琼去用药水灭螺,她的妈给儿子家种麦子去了。上午十点钟左右有三个年轻人把摩托车停在开琼的门口。山青走过来,以为是到农庄等中饭吃的客人,他也就没有对三个人留意。下午,开琼回来,她发现门被撬了。当发现衣柜的锁被撬,她知道出大事了。她家有两万三千多块钱全部被盗了。她瘫倒在地,口里不停地叫"念念"。她家里本来只有几千钱块现钱,秋收以后哥哥做屋找她借了一万刚还她了,秀儿找她借了几千块也还她了。那时农村没有存钱的习惯,再加上她准备马上给念念做楼房要买建材,她就没有存这么多钱。这下好,一分钱都没有被强盗剩下。这是她一辈子的全部积蓄,一时间她的心里怎么承受得了。这相当于她从共大一直到今天的劳动全成了泡影,她白活到了现在。

当人们知道开琼家被盗,山青才想起上午见到开琼家门口的三个人。他讲得清清楚楚,绘声绘色。他还原地叙述事发以前的事,可开琼被盗的钱是再不能还原了。人们都责备他没有问三个人是干什么的。

开琼的母亲知道,后悔得跺脚。这种盗窃几十年来都没有发生过,这也够当地人恐慌不安的。

来魁知道开琼家被盗,他赶快骑摩托车去河口报案。

派出所的民警开车来调查验,开琼还抱有找回钱的希望。没有想到民警倒责怪她把那么多的现金放在家里。开琼只有一句:"我心想过两天就做房子要买材料的,我就没有把钱存起来。"

开琼这两天跟死了没埋一个样。来魁看到开琼的样子,他对开琼的恨立马消失了。

开琼要来魁去派出所问问情况。来魁说:"他们不会跟你查这个案子的,这是很难查的。即使查出来,犯罪分子也把钱挥霍完了。"

开琼无力地说:"这就是我的命呀!到医院里把工作丢了,结婚后把孩子和丈夫丢了,住院开刀差点把命丢了。为什么灭顶之灾就只找我一人?我从共大到现在的辛苦劳动全成了一场空。"

来魁只想多多安慰开琼,没有想到开琼会急得寻短见的。他把开琼抱到床上坐下,说:"今天的事别人都不知道,我不会告诉任何人的。你也只当是刚从梦游中醒来。你以后给念念做楼房，我来跟你出钱。凤姐她不会管账，我会把钱弄到手的。"

开琼没有说话。她不该死，刚准备上吊，就被来魁撞到。

来魁用手拉开琼："走，到农庄去，大队干部来吃饭的，你去给他们安排。"

开琼还是不动。来魁把开琼强拉出了门。到了外面，开琼才跟来魁走。

来魁返回屋里把开琼上吊的绳子拿来。他看绳子是开琼在学校跳绳的绳子，他要把这根绳子收藏好。

农民原来是没有钱存银行，现在农民有了钱也从来不存银行；从这件事以后，人们才知道有钱还是应该存在银行里。

开琼前几年就跟念念推了新台基，在新左家台的最西边。来魁怕开琼再犯傻事，他想帮开琼把念念的楼房做起来。

来魁帮开琼把红砖拖回来，这时的开琼都还没有走出家中被盗的阴影。

一天夜里，开琼做了一个梦。她见到了阎王爷。阎王爷问她："你是想活一百年，还是想活六十年。一百年是从一岁到一百岁；六十年是从一岁到四十岁，以后又返回二十岁到四十岁。"她开始想回答说要活一百年，后来听阎王爷说可以活两个青春，她答应只要活六十年。只要能再活一个青春，她宁愿少活四十年——这是她一辈子都不会忘记的梦。做这个梦跟她上吊的事实肯定是有关的。

开琼给念念做楼房，她操心都是白的，全是来魁在操心。瓦匠是她小爹手下的一班人，小工是伯伯请的乡亲们。萍儿的爸爸是总掌管，还有山青土豆等学徒的小瓦匠。凤伢子在农庄做饭，她要安置大小工每天三顿的饭。

开琼找外人借钱，来魁也答应今后替她还钱。

开琼和伯伯与来魁坐哥哥的手扶拖拉机到沙市买木料，准备做门窗。他们的拖拉机在大街上被交警拦住了。交警要他们把车开到一大队的院子里。开琼的哥哥没有驾驶证，也没有交养路费，这可麻烦了！

443

好在来魁想到原知青小张是在交警里工作。他们打听到小张正是在交警一大队工作，他们找到小张。

小张看到胡来魁好高兴，他立即安排餐馆吃饭。来魁愁拖拉机扣在一大队，小张安慰他们只管吃饭。他没有吃饭，因为他刚吃午饭。他回家给来魁拿照片去了。

吃饭以后，开琼去结账，老板说刚才的交警已经跟他们结账了。来魁和伯伯一时多么感动。更感动的还在后面——他们走出餐馆，小张已经给他们把手扶拖拉机开到门口。小张对他们说，以后再遇到什么麻烦都可以找他。

伯伯感谢的话说了一遍又一遍。

小张把一张照片交给来魁。来魁看了一眼装进腰包。

他们来到木材市场看木料时，来魁躲在一边看照片。他看到年轻的天珍，看到天珍穿的那件袄子，他的眼泪哗哗地流。开琼偷偷走到他的后面，他没有发现。

开琼在来魁的手里夺过照片，看到是来魁家以前的合影。她说："这就是原来知青到你们家玩时跟你们照的？"

来魁不停地抹眼泪，他没有恢复状态，也就没有答话。

开琼想：很多年以后，如果来魁看到她和他在沙市骑摩托车的照片时，他会这么伤心吗？来魁的伤心肯定是他现在不能与天珍姐在一起，他一定是很想天珍姐的。可惜一个男人对一个女人有这份感情，那个女人并不知道。如果是自己与来魁结婚了，知青们到家里来玩，肯定也要照相。当来魁看到他与她在自家门口的照片，来魁也会这么流泪么？

那天他们买了木料还要到河口锯成块，回家时天很黑了。今后的开琼不但看到知青与来魁的友情，她也看到来魁对天珍的爱情。

开琼今天可以不来的。她觉得这一趟没有白来，她看到了来魁女人的一面。她觉得自己对来魁太薄情了，如果没有来魁，她不敢想象现在的生活。如果不是来魁,她那天肯定就成了吊死鬼!她现在是不会再想到死的,做屋的钱全是借来的,她要死也要把这些钱还清了去死。

栽秧时间,开琼给别人家栽了一个多月的秧。那时候栽秧工不好请了,原来外地来的栽秧妹子现在到城里打工去了。哪家要栽秧,开琼就跟别人家栽。来魁不让她栽秧,她不听。虽然来魁答应要暗地帮开琼还债,可开琼要尽量自己来还债。她不想来魁帮她的事被凤姐知道。看开琼拼命地栽秧挣钱,乡亲们没有少给开琼的工钱。人们都知道开琼是做楼房要钱用。

念念下学以后干农活不是很有力量,这与她纤细的身体有关。几年不见,她身体比开琼还高。姑娘过了十八,一夜之间就长大了。

念念没有考上大学,这是开琼希望的;如果念念读出去了,开琼怕以后成为一个孤老婆子。开琼到血防医院想给念念找一份工作,可医院现在要面临倒闭了。念念只好在来魁的农庄工作。农庄的工作是有季节性的,这等于是开琼把念念姑娘放在农庄里玩。

丽丽放年假回来,念念和她玩。一天,念念的男朋友来玩,丽丽给念念看照片。在爸爸的日记里,念念看到了天珍抱念念那张全家合影。

丽丽说:"念念姐,你好像我的爸爸,一点也不像你的妈!"

看来已成人的孩子们也知道她们之间的关系。

念念说:"我对那个妈都没具体的印象了。"

丽丽说:"你那个妈这么多年没来看,说不定不在了。"

念念看着自己与亲妈的老照片不知道流泪。丽丽说:"你对现在的妈妈讲过那个妈妈吗?"

念念摆头说:"我怕现在的妈妈知道心里不舒服。"

念念偷偷把这张照片带回家,被开琼发现。

晚上,开琼来到念念的房里问念念:"我看到你与那个妈妈的照片了。你长大,想亲妈妈了?"

念念忙说："我看几天了把照片给爸爸还去的。"

开琼问："是你爸爸给你的吗？"

念念说："是丽丽给我的，我爸还不知道。"

开琼说："你想她吗？"

念念不说话，她哭了。妈妈慈祥地说："孩子呀，不是你想她，是她在想你，过年了我想陪你看她去。你妈给我的每一封信中都要问你的。我每年要跟你照一张相，就是以后准备给你那个妈看的。"

念念在过年时偷偷把这话对爸爸讲了。来魁说："我对不起你那个妈。"

念念说："你跟我们一起去吧？"

来魁说："我能去早几年就去了，我出去一天你大妈就不得了的。"

念念说："你跟我们一同去就没事的，我来向大妈跟你请假。"

来魁说："去不成。"

一天念念看大妈在房里做鞋子，她把电视的音量调小，对大妈说："大妈，妈妈想带我去看珍妈妈，我们找不到路，我还是四五岁去了的，现在记不到了，您就让爸爸带我们去吧？"

凤伢子问："这个想法是谁先说出来的？"

念念说："妈妈先说出来的。"

凤伢子说："你马上要结婚，你的珍妈妈肯定要来的。"

念念说："我主要是想见小妹。这过年，我小妹肯定在家。"

凤伢子说："你结婚后与男朋友去看你小妹不好吗？"

第65章 进山

在开往宜昌的高速公路豪华客车上,念念和开琼坐在一起,念念靠着车窗。开琼穿着一件红呢大衣,她一直注意着前排坐的来魁。

这是来魁第三次到宜昌,与第一次时隔二十三年。他与结发妻子天珍已有十二年没见面。十二年呀,虽然过去了算一眨眼,可要一分一秒度过来,那又是多么的漫长。那次与天珍去宜昌,那时刚开始修高速公路,现在高速公路都快跑成低速公路,可他还是第一次走在这条新路上。路边有的农家门口坐一桌玩牌的人,门口的红对联也像人们穿的衣服一样新。节日的气氛从平原到丘陵也一直延伸到山里。记得与天珍第一次回娘家在车上看到宜昌的大山天珍说,"看到大山就有一种亲切的感觉"。

今天的开琼是第一次来宜昌,她看到大山说:"看见大山,我好像看到了天珍姐。"

开琼的话,肯定是来魁下一次到宜昌的回忆。来魁把头扭向后排的开琼说:"开琼呀,你还是第一次亲眼看见大山吧?"

开琼点头道:"嗯。"

来魁又问:"你看到外面大地从平原到高山是一种什么感觉?"

开琼微笑地说:"远的感觉。"

来魁说:"有了远的感觉就说明快到天珍姐的家了。前面不远山间一座老房子就是天珍的家。"他后面的话是逗开琼玩的。

开琼说:"马上就到了!我都开始要紧张了。"

念念笑着对妈说:"还有好远,还要转两趟车。"

来魁望着窗外说:"当年第一次来这里也是自己太年轻冲动了,那正是自己青春的性格。爱上了天珍姐,也爱上了大山,爱上了宜昌。真是恋一个人也恋一座城!"

开琼说:"你那么爱天珍,怎么还分开的?"

来魁没有尴尬的表情,他很快回答:"可见你在我心目中的位置!"

到宜昌已是下午三点多钟,去兴山的车没有了,他们三人准备在宜昌过夜。

来魁带母女到江边玩。念念要照相。来魁想跟她们母女留一个纪念,他去找照相的师傅。

他对照相师傅说过四天转来取照片,师傅答应可以。

在江边开琼一个人照了一张,然后念念也照了一张单人相。念念与妈妈照了一张合影说:"爸爸,来和我们一起照一张合影。"

来魁看开琼的脸上没什么异议,他有些迟疑。师傅说:"来跟你们照一张全家合影。"

这时来魁与开琼谁不同意都会影响亲如一家的亲切气氛,来魁用希望的目光看着开琼,开琼不能再推却。他走到母女的后面,开琼上前与念念并肩,让来魁一人在后面。师傅要开琼后退与来魁并肩,开琼说就这么照。两个大人的脸上还没有完全退去羞涩,照相机的快门响了。

男照相师傅裤子的"大门"开着,他的相机也开着。来魁风趣地提示照相师说:"你带了两个开着门的照相机?"

一家人吃了晚饭,他们买了明天去兴山的车票,找一家最近的旅社住下。

念念开的房间,她对妈妈说:"今天我们一家住一个房间吧?"

开琼的脸开始泛红,她要来魁自己开一个单间。

来魁在离开她们的房间时故意把开琼的衣服一角拉了一把,他是在告诉开琼:姑娘睡着了,来他的房间。

来魁本来就瞌睡少,加上换了新的床铺,他更是睡不着。今天他一直就想着怎么把开琼弄到手。今天是一个难得的机会。他一直盼开琼来推门,一直没有等来开琼。他想到开琼"不开窍"的外号,他知道开琼是不会主动来的。他估计念念睡着的时候去敲她们的门。开琼是个瞌睡虫,她倒床就睡着了。来魁喊了几声她也没有答应。

来魁的声音越喊越大。还是不见开琼开门。

这可怎么办?

他只有去找老板拿钥匙。

老板开门走了。来魁打开电灯,他悄悄来到开琼的床边。他直接把开琼抱起来走了。

到房门口,开琼醒了。她反抗。

开琼是来魁唯一敢强迫的女人。来魁不怕谁,他直接把开琼扛在肩上掳走了。

在来魁的房里,来魁对开琼还是使用老一套强迫的手段。开琼还是被强迫了。她今天的反抗也只是象征性的。来魁就是喜欢开琼反抗的样子,他觉得那种样子是她区别凤伢子的样子。当来魁抱紧开琼亲吻时,开琼不停地拒绝,来魁顿时觉得离开了现实,来到无人管辖的青天云外……

来魁是一个做错了事时要强词夺理的人,看他今天怎么对开琼解释。

完事以后,来魁说:"你怎么每次都要强迫呀?不能一次主动吗?这出一次门不容易,你就一点都不讲感情呀?"

开琼不高兴说:"你跟我姐在一起生活,你还想我主动跟你的!"

来魁不高兴说:"我与你姐不算在一起生活。她正式到我家来以后,我就做了甲鱼棚;从做甲鱼棚以后,我们就没有在一起过夜。我与她一直是分开睡的。我与她不同床睡觉,主要还是对你的尊重。当然,也有一点是对天珍姐的尊重。"

开琼说："你与姐已经算事实婚姻了。"

来魁说："这是你个人的看法。"

开琼要回念念的房间，来魁不许她走。来魁说："我们好不容易出一次门，就在外面过一夜吧。这个旅社就是你姐出嫁以后我来宜昌住的那个旅社。睡在这里，我就想起第一次来这里过夜的心情。那时我多么想你姐呀。你姐是不会来这里的，今天我只有把你当着是凤伢子，所以我才要你的。"他开始为自己的错误行为找借口了。

听来魁这么说，开琼的心渐渐平静下来。她说："我姐出嫁时，你喝醉了，你对我说的什么话，你还记得吗？你对我伯伯说的话，你还记得吗？"

来魁说："当时对你伯伯说的话我记得。我说，'你总有一天要成为我的好丈老头子'。你的伯伯当时没有发火。"

开琼说："听你对伯伯说这句话，我当时还以为是你已经想与我结婚了。可后来你走很远了对我说的话，我就弄不明白了。"来魁说："我对你说什么？我完全不知道了。"

开琼说："你说，'你姐无论嫁多远，最后还是要与我走到一起的。'当这句话现在得到了印证，我就很纳闷，难道姐的命运你早就知道了？"

来魁说："我对你说过这句话，我是真的不记得了。"

开琼说："我经常想，人的一生难道跟小说一样还有伏笔吗？你说最终还是要与我姐在一起，现在终于实现了。幸亏我与你只有恋爱，没有婚姻。"

来魁说："我与你的爱情关系到现在还是有作用的，我为什么这么爱你的姐，其中有一半是把凤伢子当着了你。"

开琼说："你是开始就与凤姐结婚了，我与你是绝不会有这种关系的。"

来魁说："我开始就与凤伢子结婚，现在的天珍也许不存在了，也没有这么多的故事了。"

开琼说："你其实是一个好色之徒！可没有一个人知道，就只有我知道。"

来魁说："我都算好色,世上的男人都好色了。三线几时就想跟我,下雨也想跟我,我想到凤伢子和你,我没有答应她们。我是好色,还有土豆与三线的风流故事呀。我与你是感情,不是好色!"

开琼说："反正我影响你命运,你也影响了我生活。"

来魁说："其实你没有离婚时,我与天珍姐之间就有了裂缝。左开顺当队长时,我怀疑天珍与他有暧昧关系。每次天珍对左开顺说话时都很激动,脸也是羞红的。这话你不要在外面说!我之所以对天珍的无情,就是因为这个原因。"

开琼说："我看天珍姐不是那种人,你一定是误会她了。她信中说这么多年没有再婚,她是那种人就守不住的。"

来魁道："你知道天珍这么多年真没有再婚吗?你这么相信她的来信?"

开琼说："我总是觉得天珍姐很可怜的,所以我相信她。"

来魁用手捋开琼的头发从额前到耳边,开琼没动,来魁的手从开琼的耳后移到开琼的后脖子。他说："我为了爱你,眼看着结发的妻子从眼前离开,我没有强留,让孩子们一个没爹,一个没妈。"

开琼说："真是因为我,你们才分开的吗?"

来魁抚摸着开琼左手的伤疤说："我就是想与你生活,天珍离开我时,我没有坚定地挽留。这伤疤是你与你的姐姐的区别,它是我的情伤。我对不起你,这是我永远无法抚平的伤疤。"

开琼说："我问你,假设是你与我结婚后,我的姐姐离婚回来,你会跟她吗?"

来魁说："你的姐姐对我讲过,如果是你与我生活,你的姐姐就不会从江南回娘家,她再嫁也不会回来的。其实,天珍不走,你的姐姐回来,也要气走天珍。我现在与你姐生活,你与念念也一直在我的心中成了我另一个隐形的家。"

开琼说："感谢你,这么多年来没让念念失去一天的父爱,我家什么事都是你来操心。去年我做楼房,我有你就没管事,全是你来经管的。"

来魁说："你做屋没有做一餐饭,都是凤姐做的。她对你也是像做自己的事。

这说明只要你对我们友好,以后我与天珍的孩子和与凤伢子的孩子都像是你的孩子。"

开琼答道:"这就更不能与你保持这种关系了。"

来魁说:"这种事只要不被外人知道,她们心里也是静的。"

开琼执意要回念念那里睡觉,她不放心念念一个人。

开琼回到念念的房里,她悄悄地睡在念念的脚头。她后悔不该跟来魁出门,她始终觉得与来魁发生这种关系是错,这是不能中止的错。这是年轻的错!以后老了,她一定会追悔年轻的错。

来魁想到明天要见天珍姐,今天与开琼发生关系,这也是错。他知道与开琼的错还会发生,只要自己还年轻,他就还有这种错。只要有这种错的愿望,就说明他还年轻。

下雨过年回娘家,朱章明今年带牛三英也来玩。这是牛三英第一次走上左家台。下雨生了两个儿子,原来她微胖的身体现在像钓鱼竿一样苗条了。牛三英原本微胖的身体现在也像稻草人,这都是男人改变了女人。

朱章明与开琼离婚后再到左家台就不敢大摇大摆。有一次他麻起胆子到新血防站,他想对开琼忏悔,开琼没理他。其实他想与开琼复婚在他们离婚两年后就有了,这种没脸皮的话他能对开琼说出口,这是要胆量和勇气的,这里还是有一种爱的驱使。

牛三英一直想见开琼一面,她妈要她给开琼姑娘磕一响头。她说不给开琼磕头,她要好好对开琼说一声对不起。这么些年来一直没这个机会,今年听说下雨回娘家,她想要下雨陪她去开琼的家。如果开琼与朱章明还有复婚的意思,她一定把朱章明完璧归赵地还给开琼。和朱章明经历了这么些年的恩怨,她相信现在是再不会害相思病了。

第66章 小妹

　　也是巧,这天立新也来到农庄,他是要凤伢子回江南看看原来的婆婆,因为那个婆婆已经到了生命弥留之际。他说是妈妈很想凤儿和腊香。腊香在沙市聋哑学校回来后就很少到江南与爷爷奶奶在一起。后来腊香与来魁三姐的儿子结婚,现在腊香到了预产期,过年都不能回来玩。

　　立新与凤伢子在腊香出嫁时就说话了,他们都不恨对方,因为他们的感情好像都很简单。他们毕竟是亲戚,立新毕竟怕凤伢子。立新没看到女儿,他想在农庄过一夜。凤伢子叫哥哥嫂嫂来农庄陪立新玩。晚上立新在农庄过夜,凤伢子想到来魁出门,她到开琼的血防站与妈同睡。

　　开琼的妈知道老姐姐病危,她像自己到了病危夜不能寐。

　　凤伢子与妈在房里说话,有人敲门。凤伢子下床开门。

　　屋外漆黑,门吱的一声打开。牛三英对凤伢子说:"开琼,这些年来都想来看看你。"

　　下雨把朱章明和牛三英引进门。开琼的妈在床上问:"是谁呀?"

　　下雨回答说:"我是下雨。"下雨走进房里,朱章明也跟进房。

　　朱章明小声叫道:"妈。"

　　开琼的妈看到是以前的女婿,老人家的眼睛冒火星,粗声说:"你还来干什么? 我的姑娘一辈子都毁在你手里!"

　　这时牛三英上前扑通一下跪在开琼妈的床面前,带着哭腔说:"大妈,是我对不起开琼,是我才使他们离婚的。我妈一直要我来对开琼说一声对不起,我几时就想来的……"妈急忙动身拉牛三英,说:"起来,起来姑娘。你就是那个在床上睡了几年的姑娘吧?"

牛三英没起来,她点头说:"嗯。我自己当年是怎么病倒的都不知道。"

开琼的妈在床上拉牛三英使不到多大的力,她要凤伢子把那姑娘拉起来。这时下雨才知道差点把大双小双搞错了,她以为站在他们旁边的凤伢子是开琼。

凤伢子把牛三英拉起来。善良的老人见到牛三英的下跪,后来的语气也变得温和。

妈说:"你来不来都一样,我姑娘守寡二十年了。"

牛三英说:"我不来向开琼赔礼,我这一辈子都像背着一块石头在过日子。是开琼救了我,她为了成全我们,她牺牲了自己的幸福。现在我只能求你们能原谅我们。我妈听说开琼还没成家,我妈临死交代我一定要来道歉。"——这是她早已背熟的话。

凤伢子说:"到了现在说这话也没意义。小双回来我们转告她。其实她早就没把这事放在心里。"

妈说:"你们现在都把自己的日子过好吧。"

该说的话双方都说了,下雨说:"走,我们回去。"

朱章明对妈说:"您保重,我们走了,多宽慰一下开琼吧。"

牛三英补了一句:"大妈,您保重。劝开琼还是要再找一个,不然,我们也心不甘。她如果还想回四队朱家,我让给她,把儿子都让给她。"

下雨带牛三英他们走了。凤伢子关好门,她发现椅子上有两样礼品。这肯定是朱章明他们刚才留下的。

第二天开琼与来魁坐车到了王昭君的故乡。开琼很想看看昭君故里,来魁说回来时一定去看看。

他们下车没走大路,来魁凭记忆走最近的小路。没走几步,他们脚下就没路了。开琼第一次走山路,又被来魁引到不是路的山坡。念念责备爸爸大路不走走小路。开琼说:"他这一辈子都爱不走大路走小路!"

他们不敢另辟蹊径走间道,找有人的地方问问,就怕把大致方向搞错。

来魁对念念说:"你妈妈头一次到大山来,为了让她多留回忆,我故意走小路的。"

来魁怎么也看不到当年天珍上吊的那棵树。他们走了好远也没看到柳暗花明的路。翻过峻峭的山腰,看到一片树林。看到树下有鸡,来魁想去问山上的妇女。

妇女早看着来魁。来魁没开口,那妇女先开口:"胡来魁?"

来魁看到那就是天珍,他大声喊道:"天珍姐!"

他们快步走近。天珍对开琼准备开口说话,忽然想到开琼的孪生姐姐,她怕是来魁现在的老婆凤伢子,她说:"你们稀客!"

念念赶上亲切地叫道:"妈妈。"她一直在犹豫看到原来的妈妈叫什么。叫"珍妈"怕山里的妈妈寒心,叫"妈妈"又怕平原的妈妈伤心。看妈妈与她越来越近,她不由自主地叫出口。

开琼走在最后面,她走近说道:"天珍姐,我是开琼。"

天珍高兴地说:"开琼,一点没有变。"

开琼看到天珍和颜悦色地说:"你也没老,和原来一样。"

天珍说开琼:"只有你没老,和原来一样年轻。"

来魁说:"只有我老了。"

天珍看到开琼笑了,那是惊喜的笑,那是亲切的笑。在天珍笑的时候能看出她脸上的皱纹。开琼在天珍的眼里没有变老,天珍在开琼的眼里已经变老了。天珍看到来魁老了,来魁也看到天珍老了。十多年的分别都没能给对方脸上保留当初的年轻,谁也无法与时间抗衡。

天珍用手摸念念的头发说:"念念这么大了!"

开琼从包里拿出一沓照片给天珍说："这是你交给我的任务。"

那是念念从天珍离开以后每年的照片。天珍看第一张眼圈就红了，她说："走，到屋里去。"天珍向山下走在前面，三人都看出天珍一边看照片一边抹眼泪。

快到一座楼房，天珍说："这就是我们的家。今天弟弟跟弟妹回娘家玩，我在帮他们看鸡场。"她迈过一块大石头对楼房喊，"小妹，小妹，你来看谁来了！"

来魁来到门前，一个漂亮的姑娘在看着客人，那眉清目秀的脸上全是羞涩。天珍对姑娘说："你的爸爸和姐姐来了，还有念念姐姐的妈妈。"小妹不知先叫谁，因为她都不认识。

来魁对小妹说："小妹呀！"

念念说："小妹。"

小妹喊了一声："姐姐。"

开琼看到小妹说："嗨，都这么大一个姑娘了，好像她爸。"

天珍对小妹说："叫小妈。"

小妹对开琼叫道："小妈。"

天珍对小妹说："还没叫爸爸呢。"

来魁觉得念念与小妹不相像，他好像不相信这是当年在二姐家见到的那个小姑娘。

这时从火房靠椅子走出一位腿脚不利索的老人，从她梯田一样皱纹的脸上看到岁月的沧桑。来魁忙走过亲切地叫了一声："妈。我是小妹的爸爸。这是小妹的姐姐念念，这位就是念念现在的妈妈开琼。"

开琼也亲切地叫道："大妈。"

念念走近拉着姥姥的手叫"姥姥"。

天珍的妈已经老糊涂了，有些语无伦次。老人家对开琼说："稀客，快来，稀客。"

天珍给开琼倒茶，要开琼坐。她把来魁引到套间小房说："这就是我与小姑娘的房间。她上学去,我就一人住。这是她的照片。你看,好像不是你姑娘了吧。"

小妹也跟进了房里,来魁没有看到。天珍拿出一沓照片时,来魁才看到小妹。

来魁最先看小妹的黑白照片。看到小妹十岁的照片,来魁伤感地说:"小姑娘,爸爸对不起你。你眉毛上的伤疤是怎么来的,你知道吗?"

小妹说:"知道,从牛背上摔下来的。"

来魁说:"你妈写信告诉过我。我小时候也在牛背上摔下来过。"

小妹心里说:"你知道我的心里还有多少的伤疤吗?"

老人家要开琼去烤火,开琼说不冷。念念与姥姥说着话,老人家说念念好像天珍读书时的样子。这时天珍把自己闲置的棉鞋给开琼换去皮鞋。寒暄的话都在火房里说不完。

几十年的话怎么能一下子就说完。

天珍准备做饭。念念与小妹扶姥姥上山看鸡子。开琼给天珍灶里喂柴火。来魁一直在套房里看小妹从小长大的照片,泪水涟涟。

天珍做了很多家乡菜,桌子上满是菜盘,跟团年一样。她是最后一个端碗吃饭的,她先给开琼夹了很多的好菜。

山里的天快黑下来,老人家早睡下。天珍安排好鸡场回楼房陪开琼玩。他们没看电视,围坐在火堆边喝茶。

开琼问天珍:"你们共有多少田?"

天珍说:"只有五亩多田,就是田少,小弟才包山。弟妹进门我们开了一亩荒,有三块田。我主要是种地,小弟跟我耕整,大忙他们跟我们帮忙,平时我就跟他们帮忙。他们一年要比一年忙,因为果树越大,果子产的就越多。板栗与核桃赚钱,他就不喂鸡了,现在都没喂很多鸡。"

来魁看着小妹说:"小妹叫什么学名呀,现在在哪里读书?"

念念刚知道,忙回答:"小妹叫胡小梅,现在在南京读大学一年级。"

天珍说:"她去年考上南京大学,我几次都想给她爸写信报喜,要她爸送她到南京报名。后来想，怕她的后妈知道说是想要钱，所以我就没事先告诉你们。到了开学是她舅舅送去的。"

开琼说："天珍姐，我对不起你，没让念念考上大学。"

天珍说："我知道念念读书不行。她不出门以后才好照护你。"她转向念念说，"念念，你妈就这么一个姑娘，你以后要像我一样尽孝呀。就是我不从那里回来，我也会把你送给开琼妈妈的。"

开琼说："我不是怕她飞了才留她的，我要她复读，打她她都不去，我找她爸爸说过几回，她爸也劝不好。现在的年轻人都外出打工，这是我不让的。因为她没文凭，我怕她在外面受欺负。其实她读出去了，我老了也不怕，我姐有这么多子女，他们也不会不管我的。"

天珍说："不读书，只要日子过得好也是一样。"

念念抢嘴说："我是世上最幸福的姑娘，因为我有三个好妈妈。我大妈对我像丽丽一样。大妈从来对我说话都是那么慈祥，家里有什么好吃的都要跟我留着的。这次不是我对大妈说好话，大妈就不会让爸爸来这里。"

开琼知道凤姐对念念好，就是要天珍放心；因为天珍对念念放心就不会想回原来的家了。

这时小妹说："今天听爸爸跟我讲了很多，我不恨爸爸，我恨妈妈！她虽然节衣缩食供我读上大学，可我还是恨妈妈！是她让我的成长里没有爸爸的，是她让我与姐姐分开的……"小妹没说完，已经哭起来。

火坑边好一会没有声音，一个个缄默着嘴。来魁鼻子发酸，他不让眼泪流出来忍下去了。念念也在抹眼泪。

开琼对小妹说："孩子呀，大人们当时也有难处。女人的生命就是家，你妈做出这一步，也许只有你们到那一步才能理解的。"

天珍没说话，她出去拿盆子倒水要开琼先洗。

第 67 章　说话

念念与小妹睡一张床。来魁一人睡在小套间。天珍给来魁的床上放了一个暖水瓶,他俩单独在房里时气氛好像有些异样,有万语千言找不到一句开口。

天珍停顿一会出去看两个孩子,然后与开琼睡在弟妹的大床上。

天珍问开琼:"现在的来魁怎么不说笑话了?"

开琼说:"你走后,我就看他没以前喜欢唱歌了,我也很少听他说笑话。这可能与你们的生活状况有关。你回来以后,你妈没劝你回去吗?"

天珍说:"我刚回来瞒着妈妈说离婚了, 后来婆婆去世我才对妈说出实情,妈在家里大骂我。现在回想起来还是我的错,我错的是没听婆婆的话。"

开琼说:"来魁说你是为一个男人回来的,是吗?"

天珍说:"当时想要回来,用这话气他的。我跟这里什么男的都没绯闻。罗会计一厢情愿地找过两次,我威胁他再来就跟他老婆讲,他不敢来了。"天珍回来之前曾有想过与慧芳的老公走到一起,因为慧芳的老公算是她的初恋。那样她一个人就可以让几个家庭得到圆满。她把这种短暂的想法是不会对开琼讲明的。

开琼说:"你当时怎么想把家放弃的?"

天珍说:"我回来时已经有了身孕。我也想给胡家生一个儿子,你们那里是不能生第三胎的,我想回来生孩子。没有想到那个孩子流产了。"

开琼说:"你想生孩子就更不能把家拆散呀!"

天珍说:"当时看来魁天天喝酒的样子,我也是心疼他。你那时一直没再找人,我也很同情你。我恨不得把一切都给你们。如果当时没你,我即使要孝敬母亲我就会选择另一种方式——经常回娘家看母亲,我怎么都不会把家拆开的。我只想让你们尝试一下在一起生活,等你们把激情时期过了,来魁也许还会来找我的。现在回想起来觉得这种想法太幼稚。你也真傻!这么多年你怎么没再找一个男人做伴?"

开琼说:"有念念姑娘在身边,我有伴,不能找了。我反正不能生孩子了,还找一个干什么。我怕烟,找一个抽烟喝酒的算遭殃了。再找一个人要多洗一个碗,还有多洗一个人的衣服,菜都要多炒一碗,不划算。中国人的观点是男人多找一个女人光荣,女人多找一个男人耻辱。寡妇再婚是很危险的,如果结仇可能会殃及家人,这样的例子我们那里就有。你怎么好长时间不到我们那里看看?"

天珍说:"我还是想去,不知落哪家。念念是你唯一的姑娘,我去看她,我又怕她对你变心。我原来的家不能进,我去了不进我的家心里也不是味。"

开琼说:"现在可以去了,两个孩子和凤姐到农庄住。胡来魁不愿让老房子空着,他还经常回到那里住。"

其实来魁住老房子是希望开琼有机会到老房子里,或者说来魁去开琼那里方便,这一点开琼心知肚明。

天珍说:"婆婆去世后,我就不怎么想回去了。"

开琼说:"你放弃那么好的家庭,你知道有多错吗?来魁说你是为了照顾你的妈,因为你不是她老人家亲生的。就没其他的办法来照顾吗?你说把家给我,你想,我会接受吗?你比我还傻!"

天珍说:"我早就知道自己这种做法是错误的,这是没有办法的。如果我不这样做,凤伢子回来,我还能有好日子吗?我提前回来,成了明智之举。我始终不明白,来魁为什么对凤伢子要比你更爱;凤伢子没有你年轻漂亮,更没有你有文化水平。"

开琼说："他喜欢我姐,这跟他们的成长还是有关的。他们有一种乡土的自然的原生态的关系。"

天珍说："前几年好多来说媒的,我都回绝;我不想再找,是因为我一直没放弃那个家。我现在才知道自己傻!等我妈去世,我就回去的。如果是你与他过日子,我现在肯定就要再找一个的。我给你到共大收谷,看到原本风光的你沦落到那步田地很是寒心。我总认为你的沦落是我造成的,所以我才这么做。我那时主要是给你的封信写绝了,没给自己留后路;后来好想回去,已没勇气了。从来魁的信中也看出你姐回来后,他也是无奈的。我不恨他们。我在你们那里时做梦全是山里的,这回到山里,做梦老是你们那里的。我梦得最多的是婆婆和来魁。"

开琼说："你走到今天真是不简单!你对来魁的付出太多了。虽然你们分开生活,但你是那么爱他。你对母亲付出的也太多了,你是一位了不起的女性!"

天珍说："爱是一种情怀和信念,我早把对来魁的爱写在信里,藏在心里。那时我怕与他在一起把最后的一点爱都失去了,我才离开他的。"

开琼没有睡意,她的脑海里总是大山的影子。她忽然觉得天珍姐在她面前也是一座大山。看天珍对来魁高山一般的爱情,这是自己无法相比的。

来魁一直没有睡着,他惦记天珍下来与他说话。他昨夜没有睡好,今天还是没有瞌睡。

自从开琼离婚以后,他的瞌睡渐渐少了。现在他比同龄人的瞌睡要少一两个小时。开琼的睡眠多,他很是羡慕开琼。在睡不着时他想要是能用爱兑换睡眠,他就用开琼去换睡眠。可到了第二天,他又舍不得了。他宁愿失去睡眠也不愿意失去开琼。他认为自己的睡眠少还是好事,这相当于每一天比开琼要多活两小时。

这一夜天珍没睡着,次日她很早便穿衣服起床。她先到两个孩子的房里,看看孩子。她看两个孩子睡一头,她想昨晚两个孩子肯定也讲了不少的话。她用小妹的毛衣塞到两姑娘之间的被子缝隙里。

她进来魁的套房，打开电灯。

来魁在被子里翻动身体，看天珍进来，他伸出胳膊在袄子里拿出一把钱给天珍，说："这是一万块钱，给你给小妹都一样，她读书要钱。"

天珍没要，她说："你从家里拿这么多钱，凤伢子知道了不跟你吵死。"

来魁说："这是你们走了我就开始偷偷积攒的私房钱。拿去，不要让开琼和念念知道！我们现在很有钱，这点钱给你。要不是开琼为念念做楼房的钱被盗，我的私房钱还多一些。"

天珍把钱收下说："我告诉你，我妈去世了，我还要回到那个家里的！"

来魁说："只怪我们当时太年轻，要是现在，我是不会让你回来的。我后悔当时太无知了，现在我才知道放你回来是错误的。"

天珍说："我们还有弥补的时间，我的家不能团圆，我要两个姑娘团圆！"

来魁以为天珍是想要回念念，他的声音粗起来："你自己做的什么事，把家当物品借进借出！是你要念念做开琼的姑娘，现在怎么说反悔的话！"

天珍说："那不同，如果开琼在我家，你还是念念的爸爸。只要你保全了那个家，她是后妈，我还是念念的妈妈。你这是把念念送别人了，没有经过我同意。"

来魁穿衣服坐起来说："你这是一口两舌头！我就是现在跟开琼过日子，念念也是她的姑娘呀，现在念念也没有第二个爸爸。开琼为这事与她的姐姐还争吵了两句，就是为这事开琼才没给念念找继父的。"

天珍说："开琼不在我的家里，念念就不算我家里的人；我和开琼在一起时念念叫我妈妈，开琼的心里是不舒服的。"

来魁说："你不要拿这事钻牛角尖，这是强盗逻辑！谁要你为一个别人的妈，把家不要的！"

天珍反诘："我问你，当时我不走，凤伢子回来，你要我还是要她？"

来魁以前就打过这话的草稿，他知道天珍会问这话，所以他回答自如："没走到那一步，我也不能说绝对。是她先不要我跟别人去结婚，我现在有家，我也不会管她的。她没多少文化,我们不与她一般见识就没事的。"他知道只要天珍不知道丽丽是他与凤伢子的姑娘,他就有语言对付天珍。

山里的早晨雾多,天是慢慢亮的。天珍到厨房烧燃灶门。她煮了十六个鸡蛋,拿出四个碗,放了很多糖。她先倒水给来魁洗脸,她把热水端到来魁的面前说:"来,洗了脸,我煮了鸡蛋的。"

来魁还是那个样坐在床上,他没动手,说:"我没得脸,我不洗!"

天珍露牙一笑,说:"你没得脸,有口,你的口这么会说。你起来就用我的牙刷洗口,两把新牙刷给她们两个。"

来魁洗脸后,天珍把水倒掉又换新水给开琼端去。

天珍给两孩子端洗脸水进去,小妹还没醒。念念把小妹推醒,小妹还不知道妈这么早端洗脸水是什么意思。妈说跟她们煮了鸡蛋,洗了脸就跟她们端来。

天珍先给开琼端去鸡蛋,然后端给来魁;再给两个孩子端去,她就坐在那里看孩子们吃。念念问她吃没有,她说先吃了。其实,她根本没有吃一个鸡蛋。

早饭后,天珍收洗好碗筷。她对开琼说:"你们打扑克玩,我来做玉米粑粑你们吃。你们那里没有这种粑粑。"

于是,来魁与开琼一对家,两孩子一对家在门口打牌。

不到中午小弟一家人回来,两家人相见好热闹。小弟很礼貌,弟妹也热情,说话时能看到弟妹脸上亲切的笑靥。他们的儿子与来魁的儿子一样年少调皮。小伙子除头发没梳理不漂亮,哪里都漂亮好看。

开琼要看水库,天珍说:"明天去吧,今天迟了。我们三人到山里走走,看看山里风光。"

于是,来魁与开琼跟着天珍进山。来魁说:"我怎么也没找到原来认识你的地方。"

天珍说:"是我上吊的地方吗?走,我带你们去看。"

山路上步履维艰的开琼说:"天珍姐,念念拿了结婚证,我们打算上半年让她结婚,这次来是和你商量下,定个日子。"

天珍说:"你们决定吧。"

来魁说:"你看,别人正儿八经找她商量,她又这么说。不商量她,过后又钻牛角尖。"

天珍说:"哪天都可以,现在我们有时间去。"

开琼说:"我跟他们做了新楼房,跟你们这房子差不多。念念是我的姑娘也是你们的姑娘。你们的老房子空着,你要他们到你们的房子结婚也可以,我保证凤姐没意见。"

来魁对开琼后面的话没有理解清楚。

天珍说:"要孩子自己决定房子吧。"

开琼说:"我想定三八妇女节。你们作为孩子的父母,你们看怎样?整酒席的费用全部是我的。你们这边的人情归你们收,以后也归你们还。"

天珍说:"就定三八。"

开琼说:"天珍姐,你这次早去,多玩几天。"

他们已经来到天珍上吊的地方,天珍对开琼说:"二十几年前,早晨吃饭后我是怎么到这里来的,我都记不清了。我爬上树都没看到来魁,他是怎么出现的我不知道。人要老了才知道年轻时很多事都是追悔的。"

来魁说:"好像没看到那根树了?"

天珍说:"那根树早被人砍了。"

开琼说:"这真是巧合,那么远的两个人是怎么在这里相见的?"

天珍说:"我老认为这是天意。"

来魁说:"不是我救了你,真正是凤伢子救了你。不是凤伢子离我而去,我怎么会向你而来。"

464

第 68 章 回家

晚上,大家人热热闹闹在一起吃饭。夜里,小弟带弟妹到鸡场睡觉,小儿子到同学家过夜。来魁在套间,天珍端热水来要他洗。

来魁说:"你这么多年就真一个人,没去找你初恋的洪远吗?"

天珍准备出去的,听来魁的问话,转身说:"我回来前他染上赌博,输了钱,把别人家的牛偷了卖了。公安局查出来,他跑出去后再杳无音讯。我一直等他回来,想帮他接受处罚,帮他重新做人。可这么多年没有他一点消息。我看他们的小孩无父母,我经常去看孩子。小孩子叫我亲妈,我要好好照顾他,教他做一个好孩子。现在他们的孩子跟小妹一样上了大学。"

来魁说:"你这是何苦?那个姓罗的会计没骚扰你吗?"

天珍说:"人家又娶了一小老婆,两口子好得很。他对我还有意思,我也不会做第三者的。你放心,等我妈去世了,我会完璧归赵回到你身边的。我不管怎样,你就是我的归属。"

第三天,开琼要回家,天珍要带他们到水库去玩。开琼说:"下次看水库,今天我们到昭君故里玩了就准备回宜昌。"

天珍说什么也不让开琼走,她要带他们看水库,开琼说腿子走疼了,下次再看。来魁说:"留一处风景让你下次想来,下次我跟你们去看水库。"

开琼执意要回家,天珍和小弟只得带他们来到昭君故里玩。最值得纪念的是他们照了很多的相片。开琼与天珍在桥上照了一张,来魁与天珍在桥头照了一张。开琼不敢多照,她怕凤姐以后看到。小妹与念念照了一张,天珍与来魁和两个女儿照了一张合影。天珍看念念与开琼照相,她好想也和念念照一张,但她没说出口。

这次开琼的到来,天珍对开琼是无微不至地招待。天珍没有把开琼当情敌,而是把开琼当自己孩子的妈妈。

车站分手时,小舅舅给了五百块钱念念当压岁钱。天珍想把五千块钱给念念,想到等念念结婚时再给念念。来魁给的一万块钱,她准备一个姑娘给一半。

客车开动时,来魁看小妹给天珍抹眼泪。

这次的见面留给天珍和来魁的不仅是快乐,也有深深的伤痛。

对天珍来说十几年能有这么一次伤痛也值得。

在沙市开往河口的客车站,开琼看到了牛三英的大姐坐在砖墩上。岁月的老人把三英的大姐雕刻得像她们当年的妈那么老了。开琼走过去叫了一声:"大姐,一个人在等车吗?"

牛三英的大姐闻之憬然,她晃过神来立即抓住开琼的手,细腻的女高音还是那么好听:"姑娘,是你呀! 我到城里看了小姑娘的,来这里等车回去。"

开琼说:"你妹妹她们现在还好吧?"

大姐激动地说:"开琼姑娘,你真是一个好姑娘! 我妈去世时都对三妹说过你,要她一定到你家赔礼,不知三妹去没有。是你救了她的命,还把家都给她了。她一辈子欠你的,等她来世偿还吧。"

开琼走近说:"你不要这样认为,我与三英毕竟姐妹一场。我们在共大时,我与她住一起也是缘分。她没跟我争朱章明,说明她对得起我。她把这种爱一直憋在心里病倒这么多年,真不容易。有时候我想到她的病,我自己倒觉得对不住她。是我害她睡了这么多年,差点搭上性命。她是一个挺忠实的好姑娘,我一点也没恨过她。"

大姐说:"你真是一个难得的好姑娘!"

"我不算好的,还有更好的姑娘。"开琼话指天珍姐。

大姐关切地问:"听说你还没找家呀?"

开琼对大姐指着来魁说:"有家,那是他们父女俩。"

"这姑娘是你的吗?"

开琼用乐观的语气说:"不是我生的也跟我亲生的是一样。"

大姐到这时脸上才堆起喜悦说:"这好,这好!"

开琼对来魁说:"来魁,车来了,你先挤上去跟大姐抢个座位。"

来魁点头表示听到了。

车来了,来魁拼命挤上去给大姐抢了座位,开琼给大姐买了票。大姐像老人家把感激的话说了好几遍,因为车上人多声杂大姐怕开琼没听到。

到了河口车站,开琼帮大姐上了开往王家桥的面包车。

来魁看到这一切笑开琼:"你还真像一个党员的样子呀!"

开琼说:"我这与她邂逅相遇可能一辈子就这一次,我也应该像一个小的对待大人的样子。"

来魁与开琼母女终于回到农庄,他与开琼语言和目光又回到从前。凤伢子对开琼讲朱章明与牛三英来磕头的事,开琼觉得像听故事好笑。晚上凤伢子来到老屋,要来魁开门。来魁知道凤伢子回来要问他出门见到前妻那些七长八短的话,来魁在心里也早有打好草稿。

凤伢子上床以自己的前夫开场:"立新前两天来说,姨妈已经不行了,我还是想见一面婆婆,你都去见了前丈母娘。"

来魁说:"你也该去。老人家肯定是想以前的媳妇。"

凤伢子说:"山里姑娘没说要回来这里的话吗? 你见了她是什么想法?"

来魁说:"天珍一直没找男人,她带着孩子照顾母亲在弟弟家生活。她还是想要回来,我只有和你商量。"

467

凤伢子说:"你打算跟她还在这里过吗?这死都不行的!"

来魁说:"我不跟她在这屋里住,她在这里待得下去吗?"

凤伢子气急地说:"有我在,你们就不能单独住在一起!你如果不听,老子就当天珍姐讲明丽丽是你的姑娘。"

来魁小声劝道:"你不能讲狠的,我们都没拿结婚证,都是违法的。"

凤伢子说:"在农村有好多不拿结婚证,我们队里都没拿结婚证。"

来魁说:"别人没拿结婚证,别人相安无事。你如果要闹,我们都要被抓走,我说不定还要坐牢。"

来魁用这话把凤伢子是吓住了,凤伢子没说话。

来魁用温和的口气说:"要是我以前不帮你怀二胎就好了,我现在就不怕你。你以前怎么不请你们隔壁那流哥帮忙怀二胎的。你跟了流哥,他又不会再找立新算账,你那是屙尿刷筲箕一举两得。"

凤伢子用脚狠狠地端了来魁几下,口里用民间土话骂来魁。

来魁的心情还是没多大的波动,他说:"我们这次一家人相聚,欢乐是微不足道的,伤痛却绰绰有余。小妹走时只两岁多,现在长得比她妈还高。我们上车走时,天珍姐哭得站不稳,小妹给她妈抱着擦眼泪。那个镜头好像刻在我心里了,这场情感灾难是你引起的。你不嫁人,我也不会蹿到那里去找死……"

凤伢子打断来魁的话说:"我跟别人结婚是对不起你,我没有办法呀。我说过提亲的话,你像没听到的。你那时只请人到我家提这话,伯伯妈妈就是不同意,我也敢晚上到你这儿过夜。"

来魁朝凤伢子看一眼说:"你现在怎么这么会说乖话的。我以前总认为你蛮老实的,现在你也学狡猾了。你那时是听我的约会,我们现在的孙子都有了。"

凤伢子说:"你们答应以后照顾好我的孩子们,我让你们在一起生活。"

来魁问:"你到哪里去呢?"

"我到你妈那里去。"凤伢子的话也着实吓坏了来魁。

凤伢子江南的婆婆去世,开琼与她坐哥哥的拖拉机去吊唁。她哭婆婆,当地的媳妇很感动地劝她。别人告诉她立新那个松滋的老婆,她看到那个女人不想吃饭。这次她与立新没有说话,她更不会与那个女人说话。

念念三八的婚期一天天靠近,来魁与开琼在紧张地准备办酒席。凤伢子把天珍到来的羞涩与紧张也准备好;自己占了别人的鸡窝下的蛋,别人的鸡蛋为大。来魁把念念的婚期定三八,凤伢子是三八结婚的,这不是让她甜蜜地回忆,是要她忏悔反省。凤伢子知道自己的错,天珍来了就会对天珍好一些。

开琼怕姐姐想不通,找到凤伢子说:"姐姐,念念结婚,天珍姐来了,你不能给脸色她的。你就让她与来魁住老屋吧,有我跟着没事的。"

凤伢子说:"你反正不能让他们像两口子的!"

开琼说:"你只当没有这回事的。天珍回来,来魁哥会有分寸的。"开琼在凤伢子面前有时也称呼"来魁哥"的。

3月5日中午,天珍坐上了开往芦花的客车。

念念对妈妈说:"妈,我的妈来了,你们两个在一起时,我叫母妈就是在叫您;如果我是叫妈妈就是叫她。这是爸爸告诉我的。"

开琼说:"孩子呀,你怎么叫都可以,我不会有意见的。"

念念与开琼坐在门口时不时望公路上。终于来了一辆小客车。车到血防站停了,开琼从椅子上站起。

天珍下车,手提水果和一件娃哈哈八宝粥,身上背一黑包。她的衣服与山里穿的是一样。

念念先迎上去:"妈妈。"

开琼也走上前说:"天珍姐,你稀客。这就是我住的血防站。"

开琼的妈从农庄走来很热情地对天珍说:"天珍姑娘来了,稀客。"

天珍对开琼的妈亲切地喊:"大妈,您还这么健康呀。"她把手里礼品给开琼说,"这是跟你父母买的,替我给他们。"

"进屋里坐一会。"开琼引天珍到屋里坐。念念给天珍倒来热茶。天珍接过茶杯没喝，端在手里应付说话。

开琼与天珍向老左家台走去，她介绍农庄和新左家台："那最西边的楼房就是我跟念念他们做的。老台有七户搬这里来了。我妈跟我住公家的房子，我伯伯在农庄给来魁看守甲鱼池。"

天珍边走边问："你伯伯呢？"

开琼说："到老台上找牌打去了。"

一排新房子很醒目，门口没有树，也没有厨房。多数是楼房，各种各样的楼房，有平顶的也有盖瓦的。没有几家是平房了，从平房上还能看见后面一排的楼房。房子前面是公路，公路前面是禾场，禾场前面是鱼池，鱼池前面是菜地。天珍的房子两边都做了楼房，她像不认识自己的房子了。

第 69 章　哭婆

当天珍看到了自己的老屋,她好像看到自己小时候的照片一样。她心情沉重地说:"我走时,我们的屋还是新的,现在修了这么多楼房,我们的房子也显得老了。我们门口的土厨房拆了,第一眼还看不习惯。"她的心中的房子还在,可在那房子里再也看不到婆婆了。

开琼说:"队里要求拆厨房修路,一家家的厨房几天的时间就从门口滚屋后面去了。"

天珍喟叹道:"看到这里多么亲切,我好像从沉睡中醒了一样!老想着这里的变化,真变了。"

开琼问:"你没跟婆婆买火纸吗?如果买了就拿出来,这东西是不能进屋的!"

天珍在身上的包里拿出两捆纸一挂大鞭,她说:"我刚才都进了你那儿了。"

开琼说:"我那是公家的屋,不要紧的。"

天珍说:"我怕带鞭炮司机不让我坐车,我才用包装着。我不懂你们这里的风俗。"

念念在后面跟来,来魁已经迎面快步走来。

来魁走近没叫天珍,他不知是叫天珍还是叫天珍姐,他只说:"你一个来的?"来魁心里是自责的,要是自己不与双胞胎闹出这么多的事,天珍也不会时隔这么多年才回来。

天珍说:"我一个人来的。我走的时候门口刚开始推稻场,这门口好大的变化呀!"

他们上了门口的宽大公路。有一家门口打牌的老人看到天珍,没人认出来。有人想到念念要结婚,这时才想到可能是山里姑娘。天珍走过去一一称呼打牌的老人。这时的老人才热情地与天珍打招呼。陈大姐家门口没看到人,有妇女迎上来叫天珍,天珍忙称呼对方,说着寒暄话。

来到自己的家门口,天珍的脸变得阴沉。

当她迈进自己日夜思念的家门时,看到神龛上婆婆的遗像,她放声哭出来:"妈妈,我回来了!"天珍一下给婆婆遗像跪着哭道,"妈妈呀,我没有最后看您一眼,是收到电报时迟了三天。我对不起您,我当初没听您的话,我要后悔一辈子的。"

开琼拉起天珍。天珍站起来,要来魁带上火机领她到婆婆的坟头。

快到墓地天珍就开始哭,她边哭边描述着与婆婆在一起生活时那些相互关爱的往事。来魁和开琼听到天珍哭诉的话,他们也泪珠滚滚。

天珍的哭诉声惊动了很多人。陈大姐在后面台上打牌,听说天珍回来,她丢下牌就朝坟地赶来。好多妇女也来到坟地,准备去劝劝天珍。只要是参加过合作社时期的妇女都想与天珍说话,相互从对方的记忆里寻找自己年轻的记忆。

来魁跪在妈妈的坟头烧纸,天珍跪在坟前哭成泪人儿。陈大姐来拉天珍的手,抱着天珍的头,一边给天珍抹眼泪一边劝天珍。这时的天珍哭道:"陈大姐,你让我哭一会,我对婆婆的话还没说完。"

天珍的话里都是对婆婆讲述她的后悔。她对婆婆的怀念也是对自己与婆婆生活时那段美好岁月的怀念。她的话里没有伤害凤伢子与来魁言辞,这是她来之前就准备好的话。来这里的妇女都在摸鼻子,没有不流泪的。

开琼在一边也哭得厉害,她是在哭自己的命。她听到天珍的后悔声,她想到自己的后悔。她好像自己那次上吊死了,她好像是在自己的坟边哭泣。

天珍总算是被陈大姐劝回了家。

她们回到老屋,天珍开后门看厨房,然后去看那根李子树。树干已经有碗口粗,树冠高大,李花多得挤掉下来。来魁为了保护这棵李树,他把周围的两根杉树砍了。

天珍看到,知道来魁的心里没忘记她。这事来魁给天珍的信中说过的,来魁保护李树也是在保护天珍。

开琼抬头看花说:"我们年年到7月份要吃很多李子的。吃水不忘挖井人,全队的人几乎都吃过这棵树上结的李子。"

天珍说:"来魁给我的信中告诉过我,他说这棵树上的李子不算很大,可味道还很好。"

开琼补了一句:"嗯,这树上的李子成熟了还蛮好吃的。小孩子没到成熟时就开始来偷吃了。"

天珍说:"我们山里的李子还是蛮大的,这与你们这里的土质肯定有关。"

与天珍打招呼的人不敢问天珍这么多年怎么不回来的话,他们也怕凤伢子知道。

天珍要开琼引她到田里走走。天珍看到熟悉的沟渠说:"我原来经常在这里放牛。这里都没变,就是屋门口变了,大人都变老了。哎,潘婆还好吗?"

开琼说:"她老人家去世多年了。"

天珍叹道:"人在世上嬉戏多年,也只是一瞬间!79年初三,我与潘婆从河口走来的。她老人家先走了。"

开琼说:"今天我们都快要落土了。"

天珍说:"今天我像不相信在这里还活生生地过了六年。我要是不回去,今天这里也是这样,我也是这样的。这段日子就这样没了,成了空白。"

开琼说:"你人生的波动比我还大,我们也算是苦命相连的。"

看到天珍与开琼来到农庄,凤伢子摸脸整发,羞红的脸上不停地眨眼睛,她

473

迎上前对天珍说:"天珍姐来了,稀客!"——这是她妈要她这么对天珍客气的。

天珍看到凤伢子也羞得嘴唇发抖说:"你在忙呀。"

"来屋里坐。随便点。"凤伢子说。

天珍说:"好的。这要把你忙几天的。"

凤伢子说:"忙么事呀。"

两个女人的尴尬很快消退,因为双方的客气话是那么友善。天珍知道来魁在农庄的四号房间住,凤伢子在三号房间住。她没有进来魁的房间,她怕别人说三道四。

吃饭时天珍与开琼的伯伯妈妈说着农庄的话。原本多嘴多舌的来魁一直缄默不言。

饭后,天珍回到自己的屋,她把屋里屋外打扫一遍。有人来,她就停住手脚与别人说话。

凤伢子要开琼把老屋的三张床铺好,明天有亲戚来了要过夜。

开琼走来时,天珍与陈大姐在屋里讲话。她们的话是来魁与凤伢子怎么在一起生活的话题,陈大姐看开琼来了就故意改变话题说:"我大哥以前过年到我家来玩,我问妈在老家丢的姑娘是什么样的?大哥跟你说的是一样,五个月有癞子,就是地址与你妈说的对不到。"

天珍说:"如果我是你的亲妹妹,我就扑在你怀里,把你当妈妈一样地哭。"

陈大姐感动地说:"你这次回来要多玩几天,现在又没什么事。你要慢慢把家夺回来!"

天珍说:"我小弟在养鸡,怕鸡飞远,要看着;不累,蛮锁人的。我还是要回去的。"

陈大姐说:"你走的那天到我家玩一天再走呀。"

开琼把凤伢子告诉她的被子床单拿出来,把西边两根客床铺好。天珍对开琼说:"晚上你来,就跟我在这屋睡。"

开琼说："好。"

天珍问："来魁在信中说他妈去世了，他开始有些怕才到农庄的四号房间过夜的。他现在听说我要回来，又住老屋了。他与凤伢子过不好吗？"

没想到天珍把这么敏感的话题都敢问出来，开琼一时不好回答。她从侧面回答说："他们就是闹意见都比一般的两口子要好一些。他们不住一起也是因为有很多原因的。"

天珍说："你去农庄要来魁今天就在农庄过夜，你来跟我在这家里睡。"

这时萍儿的妈也过来与天珍说话，开琼到厨房烧水。开琼没听到她们的谈话，只听到她们的声音很小，可能话里含敏感的话题。

天珍说："现在我都不怪，我只怪自己没听婆婆的话。婆婆当时说我以后为孩子眼泪要哭成河的，现在得到了印证。"

萍儿妈说："看你走了，大双离婚回来，幺狗子也一个人，他们本来年轻时就偷偷谈过恋爱，正好一拍即合。现在要他们分开也有难，他们的儿子在读高中。你在老屋一直没找一个人过生活？"

天珍说："我也不想他们分开，我也不想再找一个。我只想等我妈去世了，我带小妹回来，就住这屋里，那时再给你们做邻居。有困难，开琼过来帮帮忙。好多寡妇没找人还是过了一生的。说不定，小妹大学毕业以后有了好工作要成家，要我去跟他们带孩子，我就与孩子们一起生活。"

萍儿妈说："姑娘长大了要成家，总要分开的。念念也长得标致，也听话，她跟她妈妈和大妈的关系都很好。你来了，她还是你的姑娘。这个屋，还有农庄和小双的新楼房都是她的，以后她不劳动都有吃的。你的两个孩子都引上了坡，就是大双的几个孩子还要好多钱用。"

外面天已黑定，萍儿妈与天珍还在房里窃窃私语。土豆两口子也来找天珍说话，左开顺的老婆和几个媳妇也来和天珍说话。小双和来魁不在，她们什么话

475

都敢乱讲。敏感的话题在夜色的掩护下一点也不敏感了。看来左家人早已接受来魁有两个老婆的事实了。尽管天珍说她在山里有家，她与来魁早离了，人们也是不相信的。

很晚天珍和开琼在房间坐在床上说话。天珍显得很高兴地说："等我妈死了，我来这里，我跟你两个老尼姑就住在这间屋里，种几亩地，我平时捞虾子卖，我们不要男人，一样把日子过红火。"

开琼也笑着说："我跟你俩过日子，还不把一些老光棍羡慕死的。"

天珍自信地说："我们在一起肯定过得好，一是我们都不想男人，不需要男人就不会为男人闹意见。二是你我的钱都为同一个孩子，我们不会为孩子不和睦的。"

开琼说："我跟你在一起是能生活好，就是我姐姐的心里还是有点不舒服的。"

天珍说："她有什么不舒服的，我是像别人不讲道理，我现在要她把来魁给我，她有什么道理不给。来魁说他们也没拿结婚证。"

开琼没说话，她想起四队婆婆家的故事，说："生活中像你们这种稀奇事也有很多。我四队婆婆的嫂子跟你这种情况有点相似。朱章明的大爹结婚不久就参加革命打鬼子去了，那时结婚年龄小，他们没怀孩子。他大爹在枪林弹雨中三年与家没有联系，家人都认为他战死了，大妈在家待不住要拿脚走人。朱章明的爷爷为了挽留媳妇要小儿子与嫂子一起生活。五年以后他们有了一花一果两孩子。全国解放，大哥复员回家，大哥看思念的爱人与小弟已有孩子，大哥想再娶妻生子。这时弟弟发现大哥与妻子还有感情，弟弟把妻子还给了大哥。弟弟带孩子以后又找了一个老婆，那老婆生了四个孩子，只活了一男一女。那时大哥也有了三个孩子。以后小弟的爱人死于血吸虫，后来小弟一直没找到女人，小弟的前妻也是他嫂子后来担起两家庭几个孩子的母爱。人们传说朱章明的大妈与朱章明的小爹还有温情关系。这种关系已经不重要了，重要的是这大妈能够把两家兄弟之间与孩子之间的关系掌控得那样和睦。我认为她的大妈是一个伟大的女人，也是一个伟大的母亲！"

　　天珍说："我原来听陈大姐讲过这事。我就是不知道他的小妈是怎么死。"

　　开琼说："我那婆婆跟他小妈是妯娌关系。我听婆婆讲过，他小妈是得血吸虫死的。死的时候是一个大肚子。胡来魁的父亲也是得血吸虫死的。血吸虫使肝脾腹水增大，丧失功能。"

　　天珍说："血吸虫在你们这里还这么容易死人呀？"

　　开琼说："所以政府花大钱要消灭血吸虫。我们现在不但对人要普治血吸虫，马上对耕牛也要普治血吸虫。"

第 70 章 女婿

来魁与凤伢子在房里看电视。平时凤伢子不喜欢看电视,今天她也看着电视。他们不说话,心里都在想怎么说。凤伢子先开口:"你今天到哪里睡的? "

来魁说:"就在你这儿睡。我到老屋睡,你不多心呀。"

凤伢子说:"老子才不会管你的。反正念念结婚后你要她走! "

来魁不想与凤伢子斗嘴,他感叹道:"反正你一个人不幸的婚姻要影响我们几个人跟着你不幸。你一人错,我们人人错! "

这话以前来魁说过几次,今天再说起,凤伢子当然要发火,她把来魁推出房门:"你走,你去过幸福生活。你就是跟她到老山洞里,我都不管你的。"

这时凤伢子的妈走来,妈也是来跟凤伢子说说话的。妈的意思就是要大双对山里姑娘言语好一点,千万不要与山里姑娘闹意见。凤伢子的妈要来魁到老屋去与山里姑娘说说话。

来魁来到老屋喊门,开琼下床去开门。他们在堂屋里讲了一会,来魁回他的房睡觉。

开琼出门小解,尔后回屋关好门,她对天珍说:"姐姐不让来魁在农庄过夜,姐姐说,'你天天都在老屋睡,今天天珍姐来了你在我这里睡,我怕天珍姐说是我不许你在老屋睡的,你还是和原来一样到老屋睡吧。'从这话听起来,姐姐对你这次回来几天也没认真在意你们有什么事。她这是不容易做到的,说明她也同情你们。等会儿,你就去跟来魁焐脚,老夫妻团个圆吧。有我在,明天不会有风

478

声的。"

天珍说:"这样不合适吧?"

开琼说:"没什么的。你们在不在一起乡亲们都要背地里议论的,但他们是善良的言辞,不会过多的褒贬。"

天珍小声说:"我也想来魁的,这些年走过来不容易。我想等走的最后一夜你帮忙我与他过一夜。我怕事先与他一起被墙外有耳发现,凤伢子在这几天吵吵闹闹的。念念结婚是好事,我怕在婚期出现不愉快的事,等念念把事办完了再请你帮这个忙。我以前与来魁在一起时没有对他积极主动,这也是我的错。来魁在信中说凤伢子对他是很积极主动的。来魁告诉我这话,也是在告诉我与他夫妻之间的裂缝是我造成的。"

开琼说:"在农村的夫妻都是这样的。我以前也是这样的。"

天珍说:"所以你们有了裂缝才分手。"

第二天来魁与开琼坐哥哥手扶拖拉机到街上买菜,凤伢子也要去。念念属于在家招女婿,念念的男朋友家只给过一辆摩托车和一万块钱,房里什么小东西都要开琼自家买。婚房里最贵的家具电器早办全了,就是小件东西没买。凤伢子想给念念买一对耳环,所以她也上了车。

开琼一直没有钱,她这给念念办婚事已经找外面借了很多钱。

天珍在家用湿布把桌子柜子上的灰擦了两遍。房里的家具都是她与来魁结婚的老样子,她的脑海里全是自己结婚的影子。

下午她才去看念念的楼房。婚房到处都是新的,沙发和床那么漂亮,大电视里人的脸相比脸盆大。天珍想自己是没本事给念念做这么漂亮的房子。房子的外面都没什么特别的,关键屋内的装潢新潮高雅。从房子里的装点就能看出开琼把全部的心血都输送给了她的孩子。

拖拉机回来,念念把买来的花盆抱进新房。天珍把床重新铺了一遍。念念把耳环给妈妈看，天珍用手摸着大环子问："花了多少钱？"

念念说："这是大妈（凤伢子）送我的，花了一千八。"

天珍感激地说："你要好好记住，以后对大妈要好呀。你穿耳环痛不痛？"

念念说："用枪打的，一点也不疼。"

天珍忙说："用枪打的还不疼呀，单听枪这个字都怕。"天珍把枪字说得很重。

念念笑着说："又不是手枪步枪的那种枪。"

一队的连英听说天珍回来，她来开琼的家见天珍，她们久别话长。

来魁把渔网抱出来，准备到甲鱼池里拉鱼。结婚办事的菜，鱼是主要的，开琼早就要来魁准备了。天珍到农庄来，正好赶上拉网。她忙去拉网，开琼说不要她动手，怕她弄脏衣服。

一网捞到很多鱼，还有很多的鱼放了。天珍要来魁捉了一条草鱼给连英。连英不要，天珍强迫要连英带回去。开琼要哥哥经手称一下鱼的重量。来魁说不用称，开琼说要有数。三样鱼称完，开琼与哥哥算账后，开琼把钱给凤姐。凤伢子不好意思收下，开琼一把塞在凤姐的口袋里。凤伢子生怕开琼塞钱时被天珍看到，因为天珍也有权利要这钱的。

凤伢子和来魁商量晚上就把帮忙的人叫来杀鱼洗菜，来魁说明天上午能把菜做得出来，不用急。晚上凤伢子又去请了一遍该来帮忙的几家亲房与好友。

天珍与来魁单独在一起时说："小妹上学去了，她说姐姐结婚那天她不能回来。我弟弟也不好来，念念毕竟是给开琼做了姑娘的，他要我带来五百块鸡蛋钱。"

来魁说："晚上我给你留房门，你想我就进来，我们再说这事。"

天珍没有答话，她看了一下周围。

这一夜天珍与念念在婚房里睡，母女讲了很多的话。念念把与开琼妈妈生活的话讲给母亲听。天珍讲得最多的是念念小时候的故事……

480

3 月 7 日大早，开琼左家的亲房族过来帮忙。新左家台有六家全部也来帮忙。萍儿的妈和土豆的媳妇用刀去鱼鳞开膛。陈大姐是焗掌，她坐下剔鱼肉。现在有绞肉机，肉鱼不需要用刀剁。一大堆媳妇在忙碌，她们都想讲讲热门话题。现在最热门的话莫过于天珍的回来，但这话稍不注意会滑到来魁与凤伢子那敏感的尴尬话题。人们心里都清楚，只要每一句都小心翼翼地说就不会出问题。凤伢子用冷水洗牛肉，她什么话也没说。陈大姐说："天珍好会哭婆婆，我都跟她哭了一饱餐。"

　　萍儿的妈说："我们这里还没有哪个媳妇这么哭婆婆的，好多媳妇都不会这样哭的。"

　　萍儿的妈说天珍是媳妇，这话也有问题，因为天珍是媳妇，凤伢子就不算媳妇吗？土豆的媳妇听出来，她说："原来天珍在这里时，平时她们婆媳就比母女还亲。听到她们对话的语气，就跟母女一样。"

　　萍儿的妈说："幺狗子是个放牛娃他不放牛，一条牛绳就是她们两婆媳的。有一天早晨下蛮大的雨，两婆媳争着要去放牛，幺狗子还睡在床上。"

　　陈大姐说："我是没看见幺狗子放一回牛的。你们都说他这人品好，从这一点看，他就不好！"

　　土豆的媳妇看了一下凤伢子说了一句："胡来魁的八字好，现在又有老丈人跟他放牛了。"

　　这话茬要是有人接，来魁与凤伢子的尴尬事就出来了，所以没人接着这话说下去。

　　这时开琼与来魁走来，他们商量搭棚的事。他们原计划不搭棚，就用农庄的大客厅。陈大姐要来魁发燃煤炉子。来魁与山青抬出两炉子，他们俩都不会发。来魁说："我只会发火，不会发炉。"他把在杀鳝鱼的土豆叫了发炉子。

　　送货的车来，搭棚的车也赶来，于是农庄里又是龙灯又是聚会的热闹起来。

481

天珍到厨房与帮忙的人打招呼。来魁对天珍开了一句大玩笑话："天珍姐，你看这把孩子送别人多好，别人忙得不住手脚，你什么事也没有不用动手了。"——这话除来魁敢说，谁都是怕说出口的。

天珍说："我就是想做这事，你个狗日的不让我做了。"从天珍的话听出她生气了。

陈大姐安慰天珍说："这么多帮忙的还要你们做什么，你今天是老板。"

陈大姐这句话也是有问题的，如果开琼与凤伢子听到也会生气的。

早饭后，天珍帮厨房剥蒜皮。开始有客来，她出去专门给客人倒茶水。

来魁那边的亲戚只来了三个姐姐家。念念左家的姑舅姨来了，下午两点开席。

江南的立新与几弟兄骑摩托车来了，立新的儿子也来了。原来立新在儿子十周岁那年回家到当地派出所自首，派出所到他家把多年恩怨化解。立新虽然赔了一点钱，但他结束了颠沛流离的日子。他今天没有把现在的老婆带来，他怕凤伢子翻眼。

萍儿回来看到天珍姐好高兴，她们好像又回到做邻居时的亲密日子。秀儿看到天珍姐有一种不自在的感觉，她好像是替大姐不自在的。一队只来了胡来朋兄弟和老队长家，因为在胡家还有人恨来魁把念念给左家的思想。

今天最高兴的人是开琼，她见了谁都是一副笑脸。她笑的脸上像刚出蒸笼的鱼糕。

晚上陪十姊妹，来魁跟开琼商量。开琼怕天珍心里不舒服，要来魁姐姐的几个姑娘都参加。丽丽在大学也赶回来参加陪十姊妹。天珍一直站在念念后面，她对开琼安排的九个陪念念吃饭的姑娘没有异议。在她心里遗憾的是小妹没回来陪姐姐吃这一生中姐妹情深的一顿饭。这一顿饭对天珍来说是多么重要——她结婚时是没有的，以后永远也就无法弥补了。

胡家台想到念念是给左家做姑娘，本打算不来喝喜酒的，听说天珍回来，有连英带头,第二天都过来喝喜酒。胡来朋的叔伯弟妹叫王德秀,她也来吃酒,她是看在秀儿的面子上,因为念念也是秀儿的姨侄姑娘。

连英与天珍是什么话都可以说的好姐妹,她要天珍不走了,逼来魁与凤伢子离开。天珍说等妈妈去世后再说。

看到自己的女婿,天珍还是满意的。她从念念结婚影集中得知小伙子叫谭国忠,小伙子是芦花大队的,这门亲事是开琼的嫂子做媒。今天靓妆打扮的念念特意要谭国忠见了山里的妈妈。西装革履的新郎身材不高,皮肤不白,第一眼就能看出他老实巴交。他害羞地叫天珍"妈妈",天珍拿出五千块钱交给女婿。后来天珍又拿出五百块给念念说:"这是你舅舅的鸡蛋钱。他不能来,是因为你是给别人做了姑娘的。"

念念的婚姻也有过选择的波折:她与古井四队叫朱宇的小伙子自由恋上爱,那小伙子身高有一米七,好像苗条的姑娘。他有姑娘的面容,也有姑娘的老实和害羞。念念与他相貌与体态什么都般配,他也同意到念念家上门做女婿,他父亲与后妈都赞同。他后妈还生了一个小弟,后妈也很喜欢他。只是开琼不同意,因为朱宇的爷爷与朱章明的父亲是叔伯兄弟。开琼不想再走上伤心的朱家台。念念理解妈妈的苦衷,她没有责怪妈妈。开琼要嫂子姐在芦花村为念念找了一个般配的男朋友。

幸运的是念念在上一篇小说有她来到人间,在这本小说里还有她的婚姻。她和上一篇小说里是一样的美丽秀气,只是比上一篇小说里的念念迟出生一个月。

朱章明那边一直以为开琼没有再婚是对朱家的坚守,朱章明请人带来念念结婚的礼金。古井四队老一辈还是把开琼视为朱家的媳妇。有一年开琼到四队灭螺,朱章明的婆婆还给开琼送茶水。其实朱章明把念念也当活着的梅梅姑娘,念念过十岁时,朱章明托人送给念念一辆小自行车。三英也是同意的,毕竟她欠开琼一笔人情。念念结婚时,朱章明托下雨带来一千块鸡蛋钱。开琼后来才知道,好在下雨的劝说,开琼才给了八个鸡蛋要下雨带给朱章明。

第 71 章　送别

　　念念的婚事结束后，来魁要念念把收的钱全交给开琼。开琼现在虽然还欠债，但她不肯要念念结婚的钱。来魁没有什么给念念的，他跟凤伢子商量把农庄给念念经营。

　　连英陪天珍玩了两天，她们的话很多。连英不让天珍回去，要连英去打凤伢子她都做得出来。天珍和连英在陈大姐家玩了一天后，天珍决定回去！

　　天珍要走了，她到老屋看了一眼。天珍与凤伢子的伯伯妈妈说告别的话时，老人家的话里已经有永别的成分。凤伢子在洗衣服，天珍与陈大姐走来。天珍先开口对凤伢子说："大妈，这几天把你劳累了。感谢你对我的念念和她爸的照顾。我来回一声的，你慢点忙。"天珍称呼凤伢子大妈，这是用念念的称呼，也是表示亲切。

　　凤伢子擦干手站起来不会说话，看到天珍她总觉得像老鼠见到了亮光，她心里巴不得天珍马上走，可嘴上还是说："多玩几天。"

　　天珍说："我出门这么多天没有带换洗衣服，要回去了。以后念念做妈妈了，我再来。"

　　凤伢子说："你在这里玩，没什么的。下来一次不容易，还玩两天。"

　　天珍说："我走了。以后念念还是要你们照顾的。她年轻不听话，多多原谅她。"

　　凤伢子说："念念很懂事的。"

天珍上车,来魁与开琼也上车。伯伯妈妈与凤伢子站在公路上与天珍挥手。陈大姐用衣角擦眼泪。天珍本不想用眼泪告别的,看到陈大姐的动作,天珍也哭起来。车开走好远,天珍一直望着来魁的老屋。

到了大街,他们见到骑摩托车的谭国忠和念念。开琼引他们进银行存钱。

送天珍上车后来魁要天珍到站等他,他坐下一趟车来。他们在那一刻都能读懂对方的目光——他要来送她的。天珍打开玻璃窗与开琼道别。车开动,念念和开琼都是满脸的微笑。伤感的天珍不想把自己的内心表达,她装着微笑。

来魁带念念他们到街上转了一圈,他对开琼说:"你带孩子早回去吧。我如果追得到天珍姐,今晚我就不回来。"

开琼说:"好好安慰天珍姐,我回家会替你保密的。"开琼也知道来魁的意思。因为这次她安排来魁与天珍同床,天珍始终没有这么做。

来魁赶到车站,天珍坐在醒目的位置,说明天珍也在等来魁。来魁要天珍陪他去荆州看古城。天珍想坐客车去宜昌,她说:"还过一会就没去宜昌的车了。"

来魁说:"今天我就是专门来陪玩一天的。"

天珍说:"你今天还是回去吧,你到外面过夜,鬼都知道你是跟我在一起。你把凤伢子惹急了,我下次来都不好意思面对她了。"

来魁说:"我去坐公交车,你对我还有情就跟我去。十几年了,我们好好玩一次,天不会塌下来的。凤伢子这次敢跟我闹,我就敢把你接回来!"

来魁向公交站台走去,天珍在车站门口徘徊,看得出她的踟蹰。看来魁头不回径直走向公交站台,她忽然不顾一切向来魁跑去。来魁第一次要天珍坐上出租轿车,他们去了荆州。这是天珍平生第一次坐轿车,她好像又回到了与来魁的世界。

在东门古城来魁要与天珍照相,天珍说:"有相片以后就怕凤伢子看到。你一生就是错在照片上了!"

来魁说:"我是一个爱回忆的人,很想从照片中获得形象的回忆。第一次你到我家来,要与你照相,你不同意,那时的照片以后永远就无法补救了。今天也是一样,不照就又无法弥补的。凤伢子不会发现的,我们把照片放开琼那里。"

天珍说:"你原来与开琼这么隐秘的照片怎么还是被我发现了。"

来魁说:"就是那照片使你走上悲剧的道路。既然别人是隐藏的,你就不应该非找到不可。对你有好处吗?你不给开琼写信,我们今天有这么多的眼泪吗?"

天珍说:"你妈当时劝我说,'你以后要为孩子哭得眼泪流成河的',现在我真是眼泪哭成了河。"

来魁说:"来,我们照一张相吧,也许就是最后的一张相。"

天珍说:"你千万不能让凤伢子看到!"

他们照了一张全身合影,背影是城墙。

吃饭后,他们找到一家高级宾馆住宿。天珍听服务员说一夜要五十块,天珍说什么也不肯住,她要再找一家便宜的旅社。来魁给了钱,不见天珍的人。他到大街上才把天珍拉回宾馆。

他们进房,来魁一把抱住天珍。天珍不会与来魁配合默契,让来魁很是束手束脚的。天珍说:"十六年了,如狼似虎的年龄孤独地走过来不容易呢,好像一只狮子吃了十六年的草活过来的。"

来魁说:"有时候我想水性杨花的老婆不完全坏。你要是那种型号的,我们就不会分开了。"

天珍整理头发说:"我当年回去没过多久想回来,那时候我以为你与开琼都在一起了。"

来魁说:"开琼比你还性冷。你走了我去找过她,她像姑娘怕羞。我是早跟她在一起,凤伢子离婚回来也不会找我了。"

此时外面黑得看不到天,凤伢子见来魁还没回来,找到开琼问:"小双,他怎么这么时候都没回来,是不是跟她去做上门女婿去了。"

开琼说:"姐姐,你说些什么呀。天珍走了好一会,来魁才说去找航空路的甲鱼贩子。你不信去问小谭,孩子们是不会说谎的。"

凤伢子说:"他身上有几千块钱,我怕他的钱不安全,我才不管他的人呢。"

开琼说:"他有八千块钱,一起打在念念的卡上。"

凤伢子说:"他的胆子越来越大!"

这时的来魁与天珍依偎在一起,天珍说:"你如果与开琼生活,凤伢子回来,你会怎样?"

来魁说:"凤伢子自己说过,我是跟她小妹生活,她就不回来,就在婆家等改嫁。"

天珍说:"这话我不信她的。你与开琼结婚,她照样回来找你。"

来魁说:"她找我,我也不能理她了。"

天珍又问:"我如果不走,凤伢子回来,你怎么办?"

来魁说:"我上次就回答了你。我有好好的家,她还把我怎样。她出嫁本身就愧对我,我不会为了她把自己的家拆散的。"

天珍说:"这次我与连英谈心,她怀疑丽丽是你与凤伢子的姑娘,这是真的吗?"

来魁现在没与天珍生活,对这话并不怕,他用手摸了一下脸,不慌不忙地说:"看来什么话都有人说呀!他们根本没发现什么,只是人们凭空想象的。男女之间很多误会就是凭空想象出来的。人们肯定是看我对丽丽像自己的姑娘那么好,加上丽丽与腊香不同。我与凤伢子算原生态爱情,她是我一生做梦最多的一个女人,与她有这种绯闻也在情理之中。人们根据凤伢子第一胎姑娘是残疾,第二胎姑娘这么健康编造出来的谣言。我还真希望丽丽是我的孩子呢。"

天珍说:"丽丽如果不是你的孩子,她是江南某个人的,凤伢子就不会回来找你。凭你跟凤伢子从小的关系,凤伢子找人帮忙怀孕,你是她唯一的首选。"

来魁说:"你认为是就是,我反正与凤伢子很小就吃过禁果。我劝你少相信

487

别人的是非话。"

天珍说:"这说明我与你结婚以后,你与她还有地下关系。我是与你太隔远了缺乏了解,我们只有书信,如果我是你们当地的姑娘,我是怎么都不会与你成婚的!"

来魁说:"所以你现在就要想开一点,再找一个男人,吃好一点穿好一点,不要把儿女情长看得那么重要。"

天珍激动地说:"你是一个最狡猾的伪君子!我告诉你,你回去告诉凤伢子,我的妈妈去世了,我就回来与你带孩子生活!"

来魁平静地说:"把这类似吵架的话攒到我们明天分手时说吧,免得分得恋恋不舍。"

天珍说:"我跟你结婚是瞎了一只眼,以后离开你是瞎了一双眼!"

来魁有话也不想说了。

这种话要是以前是夫妻,他们肯定要吵起来;现在他们不算夫妻了,说这种话也不会争吵起来的。不是夫妻的夫妻记住的是原来的恩爱,是夫妻的夫妻记住的是原来的怨恨。

第二天,来魁在车站里熙熙攘攘的人群中看到天珍上了卫生间朝他走来,他感到那么地亲切。车站是他们接见的地方,也是他们结婚娶亲的地方,也是他们分手的地方。是这个女人伴随了他的青春,他应该像爱自己的青春一样爱这个女人!

分手时,来魁想说一些不友好的话,以免难舍难分,他说:"和你在一起生活,我不是那么爱你,好像忽略了你;和你分开了,我天天想你。第一次你来我家,这是我长期要想起的;因为我没停没止地想起,总是记得那么牢固,那么清晰,就像在昨天,就像在刚才。也因为对你的想念,我还是爱你的,就像爱自己的青春。"

天珍说:"拥有的不珍贵,珍贵的不拥有。"

来魁说:"我跟你如果不结婚,这是一辈子的遗憾;和你结了婚——"

天珍打断来魁的话说:"那也是一辈子的遗憾。"

来魁说:"男女之间如果可以试婚就好,过得好就结婚,过不好就分手。"

天珍说:"二十二岁开始试婚,到二十五岁过不好就分手;分手以后要再从二十二岁重新开始。"

来魁说:"生活中是不可能的,只有小说里还是可以的。"

天珍换了一个话题说:"你回去还是要做凤伢子的思想工作,要她快离开你;我的妈不会活多长的时候了,我不久要回来的。"

来魁说:"这种工作不好做。"

天珍忽然发火:"老子知道,你跟我结婚时就跟凤伢子在一起。世上有谁像你把双胞胎当一个人爱的!"

来魁默默无语,他去给天珍买了几个面包和一瓶水。送天珍上车以后,他还是没有说话。客车开始起步,他说:"我希望你回来,也希望你的母亲身体健康。"

来魁的话不矛盾,只有天珍经过思考以后才知道这话是矛盾的。但她还是佩服来魁这句话说得好。她在车窗的玻璃上写了一个"回"字。这个"回"字是对来魁说:"你回去吧,我回去的,以后我还回来的。"

天珍这次回来后,有嫂子与来魁开玩笑问:"幺狗子,你这次与山里姑娘过一夜没有?"

来魁不怕丑,说:"过了三夜。"

"有人说天珍现在还是一个人,她没有再找一个家?"

来魁回答:"她一直在娘家与母亲生活,她说过几年老母亲去世后,她就回来与我复婚的。"

有嫂子说:"我明天告诉凤伢子刮你的皮抽你的筋。"

人们只敢拿山里姑娘开玩笑,从来没有人拿开琼与来魁说这种玩笑话。

第 72 章　母去

这一年的大事真多：凤伢子在正月死了婆婆，开琼在二月给念念办了婚事，三月凤伢子得重感冒一个多星期才好，四月开琼得了一场病住院七天，七月丽丽在大学重病，来魁去看女儿，冬月开琼的伯伯去世，腊月凤伢子的公公也伸了腿撒手人寰。

这以后来魁与凤伢子天天住到鱼棚子里，这是他们最恩爱的日子。凤伢子怕鬼，父亲的鬼魂她也怕。来魁不怕鬼，他现在怕天珍。如果天珍真回来，他与凤伢子的家就破船载酒了。

第二年 5 月 5 日，开琼的妈妈在医院终于闭上了好流泪的眼睛。那时候的念念已身怀六甲，她一直保护着妈妈，不让妈妈过度痛哭。月亮之所以前后像一把刀，它就是要把上了年纪的老人一个个砍掉。月亮之所以每月圆一次，它就是要让女人的肚子圆起来孕育新的生命。

来魁收到天珍的来信："我母亲因肝硬化身体一天不如一天了。"那时可以利用电话，可天珍还是爱写信，可见天珍是多么喜欢与来魁保持书信。

当时来魁因为割麦很忙，没有及时去看望丈母娘。来魁感慨地对开琼说："不是我们老了，是我们看到老去的人多了。"

天珍的妈妈一个久经风霜的母亲倒床不起，一个月后再也没有起来了。母亲的伟大是创造了人间，母亲的平凡是离开了人间。

秧刚刚栽完，来魁接到天珍的电话说她母亲去世。来魁想与念念同去，他看念念的身孕到了临时临月,他一个人去了兴山。

来魁赶到山里天上有了星星,山里的灯光也跟星星一样。他连走带跑赶到天珍的家里。他看到了丈母娘的遗容,给老人家长跪不起。

第二天等小妹赶回来,当地人才出殡将老人埋葬。天珍像哭来魁的婆婆一样哭母亲,她早就想好了这天要哭的话。她没有哭出自己是捡来的姑娘,她不想让弟弟知道这个秘密。

晚上,天珍对来魁讲母亲临死前的言语,母亲临死前说:"我没有把你堂堂正正嫁出去,是对不起的。你为了我把家舍去,这也是做母亲的错。要是我到过你家,你也不会落到现在这样……"天珍对来魁讲母亲的话语,其实也是和来魁一起对母亲的怀念。

来魁与天珍在弟弟家过了三个夜晚。

小妹要回校,来魁与天珍送到宜昌。他们送女儿上了开往南京的卧铺车,母女又一次含泪告别。来魁为天珍抹眼泪说:"你现在终于如释重负解放了,可以跟我回家了。"

天珍眼睛一闪,高兴的样子说:"是真的吗?"

来魁说:"是真的。念念的预产期到了,你回去照顾她。"

他们从江边大公桥车站走出来,找到一家旅社订了房。傍晚他们走上长江夷陵大桥,走着走着不知道到了对岸。这是刚通车的一座可以行人的长江大桥。

来魁要天珍高兴一点,天珍怎么也高兴不起来,走到这一步她失去的太多。天珍到了大桥的这边,这虽然是她从来没见过的地方,但心里的悲伤不会甩到大桥的另一头。她找一个地方坐下了,看着桥上彩灯照着自己变色的身影。她以前希望母亲去世后回到来魁的身边,现在母亲去世了,她有些怕回到来魁的身边。她真回去,凤伢子怎么办? 来魁毕竟是根深蒂固爱凤伢子的,怎么好把他们活活地分开。再说凤伢子也是一个苦命的女人,女人何苦为难女人。

来魁对忧心忡忡的天珍说:"你到这新的地方都高兴不起来,回了家也不会开心的。"

天珍说:"如果一个人有伤心事过一座桥就忘了,那就是一座好桥。"

来魁说:"那桥不叫夷陵桥,叫奈何桥,以后你我都会经过的。过了那座桥,人生经历的悲欢离合就都忘了。每个人都要走过那一座桥的,要不然下辈子怎么相处。"

天珍感慨地说:"来魁,我与你过夫妻没过够,我还想回到你的身边与你在一起。我如果是先死了,我就在奈何桥上等你。"

来魁说:"到那天你就这样坐在桥头等我,我来了,老远就能看你的。"

天珍说:"以前,我每当回想到那次我们在沙市一人抱一个孩子分手的时候,我的心像火在烧烤。我永远后悔不该与你分手!我现在才知道,夫妻之间打架也是幸福的。"

来魁蹲下来说:"好了,我们都挺过了痛苦,不想了。"

天珍说:"我的肚子经常痛得难受,我发现我的心肯定烧烂了一个洞。今年干活时特别觉得吃力了,有时像呼吸困难的。好在今年比以前的瞌睡多,好多的不舒服一睡就过去了。"

来魁说:"你到医院检查过没有。"

天珍说:"看了几次也没看出病来,我屋里准备了止痛片,以前是吃一片,现在吃两片有时都止不了。"

来魁说:"你这是心病,这母亲安置了,你的心里渐渐就好过了。走,我们回到那边,回到现实的那边去。"

天珍站起来趔趄不前,来魁抱住她。天珍用手把脸前的头发经过额头摸到顶上。她说:"小妹这时到武汉没有?她每次回来都要跟我讲经过的路线。"

来魁说:"车早过武汉了。我们脚下的长江经过武汉,也经过南京。"

天珍摘下两片香樟树叶,抛在江水里说:"这两片树叶能流到南京吗?"

来魁说:"能流到南京,小妹也不会知道是你抛下的。"

他们返回走在桥上,都好像感到是从另一个世界走回来。

天珍说:"这真是奈何桥就好,我们到那边走了一遭。"

他们从桥梯转下来,来魁的手机电话响了。电话是开琼打来的,问候天珍的情况。来魁与开琼说了几句把电话给天珍,天珍把长话短说。天珍不会挂电话,她忙要来魁挂掉电话。她怕开琼消耗很多的电话费,其实开琼还有话没有说完。

来魁问:"你们山里现在有信号没有?"

天珍说:"我们那里没人用手机,不知道。开琼知道我与你在一起,她会告诉凤伢子吗?"

来魁说:"我与你能在一起都是开琼安排的。她对你比对凤伢子还好。"

天珍说:"开琼真是一个好女人!她真是我的好妹妹。我虽然失去了婚姻,可我得到了她这个好妹妹。"

他们来到广场坐下,草皮地面坐得很舒服。与开琼通电话后,天珍的心情好多了。来魁要他们唱歌,天珍不唱,来魁说:"我们来唱台语歌,你的喜乐哀怒台语歌里都有。台语歌可以乱唱词语,反正是听不懂。"

天珍说她现在很喜欢听台语歌,在来魁唱了几首半截台语歌后,天珍唱起陈百潭的《初恋》,虽然也没唱完整,但能看出她好像回到了初恋。来魁唱了几句《车站》,天珍顺口唱起《爱情的骗子我问你》,来魁忙用手捂天珍的嘴。天珍知道来魁的用意,她停住歌声笑起来。

回旅馆休息时,来魁要天珍吃宵夜,天珍说肚子不饿。来魁从来没吃过手工的拉面,他看有家拉面馆,他把天珍拉里面坐下。

一夜过去了,天珍想回弟弟家。她说:"我没带多的衣服,我还是想回去。母亲刚过世,我怕小弟他们还不习惯。"

来魁说:"我跟你买衣服,你也可以穿开琼的衣服。你弟弟他们渐渐会习惯的,你母亲是顺头路没什么怕的。你不回去,我天天又要喝酒的。"来魁是非常有心计的人,他知道天珍说不回去,他就要劝天珍回去;一旦天珍说要回去,他肯定用语言不让天珍回去。因为天珍回去，凤伢子与他就彻底完了。

天珍开心地说："我不能说走就走，我不放心小弟他们一家。"

来魁说："你回山里，念念一旦发作怎么与你及时联系。你最好先跟我回去。"

天珍说："妈妈去了，我好像对小弟更放不下的。我还是回山里，你回荆州。你先回去安抚好凤伢子，我过一段时候就来。凤伢子也是一个善良的女人，只是比开琼少一些文化知识。我不想给她难堪，她的尴尬其实也是我的尴尬。我要回你家，我的归属问题不知怎么办？你们是夫妻，我们是朋友？我还没有想好，要看凤伢子那边的态度。"

来魁说："你以念念的母亲在我那里，人们是不会乱说的。我来慢慢跟凤伢子讲道理，以后她渐渐会理解了。我与你才是真正的夫妻，我与凤伢子是临时的。"

天珍感激地说："经过这次与你分开，我学会珍惜与你的日子了。"

开琼打电话来说念念的预产期到了，要天珍去照顾念念。这是昨晚打电话没有说完的话。天珍怕念念生孩子有危险，她这才决定跟来魁回婆家。她想用手机给家乡小卖部打了一个座机电话。她不会用手机，来魁告诉她怎么使用。

电话通了，天珍要那人帮忙转告她小弟，她去了婆家，小弟有事就打这个电话。天珍把手机给来魁说："刚才我说到去婆家，婆家今天对我是多么亲切的词语呀。母亲去了，我回婆家，我要回婆家，我回没有婆婆的婆家！"

他们去吃早点，天珍说："反正今后我和凤伢子死一个，你就好过了。我亲眼看到我的母亲落气，我现在不怕死了。如果我和她非要死一个，那就选择我吧。"

来魁责备天珍说："你胡说什么呀！"

天珍说："文艺作品都是这么安排的。小说源于生活，我们的生活说不定赶上了小说。是那样，你以后就写一部我们的小说。这次回你家，我来看看你给开琼写的小说。开琼说她看了你的小说，改变了她以后的人生。她说看了小说，她后悔人生。"

天珍在回婆家的一路上像写信一样的情感,快到古井,她像收到来魁的信还没有打开的紧张迫切。

这是一个风清气爽的日子,血防医院的院长带市血防办的两位干部到来魁的农庄钓鱼。开琼忙完自己每天该做的活,她来到渊边与院长说话。

"院长,钓了多少鱼?"

院长的目光紧盯浮标,听开琼的声音,他转过脸对开琼回答:"钓了几斤鱼。这里的鱼好上钩。"

开琼走近说:"您还很喜欢垂钓呀?"

院长回答:"我从小爱钓鱼。我前几年还来这个渊里打过甲鱼。"

开琼摸额上的头发笑道:"您还会打甲鱼?"

院长看着浮标说:"我从小在农村长大的,什么鱼我都捞过。这农庄是你们家办的吗?"

开琼回答:"这是胡来魁与我姐办的农庄。"

院长说:"那个择菜的姑娘就是你姐吧?与你长得一模一样的。"

开琼说:"我们是双胞胎。她是老板娘,我是跟她帮工的。"

院长说:"你们俩姊妹都在这里工作呀?怪不得有人说这是双胞胎农庄的!"

停一会,开琼问:"你们打算还过多长时间吃饭的,我们可以炒菜了吗?"

院长说:"你们可以炒菜了。"

第73章 归心

这是农庄生意最好的季节,每天都有客人开车来钓鱼。开琼天天帮姐姐管理农庄的收支。今年有念念和女婿,凤伢子还是觉得人手不够。现在念念是农庄的主管了,来魁很少管农庄的事情。

开琼择菜时对姐姐说:"天珍姐来了,农庄又多了一个帮忙的。"

凤伢子说:"你们的工钱好说,天珍姐来了怎么算工钱? 算高了,我划不来,算少了她划不来。我不好意思要她帮忙!"

开琼说:"她的工钱我来算。你们还是要慢慢过习惯的。"

凤伢子问:"她这次来了,如果不走了,我怎么办?"

开琼说:"天珍姐不会为难你的。"

凤伢子说:"她在老屋,幺狗子就不能在老屋!"

凤伢子读书少,她总认为现在是婚姻自由的社会,她心中自由的婚姻就是想与谁过夫妻生活就可以跟谁过。要是来魁对她有了嫌弃,她可以带孩子去找立新。腊香结婚时,立新跟她说过这话。但她内心还是舍不得来魁的,她要竭力阻止天珍与来魁破镜重圆。

开琼知道要凤姐离开来魁是需要时候的,她说:"要是天珍姐的妈妈还迟两年死,你们都好过。天珍姐的小姑娘毕业以后就要找工作,工作两年就要成家,天珍就要跟她姑娘看家带孩子。她以后就在两个姑娘家来回地过,也不会跟来魁了。你的丽丽成家还是要你去看家的,今后胡三万读大学后在外面成家,那时

496

你就不会在这里,两个孩子的家都不够你跑的。"

凤伢子说:"要是到那一步就好了,他们天天在一起我都看不到了。"

开琼说:"还熬几年就到了那一天。所以现在不用见天珍姐的气,她在不在这里生活,你也只当没得她的。你们不用闹,也不要吵。你们如果吵起来,外面就要笑你们的。"

凤伢子说:"立新的哥哥有一个姑娘在虎门开服装厂,腊香要我去,我没有去,他们去了。"

凤伢子听到天珍的母亲去世消息后,她的思想开始考虑自己的退路。她想赶走天珍是不可能的,天珍一个人在老屋住也是不能长久的;天珍不想走,她只有去腊香那里去。但她还是不希望来魁与天珍以夫妻名义在这里生活,今后自己回来怎么待下去?一个男人有两个女人也是要招别人笑话的。天珍真要来魁,自己还是要让位的,毕竟是自己先嫁到江南跟别人结婚的。如果来魁跟了天珍生活,她死都不会再缠来魁的!小双一个人这么多年都生活过来了,自己就是不去腊香那里,就在农庄一个人也能生活到老。到那时候孩子们不会不管她的。她有三个孩子,她是不会饿死的,她死了也是不会没人抬出去埋的。女人只要有子女多,以后总有吃的,总有人养老送终的。

她们在说话时,来魁与天珍风尘仆仆地来到她们面前。天珍先开口亲切地对凤伢子说:"凤伢子在忙呀。"

凤伢子对天珍友好地回答:"你来了,稀客。"

开琼站起来惊奇地说:"你们这么快就回来了!"

来魁说:"这么热到哪里都待不住,快点回来。今天有多少的客人呀?"

凤伢子说:"有五个人在钓鱼。"

来魁问:"他们的菜点了吗?"

开琼说:"我们正在准备呢。"

念念与国忠出来与天珍说话,念念叫妈妈,国忠也跟着叫了一声:"妈妈。"

来魁忙去老屋收拾,他安排天珍住老屋。

天珍帮忙开琼择菜。开琼与天珍讲双方老人去世的话。凤伢子去厨房准备炒菜,现在国忠也学会掌勺了。凤伢子是炒民间的菜味,国忠是炒四川的菜味。很多肉类大菜放在大冰箱里,这是平时就准备好的菜。只有鱼不用进冰箱,鱼池就是最保鲜的冰箱。

客人来吃饭,看到天珍问是不是姐姐,开琼说这里没什么姐姐。

来魁怕农庄的生意不好,他把渊的一半种了香莲。男人是为钓鱼来的,女人是为香莲来的。有很多女客要到这里划船采莲,她们高兴得流连忘返。

天珍想看念念的房间,念念与她回楼房。

天珍说:"小妹要上学去了,下次她就来你这里。"

念念说:"姥姥去世我没回去,总觉得对不住老人家。"

天珍说:"看你这个样子,怎么受得了折腾。姥姥去世前口里还是经常说起你。我说,'你现在知道要看念念,当初我结婚你要是去了我婆家,我也不会走这一步,是你害了念念!'我每次吼妈,妈都不还嘴。"

念念说:"姥姥到了那一步,你还吼她呀。想起姥姥我还是有愧的。她老人家不救我,后来也不会走到这一步。"

天珍说:"哎呀,人呀老了都要走那一步的。"

五人在农庄吃饭。凤伢子总是低着头。来魁与天珍讲农庄生意方面的话。有念念和国忠不时插话,桌上的气氛还是很轻松的。

天珍说:"老人们都去了,我们也成了老人。"

天珍要急于见陈大姐。来魁把老屋的钥匙给天珍。伯伯去世以后,来魁住进鱼棚,老屋就空着。

天珍带着给陈大姐家买的香蕉水果走出农庄。开琼找来草帽子给天珍姐戴上,与她一伴向老屋走去。天珍今天买了三大串香蕉,给一份念念,给了一份凤伢子,还有一份是给陈大姐的。来魁没要天珍出香蕉钱,都是他结账。天珍当时开玩笑地说:"今后我就跟凤伢子争着要你的钱,看你怎么受得了。"

来魁也不要脸地回答:"给你给她都是一个家。"天珍说:"我去告你重婚。"来魁说:"我们都没拿结婚证,我不怕。"

开琼与天珍来到陈大姐的家,家里有一桌麻将牌。陈大姐看到天珍比看到亲妹妹还高兴,她把牌给丈夫打,迎来与天珍说话。天珍与同时打牌的几个人说话,原来队里的人都知道来魁出门是天珍的妈妈去世了。

"你们现在都没事了?"天珍笑脸说。

一打牌的妇女说:"打麻将就是最忙的事。你们那里打麻将吗?"

天珍说:"我没看到,也不会打。"

有一人出牌说三万,天珍笑着说:"我只认识三万,那是胡来魁的儿子。"

开琼接了一句:"你们今天有没有胡三万的?"

有一个打牌的人说:"我刚才万一色就是胡的三万。"

陈大姐对天珍说:"天珍,你掉瘦了,没以前长得好了,看你就像病壳壳的,是跟你妈妈拖成这样的吧?"

天珍说:"这是老了的信号。大人去了,我们就是大人了。听说念念的预产期到了,我来帮开琼看孩子的。听说孩子们经营着农庄,他们很忙的。农庄的生意还很好,我也来帮忙照看念念。念念到了临时临月,开琼一个人照料不过来。"

开琼说:"走,我们走,让他们好打牌。"

天珍对打牌的人说:"你们开心地打牌呀。"

陈大姐也跟她们来到老屋。天珍打开门,一眼看到婆婆永远不变的遗像,她很爽快地说:"妈,天珍又回来了,回来跟您做伴的。"

开琼以为天珍又要动情哭的,她跟着天珍,听天珍说:"这屋蛮久没住人吧,一阵霉气。"说着她去打开后门。

陈大姐到婆婆的房里打开窗户。开琼到来魁的房里开前后的窗户。天珍埋怨来魁说:"你不在这里住,经常还来看看门窗呀,几张桌子都长霉了。"

来魁刚收拾的屋里,对天珍来说跟没有收拾一样。

开琼说:"把门锁着可以,要把窗户打开的。"

萍儿的妈听到来魁的屋里有人说话,走过来看到陈三秀问:"天珍没回来呐?"

陈大姐故意说:"回来了,她再不回去了,她的妈去世了,娘家再没什么惦记的。"

萍儿的妈说:"可怜她了。"

天珍从房里出来叫年老的小妈,她们亲切地寒暄。这时左邻右舍听说天珍回来,又来了几个妇女。有一个刘老婆婆走来说:"姑儿,你回来!"

这个刘老婆婆以前与天珍的婆婆很讲得来,她们是伴儿。天珍对老婆婆回答说:"我开始到这家里来,您就叫我姑儿,您现在老了,我也把最年轻过了,您还叫我姑儿。我以后也老了,望您长命百岁时还来叫我姑儿。"

陈大姐用抹布给椅子擦灰,这时来魁来安装电视。这里的电视都是大锅卫星。来魁到鱼棚住时就把线拆了。天珍把柜子的门全打开,用布擦桌上的灰。

天珍到后面看到长满果实的李子树。

头一天晚上是开琼来陪天珍睡的。开琼来时带来一把小电扇。

天珍问开琼:"现在来魁与凤伢子过得怎么样?"

开琼回答:"我看他们恩爱得很。来魁放一个屁,凤姐都要笑半天的。凤姐做事从来不扯来魁,就是一张嘴要搁在来魁身上。他们很少吵架,偶尔吵起来也跟小时候一样,来魁喜欢凤姐骂他。凤姐一声吼起,来魁就低头不敢吱声了。"

天珍说:"我怎么与他就过不好呢?这说明美好的爱情是不能换来美好婚姻的。"

开琼说:"我看谈恋爱需要有文化水平,过婚姻生活越无知越好。凤姐读过几天书,她把与来魁的日子过得多好。"

天珍说："要是他们开始就结婚了,他们会很幸福的。"

开琼说："我看来魁只顺服凤姐,这是命里就注定的。"

这里的庄稼人只早晨下田干活,回家吃了早饭就一天没事了。开琼要下田扯秧草,天珍也要去。她要开琼把劳动的衣服给她穿。开琼要给天珍穿下水的靴鞋,天珍说在家打赤脚惯了。她说以前到来魁的家里来,下水田栽秧扯草是从来没穿过靴鞋的,那时候她家根本就没有这种靴鞋。

开琼问："你们那里没血吸虫吧?"

天珍说："我们那里从来没听说过血吸虫。"

她们在秧田弯腰扯草,人们不知道天珍第二天就下地干活,都以为是大双和小双在一起。

天珍要自己开锅火做饭吃,开琼说："你无菜无米的,怎么能自己做饭,就在我家吃。你到凤姐家吃饭,她也不敢夺你的碗。"

天珍问："我们门口鱼池上种的菜,是不是凤伢子种的?"

开琼："不是她种的,别人还敢来种呀。"

天珍说："我来要一厢田种菜的。"

开琼说："你全要过来都可以,农庄还有一片菜地。以前是妈妈种的,现在是姐姐种的。我不会种菜。"

天珍说："我在娘家,菜地就是我一个人的。妈妈受伤以后再没有去过菜地,弟妹从来不看菜地。"

开琼说："你以后来了就跟念念他们种菜,我们菜地有好大的面积。农庄的菜都是菜地里长的。农庄的鸡子多,鸡子多了菜种不起来。来魁不许凤姐喂鸡子,姐姐就是喜欢喂鸡子。不过,鸡子也是农庄的一盘主要农家菜。我看到鸡屎不舒服,我不喜欢喂鸡。"

天珍说："她开餐馆是要多喂鸡子的。他们可以圈养鸡子。"

开琼说："客人要吃土鸡子味,圈养的鸡子就没有土味了。"

天珍说:"如果不圈养,要杀鸡子怎么捉?"

开琼说:"他们的鸡子多,用网好捉得很。"

第 74 章 兴一

太阳烤背时,开琼和天珍回家。左开顺的老婆跑来与她们一路走回。她问天珍:"你现在做事,是跟他们两家都做呀?"

天珍说:"到明年我要他们分四五亩地我种,今年我也做不了几天就算了。我娘家还有地,我要把小弟引上路了才能回来这里。"

三线说:"我们这里就是地多。你干脆多接一些地,还找一个男人来过,气死幺狗子。"

天珍说:"我要找男人就不会来这里了。我把幺狗子气死了,凤伢子还不得跟我拼命,他们这么多孩子怎么办。"

三线说:"像小双没男人多好,少洗衣服少洗碗,我家里的死男人丢都丢不脱。"

开琼说:"我们没男人不怕,就怕有男人的女人笑话。"

三线睁大眼睛问:"谁笑你们了?"她把目光转向开琼又说,"你们要答应找男人还不是有说媒踏破你们的门槛。你们是高尚伟大的女人不愿意找男人,不是没人跟你们找。我家男人是能冲水喝,我都把他冲水了,没有他好安逸!"

天珍似笑非笑地说:"一个家要有男有女,这才是家。"

三线说:"你与凤伢子都算好,换别人都打起来了。"

天珍说:"男人可要可不要,有什么认真的,还至于打起来。"

三线说:"有的人就是为争一口气才闹的。我们以后组织几个大嫂来跟你与

503

凤伢子调解好。幺狗子跟牛一样,你们俩每家喂一个星期。"

天珍说:"好了好了,你不用笑我们了。我跟凤伢子又没反目,有什么好调解的。你没事来告诉我们打麻将。"

"好,我吃了饭来告诉你们打麻将。"

天珍在开琼家吃早饭,念念做了好多菜。天珍对开琼说自己以后要到这里生活思想上的压力还是很大的。开琼安慰天珍说:"你在这里住的时间久了,你也习惯,人们也习惯了。人们与你开玩笑都是善意的,这是人与人之间亲切地社交活动。"

来魁早晨骑摩托车到街上买菜。凤伢子割鱼草,牛放渊边啃草。开琼与天珍到农庄来,凤伢子还穿着一身湿衣服在喂猪。天珍问要不要帮忙的,凤伢子说早晨的事已经做完了。凤伢子想到牛还在渊边吃草,她忙去把牛拉回来拴好。

天珍要回老屋,开琼要天珍学打麻将。天珍找来一根长绳拉在门口,她把柜子里来魁的衣服全部抱出来晒太阳。在挂衣柜里来魁一件蓝色内衣里有一件白衬衣,那是天珍做姑娘时第一次到来魁家玩的那套衣服;她在娘家怎么也没找到,原来是留在这里没收走。来魁用他的衬衣抱着她的衬衣在柜子里挂了十几年,凤伢子没把它们分开,她由衷地感谢来魁和凤伢子。

看到来魁几件熟悉的衣服,这使天珍好像又回到与来魁在这里过的日子。说往事如烟,不如说往事如衣。她看来魁有一件毛衣很脏,她倒水洗。

开琼看到说:"他这毛衣好像还没洗一水的。"开琼到现在也不敢对天珍说这件毛衣是自己为来魁织的。她希望天珍不要把毛衣洗得太干净,正像来魁说的要留一点过去的灰尘做回忆。

天珍说:"以前他很爱惜这件毛衣,我每次要洗,他说还干净。"

开琼说:"毛衣洗多了就不热乎了。"

天珍洗着毛衣说:"我洗了衣服跟你到一队李连英家玩。连英好信任我,什么话都对我讲。"

开琼说:"今天农庄没有生意,我可以陪你去一队玩。"

开琼到来魁的房里找书看。天珍把毛衣洗好,她上厕所时进牛屋看了看。自己以前在这家的烂衣服烂鞋子,全收在一个竹筐里。她的破烂来魁不肯丢弃,这说明来魁还是舍不得她的。她把筐子抱出来,每一件衣服和每一双鞋子,都能勾起她年轻时在这个家里劳动与生活的回忆。她想烧掉它。现在她可以回来了,那些破东西没有意义了。她点燃旧衣服焚烧,青烟从衣服上升起。她盯着自己穿过的旧衣服发呆。往事如烟,往事如衣。

开琼在房里嗅到焦味,跑后面一看,她忙用笤帚打灭。她说:"你烧了,来魁看见要发火的。"

天珍说:"我现在可以回来,还要看那些烂东西干什么。"

开琼说:"来魁留着它,总有它的意思。"开琼把那些东西收起来,说:"你有一双破袜子被狗子含走,来魁都捡回来了的。"

天珍说:"凤伢子怎么没把这些东西早丢的?"

开琼说:"来魁是个爱回忆守旧的人,凤姐也不敢这么做。有你的存在凤姐还是蛮怕来魁的,如果没有你,凤姐就敢骑在来魁的头上拉屎了。"

这时天珍悟到一个道理:怪不得凤伢子与来魁这么多年来两口子生活得这么恩爱的,原来是有她的存在;如果现在把来魁再与她生活,她对来魁一定是倍加恩爱,因为有凤伢子的存在。

农庄里只有来魁与凤伢子在吃早饭。凤伢子说:"我想去腊香那里去,等你就跟她俩过。她这回来看样子就不会走了的。"

来魁说:"她说念念的孩子喜酒后,她就回去的。"

凤伢子说:"她早晨都下地干活了,她还打算走呀?"

来魁问:"她干什么?"

"我看她跟小双扯秧草回来的样子。"

来魁说:"你放一百个心,像她这种儿女情长的人,在这里要挂念那里,在那里要挂这里,不过两天她就要回娘家的。以前是挂念她妈,现在她又会挂念她小弟。"

凤伢子说:"你告诉她,要她还等我三年。把三年过了我就可以与你离婚了。只要丽丽有了工作,我就去跟丽丽过。三万结婚生孩子以后我就可以靠儿子了。到那时候孩子们都到外面,我就跟孩子们过。你就在家与她过,这也算我把家还给她了。"

来魁说:"天珍姐不会跟你争什么家的。我们再怎么也要等胡三万把大学读完的,我们的婚姻不变。三万现在成绩这么好,我们的家有变动,会影响他学习的。这话我对天珍也讲过,她说不会逼你走的。你放心,还过几天,她就想回去了。"

开琼与天珍从门口的鱼池边到菜地看,然后走渊边小路去一队玩。

一队的人当开琼的面要天珍给凤伢子施压,要凤伢子与来魁离婚。一队的人家家都同情天珍,要天珍快回来。胡来朋的老婆说的话与左开顺的老婆说的话如出一辙:"胡来魁是一条牛你们两家转,到你家一个星期,再到她家一个星期。"如果不是开琼跟着,一队的胡家人都要骂凤伢子鸠占鹊巢。

连英就直言说:"凤伢子当初不顾来魁嫁了别人,现在来魁就应该不顾凤伢子要跟结发妻子复婚。凤伢子是老母鸡跳新窝。"

开琼觉得没一个人为左家说话的,她要回来,天珍又跟她回到农庄。

这天夜晚十点多钟,念念说肚子有点暗痛。谭国忠来农庄找爸爸。来魁马上起床打电话联系面包车。来魁到老屋,开琼与天珍还没睡。听说念念发作,开琼忙回家收拾衣服。天珍先跑到念念的家看女儿。

车到门口,凤伢子也过来问情况。来魁说不管怎样都要到市三医。这是天珍早对来魁这么说的话,他们要让念念在大医院里生产。凤伢子要去,开琼说家里也要人。于是,凤伢子就留在家里。凤伢子一个人害怕,来魁要谭国忠去舅舅家,要开琼的哥哥来看守农庄。

大人们在漫长的一夜等待过后,第二天早晨五点过八分,念念顺利生一男孩。谭国忠的父母赶来,念念母子已经从产房转到住院病房。亲家第一次看到天珍,他们也听说过念念的亲妈是山里人。来魁高兴地要念念的两个妈妈给这个孙儿子取名字。

凤伢子听到念念顺利生了一个儿子,她高兴地按当地风俗行事。她到老屋里烧香,又到念念住的楼房里祈福。她要国忠放一大挂鞭。

听到念念家门口响起大鞭人们都知道是念念生了儿子。

第三天,来魁把开琼左家的亲房叫农庄吃了一顿免费的午饭。

到第六天念念出院回来。有大嫂问念念当时怕不怕,念念高兴地说:"当时我的两个妈都在那里,我一点都不怕。"

天珍给孙子取名叫"兴山",开琼给孙子取名叫"守一"。很明显天珍是要孙子对兴山永远不忘。开琼的意思是说自己守寡,为的就是念念一个孩子。那天决定名字时,天珍说:"开琼把念念养大,依开琼的叫守一。"

来魁说:"兴山的山字与胡三万的三同音,他们的辈分有高低,有点不妥。"

开琼说:"念念是山里姑娘的姑娘,叫兴山也很好。"

来魁说:"能不能把你们取的名字综合起来。"

开琼顺后说:"叫兴守。"

天珍说:"叫兴一。"

来魁眼睛一亮说:"哎,叫'兴一'还蛮好听。就叫他'兴一',兴旺的一家。"

开琼说:"这名字好,就用这个名字吧。天珍姐,你看怎样?"

天珍回答说:"很好!"

这时来魁对天珍:"天珍姐,这里先要说明一个残酷的现实,念念的孩子不姓胡,也不姓张,他姓左。这是天经地义的。开琼年纪轻轻就守寡为了念念这一个孩子不容易。天珍姐虽然也从不容易中走过,可你将心比心去理解吧。如果你们姐妹为姓有意见,那就把孩子改姓谭。开琼当初为孩子的姓少要谭家一万块钱的陪嫁。芦花的亲家说了,孩子姓谭,他们愿意多出一万块钱。开琼没有同意,她宁愿背债也要孩子跟她姓。"

来魁现在称呼天珍有时带姐,有时也不带姐,这是他们特殊关系形成的默认。正如开琼称呼凤伢子有时叫姐姐,有时又叫凤姐;这是她们在生活中形成的习惯。

天珍听来魁称呼她天珍姐,就知道来魁说的话会对她是不利的。她说:"跟开琼姓左是人之常情,我能理解。"

开琼说:"跟谁姓不重要,都是亲亲的孙子不分彼此。"

这时天珍说:"按理都该跟你姓。"

开琼却说:"今后都不会在乎姓氏的,现在没姓谱辈分,我们左家后几辈是什么字我都不知道了。姓氏的观点应该在我们这一代改变了。如果国忠的父母要孙子姓谭,我也没有意见。"她对姓氏的观点改变了,她意识到以前的思想太封建。

天珍在一刻认为左开琼是一个多通情达理的女人。

第 75 章 将心

　　来魁与天珍单独说话是在老屋里。来魁问天珍："你看开琼有孙子,你是羡慕还是嫉妒?"

　　天珍说："我羡慕和高兴,没有嫉妒。开琼的孙子与我的是一样。"

　　来魁说："你真没有嫉妒?"

　　天珍说："我天生的没有嫉妒心。你看,我的初恋男友成了我最好姐妹的丈夫,我没有嫉妒过;我的丈夫成了别人的男人,我还是没有嫉妒过。你就是与开琼生活,我与开琼也还是这么友好的。"

　　来魁说："你与开琼在这方面有点相似。"

　　天珍说："开琼的美丽我没有嫉妒,我与她在一起,总是很欣赏她的。她虽然与凤伢子外表差不多,可我特别赞赏开琼。你如果是与她在一起生活,我会常回来看你们的。"

　　到第九天亲朋喝喜酒如期进行。那天不但天热,人们也闹得热。热天办事就怕菜饭变味,好在来魁准备了空调房。一间空调房里是放备菜的,一间空调房里是挤客人的。客厅里两把大电扇吹得蚊蝇不敢靠近菜碗。只要不停电,再热的天也是能克服的。

　　天珍早挂念山里的家,她没要开琼照顾念念,她对开琼说："我在的日子念念都由我来照料,我回去了再麻烦你。"

　　天珍对念念细心地照顾,她任劳任怨。端念念吃饭,洗尿布,抱孙子,一天到晚天珍跟着念念转。

念念是一天天健康起来。她看妈妈是一天天憔悴,她问妈妈累不累,天珍说:"我有孙子高兴不得了,哪有觉得累的。"

念念在第十天听说妈妈要回山里,就哭起来。念念也许在初为人母的高危时段,看出母爱的伟大。十几天来与母亲手脚不离,在她心中早已疏远的母爱又得到还原。

天珍怕与念念难以分开,她渐渐要开琼来照料念念。这也是因为她感冒了,头痛发烧,腿子像别人的拿不起来。

来魁要送天珍到医务室看看,天珍不去,她说在家经常感冒。来魁去医务室拿来两样感冒的胶囊。天珍喝了药也没有疗效。

十五天后天珍终于启程要回山里。念念下床用湿漉漉的眼睛送母亲。天珍对念念说:"我这次没带衣服,是没有准备出来的。给孙子喜酒的钱都是我找你大妈手中借的。这次回去我把你小舅舅安排好,我再来就不走了,小妹再放假回来就到这里来,这里就是我的家了。"

念念问:"您几时再回来呢?"

天珍说:"秋收以后。有事我要打电话来的。"

听说天珍姐要走,陈大姐与几个嫂子也来送行。凤伢子穿着一身刚劳动过的湿衣服也来送天珍姐,她没有说话。念念不能走进别人的家门(这是风俗),开琼抱着孙子也不能远送。新台没出门干活的人都出来与天珍道别。天珍走过公路才上来魁的摩托车。

凤伢子没说话,她跟在陈大姐一伴嫂子中。看天珍终于坐车走了,她才如释重负。至于来魁一路上与天珍说什么亲密的话,她现在一点不在意了。现在她好像把来魁的三分之一还给天珍了。天珍来的这段日子里,她没有发现来魁与天珍同居的迹象。看来,来魁还是她的男人。

来魁把天珍送上开往沙市的客车。他给了两百块钱，天珍没推辞收下。来魁看车还不走，他跑去买来一瓶水，一碗面。他赶来时，车已经开动。他追车，司机没有看到来魁。天珍以为来魁已经走了就没向后看。来魁跑了两百多米才追上车，看来魁跑上车把面和水给天珍，天珍感激地说："我真想跟你回家！"

车走了，来魁站在那里望着，想起天珍一个人孤孤单单要走那么远的回家路，他恨不得跟天珍走。到这一步，他才知道，这一切的错都是他的错。凤伢子与天珍是没有错的。到现在他才知道天珍比凤伢子可爱！他后悔当初收留了凤伢子。

天珍带病回家，没到屋就在小卖部给来魁打来电话。来魁与念念悬着的心这时才落下。

现在是来魁最为难的时候，与凤伢子在一起舍不得凤伢子，与天珍在一起又舍不得天珍。来魁到开琼的楼房与她商量，这是他把脑袋想破的主意。"我想接天珍回来，看到她病恹恹的样子，我很担心她。天珍与凤伢子谁有难，我就选择与谁过。"

开琼说："那凤姐怎么办呢？她也不好过。"

来魁说："我有两种方法。第一是我与凤姐继续生活，天珍回来住老屋，你与她一起生活。"

开琼说："我与天珍姐可以一起生活。"

来魁说："第二种方法是，你把念念还给天珍，等她们母女在一起生活。我与你做一个试管胚胎，要你凤姐替你怀孕。她怀成功了，要她到腊香那里去生产，这样她就离开天珍了。"

开琼说："我也想到过要杨明琼跟我做一个胚胎婴儿，我还专门找过杨明琼。她说医院规定提取母体的卵就只能移植到同母体的子宫，不能移到别人体内代孕。"

来魁亮眼说："我都想好了，还是提取你的卵，在移植那天，你要凤姐代替你的身份去接受移植,你们是同模样的双胞胎,恐怕杨明琼也分辨不出来。"

开琼在思考。

来魁变诡异的笑脸说:"这样你就有了亲生的骨肉,又实现与我相爱的目的。"

开琼一本正经地说:"如果姐姐以后知道她替我怀的孩子是你的,我也没有好日子了。"

来魁说:"医院里是有精子库的,要杨医院告诉凤伢子说是用别人的。"

最后开琼说:"我知道有胚胎婴儿以后,我就想到要一个自己的孩子。一是没有一个心仪的男人,二是怕念念不同意。"

后来开琼把来魁的话告诉念念,念念果真不许开琼再有孩子!开琼准备请凤姐代孕的孩子在没有形成生命胚胎就流产了。

小孩子不愁长只愁养,兴一几天的时间就看到他会笑了。大人都很难分清大双小双,几个月的兴一就能分得清清楚楚;凤伢子抱他,他哭,开琼抱他,他笑。

秋收后念念就盼妈妈回来。总算妈妈打电话来说要帮舅舅卖板栗,还要过一段时候才回来。

一天开琼看凤姐一人在菜地,她走去说话:"姐姐,告诉我种菜。"

凤伢子说:"种菜没有什么巧,你跟队里的媳妇在一起玩,她们怎么搞,你回来怎么搞就行了。"

走近姐姐,开琼小声说:"马上天珍姐要回来,她再回来就不走了,你要有思想准备。我想了好久,我都准备把念念还他们算了。他们一家是多么渴望团聚,天珍姐为两个孩子的分离眼泪哭成河。我想好了,你有几个孩子跟我的孩子一样,我反正以后的积蓄都是他们的,我死了就靠他们把我拖出去火化。"

凤伢子大声说:"我没你这么善良。凭什么就非要还她!就跟买东西一样,当时不悔,这么多年再反悔,没道理。"她以前是怕妈才对天珍好,现在没妈,她就是老大。

开琼说:"将心比心,来魁爱你,你怎么跟别人结婚的。上次我去一队玩,一队的人都说是你不对。我们左家虽然没说你,他们也是清楚的。"

凤伢子气急地说:"她天珍又不是我逼走的,是她自己要走的。"

开琼心平气和地说:"你不能这么说的,话说回来,你当时不到他的家里,天珍姐就可以回来呀。现在我们的父母去世了,我们就是老人,我们不能给别人骂。你这样固执,不仅伤了天珍,更主要的是在伤来魁。你看来魁都白了好多的头发。在他身上再看不到一点少年的影子。你把他伤垮了,你的孩子要受苦的。你跟他离了把家给他们,来魁不会不管你,天珍姐也不会不管你的。"

凤伢子说:"我不会让步的,我没错。她每次来了我都要来魁去跟她,来魁不去,这不怪我。"

开琼说:"你离了,现在还好找一个。这么多钓鱼的有几个都没有老婆了。幺妈对我说过多次,她有一个远房的侄子,就是开车把小雨撞伤的那个司机现在一直是一个在生活,你可以要他来。"

凤伢子说:"我现在不是要一个男人,我现在是要跟孩子留住爸爸。他们都在读书,这是关键的时候。我都老了,还要男人冲茶喝!"

开琼说:"你只要说与来魁离了,我保证你还是一样的过生活,没什么区别。你与来魁是明地离了,暗地是一样的生活。天珍来了,人们知道你们是离了,天珍姐有站处,你的脸上也光彩。"

现在这地方大种棉花,原来的水稻田改成了棉花田。摘棉花这是凤伢子最拿手的活,她在江南做媳妇时就练成快手。她每天大早把牛带棉田边用铁桩定好让牛自己觅草,她下田摘棉花壳回家剥。如果牛到哥哥那一边,她每天吃早饭后到田里摘花。农庄交给念念以后,她下地干活的时候多了。

开琼天天给姐姐剥棉花,她家没种棉花。开琼想,要是天珍姐回来就好,三个女人围一圈剥棉花。

天珍背着一篓板栗到公路上，一脚趔趄踩空摔倒在地。小弟看到忙跑来把姐姐拉起来。天珍继续背上路。

晚上吃饭时天明说："姐，你回去吧。我再要收板栗就请乡亲们。你说把谷子收了回去的，都这么长时间了。"

天珍说："我走了，要担心你们的。我想跟你把黑桃收了就走。我们那里现在反正没什么事。"

天明说："我用钱请得到工人。现在不喂鸡了，我们也不忙。"

天珍思考一会说："天明，我想把你们都带我那里去。我们那儿是平原，以后有发展前景的。"

天明说："姐，你怎么想到这的，是不是来魁哥他们在欺负你？"

天珍说："不是的，你在这里亲戚不多，妈不在了，疼你只有我了。"

天明说："我过得好好，不用你担心。"

天珍说："我这次回去问过，到来魁哥那里迁户口容易。主要那里田多，好上户口。我有房子给你们住，那里很好的。你这里果园的开支大，太劳累了。"

天明的媳妇说："我不想去，在山里住惯了。"

天珍说："这里交通信息永远是落后的。你到平原看，多好，好多人都有了手机。"

天明说："我们这里马上就有手机信号了，我马上就会有电话的。"

第 76 章 比心

一天傍晚念念在抱孩子，手机突然响起，她听到是山里妈妈打来的。妈妈告诉她这是舅舅刚买的手机。妈问候了孙子，也简单问候了开琼和凤伢子。

开琼在厨房炒菜，听念念的话与妈有关；她知道是天珍姐，她上楼想与天珍说几句话，刚到念念的房间天珍姐的电话就挂了。念念把手机给妈妈，要妈妈再与她妈打电话；妈妈说算了，便转身下楼。念念马上把舅舅的手机号用短信给爸爸发过去。

来魁与凤伢子在电灯下剥棉花，来魁说："我们明年一亩的棉花也不种，撒一把谷算了。"

凤伢子说："你明年还要多种几亩田，因为你明年的大老婆要回来了，要跟她准备事做。"

来魁说："她是大老婆，你是什么？"

凤伢子说："我是长工。"

这时来魁的手机来了短信，他看后就把手机放一边。凤伢子问："谁的电话一响就挂了？"

来魁说："是念念的短信。她向我报喜说，她舅舅有手机了。"

凤伢子以为说的是她哥哥，因为念念把凤伢子的哥哥也是叫舅舅的，她说："有手机是什么稀奇，还报喜。他一个种田的要个手机干什么。不如跟牛配一个手机，指挥牛吃草，指挥牛回家。"

来魁说："念念说的不是丽丽的舅舅，她说的是小妹的舅舅。"

凤伢子明白以后阴阳怪气地说："你这下好，可以随时与大老婆说悄悄话了。"

来魁说："怎么一说到她那边你总是不舒服的。我来打个电话你当面听，你听天珍姐对你是什么语气。"

说完来魁照号码拨过去，对方响铃三下就接听了。先是天珍小弟接的，来魁与他问了果园情况。问到天珍时，小弟把电话给了天珍，来魁第一次听电话里的天珍好像与思念的声音有点不同。天珍电话里的话，凤伢子听得很清楚。

天珍问："你们现在忙不忙？"

来魁说："就是剥棉花忙，这时正在剥棉花。"

天珍的声音说："你们这里还没黑呀？这时还能剥棉花呀？"

来魁说："在家里的电灯下剥。"

天珍的声音："凤伢子在旁边吗？"

"她刚到渊边系牛去了。"来魁故意扯谎。

天珍的声音："你还是不喂牛呀？她一个女的又是家里又是外面多不容易。你们明年干脆不种田，你们有农庄有渊还有甲鱼，你们不种田也比别人的收入高。你种田只苦了凤伢子。你们不种田就没牛放了。"天珍说话时，来魁故意把电话靠近凤伢子。他一直盯着凤伢子的表情。

来魁说："你打算几时回来的？你说把谷割了就回来，现在都到十二月了。"

天珍说："我几时就想回来，想到凤伢子就有些退缩了。我来了她肯定不舒服。我想过，我与你不团圆都不要紧，我只望两个孩子在一起。前几天我身体实在不舒服，我到镇里一家个体医生那里看病，医生说我的病很严重。今天我到县医院检查是晚期血吸虫。医生听说我是在荆州做媳妇患的血吸虫，他建议我来荆州治疗，医生说在荆州有国家免费治疗晚期血吸虫病的定点医院。我们这里不是血吸虫疫区，没有专门的医院。我想还是回你的身边来治疗，你能接受吗？

516

我没钱,我不想连累小弟,我怕他们夫妻不和。"

来魁说:"你确诊是晚期吗?"

天珍的声音:"医生说——"

来魁没有挂掉电话,对方中断了声音。他说:"天珍那边没声音了,肯定信号不好。"来魁把手机放在棉花上,希望天珍再打电话来。这时的来魁有眼泪流出来,他自己不知道。他在电话里听到天珍说晚期血吸虫,他的鼻子就发酸了。他想起天珍刚结婚到他家里,栽秧扯草长期是赤脚赤手,自己跟她连一双泥靴都没有买过。

凤伢子想说阳奉阴违的话,看到来魁的泪水,她没响口。

来魁自言自语地说:"天珍姐得了晚期血吸虫,可能活不长了! 晚期血吸虫是不能彻底治疗的。"

凤伢子听说天珍要死了,她不是高兴,她的眼圈湿润了。她悲伤时鼻涕要比眼泪先流出来。来魁看凤伢子擤鼻涕,他知道凤伢子是为天珍姐伤心。

开琼抱兴一睡觉,不能全神看电视。念念也在看电视,开琼随口对念念说:"念念,你山里妈妈回来了,你还是跟你妈妈去生活吧。我这房子是跟你们做的,你们要住还是你们的。"

念念说:"妈,您不用担心,我妈妈只是渴望我与妹妹团圆,并不在意我是您的还是她的女儿。她把那段渴望的儿女情长度过了就渐渐好了,我还是您的姑娘。"

开琼说:"你妈妈回来,我把你还是归还给她,你做好思想准备。"

念念说:"只要你们好,我做谁的姑娘都一样。"

开琼说:"我就怕今后时间长了,这里面会有疙瘩。"

念念这时激动地说:"你们两个如果为我闹了意见,我就吊死算了!"

开琼忙说:"孩子,你怎么这么说呢。这种想法是千万不能有的!"

开琼以后再不敢在念念面前说这话,平时还特别注意念念的活动。她以前盼天珍姐回来,现在她怕天珍回来。她怕与天珍姐有矛盾,这样会导致念念有危险。元旦已经不远了,她想天珍姐元旦肯定是要回来的。

第二天来魁背地里跟天珍打去电话,要天珍赶快回来治疗血吸虫。

夜里,来魁与凤伢子辗转反侧睡不着。来魁关心地问了一句,凤伢子没理答。后来凤伢子说:"幺狗子,我想好了,天珍来了,我就与你脱离。腊香江南的玉姐在广州虎门开了一家服装厂,现在腊香他们两口子不知在那里过得怎样?她不会说不会听,只有我理解腊香的意思,我想去那儿照顾他们,我又能照顾孩子,又能在他们的厂里找点事做。我把田全给你们,田里收入是你们的,渊和团鱼的收入是我两个孩子的。你们以后只要把我的两个孩子当自己的就行了。以后丽丽成家,我就到丽丽那里去。等三万成家,我就永远有了着落。"

来魁说:"听你喊我幺狗子还是很感惊喜,听到你说的话更惊喜。过两天我把土豆叫来,他现在是队长,我想当着他们说一下这事。把我们离婚说明了,你到广州有相好的就可以与他来往的。要知道我最爱的人是你,你走了,我的人生也就走下坡了。天珍姐已经有病,说不定她活不到两年。她如果死了,你就回来。"

凤伢子说:"我晓得天珍姐要回来,我弹了两床絮,我明天拿过来。"

来魁说:"你不去广州,就在这农庄不行吗?她回来是治血吸虫的,她没有说与我复婚的话。"

凤伢子说:"我还是离你们远一点,我跟别人结婚是对不起你,现在我也应该让你们。"

来魁说:"你到广州可以,你要经常去看看小妹,小妹在深圳找了工作。"

凤伢子说:"我在那里过熟了就去看她。"

来魁说:"我反正不希望你到广州去。我们小时候就是在一起的,我只希望老了还是与你在一起。"

凤伢子决定到广州去还有另一个原因:她现在迷上了买六合彩的特码。她不会看码报,仅凭做梦和瞎猜。她没有中过大奖。到买码的那天她就睡不着了,她是既伤身体又伤钱。她已经输了很多的钱,那是她心疼肚疼的钱啊。她希望到广州去了可以把买码的赌瘾戒掉。

山青的媳妇会做馒头包子,他们在农忙时早晨卖早点,现在冬天不是忙月没有做早点了。他隔壁一家是下雨小弟的,他家世世代代弹棉花,现在开了一家轧花弹絮点。不过,现在听不到弹絮的音乐声,都是机械弹絮了。凤伢子前天背一袋籽花过来,今天她来拿絮,听说还没弹出来。

凤伢子出门回到农庄,她没看到来魁从开琼家走过来。

来魁快步走来说今天上街,凤伢子问他去做什么。来魁告诉凤伢子说天珍要回来了。早晨天珍打电话来说明天起身回来,他想买白水泥和油漆把老屋装新一下。他已经知道,天珍这次回来就再不会走了。

明知天珍回来,但听说天珍就要回来,凤伢子蓦地脸色愀然。看到凤伢子难堪的脸色,说明她的心里还是不希望天珍真有这一天!

这天来魁用白石灰与白水泥掺和成浆把老屋内墙刷了一遍。有人看见问他,他说:"山里姑娘要回来。"

这天晚上,来魁叫土豆、左开顺还有陈大姐到农庄坐。来魁在农庄对面把山青也叫过来。农村合作社时的老一辈现在没有剩几个人了,那是的年轻人现在已经成了老一辈。他们今天是来讨论凤伢子的事情。

几个人来到农庄大客厅,来魁拿烟给他们抽。来的人心里也清楚要说什么,这是很严肃的话,没人敢开玩笑。陈大姐要来魁把凤伢子的哥哥叫来。来魁要开琼先与他们说这话,他去叫大舅舅。来魁与舅舅来农庄的路上就把很多话讲了。他要舅舅搬农庄来住,与孩子们分开住。

其实这场小会很简单,就是来魁与凤伢子结束夫妻关系。凤伢子没来参加,她在房里抹眼泪。陈大姐来劝说凤伢子,这种安慰的话没有祖宗留下的成语,可陈大姐说的话叫凤伢子听起来心里舒坦。陈大姐的话里说来魁与天珍是结发的夫妻,然而天珍为了凤伢子把最年轻的时光给了凤伢子。

开琼对来的人这样说:"这是我们左家的事,不要让两个小孩子知道,丽丽明年大学毕业,三万明年参加高考。我以后会对孩子们有个交代的。今天喊大家来,也是来魁先商量我,我答应的。来魁的意思就是只把与天珍姐的婚姻保住,农庄和鱼池的收入还是姐姐的,田里收入是天珍姐的。今后所有财产归孩子们。来魁和以前一样供俩孩子读书。再说天珍姐的小姑娘刚到深圳上班一个月就是几千块的工资,他们家不缺钱用。把这话说明以后,凤姐以后自由了,有适合可以再找一个。你们有什么好的意见没有?"

凤伢子的哥哥说:"天珍回来以后同不同意幺狗子和以前一样供孩子们读书,所有的财产归孩子们?"

开琼说:"天珍姐的为人我是清楚的。如果她不同意,就让她一个人过,凤姐不与来魁哥离婚!但老屋和田有一半是天珍姐的。"

土豆说:"这要等天珍来了再说还是清楚一些。"

开琼说:"天珍姐什么话都与我讲过,我可以代表她了。"

哥哥说:"幺狗子还是偏向天珍的。"

开琼说:"哥哥,你从哪一点看出他偏向天珍。天珍姐走的当年就要回来过年,是凤姐要来魁写信不让天珍回来,天珍姐才没回来的。天珍等两个孩子团圆一等就是十九年!十九年,她一个女人容易吗?我还告诉你们,天珍姐回来,我把念念还给她。"

哥哥说开琼:"你不是疯子就是傻子!"

左开顺说了一句:"一步错步步错,一个人错人人跟着错。事情已经到了这一步,都朝好的那一步去想吧。"

来魁听左开顺这句话,他觉得正是自己要说的。他补了一句:"天珍姐已经是晚期血吸虫病人,估计她活不了多久。我最终还是与凤伢子一起过的。"

土豆说:"你反正是脚踏两只船,吃着锅里,护着碗里。"

第77章　回家

很早天珍起来做熟早饭,看小弟他们没起来,她带上火纸到了妈的坟跪着说:"妈,我要回去了,回到那一个您没看到的地方。以后我来的机会就少了,请你原谅。"

天明知道姐姐到妈妈的坟上来了,他找来时,天珍已离开了坟头。姐弟一路走回家。姐说:"我走了,今年过年就不回来,你带孩子到我那里玩。明年过年我回来玩。我还是希望你们到我的身边去,免得我挂念你们。"

天明说:"我过得好好的,不用你挂念。你到那里有人欺负你,你就跟我打电话,我去收拾他,我要那里的人看到你娘不是好惹的。"

天珍说:"我走了,你不要与人讲什么狠呀,什么事都要用心平气和去解决。一时的冲动就是一辈子后悔。我担心的就是你这脾气。"

吃饭时,天珍对弟妹说:"家家(弟妹的名字),过年时你们一家到我那里玩,看看平原。"

弟妹说:"好。"

吃饭后,天珍把两个蛇皮袋提出来。两个鼓鼓囊囊的袋子一个是她的衣服和鞋子,一个是小妹的衣服和鞋子。回娘家是两个袋子,这回婆家还是两个袋子。她一生的命运就在这两个蛇皮袋子里!她前几天就与相好的乡亲们说过要回去的话,今天就不用再说了。她把自己的病情没有告诉小弟,乡亲们都不知道她患有晚期血吸虫病。这里的人还不了解这种病。

姐弟俩到了省道,小弟要站在原地等车,天珍要朝镇方向走。快到昭君故里还没从后面来车。天珍走一会要朝后面望一眼,小弟以为是姐看有车来没有,其实是天珍对这里的山水依依不舍。

到了高阳,天珍想与小弟在香溪上照一张相。

他们照相以后,天珍说:"我怕你过年不到我家,所以照一张相,要你过年给我送去。我那家,以前要是有娘家人去过,我也不会走这一步傻棋,把家给别人十几年。"

小弟说:"今年春节我一定到你家看看。"

天珍上了开往宜昌的客车。车没过多一会儿就启动了。外面很冷,小弟站在寒风中等车走了才离开。小弟最后的影子一直印在她的脑海里⋯⋯

沙市的长途车站,来魁送凤伢子到广州虎门。来魁在卧铺车上把凤伢子安排好。凤伢子说:"我不管你的,如果我过不好,过几天就回来的。"

来魁说:"我这一辈子哪敢不听你的话,你要几时回来都可以。我陪天珍只是看病,我与你还是夫妻。我只有与你才能走到最后的!"

凤伢子说:"你早把哥哥他们接农庄来住。鸡笼门每天要挡住,怕黄鼠狼吃鸡子。新鸡子还有十三个,大鸡子还有二十八个,过几天你还是清一遍。"

来魁说:"家里不用你担心,你只把你照顾好就对得起我了。在车上多吃少喝,如果晕车,早一点吃药。我一直联系那边,要他们早准备接你。"

凤伢子说:"我不晕车。"

来魁说:"我是真舍不得让你走的。我可以不要天珍姐,我不能不要你的。"

来魁的话着实让老实的凤伢子感动。在来魁的心中还有另一个凤伢子(开琼),如果没有开琼的存在,他是绝不会让凤伢子离开的。

天珍到宜昌,她没吃没喝赶上最后一班去沙市的客车。她抱着两个袋子挤上了车。她还没有坐稳,车开走了。看着窗外从高山到丘陵,她从回望的留念变成向前看的期盼。

车到沙市，街道上的路灯已经亮起。她抱着像命的两蛇皮袋子来到餐馆，她借餐馆的电话给念念打过去。念念在电话里说爸爸今天去沙市把大妈送上去虎门的卧铺车。念念要妈妈租一辆的士回到家。

天珍要给电话费餐馆老板，人家没要她的钱。她不好意思，便在这家餐馆吃了一顿饭。

炒了一盘看不上眼的藕片，她大口地吃起来。她一直在犹豫是租的士回去还是住旅社明天再走。通过几番算账，明天回家要便宜很多钱，她决定住旅社明天回家。

出了餐馆她抱着袋子到一家旅社问过一夜要二十元，她想多走几家，货比三家不上当。她看到有一出租车停在路口，她走近问，女司机要一百元。她站在路灯下犹豫。由于归心似箭，她觉得还是坐的士回去。她抱着两袋子又来到马路上招手。一个男的士司机看天珍不像有钱人，开了七十元的价。天珍高兴地上了车。在车上她们的交谈渐渐亲热起来。

车很快就到了古井，来魁与开琼和念念在门口等着。车停稳，天珍在结账时，念念赶去结账。天珍先下车，然后再拿出两个袋子。念念问妈妈的士要了多少的钱，天珍说："七十，开始一个女司机还要一百。"

来魁迎上来说："这晚上要高一点也正常。"

开琼走来问："天珍姐，还没吃晚饭吧？"

天珍说："我在一家餐馆打电话，老板蛮好没要钱，我不好意思就在那里吃了饭。今天运气好，没等车，上车就下车，下车就上车，一天就到了！"

来魁提起两袋子向老屋走，他看了袋子说："这好像还是原来你走的两个袋子。一个装着过去，一个装着现在。"

天珍想先看看小孙子，她与开琼去念念住的楼房。冬天的晚上人们都焖在热被子里看电视,没一个知道天珍回来。天珍快步上楼,她抱起小孙看,小孙长很大了,只是脸上的胎毛还没完全退去。

很晚来魁到农庄睡觉,天珍与开琼就在开琼的家里睡。天珍相信凤伢子去了南方,她好像有些愧对凤伢子的感觉。虽然这是她的希望,可她还是很内疚的。她回来之前考虑最多的是现在自己的身份,她是来魁的老婆,那么凤伢子就不能再是来魁的老婆了。只要这里没有凤伢子,她就等于完全回家了。

第二天在开琼家吃早饭,来魁也来吃饭。来魁说凤伢子走了,他吃饭的问题只能是打游击。天珍说:"你把老屋的灶修好,我来做饭!"

早饭后,陈大姐和几个乡亲们来开琼家与天珍说话。都说天珍变憔悴多了,可天珍的高兴总挂在脸上。她笑着要乡亲们到家里坐,嫂子们说来魁换老婆的玩笑。现在凤伢子走了,什么玩笑话都是可以说的。

天珍在老屋里收洗了一天。来魁安装了卫星电视。这天傍晚中断十几年不冒烟的厨房又升起淡淡的炊烟。有了炊烟就是家,晚上来魁和天珍在一起吃饭。白菜炒肉的味道跟他们以前在一起生活时的味道还是一样的。

饭后,天珍收洗锅碗,然后烧水要来魁先洗。来魁要与天珍一起洗,就跟刚结婚那样。

来魁问天珍:"你昨晚怎么不和我睡的?"

天珍说:"一是要注意开琼的感受,二是想到你前一夜要与凤伢子话别,我不想让人们看到我对男人的渴望。"

来魁说:"我对临走的凤伢子说,'你以前嫁给别人是对不起我,现在我与天珍重新生活是对不起你。我们俩的对不起走平了'。她走了,她能理解。她思想的转变与开琼的劝说还是有一点关系的。我希望她对我发火,她没对我发火。"

无论是天珍从这家里走,还是凤伢子从这家里去,关键的原因就是开琼的存在。来魁原来让天珍走就是想与开琼生活,现在让凤伢子走就是想以后与开琼可以偷情了。他与凤伢子生活,开琼就不敢与他偷情。他与开琼虽然早破了脸,在农庄他有机会找开琼,可开琼没答应,原因就是她与凤伢子是亲姐妹。如果不是想与开琼卷土重来,他怎么会舍得让凤伢子离去。所以说,天珍的离去与天珍的回来都是开琼在起作用。

天珍说:"来魁,我真没想到我这一生还有今天的。要是生活还能从我们分手的那天开始那是多么的幸福。我的婆婆还在,我的两个姑娘大的五岁,小的两岁多……"

来魁说:"现在把家还你,把孩子还你,都是开琼的努力。没有开琼的劝说,凤伢子是不会完璧归赵的。开琼说她想把念念还我们——"

天珍打断来魁说:"昨天开琼与我讲过这话。念念的话不要再说,是开琼的姑娘还是我的姑娘都一样。念念对开琼说过,我与开琼之间为了她有矛盾,念念就要死的。所以以后少说念念的话。开琼说今年念念在我们家团大年,在她家团小年。"

这正好让来魁说这句话:"你以后怎么都要对开琼好,不能与她有意见。"

他们说到动情时,来魁问天珍:"这么多年你是怎么一天天度过来的?"

天珍轻松地回答:"苦不苦,想想长征二万五;累不累,想想革命老前辈。我看过讲述毛主席的战友贺子珍的故事,我真敬佩她!贺子珍老人经历了人生的至爱至悲和至苦。看了她在长征和苏联的经历,没有什么日子不能走过去的。"

来魁说:"你的苦换来的是我的幸福,我对不起你!"

天珍说:"贺子珍与毛主席有两种关系,他们是战友也是夫妻。我与你也是两种关系,我们是姐弟也是夫妻。"

第 78 章　治病

第三天,来魁把天珍带到沙市免费治疗血吸虫的医院。在红门路他们找到了那家医院,可医院的领导说要有市血防站的证明。天珍没有身份证,医院不接受。

来魁与开琼打电话,开琼答应跑证明。来魁不想耽误天珍的病情,他要自费治疗。他要把天珍带回到河口镇血防医院治疗。

他们回到镇血防医院。幺儿给天珍抽血,看到张天珍的名字,她这才相信自己的名字与胡来魁的媳妇完全相同。

张梅用 B 超看了天珍的肝脾说:"你以前没有治疗过血吸虫病吗?你的肝已经很严重了。"

天珍回答说她一次都没有治疗过血吸虫病。

天珍输液时,她的脸色很不好看。她知道自己不得病,要得病就是大病。

来魁守在床边,他看到天珍颓废的样子,他把手伸进被子里抓住天珍的手温柔地说:"这些年辛苦你了,你的寂寞和痛苦我是知道的。你把我们的苦都吃了!"

天珍没有看来魁,她盯着天花板上像葫芦型的图案说:"我小弟家有鸡子有果树天天都有事,我每天是忘我地工作,我好像不知道自己的存在了,哪还有什么寂寞和痛苦。"

来魁低头说:"我们的分开,我是有主要责任的。"

天珍看着来魁说："过去的不说了，都有对和错。年轻的时候，哪有不出错的。我也有错，这些错使我们追悔年轻时候。以前想你们，今天又想小弟了。我的病如果治不好，我要死了，请你为我做主把我的有用器官卖掉，我想为小弟留下一点遗产。主要是因为他不是我的亲弟弟，我要为他有所牺牲。"

来魁制止天珍的话说："你想哪里去了！"

开琼给天珍办免费治疗的手续，她发现天珍没有身份证。没有身份证，什么事都不好办了。

天珍在血防医院，来魁不弃不离。左家人听说天珍回来就住院，都很同情天珍。陈大姐与连英准备到医院看天珍。来朋的媳妇知道邀胡家媳妇，其中有王德秀，她们一伴七人到了医院。天珍很是感动，这方面的客气话她还不会说。天珍要来魁到餐馆定一桌饭，她要留她们吃饭。她们没有吃饭，每人给了五十元钱就走了。陈大姐与连英每人给了一百元，她们都没有吃饭。

来魁的三个姐姐知道天珍回来就在血防医院住下来了，都来看望天珍。天珍住院没有舍本，他们还赚了钱。医院这个地方是体现亲情的地方。这段日子天珍睡在医院，有来魁一直在身边，这是她与来魁最恩爱的日子。失而复得的婚姻，她懂得了怎么珍惜。

凤伢子打来电话说她在那里过不好，吃不习惯，睡不着，她说要回来。来魁劝她过些天就慢慢习惯的。凤伢子就是想要回来，来魁只有撒谎说："现在上面大抓计划生育，对没有结婚证超生孩子的人要抓起来拘留。你不怕公安局就回来。"他对凤伢子这么说也是有原因的，因为他听说上面正在抓这方面的工作。

天珍住血防回来第三天，农庄杀年猪。天珍第一次到农庄做饭。农庄的瓷砖灶台，那是凤伢子的。她有鸠占鹊巢的感觉。这也算与凤伢子打了平手。

那天凤伢子的哥哥一家都去了，开琼一家也在农庄玩。来魁怕哥哥怀疑他把农庄的钱财洗到天珍的家里，他早把开琼的哥哥接到农庄住。

天珍以前考虑自己的身份，她现在是来魁的老婆，那么凤伢子就不能再是来魁的老婆了。经过住院回来,她知道了晚期血吸虫是不能治愈的,自己随时都有可能离开这个世界,所以她对自己与凤伢子的关系不在乎什么了。自己不会长时间与来魁在一起,凤伢子也不会再与来魁长时间生活了,来魁会处理这些关系的。如果要逼来魁做决定,那是给来魁为难,也是给凤伢子的难堪。

来魁与天珍上街买生活小东西。农庄多的是筷子碗,天珍不想要,她要到街上自己买。她知道农庄的财产是凤伢子的,这都是开琼告诉她的。

下午,天珍拿锄头到门口菜地除草。想到凤伢子种的菜,她在内心始终对凤伢子有一种愧疚。要是社会观念允许,她与凤伢子同时做来魁的老婆,她是无所谓的。

她要来魁带她去看现在属于她的几块田。这里的土地经过第三次重分,天珍和来魁原来的田现在成了别人的。他们来到原来那条老河的地方,那老河填埋成了麦田。消失的老河如消失的青春,思念与爱情是不能填埋的。她与来魁走在熟悉的田野,她讲的话全是过去在这里与来魁发生的故事。

看了麦田的草,天珍要来锄草,来魁笑她说现在都是化学除草了。来到原来的禾场,现在成了苗田。别人的苗田空着,来魁的苗田是油菜。来魁告诉天珍,他们明年没有棉花田,全是他早年去兴山学回来的撒直播。天珍要明年种两亩的棉花,都知道这里棉花比水稻经济价值高。

这些天是天珍最幸福的时候,这种幸福是用十几年痛苦的煎熬换来的!

一队的连英两妯娌到天珍家玩,天珍找来陈大姐与土豆的媳妇陪她们打麻将。晚上都在天珍家吃猪肉饭。来魁与天珍的老屋好久没有这样热闹了。天珍用山里的方法做的猪肉菜,几个媳妇都说好吃。

天珍用三天的时间把苗田的油菜草锄完,以后她就跟陈大姐学打麻将。

一天下雨和三英来到开琼的家。三英把十几年愧疚向开琼哭诉。开琼没让三英说完,用亲切的话语安慰三英。几十年她们没有见面说话,现在好像是陌生人了。

下雨说:"我们今天来主要是告诉你的一个好消息,朱章明得肺癌就要死了。"

开琼说下雨:"你还是这么一张乌鸦嘴呀。"

下雨说:"人要死是没办法的。他不想死,他天天只想见你一面。他的爱人都能理解他,所以要我来求你。"

开琼说:"他害了我一辈子的幸福,我不想见他。"

下雨说:"他要死的人,请你不要再恨他,他肯定还是有重要的话对你讲。他不想让你恨他到死,你去让他看一眼吧。"

开琼问:"他是在家还是在医院?"

三英与下雨异口同声说:"在三医。"

开琼说:"我不肯定,明天我要去沙市接姐姐的儿子,我兴许去兴许不去。"

胡三万要放寒假,来魁与开琼去接。是凤伢子在家就不会接他,因为凤伢子离开,来魁与开琼都心疼这个没妈的孩子。

开琼今天主要是想到三医院看看朱章明。她和来魁坐在客车上,车到原四队门口,有推土机在平土窑。她看到,偷偷哭起来。算农历今天是梅梅的生日,梅梅掩埋的地方却要改变。一个子女在母亲的心中占据多大的位置。梅梅去了这么多年,母亲没忘记女儿的生日。每当她走在公路上经过土窑这段路,虽然隔着一条河,可她每次心中都有女儿;几十年来每次都有,这就是母亲!想到女儿,她更坚定今天看一眼朱章明。

来魁与开琼来到三医,开琼称了几斤苹果。开琼走进住院部,来魁说在门口等她。开琼经过打听找到朱章明的病房。她进去,朱章明的小弟与亲属都出去了。

朱章明在病床上颦蹙双眉看样子已病入膏肓,他看到开琼进来,认出是开琼蓦然破颜为笑,他说:"你终于来了,我今后死也就闭眼了。"

开琼冷冷地说:"一个大男人要死了想见前妻要现在的妻子去求情,我为三英行动感化而来的。今天我来在你们四队窑场看到推土机在推窑,你告诉你家人要他们把梅梅的遗骸处理好。这么多年,我没忘记梅梅。"

朱章明颤颤巍巍地说:"我觉得要死了只对不起一个人,那就是你。我想最后看你一眼。我没想到你会来,你真来了,我看一眼死而无憾了。你今天不来,我就准备给你写一封信,表示内疚。现在我才发现你是一个最纯洁正派的女人,我后悔晚矣。我该死,这是我的报应!"

开琼说:"你还能写信? 看来你不会死呀。你现在才知道我,可惜大势已去了。婚姻是你的时候你不珍惜,婚姻不是你的时候你才知道珍惜。"

朱章明又说:"你这么一个漂亮的女人, 从年轻寡居到现在没半句风言风语,这是你的伟大。我与三英有孩子实指望她生了孩子准备抱回家与你养着的,没想到她对我威胁,我才不得不与她生活的。感谢你这么多年为了坚守与我的婚姻没有再找男人。"

看样子朱章明一直认为开琼没再结婚是在尊重与他的那段婚姻,开琼没有向他解释,让朱章明带着这种美好的想法走向人生的尽头也死而无憾了。

开琼说:"好了,我要走了,来魁在等我。"

朱章明拿出一千块钱要给开琼,开琼没要。朱章明说:"这么好的一个女人只我得到了,我高兴。这是我最后一点心意,你拿去自己小用吧。钱对我已经没有价值了,你拿去,这里面有我对你的忏悔。"

开琼接过钱马上就放在朱章明的床上说:"好,我收下,只当我看你了。我要走了。"开琼出去。朱章明的亲人赶忙进来。朱章明对小弟说:"这些钱是开琼看我给的,怎么好要她的钱,你快赶去给她!"

朱章明的小弟真以为是开琼送来的钱, 他抓起那把钱赶出来喊:"开琼姐,哥不要你的钱,怎么好意思要你破费。"

开琼怎么也不要,小弟还是给她了。尴尬的开琼不知怎么做为好,她想把这钱给三英的儿子,这钱她是不能要的!

来魁与开琼来到学校,他们见到了胡三万。开琼问三万认不认识朱章明的儿子,胡三万说他们在一个学校。开琼把一千块钱给胡三万,要他一定把钱交到朱章明的儿子手中。

回家的路上开琼告诉胡三万,说他妈妈去大姐那里打工,过两年才回来。来魁跟儿子讲念念姐的山里妈妈回来了。小孩子没见过这种事,也不要懂得里面的复杂关系。不过大人们的感情波折在孩子们的内心总是会留下阴影的。

当人们开始数着过年的日子,天珍就开始数着小妹回来的日子。好多农家开始忙年食,天珍不忙,她要等小妹回来再做。

现在有电话,小妹回来的那天遇上一场赶路雪。来魁在电话里要小妹在沙市坐出租车到谷井二组。一家人在公路边开琼的家里烤火,等小妹坐的士回来。

第 79 章　春归

有一辆红色的出租车开到农庄,车门打开,下来一个长发姑娘。姑娘穿得很单薄,不像是下雪天的穿着。看那姑娘提着行李不知怎么走,东张西望的样子。来魁大声喊小妹时,姑娘抬头看了一眼,她更加忸怩不前。看到很多人向她走来,她找到一张熟悉的脸。那张脸是每年回家在山里时才能见到的母亲。她大声叫"妈妈"。

这里的人对小妹都没印象了,两岁的记忆太遥远。来魁走前面给她拿旅行箱,小妹亲切地叫一声:"爸爸。"小妹红着脸,总觉得刚才把爸爸的读音没有叫准。

来魁说:"我们今天都在盼你回来。你穿这么单薄不冷呀?"

"不冷。"小姑娘的声音不像是山里口音。

开琼走来说:"小妹呀,你妈在哪里,你的家就在哪里。每年回山里,今年到这里还不习惯吧? 二十年前你就出生在这里呢。"

天珍说:"叫小妈。这就是你念念姐的妈。"天珍这么介绍不是因为小妹不认识开琼,她是怕小妹把开琼当凤伢子。

小妹对开琼叫道:"小妈。"

开琼甜蜜蜜地答道:"欸!"

念念走来也甜蜜蜜地叫:"小妹。"小妹原来是有小名的,由于从小分开,那个小名没有用过,现在也不会再用了。

小妹用"姐姐"叫声作为回答了念念。

念念与小妹到后面的老屋,开琼只得回家看孙子。天珍向小妹讲她离开时这里的样子。

天珍问小妹说:"你回来之前到丽丽的妈妈那里辞年（拜早年的意思)没有?"

小妹说:"我根据爸爸的手机短信地址找去的。"

天珍问:"你见到她,你喊人没有?"

"头次见面喊什么呢?"

天珍着急说:"我不是告诉你了,要你叫大妈。你姐把她叫大妈,你也一样叫她。她对你的样子热不热情呀?"

"我要走时还蛮热情的。"

快到家,有人听说是天珍的小姑娘回来,乡亲们跑出来看。看到比天珍还高的小妹,都不敢跟她两岁多时的样子比较起来联想。好多老人都忘了小妹离开这里时的模样。萍儿的妈走来喊"小妹",十几年的时光好像喊回来了。

天珍要小妹叫"奶奶"。小妹立即面对萍儿的妈叫"奶奶"。

陈大姐来说:"小妹再让我抱抱吧,小时候我是经常抱你的。你对这里还有点印象没有?"

天珍向小妹介绍说:"这是陈大妈,小时候常抱你的。"

小妹对陈三秀叫道:"陈大妈。"

他们进屋时,天珍对婆婆的遗像说:"妈,您的小孙女回来了,您看好高一个人了。"天珍说这话时眼睛酸得像针刺,她忍住泪水。

来魁找来木材在堂屋里燃起大火。乡亲们围在火边说话,没那么多椅子,有人站着。小妹把开心果拿出来发给大家吃,很多人没吃过这玩意。天珍到后面厨房烧火炒菜做饭,她要来魁接开琼他们来这里吃晚饭。

来魁去开琼的家,开琼说:"头一天,等你们一家人在一起吃个团圆饭吧。明天我带三万去吃早饭。"开琼要女婿也不去,国忠很理解妈妈的意思。

晚上吃饭只有这原来的一家人。四方桌一人一方,念念与小妹邻角,来魁坐上位。已是满桌的菜,天珍还在厨房与饭桌两头跑。吃饭时天珍深有感触地说:"早就盼一家人这样在一起吃饭,我还是想到了!伢子们搛菜吃呀,多吃点菜!"

晚上念念回家,小妹与父母坐一张床上斗地主。电视打开他们没看,电视机在一旁自己放给自己看。来魁当地主一次也没赢,他们打一块钱的,炸一下要两块,炸两下要三块。来魁输了三十几块,小妹一个人赢了。天珍输得最多,但她输得高兴输得温馨,输比赢对天珍来说还高兴。

夜里他们睡在一起:小妹与妈睡一条被子,来魁一人睡一条被子。天珍希望这一觉不是睡到明天,而是睡到十六年前。

第二天,天珍起得早。她拉牛喝水以后,然后挑稻草去喂牛。做饭前她去念念家要开琼早晨把孩子们都带过去吃早饭。来魁起床洗漱后,在堂屋中间昨天的灰烬上又烧起火来。谭国忠与胡三万跑来时,胡三万对小妹叫了一声姐姐,小妹对谭国忠叫哥哥。开琼把孙子用几层衣服裹着与念念走来。来魁迎上前抱起孙子,开琼到厨房帮天珍姐烧火。

这么多人吃饭时好热闹,来魁与小谭整了一点小酒。天珍要开琼到农庄把凤伢子收获的黄豆和绿豆过秤后拿来,她准备打豆腐做豆饼孩子们吃。因为丽丽明天要回来,让丽丽赶上吃热锅豆饼。

孩子们在火边学打麻将。开琼与来魁换班抱孩子。天珍把两种豆子用水泡起来,豆子是去了皮的。三九天看到冷水身上都冷飕飕地发冽,看天珍时不时用手与冷水接触更感到凛凛冽冽。

来魁把豆子拿到山青家用电磨磨成浆,回到家搓手跺脚喊冷。天珍只好要他把陈大姐叫来帮忙。中午热腾腾的豆腐脑出来了,天珍一碗碗放很多的白砂糖给堂屋里的乡亲们端着吃。天珍笑脸不停,嘴巴甜得能刮下三两白砂糖。

丽丽回来就在农庄,她不愿到老屋来。家里的爸爸没变,妈妈变了。来魁来农庄要丽丽到老屋去玩,倔强的丽丽不肯去老屋。天珍能理解,这肯定是丽丽妈妈的意思。天珍盛了三大碗热豆腐脑要来魁与开琼给凤伢子的哥嫂和丽丽端去。

丽丽还是不肯叫爸爸,她对开琼叫了一声姨妈。来魁把豆腐脑送给哥嫂就回去。丽丽不肯吃,开琼劝她:"趁热快吃! 你大妈(天珍)听说你今天要回来,算着时间跟你做的。明天大妈又为你们做豆饼吃。"

丽丽说:"她又不是专门为我一个人做的,还不是为小妹做的。"

开琼说:"小妹是谁的小妹,不是你的小妹吗? 他们听说你回来都来喊你,你就怎么对他们不热乎呢。你们都是同父亲的亲姊妹呢。"

丽丽在落眼泪,没说话。

开琼小声说:"你不是腊香姐爸爸的姑娘,你是念念姐爸爸的姑娘,你妈没对你讲这话呀?"

丽丽说:"我知道。"

开琼说:"你知道了还这么赌气呀。快吃! 快吃了,我跟他们把碗拿回去洗。你跟我一块到他们家玩!"

开琼用调羹把糖掺和均匀端给丽丽吃。丽丽开始慢慢地吃起来。这时哥嫂把洗好的空碗给开琼送来。

开琼问丽丽:"你与妈回来时通电话没有?"

"打了电话的。"

开琼说:"你妈她现在还好吗?"

"妈现在也在上班,一个月三千多。她什么都学会了。哥哥姐姐不让她上班,她自己要上班。我明年毕业了就去妈那儿。"丽丽掏出手纸擦鼻涕,她想到妈今年不能与她过年很伤心。

开琼说:"孩子呀,你是受过高等教育的。你爸,你妈,还有小妹的妈,他们对你们没有错。那个时代他们把个人的感情跟传统思想结合才有了你们今天这种

535

关系,你们是不应该责备他们的。你大妈跟你妈都是一样亲的妈。"

听四队有不断的鞭炮声,有人说是朱章明死了。开琼听到消息好像无动于衷的,她静下来只是叹自己孀居的命:就是不与朱章明离婚,今天也是一个断扁担的寡妇!

世间男女走到一起不是天意,是偶然地选择;男女从一起走向分离那才是天意,那是必然地抉择。

春节像大船渐渐要靠岸了,来魁的心想到了凤伢子。他给凤伢子打电话,他们接通说不到几句话就听凤伢子的骂声:"你个狗日的现在快活,老子在这里过不好,马上就回来的……"他总是那句话:"天珍姐现在到了血吸虫晚期,她活不了多久的,把你委屈几天。"

他过年时不能没有凤伢子,年味对他来说就是凤伢子的味道;所以他很想凤伢子,渐渐走近的春节好像凤伢子的回航。

凤伢子是年,是来魁童年的年。天珍是年,是来魁成年的年。从与天珍分手以后,来魁就怕过年,现在与天珍过日子他也怕过年了。一个人活到怕过年了,这年还有什么意思!

腊月二十六有鱼贩子要来魁拉渊里的鱼。来魁用两头牛拉网,喊来几个乡亲们抬鱼。渊里的收入本不该给天珍,可天珍像自家的事来帮忙。来魁过磅,丽丽记账。帮忙的人把渔网收好,每人送一条大鱼回家。天珍浑身有泥,衣服湿半截,她没带鱼回家,牵一条牛回家。

来魁与丽丽算账,有一万多块钱来魁交给开琼手中。这是凤伢子的收入,凤伢子在走之前要开琼把笔钱替她存起来。

来魁看到与开琼有单独说话的机会,他终于说出羞于出口的话:"开琼,现在天珍姐回来,她的田少,你是不是把原来分她的田还给她?"

开琼的脸相陡然变得瘆人,她提高语气说:"我几时分了天珍姐的田呀?"

以前的农田要交工粮还要上水利建设，人们都不想要多田。现在农田不上水利建设也不交工粮了，据说国家要在这里搞开发建火车站，现在这里的农田成了金田，所以没有人肯把田再给别人。也是因为农田问题很多原本友好的农户之间变成了仇人。开琼从未想过种了天珍的田地，当来魁说这话她才这样愀然作色。来魁知道天珍回来就想到要田，也是一直欲言又止，今天有机会他想说出这话。看开琼陡然变得像凤伢子似的，他冷静地说："当时分田时我说过把天珍的田给你们的。天珍现在回来这里，她的田是她赖以生存的保证。"

开琼说："我当时分田时没有听说你把她的田给我！我是看念念长大要招女婿进来才多要了一个劳力的田。"

开琼以为来魁一直护着她的家，现在天珍回来，来魁护着的还是天珍，这是开琼心里不舒服的原因。她想如果自己与来魁结婚了，现在的来魁肯定要站在她这一边说话的。现在来魁是与天珍为一家人了，来魁当然要卫护天珍说话。开琼的这四亩多田凤伢子以前也要过，现在凤伢子走了，来魁以天珍的名义继续向开琼要。开琼把硬话说前面了，是谁也不给！这一块田现在成了这三个女人的矛盾。来魁这个大男人没有成为三个女人的矛盾，四亩多田竟然成了她们的矛盾。

来魁反驳："分田时国忠还没有来，他怎么能分到田？"

开琼也反驳："那时分田可多分也可以少分，我想到家里要新增几口人才多分了田。你现在怎么说出这种伤感情的话！念念还是你们的姑娘，你不觉得害羞？"

来魁低下头说："天珍的田少了，她在这里就无法生存下去了。你凤姐原来答应只要农庄不要田的，现在她打电话回来说她的田不给天珍了。现在只有我的四亩田给天珍姐。四亩田一年过生活都困难。我们这里哪家不是十大几亩，你家快有二十亩。"

开琼问："姐姐的田不给你们给谁？"

来魁说："她的意思是说把田给我与天珍种，每亩田一年要交三百块钱给她，今后还要涨价。"

开琼说："你与她们把家还分那么清楚吗？"

来魁说："要分清楚的，谁都与钱亲！"

从此，来魁与开琼无形中有了一种阴影隔阂。以前来魁与凤伢子生活，开琼与来魁为爱有阴影；现在来魁与天珍生活，开琼可以爱来魁了，不承想到为田的问题开琼与来魁又有了阴影。

第 80 章　团圆

　　今年的冬天跟去年的冬天一样,今年的年底与去年的年底不同了。来魁与天珍坐班车上街办年货。他们在家用纸条写好菜单,该买的,可买可不买都买回来,应有尽有。

　　丽丽一直在农庄与舅舅他们一起生活,她每天睡在妈妈的床了。胡三万住在念念家里,他跟往年一样高兴,他想在哪边吃饭就在哪边吃饭。

　　腊月二十九,开琼烧团年饭把丽丽叫来团年。看到凤姐的两个孩子没有妈妈,她还是像抱鸡母一样的凤姐心疼孩子们。

　　念念小两口抱孩子,丽丽帮姨妈端菜,胡三万拿着大圈鞭站在门口等燃放的命令。菜上满桌以后,开琼抱起孙子要三万放鞭。放鞭等于到了三万的一亩八,他就喜欢放鞭!等鞭声响尽,硝烟消失,大家人抱桌吃饭。谭国忠要三万喝点啤酒,开琼只许他少喝一点。

　　饭吃完了,丽丽给远在虎门的妈妈打去电话。妈妈说腊香姐一家没回来,陪妈妈在虎门过年。听妈妈说想丽丽和三万两个孩子,随后妈妈在电话里的声音就是哭腔了。丽丽也开始抹眼泪。

　　开琼忙拿起丽丽的电话对姐姐说:"你放心,两个孩子在我这里过年,他们好好的。年后,我就带他们到天珍姐家里玩。你不要哭哭啼啼的,丽丽知道心里更不舒服。"

　　大年三十早晨,开琼要念念把小谭和兴一带老屋与天珍妈妈吃团年饭。她说:"你妈妈回来就是盼这一天,所以我们就昨天把年团了。你妈妈肯定要来喊丽丽和三万去吃饭的。你就说是我说的,不要他们来,让你们一家好好吃一顿团圆饭。"

来魁在农庄抓来两只鸡杀了,天珍要来魁把买来的红对联贴上。堂屋里一边是北京风光年画,一边是电影《甜蜜的事业》年画。来魁把堂屋里发燃一堆火,这是原来过年的标志。念念他们过来了,天珍抱了一会孙子准备烧团年火。

天珍问念念:"念念,你最喜欢吃什么菜? 我今天就跟你做。"

念念说:"我喜欢吃红薯烘鸡子。"

天珍一笑说:"这不是一碗好菜。"

她马上吩咐来魁到台上找哪家弄两个红薯回来。她又去问小妹:"小妹,你最喜欢吃什么菜,妈今天也满足你。"

小妹说:"我喜欢吃妈用油炸的土豆丝。"

妈说:"瞧你们两姊妹喜欢的菜没跟上现在过年的高档菜!"

天珍要来魁去通知开琼,要他们今天不烧年饭,带丽丽和三万过来一起过年。念念这时把开琼妈妈的话转告天珍妈妈。天珍要胡三万来陪小谭哥打麻将玩,胡三万像到了一亩八的高兴。看三万的样子跟来魁小时候是一个德行。

来魁到萍儿妈那里弄了两个大红薯回来。天珍说:"一个都多了。这好,我炸土豆时还炸两块红薯。"

来魁在火边抱孙子,四个孩子打麻将。来魁对小儿子胡三万说:"胡三万,你今天多胡几个三万。"

天珍在厨忙得团团转,腊水在她手中没有寒冷。小孩子哭时,她听到进来要念念端尿。来魁上桌替念念打牌,他连放两铳。来魁不会玩麻将。念念笑爸爸胡了还打出去。

快到中午,天珍怕孩子们饿,她给孩子们煮了一碗豆饼端桌上。

天珍准备吃团年饭时给山里的小弟打电话,没想到小弟下午两点多钟先打来了。来魁与小舅舅说了几句,把电话给厨房里的天珍。来魁听天珍与小弟的话完全是山里的口音,语气是那么亲切感人。天珍一个个人问候,然后询问过年的事,最后要小弟正月来这里玩。不是怕浪费小弟的话费,她真不想挂电话。

放下电话,她眨巴眼睛抑制情动。她好像是刚才见到小弟一样。

炸土豆丝前,天珍先炸了一碗红薯端来给孩子们吃。念念开玩笑说:"妈妈您这不断地给我们吃了,我们过会儿哪还有肚子吃团年饭呀。"

有一家开始响起团年的鞭声,开琼打来电话要胡三万回去吃饭。俩孩子都留他吃年饭,他说:"我来时小姨就交代我回去吃饭的。"

胡三万跑出门,小妹要他晚上再来玩。来魁抱孙子到厨房问天珍饭熟没有,天珍说可以收桌子端菜了。于是来魁要谭国忠准备放团年的鞭。两个女儿到厨房把一盘盘热气腾腾的菜端到堂屋里的桌子上。

菜上满桌,盛四碗饭四杯酒四双筷子。天珍按这里的风俗先敬菩萨后敬祖宗。天珍特地说道:"我的婆婆,我的山里妈妈都来和我们吃团年饭。"念念听妈妈说这话时语气很动情,可见妈妈多想拥有这个时刻。

小谭的鞭放得有节奏很连贯,当中没有停顿。他把鞭放出了高水平,来魁都不会放这么好的鞭。天珍高兴地从来魁的手中接过孙子,她怕小孩怕鞭声。她要孩子们慢点吃,多吃菜。

念念要妈妈也来吃饭,天珍说:"你们吃,我要抱孙子。"然后她对孙子说,"兴一呀,你明年就可以吃团年饭了。到了明年就跟奶奶坐挨身吃团年饭。"

开琼在家把昨天团年菜加热,又炒了两个小菜,桌上也是满满的菜。她和丽丽三万在吃饭。三万很得意地讲今天打牌手气好的话。开琼说:"把饭吃了,你们不跑远了,我带你们给姥姥姥爷的坟头上灯。三万放鞭,我跟你姐姐烧纸。"

念念先把饭吃完,她抱孩子。天珍盛饭吃时,来魁与小谭还在喝酒。念念把孩子抱出门。妈妈说:"念念不到外面去,外面冷。到桌子边坐一会,等我吃完饭。"念念懂了妈妈的心事。妈妈是想把团年饭的时间尽量地延长,说明妈妈盼这一刻盼了好多年。这也说明年年妈妈在山里团年都在想有这么一天。

这里近几年兴起大年三十晚上要给家中逝去的人上坟头灯。有人拿着火纸、冥钞、鞭和灯笼向西边走。天珍要小谭抱孩子,要来魁带两孩子去上灯。她把菜碗收拾好,她跟来魁和孩子们一伴向西走。

这时最热闹,也是最壮观的时候。每家都有人去坟地,大人小孩去的去,来的来。去坟地路上,他们碰见丽丽他们上灯回了的。天珍与开琼寒暄了两句。丽丽与三万没住脚径直走了。小妹看到丽丽好像不认识。开琼观察小妹与丽丽对比,她俩走路的样子都是一样的。

来魁一家四口先给来魁的父亲烧纸点灯,然后走向来魁妈的坟头。天珍说:"你们这里这点蛮好,年三十要给逝去的人上灯表示怀念。这是一个逝者在活人心中存在的价值。"

来魁说:"这几年人们的日子好过了才兴这一套,以前搞合作社谁敢想到这事。"

来到婆婆的坟头,只听天珍说:"妈,我是天珍,今天带念念和小妹来跟您上灯的。小妹今年回来了,现在长得比我还高。您以后一定要保佑她们清吉平安呀!"

坟上的灯有红有绿,天黑下来看坟场像小香港的花花世界。

回到家,天珍与来魁在厨房,她说:"我没想到这一辈子还有这么完美的一天,年年的这一天我都幻想这一天。你马上到前面看看丽丽他们,跟凤伢子打电话。把兴一尿不湿带几块过来,念念今晚不回去,她就在这里过夜的。你还是跟开琼说一声,怕她心里不舒服。"

来魁来到农庄没看见电灯光,说明哥哥嫂嫂回老家与儿子团年去了。他经过一家家欢度春节的大门口,来到开琼的屋里,看到他的两个孩子与开琼煜在被子里斗地主。

丽丽看爸爸走来脸相变严肃起来。来魁故意对丽丽说:"丽丽,明天去老屋给大妈拜年去呀！"

丽丽说："我不去！"

来魁把手焐进被子里,他抱着开琼的腿子,开琼当着孩子们的面不好把拒绝的话说出口。

来魁对开琼说："是天珍要我来看两个孩子的，她还要我跟凤伢子打个电话。凤伢子今天打电话来没有？"

开琼说："我们吃年饭时,姐姐与丽丽打过电话。"

来魁问丽丽："你妈说什么？"

丽丽发火的口气说："妈妈想回来过年。"

来魁拿出手机给凤伢子打电话。凤伢子没手机,他是给三姐的小儿子打过去的。电话那边是小外甥的声音。来魁先与小外甥说了几句过年的问候话,他接着说："要你妈接电话。"

不一会儿是凤伢子的声音："你今天高兴吧,你个狗日的团圆都不来喊老子的两个孩子过去吃饭呀！跟你说,老子明天就回来,不得让你们安逸！"

来魁把电话给开琼。开琼说："姐姐,这是我要他不来喊丽丽他们俩姊妹的。今年是天珍姐回来的第一个团圆年,就让他们一家好好团个圆吧。明年他们就一大家团年。"

凤伢子的语气马上变了："你们这时在做什么？"

开琼说："我与丽丽和三万焙在床上看电视斗地主。你们在做什么？"

凤伢子说："我在洗衣服,腊香他们跟老乡一起玩去了。"

开琼问："你想家吗？"

凤伢子："我好想两个孩子。"

开琼说："你把今晚过了就好了。你放心,孩子好好的。"

来魁拿过电话出房门,他对电话说："年年与你在农庄过年,今天看到农庄冷清清的,我很想你。我准备在除夕时跟你打电话,是天珍要早跟你打电话的。"

对方没说话，来魁看手机的时间还在走动，来魁又说："祝你新年快乐。如果不快乐就回来，不会死人的！"

手机还是没凤伢子的声音，来魁说："你说话呀！"

凤伢子的声音："我没得口说你。"

来魁马上说："你的口到哪里去。等你的口回来，我们再打电话好么。再见。"

来魁回到房里说："我们来打麻将吧？"

三万好高兴地说："好。"

开琼说："在床上打不好，下去好冷。"

来魁说："到念念他们的空调房里，把空调打开。"

开琼说："还没麻将，要到农庄去拿。"

来魁说："我来跟兴一把尿不湿拿去，再拿麻将来。"

开琼把手中的牌给来魁，她去上楼拿尿不湿。

天珍洗衣服时兴一睡了，三个孩子煾在床上看晚会。

天珍没事做，她用茶盘装花生水果给孩子们端来吃。她看看兴一说："这孩子听话，好养。"

念念看妈妈坐在沙发上看电视，她说："妈妈，上来床上我们打升级好吗？"

天珍说："你们想打，我就跟你们打。"

小妹高兴地要打牌玩，于是天珍与孩子们坐床上打升级。小妹与妈妈一对家，念念小两口一对家。

后　记

　　新年过后,天珍与小女儿去了深圳。她主要是想钱才出去打工的。她在那里结识了湖北的好姐妹陈姑娘。陈四秀和深圳老板开了一家宾馆,天珍在宾馆工作。一天她突发阑尾炎要做手术,这时她得知自己血吸虫病肝已经硬化。她以为自己活不长久,慌称自己动肝脏手术要来魁打来十万块钱。她想用这钱准备给女儿买房。天珍的小女儿和洪远的儿子洪敏谈了恋爱,算是弥补了他们年轻时候的遗憾。

　　洪敏告诉父亲说丈母娘在医院做手术,洪远来看天珍。洪远在家乡犯案后靠湖南的战友潜逃下来,现在已经过了追诉期。他与天珍是纯初恋。这次见面他们决定给孩子们在深圳买房。

　　天珍出院以后,她和女儿去看过凤伢子。她也知道那十万块钱里面有开琼的也有凤伢子的血汗钱。

　　有了新房以后,天珍很少回湖北来魁的家了。

　　孤单的立新与儿媳不和,他去了广州,在凤伢子那家服装厂里打工。他们原本是老表亲戚,又做过一段结发夫妻,现在都在他们的姑娘厂里,至于他们现在以什么关系相处谁也管不着。他们做了临时夫妻,不过还是那种偷偷摸摸的临时夫妻。心眼狭窄的凤伢子不会告诉来魁,她总认为自己的家在古井农庄。

　　现在很多家庭的孩子都到城镇买房生子, 不少父母不得不城乡两地分居。胡来魁原本有两个老婆(虽然都没办证)现在一个都没有了,好在开琼还留在身边。可陈三秀盯得紧，他与开琼是不可能做临时夫妻的。来魁有时候发无名脾气，曾有一次喝酒装醉把土灶砸了。开琼心里也明白原因，她有什么办法。女人年轻时可以犯错，上了年纪再犯错老脸无处搁。其实他们是可以隔三岔五在一起取长补短的，不过谁也没发现。

来魁买了一部摄像机，他要记录难忘的生活。在他的身上能看到农村合作社时期最后一代年轻人的缩影。他的一生只后悔没有与凤伢子一根头地结婚生活。他爱回忆年轻时代，天珍是他最爱回忆的人。从天珍离开这个家以后，他对天珍思念没有中断过。他对天珍的爱全在思念里没在婚姻里。他这一生无论与天珍结婚与否，对天珍的思念早在恋爱时的书信里就注定了。

朱章明命里注定了与牛三英的姻缘，在他的几个版本的小说里他都是与三英结婚生活的。本小说里他与开琼结婚只落得分手，而在另一部小说，他因为没有与开琼在一起，最后想开琼想紊乱了神经。得到了不知道尊重，这就是人的本性。

屈长明到广州做大生意发迹后，他开始想找左开琼炫耀，也是想再得到开琼；他没有找到好老婆是因为他心中永远存在左开琼。不争气的老婆死得早。他多次找到开琼，可开琼始终没有答应。作者从这点来分析，开琼与来魁现在肯定保持着暗度陈仓的那种关系。

左开琼的一生最值得追悔。随着年纪越来越大，她越爱追悔年轻时代。她经常回想年轻时不去共大，也不与朱章明结婚，她今天的生活不知是什么样的？作者根据她爱追悔的性格写了四部小说，由于出版字数所限，这里只是她的第三个版本。她去共大有两个版本；她没有去共大也有两个版本。她没有去共大，冬季参加农村水利建设受伤坐上了轮椅，来魁为了照顾她，毅然决然地与她结婚。因为凤伢子的离婚，后来她的生活非常凄惨。她去共大没有选择与朱章明结婚，她选择了来魁，后来她从镇血防卫生院调县委血防办工作，这才是她人生最完美的道路。